CALLIE HART

Traducido del inglés por Jesús Jiménez Cañada

Título original: *Quicksilver*

1.ª edición: abril de 2025

Copyright © 2024 by Callie Hart
Diseño de cubierta de Callie Hart. Imágenes de cubierta © Shutterstock;
Dreamstime; Envato.
Cubierta: copyright © 2024 by Hachette Book Group, Inc.
© De la traducción: Jesús Jiménez Cañada, 2025
© Faeris Editorial (Grupo Anaya, S. A.), 2025
Valentín Beato, 21. 28037
Madrid

PAPEL DE FIBRA
CERTIFICADA

ISBN: 978-84-19988-65-2
Depósito legal: M. 2.208-2025
Impreso en España - Printed in Spain

Descubre aquí el reino de Faeris:

Dedicado a quienes viven sus pesadillas
para que otros puedan vivir sus sueños.

CIELO AJUN

EL OJO DE LA MEDIANOCHE

BOSQUE MIMBRE

EL PALACIO DE INVIERNO

YVELIA

CAHLISH

OMNAMERRIN

IRRÌN

ISLA TARRAN ROSS

DIGNOESTE

AMMONTRAÏETH

SANASROTH

LA BRECHA

TIERRAS
DEL CLAN BAHLQUIDDER

GILARIA

MONTAÑAS BAJAS

ORCIDO

GILLETHRYE

BALLARD

INISHTAR

EL ESCUDO

LÌSSIA

JAMÁS LO OLVIDES...

LOS MONSTRUOS PROSPERAN

EN LA OSCURIDAD.

ATESORA EN TU MEMORIA

TODO LO QUE AQUÍ LEAS.

¡¡PREPÁRATE

PARA LA GUERRA!!

GUÍA DE PRONUNCIACIÓN

PERSONAS

Saeris — Sa-eris

Rusarius — Ru-sa-rius

Omnamshacry — Om-nam-sha-crai

Iseabail — I-sha-bel

Belikon —Be-li-cón

Oshellith — Oh-she-liz

Taladaius — Ta-la-dai-us

Daianthus — Dai-an-zus

Lorreth — Lor-rez

Clan Balquhidder — Clan Bal-ki-der

Te Léna —Tei Le-nah

Danya — Dan-yah

LUGARES

Zilvaren — Sil-va-rén

Yvelia — I-ve-liah

Cahlish — Cal-lish

Sanasroth — Sa-nas-roz

Gilaria — Gi-la-ria

Lìssia — Lís-sia

Ammontraíeth — Ah-mon-trei-ez

Omnamerrin — Om-na-mer-rin

1

MURO ARRIBA

—¿Sabes una cosa? En realidad, no hay motivo alguno para tanta violencia.

En la ciudad de Zilvaren, era bien sabido que mentirle a un guardián se castigaba con la muerte. Yo era consciente de ello de un modo mucho más directo y doloroso que la mayor parte de los demás zilvarenos. Hacía justo un año, había presenciado cómo uno de los hombres de la reina, con su armadura de oro batido, había destripado a mi vecino por mentir sobre su edad. Y, antes de eso, algo mucho peor: me había quedado plantada en mitad de la calle, en silencio, mientras le rajaban la garganta de oreja a oreja a mi madre y por la herida se derramaba un chorretón de sangre caliente de campesina sobre la arena tostada por el sol.

La mano del apuesto guardián se cerró en aquel momento en torno a mi cuello. Su guantelete de bellos grabados reflejó el resplandor de las Gemelas, los dos soles que brillaban en las alturas, como si de un espejo dorado se tratase. Fue un milagro que yo no cediese al momento y le soltase todos mis secretos igual que se desparrama un fruto demasiado maduro al abrirse. Sus dedos de puntas metálicas se clavaron más profundamente en el hueco de mi garganta.

—Nombre. Edad. Distrito. Desembucha —dijo con un gruñido—. A los ciudadanos de baja estofa no se les permite la entrada en el Núcleo.

Al igual que la mayoría de ciudades, Zilvaren, Magno y Resplandeciente Estandarte del Norte, tenía forma de rueda. Alrededor del perímetro exterior de la ciudad, los diferentes radios —muros diseñados para mantener a la gente dentro de sus distritos— se alzaban hasta una altura de cincuenta metros, por encima de las chabolas y las alcantarillas anegadas.

El guardián me zarandeó con impaciencia.

—Que respondas, chica, o yo mismo me encargaré de arrojarte directamente por la quinta puerta del infierno.

Golpeé con la palma de la mano, sin mucha fuerza, su guantelete, totalmente incapaz de librarme de él. Esbocé una media sonrisilla, puse los ojos en blanco y los alcé hacia aquel cielo blanco como el hueso.

—¿Cómo... cojones... voy a contarte nada... si no puedo... respirar?

Los ojos oscuros del guardián rebosaban pura ira. La presión que aplicaba a mi tráquea no hizo sino aumentar.

—¿Tienes idea del calor que hace en las celdas de palacio durante el ajuste, ladronzuela? Sin agua, sin aire fresco... El hedor de los cuerpos en descomposición se basta y se sobra para hacer vomitar a un alto ejecutor. Hazme caso, morirías en apenas tres horas.

Pensar en las celdas de palacio me puso en mi sitio. Ya me habían pillado robando una vez y me habían enviado allí durante un total de ocho largos minutos. Y con ocho minutos había bastado. Durante el ajuste, el momento en que los dos soles que representan a las diosas gemelas Balea y Min están más cerca el uno del otro y el aire de la tarde tiembla de calor, verse atrapada en ese infecto agujero que hace las veces de prisión bajo el palacio de la reina inmortal no tiene nada de divertido. Y además, yo hacía mucha falta en la superficie. Si no regresaba antes del ocaso, el trato que me había pasado horas negociando la noche anterior quedaría roto. Sin trato no habría agua y, sin agua, mis seres queridos sufrirían.

Así pues, por más fastidioso que fuera, cedí.

—Lissa Fossick. Veinticuatro. Soltera. —Le guiñé un ojo y el muy bastardo apretó aún más. El cabello negro y los ojos azules no eran rasgos comunes en la Ciudad de Plata, así que seguramente me recordaría. La edad que le dije era auténtica, así como mi patético estado civil, no así el nombre. De ninguna de las maneras iba a darle mi nombre real por las buenas. Ese cabrón se cagaría en los calzones al enterarse de que tenía agarrada a la mismísima Saeris Fane.

—¿Distrito? —preguntó el guardián.

Por los dioses vivos. Cuánta insistencia. Estaba a punto de arrepentirse de haber preguntado.

—Tercero.

—¿Ter...?

El guardián me arrojó de un empujón a la arena ardiente. Granos muy calientes me abrasaron la garganta al tragarlos accidentalmente. Respiré entre dientes y me cubrí la boca con la manga de la camisola, pero así no había manera de filtrar del todo la arena; un par de granitos se las arreglaron para pasar por entre la tela. El guardián retrocedió unos pasos.

—Los residentes del Tercer Distrito están en cuarentena. El castigo por abandonar el distrito es... es...

No había castigo por abandonar el Tercero porque nadie lo había abandonado jamás. Aquellos lo bastante desgraciados como para tener que sobrevivir a duras penas en los sucios callejones y apestosas callejuelas de mi hogar solían morir antes siquiera de que se les ocurriese la idea de escapar.

La rabia del guardián, que se cernía de pie sobre mí, se convirtió en algo más parecido al miedo. Fue entonces cuando me percaté del pequeño morral de la peste que le colgaba del cinto y comprendí que, al igual que muchos otros zilvarenos, era creyente. Con un espasmo, presa del pánico, alzó el pie y estrelló la suela del zapato contra mi costado. El dolor me dejó sin respiración al tiempo que él volvía a levantar la bota, listo para darme otro golpe. No era ni de lejos la primera paliza que me daban. Yo era capaz de

aguantar patadas tan bien como cualquier otro rufián esclaviza-
do, pero aquella tarde en concreto no tenía tiempo para amoldar-
me a los caprichos de un fanático seguidor de Madra. Me estaban
esperando y se me acababa el tiempo.

Con un rápido giro y un salto hacia delante, agarré al guardián justo por debajo de la rodilla, una de las pocas partes donde
no llevaba la protección de la armadura dorada. Las lágrimas asomaron a mis ojos, rápidas, calientes. Creíbles. La verdad es que
fue una actuación bastante sólida pero, claro, es que yo tenía mucha práctica.

—¡Por favor, hermano! ¡No me obligues a volver allí! De lo
contrario, moriré. Toda mi familia sufre de temblores. —Solté
una tos para dar más énfasis, un crujido seco que no se parecía en
nada a las toses húmedas y congestionadas de los que ya estaban
medio muertos. Él contempló la parte donde mi mano se cerraba
sobre la tela de sus pantalones, boquiabierto de terror.

Un segundo después, la punta de su espada me pinchó la camisola justo entre los pechos. Habría bastado aplicar un poco de
presión en la empuñadura del arma para que yo no fuera más que
otra ladrona muerta, desangrándose en las calles de Zilvaren. Pensé que iba a hacerlo..., pero entonces vi que estaba sopesando la situación y comprendía lo que iba a tener que hacer a continuación
si me mataba. En otros distritos, sí que se dejaba a los muertos
para que se pudrieran en plena calle, pero la situación era bien diferente en las frondosas aceras ribeteadas de árboles del Núcleo.
Quizá las élites adineradas de Zilvaren no pudieran mantener a
raya la arena que traían los vientos calientes occidentales, pero
desde luego no tolerarían que una rata enferma de peste se des-
compusiera groseramente en una de sus calles. Si aquel guardián
me mataba, tendría que encargarse de despachar mi cadáver enseguida. Y, a juzgar por su semblante, no tenía ninguna gana de em-
prender una tarea tan ardua. Lo cierto era que, si yo era del Tercero, resultaba mucho más peligrosa que cualquier raterilla de tres al
cuarto. Era contagiosa.

El guardián se arrancó de la mano el guantelete, así como el guante de debajo —de la misma mano con la que casi me había estrangulado— y los arrojó a la arena. El metal bruñido emitió un zumbido constante al golpear el suelo. Un sonido que me reverberó en los oídos. Y así, todos mis planes se echaron a perder. Me habían atrapado mientras escamoteaba un poco de hierro retorcido de un puesto del mercado. Había considerado mis posibilidades y me había planteado los riesgos, consciente de que aquel diminuto lingote me proporcionaría bastantes beneficios. Sin embargo, aquello..., un metal tan precioso, tirado ahí en el suelo, como si no valiese nada... No pude resistirme.

Me puse en movimiento con una velocidad que el guardián no esperaba. Con una maniobra ágil y explosiva, me abalancé sobre el guantelete y lo agarré, con la vista fija en las dos grandes piezas de metal. El guantelete era asombroso; lo había forjado un maestro con gran habilidad. Los pequeños aros de oro se entrelazaban hasta formar una cota de malla notoriamente impenetrable, ya fuera por la espada o mediante magia. Sin embargo, el peso del guantelete, la sólida cantidad de oro que componía aquella parte de la armadura... Jamás volvería a sostener semejante cantidad de oro entre las manos.

—¡Quieta! —El guardián se lanzó sobre mí, pero fue demasiado tarde. Ya le había echado mano al guantelete. Me lo había puesto en la mano y ajustado a la muñeca. Y ya me dirigía a toda prisa hacia el Núcleo, tan rápidamente como podía mover las piernas—. ¡Detened a esa chica!

El grito del guardián reverberó por el patio adoquinado con un eco estentóreo, pero nadie le hizo caso. La multitud que se había reunido para presenciar el espectáculo cuando me capturó se había dispersado como niños asustados en el mismo momento en que yo había pronunciado la palabra «Tercero».

Un recluta tenía que seguir un entrenamiento formidable antes de que lo aceptasen en la guardia de la reina Madra. Quienes eran seleccionados para el extenuante programa de dieciocho meses se veían sometidos repetidamente a ahogamientos que casi los mataban, o bien a palizas brutales mediante todos y cada uno de los sistemas de artes marciales registrados en las polvorientas bibliotecas de la ciudad. Cuando se graduaban, eran capaces de tolerar un grado inimaginable de dolor y tenían tal dominio de sus armas que eran invencibles en una pelea. Eran máquinas. En los barracones, en el patio de entrenamiento, yo no podría durar ni cuatro segundos contra un guardián entrenado en condiciones. El orgullo de la reina Madra exigía que sus guardias fueran los mejores de entre los mejores. Sin embargo, el orgullo de Madra también era un monstruo hambriento e insaciable. Sus hombres no solo tenían que ser los mejores. También debían tener el mejor aspecto, y eso implicaba que la armadura de un guardián no era lo que se dice liviana. Sí, en un patio de entrenamiento, el gilipollas que me había pillado robando hierro me habría reducido en un instante. Pero aquello no era un patio de entrenamiento. Estábamos en el Núcleo, y era la hora del ajuste, y aquel pobre cabrón tenía una armadura que más bien le daba el aspecto de un pavo relleno para la cena de las festividades.

Con el peso de todo ese metal no iba a poder correr.

No iba a poder ni caminar a paso rápido.

Y, me cago en la puta, lo que no iba a poder hacer el cabrón era trepar.

Eché a correr hacia el muro oriental, moviendo brazos y piernas tan rápidamente como me permitían los dolores de todo el cuerpo. Salté al aire y choqué contra los desgastados bloques de arenisca del muro. El impacto me hizo expulsar todo el oxígeno de los pulmones.

—Ay, ay, ay.

Me sentía como si Elroy hubiese echado mano de un mazo de su forja y me hubiese golpeado el plexo solar con él. No me atreví a pensar en los moratones que tendría a la mañana siguiente al despertar... Si es que despertaba. No me quedaba tiempo. Clavé los dedos en un hueco estrecho entre los pesados bloques de arenisca, apreté los dientes y me aupé. Mis pies arañaron la superficie en busca de agarre. Lo encontraron. Pero mi mano derecha...

Aquel maldito guantelete.

Qué mal lo habían diseñado.

El oro repiqueteó con una resonancia que era un canto de sirena mientras yo lo golpeaba contra el muro en un intento de agarrarme a algo que me ayudara a auparme aún más. Mis dedos, hábiles y delgados, hechos para forzar cerraduras, quitar pestillos de ventanas y juguetear con el denso cabello de Hayden, no servían de nada si no podía mover la muñeca. Y ese era el caso.

«Joder».

Si quería vivir, no había nada que hacer. Iba a tener que soltar el guantelete. Sin embargo, esa idea era ridícula. El guantelete debía de pesar cerca de dos kilos. Dos kilos de metal. No podía dejarlo atrás. Aquel guantelete era más que una pieza de armadura robada. Era la educación de mi hermano. Tres años de comida. Un billete de salida de Zilvaren, hacia el sur, al lugar donde los vientos implacables que soplaban por las colinas secas eran veinte grados más frescos que en la Ciudad de Plata. Y nos sobraría suficiente dinero para comprar una casita si así se nos antojaba. Nada demasiado elegante; bastaba con que no entrase el agua al llover. Algo que yo pudiera dejarle a Hayden cuando me atraparan los guardianes. No «si me atrapaban», sino «cuando me atraparan», porque era inevitable.

No, dejar caer aquel guantelete me costaría algo mucho más valioso que mi vida. Me costaría la esperanza, y no pensaba entregar algo así. Antes prefería arrancarme el brazo.

Así pues, seguí ascendiendo.

—¡No hagas ninguna locura, chica! —gritó el guardián—. ¡Te vas a caer antes de haber subido ni la mitad del muro!

Si el guardián regresaba a los barracones sin el guantelete, iba a sufrir las consecuencias. Yo no tenía ni idea de cuáles serían esas consecuencias, pero no iban a ser agradables. Por mí, podrían cortarle las manos al muy cabrón y enterrarlo hasta el cuello en la arena en medio del calor del ajuste. Yo pensaba irme a mi casa.

El dolor reverberaba por mis dedos, me subía por el brazo como una cuerda en llamas y me abrasaba el hombro mientras yo seguía subiendo, pataleando, muro arriba. Me dirigí hacia una parte de la piedra que parecía erosionada pero estable. O, al menos, tan estable como era de esperar. Con el suficiente tiempo, el viento era capaz de erosionarlo todo en esta ciudad, y llevaba milenios mordisqueando a Zilvaren entera. Aquella arenisca era engañosa. Los muros y estructuras de la ciudad parecían robustos, pero no lo eran en absoluto. Se sabía que, en cierta ocasión, una buena patada había derrumbado un edificio entero. No es que yo fuese tremendamente pesada, pero tampoco era un alfiler. Al lanzarme repetidamente contra aquel muro, estaba poniendo en peligro tanto mis extremidades como mi vida.

Salté y se me subió el estómago a la garganta mientras atravesaba el aire... y luego se me encogió como un puño cuando impacté contra el muro. La adrenalina se me derramó por la sangre, pues sucedieron tres milagros al mismo tiempo.

Primero: el muro aguantó.

Segundo: conseguí aferrarme a un agarre impresionante con la mano izquierda.

Tercero: no se me salió el hombro.

El pie. Afianza el pie. El p...

Mierda.

El corazón se me subió a la garganta en el momento en que la planta de mi pie izquierdo resbaló contra el muro y se me quedó todo el cuerpo colgando.

A mis pies se oyó una voz suave y femenina que ahogaba un grito en mitad del silencio. Supongo que, a fin de cuentas, sí que tenía espectadores.

No miré abajo.

Tardé un instante en estabilizarme. Solté una serie de maldiciones fruto de la tensión antes de sentirme lo bastante segura como para volver a respirar.

—¡Chica, que te vas a matar! —gritó el guardián.

—Puede, pero ¿y si no me mato? —le respondí.

—¡Pues habrás perdido el tiempo igualmente! ¡No hay un solo traficante en esta ciudad que sea lo bastante estúpido como para comprar una pieza de armadura robada!

—¡Venga ya! ¡Conozco a uno o dos que estarían dispuestos!

La verdad es que yo no conocía a nadie. Daba igual cuánta escasez hubiese, daba igual cuántas familias muriesen de hambre o de enfermedad: ni un solo habitante de Zilvaren se atrevería a traficar con algo tan peligroso como el guantelete que me había encajado en el antebrazo. Pero me daba igual. Yo no pensaba intentar venderlo.

—De verdad que no te voy a perseguir. Tienes mi palabra. ¡Suelta el guantelete y podrás marcharte!

Se me escapó una risa que era más bien un gruñido. Y había quien decía que los guardianes no tenían sentido del humor. Aquel tipo era un puto bufón.

Otro salto. Otra sacudida acompañada de una punzada de dolor. Calculé la trayectoria lo mejor que pude, asegurándome de nuevo de apuntar a la sección de piedra menos hundida. Por fin me encontraba a suficiente altura sobre las calles del Núcleo, así que me permití el lujo de esperar un instante para recuperarme. Si cambiaba el guantelete de brazo, ¿se me caería? Y, lo que era más importante aún, ¿sería capaz de sujetarme al muro con el brazo más débil mientras realizaba el cambio? Había demasiadas variables que tener en cuenta y muy poco tiempo para hacerlo.

—¿Cómo piensas bajar por el otro lado, niña?

¿*Niña*? ¡*Ja*! Qué agallas tenía el muy cabrón. Ahora gritaba con menos fuerza. Yo había ascendido unos quince metros..., lo suficientemente alto como para ver la parte superior del muro. Y lo suficientemente lejos de la calle como para que me brotase un sudor frío en la nuca al mirar hacia abajo.

El guardián tenía toda la razón. Bajar por el muro iba a ser igual de peligroso que subir, pero es que el chivo expiatorio de la Reina Imperecedera que me esperaba ahí abajo era de buena cuna.

Había crecido en el Núcleo. Sus padres nunca habían tenido que echar el cerrojo de la puerta por la noche. Ese hombre jamás se había planteado trepar por los muros que lo protegían de la ingrata e infecciosa chusma del otro lado. Yo me había pasado media vida corriendo por lo alto de aquellos muros, pasando de un distrito a otro, encontrando el modo de colarme en lugares donde no me estaba permitida la entrada.

Se me daba bien.

Y, sobre todo: me resultaba divertido.

Acabé el ascenso en menos de dos minutos. El guantelete golpeteó contra la diminuta duna de arena acumulada en la parte superior del muro. Me aupé sobre el borde y varios granitos de cuarzo empezaron a vibrar, temblando en el aire a un milímetro sobre la arcilla, en cuanto el oro empezó a cobrar vida.

Me quedé helada, con el aliento atrapado en los pulmones. La peculiar escena me había dejado sin respiración.

El guantelete susurró y empezó a balancearse al tiempo que yo me erguía hasta quedar sentada a horcajadas sobre el muro. Las partículas de cuarzo se elevaron más y más y más.

«Ella nos ve».

«Ella nos siente».

«Ella nos ve».

«Ella nos siente».

«Ella...».

Le di un manotazo al guantelete y la pieza de armadura guardó silencio. Las resplandecientes motas de cuarzo volvieron a caer a la arena.

—¡Te encontraré, chica! ¡Lo juro! ¡Suelta ese guantelete o tendrás en mí un enemigo para toda la vida!

Ahí estaba por fin: un soniquete de pánico en la súplica del guardián. La realidad de la situación lo había golpeado. Yo no iba a morir de una caída. Y tampoco se me iba a caer accidentalmente el guantelete que él mismo había arrojado al suelo, asqueado, al darse cuenta de que había tocado a una rata de la peste.

Me había escapado de entre sus dedos, y no había nada que él pudiera hacer al respecto, aparte de gritarle amenazas a un fantasma en el cielo. Porque eso era yo; un fantasma que ya se había marchado. El muy idiota de ahí abajo no iba a ser el primer enemigo que me ganaba entre los hombres de Madra, pero no pensaba volver a dedicarle ni un solo pensamiento. Estaba ocupada imaginando todas las cosas increíbles que iba a forjar con su impresionante guantelete.

Pero antes pensaba fundir hasta el último gramo de oro de aquella gloriosa pieza.

2

VIDRIERO

—No. De ninguna de las maneras. Aquí no. En mi fragua, ni hablar.

Elroy me contemplaba como si yo fuera una serpiente de cuatro cabezas... y no estuviera seguro de cuál de las cuatro lo atacaría primero. Yo ya había encontrado un millón de maneras distintas de enojar al anciano un millón de veces, pero aquella mirada de desaprobación era nueva. Tenía un semblante de decepción y miedo a partes iguales. Durante un brevísimo instante, me pregunté si habría sido buena idea llevar el oro a su taller.

Pero, por otro lado, ¿adónde iba a llevarlo si no? La buhardilla sobre la taberna, en la que Hayden y yo habíamos dormido durante las últimas seis semanas, estaba infestada de cucarachas y apestaba más que la madriguera de un tejón de arena. Habíamos encontrado una entrada al Espejismo por un agujero del tejado roto. Guardábamos silencio cuando nos metíamos a hurtadillas allí arriba a dormir entre cajas de vino podridas y olvidadas hacía mucho tiempo y rollos de tela pesados y apolillados. Hasta el momento, no nos habían descubierto. Sin embargo, ni mi hermano ni yo éramos estúpidos. Solo era cuestión de tiempo que nos encontrasen; los propietarios de la taberna nos echarían de su buhardilla a punta de espada. No tendríamos ni tiempo de recoger nuestras pertenencias. Por otro lado, no teníamos más pertenencias que la ropa que llevábamos. Esconder el guantelete allí habría sido una estupidez. El taller de Elroy era el único lugar adonde lo podía llevar. De todas formas, yo necesitaba usar sus fraguas. No tenía alternativa. Si no fundía el metal y lo convertía en algo distinto (y, malditos fueran los dioses, con rapidez), aquel guantelete acabaría siendo una piedra de molino en mi cuello con la que me torturarían antes de matarme.

—Bastante malo ha sido tener que decirle a Jarris Wade hace una hora que no estabas aquí. Estaba furioso. Me ha dicho que has roto no sé qué trato de negocios que tenías con él. Pero es que ahora te cuelas por aquí con esa cosa. ¿En qué demonios estabas pensando? —La desesperación que impregnaba la voz de Elroy consiguió que me arrepintiera de haberle enseñado el guantelete—. ¿Por qué te lo has llevado? Las víboras de Madra van a peinar hasta el último centímetro de este sitio hasta encontrarlo. Y cuando lo encuentren, te van a flagelar en la plaza y te arrancarán la piel entera delante de todo el mundo. Y Hayden estará ahí mismo, a tu lado. Y yo... yo... aunque crean de verdad que no he tenido nada que ver con esto, me cortarán las manos por haberte dejado entrar bajo mi techo con esa cosa. ¿Y cómo crees que voy a ganarme la vida si no tengo manos, niñata estúpida?

Elroy trabajaba con el vidrio. Dada la abundancia de arena que tenía al alcance de la mano, había dedicado su vida a convertirse en el mejor vidriero y cristalero de todo Zilvaren. Sin embargo, solo quienes vivían en el Núcleo eran lo bastante ricos como para permitirse el lujo de tener ventanas de cristal. Y había gente en el Tercero que necesitaba otros objetos que podían fabricarse en una forja. En su día, Elroy forjaba armas ilícitas para las bandas rebeldes que luchaban para derrocar a Madra. Espadas de filos bastos hechas con virutas de hierro, pero, sobre todo, cuchillos, cuyas hojas eran más cortas y requerían menos acero. Y aunque el arrabio que producía era de calidad ínfima, se podía afilar lo suficiente como para mandar a cualquier hombre al otro barrio. Sin embargo, a medida que pasaban los años, la vida de los insurgentes de la ciudad se había vuelto insostenible.

Era imposible encontrar comida fresca. En las calles, los niños se sacaban los ojos unos a otros por un currusco de pan duro. Ahora, el único modo de sobrevivir en el Tercero era el trueque o el comercio... o bien susurrando secretos de los vecinos al oído de cualquier guardián. Como residente del Tercero, si no estabas muerto o moribundo, estabas hambriento. Y había pocas cosas que una persona hambrienta no hiciera para aplacar el dolor de un estómago vacío. Después de escapar del peligro por los pelos demasiadas veces, Elroy había declarado que no pensaba forjar ni uno solo más de aquellos puñales dañinos y afilados como cuchillas. También me prohibió volver a forjarlos a mí en su taller. Íbamos a ser vidrieros y nada más.

—Estoy pasmado. Pasmado, de verdad. Es que en qué cabeza cabe... —El anciano negó, incrédulo—. No sé en qué estabas pensando. ¿Tienes la menor idea de la ruina que nos has buscado a todos?

Cuando yo era pequeña, Elroy era todo un gigantón. Una leyenda incluso entre los criminales más peligrosos que corrían por el Tercero. Más alto que la mayoría, con unos músculos en la espalda que abultaban bajo su camisa manchada de sudor. Había sido toda una fuerza de la naturaleza. Una columna de piedra extraída de una montaña. Inamovible. Indestructible. No había sido hasta hacía poco cuando yo había comprendido que estaba enamorado de mi madre. Después de que la mataran, poco a poco, pasito a pasito, vi cómo Elroy se marchitaba, cómo iba menguando. Hasta convertirse en una sombra. El hombre que había ahora ante mí era apenas reconocible.

Su mano callosa se estremeció al señalar al metal pulido que destellaba como el pecado, sobre la mesa, entre nosotros.

—Lo vas a devolver. Eso es lo que vas a hacer, Saeris.

Un resoplido de pura risa se me escapó.

—Bien saben los dioses olvidados y los putos cuatro vientos que no pienso hacer tal cosa, sobre todo después de lo que he pasado para conseguirlo. Casi me rompo el maldito cuello...

—Yo sí que te voy a romper el cuello como esa cosa no salga de aquí en los próximos quince minutos.

—¿De verdad crees que me voy a acercar al puesto de centinelas a entregarlo...?

—No seas estúpida. Dioses, ¿por qué tienes que ser tan estúpida? Vuelve a escalar ese muro y tíralo al Núcleo en cuanto se pongan las Gemelas. Alguno de esos cabrones endogámicos lo encontrará y se lo devolverá a los guardianes sin pensárselo dos veces. Ni siquiera se darán cuenta de lo mucho que vale esta cosa.

Apreté los dientes y me crucé de brazos, intentando ignorar lo mucho que resaltaban mis costillas bajo la tela de la camisola. Tenía la piel impregnada de sudor. Estaba perdiendo una humedad que no podía permitirme perder. Había escondido mi ración de agua dentro de una pared en la buhardilla del Espejismo... No quería arriesgarme a que alguien intentase arrebatármela a la fuerza mientras me dedicaba a robar. Y, por supuesto, en el taller de Elroy hacía el mismo calor infernal de siempre.

No sabría decir cuántas veces me había desmayado ante esos fuelles. No tenía la menor idea de cómo había sobrevivido Elroy. Durante un instante, le concedí el respeto que se merecía y consideré su petición. Luego fantaseé con el tacto de una fresca brisa del sur, con el peso delirante de tener el estómago lleno, con la felicidad absoluta de un colchón de plumas, con cómo sería un futuro junto a Hayden. Ante todo eso, el afecto que sentía por el hombre que en su día amó a mi madre se redujo hasta quedar en nada.

—No puedo hacer lo que me pides.

—¡Saeris!

—No puedo. Es que no puedo. Sabes que no podemos seguir así...

—¡Lo que sé es que pasar penurias para sobrevivir aquí es preferible a desangrarte en medio de la puta arena! ¿O acaso es eso lo que deseas? ¿Quieres morir en la calle delante de Hayden? ¿Quieres que tu cuerpo se pudra en la alcantarilla, como el de tu madre, hediendo y siendo pasto de los cuervos?

—¡Sí! ¡Claro que sí, eso es justo lo que quiero! —Di un puñetazo sobre la mesa y el guantelete saltó. Una cascada arcoíris se reflejó en las paredes—. Sí, quiero morir y arruinarle la vida a Hayden. Y a ti. Quiero que me ridiculicen. Quiero que todo el mundo del distrito sepa que la aprendiz del vidriero fue tan idiota que le robó a un guardia de Madra, y que la mataron por ello. ¡Eso es justo lo que quiero!

Jamás le había hablado así a Elroy. Jamás. Pero aquel hombre había perdido a un ser querido tras otro a manos de los guardianes de la ciudad. Gente a la que amaba, y a la que habían sacado a rastras de sus camas y ejecutado sin juicio alguno. Su propio hermano había fallecido justo antes de que yo naciese, había muerto de hambre durante un año particularmente duro porque Madra se negaba a privar al Núcleo de comida para enviarla a otras partes de la ciudad. Los ricachones cercanos a la reina habían seguido celebrando fiestas lujosas, habían comido exóticos manjares importados de lugares más allá de Haeland, habían bebido vinos y whiskies exóticos... Todo ello mientras el pueblo de Zilvaren se moría de hambre en las calles o se cagaba patas abajo hasta morir. Elroy había sido testigo de todo ello. Incluso ahora, apenas iba tirando semana a semana. Cuando los guardianes no llamaban a su puerta para asegurarse de que no estaba haciendo armas, lo que hacían era echarla abajo a patadas en busca de seres mágicos y míticos que ni siquiera existían. Y Elroy se lo permitía. Se quedaba ahí sentado y no hacía nada al respecto.

Se había rendido. Y no había ninguna parte de mí que pudiese aceptarlo.

Las cejas espesas y canosas de Elroy se crisparon, y sus ojos se oscurecieron. Estaba a punto de lanzar una de sus diatribas furiosas sobre mantenerse lejos de los guardianes, sobre evitar llamar la atención, sobre el hecho de que esquivar a la muerte era un milagro diario por el que daba gracias cada noche a nuestros creadores antes de quedarse dormido en el asqueroso catre que le hacía las veces de cama. Sin embargo, advirtió el fuego que ardía en mi interior, a punto de escapar de mi control. Y, por una vez, se contuvo.

—Sabes bien que luché. Así es, luché igual que tú quieres luchar ahora. Lo di todo, sacrifiqué todo aquello que amaba, pero esta ciudad es una bestia que se alimenta de penurias, de dolor y de muerte. Y no se sacia jamás. Podemos arrojarnos por su gaznate hasta que no quede ninguno de nosotros, pero no habremos conseguido nada en absoluto, Saeris. La gente sufrirá. La gente morirá. Madra ha reinado sobre esta ciudad desde hace mil años. Vivirá como siempre ha vivido, y la bestia seguirá alimentándose y exigiendo más. El ciclo continuará para siempre hasta que la arena se trague este maldito lugar y no queden nada más que fantasmas y polvo. Y entonces ¿qué?

—Entonces habrá gente que luchó por algo mejor. Pero también habrá gente que dejó caer los brazos y aceptó todo sin más —solté.

Eché mano del guantelete e hice ademán de salir del taller, pero Elroy seguía siendo rápido. Me agarró del brazo y me retuvo suficiente tiempo como para mirarme a los ojos. En tono de súplica, dijo:

—¿Y si te localizan y descubren lo que eres capaz de hacer? ¿Y si se enteran de que puedes moldear el metal...?

—No es más que un truquito de salón, Elroy. Nada más. No significa nada. —Incluso mientras hablaba, ya era consciente de que lo que decía era mentira. Sí que significaba algo. A veces, los objetos a mi alrededor se estremecen. Objetos hechos de hierro, latón u oro. En cierta ocasión, pude mover una de las dagas de Elroy sin tocarla; el arma giró y giró sobre la mesa del comedor de mi madre, dando vueltas sobre la guarda. Pero, bueno, ¿y qué? Me enfrenté a su mirada exasperada—. Si me localizan, me matarán por unas cuantas razones aparte de esa.

Él resopló.

—No lo pregunto por ti. Ni siquiera lo pregunto por mí. Te lo pregunto por Hayden. Aún no es como nosotros. El chico aún es capaz de reír. Solo quiero mantener un poco más esa inocencia. ¿Qué le sucederá si acaba viendo a su hermana ahorcada?

Aparté el brazo de un tirón, con la mandíbula apretada. Un millar de insultos fríos y duros se agolpó y compitió por salir de mi boca. Sin embargo, cuando por fin hablé, la ira ya me había abandonado.

—Tiene veinte años, El. Tarde o temprano tendrá que enfrentarse a la realidad. Y esto lo hago por él. Todo lo que hago es por él.

Elroy no intentó detenerme de nuevo.

Hayden y yo compartíamos ciertos rasgos. La estatura, por ejemplo. Ambos éramos criaturas altas y espigadas. Compartíamos el mismo sentido del humor, y los dos éramos unos rencorosos de primera categoría. Ambos adorábamos el regusto salado y amargo de los piscardos en escabeche que los mercaderes solían traer a la costa. Pero, aparte de las peculiaridades de personalidad que compartíamos y el hecho de que los dos resaltábamos entre cualquier multitud, no nos parecíamos en nada más. Yo tenía el pelo oscuro, y él, rubio. Sus cabellos eran una masa caótica de rizos abundantes. Sus ojos eran de un marrón intenso, líquido, y albergaban una calidez de la que carecían los míos, azules. El hoyuelo de su mentón era cortesía de nuestro padre ya fallecido, y esa nariz orgullosa y recta, de nuestra difunta madre. Ella solía referirse a Hayden como «su niño del verano». Jamás había visto la nieve, pero justo eso es lo que yo era para ella: su tormenta de nieve. Lejana. Fría. Afilada.

No tardé mucho en encontrar a Hayden. Los problemas siempre solían seguirlo allá donde iba, y yo era experta en localizarlo. Casi no me sorprendió tropezarme con él, despatarrado y sangrando sobre la arena, delante de la Casa de Kala. Casa Kala, como todo el mundo la llamaba, era uno de los pocos lugares del distrito que daba comida y bebida a cambio de mercancías en lugar de dinero. Los oportunistas con los bolsillos tan vacíos como el estómago, siempre que fueran lo bastante valientes o estúpidos, también podían apostar cualquier tipo de mercancía con algunos de los tipos de peor reputación de la taberna. Y como jamás teníamos dinero ni objetos con los que comerciar y Hayden era ofensivamente habilidoso a la hora de hacer trampas a las cartas (quizá yo era la única que lo superaba en ese aspecto en todo Zilvaren), tenía todo el sentido que estuviese allí, intentando timar a alguien para que lo invitase a una jarra de cerveza.

Ráfagas de viento candente y cargado de arena soplaban sobre Hayden, y esta se acumulaba en montoncitos sobre la tela arrugada de su camisa, en la que aún se apreciaban las marcas de las manos de quienquiera que lo hubiese agarrado y arrojado de Casa Kala hasta caer de culo. Un grupo de fiesteros chabacanos pasó junto a él, todos con bufandas subidas hasta cubrirse el rostro para protegerse de las Gemelas y de la arena. Pasaron sobre él sin dedicarle ni una mirada. Un joven con el labio partido y lo que empezaba a ser un moratón en el ojo, despatarrado en mitad de la calle, no se salía de lo normal por allí.

Me detuve a los pies de mi hermano, me crucé de brazos y puse mucha atención en mantener el saquito que contenía el guantelete pegado al costado. Tampoco era raro cruzarse con carteristas y cortabolsos en aquel lugar. Cualquier grupo de rateros hambrientos no se lo pensaría dos veces a la hora de darme un tirón y salir corriendo si el premio valía la pena. Le di una patadita a la bota polvorienta de Hayden.

—¿Otra vez Carrion?

Él abrió un párpado apenas una rendija y soltó un gemido nada más verme.

—¡Otra vez! Quién iba a pensar que el muy cabrón no tenía nada mejor que hacer que darme una paliza.

El cuidado con el que se agarró las costillas indicaba que quizá tenía rota alguna que otra.

Le di un empujoncito con la puntera de la bota, esta vez bastante más fuerte.

—Lo que cualquiera diría es que ya deberías haber aprendido la lección y te mantendrías apartado de él.

—¡Uf! ¡Saeris! ¿Qué haces? ¿Es que no tienes compasión?

—Sí que la tengo. Está en los bolsillos de Carrion, junto con el dinero que te di para comprar agua.

Me pensé si debería darle una patada en el otro lado del costillar, pero aquella sonrisilla mansa que me dedicó consiguió aplacar mi ira. Siempre se salía con la suya. Era un necio y no tenía el menor cuidado la mayoría de las veces, pero a mí me resultaba imposible enfadarme con él durante mucho tiempo. Le tendí la mano y lo ayudé a levantarse. Tras refunfuñar y quejarse un rato, Hayden se sacudió el polvo de la camisa y los pantalones y esbozó una sonrisa lobuna que me indicó que ya se le había pasado el dolor de las costillas y volvía a sentirse como nuevo.

—¿Sabes? Si me das un par de créditos, apostaría a que puedo recuperar el dinero del agua y la pañoleta roja que me dio Elroy.

—¡Ja! Que te lo has creído, compañero.

Lo dejé atrás y subí a paso vivo los escalones hasta la taberna. Como siempre, Casa Kala estaba llena hasta la bandera. Apestaba a sudor rancio y a carne de cabra asada. Una docena de cabezas se giró en mi dirección al entrar, y otros tantos ojos se desorbitaron al ver quién era. Hayden pasaba por allí a diario, pero yo solo cruzaba el umbral de la taberna cuando había tenido un mal día. Iba allí a liberar tensiones. A follar. A pelearme. Un amplio espectro de comentarios gravísimos hacia mi persona empezaron a susurrarse, ocultos por manos quemadas por el sol: cuando me sentaba en la barra, cualquier tipo podía acabar el día con suerte o bien llevándose una soberana paliza, dependiendo del humor que yo tuviera.

En ese momento, no me iba a sentar en la barra. Eché un vistazo por encima de la muchedumbre que había ante mí y estiré el cuello en busca de algún destello de color en medio de tanto blanco sucio, gris y marrón. Allí estaba. Allí estaba él, sentado en una mesa en el otro extremo de la taberna, junto a tres de los botarates que le hacían de amigos, con la espalda orientada hacia la esquina, de manera que pudiese tener a la multitud siempre a la vista. Carrion Swift; el tahúr, tramposo y contrabandista más famoso de toda la ciudad. También era desacostumbradamente bueno en la cama... Era el único hombre de toda Zilvaren que había conseguido que yo gritara su nombre en un estallido de placer en lugar de por frustración. Su viva melena de tono castaño rojizo era una baliza ardiente en medio de la tenue iluminación de la taberna.

Fui directa hacia él, pero mi camino se vio rápidamente bloqueado por una cuarentona de aspecto atribulado que enarbolaba un gigantesco cucharón de madera.

—No —dijo.

—Lo siento, Brynn, pero me juró que lo dejaría en paz. ¿Qué se supone que debo hacer? ¿Permitir que se salga con la suya?

Brynn tenía apellido, pero nadie sabía cuál era. Cuando le preguntaban, decía que lo había perdido de niña y que no se había molestado en volver a buscarlo. Decía que los apellidos hacían que fuese fácil localizarte, y tenía toda la razón. Como propietaria que era de la Casa de Kala, los más desnortados intentaban llamarla Kala, suponiendo que le había puesto su nombre a aquel sitio. Ella, sin embargo, se limitaba a clavarles la mirada y mostrarles una mueca feroz. En el lugar del que provenía, Kala significaba «funeral», y a Brynn no le gustaba que la relacionaran con la muerte.

—A mí me da igual que se salga o no con la suya. —Lanzó una siniestra mirada de soslayo a Hayden, que había entrado a hurtadillas tras de mí en la taberna, con aspecto bastante manso—. Tu hermano sabe que Carrion hace trampas, y lo último que me hace falta es una reyerta aquí dentro. Esta noche, no. Ya he tenido que sacar dos sillas para que las arreglen por culpa de ese idiota que tienes por hermano...

—¡Yo no soy ningún idiota! —objetó Hayden.

—Y tanto que eres un idiota —insistió Brynn—. Y además, tienes prohibida la entrada aquí durante las próximas veinticuatro horas. Ya te estás largando. Si tu hermana paga, mandaré a alguien a que te lleve una jarra de cerveza a los escalones.

—Yo no pienso pagar nada.

Hayden tuvo las agallas de poner cara de decepción.

—Bueno, pues no me pienso marcharme sin la pañoleta —dijo—. Para cuando llegue a casa, voy a tener los pulmones en carne viva.

—Pues más te vale aguantar la respiración. Venga, fuera.

Brynn hizo un gesto amenazador con el cucharón en dirección a Hayden, y mi hermano palideció. Contempló aquella cuchara sobredimensionada como si ya se la hubiesen presentado en su día y estuviese al tanto de lo que era capaz de hacer Brynn con ella. A mí no me habría sorprendido enterarme de que aquel moratón del ojo era cosa de Brynn, no de Carrion.

—Yo te consigo la pañoleta. Sal y espérame fuera —le dije.

—No te la vas a llevar a la fuerza —advirtió Brynn. Movió el cucharón hacia mí, pero no tuvo el mismo efecto, y ella supo verlo. Las armas que conseguían como mucho hacerme pestañear solían ser más brillantes y bastante más afiladas. Bajó el cucharón y optó por una actitud algo más amable—: Te lo digo en serio, Saeris. Por favor. Tengamos la fiesta en paz, aunque sea solo por mí. Estoy que no puedo más y no son ni las ocho.

—Tienes mi palabra. No voy a romper más muebles. Voy a llevarme lo que he venido a buscar y me habré largado antes de que te hayas dado cuenta.

—Te tomo la palabra.

Estaba claro que Brynn no pensaba que fuese a cumplir lo prometido, pero suspiró y se echó a un lado. Hayden me dedicó una mirada que me suplicaba que lo apoyara —siempre era así de insistente—, pero yo sabía muy bien que no debía ceder ante esos ojos suplicantes.

—Fuera. Ya. Aguántame esto. No lo pierdas de vista.

Le puse la bolsa contra el pecho y me recorrió un espasmo de puro pánico cuando él la agarró. Una cosa era deambular por el distrito con un pedazo enorme de oro en el fondo de la bolsa y otra bien distinta plantarme delante de Carrion Swift con semejante objeto de contrabando encima. Aquel tipo era capaz de todo. Sus dedos eran más sutiles que la brisa del alba. Había conseguido bajarme las bragas a base de pura labia —quizá el mayor golpe que se había dado en toda Zilvaren— y la gente se había pasado meses comentándolo. Yo no pensaba arriesgarme a que captase que había algo interesante en aquella bolsa, no fuera que decidiese aliviarme de esa carga.

—Tardaré diez minutos —le dije a Hayden.

Él esbozó un mohín y salió de la taberna.

Los clientes de Kala interrumpieron sus partidas de huesecillos. Aquellas pendencieras conversaciones menguaron al tiempo que yo me acercaba a Carrion. Todos me siguieron por el rabillo del ojo, contemplándome a medias, hasta que me detuve ante la mesa del estafador. Carrion me miró con esos ojos azules danzarines y chispeantes. Tenía el cabello de cobre y oro, un tono de barniz ocre, como si cada mechón fuese un fino hilo de aquellos metales que tan preciados eran para la reina Madra. Siempre solía ser la persona más alta allí donde iba, le sacaba como mínimo sus buenos treinta centímetros a cualquiera. Era ancho de hombros y se comportaba con una seguridad en sí mismo que embelesaba a todas las chicas de Zilvaren. Yo no soportaba admitirlo, pero era justo esa seguridad en sí mismo lo que me había acabado atrayendo hasta su cama. Yo ansiaba desmentirlo, demostrarle que aquella confianza suya no era más que una fachada. Había planeado aplastarle el ego una vez que hubiese acabado con él, pero entonces Carrion había hecho lo impensable: me había ratificado que todos aquellos pavoneos estaban justificados. Más que justificados. Solo de pensarlo me hervía la sangre. Aquel tipo era un ladrón y un mentiroso, y se adoraba a sí mismo en demasía. O sea, ¿quién en su sano juicio vestiría con tanta elegancia? Sobre todo en una taberna llena de salvajes listos para rajarte el cuello y robarte unas botas sucias en cuanto te miraban. Carrion estaba loco.

—Gilipollas —dije en tono rígido a modo de saludo.

Él sonrió, y a mí se me hizo un leve nudo en el estómago que me obligó a soltar una maldición entre dientes.

—Zorra —replicó—. Encantado de verte. Pensaba que tú y yo... ya no nos frecuentábamos.

Sus amigos se carcajearon como imbéciles y empezaron a darse codazos entre sí. Hasta ellos habían reconocido la pulla de Carrion. Quería chincharme. La última vez que nos vimos, yo estaba saliendo a gatas de su cama, sujetando el gurruño que eran mis ropas, y juraba a los dioses olvidados y a los cuatro vientos que preferiría morirme antes que seguir más tiempo allí para que volviera a montar el numerito que acababa de llevar a cabo conmigo. Carrion sabía que había ganado. Aquel cerdo altanero no se había cortado un pelo: me dijo que ya volvería a él a por más, y yo le dije con todo lujo de detalles que pensaba cortarle esa maldita polla si volvía a intentar acercarse a mí. O algo por el estilo, vamos.

Fui directa al grano, ignorando tanto la pullita insinuante como a sus amigos.

—Prometiste que no volverías a apostar con Hayden.

Carrion ladeó la cabeza y alzó los ojos, fingiendo pensárselo.

—Ah, ¿sí? —preguntó, incrédulo—. No suena típico de mí.

—Carrion.

El muy cabrón inspiró entre dientes y volvió a centrar su atención en mí.

—Ha pronunciado mi nombre. —Hizo como que le daba un desvanecimiento—. Lo habéis oído todos. Ha pronunciado mi nombre.

De nuevo, la bromita se ganó una ronda de risitas mal disimuladas entre sus inmaduros cómplices.

—No solo no has cumplido tu palabra, sino que le has pegado una paliza de muerte, Carrion.

—Ah, venga ya. No seas tan amargada. —Alargó las manos con las palmas hacia arriba y los dedos bien abiertos—. Me suplicó que jugase con él. ¿Quién soy yo para negarme? Y si de verdad le hubiese dado una paliza de muerte, tu hermanito no habría estado ahora mismo deambulando por el bar, ¿verdad? Habría estado en la calle, escupiendo sangre en la arena. Sí, le pegué... —se lo pensó— una vez. Quizá dos. Eso apenas es una pequeña paliza. ¿Y qué es una paliza entre amigos?

—Hayden no es tu amigo. Es mi hermano. Mezclarte con él va contra las reglas.

Carrion se inclinó hacia delante y apoyó los codos en la mesa. Alzó las cejas de un modo exasperante.

—Querida, todavía no me he encontrado con una regla que no me apetezca romper.

—Teníamos un trato. Recuerdo haberte dicho concretamente que no iba a interferir en tus líneas de suministros del Núcleo, y tú dijiste que a cambio no ibas a tener nada que ver con Hayden.

Él frunció el ceño.

—Sí, creo que me suena.

Qué agallas. Qué osadía. Qué cara dura había que tener.

—¿Y entonces qué haces apostando con él?

—Quizá es que últimamente me falla la memoria —musitó Carrion.

—La verdad es que te golpean mucho en la cabeza, sí.

—O, a lo mejor —dijo él, haciendo girar la cerveza en su jarra—, es que sabía que, si jugaba con Hayden, podría verte a ti. Quizá era una oportunidad demasiado buena como para dejarla pasar.

—¿Le has roto las costillas a mi hermano para poder verme? —No podía ser que lo hubiera oído bien. Era imposible que estuviera tan loco como para hacerle daño a Hayden por un motivo tan ridículo.

El tono de Carrion se volvió repentinamente afilado al replicar:

—No, Saeris. Se las he roto porque intentó apuñalarme con uno de tus cuchillos cuando le dije que ya no le pagaba más rondas. Eso no se lo dejo pasar ni a tu hermano.

Me recorrió una conmoción que acabó siendo un peso muerto, frío, en el estómago.

—No habrá sido capaz...

—Y tanto que lo ha sido. —Carrion apuró la cerveza. Cuando dejó la jarra vacía, aquella sonrisa encantadora había vuelto—. Y ahora que estás aquí, bien podrías tomarte una conmigo. Pelillos a la mar y tal.

Resultaba asombroso lo rápido que podía pasar Carrion de una emoción a otra. También era impresionante su habilidad para engañarse a sí mismo completa y absolutamente cuando le convenía.

—No pienso beber contigo. Me da igual que Hayden se mereciera lo que le has hecho. Probablemente te sacó el cuchillo porque intentaba que le devolvieras su pañoleta. ¡Y no le habría hecho falta si no lo hubieras animado a apostar!

—Te gusta el whisky, ¿verdad? ¿Qué te parece uno doble?

Empezó a levantarse.

—¡Carrion, que no voy a beber contigo!

Aquella atractiva sabandija intentó pasarme el brazo por la cintura, pero yo ya me había enfrentado a depredadores mucho más rápidos que él. Me eché hacia atrás y puse un metro de distancia entre ambos, con las manos ansiosas por lanzarse a por mis cuchillos —los que Hayden no había llegado a «tomar prestados»—, pero le había dado a Brynn mi palabra de que no íbamos a luchar. Los ojos de Carrion me recorrieron el cuerpo, su sonrisa se ensanchó y el recuerdo de su lengua al recorrer mis caderas me golpeó, surgido de ninguna parte. Una oleada de calor me subió a las mejillas.

—Estás muy guapa cuando te ruborizas, ¿sabes? —Rogué a los dioses que maldijeran a aquel ladrón. No se le escapaba una—. A ver qué te parece esto: siéntate, tómate algo conmigo y te devuelvo la pañoleta de Hayden.

—No hay trato.

—¿No hay trato? —Parecía sinceramente sorprendido.

—Soportar quince minutos sentada a la mesa contigo vale más que una pañoleta andrajosa, pedazo de buitre.

—¿Quién ha dicho nada de quince minutos? Ya sabes que me gusta tomarme mi tiempo cuando me lo estoy pasando bien.

Por los mártires benditos. Hice todo lo que pude por bloquear los recuerdos que intentaban abrirse camino hasta la parte frontal de mi mente. Carrion quería que aquel comentario improvisado me recordase todo el tiempo que él había pasado con la lengua entre mis muslos. Quería que recordara lo mucho que había retrasado su propio placer —como si fuese su deber, los dioses lo maldijeran— mientras jugueteaba con el mío. No pensaba darle esa satisfacción.

—Un trago y se acabó. Quince minutos. Y también quiero los créditos que le has quitado, más otros cinco por las molestias de tener que respirar el mismo aire que tú.

Carrion arqueó una ceja y se lo pensó. Yo ya sabía que no me iba a gustar lo que estaba a punto de decir.

—Saeris, de haber sabido que se puede comprar tu tiempo, estaría en la ruina y tú serías una mujer muy rica. Te habrías pasado los últimos tres meses panza arriba, suplicándome que te montase más fuerte, y...

—Una palabra más y te quedas sin tus putas pelotas, ladrón —rugí.

Lo que le faltaba de educación lo compensaba con sentido común. Sabía que estaba a punto de cruzar una línea y que le costaría sangre volver. Alzó las manos al aire e inclinó la cabeza en señal de rendición; sus cabellos destellaron de rojo, oro y el más profundo y vivo marrón.

—De acuerdo, de acuerdo. La pañoleta, los créditos, más cinco extra porque eres muy codiciosa. Siéntate, por favor. Te traigo algo de beber.

Hizo un gesto hacia su mesa como si pretendiese que me quedara encajada entre él y sus amigotes. Sin embargo, había ciertas cosas que estaba dispuesta a hacer por mi hermano y un vaso de agua limpia, pero otras que no. Atisbé un reservado vacío a tres mesas de distancia y me senté en él.

Iba a asesinar a Hayden. Lo iba a matar. ¿A qué estaba jugando? ¿De verdad había intentado apuñalar a Carrion? El chico apenas tenía tres años y medio menos que yo, pero se comportaba como si todavía no le hubiesen bajado los huevos. En algún momento, iba a tener que dejar de portarse de forma tan temeraria y empezar a pensar en las consecuencias de sus actos. Y, sin embargo, mientras pensaba todo esto, las palabras de Elroy reverberaron en el interior de mi cabeza, sorprendentemente parecidas a las mías:

«No sé en qué estabas pensando. ¿Tienes la menor idea de la ruina que nos has buscado a todos?».

—Aquí tienes. —Carrion me puso delante un vaso lleno de un líquido ambarino. La maldita copa estaba llena casi hasta el borde.

—Esto es más de un trago.

—Está en un vaso —replicó—. Así que es un trago.

Si me bebía todo aquello, iba a llegar al Espejismo a gatas. Acabaría cayéndome del tejado y rompiéndome el cuello si intentaba subir hasta la buhardilla. Aun así, cogí el vaso y di un buen trago. No iba a salir de aquella si no me emborrachaba aunque fuera un poco. El whisky me quemó el interior de la garganta y me incendió el estómago, pero me negué a mostrar reacción alguna. Lo último que necesitaba era que Carrion Swift le contase a todo el mundo que le prestara oídos que yo no era capaz de aguantar la bebida.

—¿Y bien? —exigí—. ¿Qué quieres?

—¿Cómo que qué quiero? Tu compañía, claro.

Sé reconocer a un mentiroso cuando lo veo, y el hombre sentado frente a mí era un profesional experto en el tema.

—Escúpelo, Carrion. No me habrías obligado a quedarme a la fuerza si no tuvieses algo en mente.

—¿Y no puede ser que esté embelesado por tu belleza? ¿No puede ser que quiera sentarme y escuchar el tono angelical de tu voz?

—De bella no tengo nada. Lo que sí estoy es mugrienta, cansada, y mi voz solo tiene sarcasmo y enojo, así que vamos ya al grano, ¿te parece?

Carrion soltó un resoplido silencioso que pretendía ser una risa. Alzó su propio vaso de whisky (bastante más pequeño que el mío), se lo llevó a los labios y dio un sorbo.

—Eras más divertida hace tres meses, ¿sabes? Ahora eres cruel. No he dejado de pensar en ti.

—Oh, venga ya. ¿Con cuántas mujeres te has acostado desde entonces?

Él estrechó los ojos con expresión confusa.

—¿Y eso qué tiene que ver?

Me estaba empezando a aburrir. Le acerqué el vaso e hice ademán de levantarme.

—¡Está bien! Por los mártires, solo te gusta hablar de negocios. —Inspiró hondo para centrarse—. Supongo que, ahora que lo mencionas, sí que hay algo de lo que quería hablar contigo.

—Menuda sorpresa.

Carrion ignoró mi tono y prosiguió:

—Antes he oído algo bastante interesante. He oído que una rebelde del Tercero con pelo del color de un cuervo ha atacado brutalmente a un guardián y le ha robado una pieza de su armadura. Un guantelete. ¿Te lo puedes creer?

Ah. Al muy imbécil le gustaban los jueguecitos. Cada arruga de su rostro y el modo en que todos los músculos de su cuerpo estaban despreocupadamente relajados me informaron de todo lo que necesitaba saber. Por supuesto que él sabía que me había llevado el guantelete. Pero, claro, yo no pensaba admitirlo. No era tan idiota.

—Ah, ¿sí? Pero... ¿cómo ha sido? Nadie que resida en el Tercero puede abandonar el distrito. —Di otro trago de whisky.

Durante un instante, Carrion se limitó a clavarme la mirada. Me estaba escrutando. Por supuesto, no se tragaba esa ignorancia fingida ni por un segundo, pero tampoco pensaba empezar a lanzar acusaciones directas en medio de Casa Kala.

—Ya, ¿eh? —dijo en tono frívolo—. Qué locura. Y más loco aún es pensar en esa pobre chica, que estará por ahí, intentando encontrar un lugar en el que esconder semejante pieza de oro. Dicen que la ha traído aquí, al distrito, ¿sabes? —Soltó una risa callada—. Pero, por supuesto..., es imposible que haya hecho algo así. Sería demasiado peligroso.

—Desde luego. Increíblemente peligroso —convine.

—Debería haberse asegurado de dejarla en algún lugar seguro. En algún lugar donde los guardianes no la buscarían.

—Sin duda.

—¿Crees que una chica tan estúpida como para atacar a un guardián y robarle tendría el sentido común de esconder su botín así?

Me embargó el abrumador impulso de rajarle la cara bonita a Carrion. Conseguí reprimirlo gracias a un esfuerzo descomunal.

—No creo que esa chica sea estúpida. En todo caso, creo que es muy valiente —dije con los dientes apretados—. Creo que lo más seguro es que el guardián intentara detenerla y se le cayera esa maldita pieza de armadura en la arena. Creo...

—Pero ¿la ha puesto en algún lugar seguro? —susurró Carrion—. Podemos pasarnos una vida y media debatiendo sobre los actos de la chica, pero si hay un problema en el distrito...

Yo me eché hacia atrás en el asiento.

—¿Y a ti qué más te da el Tercero? Tú ni siquiera vives ya aquí, Carrion. Todo el mundo sabe que te has buscado un pequeño y cómodo apartamento bajo el segundo radio.

—Tengo un almacén fuera del distrito —dijo él en voz baja—. Es el modo más seguro de llevar mis mercancías de un distrito a otro. Vivo aquí para poder cuidar de mi abuela. Lo sabes bien. Gracia, ¿la recuerdas? La has conocido. Tiene el pelo gris y un carácter de mierda.

—Sí, Carrion, ya sé quién es Gracia.

Se inclinó hacia adelante y su mirada se tornó afilada.

—Si esos cabrones dorados creen que tenemos algo que les pertenece, van a descargar toda su puta furia sobre este lugar, Saeris. Sabes que es así. Si esa chica ha traído la pieza de armadura aquí, mañana por la mañana correrán ríos de sangre por las calles.

Tenía toda la razón. Los guardianes eran todopoderosos. No temían a casi nada, aunque la reina los aterraba. Su justicia sería rápida y brutal si pensaba que el guantelete estaba allí. Y justo allí era donde yo había llevado el guantelete. El desaliento de Elroy ya no me parecía una exageración. Si a Carrion le daba miedo la situación, quizá debería dedicar algo de tiempo a pensarme de nuevo el plan. O bien a inventarme uno.

—Estás pensando. Veo que estás pensando. Eso está bien —dijo Carrion. Esbozó una sonrisa arrogante, pero no era más que fachada. Quería que los demás clientes de Casa Kala, así como sus amigotes, que seguían sentados en un rincón, pensaran que intentaba provocarme desvergonzadamente para llevarme a su cama otra vez. Sin embargo, la chispa de preocupación que vi en sus ojos era real.

—Ese almacén —dijo— no queda lejos del muro. Apenas se tardaría media hora en trasladar algún objeto desde aquí hasta allí.

Dioses, de verdad estaba loco.

—¿Crees que te lo voy a dar? —Demasiado tarde, comprendí que me acababa de quitar la careta. Pero, bueno, ¿qué más daba? Aquel jueguecito de dar vueltas y vueltas alrededor de la verdad no era más que una pérdida de tiempo—. No tienes ni de lejos la cantidad de dinero que haría falta para convencerme de darte el guantelete, Carrion Swift.

—Yo no lo quiero, idiota. Lo que quiero es sacarlo del Tercero —murmuró, como si me estuviese susurrando algo bonito, pero sus palabras estaban impregnadas de veneno—. Nuestra gente ya sufre bastante; no necesita que cientos de guardianes arrasen el distrito, lo destrocen todo y maten a cualquiera que se cruce con ellos. Llévalo al almacén. Llévalo a donde te dé la gana. Me da igual a dónde sea, siempre que te lo lleves lejos de aquí. ¿Te enteras?

Había algo tremendamente molesto en recibir un sermón de alguien como Carrion. Era uno de los hombres más egoístas y arrogantes del mundo. Le encantaba que todos pensaran que no le importaba nada ni nadie. Pero al parecer sí había cosas que le importaban, y yo había hecho algo tan egoísta que Carrion no podía quedarse al margen y ver las consecuencias. Por los dioses.

Di otro buen trago de whisky y dejé a un lado el vaso con el resto.

—Tengo que irme.

—¿Vas a encontrar una solución? —Los ojos azul pálido de Carrion se clavaron en los míos al tiempo que yo me apartaba del reservado.

—Voy a encontrar una solución —repliqué.

—Bien. Ah, otra cosa, Saeris.

Aquel tipo no sabía parar. Me di la vuelta y le dediqué un fruncimiento de ceño.

—¿Qué?

—Eres bella hasta mugrienta y cansada.

—Por los dioses y los mártires —susurré. No había quien lo cansara.

Sin embargo, el pico de oro de Carrion Swift dejó de preocuparme enseguida. Tenía otras cosas en las que pensar. Salí a la claridad de la tarde y vi que Hayden había desaparecido. Y con él, el guantelete.

3

EL MEJOR DE LOS PROPÓSITOS

No hacía caso jamás. Por supuesto, actuaba como si lo hiciera. Repetía las palabras que se le decían. Asentía. Pero, a fin de cuentas, Hayden se negaba a hacer lo que se le pedía, jamás prestaba atención y solía acabar haciendo justo lo que se le suplicaba que no hiciera.

Normalmente, sus travesuras no solían ser muy graves, pero la de ese día lo había sido con creces. Más que grave, astronómica. Catastrófica.

Me esforcé todo lo que pude por caminar con tranquilidad en dirección al Espejismo... Lo más probable era que Hayden se hubiese aburrido de esperar y hubiese decidido dirigirse a la otra taberna cargado con la bolsa. Pero cuanto más pensaba en distintas posibilidades y me preguntaba cuál sería la más probable, más notaba un pánico creciente que me apretaba la garganta.

Como le hubiera echado un vistazo al interior de la bolsa...

Si había rebuscado dentro, sabrían los mártires dónde estaría y en qué andaría metido. Las Gemelas me lamían la coronilla. Aquel calor implacable me atontaba la mente. ¿Cuándo fue la última vez que había bebido algo de agua? ¿Aquella mañana?

No, había dejado aparte mi ración para cuando regresara de la forja, pero después de discutir con Elroy, se me había olvidado ir a por ella. No debería haberme tomado el whisky.

Una vez que me encontré a buena distancia de Casa Kala, eché a trotar, nerviosa, y acabé corriendo. Intentaba parecer despreocupada, pero en Zilvaren no existe nada parecido a una carrera despreocupada. Aquí la gente conserva la energía lo mejor que puede. Solo había un motivo por el que una persona podría echar a correr: si la perseguían.

Ojos suspicaces me siguieron mientras atravesaba las calles a toda velocidad, dejaba atrás casas de arenisca derruidas y puestos cubiertos en los que los comerciantes del mercado vendían carne asada, fardos de tela y hierbas medicinales de intenso olor traídas del norte. Carteles familiares y desvaídos cubrían los callejones y prometían cuantiosas recompensas por cualquier tipo de información que facilitase la captura de personas que emplearan la magia. Yo conocía las callejuelas de mi distrito como la palma de mi mano. La siguiente a la izquierda me llevaría junto a la casa de Rojana Breen... Mi madre solía enviarme allí cuando se enteraba de que habían llegado comerciantes vendiendo fruta. A diferencia de los demás contrabandistas del Tercero, Rojana solamente comerciaba con comida y agua. Aquel negocio ilegal podía tener como consecuencia que le cortasen las manos, pero al menos no la matarían.

Más adelante, hacia la derecha, otro comerciante había montado su puesto. Vorath Shah trapicheaba con aceite de serpiente; pequeños fragmentos de metal que, según afirmaba él, contenían trazas de magia arcana; patas apestosas y disecadas de conejos de la arena que, según se decía, podían proteger contra la enfermedad; frasquitos de cristal llenos de líquidos nebulosos que, se suponía, concedían dones a quienes los bebían. Todo tipo de regalos que se habían perdido hacía mucho para la humanidad. Las personas ya no eran capaces de leerse la mente, de hacer hervir la sangre en las venas de sus enemigos ni de concederse suerte eterna. Todo el mundo sabía que nos habían arrebatado esos poderes heréticos hacía cientos de años, pero Shah aún obtenía beneficios vendiendo baratijas inútiles a todos los que albergaban algo de esperanza o estaban desesperados. Desgranaba todo tipo de explicaciones estrafalarias para la eterna pregunta que todos los zilvarenos formulaban entre cuchicheos, siempre a puerta cerrada: ¿cómo podía ser que la reina siguiese viva después de más de mil años? Madra era humana, así que ¿por qué no se moría? Shah afirmaba tener acceso a la fuente de la eterna juventud de la reina y, por supuesto, vendía su contenido en botellines.

Shah también compraba artefactos. Si un ladrón se encontraba en posesión de algún objeto poco común, en teoría Shah podía ponerlo en contacto con un comprador interesado. Sin embargo, también cabía la posibilidad de que te destripase y despojase de todos tus objetos de valor para luego dejar tu cadáver a merced de los cangrejos vagabundos. Si lo abordabas en un mal día, a la mañana siguiente no quedaba de ti más que huesos blanqueados por el sol.

—Dime que no lo has hecho —murmuré en voz baja, y seguí por la derecha—. Hayden Fane, dime que no has intentado llevarle el oro a Sh...

Un grito penetrante rasgó el aire árido. Sonó muy lejano. Amortiguado. Pero vino del este. Apreté los dientes; el Espejismo estaba al este. Y cuando se oía un grito así en el Tercero, era porque algún guardián estaba metiendo mano o bien derramando su sangre. Por mero instinto, lo supe. Lo sentí hasta en el tuétano: aquel grito tenía algo que ver con Hayden. Mi hermano estaba en peligro.

Eché a correr antes de tener siquiera tiempo de pensar. Las calles se convirtieron en un borrón a mi alrededor. Me retumbaba el corazón a un ritmo caótico. El miedo se acumuló como un estanque de ácido en mi vientre.

Detrás de mí, de la nada surgió un repiqueteo de metal:

—¡Detenedla! ¡Detened a esa chica!

Venía de mi espalda. Guardianes. ¿Cinco? ¿Diez? Me arriesgué a mirar por encima del hombro, pero lo único que vi fue un destello brillante de oro. En mis oídos reverberó el atronador sonido de sus botas contra el suelo.

Por los dioses, Saeris, muévete. ¡Muévete, joder!

Me obligué a continuar, apretando aún más el paso. Tenía que correr más. Si me atrapaban, podía darme por muerta. Y Hayden también.

Otro chillido espectral y agónico me detuvo el corazón un instante, pero lo obligué a seguir latiendo a fuerza de voluntad porque necesitaba que me siguiera propulsando. Aquellos cabrones no me iban a atrapar en mitad de la calle. Me negaba a ello, joder.

Los residentes del Tercero gritaban, se apartaban de mi camino de un salto mientras pasaba a toda velocidad junto a ellos. Los guardianes daban órdenes rugiendo; volvieron a ordenarle a alguien que me detuviera, pero nadie obedeció. Allí me conocía todo el mundo. Las personas junto a las que pasaba me querían porque habían querido a mi madre. Y también me odiaban porque era una fuente constante de problemas y un grano en el culo para todo el mundo. Pero, aun así, odiaban aún más a los guardianes.

Me quemaban los pulmones. Mis músculos gritaban, suplicaban clemencia, pero yo no hacía más que correr y esforzarme hasta el agotamiento. Las Gemelas palpitaban en el cielo y bañaban las calles de una pálida luz dorada. El sol de mayor tamaño estaba rodeado de una extraña corona azul; me fijé al dirigirme a toda prisa hacia el Espejismo y su buhardilla, con la esperanza de que mi hermano no estuviese allí.

Si Hayden tenía algo de sentido común, habría visto a los guardianes o bien habría oído hablar de que la guardia de Madra iba a irrumpir en el Tercero. Sin embargo, era mucho esperar eso de él. Hayden no era muy observador ni en el mejor de los casos, y Carrion le había sacudido el lomo por intentar apuñalarlo. Probablemente seguía perdido en su propio mundo, rezongando por el dinero que había perdido y aquella estúpida pañoleta de mierda.

Me quité mi propia pañoleta de la cara en busca de algo de aire, pero solo conseguí llenarme los pulmones de partículas de arena ardiente mientras pasaba a toda velocidad junto al puesto de empanadas de la esquina de la calle Alondra...

—¡Quieto! ¡Detente ahí mismo!

El terror me frenó en seco, se cerró sobre mí como un puño de hierro y me aplastó las costillas hasta casi rompérmelas al contemplar la escena que había ante mí en el Espejismo. Jamás había visto tanto oro junto. Una multitud de soles resplandecientes se reflejaba en avambrazos, placas pectorales y guanteletes, formando rutilantes esferas de oro tan brillantes que podrían quemarme la retina. Manchas y fulgores recorrieron mi visión mientras la paseaba entre todos los guardianes, intentando contarlos. ¿Aunque de qué iba a servir contarlos? Podía dejar atrás a un guardián. Tenía bastantes posibilidades de rebasar incluso a dos. Pero ¿a tres? Ni hablar. Y había muchos más de tres guardianes de Madra reunidos en formación de falange frente al Espejismo. Debían de ser unos treinta como mínimo, y habían venido pertrechados para la batalla. Las espadas, en sus manos, estaban listas para atacar, y formaban con sus escudos un muro dorado y pulido encajado a la perfección. Cada uno de ellos llevaba una resplandeciente cota de malla sobre brazos y piernas. Sus bocas estaban cubiertas con holgados trozos de arpillera. Los ojos, entrecerrados, eran visibles sobre las máscaras. Estaban colmados de un odio ardiente... y centrados en mi hermano.

—No. No, no, no...

Se suponía que eso no iba a pasar. Se suponía que yo iba a procesar el oro en la forja y a esconderlo en algún lugar disimulado. Hayden ni siquiera iba a saber de la existencia del guantelete, y mucho menos a entrar en contacto con él. Pedazo de cabrón estúpido.

Si no hubiese apostado con Carrion...

Si me hubiese hecho caso y hubiese esperado...

Si no hubiese mirado dentro de la maldita bolsa...

Por más excusas que pusiera y por más que le reprochara habernos metido en aquel embrollo, la culpabilidad me ahogó. Había sido yo quien había robado el guantelete. Me habían pillado robando a mí. Era yo quien había decidido que escamotear el metal valía la pena a pesar del riesgo que acarreaba. Y ahora Hayden iba a morir a manos de toda una unidad de guardianes, y todo por mi culpa.

Hayden retrocedió a trompicones ante los hombres y sus hojas afiladas. Y más que habría retrocedido de haber podido, pero su espalda chocó contra la pared tras apenas un metro. En la mano sostenía el guantelete, débilmente, por la muñeca. La pieza de armadura lo condenaba a todas luces. El terror resplandecía como un faro en su rostro.

—¡No te muevas, rata! —rugió el guardián al frente de la falange.

Como si de un solo hombre se tratase, todos los demás avanzaron centímetro a centímetro. Sus botas pulidas se deslizaban hacia delante en la arena. Por encima de las máscaras, le clavaban la vista a Hayden con clara determinación. Todos se alimentaban del mismo odio. Lo despreciaban por sus ropas desvaídas por el sol, su piel sucia y el vacío tras sus ojos. Pero, sobre todo, lo despreciaban porque cualquiera de ellos podría haber sido él. Era la suerte la que dictaba dónde acababa cada uno en esta ciudad. Un golpe de buena suerte había ubicado la casa de sus abuelos en uno de los distritos superiores, cerca del Núcleo. De lo contrario, jamás habrían tenido la oportunidad de convertirse en guardianes. La misma suerte no había sonreído a nuestros abuelos, y por eso nos encontrábamos en un distrito en cuarentena por la peste; un rincón mugriento de la ciudad que Madra esperaba matar de hambre, o bien dejar a su suerte para que la enfermedad se cebase con nosotros hasta que le hiciéramos el favor de morir.

Todo se reducía a la suerte, fuera buena o mala. Y la suerte podía cambiar en cualquier momento.

—¡Esa pieza de armadura que tienes en la mano es propiedad de la reina! —gritó el capitán—. ¡Lánzala hacia aquí o te mataremos!

Hayden, con los ojos desorbitados, miró el guantelete, como si fuera la primera vez que se percataba de que lo tenía. Giró el trozo de metal y los músculos de su garganta se marcaron al intentar tragar saliva.

Si les daba la pieza de armadura, le pondrían grilletes y lo arrastrarían hasta el palacio. Jamás se le volvería a ver. Y si no se la daba, se abalanzarían sobre él. Todo aquel metal afilado y pulido encontraría su carne y la arena se tornaría roja. Una vez más, yo me encontraría junto al cadáver de otro ser querido. No había ninguna oportunidad de que Hayden se librara... y yo no podía soportarlo.

El capitán de los guardianes se acercó y sus hombres lo siguieron al unísono, como si fuesen una suerte de cegadora bestia dorada de la que tirase con una correa. La espalda de Hayden se aplastó contra la puerta de la taberna. A las ventanas mugrientas asomaron varios rostros que se apresuraron a desaparecer; los clientes, que habían estado disfrutando de un trago de media tarde cuando los hombres de Madra irrumpieron en el distrito, comprendieron que se estaba armando una buena en la calle. Hayden cabeceó a un lado y a otro. Sus ojos desorbitados buscaban una vía de escape que en realidad no existía. A quien sí vio fue a mí, a seis metros de distancia. Durante un segundo, el alivio le recorrió el rostro.

Yo estaba allí.

Yo le ayudaría.

Yo lo sacaría de aquel aprieto.

Yo arreglaría las cosas, como siempre hacía.

Se me cerró la garganta al ver cómo se marchitaba de nuevo aquel alivio.

Aquello no era una refriega en un callejón ni algún roce estúpido que hubiese tenido con Carrion. Aquello era de lo más serio.

Hayden se enfrentaba a una unidad entera de guardianes, y no había nada que yo pudiera hacer al respecto.

—¡Lánzame la pieza de armadura! —ordenó el capitán con voz atronadora.

Desde una callejuela estrecha, al otro lado de la taberna, un desaliñado grupo de niños echó a correr hacia la calle y salió disparado, gritando a pleno pulmón. Sin embargo, los guardianes no movieron ni un músculo. Toda su atención estaba centrada en Hayden y en el pedazo de oro que yo había robado y que él sostenía en la mano. Pálido como un hueso blanqueado por el sol, mi hermano me lanzó una mirada larga y triste. Vi en sus ojos lo que estaba pensando hacer a continuación: el muy idiota iba a echar a correr.

—No te atrevas, chico —bramó el capitán.

Estaba claro que él también había visto la expresión de Hayden y sabía lo que planeaba. Si Hayden salía corriendo, los guardianes acabarían con él de inmediato. Madra no estaría muy contenta si sus hombres regresaban al palacio arrastrando un cadáver. Probablemente les había dicho que capturasen vivo al ladrón, para poder torturarlo e interrogarlo durante horas. Un cadáver no sería nada entretenido.

—¡Saeris! —gimoteó Hayden; el miedo lo tenía preso de la garganta.

—¡Quédate donde estás! —El capitán estaba tan cerca que casi podía arremeter contra él. Su unidad estaba presta, crispada, con el acero listo y las espadas en ristre. Todo acabaría en segundos.

Las lágrimas asomaban a los ojos de Hayden.

—¡Saeris! ¡Lo siento!

—Esperad. —La palabra quedó atravesada en mi garganta dolorida.

—Ya está, chico. Ya está. —Los guardianes se acercaron más.

—¡Esperad! ¡Deteneos!

Esta vez, aquel grito desafiante reverberó entre los edificios que había a ambos lados de la calle. Los guardianes oyeron mi voz, pero solo el capitán se dignó a mirar en mi dirección. Su atención se desvió durante una fracción de segundo, sus ojos me recorrieron y se apresuraron a volver a centrarse en Hayden.

—Esto no es de tu incumbencia, chica —dijo en un tono frío—. Vuelve adentro y déjanos hacer nuestro trabajo.

—Sí que es de mi incumbencia. —Me acerqué, mordiéndome la parte interior de los carrillos para estabilizarme. Con un sabor cobrizo en la boca, abrí los brazos—. Él no ha hecho nada malo. Fui yo quien le pidió que me llevara la bolsa. Esa pieza de armadura que tiene es mía...

Los ojos del capitán saltaron de nuevo hacia mí.

—No, no es tuya. Solo un miembro de la guardia puede tener una armadura así. Llevarla es un honor que hay que ganarse y, desde luego, a juzgar por tu pinta, tú no te lo has ganado.

Su máscara de arpillera se movía con la fuerza de sus palabras; las iba escupiendo una tras otra. En su tono ardía una furia viva. Ese no era el guardián a quien yo le había robado el guantelete. No, ese tipo era más frío. Más duro. Más malo. No había arrugas alrededor de sus ojos, pero aquellos iris marrón oscuro contenían una eternidad sin fondo que me provocó un escalofrío por las piernas.

—Soy yo quien robó el guantelete —dije, despacio—. Soy yo quien escaló el muro y se escapó. Él no ha sido. —Señalé con la mandíbula a Hayden—. No tenía ni idea de lo que llevaba consigo.

—Miente —dijo Hayden con voz temblorosa—. Fui yo. Yo lo robé.

De todas las ideas tontas e improvisadas que había tenido mi hermano, aquella era la más estúpida. Comprendí que quería protegerme. Estaba asustado..., más asustado de lo que yo nunca lo había visto... Pero bajo aquel miedo, se estaba preparando, reuniendo el valor para enfrentarse a lo que iba a suceder. Para salvarme.

Sin embargo, aquel guantelete era mi responsabilidad. Elroy había tenido toda la razón en el taller; llevarme aquel guantelete era lo más insensato que había hecho jamás. No debería haberlo robado. Permití que mi codicia y mi propia esperanza me superasen. Pero que el infierno me llevase si iba a permitir que Hayden pagase el precio por cometer semejante imprudencia.

—No le hagáis caso —dije, clavándole la mirada.

—Lo robé yo —insistió él, y me clavó la mirada a su vez.

—Pues preguntadle de dónde lo ha sacado —exigí, mirando al capitán.

—Basta ya —rugió el capitán—. ¡Prendedla!

Con un movimiento rabioso de muñeca, tres de sus hombres se separaron de la falange. Avanzaron, con los hombros encogidos, pegados a las orejas, y las espadas listas. Y las ascuas que siempre ardían dentro de mí desde que era una niña por fin llamearon.

No me iban a prender. Aquellos cabrones no iban a abusar de mí, no me iban a sujetar ni me iban a decir que me callase. Ya no.

Lo que hice a continuación fue una auténtica locura. Eché mano a la bota y saqué el cuchillo que guardaba en ella. Un acto del que ya no me podía arrepentir. No había modo de deshacer lo hecho. Acababa de sacar un arma frente a la guardia de la Reina Imperecedera. En pocas palabras: ya estaba muerta. Lo que pasaba era que mi cuerpo aún no lo sabía.

—Vaya, vaya. Tenemos a una peleona, chicos —gruñó el guardián de la derecha.

—Pues vamos a darle una lección —dijo desdeñoso el del medio.

Yo me centré en el de la izquierda. El más callado. El que se movía como un depredador. El que tenía la muerte en los ojos. Era él de quien debía preocuparme.

Fue él quien dejó que el guardián más bocazas atacara primero. Yo me agaché para esquivarlo y empleé la punta de la daga para desviar su espada, con la que me lanzó un salvaje ataque. El del medio maldijo y se abalanzó sobre mí para intentar atravesarme el pecho con su arma, pero di un paso lateral y esquivé el ataque por completo. La finta me puso justo delante del guardián más callado..., cosa que, estaba segura, era justo lo que él había planeado.

Me guiñó el ojo por encima de la máscara. Y vino hacia mí.

Los rebeldes a los que mi madre había ayudado antes de morir habían hecho algo más que esconderse en nuestro ático. También me habían entrenado. Me habían enseñado a robar. A sobrevivir. A luchar.

Y entonces luché como si fuera la mismísima furia del infierno encarnada.

El guardián me hostigó a golpes de espada, bien calculados y medidos. Cada uno de sus movimientos era una pregunta para la que yo tenía respuesta. Vi cómo se empezaba a enfadar cuando aparté su espada por cuarta vez, usando solo la daga para desviar sus ataques asesinos.

El del medio, el más bajo de los tres, cargó contra mí con un poderoso grito de batalla. Yo finté hacia atrás con mis pies ligeros y conseguí ponerme fuera del alcance del curtido guerrero para poder girarme y trazar un arco descendente con la daga. Era un ángulo poco manejable, pero yo había practicado aquella maniobra más veces de las que podía contar. Era justo el ángulo que necesitaba la daga para encontrar una estrecha abertura en la armadura del guardián; un huequecito entre la hombrera y el gorjal. Justo donde una hoja de metal podría encontrar la yugular. Nunca había tenido que ejecutar aquel movimiento en la vida real. Pero lo hice sin pensar. Ni siquiera me detuve a contemplar el arco de brillante sangre arterial que salió a chorro del cuello del guardián. El tipo cayó de rodillas, agarrándose la garganta.

No sentí culpabilidad.

No sentí compasión.

No había tiempo.

Cogí la espada del guardián y dejé que se muriese en la arena.

El guardián silencioso me miró con los ojos entrecerrados, como si volviera a evaluar la situación. El otro guardián no fue tan listo. Soltó un aullido, víctima de su propia rabia, y corrió hacía mí mientras se arrancaba la máscara y mostraba una boca llena de dientes destrozados.

—¡Zorra estúpida! Vas a pagar...

Me di la vuelta, retrocedí y lancé un ataque con la espada. Era más pesada que las de madera con las que siempre había practicado, pero al menos estaba acostumbrada a la longitud. Sabía exactamente dónde se encontraría la punta afilada del acero con su piel: justo debajo de su muñeca derecha. Calculé el tiempo a la perfección. Con poco más que un ajuste de la mano en la espada, ejecuté el corte y la mano del guardián, todavía aferrada a su arma, cayó sobre la arena con un golpe sordo.

—¡Mi mano! ¡Me ha... me ha cortado... la mano!

—Lo siguiente que te voy a cortar es la puta cabeza —dije, rabiosa.

La furia teñía de rojo mi visión.

Habían matado a mi madre.

A mis amigos.

A toda la familia de Elroy.

Habían provocado la muerte de miles de personas, y ahora estaban amenazando a Hayden. Toda la rabia acumulada dentro de mi pecho brotó como un torrente imposible de detener. Me abalancé sobre el guardián, con la daga en una mano y la espada en la otra, lista para poner fin a su miserable existencia..., pero me encontré de cara con el guardián silencioso.

Una vez más, este no dijo nada, aunque a sus ojos asomó una chispa de puro divertimento. Despacio, negó con la cabeza. El mensaje estaba claro como el día: si vas a luchar contra alguno de nosotros, será contra mí.

Por el aire se propagó el sonido del acero al entrechocar. El tipo era un remolino de movimientos flexibles y gráciles. Cada vez que su hoja caía como una guadaña sobre mi cabeza, casi esperaba que todo se fundiese en negro. Pero, de alguna manera, no sucedía. De alguna manera, me las arreglaba para alzar a tiempo la espada que le había arrebatado al otro. De alguna manera, me defendí.

Y justo cuando el guardián empezaba a acomodarse, cuando aquel depredador pensaba que por fin había tomado la medida de mis habilidades como luchadora..., dejé de contenerme.

Sus ojos se desorbitaron al ver lo que sucedía: cuando relajé la postura e interpuse la espada para protegerme el rostro. El segundo en que le enseñé los dientes y fui a por él.

Por fin, habló. Apenas una palabra:

—Mierda.

No retrocedió ni un centímetro. Mantuvo la posición. Pero sabía que no iba a ser el tipo de lucha que había pensado. Entrechocamos los filos de nuestras armas y nos lanzamos con todo. Cada uno era consciente del precio que suponía perder aquella pelea.

Él era bueno. Muy bueno. Mis pies levantaban la arena mientras giraba y giraba, esforzándome constantemente para asegurarme de que no encontraba un hueco en mi defensa.

Él arremetió, intentando golpearme el costillar, pero yo le acerté en el antebrazo con el puño de la daga y le partí el hueso. Sin siquiera temblar, el muy cabrón agarró la empuñadura de la espada con la otra mano y me lanzó una lluvia de tajos que casi me puso de rodillas. Uno de sus embates me abrió un corte bajo la clavícula. Me recorrió una punzada ardiente de dolor.

Vi la sonrisa en las comisuras de sus ojos. Pensaba que me tenía. Y casi era cierto. Su espada cortó el aire, un golpe de revés que me sorprendió con la guardia baja, pero yo había entrenado para aquello. Él no era el único capaz de pensar rápido. Y desde luego no era el único capaz de moverse rápido.

Me dejé caer y rodé sobre mí misma, al tiempo que lanzaba un tajo ascendente con la daga. La hoja encontró su objetivo y todo acabó. Así de simple.

En un primer momento, no se dio cuenta. Se dio la vuelta y volvió a encararse conmigo. Fue entonces cuando intentó dar un paso al frente, sus piernas cedieron y comprendió que algo no iba bien.

Yo había pensado dejar la daga hundida en su pierna. Eso le habría concedido otro instante para comprender que lo había matado. Pero, al final, el amplio tajo que le hice en el muslo fue más misericordioso. Más rápido. La sangre rojo oscuro, color rubí, salió a borbotones de la herida que le había infligido y le corrió por la pierna. Él bajó la vista y la vio. Dejó escapar un resoplido de sorpresa. Y luego cayó de bruces sobre la arena, muerto.

Me subía y bajaba el pecho. Me esforcé por respirar, intentando silenciar el enloquecedor tamborileo de la sangre en mis oídos. Tenía que...

—Niñata necia —dijo una voz fría. Era el capitán que había ordenado a sus hombres que me prendieran. Se había apartado de Hayden y ahora centraba en mí toda su atención—. Admito que no te creía capaz de quitarle ese guantelete a un guardián, pero veo que me equivocaba.

Volví a concentrarme en la calle. La falange de guardianes que me clavaban la mirada, con las espadas alzadas. Y Hayden. Mi hermano pequeño. Me miraba con el rostro anegado en lágrimas, atontado ante lo que yo acababa de hacer.

—¡Corre, Saeris! —gritó—. ¡Vete!

Pero el capitán se echó a reír.

—Ni los cuatro vientos juntos podrían impedir que la alcance, chico. Acaba de matar a dos de los guardias de la reina y ha tullido a otro. Ya ha firmado su sentencia de muerte.

—¡No! ¡Deteneos! ¡Llevadme a mí! ¡Soy yo quien robó...!

Hayden se adelantó y se interpuso en el camino del capitán, que se limitó a darle un brusco empujón y arrojarlo a la arena.

—Para bien o para mal, te acaba de salvar la vida, despojo. No la malgastes poniéndole las manos encima a un guardián.

La falange entera se dirigió hacia mí y vi que el capitán estaba en lo cierto. Ya no iba a poder escapar de aquello. Me iban a atrapar. Me iban a matar por lo que había hecho. Pero mi hermano aún tenía una oportunidad.

—Estaré bien, Hayden —le dije—. Busca al viejo. Te dejará quedarte con él. Vamos, vete. Te prometo que iré a la hora de la cena. —Era una mentira descarada, pero cualquier falsa esperanza que pudiera darle era mejor que nada. Necesitaba que creyese que todo aquello podría solucionarse de algún modo. De lo contrario, jamás haría lo que le pedía. Nos seguiría hasta las puertas, gritando, chillando y pidiendo que me liberasen—. ¿Es que no me has oído? Ve a buscar al viejo, Hayden. Es importante. Ve con él. Dile lo que ha pasado. Tiene que saberlo.

El rostro de Hayden estaba cubierto de lágrimas.

—No pienso abandonarte.

—¡Haz lo que te digo por una vez en la vida! ¡Que te vayas, joder! No necesito tu ayuda. No quiero que me sigas y te pongas a balbucear como un niño que necesita que lo agarren de la mano todo el tiempo.

Palabras duras, pero a veces las crueldades que decimos sirven al mejor de los propósitos.

La rabia llameó en los ojos de Hayden, tal y como yo había supuesto que pasaría. Apretaba la mandíbula y los brazos le colgaban a los costados. Había dejado caer mi bolsa a la arena.

—No sabía que fuera una carga tan grande —susurró.

—Pues lo eres, Hayden. Es lo único que has sido toda tu puta vida. Así que déjame en paz. No me sigas. No me busques. ¡Vete!

4

EL PRECIO

Cuando era niña, solía soñar con visitar el palacio. Fantaseaba con que, de algún modo, me habían elegido, que me paraban por la calle y la reina Madra se fijaba en mí, una raterilla del Tercero, y decidía que iba a ser su dama de compañía. Me darían hermosos vestidos, me pondrían flores exóticas en el pelo y tendría cientos de frascos de perfume entre los que podría escoger el que me apeteciera. Todos los días cenaría con la reina y los cocineros del norte nos pondrían delante todo tipo de manjares. Nuestros platos rebosarían del tipo de comida que te hace la boca agua. No repetiríamos plato ni una sola vez. Yo bebería solo el mejor vino de las bodegas de Madra, porque sería la favorita de la reina, por supuesto, y ella solo querría que su dama de compañía preferida disfrutara de lo mejor.

A medida que fui creciendo, aquellas ensoñaciones evolucionaron. Seguía imaginando que era la dama de compañía de Madra, pero me importaban menos los vestidos y la comida. Lo que quería era el puesto. Necesitaba ser la favorita de Madra, pero no para salir de la pobreza y que me mantuviera como a una mascota. Para entonces, yo ya había sufrido mucho. Había visto muchas injusticias. Había visto tantos actos inenarrables de violencia que toda mi inocencia se había evaporado. Necesitaba ser elegida por la reina para acercarme a ella y así poder asesinarla. Todas las noches, al cerrar los ojos, fantaseaba con cómo lo haría. Cuando asesinaron a mi madre y la dejaron en las calles para que se pudriera allí, esas fantasías me ayudaron a mantener la cordura.

Planeé un millón de modos distintos de asegurarme una audiencia con la Virgen Eterna, con Nuestra Señora de Zilvaren, la Reverendísima Reina de las Alturas. Desde presentarme para trabajar en las cocinas hasta aprender a actuar en el teatro itinerante que visitaba la ciudad en Evenlight y así poder trepar por los muros y colarme en el palacio. Había planeado hasta el último diminuto detalle y al final había decidido que podía hacerse y se haría. Lo haría yo.

Jamás pensé que me encontraría en las dependencias del palacio en aquellas circunstancias, con las manos atadas con fuerza a la espalda, las costillas fisuradas y magulladas y un moratón violeta como una flor de muerte justo bajo el ojo derecho. No me había imaginado que intentaría desesperadamente respirar en el interior de una estancia diminuta y carente de ventanas, con un río de sudor corriéndome por la espalda durante seis horas seguidas. Nada de eso era lo planeado.

El capitán Harron —así se llamaba el cabrón, según me enteré— me había arrojado de malas maneras a la celda, a la espera de la reina. Desde entonces no había dejado de dar vueltas a los menos de dos metros que tenía aquel espacio. Conté los minutos que pasaban hasta que se volvieron horas. A esas alturas, ya contaba por contar, solo para poder espantar los pensamientos oscuros que me asaltaban desde mi llegada. Si dejaba que el miedo enraizara y el pánico se apoderase de mí, no sería de ayuda para nadie.

Las campanas de la ciudad sonaron para señalar el final del día. Fue entonces cuando el capitán Harron vino a por mí. Yo notaba la boca como si la tuviera llena de arena y casi deliraba del calor, pero mantuve la espalda erguida y la frente alta cuando entró en la celda. Ya no llevaba la hermosa y resplandeciente armadura; la había cambiado por una cota pectoral de cuero bien engrasado. Sin embargo, la amenazadora espada con empuñadura envuelta en tela aún colgaba en su cadera, mientras que la espada corta estaba envainada en el otro costado. Se apoyó con aire despreocupado en la pared, se metió los pulgares bajo el cinto y me recorrió con la mirada. No parecía muy impresionado ante lo que veía.

—¿Dónde has aprendido a luchar así? —preguntó.

—Ahórcame ya y acaba de una vez —espeté—. Si no te apresuras, puede que pierdas la oportunidad.

Él arqueó una ceja.

—Yo no me molestaría en escapar.

Puse los ojos en blanco.

—Quería decir que me estoy muriendo de aburrimiento aquí metida.

El capitán Harron soltó una risa carente de humor.

—Mis disculpas por el retraso. No te preocupes. La reina tiene muchos modos de entretener a sus huéspedes. Es que tenía asuntos que atender y quería asegurarse de poder darte toda su atención.

—Ay, qué suerte tengo. Es todo un honor.

El capitán compuso una mueca y asintió.

—Deberías sentirte honrada. ¿Sabes a cuánta gente se digna la reina Madra a ver en persona estos días?

—¿No mucha? Imagino que no tendrá tantos amigos.

Harron acarició la empuñadura de la espada con el pulgar.

—Cuando salgas de esta celda, más te vale dejar esa lengüita afilada aquí dentro. Allá adonde te llevo no te hará ningún bien.

—Te sorprenderías, capitán. La mayoría de la gente piensa que soy muy graciosa.

—El sentido del humor de Madra es algo más negro de lo que piensas, Saeris Fane. No te conviene provocarla, no sea que decida divertirse contigo. Pero, por supuesto, haz lo que consideres oportuno. Estas son tus últimas horas en la Ciudad de Plata. —Se encogió de hombros—. ¿Lista para conocer a tu reina?

—Listísima. —Fue un alivio comprobar que no me temblaba la voz. Por dentro no dejaba de estremecerme, crispada. Harron me tomó del brazo y me llevó por los niveles inferiores del palacio.

Yo inspiraba por la nariz y soltaba el aire por la boca, siempre a intervalos regulares, pero aquella técnica que solía servir para estabilizarme no consiguió aplacar mis nervios.

Veinticuatro años.

Ese era todo el tiempo que me había sido concedido en aquella maldita existencia.

A pesar de lo dura, miserable, ardiente y frustrante que había resultado ser mi vida, la verdad era que, extrañamente, había albergado la esperanza de que durase más.

Ascendimos un tramo infinito de escaleras. Harron me sujetaba de la nuca cada vez que tropezaba con un escalón o me tambaleaba. Cuando salimos a la superficie, el palacio en sí se desplegó ante nosotros. Techos abovedados, estancias arqueadas y perturbadores cuadros vívidos que representaban los rostros agrios de hombres y mujeres que, supuse, eran los predecesores de Madra. Jamás había visto nada tan grandioso, pero me daba vueltas la cabeza. Tenía puntitos negros que bailaban frente a mis ojos, y no conseguía reunir la energía necesaria para apreciar nada de todo aquello. Además, me estaban llevando hacia una muerte segura. Qué extraño que la amenaza de muerte inminente le arrebate a una chica el deseo de apreciar el entorno.

Nuestro paseo por el palacio pareció alargarse sin fin, pero la realidad era que yo iba tan lenta que Harron me amenazó con cargarme sobre sus hombros y llevarme a cuestas en tres ocasiones distintas. Me tambaleé; aquel pasillo cavernoso empezó a dar vueltas a mi alrededor en un borrón de luz y de color. Entonces Harron me sujetó con brusquedad, pero, para mi sorpresa, lo que hizo fue llevarme una cantimplora con agua a los labios para que bebiese.

Yo la acepté, quité el tapón tan rápidamente como pudieron mis dedos temblorosos.

—Vaya sorpresa. ¿Por qué malgastas agua con una muerta?

—Tienes toda la razón. Devuélvemela —dijo él con un gruñido.

Pero yo ya estaba bebiendo. Estaba tan sedienta, tan desesperadamente deshidratada, que el agua se me antojó fuego líquido al tragarla. Aun así, no hice caso de la ardiente sensación. Tragué, tragué y tragué, jadeando por la nariz mientras intentaba respirar sin dejar de beber.

—Está bien, está bien. Ya basta. Te vas a ahogar —me advirtió Harron. Como no le devolvía la cantimplora, intentó quitármela de las manos, pero retrocedí para ponerme fuera de su alcance—. Te la vas a acabar toda —se quejó.

Ese comentario consiguió que por fin bajase la cantimplora.

—Ah, ¿sí? Deja que lo adivine: vas a tener que ir hasta algún grifo a llenarla de nuevo, ¿verdad, Harron? Se me rompe el corazón por ti. Dime, ¿has intentado alguna vez sobrevivir un día entero con las raciones de agua que reparte Madra?

—Las raciones de agua de Madra son más que generosas...

—No me refiero a lo que se reparte en el Núcleo ni en los elegantes distritos interiores. ¿Acaso sabes siquiera cuánto nos da de beber al día? En el Tercero, digo.

—Seguro que es suficiente...

—No llega a veinte centilitros. —Le puse con brusquedad la cantimplora en el vientre, con un golpe tan fuerte que soltó un resoplido—. No llega. A veinte. Centilitros. Y nuestra agua no sale de ningún grifo. Sale de un depósito que se llena con vuestros desperdicios. ¿Sabes lo que eso significa?

—Hay un proceso de filtrado.

—Lo que hay es una rejilla —rebatí yo— que filtra lo sólido.

Las facciones de Harron permanecieron impasibles, pero creí ver un aleteo de algo parecido al asco en sus ojos. Cuadró los hombros, negó con la cabeza y se cruzó en el pecho la correa de la cantimplora.

—Si los consejeros de la reina piensan que ese es el sistema que funciona para el Tercero, estoy seguro de que así es. Además, mírate. A mí me pareces sana.

La confesión estaba ahí mismo, en la punta de mi lengua:

«Si te parezco sana, es porque me he pasado la vida robando agua de los depósitos del Núcleo».

Me guardé las palabras. Ya estaba de mierda hasta el cuello y no quería que añadieran el robo de agua a mis cargos. Además, tenía que pensar en Hayden y Elroy. Aún tenían que escamotear agua para sobrevivir, y no podrían hacerlo si los guardianes sospechaban, aunque fuera por un instante, que un delito así era posible.

Harron me volvió a dar un empujón para que avanzara, pero esta vez, cuando empecé a caminar, sentí que el suelo bajo las suelas de mis botas era algo más estable.

—Siempre andáis por ahí con esos saquitos de la peste colgados del cinto —dije—. Decís que nuestro distrito está confinado tan duramente porque estamos en cuarentena. Decís que estamos aquejados de una enfermedad, que somos contagiosos. Pero no es verdad, capitán. Lo que sucede es que nos estáis envenenando lenta y metódicamente, porque no importamos. Porque hacemos preguntas. Porque decimos que no. Porque Madra nos ve como una carga para la ciudad. Nos da agua sucia y nauseabunda. Morimos a puñados por su culpa. Y, mientras tanto, tú y los tuyos abrís un grifo y sale agua fresca y limpia que llena vuestras jarras. No tenéis a nadie mirando constantemente por encima de vuestro hombro. Nadie os golpea y os dice: basta. ¿Alguna vez te has preguntado por qué...?

—No me pagan por preguntar —me interrumpió Harron en un tono entrecortado.

—No, claro que no. Es justo lo que he dicho. Si haces preguntas, te mandan al Tercero. Lo que es contagioso en mi distrito no es la enfermedad, capitán. Es la disensión. La anarquía y la rebelión se propagan como un incendio forestal. ¿Y qué hay que hacer con los incendios? Poner cortafuegos. Atraparlos detrás de un muro. Cortarles los caminos hasta que se apagan, hasta que se extinguen en una muerte callada. Eso es lo que está haciendo Madra con mi gente. Excepto que nuestro fuego no se ha extinguido como ella esperaba. Nos ha reducido a ascuas, eso sí, pero los carbones que yacen debajo de la ceniza de mi distrito aún están lo bastante calientes como para arder. ¿Sabes algo sobre forjas, capitán? Yo sí. Las armas más afiladas y peligrosas se forjan bajo las condiciones más insoportables. Somos peligrosos, capitán. Madra nos ha convertido en armas. Por eso no soporta que mi gente viva.

Harron guardó silencio durante un rato largo. Al cabo dijo:

—Sigue andando.

El aire tremolaba de calor al cruzar el patio interior. Solté un suspiro de alivio cuando volvimos a entrar en el edificio por una arcada almenada, contenta de encontrarme de nuevo a la sombra. Harron se negó a volver a hablar y se limitó a guiarme hacia nuestro destino. Pasamos junto a un sinfín de habitaciones y pasillos, pero él siguió empujándome por la espalda con la empuñadura de la espada hasta que nos encontramos con unas puertas grandes de madera oscura, tres veces más altas que yo y al menos ocho veces más anchas. El capitán sacó del bolsillo una pesada llave de hierro oxidado y la metió en el ojo de la cerradura.

¿Por qué necesitaría una estancia de la fortaleza de Madra una puerta tan imponente? ¿Por qué mantenerla cerrada? Aunque quería saberlo, no pregunté. Raro sería que Harron me diera una respuesta y, de todos modos, me iba a enterar pronto. Probablemente yo iba a servir de comida para una manada de gatos infernales. Sentí un cosquilleo de inquietud en la punta de las orejas cuando Harron me hizo cruzar las puertas de un empujón. El aire en la enorme estancia de techos abovedados del otro lado no era más fresco que en el resto del palacio, pero sí que tenía una extraña cualidad, como si fuese más denso de lo normal y el lugar no se hubiese ventilado en mucho tiempo. Noté como si arrastrara los pies por arena removida al avanzar entre la oscuridad hacia una solitaria antorcha que colgaba de una pared.

Enormes columnas de arenisca dispuestas en hileras llenaban aquel espacio cavernoso. Había al menos treinta, que soportaban el peso de los contrafuertes del techo en las alturas. Nuestros pasos reverberaron por la estancia. Harron me guiaba ahora por el hombro. Pensé que aquel salón debía de estar completamente vacío, pero al acercarnos a la titilante llama que conjuraba sombras sobre la pared, vi que había una serie de escalones de piedra que ascendían hasta una plataforma elevada y polvorienta.

Algo largo y estrecho asomaba en la plataforma. Desde lejos parecía una especie de palanca. Yo no podía apartar la vista de ella. Aquella forma sombría parecía captar toda mi atención y, por más que lo intenté, no conseguí mirar para otro lado.

Cuanto más nos acercábamos, más me concentraba. Era como si la plataforma me atrajera hacia sí, como si me llamara...

—Yo de ti no lo haría.

Harron me apartó de la plataforma de un tirón y me llevó de nuevo en dirección a la antorcha encendida. Ni siquiera me había dado cuenta de que había cambiado el rumbo y me dirigía directamente a los escalones de piedra. Durante un instante, me había ensimismado, pero el sonido de la voz grave y baja del capitán me devolvió a la realidad.

De pronto me entraron náuseas. El agua que había bebido de la cantimplora de Harron se arremolinaba en mi vientre. Notaba una humedad desagradable en la boca, pero tragué saliva para aplacar la sensación, determinada a no darle a aquel gilipollas la satisfacción de saber que había estado en lo cierto al decirme que no bebiera tan rápido.

—¿Qué es este lugar? —susurré.

—Era una sala de espejos —respondió el capitán—, pero eso fue hace mucho. No te muevas. Y ni se te ocurra intentar escapar. Este lugar está atestado de guardias. No llegarías ni a dos metros de esa puerta. —Se situó detrás de mí y me agarró de las muñecas. Me las ató con manos rudas—. Lista. No te muevas.

Cogió la antorcha de la pared y me dedicó una mirada severa. Las llamas sumían en sombras la mitad de sus orgullosas facciones.

Acto seguido, fue encendiendo las demás antorchas de la pared. Pronto hubo al menos diez de ellas encendidas. Lanzaban círculos de una luz dorada que revelaba las hoscas caras de dioses olvidados hacía mucho cincelados en la mampostería de las paredes. Entre ellos reconocí únicamente a Balea y Min, las encarnaciones físicas de los soles de Zilvaren: hermanas gemelas, idénticas en apariencia, hermosas y crueles. Las hermanas me contemplaban con regia indiferencia mientras Harron acababa de encender las antorchas. Sin embargo, incluso con tantas antorchas encendidas, la estancia era tan enorme que la oscuridad seguía lamiendo las paredes y nos acechaba en la mampostería como si quisiera poner a prueba los límites de la luz y obligarla a retroceder.

Yo hice lo que pude para no mirar aquellos escalones, la plataforma y la palanca. Recorrí la silueta borrosa y carente de bordes que era Harron mientras este regresaba hasta mí, pero aun así, mis ojos siguieron vagando hacia los escalones, atraídos por ellos.

El silencio vibró en mis oídos; una sensación imposible e inquietante, como el instante anterior a un grito, cuando el sonido terrible rasga en dos el aire y, durante la fracción de segundo siguiente, el recuerdo del estallido continúa presente, determinado a que se lo siga oyendo. Me encontré esforzándome, escuchando con tanta concentración como pude, en busca de una voz que no estaba ahí.

Harron se plantó ante mí. La luz de la antorcha le pintaba mechones cobrizos en el cabello marrón oscuro. Abrió la boca para hablar y...

—He oído rumores —dijo una voz fría.

Era enérgica y grave, aunque innegablemente femenina. Yo me sobresalté y miré en derredor en busca del lugar del que provenía. Yo no había oído que se volviese a abrir la puerta, y no había habido ecos de pasos en la piedra. Y, sin embargo, había alguien más con nosotros en la estancia en aquel momento. La reina Madra emergió de entre la oscuridad como si fuese parte de ella. La gente decía que era joven. Hermosa. Magnífica a la vista. Yo la había visto de lejos, pero jamás a aquella corta distancia. Me resultó difícil comprender cómo podía tener aquel aspecto alguien que había gobernado durante tanto tiempo.

Su piel era clara e impoluta. Tenía las mejillas sonrosadas. Su pelo era del color del hilo de oro y estaba peinado en una compleja trenza. La reina se aproximó y me recorrió con unos ojos brillantes, rápidos e inteligentes. Desde luego era hermosa. Más hermosa que ninguna mujer que hubiese visto antes. Su vestido era de un tono azul zafiro, intenso y profundo, y estaba hecho de un tejido aterciopelado que no había visto jamás. Era un ser delicado, grácil, pero al igual que en todo lo demás en aquel salón tan raro, también había algo extraño en ella.

Me dedicó una sonrisa coqueta al acercarse, al tiempo que jugueteaba distraídamente con un brazalete dorado que llevaba en la muñeca. Harron apartó los ojos e inclinó la cabeza cuando la reina lo miró. Aquella sumisión pareció complacerla. Le puso una mano en el hombro con gesto familiar, aunque la tuvo que alzar para alcanzarlo. Acto seguido, se giró y me miró a mí.

—Qué cosa tan mala son los rumores —dijo. Hacía apenas un instante, su voz había sonado más grave, repleta de ecos, pero de algún modo había cambiado y ahora era aguda y brillante, tan ciara y agradable como el tintineo de una de las campanitas de cristal de Elroy. No había rabia en el rostro de Madra. En todo caso, en su expresión había curiosidad mezclada con un cierto nivel de diversión. Las comisuras de su boca volvieron a curvarse hacia arriba; los ojos resplandecientes eran casi amables—. No me gustan los rumores, Saeris Fane. Los rumores son los vecinos de al lado de las maledicencias, y las maledicencias siempre congenian con las mentiras. Así son las cosas.

Trazó un círculo a mi alrededor. Esos ojos azules y rápidos me recorrieron por entero.

—Te pido disculpas por los grilletes, pero no les tengo mucho aprecio a las ratas barriobajeras del Tercero. Nunca se sabe dónde han metido las manos. Como mínimo están siempre sucias, y resulta muy difícil quitarle las manchas al satén.

Ratas barriobajeras.

Su sonrisa era acogedora, al igual que la dulzura de su mirada, pero sus palabras al menos sí que evidenciaban la verdad. Echó la cabeza hacia atrás para verme mejor y mostró la columna que era su cuello. Tenía diamantes centelleantes en las orejas, y la gargantilla que le rodeaba la garganta estaba colmada de joyas resplandecientes cuyo nombre yo ni conocía. No llevaba corona, lo cual parecía extraño teniendo en cuenta el resto de joyería que la cubría.

—Harron, aquí presente, me ha dicho que hoy me has robado. Me ha dicho que has asesinado a dos de mis guardianes.

Yo no dije nada. No me habían dado venia para hablar, y no sabía cómo debía comportarme en una situación así. Los guardianes ya me habían dado demasiados reveses como para saber que no debía decir ni pío hasta que no me indicaran directamente que abriese la boca. Madra soltó un resoplido y enarcó una ceja en un gesto sardónico, al tiempo que ensanchaba la sonrisa. Me dio la impresión de que estaba decepcionada, que hubiera querido que rompiese el protocolo.

—Robar las propiedades de la corona supone una acusación muy seria, Saeris, pero enseguida abordaremos el tema de la pieza de armadura que robaste. Antes me vas a explicar cómo has conseguido derrotar a dos de mis hombres. Me vas a decir quién te enseñó a blandir una espada. Me darás todos los detalles: nombres, ubicaciones donde os reunís... Todo lo que sepas. Y cuando hayas acabado, si me parece que has sido sincera, me pensaré si conmuto parte de tu condena. Adelante —ordenó.

Me dio la espalda y empezó a caminar en círculos junto a la pared, contemplando la mampostería, las antorchas, el techo. A la espera de que yo hablase.

—Vamos —susurró Harron entre dientes—. Los retrasos no te van a ayudar, te lo aseguro.

—No pasa nada, Harron. Deja que reordene las falsedades en su cabeza. No importa. Ya me encargaré yo de desenredar su maraña de mentiras mientras la va tejiendo.

Una gota de sudor me corrió por la sien y bajó por mi mejilla, pero aun así me encontré temblando a pesar del asfixiante calor. Quería mirar aquella plataforma elevada. Con cada fibra de mi ser, estaba desesperada por mirar. Me hizo falta hasta el último átomo de mi voluntad, pero conseguí mantener los ojos fijos en Madra.

—Aprendí sola —dije—. Me fabriqué una espada de madera con la que practicar y entrené sola.

La reina Madra resopló.

Yo aguardé a ver si decía algo —parecía claro que estaba pensando mucho—, pero lo que hizo fue alzar las cejas en una señal silenciosa para que continuase.

—No hay más que contar —dije—. Nadie me entrenó.

—Embustera —ronroneó la reina—. Mis guardianes son guerreros curtidos. Nadie los iguala como espadachines. A ti te ha enseñado alguien a usar un arma y quiero saber quién ha sido.

—Ya os he dicho...

La mano de la reina salió disparada, rápida como un rayo. Me cruzó la mejilla con tanta fuerza como fue capaz. El restallido de la bofetada reverberó por el salón vacío en cuanto la palma de su mano impactó contra mi piel. Sentí una explosión de dolor en la mandíbula que ascendió hasta mi sien. Maldición, qué dolor.

—Fueron los fae, ¿verdad? —susurró—. Han encontrado un modo de llegar hasta aquí. ¿Ha venido por fin a por mí?

Me había pegado fuerte, pero no tanto. No debería estar teniendo alucinaciones auditivas, pero ese parecía ser el caso, porque podría jurar por mi vida que la había oído decir «los fae».

—No comprendo a qué os referís. —Le lancé una mirada a Harron, intentando descifrar por su expresión si se trataba de algún tipo de truco. Sin embargo, la expresión del capitán estaba desprovista de emociones. Indescifrable.

—¿Qué es lo que no comprendes? —Las afiladas palabras de la reina supuraban hielo.

—He oído historias, pero... —No estaba muy segura de qué decir. ¿Acaso había perdido la reina el juicio? ¿Creería también en unicornios? ¿En tierras perdidas que existían hace milenios y que se había tragado el desierto? ¿En fantasmas y dioses olvidados? Nada de todo aquello era real.

Como si me leyese la mente, la reina esbozó lentamente una mueca a modo de sonrisa.

—Los fae eran señores de la guerra. Seres bestiales carentes de templanza, de sentido de la moral o de cualquier tipo de misericordia. Los inmortales mayores descargaron su ira sobre esta tierra con puño de hierro y dejaron un camino de puro caos y destrucción a su paso. Las siete ciudades se regocijaron cuando yo los expulsé. Y ahora te han enviado a ti para intentar asesinarme, ¿no es así?

—Os aseguro que nadie me ha enviado a hacer nada remotamente parecido.

Madra rechazó mis palabras con un chasquido de la lengua en tono aburrido.

—Supongo que quieren esta tierra. Dime, ¿qué harán si no les devuelvo estas dunas áridas, inútiles y yermas? —preguntó en tono escéptico.

—Ya os lo he dicho.

—No... mientas —rezongó la reina—. Responde a la pregunta. Los fae quieren venir a arrebatarme estas tierras. ¿Qué crees que tendrán que hacer para arrebatarme el trono?

Aquella me pareció la pregunta clave. El tipo de pregunta que no me convenía responder. Pero tenía que decirle algo. Estaba claramente desatada, y manifestar mi inocencia no me iba a ayudar en absoluto.

—Mataros —dije.

—¿Y cómo planean llevarlo a cabo? —Parecía sinceramente interesada en mi respuesta.

—No... no lo sé. No estoy segura.

—Hum. —Madra asintió sin dejar de caminar. Parecía estar sumida en sus pensamientos—. Me sorprende que los fae no hayan pensado en cómo podrían destruir a una inmortal, Saeris. Me da la impresión de que los fae son unos temerarios, que no están nada preparados para enfrentarse a alguien como yo. —Sus faldas de color vívido emitieron un frufrú al acercarse—. Te diré que todo el alboroto que has ocasionado hoy ha sido bastante emocionante. He sentido un cierto... —Alzó la vista por las arcadas de las alturas y frunció el ceño. Fue como si buscase una palabra que no le venía. Se encogió de hombros, bajó la mirada y dijo—: Supongo que lo único que pasa es que estoy aburrida. Llevo mucho tiempo en el poder. Sin ninguna amenaza real para el trono. No hay nada que hacer aparte de beber vino y masacrar plebeyos por mera diversión. Durante un segundo, me has hecho preguntarme...

Ni siquiera aquella mueca sonriente, amplia y fría, conseguía reducir su belleza. Quizá, si las mujeres del Tercero tuvieran los mismos lujos de los que había disfrutado Madra, tendrían un aspecto tan hermoso como ella. Sin embargo, incluso así, rencorosa y fría, seguía siendo el ser más encantador sobre el que se habían posado mis ojos.

De pronto, la reina se dio la vuelta, abrió los brazos y soltó una risa seca, al tiempo que gesticulaba hacia la estancia a su alrededor.

—Por eso nos hemos reunido aquí, claro. Tenía que ver por mí misma si este lugar seguía intacto. Los fae expulsados no pueden regresar mientras todo siga igual aquí, ¿comprendes? Sabía que no había cambiado nada, pero tengo la mala costumbre de permitir que la paranoia se apodere de mí.

Se serenó. Volvió a ser una criatura joven y hermosa con un vestido elegante, malcriada y colmada de excesos..., pero, al mismo tiempo, un ser antiguo y malicioso que se agazapaba tras sus brillantes ojos azules.

—A estas alturas, deberías saber ya que no hay que prestarle atención a la gentuza, Harron. —Se dirigió al capitán, pero sus ojos se clavaron en mí.

—Gentuza, su majestad, sin duda —dijo Harron en tono rígido—. Sin embargo, el deber de una reina es proteger a su pueblo. Hacéis bien en investigar cualquier posible amenaza contra Zilvaren.

Maldito adulador lamebotas, zalamero y servil. No había rastro del Harron que yo había conocido en las calles del Tercero ni tampoco del hombre que me había arrastrado desde las mazmorras mientras yo gritaba y pataleaba. Aquella versión del capitán era mansa y diminuta. Temerosa por razones que yo no conseguía discernir.

Madra tampoco parecía muy impresionada ante tanto servilismo. Un espasmo recorrió las comisuras de su boca, que apenas se alzaron.

—Ocúpate de ella, Harron. Cuando hayas acabado, dirígete a donde la encontraste y erradica al resto de su gente.

Mi gente.

No querría decir...

Una oleada de pánico me recorrió.

—No. Mi hermano... Ya os lo he dicho. No ha tenido nada que ver con el guante. Os juro que...

El rostro de la reina no mostró emoción alguna cuando alargó el dedo índice y me acarició la mejilla. Estaba empapada de sudor. El aire apestaba a mi propio miedo, aunque la mujer se mantenía impertérrita. Su piel, perfecta y muy pálida, no sudaba lo más mínimo.

—Eres una rata —se limitó a decir—. Y las ratas son una plaga eterna en esta ciudad. Así es. Se puede matar a una, pero ya será tarde. Antes de haber llegado hasta ti, ya habrá engendrado a diez más. Diez ratas más, grotescas, gordas, que mordisquean el grano que no les pertenece, que prueban un agua que no tienen derecho a beber. El único modo de ocuparse de un nido de ratas es localizarlo y ahogar a base de humo a sus ocupantes. Aunque no haya ningún fae en la Ciudad de Plata, alguien te ha entrenado. Alguien te enseñó a hacer daño a mis hombres, a matarlos. ¿Crees que vamos a permitir que una forma de rebelión tan insidiosa se propague? Claro que no.

Mostró los dientes y me agarró de la mandíbula. De pronto sus uñas eran demasiado afiladas, demasiado largas, y se clavaron en mi piel.

—Me arrebataste algo, niña, y a mí no me interesa dejar pasar ningún robo. Así pues, ahora te arrebataré yo algo a ti. Primero, la vida. Luego, convertiré a todos tus seres queridos en una columna de humo grasiento y, cuando hayan desaparecido, arrasaré por completo el Tercer Distrito. Durante los próximos cien años, cualquiera lo bastante necio como para pensar en robarme se acordará del día aciago en que Saeris Fane ofendió a la corona de Zilvaren. Y de las cien mil personas que pagaron el precio.

5

HEREJÍA

Todo un distrito en llamas por mi culpa. Cien mil personas convertidas en cenizas y huesos. No podía decirlo en serio. Elroy me contó en cierta ocasión cómo se hacían las matanzas de vacas. Les pegaban en la frente con un perno puntiagudo, por sorpresa. Justo así me golpeó a mí la culpa ante la promesa de la reina: surgida de ninguna parte. Justo entre los ojos.

La reina Madra se dio la vuelta con el sonido del roce de su vestido, cuyo color cambió como el lustre de una superficie aceitosa, y empezó a alejarse por el enorme salón con pasos silenciosos.

—Haz que cante, Harron. Quiero oír su música reverberando desde las mazmorras hasta las torres. Ha pasado demasiado tiempo desde la última vez que oímos una dulce tonada.

Enferma. Retorcida. Así era la reina. Puede que la cara de Madra engañase a muchos, pero, debajo de la máscara que llevaba, hervía un pozo oscuro y feo. Yo lo vi. Lo noté en sus palabras. Los horrores incontables que aquella mujer había ordenado con esa voz dulce y rítmica...

Harron cogió la espada con ojos vidriosos. El sonido de la hoja al deslizarse por la vaina se propagó por el aire. No tenía remordimiento alguno. Ningún tipo de arrepentimiento. La compasión que pudiera haber sentido por mí mientras me arrastraba desde las celdas había desaparecido ya; había sido reemplazada por... nada.

Y cuando vino a por mí, lo hizo rápida y silenciosamente.

Así acabaría todo, pues. Mi vida llegaría a su fin en un latido, mi grito se vería cercenado en la garganta antes de resonar por el aire. Sin embargo, Madra quería que mis chillidos inundaran el palacio. Así lo había dicho, y Harron era una criatura que le pertenecía de los pies a la cabeza. No pude evitar que me sujetara. Con las muñecas aún engrilletadas, no tenía manera alguna de defenderme. Intenté darle una patada en el vientre, poniendo en ello todo mi peso, pero él desvió el golpe y se giró con una expresión de aburrido desdén.

—Esto no significa nada para ti, ¿verdad? Segar una vida inocente.

Un parpadeo sobrevoló sus facciones. No era empatía. Más bien era... agotamiento.

—Tú no eres inocente. Eres una ladrona —replicó en tono seco. Su mano se cerró sobre la parte superior de mi brazo, fuerte como un tornillo de hierro. Intenté clavar los talones en el suelo para frenarlo mientras él me arrastraba por el salón, pero el suelo de piedra era demasiado resbaladizo.

—El Tercero está lleno de ladrones —solté—. Es el único modo de vida que nos queda. Si no tomamos más de lo que se nos da, nos morimos. Es una decisión sencilla. Tú harías lo mismo si tu vida dependiera de ello.

—No te vanaglories de saber cómo funciona mi moral, chica. —Me obligó a avanzar de un tirón y soltó un rugido cuando intenté librarme de él. Noté una palpitación en el hombro que anunciaba que se iba a dislocar si lo forzaba más, pero había muchas cosas que estaba dispuesta a hacer para sobrevivir, y robar era la menor. Si sacarme el hombro de su sitio me daba una oportunidad de escapar, podría soportar el dolor.

—Qué fácil es juzgar... desde una posición de privilegio —dije con voz apagada—. Pero... cuando tu familia... va a morir...

—La muerte no es sino una puerta abierta que hay que cruzar. Al otro lado, hay paz. Considérate dichosa por poder realizar el tránsito.

Me dio un empujón y me arrojó al suelo. Caí de costado, con un golpe duro. Mi cabeza chocó contra la piedra y vi chiribitas por los ojos. Durante un instante, lo único que pude hacer fue ahogar una exclamación en medio de un dolor tan intenso que parecía que iba a romperme el cráneo. Mi vista se aclaró justo a tiempo de ver que Harron alzaba la espada.

—Si te sirve de algo, lo siento —dijo.

Y entonces descargó la espada sobre mí.

Un rayo recorrió mi costado y me llegó al cerebro. Estaba al rojo vivo. Era una sensación que trascendía el dolor. Era mucho más que dolor. Una agonía pura, algo que jamás había experimentado. Me astilló la mente a medida que el puro horror se intensificaba. Yo ni siquiera sabía que un dolor así pudiera existir. Una ráfaga de calor húmedo se derramó por mi vientre. Bajé la vista y deseé al instante no haberlo hecho. La hoja de Harron estaba hundida en mi abdomen. El metal llegaba hasta el fondo. Las cejas del capitán se fruncieron durante un brevísimo segundo, una pequeñísima llamarada de algo ante lo que se negó a ceder... y luego sus facciones se suavizaron.

—¿Lista, Saeris? —Cerró ambas manos sobre la empuñadura de la espada—. Esta es la parte en la que gritas.

Entonces, retorció...

Un muro de sonido y pánico me recorrió; era demasiado, el miedo y el dolor lacerante en mis entrañas abrumaron al resto de mis sentidos. Como un animal salvaje capturado en una trampa, me retorcí desesperada por escapar, pero las ataduras que inmovilizaban mis manos a la espalda se apretaban cuanto más forcejeaba. Harron no hizo sino volver a retorcer su resplandeciente hoja de plata. No la había sacado. Me había ensartado contra la piedra; no había forcejeo que pudiera librarme.

Le di a Madra la música que deseaba. Grité hasta notar el sabor de la sangre y que se me despellejaba la garganta. Fue entonces cuando empecé a ahogarme con mi propia sangre; comprendí que la estaba expulsando al toser. El líquido se derramó de mi boca en un chorro caliente que no dejaba de fluir.

—Ya sé que duele —murmuró Harron—. Pero es pasajero. Acabará pronto.

Se inclinó sobre mí y sacó una hermosa daga tallada de una vaina que él llevaba en el muslo. Me aferré a esas palabras. Pronto acabaría. Me hundiría en el olvido. Yo no creía en el más allá, pero la nada me parecía bien. Iba a...

Una erupción en mi clavícula. No podía respirar. Por un instante, pensé que me había dado un puñetazo, pero no. Su daga estaba hundida en mi hombro. Un aullido entrecortado reverberó por todo el salón, cada vez más alto. Era un sonido inhumano, escalofriante y penoso.

Escapa.

Escapa.

Escapa.

No había espacio en todo el mundo para pensar. No podía...

Tenía que...

Tenía...

¡Escapa!

—Tienes suerte. Esto es más rápido que lo que les espera a los otros —dijo Harron en tono suave. Había un ápice de gentileza en su tono de voz. Sacó otra daga y la contempló, mirando el filo—. Arderán o se asfixiarán hasta morir. Las heridas en el vientre son dolorosas, sí, pero esta te la he hecho para que sea rápida. Y ahora... —Negó con la cabeza y giró la daga en la mano—. Un último grito para la reina, que sea de los buenos, y estarás lista, ¿de acuerdo?

La daga destelló, rápida como un rayo. Harron la dirigió hacia mí, listo para clavármela en el otro hombro, pero... algo sucedió. La punta de metal se detuvo a dos centímetros de mi camisola mugrienta y destrozada y se quedó por encima de mí. Había... ¿parado?

Me ahogué con otro chorro de sangre y me esforcé por tragarla para respirar. Alcé la vista hacia Harron y vi que tenía los ojos desorbitados, más alertas de lo que estaban hacía un instante. Me contempló con una incredulidad clara como la luz del día. Se estremecía del esfuerzo, apretando con ambas manos para clavarme el puñal.

—¿Cómo... cómo lo has hecho? —preguntó con un gruñido—. Es... es imposible.

No pude responderle. Ya no era más que una mecha ardiendo, consumida de dolor. Sin embargo, dentro de mí había algo, algo frío y calmado, hecho de hierro, que se alzó y se hizo con el control de la daga de Harron.

Esa calma quería la hoja y se hizo con ella. Como si tuviera una tercera mano invisible, agarré la daga y la envolví con mi voluntad. El arma tembló y la punta se estremeció.

—Basta —susurró él—. Esto es una herejía.

Pero yo no podía parar. No tenía control alguno sobre lo que estaba pasando. Quería desesperadamente apartar la daga de mí, así que la forcé con la mente, le ordené que...

Harron ahogó una exclamación. La daga se puso al rojo vivo. El metal chirrió en mis oídos, con un sonido horrible, espantoso, que me hendió el alma. El sonido de la locura. Apreté los dientes y respondí a la voz de mi interior, que me ordenaba que deshiciera la daga, como si algo así fuera posible. Pero lo era. Casi tan aturdida como Harron, vi que el puñal se licuaba en la mano enguantada del capitán y corría por sus dedos como riachuelos de plata.

—¡Magia hereje! —gritó Harron. Intentó apartarse de golpe, pero perdió el equilibrio y cayó de culo. Sus botas repiqueteaban contra la piedra mientras intentaba alejarse—. ¿Dónde has aprendido...? No. ¡No!

El terror se apoderó del capitán. Se revolvió, los ojos desorbitados y la respiración acelerada, mientras los diminutos riachuelos de líquido metálico que habían sido su arma fluyeron hacia él, amontonándose, divergiendo, como si lo buscaran. Como si estuvieran vivos.

—Basta —jadeó Harron—. Aunque me mates, no podrás escapar del palacio. Y, de todos modos, te estás desangrando. ¡Ya estás muerta!

Un peso extraño y ondulante se agitó en mi vientre. Apenas pude sentirlo por encima del dolor, pero pude ver esa cosa calmada y desconocida que había en mi interior y que se centró en mí. Era una pregunta. ¿Quería detener lo que había iniciado con la daga? Sería sencillo. Podría volver a formarlo. Moldearlo. Porque era peligroso. Había ciertas cosas que aquella sensación podía hacer. Yo no sabía qué eran, pero...

Lo iba a averiguar.

Harron tenía razón. Yo ya estaba muerta. Nadie podría sobrevivir a las heridas que me había infligido. Pero Hayden seguía vivo. Y Elroy. Quizá incluso Vorath, aunque el grito que surgió de su tienda cuando salí huyendo antes sugería lo contrario. Pero, mientras mis amigos siguieran vivos, yo tenía motivos para herir a Harron. Y si el metal líquido que yo había creado a partir de la daga con la que pensaba apuñalarme podía evitar que hiciese daño a mis seres queridos..., yo iba a usarlo para hacerle daño a él.

Ya no era capaz de hablar. No podía moverme. Estaba tan mareada que el enorme salón se alzaba y hundía a mi alrededor como si estuviera borracha..., pero, aun así, no había terminado todavía. Me quedaban suficientes fuerzas para acabar con aquello.

Madra tendría que buscarse a otro para matar a mi gente. Tenía un número infinito de guardianes que estaban más que dispuestos a cumplir su voluntad, pero aquel hombre no sería uno de ellos. Harron no sería quien derramara la sangre de Hayden o de Elroy, del mismo modo que había derramado la mía. Yo sabía que podía acabar con él usando aquel extraño y hambriento metal, si así lo deseaba. ¿Y por qué no iba a desearlo? La vida no era justa. Yo jamás había esperado que lo fuera, pero sí creía que, en aquella ciudad, una recogía lo que sembraba. Y eso significaba que Harron, capitán de la guardia de Madra, tenía una deuda que debía saldar antes de mi muerte.

—¿Saeris? ¡Saeris! ¡Detenlo! No... no lo entiendes...

—Vaya si lo entiendo —dije con un gruñido—. Esperabas que muriese a tu merced, pero... —Me llevé la mano al estómago y tosí echando otro reguero de sangre—. No quieres venir conmigo por esa puerta que has mencionado antes, ¿verdad, capitán?

—No puedo. ¡Ella no me lo permite!

Harron tenía espacio de sobra para huir, pero estaba inmóvil, los músculos congelados, demasiado petrificado como para moverse ni un centímetro. No dejaba de gimotear mientras los hilillos de plata se separaban como afluentes de los ríos que tanto me asombraban al leer sobre ellos en los libros de la biblioteca. Empezaron a subir por la puntera de su bota.

¿Qué le iba a suceder?

En realidad, daba igual. Iba a sufrir del mismo modo que me había hecho sufrir a mí. Yo estaba más y más débil cada segundo que pasaba; mis heridas perdían sangre a una velocidad increíble. El tiempo pasaba. Pronto me habría apagado, pero... había una parte terca de mí que quería que él muriese antes. Yo quería estar de pie cuando sucediese. Así pues, me puse a ello.

«Saeris Fane murió a los veinticuatro años de edad. Sinceramente, debería haber muerto mucho antes, pero esa chica nunca sabía cuándo había que rendirse».

Mi epitafio sería breve y dulce. Elroy se encargaría de ello, suponiendo que sobreviviese. Mientras tanto, yo pensaba levantar el culo medio desangrado de aquel duro suelo y ver qué iba a suceder a continuación.

Estaba sudando, tenía las piernas débiles y sufría náuseas, pero pude levantarme. Jadeando con fuerza por la nariz, di un paso inseguro hacia el capitán y comprendí lo difícil que me iba a resultar mantenerme consciente. Mi vida pendía de un hilo. La espada de Harron y la otra daga seguían asomando por mi cuerpo. Era un milagro que la espada no hubiese caído ya. El peso que la retorcía en mi interior era agónico, pero contuve los gritos mientras avanzaba a trompicones, arrastrándome con unos pies fríos como el hielo hacia Harron.

Él, frenético, se palmeó las perneras de los pantalones, agitando la tela, pero con cuidado de no tocar la plata derretida.

—Eres un monstruo —susurró—. Esta magia podría acabar con el mundo. N-no permitas que me lleve. ¡P-por favor!

Pero ¿qué esperaba? ¿Acaso me había prestado él oídos cuando le suplicaba por mi vida? ¿Se había apiadado de mí justo antes de clavarme la espada en el vientre? No. Yo no comprendía qué era lo que me estaba sucediendo, pero si aquello era un don capaz de acabar con el mundo, que así fuera. A la mierda aquella ciudad, a la mierda el mundo. Mi familia ya estaba condenada. ¿Qué me importaba a mí nadie más? Si Harron decía la verdad, yo le estaba haciendo un favor a toda la gente del Tercero.

Las antorchas que descansaban en los apliques llamearon. Su fuego saltaba y danzaba, proyectando un espectral resplandor anaranjado en las paredes. En el suelo, los hilos de plata seguían por las piernas de Harron, tanteando, ascendiendo, en plena misión para encontrar su carne.

Yo no entendía cómo lo sabía, pero era consciente de que Madra empezaría a oír la música de Harron en cuanto esos hilos encontrasen su objetivo.

—Por favor —susurró Harron.

—No.

La palabra era dura como el granito. Contemplé la espada de aquel bastardo, que aún asomaba por mi vientre. Cómo me habría gustado poder sacármela de dentro. Qué ironía oscura y hermosa habría sido poner fin a la vida de aquel cabrón con su propia espada, pero en cuanto me extrajera aquel chisme, acabaría muerta en un segundo, y yo quería seguir por aquí lo suficiente como para ver...

Necesitaba algo más. Quizá alguna de las antorchas. Si pudiese reunir la energía para atravesar el salón y alcanzar una de ellas, podría usarla para prenderle fuego, justo como él planeaba hacer con el Tercero. Conseguí dar tres arduos y agónicos pasos antes de fijarme en que había otra espada a mi izquierda. La había visto cuando Harron me trajo hasta aquí, aunque en aquel momento no había podido atisbar correctamente lo que era. Había pensado que era algún tipo de palanca. Sin embargo, cerca como estaba yo ahora, pude ver que, de hecho, se trataba de una espada hundida hasta la mitad en el suelo.

Los dioses sabrían si tenía fuerzas suficientes para sacarla, pero desde luego iba a intentarlo.

Tenía que subir los escalones hasta la plataforma elevada donde estaba hundida aquella arma ornamentada. Cuando subí el primero de ellos, con un gemido sonoro de dolor, Harron se libró de la histeria. Se puso de pie y su voz resonó, alta, urgente:

—¡Saeris, no! No toques la espada. ¡No... no gires la llave! —jadeó—. ¡No abras la puerta! ¡No tienes ni idea del infierno que desatarás sobre este lugar!

¿De verdad pensaba que me importaba?

Se me tiñó la vista de rojo; toda una vida de rabia e injusticia por fin exigía venganza. El infierno ya se había desatado hacía siglos en ese lugar. ¿Qué importaba algo más de sufrimiento?

El segundo escalón de la plataforma fue algo más fácil de subir, pero solo porque me encontraba un paso más cerca de la muerte. Me embargó una sensación de frío entumecimiento que embotó mis sentidos y nubló mis pensamientos. Había dejado un charco de sangre en el suelo a mi espalda, así como un amplio reguero hasta llegar a la plataforma. Ahora mi corazón se esforzaba al máximo. Casi no le quedaba sangre que bombear.

Llegué al último escalón de la plataforma, mareada y exhausta. Al instante caí de rodillas y tuve una arcada. Quería vomitar con todas mis fuerzas, pero mi cuerpo empezaba a apagarse. No recordaba cómo se vomitaba, o quizá era que mi estómago no conseguía contraerse apropiadamente, en vista de que lo atravesaba la hoja de una espada. Así pues, lo que hice fue escupir grumos de sangre coagulada en el terso suelo.

La espada clavada era vieja. De algún modo, noté su antigüedad... Un hormigueo de energía que hablaba de lugares escondidos y antiguos.

—¡No toques esa espada! —repitió Harron.

Le entró el pánico y fue hacia mí. Estaba a punto de llegar a los escalones. Había renunciado a sacudirse aquellos filamentos de plata que se le extendían ya por el pecho y ascendían lentamente hacia su garganta.

Si él llegaba a lo alto de la plataforma, podía darme por muerta. Ignoré el dolor y la oscuridad que se adueñaba de mi vista, me apoyé en los talones y me giré hasta situarme de espaldas a la hoja. Coloqué las muñecas en el filo de la antigua arma. Esperaba que estuviese roma —de algún modo, supe que ningún otro ser vivo la había tocado desde hacía siglos—, pero solté un siseo de pura sorpresa al hacer un movimiento ascendente y ver que el arma cortaba mis ataduras como un cuchillo caliente atraviesa la mantequilla.

—¡Saeris, no!

Harron casi me había alcanzado. Me revolví y di un enorme grito: su espada se deslizó hacia delante y cayó de mi estómago con un repiqueteo en el suelo. Entonces lo sentí; mi propia esencia se descolgaba. Fue como si algo fundamental en mí se hubiera deshecho. Ya no había forma de recuperarme.

«Acabemos con esto, pues», susurró una vocecita en el fondo de mi mente, cada vez más calmada.

Agarré la vieja espada por la empuñadura y un rayo de energía me subió por ambos brazos. La saqué de la piedra y me volví hacia Harron.

Resollando, dije nueve palabras, a sabiendas de que serían las últimas, solo por disfrutar de la estupidez de pronunciarlas:

—Esta es la parte... en la que gritas..., capitán.

Y entonces golpeé con todas mis fuerzas.

La espada abrió un tajo en el hombro de Harron; atravesó la armadura pectoral de cuero engrasado como si ni siquiera estuviese ahí y dejó una brillante línea de sangre a su paso. El alarido de dolor de Harron resonó por todo el techo abovedado. La herida no era lo bastante grave como para matarlo, pero desde luego le había hecho daño. Harron se abalanzó sobre mí, con una mano sobre el pecho para detener el chorro de sangre. Supuse que me volvería a agarrar, pero esta vez lo que hizo fue lanzarse a por la hoja, con los ojos desorbitados.

—¡Déjala en su sitio! ¡Tienes que volver a ponerla donde estaba!

Ya era tarde para eso. No hay cántico que pueda volver a una boca tras entonarlo. La espada estaba libre y cada parte de mí sabía que no iba a regresar a...

Regresar a...

Me estaba hundiendo.

El suelo que yo había pensado que era de piedra sólida bajo mis pies no era nada remotamente parecido. La hoja de Harron se había derretido hasta formar una respetable cantidad de metal líquido, pero el suelo sobre el que yo pisaba..., el charco que se formaba..., era más plata de la que yo había visto en toda mi vida. Siseaba y escupía como un gato rabioso. Hacía un instante, aquello no estaba así; había sido sólido. Pero ahora se ablandaba con cada segundo que trascurría. Yo ya estaba hundida hasta los tobillos en aquel remolino turbio.

No podía sacar las botas. La superficie del estanque de plata resplandecía en la tenue luz del salón y emitía su propia suerte de luz. Dado que mis pies estaban atrapados, Harron podría haber acabado conmigo de una vez por todas, pero los finos hilos de plata que habían formado su daga acababan de alcanzar el cuello de su armadura y empezaban a trepar ansiosos por su garganta.

Su piel estaba blanca como la cal.

—Dioses —dijo jadeando—. Es... es tan...

Pero no acabó la frase. Puso los ojos en blanco y empezó a sacudirse.

El estanque hecho de plata líquida en el que yo me encontraba aumentaba con una velocidad alarmante. ¿O acaso es que se hacía más profundo? No lo sabía. Mis pensamientos estaban tan desordenados que nada tenía sentido. Era por la pérdida de sangre; no había otra explicación. Iba a morir pronto y todo acabaría.

Hayden. Hayden estaría... La reina se olvidaría de todo. Estarían a salvo.

Todos estarían...

Me pesaban muchísimo los párpados. A tres metros de distancia, al pie de los escalones, Harron soltó una maldición, forcejeando contra un enemigo invisible. Yo prefería dejarlo librar aquella batalla privada. Había llegado el momento de irme a dormir. El momento de...

El metal líquido explotó a mis pies. La plata rebosó lo que ahora se veía claramente que era una fuente circular. Sin ningún lugar donde apoyarme ni estabilizarme, caí de costado por los escalones. Noté que algo se me rompía y me estremecí, pero, afortunadamente, ya no sentía dolor.

Por fin se me apagaba la vista. La negrura se cernió sobre mí, se extendió ante mis ojos como una bruma de medianoche. Pero no era una bruma. Era algo más. Era...

La muerte.

La muy cabrona había venido a por mí en persona.

Una enorme figura emergió del interior del estanque de plata, como si ascendiera desde las mismísimas profundidades del infierno. Hombros amplios. Pelo negro, húmedo, largo hasta los hombros. Era alto, más alto que cualquier otro hombre que hubiese visto. Tenía los ojos de un tono verde brillante, iridiscente. La pupila del ojo derecho estaba circundada por el mismo tono plateado, metálico, que corría formando lazos por la armadura de cuero negro que le cubría el pecho y los brazos.

Se cernió, enorme, sobre mí. Sus labios formaron una mueca feroz que mostró unos dientes blancos de colmillos afilados. En la mano sostenía una espada descomunal, forjada con metal negro, que vibraba con una energía tempestuosa. Reverberaba en mí hasta el tuétano. Alzó la espada, a punto de descargarla y partirme en dos. Sin embargo, sus rápidos ojos se posaron sobre la espada antigua que yo seguía sosteniendo en las manos. Se quedó inmóvil, con el brazo aún levantado.

—Por los dioses indiferentes —susurró—. ¿Qué es esto, una puta broma?

—¡Muere! —rugió Harron—. ¡No pienso ceder! Vete con tus mentiras y tu lengua de serpiente. ¡Así te ahogues con ella! ¡Muere!

La cabeza de aquel ser, que era la muerte encarnada, se sacudió como un látigo hacia Harron; al parecer había olvidado que había venido a poner fin a mi sufrimiento. El cabello le caía en mechones húmedos por el rostro, aunque la plata de la que se había alzado no le cubría el pelo ni la ropa, como sí sucedía con Harron. El fluido metálico corrió por sus botas y, desafiando las leyes de la naturaleza, se juntó y se alejó por los escalones hasta regresar al estanque.

Yo ya no tenía la energía suficiente para alzar la cabeza y contemplar cómo aquella muerte encarnada bajaba los escalones hacia Harron. Ahora me destellaban los ojos. Me temblaban. Aun así, mis oídos todavía funcionaban.

—Obsidiana. ¡Ob... obsidiana! —exclamó Harron—. Rota. Por todas... por todas partes, por todas partes. Por el suelo. En los pasadizos, en las paredes. Se mueve. Por el suelo. No puedo... ¡no voy a morir! ¡Tiene que...! —gritó.

—Qué lástima. —Yo sabía que la voz de la muerte sería un viento aullante que atravesaría el desierto abrasado. Una tos húmeda y escarpada en medio de la noche. El urgente llanto de un bebé muerto de hambre. Sin embargo, jamás se me había ocurrido que sería un roce de terciopelo en medio de una oscuridad creciente—. ¿Dónde está Madra? —preguntó.

Harron no respondió. El único sonido que llegó hasta mí en el lugar donde yacía tumbada fue el de un forcejeo rasposo.

—No te lo puedo sacar —dijo la muerte encarnada en tono cansado—. Tu destino está sellado, capitán. Pero, joder, te mereces algo mucho peor que esto.

—El suelo. Los pasadizos. Se... mueve. En el suelo. Obsi... diana. Ob... obsid... obsidiana...

Más forcejeos. Un golpe bajo, duro. Harron profirió un chillido impregnado de pánico que se cortó enseguida.

Cuando la muerte encarnada volvió a subir los escalones, lo único que pude ver de él en el estrecho campo de visión que me quedaba fueron sus botas. Mi corazón quiso retumbar cuando se agachó a mi lado y apareció ante mi vista, pero lo único que consiguió fue temblar débilmente de miedo.

Por supuesto que aquel ser, que era la muerte encarnada, era hermoso. ¿Cómo, si no, iba a aceptar nadie irse con él sin resistirse, sin luchar? Aunque frunció el ceño en mi dirección, con unas cejas oscuras que se unieron hasta formar una línea negra de puro descontento, seguía siendo la criatura más salvajemente hermosa que hubiese visto jamás.

—Patética —murmuró—. Absolutamente...

Parecía que le faltaban las palabras. Negó con la cabeza y se llevó la mano a la coraza pectoral, en busca de algo. Un instante después, sacó la mano. Una larga cadena de plata colgaba de su dedo índice. La abrió.

—Si te mueres antes de devolvérmelo, me voy a enfadar —rezongó.

Me colocó la cadena al cuello; la noté templada contra la piel. Desde que había caído sobre los escalones, mi cuerpo se había entumecido misericordiosamente. Sin embargo, aquel alivio resultó ser temporal en el momento en que el desconocido me alzó con brusquedad en sus brazos.

El dolor me destrozó hasta que no quedó nada de mí.

Mi grito silencioso murió en mis labios mientras aquella muerte encarnada me llevaba hacia el estanque.

La oscuridad me llevó antes de que lo hiciera la plata.

EVERLAYNE

En cierta ocasión, cuando yo tenía ocho años, llovió en la Ciudad de Plata. Los cielos se abrieron y un diluvio de agua cayó de las alturas durante todo un día. Las calles se inundaron y varios edificios que llevaban en pie generaciones quedaron arrasados. Nadie había visto jamás unos nubarrones capaces de tapar los soles. Y por primera y única vez en mi vida, yo supe lo que era sentir frío.

Ahora no sentía frío. Esto era algo completamente distinto y resultaba insoportable. Mis huesos estaban hechos de hielo; albergaban la promesa de quebrarse si me atrevía a moverme. Sin embargo, daba igual cuánto me esforzara: no podía evitar estremecerme. Encerrada en las tinieblas, no veía nada en absoluto. Sin embargo, en aquella prisión helada, había sonidos. Voces. A veces eran varias, a veces solo una. Empecé a reconocerlas a medida que pasaba el tiempo. La voz que más oía era femenina; me hablaba en tono suave, me contaba secretos. También me cantaba. La voz era suave y dulce; consiguió que echase de menos a mi madre de un modo que me provocó una punzada de dolor por dentro. No podía comprender qué era lo que cantaba. Sus palabras eran un misterio; hablaba en un idioma desconocido, extraño.

Yo yacía en la oscuridad y me estremecía. Deseaba que la voz se fuera a la mierda, que me dejara. No quería que me asolaran esos fantasmas. Quería deslizarme hasta la nada, hasta que el frío me helara por completo y el silencio taponara mis oídos. Hasta no ser nada y olvidar que había estado viva.

En cambio, recuperé el tacto en las puntas de los dedos de las manos. Luego, en los dedos de los pies. A continuación, en brazos y piernas. Gradualmente, durante un lapso de tiempo que podría haber sido una hora pero también una semana, mi cuerpo regresó poco a poco a mí. El dolor me hizo desear haber sido mejor en vida, porque aquello tenía que ser un castigo. Mis costillas amenazaban con quebrarse con cada inspiración..., pero, de algún modo, yo respiraba. Sentía como si me hubiesen arrancado las entrañas del cuerpo, como si las hubiesen hecho pedazos y luego me las hubiesen vuelto a introducir. Todo me dolía, cada segundo de cada minuto de cada hora...

Elevé una plegaria para pedir un olvido que jamás llegó. Y luego, de repente, abrí los ojos y la oscuridad desapareció.

La cama en la que estaba tumbada no me pertenecía. El único colchón de plumas en el que había dormido en mi vida era el de Carrion Swift, y tampoco era el de la cama del muy gilipollas. Aquella cama era mucho más grande, para empezar, y no olía a rata almizclera. Un juego de sábanas de un blanco inmaculado me cubría el cuerpo. Sobre ellas, yacía una gruesa manta de lana. En las alturas, el techo no era del pálido color de la arenisca. Era blanco en su mayor parte, pero... no. El tono era azul claro, blanquecino... y había franjas y pizcas de un gris paloma por doquier que formaban nubes. Era de una factura hermosa. Las paredes de la habitación eran de un color azul algo más oscuro, parecido al violeta.

En cuanto capté el color y no uno, sino hasta cinco cuadros distintos colgados en las paredes en pesados marcos bañados en oro, junto con un sofá mullido en un rincón de la estancia y una estantería frente a la cama repleta de más libros de los que había visto juntos en mi vida..., un pánico enorme empezó a apoderarse de mí.

Seguía en el palacio. ¿Dónde, si no, iba a estar? Nadie del Tercero podría haber escamoteado la cantidad de dinero que costaría pintar las paredes de violeta. Por no mencionar que las únicas obras de arte que había visto eran dibujos desvaídos en libros. Aquellos cuadros, sin embargo, eran reales. Óleos sobre lienzo con marcos de madera de verdad.

Solté un suspiro aterrorizado, y mi alarma no hizo sino aumentar cuando vi que el aliento me salía de la boca formando una nube de vapor. ¿Dónde estaba? En nombre de los cinco infiernos, ¿qué estaba pasando? ¿Por qué podía verme el aliento?

Intenté moverme, pero mi cuerpo no me obedecía. Ni siquiera pude hacer el más leve movimiento. Era como si estuviera paralizada. Si pudiera balancear las piernas... *Ay, ay, ay, no. No, no. No.* Eso no iba a funcionar. Tenía que...

La opulenta puerta de la habitación se abrió y me quedé petrificada. Tenía los ojos abiertos. No tenía sentido volver a cerrarlos si ya me habían visto despierta. Estaba demasiado ansiosa por ver quién había entrado en la habitación, así que me quedé completamente inmóvil, contemplando las nubes pintadas en el techo, con la respiración contenida.

—El maestro Eskin ya dijo que despertarías hoy —dijo una voz femenina. La misma voz que me había cantado. La que había llegado hasta mí en la oscuridad—. Y yo que dudaba de él. Debería saber que nunca se equivoca.

La mujer, fuera quien fuera, soltó una risita suave.

¿Sería una de las damas de compañía de Madra? ¿Iba a destriparme en cuanto dejase de hacerme la muerta y la mirase? El sentido común rechazaba ambas posibilidades. Una dama de compañía no sería tan habladora. ¿Y por qué iban a tomarse las molestias de mantenerme con vida si planeaban asesinarme luego?

Poco a poco, moví la cabeza y me giré para observar a la recién llegada.

Estaba apoyada contra la pared junto a la puerta, con una pila de libros polvorientos entre las manos. Su pelo era de un clarísimo tono rubio; lo llevaba largo, muy por debajo de la cintura, pero bien compuesto en dos trenzas muy elaboradas, cada una tan gruesa como mi propia muñeca. Debía de tener... ¿cuántos, veinticuatro años? ¿Veinticinco, quizás? Debía de rondar mi edad. Su piel era pálida y sus ojos tenían un vívido tono verde.

El vestido color verde oscuro que llevaba era toda una obra de arte. El corpiño, con brocados, estaba bordado con hilo de oro que resplandecía al reflejar la luz. La falda larga estaba decorada con hojas bordadas. La desconocida me dedicó una sonrisa, aún aferrando los libros.

—¿Cómo te encuentras? —preguntó.

De pronto me dio un ataque de tos. Intenté responder a su pregunta, pero no pude evitar toser y escupir. Una telaraña de puro dolor se extendió por mis costados. Todo mi cuerpo se estremecía.

—Oh, no. Espera, deja que te ayude —dijo la chica. Atravesó a toda prisa la estancia, depositó la pila de libros en una mesita junto a la ventana, cogió una copa y la llevó hasta la cama. Me la tendió con una sonrisa—. Toma, bébetela de un trago. Eskin ya dijo que estarías muerta de sed al despertar.

Me hundí de nuevo en la cama y me envolví el cuerpo con los brazos, al tiempo que le dedicaba una mirada cautelosa.

—¿Qué es?

—Nada, solo agua, te lo prometo.

¿Nada? Acepté la copa y la miré, algo mareada. No mentía. Estaba llena hasta arriba de agua. Una ración de cuatro días. En el Tercero, me pasaría un mes intentando saldar la deuda que suponía semejante cantidad de agua. Y aquella chica me la acababa de dar como si nada.

—Vamos. —Esbozó una sonrisa dubitativa—. Bebe. Cuando acabes, te la llenaré de nuevo.

Estaba jugueteando conmigo. Bueno, ella vería lo que hacía. Me llevé la copa a los labios y empecé a beber, tragando tan rápidamente como pude. El agua estaba fría; tan fría que me dolió la garganta. Me dolió beber con tanta rapidez, pero no pensaba dejar pasar ni un instante, no fuera a cambiar de opinión. Cuando se diera cuenta de que yo no tenía derecho a una cantidad tan grande de de agua, ya no habría manera de quitármela.

Dioses. Qué limpia estaba. Agua clara. Sabía casi dulce.

—Eh, tranquila —dijo la chica—. Bebe despacio, será mejor. Vas a acabar vomitando si no tienes... cuidado.

Pero yo ya me lo había bebido todo. Le tendí de nuevo la copa, esperando que ella alargase la mano a la espera de un pago, ahora que la había apurado entera. Sin embargo, la chica se limitó a sonreír y volvió a la mesa junto a la ventana, donde había una jarra de cobre con la que volvió a llenar la copa. Yo le clavé una mirada suspicaz, pero ella regresó y volvió a tendérmela. Me pregunté si habría perdido el juicio.

—Me llamo Everlayne. He estado viniendo a verte —dijo.

—Lo sé.

Ella miró la copa y la señaló con el mentón.

—No te preocupes, puedes bebértela si tienes sed.

Esta vez di apenas un sorbito, mirándola, a la espera de que sacara una daga de entre aquellas faldas largas y me atacara.

—Ya que te he dicho mi nombre, ¿podrías decirme tú el tuyo? —Ladeó la cabeza—. Ay, dioses, ¿te importa si acerco una silla? Llevo todo el día subiendo y bajando escaleras y esta mañana no he comido nada.

—Eh... Sí, claro.

La chica, Everlayne, esbozó una sonrisita, cogió una silla de aspecto sencillo hecha de madera y la arrastró hasta la cama. En cuanto colocó la silla a su gusto, se dejó caer sobre ella y se puso algunos mechones sueltos de cabello detrás de las orejas.

—Muy bien. Ya estamos. Estoy lista. ¿Cómo te llamas? ¿Márika? ¿Angélica? —Sus ojos, brillantes como el jade, destellaron mientras hablaba—. No soy muy paciente —admitió en tono de confesión—. Llevo los últimos diez días llamándote Liss. Me parecía un nombre tan válido como cualquier otro, pero... —Se detuvo, y la luz de sus ojos menguó al ver la expresión en mi rostro—. ¿Qué sucede? ¿Pasa algo?

—Tus orejas —susurré.

Llevaba mirándolas desde que se había colocado los mechones sueltos de pelo tras ellas. Eran...

Tragué saliva.

Inspiré hondo.

Eran puntiagudas.

Everlayne se tocó la punta de las orejas con un dedo y frunció levemente el ceño. La expresión desapareció de su rostro al comprender a qué me refería yo.

—Aaaah... Claro. No son como las tuyas, no.

«Los fae eran señores de la guerra. Seres bestiales carentes de templanza, de sentido de la moral o de cualquier tipo de misericordia. Los inmortales mayores descargaron su ira sobre esta tierra con puño de hierro y dejaron un camino de puro caos y destrucción a su paso. Las siete ciudades se regocijaron...».

—Te inquieta mi apariencia —dijo Everlayne en tono quedo. Se puso las manos en el regazo; toda su efervescencia acababa de esfumarse—. ¿No has oído hablar de mi raza? —preguntó.

—Sí.

¿De verdad estaba sucediendo aquello, o se trataba de algún tipo de broma enfermiza? ¿Sería una jugarreta de Hayden? ¿Se estaría vengando de mí por haber sido tan cruel la última vez que lo vi? Desde luego, hacerme dudar de mi cordura sería una gran venganza, pero...

Había dejado a mi hermano en la calle frente al Espejismo. Me había marchado con el capitán Harron. Había conocido a la reina, quien había ordenado que me ejecutaran y que ejecutaran también a mis amigos, mi familia y a todos y cada uno de los habitantes del Tercero.

Un ser que era la muerte encarnada había venido a por mí. Un ser con cabello negro ondulado y ladinos ojos verdes.

Y me había llevado de aquel lugar.

Me había traído hasta aquí.

Una oleada de calor me recorrió. Se me llenó la boca de agua. Como antes había estado muriéndome, no le había prestado mucha atención, pero las orejas del desconocido de cabello oscuro también tenían una forma extraña. Y sus colmillos...

—Enséñame tus colmillos. —La orden se me escapó antes de poder controlarme.

La mujer del vestido verde se llevó una mano a la boca y sus ojos se desorbitaron.

—¿Qué? ¡No! —exclamó por detrás de la palma de la mano—. ¡Absolutamente no! ¡Qué... qué maleducada!

—Disculpa, pero... ¿eres una fae?

Aquella última frase sonaba como el remate de un chiste malo, pero Everlayne no se rio.

—Lo soy —respondió, aún con la boca tapada.

—Pero... los fae no son reales.

—No estoy de acuerdo —replicó ella.

—Son mitos. Historias. Los fae no son más que folclore. No existen.

—¿Acaso no te parezco real?

—Supongo que sí. Pero... los fae tenían alas.

Everlayne resopló.

—Hace milenios que no tenemos alas. —Dejó caer la mano y resopló un poco al señalar hacia la copa de agua que yo aún sostenía en la mano—. Mira, has sufrido una contusión. Bébete el agua, a ver si así te encuentras mejor. Puede que todo te parezca un poco raro durante un tiempo.

Mi incredulidad no tenía nada que ver con el chichón que tenía en la parte de atrás de la cabeza. No se olvidaba una raza entera por darse un golpe demasiado fuerte. Los fae no eran reales. Me revolví e intenté erguirme un poco más, sin dejar de escrutar los ojos de Everlayne.

—Mi madre me contaba historias de los fae cuando yo era pequeña —dije—. Los fae visitaban las orillas de nuestra tierra y traían consigo la guerra, enfermedades, muerte...

Una expresión de indignación se apoderó de las hermosas facciones de Everlayne.

—Disculpa, pero los fae no tenemos enfermedades. Hace un milenio que no hemos sufrido plaga alguna. Los humanos, por otro lado, están llenos de todo tipo de gérmenes. Basta que os sople el viento a contramano para que os pongáis enfermos y muráis.

La había ofendido. Otra vez. Dos veces en menos de un minuto. Me estaba luciendo en nuestro primer encuentro, desde luego. Inspiré hondo para centrarme e intenté formular una pregunta que no pareciese maleducada, pero Everlayne resopló y habló antes que yo:

—¿Me estás diciendo que los fae nos hemos convertido en un cuento para asustar a los niños de Zilvaren?

—¡Sí!

—¿Y qué más decís de nosotros?

—No... no sé. Ahora mismo no me acuerdo.

Me acordaba perfectamente, pero nada de lo que tenía en la cabeza resultaba halagador. No tenía el menor deseo de volver a ofenderla diciéndole que las madres de Zilvaren les advertían a los niños que un fae vendría y se los comería por la noche si no se portaban bien.

Everlayne frunció el ceño y contempló la parte lateral de mi cabeza.

—Hum. ¿Qué tal va tu memoria a corto plazo? ¿Qué es lo último que recuerdas?

—Ah. Pues estaba en el palacio. El capitán de Madra intentaba matarme. Conseguí... detener de algún modo su daga y cogí una espada. Luego, el suelo se convirtió en plata líquida. Un enorme estanque de plata líquida. Y... algo salió de ella.

—¿Algo o alguien?

—Un hombre —susurré.

Everlayne negó con la cabeza.

—Un hombre. Acudió porque la espada lo llamó... —dejó morir la voz e hizo un aspaviento—. Dioses, sigo sin saber tu nombre. A menos que no tengas ninguno.

—Claro que tengo nombre —dije—. Me llamo Saeris.

Me bastaban los dedos de una mano para contar el número de personas a las que les había dicho mi nombre real cuando me lo habían preguntado. Sin embargo, por algún motivo, mentirle a Everlayne no me pareció bien. No tenía la menor idea de cuánto tiempo llevaba inconsciente, pero Everlayne había venido a verme, había hablado conmigo, me había vigilado, me había cantado y me había hecho compañía. Nada de lo anterior lo hacía alguien que quisiera hacerte daño.

Everlayne enarcó una ceja con toda intención.

—Aaah. Saeris. Bonito nombre. Es un nombre fae. ¿Cómo te encuentras? Apostaría a que estás molida, pero debes de sentirte mejor que cuando llegaste.

—Me siento...

¿Cómo me sentía? La última vez en que me fijé, tenía un agujero monstruoso en el vientre y una daga clavada en el hombro, por no mencionar que había perdido hasta la última gota de sangre del cuerpo. Con los brazos rígidos, alcé despacio la manta que me cubría y eché un vistazo para calcular los daños. No había mucho que ver. Llevaba algún tipo de túnica... de un tono verde pálido, hecha de un material suave y cremoso. Me di una palmada en el estómago buscando la abertura del vientre a través de la tela, pero no había nada. Tenía el abdomen liso. Ni siquiera sentía dolor.

—Nuestros sanadores tienen muchísimo talento. Sin embargo, hacía tiempo que no trataban a una humana con unas heridas tan catastróficas —admitió—. Decidieron mantenerte sedada mientras reparaban tus órganos internos. Yo les pedí que te despertaran cuando estuvieras completa de nuevo, pero Eskin dijo que necesitabas otro par de días hasta que tu mente se recuperara del trauma que habías experimentado.

—Espera. ¿No voy a morir?

Everlayne soltó una risita entre dientes y negó con la cabeza.

—No. Eskin se enorgullece de la cantidad de curaciones que consigue. Hace casi dos siglos que no pierde a ningún paciente.

¿Dos siglos? Las canciones que nuestra madre nos cantaba a Hayden y a mí cuando éramos pequeños siempre decían que los fae vivían una cantidad antinatural de años. Sin embargo, yo aún no conseguía digerir el hecho de que Everlayne fuera fae. ¿Me lo creía? ¿Sería mi mente capaz de aceptar que era verdad? Es que no me parecía posible.

—Entiendo... que ya no estamos en la Ciudad de Plata —dije, despacio.

Ella sonrió.

—Pues no.

Se me encogió el estómago.

—¿Y dónde estamos?

—Yvelia. —Esbozó una sonrisa de oreja a oreja, como si aquella respuesta de una sola palabra explicara toda la situación.

—Y eso... ¿dónde está?

—¡En Yvelia! Más concretamente, estamos en el Palacio de Invierno. ¿No mencionaban las historias que te contaba tu madre antes de dormir...?

La puerta se abrió de golpe.

Una luz fría entró a raudales desde el pasillo que había al otro lado y un monstruo vestido con armadura de cuero irrumpió en la estancia. Everlayne ahogó una exclamación. Los ojos del recién llegado eran de un marrón oscurísimo, y su piel blanca estaba salpicada de lo que parecía ser barro. Llevaba el cabello castaño rojizo hasta los hombros, y se sujetaba la parte superior en una trenza de guerra. Era aterradoramente alto, y llevaba los antebrazos desnudos y musculosos cubiertos de tatuajes intrincados y entrecruzados que se emborronaron en cuanto mis ojos intentaron centrarse en ellos. La mirada asesina que tenía en el rostro se suavizó en cierta medida al ver a Everlayne.

Ella, sin embargo, estaba roja.

—¡Renfis! ¡Por los cinco infiernos! Casi me da un ataque al corazón.

Él bajó la cabeza, contrariado. Y entonces las vi: otras dos orejas puntiagudas. Esta vez tenían la punta enrojecida de vergüenza.

—Layne —dijo el hombre. Hablaba con un ligero acento, con palabras rítmicas, aunque el tono grave de su voz lo volvía más brusco—. Perdona. No sabía que estabas aquí.

—Está claro que no lo sabías. Casi arrancas la puerta de sus goznes. Antes de entrar en una estancia, lo más educado es llamar.

El hombre, Renfis, miró brevemente en mi dirección. Sus ojos me recorrieron, sobre la cama, antes de volver a centrar su atención en Everlayne.

—Claro. Disculpa. Los buenos modales nunca han sido mi fuerte. Irrìn ha terminado con la poca educación que yo tenía.

La boca de Everlayne tembló. ¿Intentaba reprimir una sonrisa?

—¿Me puedes decir por qué irrumpes así aquí? —preguntó.

—He venido a por la humana. —Los ojos de Renfis volvieron a volar hacia mí—. Él me ha pedido que recupere su colgante.

—¿Su colgante? ¡Oh! —Everlayne frunció el ceño al tiempo que yo hacía lo mismo, pero su expresión se suavizó un segundo después. Estaba claro que había comprendido de qué hablaba Renfis, mientras que yo seguía sin tener la menor idea. Ella se volvió hacia mí y contempló el hueco de mi garganta. Apretó los labios formando una mueca—. Puede que aún lo necesite —dijo.

Me llevé la mano a la garganta. En cuanto las puntas de mis dedos encontraron el frío metal que descansaba contra mi piel, lo recordé. Aquel ser que era la muerte encarnada, vestido de medianoche, se había quitado una cadenita del cuello y me la había colocado a mí. Me había alzado en sus brazos. Recordé la mirada de decepción en sus ojos. La muerte encarnada...

—Créeme, él lo necesita más que ella ahora mismo —dijo Renfis en tono serio.

De repente me pareció que la cadena se aflojaba en mi cuello. ¿Qué demonios era aquello? ¿Y por qué me la había puesto aquel hombre que me sacó del palacio de Madra?

Everlayne se puso en pie.

—Solo han pasado diez días. Imagino que aún no sentirá los efectos...

—Le está costando —dijo el guerrero en tono incómodo—. No debería habérselo quitado. Empeora cada vez que se desprende del colgante. Si tu padre se entera siquiera de que está aquí...

—Ya lo sé, ya lo sé. Dioses. Quiero verlo, Ren. Esto ya pasa de castaño oscuro.

Renfis se miró las botas.

—No estaba en condiciones de ver a nadie. Y sigue sin estarlo. Lo mejor que puedes hacer por él ahora es ayudarme a llevarle el colgante.

Los hombros de Everlayne estaban rígidos. Los dos intercambiaron una mirada tensa, pero fue ella quien hundió la cabeza y soltó un suspiro. Se volvió hacia mí y dijo:

—Está bien. Saeris, no soporto tener que pedírtelo, pero esa cadenita que llevas al cuello...

Yo ya estaba toqueteando el cierre, intentando quitarme aquella maldita cosa. Si el salvaje a quien pertenecía quería que se la devolviese, yo no pensaba darle el menor motivo para venir a buscarla él mismo. Un gélido escalofrío me recorrió cuando por fin pude quitarme la cadena y tendérsela a Everlayne.

No me había percatado antes, pero había algo que colgaba de la cadenita: un pequeño disco de plata. ¿Quizá un emblema familiar? El disco tenía grabadas pequeñas marcas, pero ni muerta pensaba detenerme a examinarlas de cerca. Ahora que no me colgaba del cuello, me pareció que la cadenita emitía un zumbido. Una extrañísima energía me recorría el brazo de arriba abajo; no era dolorosa, pero desde luego tampoco agradable. Y estaba fría. Muy fría. Cuando Renfis atravesó la estancia y se detuvo al pie de la cama para alargar hacia mí un saquito de terciopelo negro, casi me pareció que la cadenita estaba hecha de hielo.

—Échala dentro —dijo Renfis.

Sujetó la abertura del saquito, con mucho cuidado de no dejar que la cadena le tocase la piel mientras yo obedecía. En cuanto la cadena desapareció en el interior del saquito, el guerrero tiró del cordón que lo cerraba por ambos lados. Sin pronunciar más palabras, se dio la vuelta y se dirigió a la puerta.

—Al menos me gustaría verlo antes de que se vaya —dijo Everlayne cuando Renfis aún no había salido—. Tengo que preguntarle algunas cosas.

Renfis se detuvo; su enorme complexión ocupaba todo el umbral.

—Tiene que irse, Layne. Lo único que me ha permitido mantenerlo escondido todo este tiempo ha sido la suerte. Los guardias empiezan a sospechar. Si descubren que está aquí...

Everlayne se miró los pies.

—Sí, tienes razón.

—Y, de todos modos, lo necesitan en Cahlish. Escríbele, si es necesario. Ve a visitarlo dentro de un par de meses. Pero obligarlo a quedarse un instante más de lo necesario sería... —escogió con cuidado las palabras— poco conveniente.

Everlayne se había puesto pálida, pero no discutió.

—Está bien, le escribiré. Dile que más vale que conteste a mis cartas o se va a enterar.

Renfis inclinó la cabeza.

—Me ha alegrado verte —murmuró. Y se marchó.

Con él se fue toda la tensión que había inundado la estancia en cuanto me desprendí del colgante, por lo que me sentí eternamente agradecida. Sin embargo, Everlayne no se relajó tanto como yo. Sus ojos destellaban con lágrimas aún sin derramar. Apoyó la espalda en la puerta y dijo con un tono de voz que se obligó a que sonase alegre:

—Bueno, pues ya está. Supongo que te apetecerá darte un baño.

—¿Un baño?

—Sí. Hace como mínimo diez días desde la última vez en que te pusiste en remojo. Vamos. Te voy a buscar un poco de agua caliente. Te juro que te sentirás mil veces mejor.

Agua caliente. Una bañera entera. Para que me lavase. Malgastar tanta agua me habría dejado pasmada en cualquier otro momento, pero ahora había cosas bastante más extrañas de las que preocuparme. Y además, estaba demasiado centrada en algo que habían dicho tanto Renfis como Everlayne.

Diez días. Llevaba todo ese tiempo inconsciente, tumbada en aquella cama, recuperándome en paz, mientras mi hermano estaba en Zilvaren, posiblemente luchando por su vida.

—No necesito un baño —dije—. Quiero irme a casa. Mi hermano pequeño me necesita.

Lo que Everlayne estaba a punto de decir, fuera lo que fuera, murió en sus labios. Despacio, poco a poco, su sonrisa desapareció.

—Lo siento, Saeris, pero eso no va a pasar.

—¿De qué hablas? Tengo que regresar. No tengo alternativa. Madra planea arrasar todo mi distrito. Tengo familia allí. Y amigos.

Ignoré la vocecita de un rincón de mi cabeza que me decía que probablemente ya era demasiado tarde. Madra habría montado en cólera al descubrir lo que había sucedido en aquel salón. No, mentira. Montar en cólera no se acerca a describirlo. No solo es que yo no hubiera muerto, sino que, de algún modo, había licuado la daga de Harron, le había atacado y... y... Joder, no tenía ni idea de qué coño había hecho con esa espada. La había extraído de alguna parte donde no debía tocar y había invocado al mismísimo diablo. Harron debía de estar muerto. Y Madra no era una monarca misericordiosa. Su venganza debía de haber sido rápida y horrenda. Lo más probable era que el Tercero ya hubiera sido reducido a un cráter en la arena, pero, aun así, yo tenía que regresar. Si existía la más mínima posibilidad de que Madra se hubiera contenido temporalmente, tenía que intentar detenerla. Era lo mínimo que podía hacer.

Everlayne adoptó una expresión compasiva y se dirigió despacio hacia la puerta. Sin embargo, también parecía resignada.

—No te voy a mentir. Algunas de las historias que te contaba tu madre son ciertas. Mi gente puede ser implacable y cruel a veces. Algunos de nosotros hemos tomado la determinación de ser diferentes, pero... a veces no hay alternativa. Llevábamos muchísimo tiempo esperando para recuperar esa espada. Pero haberte encontrado a ti junto con ella... —Negó con la cabeza—. No tienes ni idea de lo importante que eres, Saeris. Me temo que mi padre no piensa dejarte marchar. Y, por desgracia, quiere verte dentro de una hora, así que lo del baño no es negociable.

—No podéis retenerme aquí. Esto es un secuestro. ¡Es un comportamiento inhumano!

Everlayne tuvo la decencia de, al menos, parecer afligida.

—Es un comportamiento inhumano, pero es que nosotros no somos humanos, Saeris. Somos fae. No nos comportamos como vosotros. No pensamos como vosotros. No nos regimos por las mismas directrices morales de algunos de tus congéneres. Cuanto antes asumas esto, más fácil será todo —dijo con algo más de amabilidad—. Y ahora, por favor, ve a bañarte antes de que se enfríe el agua. Cuando vayas a hablar con mi padre, puedes preguntarle cuándo piensa dejarte regresar a la Ciudad de Plata.

—¿Y quién demonios es tu padre para decirme si puedo o no irme a mi casa?

Mi rabia reverberó por todo el pasillo. Los guardias, que se mantenían en un silencio severo, dieron un respingo, ambos profundamente incómodos.

—Es Belikon de Barra —dijo Everlayne en tono seco—. Rey de los fae yvelianos.

No dejé de sollozar mientras me empapaba en la bañera de cobre. Contaba con un recurso inconcebible ahí mismo, a mi disposición, y no tenía modo alguno de compartirlo con mis seres queridos. Si Hayden y Elroy estaban vivos, debían de estar muertos de sed, como habían estado cada día de sus vidas. Mientras tanto yo disfrutaba del lujo de tanta agua que podría ahogarme en ella. El agua estaba negra de mugre, cubierta de la capa de suciedad que había caído al restregarme la piel hasta enrojecerla. Seguramente, nunca había estado tan limpia como ahora. Jamás me había lavado el pelo en condiciones ni había tenido acceso a ningún champú, así que me puse demasiado y no esperaba que la cantidad que me había echado produjera tantísima espuma. Tardé una eternidad en deshacerme todos los enredos y nudos del pelo, y otra eternidad más en desprenderme de todo el jabón. Cuando anuncié que había terminado, Everlayne caminaba arriba y abajo en la estancia de al lado, como un gato infernal enjaulado.

Entró en el cuarto con aspecto agobiado.

—No tenemos tiempo de pensar en qué ponerte. Tendrá que ser lo primero que te esté bien; ya nos preocuparemos de tu estilo en otro momento.

—¿De qué hablas?

—¡De tu vestido! —Everlayne fue derecha hasta un enorme armario de madera oscura y abrió de golpe las puertas—. Con ese pelo oscuro y ese hermoso tono azul de ojos que tienes, creo que deberíamos optar por el azul marino, o a lo mejor...

Introdujo la parte superior de su cuerpo en el armario. Cuando la sacó, llevaba una asombrosa cantidad de telas de tono cobalto entre los brazos. Yo retrocedí en cuanto vi todo aquello.

—No, no, no pienso... No me van los vestidos, Everlayne.

—¿A qué te refieres? —Parecía confundida de verdad.

—Siempre me pongo pantalones. Camisolas. Prendas con las que me pueda mover con facilidad. Para poder correr, escalar y... —*Matar gente.*

—No vas a ir a conocer al rey vestida con pantalones y camisola, Saeris. Le parecerá una afrenta. Si no te muestras presentable, te arrojará a las celdas.

Ja. Otro monarca que me iba a meter en una celda. Con toda sinceridad, me lo merecía. Después de robar el guantelete y poner a todo mi distrito en peligro, no merecía volver a ver la luz del día. Entumecida, dejé que Everlayne me metiese a tirones dentro de un vestido. Aunque, en realidad, más bien parecía un camisón.

—Estás de ensueño —dijo Everlayne cuando acabó de menearme y revolverme mientras daba tirones a los lazos de un corsé tan apretado que pensé que me haría desmayarme.

—Y, sin embargo, me siento atrapada en una pesadilla —añadí en tono seco.

Ella chasqueó la lengua.

—Date la vuelta y siéntate en esa silla. Ahora me tengo que ocupar de tu pelo.

—¿Qué le pasa a mi pelo?

—Bueno... Eh... ¿cómo decirlo? Parece que lleva viviendo con una familia de ratones de campo desde hace un par de años. Y apostaría a que hace mucho que no te lo cepillas. Así que...

—No hace falta cepillarlo si me lo sujeto en una trenza. —La crítica de Everlayne no me dolió. En serio, no me dolió.

Ella soltó una leve risita... ¿Acaso no sabía que podía oírla igualmente? Yo me dejé caer en la silla donde me había dicho que me sentase y empecé a refunfuñar en voz baja mientras ella forcejeaba con los nudos de mi cabello. Aquello le estaba encantando, ¿eh? Una prisionera para ella sola. Una muñequita a la que vestir. Pero yo no era un juguete ni una mascota. Y si me trataba como si lo fuera, se iba a enterar por las malas.

—Tienes un cabello precioso —dijo mientras me pasaba un peine de púas blancas por los mechones. Lo estiró por encima de mis hombros y yo me encogí—. Aquí te crecerá bien. El pelo largo es señal de nobleza entre las mujeres fae. Habrá quien sienta celos de ese color oscuro. El cabello oscuro es un rasgo real entre los fae yvelianos.

A mí las modas y tendencias de los fae me importaban mierda y media. Me daba igual que mi aspecto les diese celos a las mujeres fae, o que estas me viesen como un monstruo repugnante. Hasta hacía cuatro horas, yo ni siquiera sabía que existían. Me quedé sentada, inmóvil, mordiéndome la punta de la lengua, mientras Everlayne me trenzaba el pelo con dedos hábiles. Cuando terminó, me colocó delante de un espejo de cuerpo entero que colgaba de la pared, con un marco bañado en oro. Me mostró su obra, resplandeciente de orgullo.

En el taller de Elroy, yo había hecho muchos espejos, pero jamás los había usado. Sabía que tenía buen aspecto, sí, una cara bonita. Pero las caras bonitas no eran más que moneda de cambio en el Tercero cuando a una chica se le acababa el dinero o el agua con la que comerciar. En realidad, la hermosura era más una maldición que una bendición. Las máscaras y las pañoletas eran mis aliadas. Nadie sabía qué aspecto tenía alguien tras un trozo de tela encostrada de arena y, por lo tanto, no había razón alguna para intentar quedarse con la mercancía.

Aquí, en cambio, no había pañoletas ni máscaras tras las que ocultarse.

Sin embargo, era cierto que yo palidecía en comparación con la belleza de Everlayne, que era una mujer radiante. Era perfecta en todos los sentidos. El color del ridículo vestido que había escogido para mí complementaba mi complexión, tal y como ella había dicho que sucedería. Resaltaba mis ojos, llamaba la atención sobre ellos. Y la magia que había obrado con mis cabellos... La corona de trenzas que me había hecho era asombrosa. Mi pelo jamás había tenido un aspecto tan saludable.

—No hay que ruborizarse —dijo la imagen de Everlayne en el espejo—. Ya eres bastante rosada. Aunque... A ver... —Se marchó a toda prisa apenas un segundo y regresó con un pequeño bote. Abrió la tapa y me lo tendió—. Cuando llegaste, tenías los labios muy agrietados. Te he estado poniendo esto cada pocas horas, pero ahora que estás despierta puedes hacerlo tú misma. Toma, póntelo así. —Pasó la punta del dedo por la densa resina cerosa del interior y se la extendió por los labios.

Yo metí el dedo en el bote e hice lo mismo, aunque fuera para que dejase de hablar.

Everlayne parecía extremadamente satisfecha con el resultado.

—Maravillosa. Bueno, pues muy bien. Diría que estamos listas. Prepárate; es hora de ir a conocer al rey.

7

EL PERRO

El dormitorio tenía un nivel de lujo que yo jamás había conocido, pero no era nada comparado con el mundo que había al otro lado de la puerta. Me quedé boquiabierta mientras Everlayne me llevaba por los pasillos del Palacio de Invierno. En comparación, el lugar donde Madra tenía su corte real en Zilvaren más bien parecía una choza en mitad de un páramo.

Las paredes eran de mármol opalescente, con franjas de brillantes tonos azules y verdes metálicos, igual que los suelos. En Zilvaren no había una piedra parecida; Everlayne me explicó que era un tipo muy escaso de labradorita pálida. Altas arcadas ribeteaban los corredores por los que pasábamos y daban paso a escaleras y más corredores en otros pisos. Tapices mullidos y cuadros enmarcados colgaban de las paredes. Allá donde miraba, veía jarrones repletos de flores de verdad. La luz del sol se derramaba por las amplias ventanas, aunque la luz en sí carecía de calor... un contraste absoluto con el resplandor asfixiante de las Gemelas. Everlayne me llevó a toda prisa más allá de aquellas ventanas. El mundo al otro lado era un borrón de tonos blancos y grises.

Pasamos junto a una hilera de estatuas junto a la cual Everlayne inclinó la cabeza. Se llevó los dedos índice y corazón a la frente en señal de reverencia. En otro corredor, hizo el mismo gesto al pasar junto a una serie de figuras idénticas talladas en piedra y alojadas en nichos.

—¿Quiénes son? —pregunté mientras miraba a aquellos hombres y mujeres tocados con coronas y de aspecto amenazador.

Ella volvió a llevarse los dos dedos al ceño.

—Los dioses, claro. —Pareció algo sorprendida—. ¿Ya no adoráis a los Corcoranes en la Ciudad de Plata?

Negué con la cabeza y alcé la vista hacia el hermoso rostro de uno de los dioses masculinos.

—Mi madre me contó una vez que la gente solía rezarles a los dioses en Zilvaren, pero que el desierto erosionó sus nombres y sus templos hacía mucho tiempo. Mentamos a los dioses para maldecir nuestra suerte o para enfatizar emociones. Aparte de eso, lo más cercano que hay a una diosa en Zilvaren es la propia Madra. Al menos, así es como se presenta ella: la Heralda Imperecedera del Estandarte Norteño. Los creyentes llevan mechones de su pelo en pequeños saquitos que se cuelgan al cinto. Se llevan cenizas de las piras funerarias de los sacrificios que se hacen en su honor; también las meten en esos saquitos. Se supone que sirven para proteger de la peste. Creen que hacer eso les concederá la vida eterna si son dignos.

Everlayne resopló.

—Superstición y sacrilegio. Tu reina es humana. Y aunque la arena y el viento hayan erosionado los nombres de los dioses, te aseguro que Madra los conoce. El hecho de que haya decidido dejar que desaparezcan de la historia de su pueblo es señal más que clara de su corrupción. —Everlayne señaló al dios masculino al que yo seguía contemplando—. Es Styx, dios de las sombras.

Avanzó por la hilera y fue inclinando la cabeza y tocándose el ceño a medida que los iba nombrando:

—Kurin, dios de los secretos. Nicinnai, diosa de las máscaras. Maleus, dios del alba y los nuevos comienzos. Estas dos suelen contarse como una sola diosa —dijo al tiempo que señalaba a dos hermosas mujeres que tenían los brazos entrelazados sobre un único pedestal de mármol—: Balmithin, hermanas gemelas, diosas del cielo. La leyenda dice que en su día fueron una sola diosa, pero que, en cierta ocasión, se desató una poderosa tormenta y, a pesar de que arrasó toda la tierra, Balmithin se negó a resguardarse. El poderoso espíritu de la tormenta se enfureció con Balmithin porque esta no se acobardó ante él, así que la acribilló con relámpagos que cayeron uno tras otro sobre ella. Balmithin no murió, sino que se desgajó en dos mitades: Bal y Mithin. Bal es la diosa del sol o, en un sentido más amplio, del día. Mithin es la diosa de la luna, pero también reina sobre la noche.

Bal. Mithin.

Balea. Min.

Las Gemelas.

Escruté sus rostros con más atención y me di cuenta de que aquellas dos mujeres se parecían mucho a las caras que había visto talladas en las paredes del Salón de los Espejos. Había un vínculo innegable entre aquel sitio y mi hogar. Un vínculo que me provocaba una sensación extraña.

Podría haberle hablado a Everlayne de la similitud entre los nombres de aquellas dos diosas y los de los soles que ardían perpetuamente sobre Zilvaren, pero, por algún motivo, las palabras se me quedaron en la garganta. Tenía demasiadas preguntas, y la primera de todas era: ¿cómo podía ser que los fae conocieran a Madra? Everlayne hablaba como si conociese bien a la reina de la Ciudad de Plata. Había dicho con certeza innegable que Madra era humana. Además, yo no tenía la menor idea de qué era una luna, pero preferí dejar todo eso de lado por el momento.

La última estatua estaba en un nicho bastante más apartado de los demás. A diferencia de los otros, la habían colocado de espaldas al pasillo, con la cara pegada a la pared. Era un dios masculino de anchos hombros. Lo señalé con el mentón y pregunté:

—¿Y él? ¿Qué dios es?

Everlayne le lanzó una mirada a la estatua y esbozó una sonrisa cautelosa.

—Es Zareth, el dios del caos y el cambio.

Se acercó a él e hizo una reverencia. Se llevó los dedos a la frente, al igual que había hecho con los demás, pero a continuación alargó el brazo y le puso una mano en el pie a la estatua. Vi que en ese lugar, justo en la bota derecha de Zareth, la piedra estaba erosionada, como si miles de manos hubiesen tocado al dios en aquel mismo punto.

—Los fae también tenemos ciertas supersticiones —admitió Everlayne—. Mirar a Zareth a la cara es atraer su atención. Y llamar la atención de Zareth nunca da buen resultado. Lo respetamos y reverenciamos, pero preferimos que se fije en lo que hacen otros. Le tocamos el pie para que se aleje de nosotros. —Le dio una palmadita en la bota y retrocedió un paso—. Rezamos a cada miembro de los Corcoranes para que regresen algún día a Yvelia. Sin embargo, muchos de nosotros rezan en secreto para que Zareth se pierda por el camino de regreso a casa.

Everlayne echó a andar de nuevo. Yo me detuve tras la espalda de aquel dios tan alto y lo escruté. No sé por qué, pero me pareció que tenía que hacerlo: alcé la mano, le toqué la bota y me alejé a toda prisa.

Seguimos caminando; pasamos por tantas puertas abiertas que perdí la cuenta. Dormitorios, despachos. Estancias repletas de mapas. Habitaciones llenas de libros. Salas con bancos y viales de cristal con líquidos burbujeantes suspendidos sobre llamitas. Aquellas visiones extrañas y nuevas deberían haberme aterrorizado, pero mi curiosidad le ganó la partida al miedo.

Las personas con las que nos cruzábamos también eran interesantes. Montones y montones de fae, de ropas y rostros tan extraños que tuve que obligarme a no clavarles la mirada. Sus orejas eran puntiagudas, pero no tenían mucho más en común. Tenían cabellos de un auténtico arcoíris de tonos y ojos de todos los colores naturales y artificiales posibles. Algunos eran altos y espigados; otros, bajos y rechonchos. Los fae que ocupaban el palacio eran desde luego fascinantes. Me miraban con abierta hostilidad mientras yo intentaba mantener el ritmo de los pasos gráciles y largos de Everlayne.

El frío era penetrante. Le pedí a Everlayne algo con lo que calentarme y ella me lanzó una mirada extraña, pero igualmente me dio un chal de seda que en realidad no sirvió de mucho. El frío del aire se me metía en los huesos y anidaba en ellos hasta escarcharme las articulaciones. Me castañeteaban los dientes mientras nos dirigíamos hacia nuestro destino.

—Estás exagerando —dijo Everlayne, mirándome con una ceja enarcada—. Hay rejillas con fuego por todas partes. Y aunque no las hubiera, en el palacio se mantiene una temperatura constante y cómoda a todas horas.

—¿Y cómo lo conseguís? —No es que no la creyese, pero... no la creía. Aún podía ver mi aliento al respirar.

—Con magia, claro —respondió ella—. Por toda Yvelia hay protecciones destinadas a mantener el frío a raya.

Mi mente se cerró ante aquella idea. Magia. Lo había dicho con tanta naturalidad como si la existencia de algo así fuese un hecho demostrado y no directamente imposible. Sin embargo, parecía que mi definición de lo imposible tenía que actualizarse. Si Everlayne existía, también podía existir la magia, y yo ya estaba bastante segura de que Everlayne era real. Cabía la posibilidad de que estuviera alucinando, pero las probabilidades de que así fuera disminuían cada momento que pasaba siguiéndola por la corte yveliana. Las alucinaciones se acababan, pero, joder, aquella pesadilla no tenía fin.

Al cabo giramos a la izquierda en un pasillo. Ante nosotros se extendía una larga y recta pasarela al final de la cual se alzaban dos enormes portones de madera de al menos seis metros de alto. Se cernían sobre nosotras, ostentosos. A cada lado de los portones, había centinelas armados, pertrechados para la batalla. Recorrimos a toda prisa la pasarela. Unos diminutos pajarillos de plumaje brillante y colorido piaron y revolotearon sobre nosotras, entregados a sus acrobacias aéreas. Resultaban arrebatadores. En cualquier otra circunstancia, yo me habría detenido a ver sus impresionantes jugueteos en el aire, pero en aquel momento me galopaba el corazón y me sudaban las palmas de las manos. Toda mi atención estaba centrada en aquellas ominosas puertas y lo que me aguardaba tras ellas.

Al acercarme, vi que los guardias eran más formidables que los que había delante de mi dormitorio. Everlayne ni siquiera dio muestras de haberlos visto. No aminoró su marcha segura al dirigirse a las puertas. Sin pronunciar palabra alguna, los guardias adoptaron la posición de firmes y se echaron al mismo tiempo a un lado. Ambos agarraron los pomos tallados de las puertas y las abrieron para que pasáramos.

—La dama Everlayne de Barra —anunció una potente voz cuando entramos en el salón.

A mí no me anunció nadie. Como una perrita que siguiese los pasos de su ama, fui corriendo tras la dama Everlayne. Me sentía como una completa idiota por haber pensado que mi compañera era algún tipo de criada.

Si el Salón de los Espejos de Zilvaren me había parecido grande, el Salón Principal de la corte yveliana entraba en el terreno de lo descomunal. Debían de haber tardado años en construir aquel enorme espacio. A izquierda y derecha, sentados con la espalda recta, en hileras de cincuenta asientos, aguardaban cientos de fae que nos contemplaron, sometiéndonos a un juicio silencioso, cuando entramos.

El techo, situado a doce metros de altura, estaba adornado con cornisas y esculturas. La mampostería tenía grabadas figuras y detalles demasiado pequeños como para poder distinguirlos desde abajo. Lujosos tapices y estandartes bordados colgaban de las paredes. Algo más adelante, una hoguera ardía en un brasero a los pies de un pedestal hecho de más labradorita. Y... ¡oh! ¡Joder! Sobre el pedestal de labradorita, colgaba el cráneo de una bestia gigante; el hueso estaba blanqueado y tenía un aspecto fantasmal. Las cuencas oculares debían de medir casi dos metros. La frente cornuda del cráneo emergía de entre las sombras como el mástil de un esquife de las arenas. Y los dientes. Por los santos y los mártires, qué dientes. Estaban manchados, tenían un aspecto terrible. Cada uno era afilado como una cuchilla y debía de medir sus buenos tres metros.

—¿Eso qué es? —jadeé.

Everlayne se apresuró a responder con un susurro apagado:

—Un dragón. El último dragón —dijo con toda intención—. Se llamaba Omnamshacry. Es una leyenda entre mi gente.

—¡Debía de medir treinta metros! —Estiré la cabeza hacia atrás al acercarnos y, aun así, no conseguía abarcar el tamaño de la bestia—. ¿Cómo murió?

—Te lo cuento luego —susurró Everlayne.

Tan hipnotizada estaba yo ante el absoluto horror de aquel cráneo que apenas me fijé en las seis majestuosas sillas colocadas en lo alto del pedestal hasta que nos detuvimos ante el brasero llameante.

—Hija —dijo una voz fría y brusca.

El rey era imponente. Tenía el pelo negro como la tinta, con mechones canosos en las sienes. Sus ojos eran de un profundo tono marrón turbio, afilados y hostiles. Aunque no era en absoluto delgado, tampoco parecía dado a excesos. Estaba sentado ante nosotras vestido con galas señoriales: una pesada capa de terciopelo verde que tenía en cada hombro sendas cabezas de bestias escamosas talladas en oro. Una mano descansaba en el brazo de su ornamentado trono. La otra, cubierta con un guante de cuero, agarraba la empuñadura de una espada cuya punta estaba clavada en el suelo a sus pies. Era la espada. La que yo había sacado del suelo en el Salón de los Espejos. El metal destellaba y reflejaba la luz del fuego, mientras el rey giraba absorto la hoja.

Everlayne hizo una leve reverencia ante el rey. Su padre.

—Majestad.

Los ojos nebulosos de Belikon descendieron sobre mí con la fuerza de una almádena. Intenté devolverle la mirada, pero la intensidad de aquellos ojos era un arma; resultaba difícil de resistir. Un hombre sentado a su izquierda dijo con voz rasposa:

—¿No te inclinas ante el rey, criatura?

Estaba demacrado. Tenía un aspecto enfermizo, con la piel tan pálida como el pergamino. Una redecilla de venas azules le recorría las mejillas, como el restallido de un relámpago que se bifurca. Unos ojos del color apagado del peltre me evaluaron, rebosantes de desagrado. A diferencia del rey, el atuendo de aquel hombre era sencillo: una túnica negra sin adornos que envolvía su complexión escuálida.

—No es mi rey —respondí con brusquedad.

Everlayne dio un respingo, si bien breve.

—Disculpadla, majestad. Vuestra huésped se encuentra cansada y no está acostumbrada a este nuevo entorno.

Y tanto que no estaba acostumbrada a aquel nuevo entorno, maldita sea. Para acostumbrarme a todo aquello, haría falta un milagro por parte de todos y cada uno de los dioses que Everlayne me acababa de presentar. Y, a juzgar por el modo en que había hablado de ellos, sus dioses no estaban ya por allí.

—La ignorancia no es excusa para la falta de respeto —sentenció el hombre.

—Silencio, Orious —tronó el rey Belikon—. Hacía tiempo que no contemplaba un desdén tan sincero en nadie. Resulta estimulante. Lo toleraré hasta que me canse. Da un paso al frente, chica.

Solo tres de los seis asientos del pedestal estaban ocupados. Una anciana de espeso cabello gris y manos nervudas, vestida de blanco, me observó con ojos que más bien parecían pozos gemelos. Yo alcé la barbilla, desafiante, e hice lo que el rey me había dicho.

—Te presentas ante esta corte como huésped, chica. Y, como tal, tienes derecho a ciertas indulgencias políticas —dijo Belikon—. Cuando salgas de este salón del trono, dejarás de ser mi huésped. Serás mi súbdita y, por lo tanto, ya no obtendrás clemencia alguna.

Yo abrí la boca, lista para discutir aquella declaración, pero una rápida patadita en el tobillo por parte de Everlayne me indicó que contuviese la lengua.

—Hay reglas en este reino. Reglas que habrán de ser obedecidas. Estás a punto de pasar mucho tiempo en las bibliotecas,

aprendiendo nuestras costumbres. Cualquier infracción delibe-
rada de nuestras leyes será despachada con presteza. Y ahora,
veamos: te han traído aquí para realizar una tarea concreta. La lle-
varás a cabo con rapidez y eficiencia...

Yo ya no pude seguir callada más tiempo.

—Perdón, pero... ¿de qué tarea habláis?

Una conmoción se extendió por entre los fae sentados en la
galería. No hizo falta que nadie me dijese que interrumpir al rey
era un delito castigado con la muerte, pero es que la pregunta se
me había escapado antes de poder contenerme. Y, de todos modos, si quería decapitarme, que así fuera. Harron ya me había
dado una tremenda paliza. Había estado a punto de morir, y sí,
estar a punto de morir era una mierda, pero la muerte ya no me
daba miedo. Estaba enfadada y quería respuestas.

El rey inclinó la cabeza dos centímetros a la izquierda y me
contempló con la cruel curiosidad de un cazador que escruta a su
presa.

—¿Cómo que de qué tarea hablo? —dijo.

A mi lado, Everlayne susurraba en voz baja. ¿De verdad estaba
rezando? Yo alcé aún más la barbilla y dije con voz alta y clara:

—Nadie me ha dicho nada de ninguna tarea. Me han traído
aquí en contra de mi voluntad...

—Si te hubieran dejado donde te encontraron, habrías perdido la vida. —La voz de Belikon resonó por toda la estancia, tan
alta que hasta los mismos muros parecieron temblar—. ¿Preferi-
rías que te hubieran dejado perecer allí?

—Tengo que regresar a Zilvaren. Mi hermano...

—Ya está muerto. —La rotundidad de las palabras de Belikon
me provocó un mareo—. La Reina Zorra acabó con tu hogar y
con todos los que residían allí.

—Eso vos no lo sabéis.

La boca del rey se retorció en una mueca agria.

—Afirmó que así lo haría. Al menos, eso es lo que me han
dicho. Conocemos a tu reina. Una déspota hambrienta de poder

con un corazón negro y marchito. Su credo es la violencia. Si juró matar a todas las personas que conoces junto con otros miles, puedes contar con que ya llevan bastante tiempo muertas. Tú, por otro lado, sigues viva y, tal y como yo lo veo, tienes una deuda de gratitud con los fae de Yvelia. Tu tarea bastará para saldar esa deuda. Acabo de enterarme de cómo has acabado en Yvelia. El individuo que te trajo a mi corte... —Belikon se pasó la lengua por los dientes, como si intentara librarse de un sabor nauseabundo— les dijo a mis guardias que fuiste tú quien volvió a abrir el portal. Me parece poco probable que una humana consiguiera despertar al mercurio —rezongó, disgustado—. Pero, después de mil años de espera, no podemos permitirnos considerar esto como una herejía sin asegurarnos. Te aseguro que todos rezamos para que un deber tan sagrado no haya caído sobre una sangre tan impía como la tuya. —Dio una rápida inspiración—. Pero los hados son extraños. De un modo o de otro, restauraremos los portales.

—Pero...

El rey alzó la espada y volvió a hundirla. La punta del arma chocó contra el pedestal y una explosión de chispas azules se propagó por el aire.

—¡No vas a volver a interrumpirme! —bramó. En apenas un latido, su expresión había pasado de la consternación a la amarga ofensa—. Estás acusada de haber despertado al mercurio y de haber abierto las sendas entre este mundo y los demás. Tu cooperación en esta tarea dictaminará el tiempo que pasarás en Yvelia. Si te rebelas contra tu propósito, la vida dentro de los muros de este palacio se convertirá en un suplicio. He dicho.

Esperé a que me diera permiso para hablar; tenía en la punta de la lengua toda una letanía de insultos al rojo vivo, pero Belikon no me dio la venia. Me despidió con un gesto aburrido de la mano, como si yo ya no le interesara. La rabia me abrió un hueco en el estómago. Me negaba a que me echaran de allí con tan malos modos, así que me quedé en el sitio. Clavé los talones en el suelo, pero Everlayne me agarró por encima del codo y me dio un empujoncito hacia la derecha. Por lo visto, mi audiencia con el rey había terminado.

—Vamos.

Everlayne me empujó con más fuerza, lo cual me obligó a moverme. Obedecí, entumecida; dejé que me apartara del pedestal y me llevara hasta un banco vacío frente a la galería, a nuestra izquierda. Después de hacer que me sentara, Everlayne susurró:

—¿De verdad valoras tan poco tu propia vida?

—Si es verdad que Hayden está muerto... sí —susurré—. Mi vida no vale nada.

Everlayne me observó con ojos pensativos, pero no le devolví la mirada. Toda mi atención estaba centrada en el cabrón que se sentaba sobre el pedestal. El rey ya parecía haberse olvidado de mí. Sus crueles facciones volvían a ser impasibles.

—Tengo otros menesteres que atender —declaró—. Traed al perro y acabemos con esto.

¿El perro?

Un cuchicheo susurrante se extendió por entre todos los fae. Al otro lado del pedestal, un fae alto y con una cascada de cabellos rojizos golpeó el suelo con la punta de un bastón pesado y bañado en oro: ¡Pum! ¡Pum! ¡Pum! La multitud guardó silencio. Las puertas del extremo del salón del trono emitieron un chirrido resonante. Se hizo el caos cuando un grupo de guerreros cubiertos con armadura completa entró en la estancia. Debían de ser unos seis o siete. Entre todos arrastraban a un hombre hacia el pedestal. No dejaba de forcejear y resistirse como un animal rabioso. Los guardias hacían lo que podían para sujetarlo, pero, a pesar de sus esfuerzos, el fae consiguió derribar al suelo a dos de ellos. Al cabo, los guardias consiguieron llevar a la fuerza a aquel hombre hasta la parte frontal del salón del trono, donde lo obligaron a arrodillarse.

El hombre era un fae con el rostro cubierto por mechones ondulados de cabello oscuro. Iba vestido de negro y tenía los hombros encogidos casi hasta la altura de las orejas puntiagudas. Su pecho ascendía y descendía con una respiración entrecortada.

En cada centímetro visible de su piel, se retorcían unos tatuajes que más bien parecían hechos de humo; ascendían hasta su nuca y se arremolinaban sobre el dorso de sus manos.

Era la muerte encarnada.

Dado el estado salvaje en el que se encontraba, apenas se parecía al hombre que me había sacado en brazos del Salón de los Espejos. Sin embargo, cuando echó la cabeza hacia atrás y mostró los dientes en una mueca, me convencí de que era la misma persona.

Junto a mí, Everlayne inspiró con rapidez entre dientes y se echó hacia adelante, aún sentada en el banco.

—Mierda.

Cuando el resto de la multitud consiguió ver con claridad el rostro de aquel hombre, empezaron a cundir todo tipo de juramentos.

—Es la maldición viva.

—La ruina de Gillethrye.

—El Caballero Negro.

—Kingfisher.

—Kingfisher.

El nombre *Kingfisher* reverberó por todo el salón del trono. Lo pronunciaban con una mezcla de reverencia y miedo.

—¡Está vivo!

—¡Ha regresado!

Everlayne, a mi lado, clavó los ojos en el tal Kingfisher mientras este se revolvía y rugía, sin dejar de forcejear con los guardias.

—Está peor —susurró—. Mucho peor.

—¿Qué le pasa? —susurré yo.

Everlayne no pronunció palabra alguna. Contempló a aquel fae que estaba de rodillas delante de Belikon. Se llevó a los labios unas manos de dedos temblorosos.

—¡Contemplad! —Belikon se puso en pie. Se acercó a Kingfisher y arrastró tras de sí la espada en lugar de envainarla. La punta de la hoja provocó una lluvia de chispas al rozar contra el suelo. Esta vez, un grito terrible de múltiples capas explotó en mi cabeza cuando el metal rozó el pedestal. El sonido era ensordecedor. Me revolvió el estómago, y una oleada de bilis me subió hasta la garganta. Me llevé las manos a las orejas en un intento de silenciar el sonido, pero aquel timbre nauseabundo se intensificó cuando Belikon acercó el arma.

—Este... ¡es el precio de la necedad! —retumbó su voz—. La locura. ¡La locura y la muerte!

Kingfisher intentó liberarse y abalanzarse sobre él, desesperado por llegar hasta el rey. Sin embargo, los guardias lo redujeron y lo aplastaron contra el suelo. Uno de ellos le presionó la nuca con la rodilla, pero Kingfisher se revolvió, en un intento de escapar de sus captores. El rey Belikon inspiró entre dientes y negó con la cabeza en señal de desdén. Hizo un aspaviento con aire dramático y vociferó:

—¡El azote de Yvelia! ¡El hombre que asedia las pesadillas de vuestros hijos! El hombre que, por mero capricho, prendió fuego a toda una ciudad. Un hombre capaz de cortaros la garganta en cuanto pose la vista sobre vosotros. ¿Os parece imponente ahora esta patética criatura? —Un sonoro murmullo recorrió todo el salón del trono, pero resultaba imposible determinar cuál era el verdadero consenso entre los fae. Quienes creían que Kingfisher era un monstruo aterrador se revolvían en sus asientos para poner algo de distancia entre él y sus familias. Otros tenían expresiones duras, pétreas y se miraban unos a otros con la mandíbula apretada, las fosas nasales tensas. Era evidente que no estaban disfrutando en absoluto de aquel espectáculo.

—Su exilio aún no había terminado, pero ha regresado igualmente. Desde lo sucedido en Gillethrye, ha transcurrido poco más de un siglo. Nuestras pérdidas han menguado. El dolor es un poco menos intenso. Sin embargo, ¿significa eso que hemos de perdonarlo?

Un rugido se extendió a nuestro alrededor, una auténtica oleada de sonidos que acribilló mis oídos con tanta intensidad que pensé que me iban a estallar.

—¡Clemencia!

—¡Desterradlo!

—¡Proteged a Yvelia del azote!

—¡Kingfisher!

—¡Kingfisher!

—¡Kingfisher!

—¡A la sepultura con él!

La ansiedad consumía a Everlayne, que paseó la vista por encima del hombro entre los súbditos de su padre. Se estremeció, abriendo y cerrando las manos, sin dejar de retorcerlas.

—Lo va a asesinar —susurró—. Los va a azuzar, los va a volver frenéticos, hasta que exijan su muerte.

Pareció reflexionar un momento, y se giró para mirar hacia el pedestal. Pero no miraba a Belikon, que se cernía sobre Kingfisher, sino hacia la anciana sentada en el pedestal, con aquellas manos nervudas y los ojos lechosos.

—Malwae. —Pronunció el nombre en un tono que apenas era más sonoro que un susurro, pero la anciana se apartó de Belikon, que gesticulaba con brusquedad sobre Kingfisher, y centró su atención en la hermosa mujer que estaba a mi lado—. ¡Haz algo, por favor! —imploró.

Malwae, en su asiento, se envaró. Se enderezó algo más y le lanzó a Everlayne una mirada que parecía decir: «¿Y qué esperas que haga?».

Everlayne gimoteó y emitió un chillido de alarma aún más alto cuando el rey Belikon alzó la espada que había arrastrado consigo por encima de Kingfisher. La sostuvo en alto sobre el torso de aquel hombre de pelo oscuro.

—¿Que decís, fae de Yvelia? ¿Debería apuñalar a este bastardo por la espalda, igual que él nos apuñaló en su día?

—¡Clemencia! ¡Por favor! ¡Clemencia!

—¡Acabad con él!

—¡Proteged Yvelia!

Por lo que yo estaba oyendo, el tal Kingfisher había matado a un montón de gente. El rey lo expresaba como si aquel acto hubiese tenido lugar por capricho o por rencor. Si eso era cierto, era entendible que aquel hombre tuviera que ser castigado. Pero había algo que no encajaba en todo aquel espectáculo. El comportamiento de Belikon era demasiado gallardo y ostentoso, y la reacción de Everlayne me estaba afectando a mí también. Yo casi no la conocía, pero me parecía que era... una buena persona. ¿Estaría así de afectada si su padre amenazara con ejecutar a un asesino a sangre fría? ¿Acaso no estaría exigiendo justicia con el resto de la multitud?

El caso es que me pudieron los nervios.

—En realidad no lo va a matar, ¿verdad?

La pregunta cayó en oídos sordos. Everlayne contemplaba el pedestal, centrada en aquella mujer de pelo gris. Sus ojos llameantes estaban clavados con ferocidad en ella.

—¡Vamos, Malwae! Si de verdad quisiste lo más mínimo a mi madre, tienes que hacer algo para salvarlo —susurró.

La resignación se hizo dueña de las facciones arrugadas de Malwae. Soltó un gemido al tiempo que se ponía en pie con reticencia. Los gritos de la multitud se volvieron frenéticos cuando el rey Belikon captó por el rabillo del ojo que la anciana se le acercaba.

—¿Qué es esto? ¿Alguien apoya al traidor? —Belikon soltó una risa fría—. Siéntate, Malwae. Descansa esos huesos avejentados. Pronto habremos acabado con esto y tú podrás volver a encargarte de tus augurios.

—Me encantaría, majestad —dijo Malwae—. Pero, por desgracia, la espada me está llamando. Siento su llamada. En los últimos vestigios del poder del arma, resuena una profecía. Este maldito objeto vibra tan alto que me está dejando medio sorda.

—¿Una profecía?

—¿Acaso la espada retiene algo de poder?

Las preguntas resonaron a nuestro alrededor. Eran demasiadas para contarlas todas. La afirmación de la anciana parecía haber perturbado a los fae sentados en las bancadas.

—Para poder oír la profecía al completo, debo enarbolar la espada, majestad —dijo Malwae, y tendió la mano, expectante.

—¡El oráculo ha visto! —exclamó una joven a algunas bancadas de distancia—. ¡Es una bendición! ¡Es una bendición!

Belikon estrechó aquellos ojos turbios y escrutó a la multitud. Se volvió hacia Malwae y dijo:

—Entonces celebraremos una audiencia privada. Las profecías de una augur solo las puede descifrar un rey. Pero no te preocupes; en cuanto haya concluido mi tarea aquí, podrás enarbolar la espada.

La mano de Malwae salió disparada y se cerró sobre la muñeca de Belikon. En apenas un instante, sus ojos nublados adoptaron un tono de blancura llameante. De ellos se derramó una luz que iluminó el pedestal.

—¡Los dioses han de ser obedecidos! ¡De lo contrario, la casa de Barra caerá!

Belikon se quedó boquiabierto, pero antes de que pudiera hablar, Malwae agarró la espada y cerró sus huesudos dedos sobre el filo. Un río de sangre azul brillante se derramó por el acero.

Un silencio aturdido se adueñó de la multitud. El único que lo rompió fue el hombre vestido de negro: Kingfisher. Rugió y forcejeó, intentando liberarse.

—Kingfisher no habrá de morir por tu mano. Hoy, no —canturreó Malwae—. Kingfisher no morirá por tu mano.

—¿Qué demonios está pasando? —susurré.

—Espera. —Everlayne me agarró de la mano—. Es... Espera.

—¿Y qué debería hacer un rey que ama a su pueblo, pues? —dijo Belikon entre dientes—. ¿Acaso he de permitir que un criminal demente camine entre mi gente con libertad?

La luz que supuraba por los ojos de Malwae menguó y volvió a llamear de nuevo un instante después.

—Devuélvele aquello que le has arrebatado —entonó.

—La espada es mía...

—El colgante —interrumpió Malwae—. Ha de ser devuelto.

—El colgante contiene una magia poderosa. No debe rodear el cuello de un perro traidor. Me pertenece a mí. Prefiero que mi cadáver yazca frío en el suelo antes de devolvérselo a este... A este...

—¡Los dioses han de ser obedecidos; de lo contrario, la casa de Barra caerá! —exclamó Malwae—. ¡Los dioses han de ser obedecidos; de lo contrario, el Palacio de Invierno caerá!

El rey hizo un esfuerzo para dominar la evidente ira que sentía.

—En ese caso, ¿quién soy yo para llevarles la contraria a los dioses?

Le mostró una sonrisa a Malwae, un rápido destello de dientes blancos y brillantes, afilados como dagas... Y luego se volvió con aire triste hacia la multitud. Los fae de la galería se habían puesto de pie; discutían entre ellos sobre el destino que había de correr Kingfisher.

—Haya paz, amigos míos, haya paz. Malwae me ha recordado que este tipo de asuntos ha de tratarse correctamente. El azote podrá disfrutar de su cordura durante un poco más.

—¡Encarceladlo! —gritó una mujer, con la voz impregnada de histeria.

—¡A las mazmorras con él!

—¡Dejadlo libre!

—¡MANDADLO DE NUEVO AL FRENTE! —retumbó una voz grave—. ¡Que luche! ¡Que termine lo que empezó!

De un extremo a otro de la sala, desde el suelo hasta el alto techo, aquella voz atronadora consiguió que todo el mundo guardara silencio.

Yo había estado contemplando al hombre inmovilizado en el suelo, viendo cómo forcejeaba. Aparté la vista de él y miré por encima del hombro, en busca de aquella última voz que había ordenado silencio. Everlayne hizo lo mismo. Vi cómo le latía el pulso, frenético, en el hueco de la garganta.

Belikon esbozó una leve sonrisa. Él también buscó la fuente de aquella interrupción entre sus súbditos.

—No sería recomendable desatar una peligrosa amenaza sobre un campamento de guerra. Quienquiera que haya hablado que dé un paso al frente y explique su sugerencia.

Una oleada de pura tensión reverberó por la caverna. Malwae y Everlayne intercambiaron una mirada cautelosa, pero ambas contuvieron la lengua. La multitud fae se separó y entre ellos apareció aquel hombre enorme que había venido antes a mi habitación.

Con más de dos metros de altura y cubierto profusamente de tatuajes, Renfis se apartó de la muchedumbre para que todo el mundo lo viera. El cabello marrón arenoso le caía por debajo de los hombros. Desde la última vez que yo lo había visto, se había ganado de alguna manera un ojo morado y un labio partido. También cojeaba levemente al andar, lo cual me llevó a pensar que las últimas horas no habían sido precisamente un divertimento para él. Se acercó a Belikon y a Kingfisher, seguido de un corro de cuchicheos.

—¿General Renfis? —preguntó Belikon, con un fruncimiento de ceño que expresaba confusión—. Se suponía que estabas en el frente. ¿Acaso no te he asignado la tarea de ganar esta guerra?

Dioses, cómo le gustaba el espectáculo a aquel cabrón.

—Así es, majestad —respondió Renfis—. Me encontraba en el frente, pero vine de inmediato al enterarme de que él había regresado.

Él.

Kingfisher.

Ni siquiera el general se atrevía a pronunciar su nombre.

—En contra de mis órdenes, por tanto. —La perfecta sonrisa de Belikon tenía un aire afilado, peligroso.

—En realidad, estaba siguiendo vuestras órdenes al pie de la letra, majestad.

—Ah, ¿sí? No recuerdo haberte ordenado que abandones tu puesto.

Mientras que los demás escurrían el bulto para librarse de la ira de Belikon, el general se mantuvo estoico, con las manos apoyadas despreocupadamente en los costados.

—La situación en Cahlish es grave. Nuestros hombres mueren a puñados día tras día. Las bestias que patrullan las fronteras del enemigo se internan cada vez más en el territorio y se cobran las vidas de nuestros centinelas y avanzadillas. Las rutas de suministros están cerradas. Sobrevivimos con lo poco que podemos cazar y recolectar. En seis meses, la guerra habrá terminado e Yvelia no será el bando ganador. Así pues, sí, majestad, estoy cumpliendo vuestras órdenes al pie de la letra. Me ordenasteis ganar la guerra con todos los medios a mi alcance y he venido a por el único medio que nos asegurará la ventaja una vez más. He venido a por él.

Belikon profirió un gruñido que pretendía ser una risa aturdida. Señaló a la silueta espasmódica de Kingfisher.

—¿Te refieres a esto? ¿A por esto has venido? ¿Me vas a decir que lo único que se interpone entre nosotros y la aniquilación completa es este perro rabioso, mentiroso y traidor? Estás igual de loco que él, general.

Unas risas nerviosas resonaron desperdigadas entre los fae. Una vez más, el general Renfis mantuvo la compostura.

—Tal y como Malwae ha señalado, majestad, lo único que necesita es el colgante y volverá a estar bien. Sea como fuere, por más desequilibrado que esté e impredecible que sea, prefiero que esté luchando de nuestro lado.

—Si la situación es tan grave como dices, lo asesinarán en cuestión de días —dijo Belikon en tono desdeñoso.

—Sí, es probable, majestad. Sin embargo, con el debido respeto, ¿acaso esa posibilidad no os ahorraría todo el engorro de celebrar un juicio por lo que ocurrió en Gillethrye?

El rey vaciló. Parecía a punto de decir algo, pero se lo pensó mejor. A pesar de tanta pompa y espectáculo, en realidad no era muy buen actor.

—Pues ahora que lo mencionas, sí. Quizá estés en lo cierto, Renfis. Quizá enviarlo otra vez al frente sea un castigo justo. ¿Por qué no habría de colaborar en la guerra?

Hacía apenas unos segundos, Belikon había estado a punto de castigar a Renfis por dejarse caer por el Palacio de Invierno. Sin embargo, ahora esbozó una sonrisa beatífica que parecía una suerte de perdón.

—Una semana, pues —anunció Belikon, con la decisión ya tomada—. Puedes llevártelo contigo en una semana. Dado que sabe tanto sobre el mercurio, se quedará aquí ese tiempo y ayudará a Rusarius a ocuparse de la chica en primer lugar. En cuanto la humana sea capaz de despertar ella sola al estanque, Kingfisher volverá a ser desterrado de esta corte.

Renfis hizo una profunda reverencia. Su alivio era palpable.

El rey introdujo una mano por su túnica bordada y sacó el mismo colgante que Kingfisher me había colocado en el cuello en Zilvaren. Lo tiró a los pies de Renfis sin siquiera mirar al otro hombre.

—Quítalo de mi vista, general, antes de que se agote mi naturaleza benévola.

Renfis se inclinó para recoger el colgante del suelo; en sus enormes manos, la cadenita de plata parecía muy frágil. Con un respingo, se apresuró a llevarla hasta Kingfisher y les mostró una mueca feroz a los guardias que aún se esforzaban por sujetarlo. Los hombres de Belikon parecieron aliviados de poder soltar al prisionero. Kingfisher le mostró los dientes a Renfis y un gruñido animal empezó a crecer en su garganta. Parecía que iba a atacar, pero tras la locura agazapada en aquellos brillantes ojos verdes, asomó el más leve destello de reconocimiento.

—Por favor. Por favor, dioses, haced que... —empezó a susurrar Everlayne. Se mordió el labio inferior, con los ojos clavados en los dos hombres que estaban al pie del pedestal. Yo no tenía ni idea de qué suplicaba, pero vi que estaba tensa como un cable, lista para ponerse en pie de un salto. Se le escapó un suspiro cuando Kingfisher se quedó inmóvil y bajó la cabeza. La mata de cabello oscuro le ocultó el rostro.

Renfis actuó deprisa: enganchó la cadena al cuello del hombre. La cerró al instante y dio un paso atrás, a la espera. Tardó un momento, pero... Sí. Ahí estaba. Kingfisher, a cuatro patas, empezó a estremecerse. En un primer momento, apenas fue un temblaque, pero pronto todo su cuerpo se sacudía. Sus brazos cedieron, pero Renfis se apresuró a sujetarlo.

—Tienes cinco segundos —advirtió Belikon.

—Vamos, vamos, vamos —instó Everlayne en voz baja.

Renfis agarró a Kingfisher y lo puso en pie de un tirón. Se echó el brazo de aquel desastrado tipo por encima del hombro y empezó a caminar. La cabeza de Kingfisher se bamboleaba un poco, pero no se resistió. Con la ayuda de Renfis, consiguió poner un pie delante de otro hasta que ambos llegaron al otro extremo del salón del trono.

Everlayne contempló con ojos desorbitados a los dos hombres, que se detuvieron justo allí. Se cubrió la boca con las manos. La ansiedad se la estaba comiendo viva.

—¡Vamos! —susurró entre los dedos.

Renfis le dijo algo al oído a Kingfisher. Por primera vez, este último pareció comprender dónde estaba y qué lo rodeaba. Negó con la cabeza y entonces, despacio, se giró para mirar por encima del hombro a la corte allí reunida.

Todo el mundo se quedó inmóvil.

Todo el mundo guardó silencio.

A mí me empezó a tronar el corazón, que se me había subido a la garganta, en cuanto vi la expresión del rostro de Kingfisher.

Dioses, qué joven parecía. Mucho más joven de lo que yo había pensado en el Salón de los Espejos, donde parecía estar hecho de sombra y humo.

Su expresión embrujada prometía dolor, sangre y muerte.

Y miraba directamente al rey. O quizá lo que despertaba tanto odio era el cráneo del dragón muerto. No estaba segura.

—Vamos. Hay que salir de aquí. —Everlayne me agarró de la muñeca y me levantó del banco de un tirón. Un segundo después, estábamos delante del pedestal. Everlayne me obligó a hacer una profunda reverencia al mismo tiempo que ella—. Majestad, os pedimos que nos deis la venia para marcharnos —dijo en voz alta—. Saeris está ansiosa por ponerse a trabajar.

Lo único que yo estaba ansiosa por hacer era escapar, pero mantuve la boquita cerrada. Cuanto antes saliéramos de aquella estancia, mejor.

—Podéis marcharos —dijo Belikon. Sin embargo, cuando ya íbamos a mitad de camino hacia las puertas, el rey volvió a hablar—: No la pierdas de vista, Everlayne. Ahora es responsabilidad tuya.

Everlayne no alteró el paso. Salió a toda prisa del salón del trono, llevándome a rastras con ella. Nos topamos con Renfis en el pasillo del otro lado de las puertas. El general tenía el rostro blanco como la nieve. A menos de dos metros de distancia, Kingfisher apoyaba las manos contra la pared, doblado hacia adelante, mientras escupía en el suelo. A sus pies había un charco de vómito.

Everlayne miró a Renfis a los ojos.

—¡Estás loco, joder!

—¿Que se supone que tenía que hacer? ¡Me cago en la puta! ¡Lo iba a matar!

—¡Lo que se suponía es que tenías que haberle dado el colgante hace horas y haberte largado de aquí con él, maldita sea!

El moratón que tenía Renfis en el ojo derecho se acentuaba ante nosotras con cada segundo que pasaba. El corte del labio había empezado a sangrar. Señaló hacia sus heridas con toda intención.

—Ocho de esos cabrones se me tiraron encima justo antes de entrar en su habitación. Debieron de haberme seguido. Me dejaron fuera de combate, Layne. Cuando recuperé el sentido...

—Sí, está bien. Está bien. Lo pasado, pasado está. La suerte ya está echada. Tendremos que lidiar con las consecuencias...

—Dejad de pelearos.

Un escalofrío de pura energía me recorrió la columna con esas tres palabras. La voz de Kingfisher sonaba áspera y dolorida, pero era pura electricidad. Al oírla, hasta el último vello de mi cuerpo se puso en posición de firmes.

Renfis y Everlayne se volvieron hacia él. El primero inclinaba la cabeza; la segunda estaba a punto de llorar.

—¿Atravesaste el estanque? De todas las cosas imprudentes, estúpidas, insensatas que podrías haber hecho...

A Everlayne se le quebró la voz al hablar. Kingfisher se restregó la cara con una mano y luego se apartó el pelo de los ojos. En el Salón de los Espejos, estaba oscuro, por no mencionar el hecho de que me estaba desangrando. Y en el salón del trono, Kingfisher había forcejeado tanto que tampoco había podido verlo bien. Ahora, sin embargo, lo vi perfectamente por primera vez, y una oleada de pura conmoción me recorrió hasta el mismo centro del alma. Tenía la mandíbula definida, salpicada de una barba oscura de varios días; los pómulos pronunciados y la nariz recta y orgullosa. También tenía un lunar oscuro justo bajo el ojo derecho. Y... esos ojos. Dioses. No había ojos que tuvieran ese color. Yo jamás había visto aquel tono de verde: un jade tan intenso y vibrante que no parecía real. Ya en el Salón de los Espejos de Madra, me había fijado en aquellos filamentos de plata que pintaban su iris derecho, pero supuse que me los había imaginado, teniendo en cuenta que estaba a punto de morir. Sin embargo, la plata estaba ahí, era decididamente real. Formaba una corona reflectante y metálica alrededor del pozo oscuro que era su pupila. Al verla experimenté una extraña sensación, casi una pérdida de equilibrio.

Kingfisher me dedico una brevísima mirada y luego se dirigió a la otra chica:

—Hola, Layne.

Everlayne dejó escapar un sollozo ahogado. Las lágrimas le corrían por las mejillas, pero le dedicó al guerrero vestido de negro un fruncimiento de ceño.

—Ni se te ocurra venirme con «hola, Layne» después de ciento diez años sin vernos. Responde a la pregunta. ¿Por qué demonios entraste en el estanque?

Él soltó un suspiro cansado.

—Tuve que tomar una decisión en apenas dos segundos. La senda ya se estaba cerrando. ¿Que se suponía que tenía que hacer?

—¡Pues haber dejado que se cerrase! —La voz de Everlayne era dura como la piedra.

Kingfisher soltó un gemido, inclinó la cabeza hacia adelante y volvió a vomitar.

—Ríñeme mañana, por favor. Ahora mismo necesito dos cosas: whisky y una cama.

Everlayne no parecía muy dispuesta a concederle ninguna de aquellas dos cosas. Resopló y se cruzó de brazos. Renfis se colocó entre ellos al tiempo que negaba con la cabeza.

—¿Qué tal si todos descansamos? Mañana decidiremos qué hacer.

—Podéis dormir en mi habitación. Los dos —ordenó Everlayne—. Será el sitio más seguro para ambos. Y ahora marchaos, antes de que mi padre dé por concluida la corte. Iré dentro de un rato.

Yo era invisible. Irrelevante. Ni Renfis ni Kingfisher me dirigieron una sola palabra; se limitaron a darse la vuelta y marcharse. Kingfisher avanzaba un poco a trompicones y le apartaba la mano a Renfis cuando este intentaba ayudarlo.

—Ven, a ti también tenemos que dejarte en tu cuarto.

Everlayne intentó agarrarme de la muñeca, pero yo la aparté de un tirón antes de que pudiera sujetarme.

—Si quieres que vaya a donde sea, más vale que me pidas que te acompañe —espeté—. Estoy hasta el mismísimo de que me arrastren como un animal con una correa.

—Aquí no estás segura, Saeris.

—Tienes razón. No me ha parecido nada seguro. ¿No te parece que deberías haberme dicho que tu pueblo está en guerra?

Ella frunció el ceño.

—¿No te lo mencioné?

—¡No!

—Oh, vaya. Llevamos en guerra con Sanasroth más tiempo del que yo llevo con vida. Se me habrá olvidado —dijo, y añadió en tono impaciente—: ¿Quieres hacerme el favor de venir conmigo a tus aposentos, Saeris? Responderé a todas tus preguntas a su debido tiempo, pero aquí y ahora no puedo.

Elroy siempre decía que yo era terca como una mula. Quise clavar los talones en el suelo y negarme a moverme ni un centímetro, pero me dio la impresión de que me arrepentiría. Además, la promesa de obtener respuestas me resultaba tentadora. Tenía demasiadas preguntas, tantas que casi parecía que fueran a rebosarme por la cabeza, y nadie más parecía dispuesto a soltar ni prenda sobre el lío en el que me había metido.

Así pues, fruncí el ceño y eché a andar.

Everlayne me dedicó una sonrisa agradecida.

—Sí que hay algo que puedo decirte ahora mismo —dijo mientras avanzaba delante de mí para abrir el camino—. Los fae están siempre en guerra, incluso en tiempos de paz. Entre nosotros habrá algunos que fingirán ser amigos tuyos, pero suelen esconder puñales detrás de sus sonrisas y siempre están listos para clavártelos en la espalda. Más te vale que lo recuerdes.

La seguí a toda prisa para mantenerme a su altura; no pude evitar preguntarme si ella misma se encontraba entre esos fae de los que me había hablado.

8

ALQUIMISTA

E
l alba trajo consigo una serie de revelaciones. Aún estaba
oscuro cuando Everlayne vino a buscarme, cosa que no era
desacostumbrada. Hasta en los hogares más pobres de Zilvaren, se corrían cortinas opacas en las ventanas a la hora de dormir. Sin embargo, mientras Everlayne me convencía para ponerme otro de aquellos ostentosos vestidos, me di cuenta de que no
había cortinas en las ventanas de mi habitación.

—Entonces, ¿los soles siempre están en el cielo? ¿Y hay dos?
—preguntó Everlayne mientras me ajustaba las varillas del corsé
con tanta fuerza que empecé a resollar.

—Sí.

—Bueno, aquí las cosas son algo diferentes.

Me hizo falta un esfuerzo enorme para llegar a entender hasta
qué punto eran diferentes. Yvelia solo tenía un sol y, cuando se hacía de noche, este desaparecía bajo la línea del horizonte. La mera
idea me daba la sensación de estar alucinando una vez más, una sensación que se intensificó cuando el paisaje que había al otro lado de
las ventanas del palacio empezó a iluminarse mientras íbamos de camino a la biblioteca y pude ver lo que había en el exterior.

—¿Cómo que qué es eso? ¡Es nieve! —dijo Everlayne con
una risa.

Me detuve ante la enorme ventana del pasillo, atolondrada y
boquiabierta. La escena al otro lado del cristal no podía ser real.

No podía serlo. Había muchísimos árboles. Yo solo había visto aquellos árboles de ramas escuálidas y hojas amarillentas que ribeteaban las aceras del Núcleo. Los árboles que veía ahora eran altos y verdes, tan profusos y numerosos que formaban un dosel que se alargaba hasta donde abarcaba la vista. Justo bajo la ventana, se extendía una amplia ciudad de edificios construidos con piedra oscura. Las construcciones llegaban hasta una fulgurante línea de tono gris azulado. Comprendí que se trataba de un río cuando vi las ondulaciones de su superficie.

Todo estaba cubierto por una gruesa capa de blancura. Todo excepto el río. Cuánta agua, fluyendo agitada a toda prisa. Me lo quedé mirando mientras me preguntaba cómo podía siquiera existir semejante masa de agua.

—Este es el Palacio de Invierno —me recordó Everlayne mientras intentaba apartarme de la ventana—. Aquí nieva todo el año. Una vez al día como mínimo. Vamos, que llegamos tarde.

Atravesé el palacio como quien camina por un sueño. Los colores eran tremendamente intensos. Lo que se veía y oía en el palacio resultaba demasiado surrealista como para expresarlo con palabras.

Yvelia.

Aún no lo había asimilado del todo. Allá donde miraba, veía mujeres fae que me contemplaban con frío desdén. Los hombres me observaban al pasar con muecas de disgusto en la boca y un destello de odio en la mirada. Yo allí no era bienvenida; eso me resultaba evidente. Y, sin embargo, me necesitaban para algo. Se suponía que iba a repetir lo que fuera que había hecho en aquel estanque de plata del Salón de los Espejos. Mientras me dedicase a averiguar cómo hacerlo, disfrutaría de la protección del Rey. Sin embargo, esa protección no implicaba amabilidad, ni mucho menos respeto.

La biblioteca se encontraba en el extremo más alejado del palacio. Había que subir tramos y más tramos de escaleras que parecían no tener fin. Cuando llegamos, yo ya estaba jadeando y había empezado a sudar, a pesar de que la temperatura parecía bajar muchísimo cuanto más ascendíamos. A través de unas enormes puertas negras y repletas de grabados, se abría un enorme espacio con techos catedralicios y vitrales de seis metros de alto que habrían hecho llorar a Elroy.

Mi madre había trabajado durante un tiempo en una biblioteca del Tercero. Un laberinto subterráneo de túneles y cavernas excavadas que más bien parecía una tumba y que olía peor que la muerte. El reducido número de libros que tenía estaba medio comido por el moho, pero al menos allí abajo hacía fresco. En un día bueno, se podía llegar a quince o veinte grados menos que en la superficie. Los residentes del Tercero tenían que hacer una solicitud para que les permitieran visitar la biblioteca. Hacía falta algún tipo de señal o recomendación por parte de sus jefes para poder acceder. Como mi madre trabajaba allí, a ella se le permitía entrar y salir a su antojo, un beneficio que se aplicaba también a mí. En un primer momento, yo no sabía apreciar el lujo de poder entrar cuando quisiera en la biblioteca. Sin embargo, cuando Elroy me tomó como aprendiz, recorrí la biblioteca, no en busca de información sobre cómo trabajar el vidrio, tal y como él pensaba que estaba haciendo, sino sobre la forja de metal. Cubierta de grasa y apestando a humo de forja, devoraba uno tras otro los tratados de los antiguos maestros forjadores de Zilvaren hasta altas horas de la noche, y luego me pasaba el día sumida en ensoñaciones sobre cómo debía de haber sido tener acceso a tanto metal.

En comparación con aquella biblioteca, la de Yvelia resultaba asombrosa. Tantísimos libros, todos reunidos en el mismo lugar. Un anaquel tras otro. Acostumbrada a encorvarme y estudiar pergaminos cubiertos de moho a la luz de las velas, no estaba preparada para ver tantos volúmenes encuadernados en tapa dura. Aquello era un tesoro mucho mayor que las reservas de oro de Madra. Mucho más precioso que los rubíes y los diamantes. La información que había en un lugar como aquel era demasiada como para comprenderla. ¡Y qué luz!

A nueve metros por encima de nuestras cabezas, una bóveda de vidrio dejaba ver un cielo cristalino de un brillante tono azul. Algunas nubecillas pintadas de rosa salpicaban la vista de la bóveda de un lado a otro, como si las hubiera colocado ahí el pincel de un artista. La luz matutina tenía una cualidad afilada que bañaba las paredes de la biblioteca con tonos azules, verdes y blancos, en lugar de los más cálidos amarillos, naranjas y dorados a los que yo estaba acostumbrada.

Era hermoso.

Muy hermoso.

—Si sigues mirando tanto tiempo boquiabierta el cielo, te vas a marear —dijo una voz alegre.

De una de las estanterías traseras, salió un hombre fae rollizo. Iba vestido con una túnica azul y su pelo era grisáceo y áspero. Tenía la piel de un cálido tono marrón oscuro. Sus ojos castaños y joviales se cruzaron con los míos. El fae avanzó por la nave principal de la biblioteca hacia nosotras con un ajado tomo apretado contra el pecho. Se movía con una leve cojera. Era viejo, aunque resultaba difícil precisar su edad. Le escaseaba el cabello y tenía aspecto de no haber usado un peine en todo un mes.

—Rusarius. —La sonrisa destelló en los ojos de Everlayne. Fue entonces cuando me di cuenta del carácter falso que adoptaba cuando se dirigía a otros miembros de la corte. Le mostró al anciano una sonrisa radiante y soltó un grito cuando este la envolvió con un brazo, la alzó por los aires y la hizo girar—. ¡Bájame, tonto! ¡Te vas a volver a hacer polvo la espalda! —gritó.

—Sandeces —dijo Rusarius pero, aun así, la dejó en el suelo. Dio un paso atrás y la recorrió con una mirada cargada de inconfundible cariño—. Hace muchísimo que no nos vemos. Muchísimo. No sabría decirte lo mucho que me sorprendió que esos bastardos maleducados viniesen a despertarme por la noche y a sacarme de la cama. Supuse que habían venido a matarme. Acababa de apuñalar a uno en el trasero cuando me dijeron que me iban a convocar a la corte.

Everlayne se echó a reír.

—¿En el trasero? No me parece una herida mortal. Por suerte te han traído de nuevo junto a tus libros. Por lo que he oído, te hace falta mover un poco el esqueleto.

Rusarius meneó el dedo ante ella.

—Si hubiese querido matar a ese bastardo, ya estaría muerto en el suelo. Solo quería castigarlo por sus malos modos. La próxima vez que vaya a irrumpir en el dormitorio de una persona en mitad de la noche, más le vale llamar a la puerta. Pero bueno... —Dejó morir la frase y su atención se centró en mí—. Qué interesante giro de los acontecimientos. Sí, sí, de lo más interesante. Una humana que camina por los benditos pasillos del Palacio de Invierno por primera vez desde hace toda una era. Jamás pensé que viviría para verlo. Me llamo Rusarius. Soy el bibliotecario, acaban de volver a nombrarme dueño y señor de este dominio. ¿Tú quién eres y a qué nombre respondes? Aparte de que he de volver al trabajo, no me han contado mucho más.

Desde que me había despertado el día anterior, me habían clavado miradas hostiles, habían cuchicheado sobre mí, me habían tratado como a un mono de feria. Tanta atención había empezado a irritarme un poco. Sin embargo, la curiosidad de Rusarius no tenía malicia alguna. Un interés casi infantil irradiaba de él. Rodeó una mesa y se detuvo al otro lado; su mirada me recorrió con lo que parecía ser un puro interés académico.

Decidí que no me importaba que me formulara esas preguntas. Hice una profunda reverencia, dispuesta a hacerle la pelota:

—Soy Saeris Fane, aprendiz del maestro vidriero de la Reina Imperecedera. Provengo del tercer radio de la rueda bendita de la sagrada Ciudad de Plata.

Rusarius asintió, aunque las comisuras de su boca se torcieron hacia abajo.

—¿La Ciudad de Plata? Zilvaren, pues. ¿De verdad vienes de allí?

—De verdad —dijo Everlayne en tono quedo.

La luz de los ojos destellantes de Rusarius se apagó poco.

—Pero entonces... ¿el mercurio ha despertado? Eso no es...
—Giró de golpe la cabeza hacia mí, como asaltado por una epifanía—. ¡Oh! Entonces... entonces, esta chica de aquí es una alquimista.

—¡Sh! —Everlayne dio un respingo—. Aún no sabemos lo que es. Kingfisher sintió que Solace lo llamaba y acudió. La encontró en manos de Saeris.

—¿Era ella quien enarbolaba a Solace?

—Sí.

—Disculpad que os interrumpa, pero ¿qué es una alquimista? ¿Y qué es Solace?

Yo no estaba acostumbrada a que me dejaran fuera de conversaciones como aquella. No era nada divertido. Sin embargo, ninguno de los dos se tomó la molestia de responderme.

—En ese caso, creo que lo más prudente es asumir que sí que es una alquimista, ¿no te parece? —dijo Rusarius mientras alzaba las cejas en dirección a Everlayne.

—Pues... ¡no! Es que no es tan sencillo. Todos los alquimistas siempre han sido fae...

—Algo de sangre fae debe de tener —murmuró una voz grave—. Lo bastante como para que Solace no le abrasara las manos, aunque no lo suficiente como para ser importante.

El propietario de aquella voz se encontraba en algún punto entre las estanterías. Yo apenas le había oído hablar brevemente el día anterior, pero estaba segura de que era él. Kingfisher. Everlayne puso los ojos en blanco e hizo un aspaviento.

—Se suponía que ibas a esperar a que Ren acabase en la casa de baños. ¿Has venido aquí tú solo?

Por la cúpula de cristal, se veía un cielo brillante de un nítido tono azul. Sin embargo, la biblioteca pareció algo más oscura en el momento en el que la complexión alta de Kingfisher surgió desde el centro de las estanterías. El día anterior, llevaba una sencilla camisola blanca y pantalones del mismo color. Sin armadura. Ahora vestía de la misma guisa que cuando vino a por mí en el Salón de los Espejos. Un protector de cuero cubría apenas la mitad de su pecho y un hombro, con una tira que lo ajustaba por debajo de su brazo derecho y alrededor de las costillas. Escarcelas de cuero negro sobre los muslos. Brazaletes sobre los antebrazos. En su garganta, destellaba un gorjal de plata que lo identificaba como renegado. Tenía el pelo húmedo; de las puntas de sus mechones ondulados, caían gotas de agua en las páginas del libro abierto que sostenía entre las manos.

Rusarius, aterrado, se levantó de un salto y le arrebató el tomo de las manos a Kingfisher.

—¡Dame eso! ¿Pero qué te pasa? Este libro es una primera edición.

Kingfisher le dedicó una mirada hueca a Rusarius. Se cernió, alto como era, sobre el bibliotecario. Sin embargo, eso pareció darle igual al anciano fae. A Kingfisher también parecía darle igual la diferencia de altura, pues el guerrero inclinó la cabeza y bajó sus ojos espectrales hacia el suelo.

—Mis disculpas, Rusarius. La próxima vez, iré con más cuidado.

—¿Dónde está Ren? —preguntó Everlayne.

La expresión de Kingfisher se endureció.

—Supongo que aún se está restregando las pelotas —dijo en tono seco.

—Si lo que pretendes es escandalizarme mencionando una parte cualquiera de la anatomía masculina, no te va a salir bien —espetó la chica rubia—. Ya le he visto las pelotas a Ren. También te las he visto a ti. Os lo he visto todo —dijo con una mirada hostil a la entrepierna de Kingfisher—, así que sé exactamente dónde darte un rodillazo si sigues chinchándome. Me parece que no comprendes hasta qué punto estás en peligro ahora mismo, Fisher.

El hombre se contempló a sí mismo y a continuación miró a Everlayne con las cejas oscuras crispadas.

—La armadura que me he puesto esta mañana sugiere lo contrario —dijo, con su voz profunda y tan suave como la seda.

—Los asesinos de Belikon podrían estar en cualquier sitio...

—Mi querida Layne, a mí me parece que aquí el mayor peligro eres tú. A fin de cuentas, eres tú quien ha amenazado con darme un rodillazo en la polla. —Un amago de sonrisa asomó, trémulo, en la comisura de su boca, pero no llegó a materializarse. En cambio, dijo en tono tan serio como una tumba—: ninguno de los hombres de Belikon sería tan estúpido como para intentar asaltarme dentro de los muros de esta corte ahora mismo. Sobre todo porque tengo una espada enganchada a la espalda y ya me funciona bien la cabeza.

Por los dioses, sí que llevaba una espada a la espalda. No me había fijado en un primer momento. Lo único que asomaba por el hombro de Kingfisher era una esbelta empuñadura negra. De repente, sus ojos volaron hacia mí —fue la primera vez que reconoció mi presencia— y, una vez más, la biblioteca se volvió algo más oscura. ¿Era aquello obra de Kingfisher?

—Es de mala educación mirar fijamente cómo va equipado un hombre —dijo en tono rígido.

¿Cómo se había referido a mí en el Salón de los Espejos? ¿Patética? ¿Una puta broma? Yo sentí ambos insultos bajo el frío peso de su mirada. Sin embargo, no me dio la gana de apartar la vista. Me negaba a que me intimidara un tipo así. Estaba en Yvelia por su culpa, atrapada en contra de mi voluntad. Si me hubiese dejado justo donde me encontró...

Si te hubiese dejado donde te encontró, estarías muerta.

Dioses, hasta esa vocecita del fondo de mi mente se volvía contra mí. Bueno, pues yo no pensaba darle las gracias, y menos si se comportaba de manera tan abiertamente hostil.

—No te preocupes. No pensaba robártela. No me impresiona; a mí más bien me parece un mondadientes.

Everlayne se llevó el dorso de la mano a la boca para reprimir una risotada.

—Ay, ay, ay. ¡Me parece que eso te ha dolido!

Renfis se encontraba en la puerta abierta de la biblioteca. Se sacudía el cabello como si de un perro mojado se tratase. Llevaba la camisa empapada. A juzgar por su aspecto, ni siquiera se había molestado en secarse antes de vestirse. Llevaba una armadura de cuero echa un hatillo bajo un brazo y una espada envainada, envuelta en un trozo de tela negra, bajo el otro. A pesar de la sonrisa maliciosa que esbozaba (cortesía de mi lengüita afilada, al parecer), el general parecía más bien cabreado. Un cabreo que expresaron con claridad sus ojos cuando dejó todo lo que llevaba sobre la larga mesa de bibliotecario con un repiqueteo.

Kingfisher ni se dignó a mirarlo. Seguía con la vista clavada en mí.

—Esta espada ha matado a miles —dijo en tono rabioso.

—Tampoco me parece algo de lo que ir presumiendo —repliqué—. Dale una vuelta a esa idea cuando puedas.

—¡Ja! —Renfis se llevó el puño a la boca y se mordió los nudillos para intentar reprimir una carcajada.

Rusarius nos miró de hito en hito; sus cálidos ojos marrones saltaron de mí a Kingfisher, y de él a Ren, y luego a Everlayne, que se había puesto toda roja y fingía examinar una pila de libros colocada sobre la mesa.

—No lo entiendo —dijo el bibliotecario—. Nimerelle es una espada formidable. Alquimérea. Un arma de antaño, con mucha historia y muy celebrada. Resulta un honor solo mirarla...

—Vamos a empezar, ¿os parece? —interrumpió Everlayne—. Estamos malgastando el tiempo y tenemos mucha información que asimilar. Fisher, siéntate y deja de poner esa cara; no te queda bien. Ren, siéntate a su lado y asegúrate de que no se levanta. Saeris, tú ven y siéntate aquí. —Señaló a la silla que estaba justo en la cabecera de la larga mesa, la más alejada del asiento que le había dicho a Kingfisher que ocupase.

Rusarius frunció el ceño, aún confundido, pero entonces Everlayne le puso un libro entre las manos y el rostro del bibliotecario se iluminó.

—¡Ah, sí, maravilloso! *El génesis del alba de Yvelia*. Uno de mis favoritos.

Yo había tomado asiento, aunque solo fuera para poner fin al duelo de miradas al que Kingfisher seguía desafiándome. Sin embargo, casi me puse de pie de un respingo al oír aquel título, lista para protestar:

—¿Un libro de historia?

—Uno de los mejores —dijo Rusarius con una sonrisa de oreja a oreja—. Sin embargo, no solo es un libro de historia. Hay varios capítulos que tratan de las buenas costumbres y las políticas de los fae y que creo que nos serán muy útiles en esta situación en concreto.

—A mí me da igual la historia yveliana. Y las buenas costumbres también me importan una mierda.

—Sí, eso está claro —balbuceó Rusarius.

—Vuestras políticas y vuestras cortes son asunto vuestro —insistí—. Lo que yo quiero saber es cómo se pueden volver a abrir esos portales de mercurio. Y después quiero largarme de una maldita vez de aquí. No dejáis de insistir en que mi hermano y mis amigos han muerto. —Hasta decirlo en voz alta me dolía. Sentí una presión en la garganta, pero me obligué a proseguir—. Si realmente han muerto, quiero ver sus cadáveres con mis propios ojos. Quiero enterrar lo que quede de ellos. No se merecen que los dejen en medio del calor abrasador para que las ratas y los buitres se ceben con ellos.

La biblioteca quedó en silencio. Ren aún no había tomado asiento. Se apresuró a colocarse bajo el brazo la armadura que había traído, como si fuera a necesitarla en cualquier instante.

—Saeris, ha pasado bastante más de una semana. Estoy segura de que ya es demasiado tarde para eso —dijo Everlayne en tono amable—. Por duro que resulte, quizá sea mejor para ti que lo aceptes...

—¿Tú tienes hermanos, Everlayne? —espeté.

—Pues... —Parpadeó con rapidez, azorada. Por algún motivo, sus ojos volaron hacia Kingfisher, quien mantenía los suyos fijos en algún punto situado al otro extremo de la biblioteca con mirada firme y constante—. Sí, tengo uno —dijo.

—¿Y quieres a tu hermano?

—Por supuesto.

—Y supongo que querrías tener la certeza, de un modo u otro, de si sigue con vida o ha muerto, ¿verdad?

Ella permaneció muy quieta en el asiento, la espalda rígida, pero me dio la impresión de que algo se revolvía en su interior. Bajó la vista hacia sus manos, que tenía apoyadas en el regazo. Con voz muy baja, dijo:

—Lo siento, Saeris, pero la situación es más complicada de lo que crees.

—Ah, ¿sí? —preguntó de repente Kingfisher, que había dejado de mirar al infinito. Clavó los ojos con tanta intensidad en Everlayne que yo me encontré de pronto dando las gracias a los dioses de que no me mirase a mí así—. Los humanos suelen ser criaturas débiles y veleidosas, pero admito que ella es leal. Valora la familia por encima de todo lo demás. No todo el mundo puede decir lo mismo.

—Fisher —dijo Ren.

Fisher apartó la vista de Everlayne y centró su atención en mí. Yo di un respingo.

—No te lo dicen porque quieren que obedezcas, pero existe la posibilidad de que tu gente siga con vida, humana. Es bastante probable, de hecho.

Una chispa de esperanza al rojo vivo cobró vida, llameante, en mi pecho.

—¿Cómo que bastante probable? ¿Qué es lo que sabes?

—¡Fisher! —exclamó Everlayne.

—Por los dioses inmisericordes. —Ren se dio la vuelta y se alejó de la mesa al tiempo que se pasaba las manos por los mechones del cabello húmedo en señal de frustración.

Rusarius fue el único que mantuvo la calma.

—Madra utilizó a Solace para sellar las sendas hace mucho tiempo. Pero ahora que la espada ha regresado a nosotros y que tenemos a una alquimista aquí, la reina sabe que la guerra es inminente...

—En realidad, no sabe que tenemos a una alquimista —razonó Everlayne.

—La senda no podría haberse abierto sin la intervención de una alquimista —replicó Kingfisher. Lanzado, me preguntó—: ¿Cuántos soldados entrenados tiene Madra hoy en día?

—No lo sé. Mil, o quizá dos mil.

—¿Dos mil? —Kingfisher soltó un resoplido—. Sin un ejército preparado, Madra sabe que puede ser aniquilada por una marea de treinta mil guerreros fae en cuanto Belikon consiga abrir la puerta a su mundo. Madra le ha mentido, le ha engañado. Ha cortado sus líneas comerciales con otros reinos. Por no mencionar el hecho de que la descendencia legítima de Daianthus se encuentra en algún lugar de Zilvaren. Solo por eso, el rey querrá entrar en guerra, y será sangrienta. Lo usará como excusa para asegurarse de que no quede nadie en la Ciudad de Plata que pueda disputarle el trono. Madra no sería capaz de prender fuego a un diez por ciento de su pueblo para vengarse de una niñata estúpida. Antes preferiría alistarlos a todos en el ejército.

¿Cómo que alistarlos?

¿Acaso pensaba Kingfisher que Madra habría preferido ponerle a Hayden una espada en la mano en lugar de matarlo? ¿Podría ser cierto? Hacía siglos que no había habido guerra alguna en Zilvaren. El desierto diezmaba un buen número de las fuerzas armadas que intentaban cruzarlo. Cuando un ejército llegaba a Zilvaren, este había visto su tamaño inicial reducido a la mitad, y los soldados se encontraban extremadamente deshidratados. Nadie podía ganar una batalla contra Madra sin acceso a una fuente de agua. Así pues, al cabo terminaron por dejar de ir a luchar contra ella. Madra ya no mantenía un ejército tan numeroso como hacía siglos. No lo necesitaba. Pero si Kingfisher estaba en lo cierto y ahora a Madra le preocupaba que un ejército brotara del mercurio, quizá podría plantearse alistar a ciudadanos de los distritos. Aunque no me volvía loca la posibilidad de que este reino entrase en guerra con el mío, al menos sí que me concedía algo de tiempo. Era agarrarse a un clavo ardiendo, pero no tenía alternativa.

—Así pues, solo uno de esos alquimistas es capaz de abrir las sendas entre Yvelia y Zilvaren, ¿no es así? —pregunté.

Everlayne palideció.

—Es un proceso peligroso, Saeris. Y ni siquiera sabemos si fuiste tú quien activó el mercurio la última vez.

—Era ella quien enarbolaba a Solace —dijo Kingfisher en tono seco—. No había nadie más en esa sala. No fue Harron quien despertó al mercurio, y te aseguro que yo tampoco, maldita sea. Si yo fuera capaz de activarlo, hace mucho, muchísimo tiempo, habría arrasado esa ciudad infernal hasta los cimientos.

Lo dijo sin la menor emoción. No era más que un hecho. Habría acabado con un millón de vidas en apenas un parpadeo; así, sin más. Y comprendí que Kingfisher no habría sentido nada al hacerlo.

—No deberías haberle dado el colgante cuando atravesaste el portal —susurró Everlayne.

Kingfisher alzó la mano izquierda, apretada hasta formar un puño.

—Aún tenía el anillo.

Pues sí: un sencillo anillo de plata destellaba en su dedo corazón y reflejaba la luz.

Everlayne negó con la cabeza; en sus ojos brillantes, asomaban lágrimas que aún no se habían derramado.

—Pues no fue suficiente. Trajiste algo más, ¿verdad?

Kingfisher apartó la mirada y alzó la cabeza hacia las alturas, al banco de gruesas nubes que empezaba a formarse en el cielo.

—¿Y qué más da? Conseguí la espada y hasta te traje una nueva mascota capaz de hacer truquitos de magia que nos harán la vida más fácil a todos. Así que, si os parece bien, sigamos, ¿de acuerdo?

Yo no podía dejar de contemplar el gorjal de plata que King-fisher llevaba al cuello. Estaba tallado con esmero, formando elaboradas líneas, pero lo que llamó mi atención fue el lobo rugiente que había en el centro. Era una insignia feroz que saltaba a la vista. El hecho de haberlo llevado aquel día a la biblioteca evidenciaba su prudencia, dado el modo en que parecía que Everlayne quería rajarle el cuello.

—Conseguiremos solucionarlo todo —murmuró ella en voz baja.

La plata que circundaba el ojo de Fisher pareció llamear ante aquella promesa.

—Pero es que no hay nada que solucionar —dijo él—. Lo único que hay que hacer es enseñar a una humana y doblegar a una reina. Una vez conseguidas ambas cosas, podremos seguir adelante con nuestras vidas. La chica podrá regresar a su ciudad con lo que quede de su gente y, por lo que a mí respecta, Belikon podrá tragarse a bocados un nuevo reino. Mi trabajo aquí habrá concluido.

—No digas eso, por favor.

—Te olvidas de que ya estamos enfrascados en una guerra. —Ren se apoyó contra el respaldo de una de las sillas de madera, con los nudillos blancos—. La guerra auténtica, la que libramos contra Sanasroth, está acabando con miembros de nuestra corte, de tu corte, cada día.

—La última vez que luché en una guerra, una ciudad quedó abrasada hasta los cimientos. Creo que ya he derramado suficiente sangre por Yvelia, hermano.

—¡Entonces derrámala por tus amigos! Olvídate de todo este asunto de Madra. ¡Deja que Belikon se encargue de ella y ayúdame a mí!

Casi parecía haber un cordel en el centro del alma de King-fisher, y yo notaba cómo tiraba de él sin cesar, alejándolo cada vez más de aquellas dos personas a las que, a todas luces, les importaba mucho. Parpadeó, sin llegar a responder a la súplica de Ren.

—Tengo dos preguntas para ti, humana.

Yo era la única humana de la estancia. Estaba claro que se dirigía a mí.

—Adelante —dije.

—¿Has canalizado alguna vez la energía del metal?

Yo le dirigí una mirada de ojos entornados, con las entrañas encogidas.

—¿A qué te refieres?

—No tendrías que preguntarlo si lo hubieras hecho. Ya sabrías a qué me refiero —dijo en tono seco.

Yo me lo pensé. Pensé en todas las veces en que había despertado un zumbido entre las herramientas de Elroy. Aquella hoja que no dejaba de dar vueltas en la mesa tras la muerte de mi madre. El guantelete del guardián, cuando lo deposité con fuerza sobre lo alto del muro; aquellas vibraciones que lanzaron al aire los granos de arena. La daga de Harron, que había convertido en un río de plata y acero derretido.

—De acuerdo, está bien. —Contemplé los ojos acerados de Kingfisher. No parpadeé—. Sí, sí que lo he hecho.

—Bien. Y mi segunda pregunta: ¿tienes algún tipo de experiencia trabajando en una forja?

De mi garganta brotó una carcajada que me salió por la boca.

—¿En una forja? Sí, podría decirse que sé manejarme en una forja.

9

FINES NOBLES

—No te van a permitir entrar. Ni hablar. Esos cabrones llevan vigilando esa puerta desde el alba de los tiempos. —Renfis seguía a toda prisa a Kingfisher, pero la cojera se lo ponía difícil.

—No les queda alternativa —replicó Kingfisher, que no pensaba caminar más despacio por nadie, ni siquiera por un amigo herido, y mucho menos por la hija del rey. Ni desde luego por mí, la única humana del grupo, cuyas piernas eran notablemente más cortas que las de los demás. Yo estaba a punto de echar a trotar para no perderlos a los tres de vista.

Habría sido un momento idóneo para escapar. Yo había estado buscando una oportunidad para salir por piernas, pero Kingfisher había pronunciado la palabra mágica: forja. No pude evitarlo. ¿Qué aspecto tendría una forja fae? ¿Funcionaría del mismo modo que una forja humana? ¿Intervendría la magia en el proceso? Dioses, esperaba que así fuera. Y de todos modos, escapar de Everlayne y de los dos guerreros en ese momento habría sido una temeridad. No tenía ningún lugar adonde ir. Cuando Kingfisher me trajo por aquel ondulante estanque de plata, yo estaba inconsciente. No tenía la menor idea de dónde estaba ubicado el estanque; ni siquiera de si se encontraba en el palacio. Tenía pocas posibilidades de encontrarlo yo sola y, aunque lo consiguiera, ¿qué iba a hacer? La última vez, lo que había hecho había sido extraer del estanque la espada de Madra. Pero ahora esa espada la tenía Belikon. ¿Sería necesaria para activar el estanque? ¿Podría conseguirlo de nuevo? ¿Y cómo hacerlo? No tenía la menor idea de cómo había conseguido despertar al mercurio la última vez. Por lo que había oído, tampoco los fae tenían una idea clara de cómo se hacía. Además, no dejaban de referirse a «sendas». En plural. Si había más de una senda, ¿cómo coño iba yo a encontrar el modo de regresar a Zilvaren?

Me embargaba la ansiedad por el destino que podría haber corrido Hayden. Costara lo que costara, pensaba regresar con mi hermano, pero no podía precipitarme. Las prisas a la hora de tratar con algo tan peligroso y que apenas comprendía con toda seguridad me acarrearían la muerte o, en el mejor de los casos, me causarían graves problemas.

Así pues, por el momento, tenía que quedarme. Una vez tomada la decisión, me eché a correr y alcancé al grupo. Los tres fae pasaban junto a uno de los muchos nichos que ocupaban las estatuas de los dioses. Everlayne se inclinó y se tocó la frente al pasar a toda prisa. Ren soltó un gruñido y les dedicó un somero gesto con la cabeza. Kingfisher, por su parte, alzó una mano y les mostró a todos los dioses el dedo medio al pasar como un ciclón junto a ellos.

Everlayne soltó un chillido horrorizado, pero Kingfisher se limitó a poner los ojos en blanco y prosiguió con lo que estaba diciendo:

—... Pues habla con Belikon. Ya lo oíste. Es él quien quiere que ayude a Rusarius con la humana.

—Esto no es ayudar. ¡Esto es zambullirse de cabeza en algo sin pensar en las consecuencias! —La frustración de Everlayne se había vuelto permanente desde que Renfis le había puesto el colgante en el cuello a Kingfisher—. Primero tenemos que repasar la teoría.

Kingfisher soltó un resoplido despectivo.

—¿Qué teoría?

—Al menos en eso tiene razón —intervino Ren—. No hay ningún registro escrito que trate de los procesos de los alquimistas. De haberlo, los ancianos quizá habrían tenido la suerte de comprender sus habilidades. ¿Cómo vamos a empezar por el principio si no hay ningún principio?

El cabello suelto de Everlayne caía en cascada por su espalda, como un estandarte dorado. Ella se adelantó y le dio un empujoncito por detrás a Kingfisher. Más bien un fuerte empujón.

—En ese caso, empezaremos despacio. Con los datos importantes que ella debe saber sobre Yvelia. No sobrevivirá aquí si no...

Kingfisher clavó los talones en el suelo y se detuvo en seco. Everlayne chocó directamente contra su pecho, pero el guerrero de cabello oscuro ni siquiera se alteró. La rodeó y se abalanzó sobre mí como un gato infernal que se lanzara sobre su cena. Yo era una luchadora avezada. Sabía cómo derribar a un guardián en menos de tres segundos. Era capaz de escalar muros de doce metros de alto y de correr a toda velocidad sobre tejados medio derruidos. Sin embargo, ver a Kingfisher dirigiéndose hacia mí me encogió las entrañas.

Retrocedí a trompicones y casi me caí de culo en un intento de poner algo de espacio entre nosotros. Aun así, el muy cabrón llegó hasta mí.

—Está bien, Oshellith. Layne no piensa ceder hasta que te haya contado los pormenores, así que escucha con atención. Estoy a punto de iluminarte con la única información que de verdad necesitas conocer. Tienes el distinguido placer de ser la única humana de Yvelia. Aquí no estás a salvo. —Me enseñó los dientes, unos colmillos largos y afilados que aumentaron de tamaño ante mis ojos—. En su día, tus congéneres pululaban por este lugar...

—Basta, Fisher. —Ren intentó agarrarlo del hombro, pero el guerrero vestido de negro se zafó de él de un tirón y prosiguió:

—Nuestros ancestros sufrieron una maldición hace milenios. Como resultado de esa maldición, acabamos con estas cositas de aquí. —Señaló hacia sus colmillos—. Los usábamos para bebernos a los tuyos hasta dejarlos secos. Consumimos a millones de vosotros antes de que se rompiese la maldición de la sangre. Por supuesto, todo esto sucedió mucho antes de que nosotros naciéramos, pero el linaje de los fae aún lleva consigo las marcas de su pasado. Puede que ya no necesitemos sangre para mantener nuestra inmortalidad pero, por los dioses, aún conservamos los colmillos. Este es nuestro secretito; nuestra horrible y espantosa vergüenza...

—¡Fisher! —Everlayne ya no podía más; empezaron a caerle por la cara lágrimas que le dejaron regueros húmedos en las mejillas. Se colocó delante de Kingfisher y lo empujó con ambas manos en el pecho—. ¿Por qué te comportas así? —exclamó.

Kingfisher se encogió de hombros.

—No hago más que decir la verdad.

—¡Te estás portando como un gilipollas!

Aquel comentario provocó una carcajada rencorosa por parte del guerrero.

—Deberías estar ya acostumbrada a eso, Layne. ¿O acaso has dedicado el último siglo a olvidar que soy un pedazo de mierda? Soy la Ruina de Gillethrye, ¿te acuerdas? Soy el Caballero Negro.

—Eres mi hermano —dijo Everlayne—. Aunque a veces me gustaría que no lo fueras.

Kingfisher retrocedió como si lo hubieran abofeteado. Hasta Renfis dio un paso atrás y aflojó un poco la mandíbula. Sin embargo, el general se serenó enseguida y miró pasillo abajo. Me dio la sensación de que estaba comprobando si alguien podría haber oído el berrinche de Everlayne. El pasillo, largo y espacioso, se alargaba en ambas direcciones, completamente desierto si no fuera por nuestro grupito.

—Ten cuidado, hermanita —rugió Kingfisher—. No es conveniente revelar todos nuestros secretos de golpe.

El sollozo de Everlayne reverberó por el pasillo.

—Anda y que te jodan, Fisher.

Echó a correr por donde habíamos venido, tan rápido como le permitían las piernas.

Bueno. Por lo visto, ni los fae inmortales se libraban de dramas familiares. Miré por encima del hombro mientras la pobre chica huía.

—Debería... Debería ir a asegurarme de que se encuentra bien...

—Voy contigo —dijo Renfis con un gruñido, y le lanzó a Kingfisher una mirada inconfundible de desagrado—. No puedes deambular por la corte sin que alguno de nosotros te vigile. Y en cuanto a ti... Everlayne tiene toda la razón. Te estás comportando como un gilipollas. El Kingfisher a quien conocíamos se preocupaba por su familia y sus amigos.

Incluso con aquella cruel mueca sonriente en la boca, Kingfisher era salvajemente guapo.

—¿Qué puedo decirte? —ronroneó—. Cuando te expulsan por completo de la civilización y te olvidan sistemáticamente, acabas por cambiar un poco.

Renfis ya retrocedía pasillo abajo.

—Nosotros no te olvidamos. No tienes ni idea de lo que hemos pasado para traerte otra vez hasta aquí.

—Ay, sí. Estoy seguro de que mi sufrimiento no tiene ni punto de comparación con el vuestro.

Una expresión dolorida sobrevoló las facciones de Ren, pero no le dijo nada más al guerrero que estaba a mi espalda.

—Vámonos, Saeris. Vamos a encontrar a Layne y luego regresaremos a la biblioteca.

—Sí, que te lo has creído. No se va a ir contigo —dijo Kingfisher, arrastrando las palabras—. Se viene conmigo, ¿verdad, Oshellith? Quiere enterarse de más secretos y yo soy el único dispuesto a contárselos.

—¿Por qué me llamas Oshellith? —pregunté—. ¿Qué significa?

Él ya se había dado la vuelta y se alejaba. Oí el repiqueteo de sus botas en el frío suelo de piedra; cada paso reverberaba en mis oídos.

—Una Oshellith es un tipo de mariposa —exclamó sin detenerse—. *Osha* significa «breve». Salen de la crisálida, viven y mueren; todo en un día. El frío las mata enseguida. ¿Verdad que sí, Renfis?

Ren frunció el ceño a espaldas de Kingfisher, pero no le respondió.

—No le hagas caso. ¿Vienes, Saeris?

Me encontraba paralizada entre los dos; me pedían que tomase una decisión que no estaba cualificada para tomar. Everlayne había sido amable conmigo. Me había cuidado. Se había asegurado de que estuviera cómoda allí. Renfis era muy jovial y parecía formal y bueno. Kingfisher era un cabrón lamentable y gruñón que no tenía buenas palabras para nadie. Me había llamado «Oshellith» como si eso fuera un insulto; me daban ganas de hundirle el puño en esa cara bonita que tenía. Sin embargo, él me estaba ofreciendo la verdad, por más amedrentadora que fuera. El modo más rápido de salir de aquella pesadilla era Kingfisher.

Miré a Ren y me encogí.

—Lo siento. ¿Podemos hacer lo de la biblioteca luego? Es que... Es que...

—¡Ya te lo dije! —canturreó Kingfisher.

Renfis se limitó a asentir, con la boca apretada hasta formar una línea.

—Por supuesto. Lo entiendo. Vendré a por ti en un par de horas.

A diferencia de las demás puertas del palacio, esa era de tamaño normal. Sencilla. Lisa. No había tallas ornamentadas ni embellecimiento alguno. No era más que una puerta de madera. Y estaba cerrada.

Me arriesgué a lanzarle a Kingfisher una mirada de soslayo por el rabillo del ojo.

—¿Deberíamos..., eh..., llamar?

Una sonrisa arrogante asomó a las comisuras de su boca.

—Claro —dijo, como si aquello fuera una encantadora sugerencia que hubiera formulado una idiota con una única célula en
el cerebro. Un segundo después, estampó la suela de la bota contra la madera y la puerta quedó tirada en el suelo—. Toc, toc. —Se
echó hacia un lado y me tendió la mano con modales fingidos y
burlones. Me hizo un gesto para que encabezara yo la marcha—.
Creo que no hay nadie en casa.

—No pienso ir yo la primera. ¿Y si está protegida con..., no
sé..., magia o algo así?

Kingfisher meneó los dedos, con los ojos desorbitados.

—¡Oh, no, no hay nada de magia!

—Imbécil.

—Cobarde —me replicó—. Yo ya sabía que no estaba protegida.

—¿Cómo lo sabías?

—Porque estoy hecho de magia.

—¿Qué parte de ti está hecha de magia?

—Todo —dijo, y entró en la habitación—. Mi aspecto. Mi
habilidad con la espada. Mi personalidad...

—Tu personalidad es una mierda.

La pulla salió de mis labios antes de que tuviera la oportunidad de contenerme. Ya desde pequeña, me salía de manera natural
despotricar cuando me ponía nerviosa; y, en ese momento, estaba
tremendamente nerviosa. Todo lo que rodeaba a aquel tipo gritaba: «Provócame y ya verás qué pasa». Apreté la mandíbula, me
maldije a mí misma por mi propia estupidez y seguí a Kingfisher
con la vista clavada en el suelo.

Kingfisher no dijo nada.

Alcé la vista y...

Bendito sea el infierno.

Quizá aquel lugar había sido una forja en su día, pero ahora
no era nada ni remotamente parecido. Las toscas paredes de pie-

dra estaban cubiertas de escarcha. Los bancos de trabajo estaban repletos de enredaderas de un tono verde oscuro tan intenso que casi era negro. Lo salpicaban flores de tonos azul pálido, púrpura y rosa, como pequeñas dagas invertidas; una forma extraña e inusual. Por las paredes del otro extremo del cavernoso espacio, se extendía una maraña de otras flores, más enredaderas y vegetación en general. Todo ello se arremolinaba alrededor de la enorme ventana, ansiando un poco de luz.

Las enredaderas más gruesas llegaban a salir por la ventana, pues el cristal estaba roto. El resto del irregular suelo de piedra estaba alfombrado de trozos de vidrio. Viales, matraces, bombillas y frascos. Por todo el suelo, se desparramaba equipamiento destrozado. Era como si alguien hubiera sufrido un ataque de ira y hubiera querido destruir todo el lugar.

El óxido se había encargado de corroer las tenazas, los alicates y los martillos. Y estaba claro que eso no había saciado su voraz apetito, porque el yunque junto al agrietado recipiente de esmalte se encontraba tan herrumbroso que el hierro se estaba desprendiendo en enormes copos anaranjados. Eso por no mencionar la forja en sí. Dioses, la forja. El hogar, con un lateral abierto, era amplio y bastante bueno. No había forma de negarlo. Tenía suficiente tamaño como para que una familia entera de animales peludos hubiera anidado en él. A juzgar por el aspecto del lugar, sus ocupantes debían de haber salido a realizar sus tareas o bien habían huido cuando Kingfisher echó la puerta abajo de una patada. También había ventilación, gracias a la abertura del techo, justo por encima.

Kingfisher toqueteó una pila de madera podrida con la punta de la bota, al tiempo que fruncía el ceño con aire sombrío.

—Ahora entiendo que Clements haya estado protegiendo este lugar con tanta fiereza.

—¿Quién es Clements?

—El archivista real de su majestad. Hará unos doscientos años que recibe financiación de la corona para descubrir el método que seguían los alquimistas para activar el mercurio. Si no recuerdo mal, la cantidad no es nada desdeñable. Sin embargo, me parece que ha sido dinero tirado, porque este sitio es un puto desastre.

Tenía toda la razón. Esa forja no funcionaba. Hacía muchísimo tiempo que nadie encendía ese fuego. Aquel lugar olía a polvo antiguo, a almizcle animal.

—Le voy a dar tal patada en la boca que se va a tragar los dientes —dijo Kingfisher.

—¿Qué tal si, en vez de soltar tantas amenazas, te pones a ayudarme? —repliqué.

Él retorció el labio con expresión de desagrado al ver que me agachaba y empezaba a recoger algunos de los trozos de madera desparramados por el umbral ahora vacío.

—¿Pretendes limpiar todo esto a mano?

—A menos que seas capaz de hacer un hechizo que lo limpie todo con magia.

—Yo no uso hechizos. No soy ningún brujo. La magia fae no tiene nada que ver con truquitos baratos, humana. Nuestras habilidades son dones sagrados que deben usarse con cabeza, para fines nobles.

Al oír eso, las mejillas se me calentaron al sonrojarse. Por supuesto que aquel tipo no iba a chasquear los dedos y limpiar todo aquello. Se le daba la mar de bien hacerme sentir como una estúpida, eso sí. Y ni siquiera tenía necesidad de hacerlo. No, lo hacía porque quería.

Menudo cabrón arrogante.

Estaba claro que pensaba que yo valía menos que la mugre bajo sus botas. No le gustaban los humanos. Empecé a dudar de que, en otras circunstancias, aquel tipo se molestase siquiera en ayudarme si me viese arder en llamas. Sin embargo, tal y como estaba la situación, me necesitaba, lo cual implicaba que iba a poder formularle un par de preguntas.

Agarré un cubo viejo y herrumbroso por el borde y empecé a escrutar los escombros desparramados por el suelo, en busca de alguna herramienta que pudiera salvarse.

—Si hay un Palacio de Invierno, debe de haber otras residencias reales, ¿verdad? ¿Algún Palacio de Otoño, Primavera o Verano?

Kingfisher desenvainó la espada.

—¡Eh, eh, eh! Perdona. Por los dioses vivos. No pretendía...

Kingfisher tensó las fosas nasales al tiempo que desanudaba la correa de cuero que llevaba al pecho. Luego se quitó la vaina de la espalda, volvió a envainar la espada y la apoyó contra la pared. Se pasó la mano por los cabellos, me dedicó una mirada de soslayo y empezó a repasar con dedos hábiles varias correas y hebillas, desprendiéndose así de diferentes piezas de su armadura.

—¿Nerviosa? —preguntó en tono amable.

—¡No! Es solo que... Bueno, pensé...

—Ya aprenderás más sobre las otras cortes en tus lecciones de la biblioteca con Layne y Rusarius. Yo ya te he contado varias verdades antes. No pierdas la oportunidad de hacer más preguntas interesantes.

Se llevó la mano a la nuca, desenganchó el gorjal de plata que tenía grabada la cabeza del lobo rugiente y se lo quitó de la garganta. Lo dejó caer sobre la pila de cuero que había formado con el protector pectoral, las hombreras y las muñequeras. Acto seguido, se desabrochó los botones superiores de la camisa. En otro momento, no hacía mucho, yo me habría abalanzado sobre ese gorjal y habría salido corriendo. Sin embargo, ya no necesitaba la plata. Allí contaba con suficiente comida y agua como para toda una vida y ni siquiera me habían pedido ningún pago a cambio. O, al menos, todavía no.

Así pues, ignoré el gorjal y señalé al colgante que le pendía del cuello.

—Bueno, ¿y eso qué es? ¿Qué es lo que hace? ¿Y por qué te vuelves loco de remate si no lo tienes?

Kingfisher esbozó una sonrisa fría y se tocó con la lengua la punta de uno de aquellos afilados colmillos.

—Vas directa a la yugular, ¿verdad, pequeña Osha? Eres implacable. Eso me gusta.

—Me has dicho que te haga preguntas interesantes. Quiero que me hables de la cadena.

Kingfisher soltó una risa silenciosa. Se dio la vuelta y cogió un puñado de hojas y madera podrida del suelo. Dioses, ¿de verdad me iba a ayudar? Así que por eso se había desprendido de la armadura. Yo me había imaginado que se la quitaba para estar más cómodo mientras me observaba a mí haciendo todo el trabajo.

—Para explicarte lo del colgante, primero tengo que contarte otras cosas. Cosas que, probablemente, Layne no te ha contado.

—Aún no me ha contado mucho.

—Bueno, pues entonces empecemos por el principio. Los estanques de mercurio, o *quicksilver,* son sendas que conectan diferentes reinos. Estoy seguro de que eso ya lo has adivinado tú solita.

—Sí.

—El mercurio en sí es volátil. Algunos de nuestros mayores creen que posee cierto nivel bajo de consciencia, aunque da igual que eso sea o no cierto. El mercurio es peligroso. Si entra en contacto con la piel desnuda... —Kingfisher dejó morir la voz.

—Estaba en la daga de Harron, ¿verdad? —pregunté.

Kingfisher asintió.

—Era una hoja antigua. Los alquimistas forjaban armas con mercurio para los guerreros fae. Harron no tenía ningún derecho a tocar esa arma y mucho menos a quedarse con ella.

—Creo que le hizo ver cosas. Cuando tocó su piel, Harron empezó a gritar.

El sonido de los aterrados chillidos del capitán volvió a mí al cerrar los ojos. Resultaba escalofriante oír a un luchador tan fuerte y poderoso suplicar por su vida.

—Oh, ya lo creo que vio cosas. El mercurio es capaz de empujar a cualquier ser vivo más allá de los límites de la cordura.

Eso era lo que yo le había hecho a Harron. Me había entrado el pánico y había atacado sin querer; la hoja de Harron había respondido y había aceptado la tarea de aniquilarlo. Sin embargo, había sido Harron quien me había atravesado en primer lugar con su espada. Había intentado matarme por orden de Madra. Y, de hecho, habría tenido éxito si Kingfisher no me hubiera llevado hasta allí. No pensaba sentirme culpable por haberme defendido.

Ojalá sentirlo fuera tan fácil como decirlo.

Cambié de tema.

—Bueno, entonces, eso de los alquimistas... ¿Heredaban sus habilidades? ¿Lo llevaban en la sangre?

—Todo se lleva en la sangre, humana. ¿Qué prefieres, saber más sobre el colgante o seguir interrumpiéndome hasta irritarme del todo?

Yo hice un aspaviento y cerré la boca.

—Este colgante, esta reliquia me la dio mi madre —aclaró—, cuando yo tenía unos once años. La noche antes de partir hacia el Palacio de Invierno. Ella sabía que lo iba a necesitar. Más adelante, cuando alcancé la mayoría de edad y me uní al ejército de Belikon, me encomendaron viajar de Yvelia a los demás reinos porque mi colgante era uno de los más poderosos. Para no aburrirte con detalles, en cierta ocasión, me obligaron a atravesar una senda sin llevar el colgante puesto. El mercurio se apoderó de mí, igual que se apodera de todo el mundo. Un sanador consiguió extraérmelo casi todo cuando pude regresar al Palacio de Invierno, pero dentro de mí quedaron unos cuantos... restos. La mayoría de los fae solo llevan sus reliquias cuando viajan de un reino a otro. Sin embargo, llevar la mía es lo único que aplaca el sonido que siempre tengo en la cabeza. Sin el colgante, la línea que separa lo real de lo irreal se emborrona con rapidez.

Su ojo. ¿Estaba ahí el resto del mercurio? Tenía que ser así. Los filamentos que circundaban su iris de jade eran en realidad restos de mercurio. Dioses. Aquella cosa estaba dentro de él, siempre presente, siempre susurrando en sus oídos, empujándolo hacia la locura. Aquella reliquia era lo único que lo mantenía cuerdo.

Las náuseas se revolvieron en el hueco donde antes estaba mi estómago. Hice lo que pude para tragar saliva y contenerlas, al tiempo que cogía unas tenazas oxidadas y las echaba al cubo. El hierro repiqueteó sonoramente y una nubecilla de herrumbre voló por el aire.

—Entonces... ¿por qué me diste la reliquia cuando estábamos en Zilvaren?

Él alzó la mano. El grueso anillo de plata destelló en su dedo.

—Ah, claro. Sí. También tienes un anillo —dije.

—Si no te hubiera dado la reliquia, habrías muerto.

—¿Y por qué no me dejaste morir? Podrías haberme dejado allí.

Kingfisher, con la expresión vacía, soltó el montón de papeles desvaídos y carcomidos que llevaba sobre un banco de trabajo.

—No te has enterado de nada, humana. Yvelia está en guerra y la guerra es una bestia hambrienta. Hay que alimentarla constantemente. Comida. Ropa. Oro. Suministros para edificaciones. Armamento. Antes de que Madra hundiese aquella espada en su estanque y anulase todos los estanques de todos los reinos, Belikon usaba las sendas para obtener suministros. Era el único modo de comerciar con objetos mágicos. Cuando las sendas se cerraron, también lo hizo la puerta que usaban nuestras caravanas de suministros. Tú no deberías haber sido capaz de tocar esa espada, y mucho menos de extraerla. Pero la plata respondió a tu contacto. Fuiste tú quien la activó. Hiciste algo que solo pueden hacer los alquimistas. Así pues, la respuesta es no: seas o no humana, yo no podía dejarte morir allí.

—Genial. O sea, que me trajiste hasta aquí para poder salvar a tu pueblo y ganar la guerra.

Kingfisher volvió a pasarse una mano por el cabello, ondulado y negro como la tinta, con los ojos fríos como esquirlas de hielo.

—Me tienes en muy buena consideración, humana. En cierto modo, supongo que lo que dices es cierto. Pero no te confundas;

no soy ningún santo. Yvelia me importa una mierda, igual que la guerra de Belikon. Tú no eres más que una moneda de cambio. En ti vi mi única posibilidad de alcanzar la libertad y la aproveché. Puedes preguntarme si quieres qué habría hecho yo de haberte encontrado en el mismo estado pero en otras circunstancias.

Le clavé la mirada. Contemplé la hostilidad que anidaba en su mandíbula apretada, la tensión de sus hombros, la mueca cruel de su boca. Me recorrió un escalofrío de los pies a la cabeza que dejó a su paso ondulaciones de pánico.

—Creo que no quiero saberlo —susurré.

El ápice de sonrisa de Kingfisher desplegó las alas y echó a volar.

—Chica lista.

Tardamos horas en limpiar la forja y lo hicimos en silencio. Yo ya no pregunté nada más; me daba miedo saber las respuestas. Kingfisher, por su parte, se guardó sus pensamientos para sí mismo.

De tanto en tanto, me sorprendía a mí misma observándolo. Con las mangas subidas hasta los codos y la barbilla manchada de hollín, tenía aspecto de persona normal. Pero entonces soltaba algún gruñido en voz baja o bien me miraba con aquellos ojos manchados de plata y recordaba que no era humano. No era seguro ni inteligente permitir que mi mirada lo recorriera. Lo mejor que podría hacer sería averiguar cómo había activado por accidente ese estanque y volver a cruzarlo a toda prisa para volver lo antes posible a Zilvaren.

El cielo ya se oscurecía más allá de la ventana —qué vista tan extraña— cuando Renfis vino a buscarme. Parecía cansado, aunque el moratón que tenía debajo del ojo y el labio partido se habían curado milagrosamente en el transcurso de las últimas horas. De pie en el umbral, Renfis escrutó el suelo casi limpio y vio el cubo lleno con las herramientas que yo había recogido. Le dedicó una mirada confundida a Kingfisher.

—¿Qué está pasando? Ni siquiera habéis empezado a trabajar.

—¡Este lugar era un desastre! —exclamé. Qué fácil por su parte dejarse caer por allí y soltar críticas. La forja, en realidad, tenía mucho mejor aspecto que antes. Pero él no lo había visto.

Kingfisher suspiró. El frío del aire empezó a volverse gélido y las sombras recorrieron las paredes, surgidas de ninguna parte. Se extendieron por el suelo como pintura líquida, subieron por las patas de los bancos y se propagaron por el aire hasta que todo se volvió oscuro. Todo. La propia forja se convirtió en un pozo lleno de tinta. Sentí como si las sombras se me hubieran metido por la garganta y hubieran llegado hasta los pulmones para ahogar un grito. Aquello era la oscuridad más auténtica. Ni siquiera en los túneles subterráneos que formaban un laberinto bajo la Ciudad de Plata, era tan profunda la oscuridad.

—Oh, dioses. ¿Qué sucede?

—Fisher —le riñó Renfis—. Ya basta.

La oscuridad se retrajo de golpe como una tira de goma. Lo que quedaba de la luz del día volvió a inundar la forja, que quedó inmaculada. La ventana había sido reparada: un nuevo panel de vidrio destellaba en el marco. Los viales y matraces destrozados que habíamos barrido hasta formar montones de cristales rotos desaparecieron. La fragua estaba limpia, los ladrillos tenían un tono rojo brillante, como si fueran nuevos. Las estanterías estaban repletas de todo tipo de equipamiento, con objetos que yo jamás había visto. La flora que se había hecho dueña de la forja seguía presente, pero había sido dominada: las plantas estaban dentro de unas macetas y en un pequeño macetero junto a la venta. Y el aire era cálido. Llevaba todo el día helándome; me castañeteaban los dientes mientras limpiaba y recogía basura con los dedos entumecidos. ¿Cómo podía ser que ahora se estuviera tan calentito allí?

Me di la vuelta en busca de algo, algún objeto que arrojarle a Kingfisher. Lo más que pude encontrar a mano fueron unas tenazas relucientes y hermosas. Las agarré y señalé con ellas al guerrero de cabellos negros.

—¡Pedazo de...! ¡Nos hemos partido el lomo limpiando este sitio! Pero ¿qué es lo que te pasa? ¿No habías dicho eso de «Nuestras habilidades son dones sagrados que deben usarse con cabeza, para fines nobles»? ¿Qué mierda pasa con todo eso ahora?

—¿Fines nobles? ¿Este? —Renfis soltó una tos que sonó bastante a risotada—. El tipo que tienes delante no se corta a la hora de usar sus dones para las tareas más mundanas.

Apuñalé con la mirada a Kingfisher.

—Eres un monstruo.

En el rostro del guerrero no había traza alguna de remordimiento. Recuperó su arma y su armadura y se detuvo a mi lado de camino a la puerta, recién colocada en el umbral.

—Solo quería averiguar si sabías lo que es el trabajo duro —susurró—. Ya te lo dije: estoy hecho de magia.

Dicho lo cual, se marchó.

10

MIGAJAS

A la mañana siguiente, Everlayne me trajo el desayuno: fruta fresca y yogur, exquisiteces que yo jamás había probado. Se sentó conmigo en mis aposentos y desayunamos juntas, mudas y contenidas. Tenía ganas de preguntarle por lo que había dicho en el pasillo el día anterior. Había mencionado que Kingfisher era su hermano, pero no del mismo modo en el que Renfis y Kingfisher se llamaban hermanos, como guerreros que habían luchado codo con codo. Everlayne lo había dicho de un modo mucho más literal, como si compartiera la misma sangre que aquel cabrón maligno.

Sin embargo, no saqué el tema a relucir. Ir con Kingfisher a la forja, en lugar de seguir a Everlayne para ver si se encontraba bien, había sido una decisión consciente y, a juzgar por el modo en que mi compañera no dejaba de soltar resoplidos indignados con cada cucharada de yogur que se metía en la boca, debía de haber herido sus sentimientos al actuar así.

Me obligó otra vez a ponerme un vestido de faldas voluminosas —esta vez de un fulgurante tono púrpura— y volvió a arreglarme el pelo. Me compuso las trenzas de modo que cayesen por el centro de mi espalda.

Cuando llegó el momento de salir de mis aposentos, Everlayne se pasó las manos por el encantador camisón de color marfil que llevaba puesto y toqueteó los lazos de los puños de sus mangas, incapaz de mirarme a los ojos.

—Si quieres venir conmigo a la biblioteca, Rusarius y yo recopilamos ayer toda la información que tenemos sobre los alquimistas y sus procesos. No es mucho, pero creo que vale la pena leerlo...

—Por supuesto que quiero ir contigo —dije—. Siento no haberte acompañado ayer. Sé que estás haciendo todo lo posible por ayudarme, y de verdad que quiero aprender.

Aprender el modo de largarme de allí de una puñetera vez. Encontrar la manera de regresar a mi casa. Le tendí el brazo y, aunque esbozó una sonrisa reticente, enlazó el suyo al mío. Por lo visto, eso era todo lo que necesitaba Everlayne de Barra para perdonar una afrenta.

En la biblioteca, Rusarius estaba en pleno berrinche.

—¡Renfis, por favor! ¡Esto no es una cantina! ¡Aquí hay obras de arte muy preciadas y... y... es que mira! ¡Mira cuánta grasa!

Pude oler el problema de Rusarius antes incluso de verlo. Flotaba un olor carnoso y ahumado en el aire, un aroma tan delicioso que mi estómago emitió un rugido audible. ¿Qué era? Olía divinamente.

—Por los dioses, Fisher —murmuró Everlayne cuando vio lo que el guerrero estaba haciendo. Se había sentado en la cabecera de la larga mesa del bibliotecario y tenía delante una bandeja de madera pulida. Clavó un tenedor en un trozo de carne irreconocible y se lo llevó a la boca.

Renfis estaba apoyado contra la pared junto a la ventana del extremo opuesto de la estancia, los brazos cruzados, y contemplaba la escena con aire resignado.

—Lo siento, Rusarius. No sé qué crees que podría hacer yo al respecto. Los Corcoranes habrán regresado antes del día en que yo consiga obligar a Kingfisher a hacer algo.

—Bueno, bueno, ¡tampoco hace falta blasfemar! —renegó el viejo bibliotecario.

—¿Adónde se han ido vuestros dioses? —le pregunté con un susurro a Everlayne. Antes me había sentido demasiado abrumada como para preguntarlo.

—Emprendieron un peregrinaje hace miles de... ¡Uf! Te lo cuento en otro momento. Más vale que le confisque toda esa comida antes de que a Rusarius le explote la cabeza.

Kingfisher siguió centrado en su desayuno. Everlayne se acercó y se detuvo a su lado, en la cabecera de la mesa. Él no dijo ni una palabra; se limitó a gruñir.

—Y todavía te preguntarás por qué Belikon se refiere a ti como «el perro» —dijo ella.

Eso captó la atención de Kingfisher. Despacio, alzó la cabeza. La plata destelló en su ojo derecho al devolverle una mirada hostil a Everlayne.

—No, no me lo pregunto. Sé bien por qué me llama así.

—Es por su profunda lealtad a la corona —dijo Renfis, reprimiendo una sonrisa.

Los ojos de Kingfisher destellaron y el mercurio se retorció alrededor del iris verde. Le mostró a su hermana los dientes en una mueca.

—En realidad, es porque muerdo.

Ante la expresión dura del guerrero, yo bien podría haber dado media vuelta y haberme echado a correr hasta que me perdiera en la noche. Everlayne, sin embargo, enarcó una ceja y se limitó a esperar.

El guerrero volvía a vestir de negro. Aquella mañana, iba cubierto con armadura completa hasta las cejas. La placa pectoral grabada que se había puesto era de cuero negro, y no del tono oscuro del día anterior. Tenía un emblema compuesto por dos espadas que se cruzaban, enrolladas en una maraña de enredaderas junto a la silueta de un semental encabritado. También llevaba el mismo gorjal en la garganta, de plata brillante y pulida con un lobo rugiente tallado. Aquella mañana, su cabello oscuro y tenso estaba particularmente ondulado, casi rizado, y no le alcanzaba del todo los anchos hombros. Cuando me percaté de que le estaba examinando con toda intensidad las orejas puntiagudas que le asomaban entre el pelo, me apresuré a alzar la vista hacia la bóveda acristalada. Carraspeé y fingí que miraba al cielo.

—Dame la bandeja. —El tono de Everlayne no aceptaba ni medio pero.

—Por supuesto. —Kingfisher dejó el tenedor, alzó la bandeja y se la tendió a Everlayne, que la aceptó—. Faltaría más —dijo—. Puedes dejar mi comida en el puto suelo, fuera, junto a los establos. Me iré ahora mismo a comer con los demás perros.

Everlayne hundió los hombros.

—Fisher.

—No, no hace falta. —Las patas de la silla produjeron un estridente chirrido cuando él se levantó. Volvió a quitarle la bandeja de un zarpazo y se dirigió con ella hacia la puerta... directamente hacia donde yo estaba—. Ahórrate la molestia; puedo ir yo solo —dijo. Sus ojos destellaron al pasar junto a mí—. Disfruta de tus libros polvorientos, humana. Te espero en la forja esta tarde. Que no tenga que ir a buscarte.

—Fisher, no seas ridículo, ¡vuelve! —le pidió Everlayne.

Él la ignoró, con la columna bien recta. La espada de medianoche que llevaba a la espalda dejó un rastro de sombras arremolinadas a su paso cuando Kingfisher salió de la biblioteca.

—Bueno, yo no quería que volviera a marcharse —refunfuñó Rusarius—. Pero lo he dicho mil veces y lo volveré a decir otras mil: nada de comida cocinada en la biblioteca. Yo, por ejemplo, solo como galletas saladas cuando trabajo aquí. Y hay veces en las que me paso días enteros aquí dentro. ¡He llegado a comer asomado a la ventana para no tirar migajas!

—No pasa nada, Rusarius —dijo Everlayne en tono quedo—. Ahora mismo, Kingfisher no es el de siempre. Puede que tarde un poco en dejar de comportarse como un niñato mimado.

—Voy a ir a entrenar con él, a ver si así se relaja un poco —dijo Renfis, y se apartó de la pared. Se detuvo junto al asiento que había ocupado Kingfisher hacía un instante y apoyó la mano en el respaldo tallado, con el ceño fruncido—. Sin embargo, hay que darle un poco de cuartel. Aquí ya no tiene aposentos ni ningún lugar donde comer, y mucho menos donde dormir. Está desamparado. Ciento diez años, Layne. ¿Puedes siquiera imaginar lo que son ciento diez años en un lugar como ese? Y, además, solo.

Cada una de sus palabras rezumaba pesar. La princesa y el soldado intercambiaron una larga mirada. Al cabo, la tensión que palpitaba en la mandíbula de Everlayne se suavizó.

—La verdad es que sí que puedo. Me pasé las primeras tres décadas imaginándolo con todo lujo de detalles cada día. Pero luego hice lo que pude para no pensar en ello... ni en él. Mi corazón no lo soportaba. Ahora que ha regresado, ya no tengo que preguntarme qué tipo de infierno ha tenido que soportar. Ahora lo veo con mis propios ojos.

Tenía la voz impregnada de emoción, pero no rompió a llorar. Cogió un libro de la mesa, lo colocó en lo alto de una pila y luego se entretuvo toqueteando unos papeles sueltos.

Resultaba duro ver todo el dolor que sentía. Y vaya si sentía dolor. Habría que estar ciega para no ver lo mucho que estaba sufriendo. Me mantuve en la periferia del grupo, lo cual me proporcionó una excelente perspectiva de las dinámicas entre todos ellos. Había muchísimo dolor compartido. Mucho tiempo, mucho pasado, muchísimos secretos. Viéndolo desde fuera, resultaba imposible desentrañar todos los hilos que los conectaban.

Renfis suspiró.

—Hay un modo de curarlo, lo que pasa es que aún no lo hemos encontrado. Yo no pienso tirar la toalla. ¿Y tú?

Una larga pausa llenó el silencio. Rusarius soltó una tos incómoda. Cogió un puñado de plumas para escribir, las llevó en dirección a las estanterías y desapareció entre ellas. Los dioses sabrían a dónde iba. Yo no veía ningún montón de plumas que poder llevarme, así que no me quedó más alternativa que seguir en un extremo de la mesa del bibliotecario, mirándome los pies. O, al menos, el lugar donde debían de estar mis pies, porque no podía verlos con las malditas faldas de aquel vestido.

—Entonces ¿eso es lo que pasa? ¿Has tirado la toalla? —quiso saber Renfis.

—¡No! Por supuesto que no. Es que... me siento impotente ante él.

—Si yo tengo suficiente esperanza en él, también la tengo en ti. —Renfis soltó un suspiro largo y constante. Tamborileó sobre la mesa con los dedos—. Te veo luego. Buena suerte. Y buena suerte a ti también, Saeris.

Me dedicó una sonrisa cálida al pasar, lo cual menguó en cierta medida la sensación de que había estado escuchando a escondidas una conversación privada.

Cuando Renfis se marchó, Everlayne pasó junto a la mesa y recogió más pergaminos, los ordenó y los volvió a ordenar.

—Está bien. —Se sorbió los mocos—. ¿Por dónde empezamos? Hum. Creo que si empiezas, por ejemplo, contándonos qué sabes de prácticas alquímicas y de cómo usarlas...

—Es que... ni siquiera sé qué significa *alquímico*.

No quería interrumpirla, pero pensé que era mejor dejar eso claro antes de que siguiera hablando.

—¡Ah! ¡Bueno! —Esbozó una amplia sonrisa, pero me pareció que en ella había un ápice de histeria—. Bien, no pasa nada. Supongo que es mejor así. De ese modo, no tendrás malos hábitos. Empezaremos por el principio en cuanto Rusarius... —Se calló y miró por encima del hombro—. ¿Rusarius? Por los cinco infiernos, ¿adónde se ha ido ahora este hombre?

—¿Everlayne? Esto... ¿Te encuentras bien? Pareces un poco...

—No, estoy bien. Estoy bien. De verdad, estoy bien. —Se llevó los dedos a la frente y cerró los ojos con fuerza un instante. No estaba bien en absoluto—. Estoy... —Dejó caer la mano y, de pronto, dejó de fingir—. Kingfisher era lo mejor de mi vida —dijo—. Lo único bueno, en realidad. Y ya no está. Sabía que sería así, pero resulta duro... verlo y... aceptarlo... y...

—Hablando de galletas saladas, sabía que tenía algunas por aquí. He encontrado una bandeja entera en un anaquel de la sección de registros urbanísticos de la Séptima Era. Debí de dejarla allí el otro día. —Rusarius surgió una vez más entre las estanterías. Llevaba una pequeña bandeja de plata repleta de lo que, de hecho, sí que parecían galletas saladas extremadamente secas. Sin percatarse de que Everlayne intentaba secarse las lágrimas con el dorso de la mano, Rusarius colocó la bandeja en la mesa con una floritura—. Servíos, queridas, pero..., eh..., aseguraos de minimizar el número de migajas que caen al suelo.

Resultó que la alquimia era una forma de magia. Una magia olvidada, muerta hacía mucho tiempo, que para los fae de Yvelia era tan mítica como lo eran los propios fae para la gente de Zilvaren. En su día, hubo tres categorías de alquimistas: los fae que intentaban descubrir el camino a la inmortalidad; los fae que intentaban transmutar varios metales y minerales para crear e inventar; y los fae que intentaban curar enfermedades y plagas.

Everlayne y Rusarius pensaban que yo, de alguna manera, pertenecía al segundo tipo de alquimistas, los que transmutaban metales. Al principio de nuestra primera lección en la biblioteca, yo ni siquiera sabía qué significaba la palabra *transmutar* y, al final de esta, tampoco estaba muy segura de haberlo entendido.

Hacía miles de años, los alquimistas usaban sus dones mágicos para alterar el estado de los compuestos y transformarlos en metales preciosos. No quedaban registros que indicaran qué compuestos se usaban ni qué se hacía con ellos. Sin embargo, los alquimistas tuvieron éxito. Encontraron un modo de transformar los elementos en enormes cantidades de oro y plata, lo cual, se supone, contribuyó a llenar las arcas reales. En algún momento, se descubrió el mercurio, junto con los demás reinos conectados a través de sus sendas. A partir de ahí, se hizo el caos.

—Nada de esto indica el modo de reproducir lo que hacían los alquimistas de antaño —dije al tiempo que cerraba de golpe el libro que había estado estudiando con toda atención—. ¿Cómo conseguían controlar el mercurio?

Everlayne se encogió de hombros.

—Se supone que lo activaban y desactivaban, que abrían o cerraban las sendas, usando su magia.

—En realidad, el hecho de que se supiera o no controlar esa magia ha estado sujeto a ardorosos debates —dijo Rusarius—. Según la mayoría de documentos de aquella época, los miembros de la segunda categoría de alquimistas tenían vidas muy cortas. A menudo se volvían locos y se suicidaban.

—Ah, bien, estupendo.

Fuera lo que fuera lo que los alquimistas de antaño se habían hecho a sí mismos para acabar así, quería descubrirlo para poder hacer justo lo contrario. Sin embargo... Maldición. Enterrar la cabeza en la arena no me iba ayudar a activar de nuevo el mercurio. Tenía que aprender a hacerlo si quería descubrir qué le había sucedido a Hayden. La idea de que hubiesen alistado a Hayden en el ejército de Madra era preferible a imaginármelo muerto, pero tenía que averiguarlo. Si habían matado a Hayden, tenía que enterrarlo, pasar la acostumbrada vigilia de setenta y dos horas junto a su tumba. Pero si estaba atrapado como nuevo recluta en el ejército de Madra, lo que yo tenía que hacer era sacarlo de allí.

Fuera como fuera, debía desentrañar el secreto del mercurio a toda costa. Me masajeé las sienes, intentando rebajar el dolor de cabeza que la enorme tensión me había provocado. Con tantos robos y trapicheos en el mercado negro para sobrevivir, mi vida en la Ciudad de Plata no me dejaba mucho tiempo para la lectura. Mis ojos no estaban acostumbrados. Bajé la vista hacia el libro que había tenido...

Ah.

Un momento.

Alcé el libro, ladeé la cabeza y miré a Rusarius con ojos entornados.

—¿Por qué puedo leer esto?

—¿A qué te refieres? —preguntó él.

—Bueno, es que vengo de otro lugar. De otro reino completamente diferente. ¿Cómo es posible que tú y yo hablemos el mismo idioma? ¿O que compartamos la misma escritura? Es que... es imposible.

Vaya locura que no se me hubiera ocurrido hasta aquel momento.

—Eh..., no. Imposible, no. De hecho, ni siquiera es improbable —dijo Rusarius—. Esto explícaselo tú, querida —le dijo a Everlayne—. Hay por ahí otro libro que quiero encontrar antes de que os vayáis.

Everlayne pareció contenta y dispuesta a llevar a cabo aquella tarea.

—Bueno —dijo, y se inclinó hacia la mesa para coger el libro y quitármelo de entre las manos—. Ahora mismo estás hablando fae común. Este libro fue escrito en ese mismo idioma. Existen otros idiomas en Yvelia. Otros dialectos. Pero el fae común se habla en todas las cortes como idioma compartido, por así decirlo. Cuando los primeros fae viajaron a tu reino, los humanos hablaban otro idioma completamente distinto. Sin embargo, a lo largo de los años, los humanos acabaron adoptando nuestro idioma y nuestra escritura. A pesar de haber quedado aislados de otros reinos, parece que nuestro idioma ha sobrevivido o, al menos, así es en Zilvaren. En Zilvaren está Madra y tu reina siempre ha hablado fae común. Ella sirvió de anclaje para nuestro idioma. Puede ser que los idiomas y alfabetos hayan cambiado en otros reinos.

Madra.

Tan antigua como los portales de piedra en el centro del universo.

Tenía que preguntarlo. Tenía que saberlo.

—Parece que sabes mucho sobre ella —dije.

—¿Sobre Madra? —Everlayne apretó los labios—. Supongo que sé tanto como cualquiera por aquí. Cuando ascendió al trono de Zilvaren, era joven. Estaba sedienta de sangre y ansiosa de alcanzar el poder.

—Pero, si es humana, ¿cómo puede haber vivido tanto? ¿Cómo se las ha arreglado para reinar durante más de mil años? Y, si no es alquimista, ¿cómo ha conseguido cerrar todas las sendas con esa espada?

—No sabemos cómo lo hizo, pero sí, Madra debió haber muerto hace siglos. Debe de ser por algún tipo de magia, pero no tenemos la menor idea de quién la llevó a cabo para ella ni por qué motivo. No sabemos cómo averiguó que se podía calmar al mercurio con una espada alquimérea. Es un tipo de información que nuestra raza ha guardado y protegido celosamente durante generaciones. Pero no hace falta ser fae ni poseer ningún don especial para cerrar las puertas entre nuestros reinos. De eso se encarga la espada. Que nosotros sepamos, cuando se activa un estanque de mercurio, todos los demás estanques se activan a su vez, en todas partes. Están unidos por algún tipo de... —Everlayne frunció el ceño, en busca de algún modo de explicarse— lazo de energía, supongo. Si se enarbola una espada como Solace y se la hunde en el mercurio, la hoja cercena esa energía de un modo que la paraliza. Hasta que no se extrajo Solace, todas las entradas a la senda quedaron congeladas. Desde esta corte, se enviaron varios grupos de exploradores para encontrar nuevas sendas que se habían abierto hacía poco, pero Madra cortó el lazo. Amigos, familiares... Todos quedaron atrapados en algún lugar. Y no se los ha vuelto a ver.

—¿Hay..., o sea, hay alguna posibilidad de que aún estén vivos? No sé mucho sobre la esperanza de vida de los fae. ¿Cuántos años vive tu gente? ¿Cuántos años tienes tú?

Everlayne soltó una risita ahogada y se cubrió la boca con la mano. ¿Era impresión mía o de verdad parecía un poco azorada?

—Pues..., en realidad, no es educado hablar de eso. Lo sabrías si hubiéramos estudiado ya las buenas maneras en la corte.

—Disculpa. Dioses, no debería meterme donde no me llaman...

—No, no, no, está bien. —Negó con la cabeza—. Sé que solo nos conocemos desde hace unos cuantos días, pero mientras te estabas recuperando, estuve sentada a tu lado mucho tiempo. Me gusta pensar que somos amigas.

—A mí también.

Y era cierto. Yo ya empezaba a pensar en ella como amiga mía y me alegraba de que ella pensara lo mismo de mí. Contar con una amiga en un palacio lleno de enemigos no podía ser malo.

—Está bien, pues queda claro que somos amigas —dijo ella con una sonrisa—. Permíteme empezar preguntándote cuántos años crees que tengo.

—Si fueras humana, diría que apenas eres un poco mayor que yo. ¿Veintisiete? ¿Veintiocho, quizás?

—Por los dioses. —Sus ojos se desorbitaron—. Pues me temo que te vas a sorprender un poco. —Inspiró hondo—. Nací justo al principio de la Décima Era. Tengo mil cuatrocientos ochenta y seis años de vida.

—¿Mil cua...? —Casi me trago mi propia lengua. Everlayne tenía casi mil quinientos años de edad. No me entraba una cifra así en la cabeza. Parecía jovencísima. ¿Me atrevería a formular la siguiente pregunta, la que me estaba quemando en la punta de la lengua? Debería darme igual, pero no pude evitarlo—. ¿Y Kingfisher? ¿Cuántos años tiene?

Everlayne me contempló, y una sonrisilla asomó a sus labios. Tardó un largo segundo en responder y, durante ese tiempo, yo me reprendí por haber cedido a aquella curiosidad infernal. Entonces, Everlayne dijo:

—Diría que es mejor que le preguntes a él. No es adecuado que sea yo quien te cuente estas cosas. A menudo ni siquiera sabemos cuántos años tienen otros miembros de la corte. Por otro lado, sí que conozco la edad de Kingfisher y obligarte a preguntarle directamente es una crueldad. Jamás te lo dirá y, de todos modos, se burlará de ti por haber preguntado. Kingfisher nació al final de la Novena Era. ¿Te sirve ese dato para hacerte una idea de su edad?

—No sé. No estoy segura. Parece rondar los treinta años, así que imagino que tiene...

Dioses, me resultaba imposible convencer a las palabras para que salieran de mi boca. Todo aquello era una locura.

—Vamos —me instó Everlayne.

—No sé, ¿mil ochocientos años?

—No está mal. Tiene mil setecientos treinta años.

—Mil setecientos treinta y tres —dijo una voz profunda.

Me estalló la adrenalina en las venas y mi cuerpo se conmocionó tanto que casi me caí de costado del asiento. Me di la vuelta y vi a Kingfisher, en un rincón de lectura reservado, envuelto en sombras. La mitad de su cuerpo estaba escondido dentro de un estanque de oscuridad que no pintaba nada en aquella biblioteca tan bien iluminada. Se miraba las uñas de las manos y el gorjal con la cabeza del lobo destellaba en su garganta.

—Pero, bueno, ¿qué son tres años estando en familia, verdad? —dijo. Se apartó del muro y salió a la luz—. Estoy seguro de que resulta difícil ser consciente del paso del tiempo cuando se está tan distraída por los dimes y diretes de la vida en la corte.

Le mostró a Everlayne una sonrisa de labios apretados.

—Me alegro de que por fin estés contándole algún que otro secretito a tu nueva mascota, Layne. Sin embargo, admito que me escandaliza un poco que esos secretitos sean también míos.

—No te habrías enterado de nada de no haber estado espiando.

—Discúlpame, es que estaba aburrido. Al final decidí venir a por la humana, pero parecíais las dos enfrascadas en una conversación muy interesante.

Everlayne puso los ojos en blanco. Me puso una mano en el antebrazo.

—No le hagas caso. Respondiendo a tu otra pregunta, técnicamente los fae que quedaron atrapados cuando el mercurio estaba en calma podrían seguir con vida, sí. Sin embargo, el reino que estaban visitando es un lugar volátil y peligroso. Es poco probable que la edad avanzada haya causado su muerte, pero quizá los clanes locales se hayan encargado de ello.

—La próxima vez que quieras saber algo sobre mí, no te cortes y pregúntame —dijo Kingfisher al tiempo que colocaba la mano sobre la nueva puerta de la forja. Era la primera vez que hablábamos desde que salimos de la biblioteca. Habíamos preferido recorrer el Palacio de Invierno sumidos en un pétreo silencio.

La puerta se abrió y Kingfisher entró.

Me detuve en el umbral, intentando decidir si quería entrar tras él o si prefería echar a correr en la dirección contraria y regresar a mi habitación, donde aquel tipo no podría seguir haciéndome daño. El palacio era una pesadilla retorcida de corredores, escalinatas y pasadizos, pero pensé que, si me esforzaba, podría encontrar el camino.

Entre tras él en la forja, con las piernas tan pesadas como piedras talladas.

—Si te hubiera preguntado cualquier cosa, no me habrías respondido. Y de haberme respondido, no me habrías dicho la verdad.

—Incorrecto. Si me preguntaras algo digno de respuesta, por supuesto que te respondería. Y, por supuesto, si te respondiera, te diría la verdad.

Tal y como había hecho el día anterior, Kingfisher se desprendió de su armadura. Empezó, una vez más, por quitarse la espada. Esta vez yo estaba preparada y no me encogí cuando la sacó.

—Sí, seguro que sí.

Los humanos y los fae eran diferentes en muchos aspectos, pero el sarcasmo era universal.

Con manos hábiles, Kingfisher se desprendió de la cinta que le rodeaba el costado y se quitó el protector pectoral.

—Haz la prueba, humana.

—Está bien, de acuerdo.

Gracias al truquito mágico de Kingfisher de la noche anterior, la forja estaba inmaculada ese día. El banco de trabajo no tenía escombros ni virutas y el suelo estaba impoluto. Todas las herramientas parecían nuevas; colgaban de ganchos en la pared frente al hogar. Me situé detrás del banco de trabajo, para poner el obstáculo más pesado y de mayor tamaño entre nosotros dos, mientras él seguía desprendiéndose de su armadura. Era una medida de precaución en caso de que no le gustaran mis preguntas y se abalanzara sobre mí. Porque ahora planeaba alterarlo. Enojarlo. Iba a ponerle un cebo del mismo modo que él me lo había puesto a mí, a base de llamarme «Osha» y de su desdén nada disimulado.

A la mierda con él.

Kingfisher dejó caer el protector pectoral al suelo.

Me agarré al banco de trabajo y dije:

—Elroy jura que todo hombre miente sobre el tamaño de su polla cada vez que una mujer le pregunta al respecto.

Kingfisher se quedó paralizado.

—¿Acaso me estás preguntando cómo de grande tengo la polla, Osha?

—Me da igual lo grande que sea. Lo que me importa es lo que vas a responder.

Una mueca sonriente, lenta y aterradora, apareció en su rostro.

—Lo bastante grande para hacerte gritar, y mucho más que eso.

—¿Lo ves? —Lo señalé con un dedo—. No has respondido con sinceridad.

Él paseó la vista por la forja, con confusión fingida.

—Disculpa, pero no comprendo a qué te refieres.

—Me refiero a que, si le preguntas a un hombre cómo de grande tiene la polla, te demostrará que miente más que habla.

—Puede, pero yo no soy un hombre. Soy un fae. —Hizo una pausa—. Y quizá sí que estoy bien dotado.

—Sí, o quizá estamos malgastando el tiempo y deberíamos ponernos con lo que sea que vayas a intentar enseñarme aquí —espeté.

Kingfisher se llevó las manos a la nuca. Tardó un total de cuatro segundos en desabrocharse el gorjal y desprenderse de la placa de plata.

—Quizá el problema sea que me has preguntado por mi polla como si fueras una perrita en celo en lugar de hacerme alguna pregunta que importe de verdad.

Por los dioses, aquel tipo no dejaba de sorprenderme. Cada vez que pensaba que había llegado al límite del odio que se podía sentir por otro ser vivo, Kingfisher me demostraba que era posible alcanzar cotas mucho más altas.

—Está bien. De acuerdo. Bien. Te haré una pregunta que importe. Te desterraron de la corte yveliana porque hiciste algo malo. Belikon dijo que arrasaste una ciudad entera hasta los cimientos.

Él enarcó una ceja oscura en mi dirección.

—¿Esa es la pregunta?

—¿De verdad lo hiciste? —pregunté.

—¿Por qué quieres saberlo?

—Porque ahora mismo estoy compartiendo un espacio muy reducido contigo. Porque estamos solos. Porque quiero saber si estoy respirando el mismo aire que un asesino genocida. Y ni se te ocurra eludir mi pregunta haciendo otra pregunta. ¿Lo hiciste?

Él me escrutó con intensidad. Incluso desde lejos, pude ver el mercurio atrapado que se arremolinaba en medio del mar de vívido tono verde de sus ojos.

—Sí —la palabra salió de forma abrupta. Desafiante—. Sí que lo hice.

—¿Por qué?

—Porque no tuve alternativa.

Yo golpeé el banco de trabajo con ambas manos. La rabia era un puño de hierro que me agarraba el pecho.

—¿Por qué?

—No estás preparada para saberlo. Jamás lo estarás.

—¿Por qué?

—Porque eres humana, y los humanos son débiles —dijo con un gruñido—. Porque no es asunto tuyo. Porque el motivo por el que lo hice no importa. Porque, te dé la razón que te dé, no te parecerá suficiente. Así que pregúntame otra cosa.

La voz me tembló al hablar.

—Renfis dijo que llevabas más de un siglo sufriendo porque te habían desterrado después de arrasar esta ciudad. ¿Adónde te enviaron?

Kingfisher avanzó hacia el banco de trabajo. Ya no llevaba la armadura. Vestía una camisola negra, sencilla y holgada, y pantalones negros una vez más. Captó mi atención la cadenita de plata que le colgaba del cuello; esa que me había dejado cuando me estaba muriendo y que ahora soltó un destello. Intenté no retroceder mientras él se acercaba, pero es que aquel tipo era enorme. Se cernió sobre mí, ocupando muchísimo espacio, invadiendo el mío, tapando la maldita luz. Era lo único que podía ver. Lo único que podía oler. Era aire frío de la mañana, y humo, y tierra recién removida, y otro millar de complejos aromas para los que ni siquiera tenía nombre. Sacó los colmillos y se inclinó tanto que apenas dos centímetros separaban la punta de nuestras narices. Y entonces dijo con un gruñido:

—Al infierno.

Yo no podía respirar. No podía pensar. Estaba muy cerca. Muy enfadado. Parecía a punto de derrumbarse; como si solo lo sujetara un hilo finísimo.

Y, de pronto, recuperó toda la compostura. Sus colmillos desaparecieron al instante.

—Reza para no tener que experimentarlo por ti misma, humana —susurró—. Extiende la mano.

—¿Que extienda la...?

—Sí, que extiendas la mano.

Así de cerca, Kingfisher podía agarrarme la mano y hasta el brazo al que esta estaba unida, si así lo deseaba. Podría arrancarme la extremidad y no había nada que yo pudiera hacer al respecto. Entumecida y temblorosa, alargué la mano, mientras rezaba de todo corazón para que no empezase a romperme los dedos solo por haberlo enojado. Algo frío y suave se depositó en la palma de mi mano. Kingfisher me cerró los dedos en torno a aquel objeto y luego cubrió mi mano fuertemente con las suyas, enormes y tatuadas. En un primer momento, no lo sentí. Estaba demasiado centrada en su proximidad y en el salvaje abanico de diferentes aromas que no dejaban de emanar de él y llegar hasta mí.

Madera, cuero, especias, algo de verdor, un leve regusto a almizcle y...

—Ay.

Kingfisher entrecerró los ojos.

—¿Qué sucede?

—¡Ay! ¡Eso duele! —Intenté apartar la mano de un tirón, pero Kingfisher apretó más. Me sostuvo la mano, cada vez más fuerte, y la sensación de abrasión en el centro de la palma empezó de verdad a dolerme—. Kingfisher —dije en tono de advertencia. Él no me soltó. Se limitó a quedarse ahí, mirándome y observando. Los hilos metálicos de plata se arremolinaban salvajemente en su ojo derecho—. Fisher, ¿qué haces?

—Dime qué notas —exigió.

—¡Noto que me estás haciendo daño! —exclamé, tirando ahora con todas mis fuerzas. Me revolví y tiré, usando todo mi peso en el movimiento, desesperada por librarme de él. Sin embargo, Kingfisher aguantó.

—¿Notas calor? ¿Frío? ¿Está afilado? ¿Es suave?

—¡Frío! ¡Está frío! ¡Tan frío que quema! —Eso no tenía el menor sentido, pero era cierto. En mi interior, se arrastraba una sensación helada que me llegaba a los huesos—. ¡Me duele! ¡Suéltame, Fisher! ¡Para, por favor!

—Páralo tú —ordenó él.

—¡No puedo! ¡No puedo!

En los ojos de Fisher, destellaba la determinación.

—Por supuesto que puedes.

—¡Que me sueltes!

—Ah, así que quieres confirmar que tengo razón, ¿no es así? Así que eres débil, ¿no? Eres humana, así que eres débil, inútil y patética. Eso es lo que pasa, ¿no?

—¡Fisher!

Él giró conmigo hasta aplastarme la espalda contra el banco de trabajo. Sentí que se me clavaba el borde de madera contra la parte baja de la espalda, pero la presión no podía compararse con la horrible punzada de dolor que Kingfisher había atrapado entre nuestras manos.

—Escúchalo —ordenó.

—¿El qué? —No tenía ni idea de a qué se refería.

Kingfisher apartó una mano, pero dio igual: solo necesitaba una de las dos para agarrar y sujetar las mías. Con la mano libre, me agarró firmemente de la barbilla y me inmovilizó la cabeza, de manera que tuve que mirarlo directamente.

—Escúchalo —repitió—. ¿Qué es lo que dice?

—Dice que eres un pedazo de mierda despiadado —dije entre dientes.

Él no mostró reacción alguna.

—Cuanto antes hagas lo que te digo, antes acabará esto, humana.

Tenía los dientes tan apretados que me dolía la mandíbula.

—Que te... follen...

—Y dale otra vez. Una perrita en celo, ansiosa y necesitada, que no deja de suplicar para que se la follen... —dijo para chincharme.

—Que. Me. Sueltes.

—¡Escúchalo!

El rugido de Kingfisher me dejó sin respiración y también se llevó consigo toda la luz. La forja entera quedó negra como la brea en apenas un instante. El dolor de mi mano me subió por el brazo, convertido en una cuerda en llamas.

—Estás tú y está el dolor. No hay nada más —susurró—. Déjalo atrás. Atraviésalo. Quítatelo de encima.

Aquello era una crueldad. Era una tortura. Yo estaba quemándome viva. Iba a matarme.

—No puedo —dije sollozando.

—Sí que puedes. Demuéstrame que me equivoco. Demuéstrame que eres más dura de lo que yo pienso que eres.

De todo lo que me había dicho, aquello fue lo que, de algún modo, me alcanzó. Inspiré entre dientes de forma entrecortada e intenté calmar la mente. La parte de mí que palpitaba y se estremecía presa del pánico, desesperada, se calmó muy ligeramente. En un grado infinitesimal. El dolor parpadeó durante un segundo, pero no lo suficiente como para proporcionarme un verdadero alivio. Sin embargo, con eso bastó.

Oí una voz, un millón de voces.

«¡Annorath mor!».

«¡Annorath mor!».

«¡Annorath mor!».

«¡Annorath mor!».

El sonido era atronador. No pude sino gritar para acallarlo, mientras sacudía la cabeza en un intento de sacarlo de dentro. Sin embargo, las voces llameaban por cada parte de mi mente, me consumían, erradicaban cada recuerdo, cada pensamiento, cada sentimiento...

—¡Annorath... mor! —grité.

Y el dolor se apagó.

La luz regresó.

Las voces guardaron silencio y dejaron tras de sí una quietud ensordecedora.

Kingfisher estaba paralizado frente a mí, demasiado cerca como para sentirme cómoda, con la mano algo más suelta alrededor de las mías. Por una vez, esa fría arrogancia tras la que se ocultaba había desaparecido. Con ojos desorbitados, contempló nuestras manos unidas y soltó un suspiro levemente entrecortado. Me dominó la tensión al ver una diminuta bola de plata líquida en la palma de mi mano. Era mercurio. No mucho, apenas tenía el tamaño de la uña de un dedo meñique. Pero, aun así, era mercurio. Y se encontraba en estado líquido.

Me entró el pánico e intenté arrojarlo lejos de mí, pero Fisher me agarró con fuerza la muñeca y negó con la cabeza.

—Mientras siga tocándote, estás a salvo. Llevo el colgante. No nos hará daño.

—¿De qué hablas? ¡Por supuesto que nos va a hacer daño! Hace un momento, casi me hiela las entrañas.

—Eso no ha sido nada. Apenas una prueba. Pero ya ha terminado... y la has superado.

Incrédula, lo contemplé boquiabierta.

—¿Y qué habría sucedido de no haber superado la prueba?

—Eso queda en el plano teórico. La has superado.

—¡Quítamelo, Fisher!

—Aplácalo tú —dijo él.

—¿Y cómo demonios...? ¡No sé cómo se hace!

—Cierra los ojos. Siéntelo en la mente. Despliega tus sentidos hacia él...

Obedecí: cerré los ojos e intenté recordar cómo respirar a pesar de saber que aquel diminuto pedazo de mercurio que formaba un charquito en mi mano se bastaba y se sobraba para hacerme añicos la mente. Ya vi en su momento lo que le hizo a Harron. Estaba a punto de maldecir una vez más a Kingfisher, de decirle que no podía sentir aquella maldita plata, pero entonces... la sentí.

Era un peso sólido que descansaba justo ahí, en el centro de mi mente. No era nada. Ni caliente, ni frío, ni afilado ni suave. Simplemente era. Y estaba esperando.

—Puedo sentirlo —susurré.

—Estupendo. Ahora dile qué es lo que quieres. Dile que se duerma.

Justo eso fue lo que le dije. En mi mente, lo obligué a calmarse, a dormirse, con la fuerza de mi voluntad.

Aquel pequeño peso, ahora sólido, pareció sacudirse, inquieto.

«No, dormir no, ahora no. Mucho tiempo durmiendo», susurró con innumerables voces acumuladas unas sobre otras.

—Duerme —ordené con más firmeza.

Esta vez obedeció.

El peso se apartó de mi mente y desapareció hasta que volví a sentirme casi normal. Casi, porque Fisher seguía sujetándome las manos. Cuando abrí los ojos, él estaba contemplando la sólida cuenta de metal inerte, de tono mate, que descansaba en mis manos. Su rostro, irritantemente hermoso, tenía una expresión entre irónica y divertida.

—He de decir que esperaba que saliese de otro modo —musitó.

Y le encajé un puñetazo en toda la boca.

11

TRAGA

—¡Está demasiado apretado! ¡Demasiado! ¡No puedo respirar!

Decir que Everlayne estaba enfadada sería quedarse muy corto. Con una fuerza que yo no sabía que tenía, les dio un tirón a los lazos del corsé, en la parte trasera de mi vestido.

—Como sigas tirando así, me vas a romper las costillas —me quejé.

—¡Pues bien! ¡Quizá así dejarás de... quejarte!

—Romperme las costillas no va a evitar que me queje —murmuré en tono sombrío, mientras apartaba las varillas del corsé. Se me estaban clavando en la piel y me punzaban partes del cuerpo que ninguna de mi ropa habitual me había punzado antes. Menuda mierda de atuendo.

—¡Estate quieta! —Everlayne me apartó los dedos de un manotazo y chasqueó la lengua. No dejaba de retocarme las faldas, revoloteando a mi alrededor y quitándome pelusas imaginarias que solo ella podía ver. Al igual que sucedía con los demás vestidos que Everlayne me había dado, aquella prenda era absolutamente encantadora. Estaba hecha de seda pura, roja y resplandeciente. Era el tipo de vestido capaz de poner de rodillas a la mayoría de los hombres. Y cómo lo odiaba, joder.

—¿En qué estabas pensando? —preguntó gruñendo Everlayne al tiempo que daba más manotazos a los pliegues de mis faldones para que colgaran adecuadamente—. Es un guerrero fae, Saeris. No se puede ir por ahí dándole puñetazos a un guerrero fae.

—¿Puedo llevar pantalones, por favor? —Me dirigí una mirada sombría en el espejo de cuerpo entero—. Y no me digas que los pantalones son cosa de hombres. He visto a muchísimas mujeres fae deambular por el palacio con pantalones.

—Ya lo hemos hablado. Eres demasiado guapa para llevar pantalones. ¿Estás escuchando lo que te digo? Me refiero a Kingfisher.

Le dirigí una mirada dura.

—No.

—Al menos podrías decirme qué es lo que te hizo para ganarse semejante puñetazo.

—Fíate de mí. Se lo merecía.

—Eso, desde luego, no lo pongo en duda.

En la última hora que había transcurrido, Everlayne me había llegado a pedir hasta siete veces que le explicase qué era lo que había pasado. Sin embargo, sus súplicas no habían podido conmigo. No era conveniente contarle el numerito que había montado Kingfisher con el mercurio. Yo no quería volver la situación entre ambos aún más tensa. Si Everlayne se enteraba de que Kingfisher me había puesto en una situación que podría haberme costado la vida, las cosas no solo empeorarían, sino que se desataría una catástrofe. Además, ella y yo éramos amigas. No quería que sufriera más de lo que ya estaba sufriendo. Ser hermana de Kingfisher ya era suficiente carga; de eso estaba segura.

—Tuviste suerte de que no reaccionara muy mal —dijo ella.

—Ah ¿sí? —dije resoplando—. Pues a mí me pareció que su reacción fue algo exagerada.

Cuando regresé a mi habitación el día anterior, Everlayne me estaba esperando. Lo que no se veía venir era que Kingfisher echara la puerta abajo de una patada, cargando conmigo al hombro como si yo fuera un saco de patatas capaz de aullar como una banshee. Tampoco esperaba ver a Kingfisher rabioso como una pantera, con el labio partido y un reguero de sangre corriéndole por la barbilla. Everlayne soltó un quejido cuando Kingfisher me arrojó con malas maneras a la cama y dijo rugiendo:

—Humana mala. ¡Mala!

—Podría haber sido mucho peor —me aseguró—. Los guerreros como Fisher no reaccionan bien ante la violencia.

—¿Acaso me estás diciendo que es tan feroz que hasta un pequeño gancho de derecha puede desatar en él un ataque de rabia asesina?

Ella se lo pensó un instante mientras doblaba una manta. Tardó aún un poco en aclararse.

—Pues sí —concluyó.

—En ese caso, tu hermano no es un guerrero, Everlayne. Es un salvaje descerebrado con un temperamento de mierda. Pero me parece que eso ya te lo había comentado.

—Por favor, puedes llamarme Layne. ¡Y no vayas diciendo eso por ahí!

—No creo que sea un secreto. Me parece que todo el mundo sabe que Fisher es un salvaje...

—No, no me refiero a eso. Me refiero a que es mi hermano —dijo con un suspiro enérgico.

—¿Es que no lo sabe todo el mundo?

—Bueno, sí y no. Es que no se habla del tema. Y es muy muy complicado.

—Deja que lo adivine: tu madre tuvo una aventura porque el rey es un monstruo vil y acabó embarazada de otro hombre.

Everlayne o, mejor dicho, Layne, suspiró.

—No. Mi madre estaba casada con un señor feudal del sur antes de casarse con mi padre. Tuvo a Fisher con su primer marido. Cuando Fisher tenía diez años, el rey envió a su padre en una misión a Zilvaren. Jamás regresó. Fue entonces cuando se cerraron las sendas. El rey declaró que Finran, el padre de Fisher, era responsable de que el mercurio se hubiera apagado. Declaró que era un traidor a todos los fae...

—Espera. Kingfisher me dijo que Madra era la responsable de que el mercurio se apagara.

Everlayne adoptó una expresión atribulada.

—Y puede que sea verdad. Desde luego, Fisher nunca ha creído que su padre fuera el responsable. Sin embargo, sin pruebas que demostraran lo contrario, Belikon declaró que el culpable era Finran. Menos de un año después, Belikon anunció su compromiso con mi madre. Para ella fue toda una sorpresa, dado que ni siquiera conocía al rey en persona, pero Belikon le dejó claro que casarse con él era la única manera de demostrar que ella no era otra traidora a la corona. Además, Finran era muy rico y Belikon necesitaba el dinero para financiar el conflicto que había estallado con Sanasroth. Belikon envió un heraldo real a casa de mi madre. Este la informó de que debía personarse en el Palacio de Invierno con todos sus bienes y su dinero. Rusarius aún comenta lo mucho que se enfureció el rey cuando mi madre llegó con Kingfisher en brazos.

—Supongo que un hijo de un matrimonio anterior no le parecía algo bueno.

Layne soltó una risa algo seca.

—Ni por asomo. Él quería un hijo propio y lo más rápido que fuera posible. No quería que Kingfisher fuera su heredero por matrimonio. Sin embargo, mi madre tardó bastante tiempo en volver a quedarse embarazada. Los bebés fae son un don muy escaso. La mayoría de las parejas pueden considerarse dichosas si llegan a tener un solo hijo. Belikon pensó que Kingfisher había «desgastado» a mi madre. De hecho, llegó a decirlo así en cierta ocasión. A día de hoy, sigue insistiendo en que, cuando nuestra madre quedó encinta al cabo de mucho tiempo, fue culpa de Fisher que careciera de la fuerza necesaria para producir un varón. También fue culpa de Fisher que nuestra madre no fuera lo bastante fuerte como para sobrevivir al parto. El embarazo en el que me tuvo fue muy difícil. Ninguno de los sanadores se sorprendió cuando mi madre falleció poco después de darme a luz. Belikon, sin embargo... —Everlayne negó con la cabeza, con aire triste—. Según el rey, todo eso ha sido siempre culpa de Fisher. Sin embargo, él no fue el culpable de la muerte de mi madre. Ella murió por mi culpa.

—No fue culpa de nadie —dije yo—. Las mujeres mueren al dar a luz desde que el mundo es mundo. Da igual que seas humana o fae. El bebé nunca es responsable.

Lo más probable era que Layne ya hubiera oído todo aquello antes. Se limitó a asentir y pasó las manos por la manta que había echado sobre el respaldo de mi sillón de lectura.

—¿Cómo has sabido que Fisher no es hijo ilegítimo de Belikon? —preguntó—. Lo cierto es que ha tenido bastantes aventuras a lo largo de los años.

Esa pregunta era fácil de responder.

—Porque, sea o no ilegítimo, ningún padre odia a su propio hijo como Belikon odia a Fisher.

—Ya, bueno... —Layne apretó la mandíbula mientras contemplaba la manta sin verla realmente—. En eso tienes razón. ¡En fin! —Inspiró y se enderezó al tiempo que se calmaba. Apartó de sí aquel tema tan serio como si de un abrigo pesado se tratase—. Voy a buscar algo para desayunar. Cuando terminemos de comer, nos iremos a la biblioteca.

Se marchó y yo me senté en el borde de la cama, aliviada por haberme quedado sola por fin.

«Annorath mor».

«Annorath mor».

«Annorath mor».

Kingfisher me había dicho que escuchase al mercurio y yo lo estaba escuchando. No podía dejar de escucharlo. Las voces habían desaparecido de mi cabeza. Lo que decían se había desvanecido en el mismo momento en que el mercurio se había calmado. Todo menos esa frase. No dejaba de repetírmela una y otra vez, como si fuera la respuesta a una pregunta que no sabía formular.

«Annorath mor».

«Annorath mor».

«Annorath mor».

Kingfisher había reaccionado cuando la dije en voz alta. Se le habían desorbitado los ojos. Casi diría que se había quedado conmocionado. Sin embargo, no había llegado a explicarme qué significaba, y no saberlo me estaba volviendo loca.

Me clavé las uñas en la palma de la mano, apretando al mismo ritmo con que esas palabras circulaban por mi cabeza. Aquel trance terminó cuando unos golpes en la puerta rasgaron el silencio.

En algún momento, Layne tendría que aceptar que yo no comía tanto y entonces dejaría de ponerme tanta comida en la bandeja. También se había metido una manzana en el bolsillo para mí, o algo así. De ese modo, aunque llevaba la bandeja del desayuno, aún tenía una mano libre con la que abrir la puerta. Refunfuñé para mí en voz baja, atravesé la estancia y giré el pomo. Abrí la puerta y me dirigí a mi cama, donde me puse de rodillas y tanteé por debajo en busca de los zapatos de los que me había desprendido de una patada la noche anterior.

—Admito que me alegra que una mujer se ponga de rodillas ante mí, aunque en este caso en concreto...

Yo tenía el brazo estirado bajo la cama. Mis dedos agarraban el tacón del zapato, pero en el momento en el que oí aquella voz, me quedé rígida como un tablón. La sangre se me agolpó en las mejillas. Me eché hacia atrás hasta quedar sentada y le clavé una mirada cargada de animosidad a Kingfisher.

—Aquí no eres bienvenido —le informé.

Tenía el labio mucho más irritado y rojo que el día anterior. Llevaba en las manos una ancha tabla de madera repleta de todo tipo de chacinas, quesos, frutas y al menos tres tipos diferentes de pan. Se cubría con una desacostumbrada armadura: era el doble de lo normal. Llevaba en las espinillas grebas negras ornamentadas con soles dorados cuyos rayos ascendían hacia sus rodillas. También llevaba avambrazos a juego en las muñecas. Me pilló contemplando aquella armadura mejorada, se miró a sí mismo y su boca se retorció en una sonrisa fría.

—¿Te gusta? —dijo—. He pensado que me haría falta algo más de protección esta mañana, en vista de que ahora te ha dado por lanzarte sobre mí como si fueras algún tipo de felino rabioso.

—Los gatos arañan —dije en tono seco—. Estuve a punto de tirarte al suelo.

—Claro que sí, joder. Sigue soñando, humana.

Cerró la puerta de una patada, entró en el dormitorio, colocó el montón de comida sobre la mesita y luego pasó ante las tres altas ventanas de la estancia. Fue corriendo las cortinas una tras otra.

Me levanté, lo seguí y las descorrí de nuevo.

—¿Qué haces?

—Tengo resaca —explicó—. El sol está intentando abrirme el cráneo en dos, lo cual me pone de muy mal humor. Pero, por favor, abre las cortinas si así lo deseas.

¿Cómo se podía matar a un guerrero fae? ¿Haría falta algún tipo de arma especial? ¿Se le podría envenenar? Tomé nota mental para preguntarle a Rusarius; seguro que el viejo bibliotecario lo sabría. Con un profundo fruncimiento de ceño, volví a cerrar las cortinas.

—Lo que te preguntaba es qué haces aquí, en mi habitación.

—No se me permite comer en la biblioteca, por lo visto. Y, a diferencia de Layne, a mí no me han asignado un ala entera de la corte. Ayer vi lo bonitas que son tus habitaciones, así que pensé que podría venir aquí a desayunar. No te preocupes. Te he traído un poco de queso.

Agarró uno de los platitos que había sostenido en precario equilibrio sobre la abarrotada tabla de madera y colocó encima una enorme cuña de queso curado. Para ser justa, he de decir que parecía un buen queso, pero el modo en que me tendió el platito desde el otro lado de la mesa me hizo hervir la sangre.

El muy cerdo empezó a comer como si le fuera la vida en ello.

—Rusarius dijo que no se permitía comida cocinada en la biblioteca. Todo esto es comida fría. Llévatela y ve a molestarlo a él.

Kingfisher no me hizo el menor caso.

—¡Fisher!

Él dio un respingo y se hundió más en el asiento.

—Hoy vamos a establecer unas cuantas reglas, humana. —Empezó a contar con los dedos de la mano—. No se grita. No se dan puñetazos. No me obligues a hacer ningún ejercicio físico. No...

—Te está sangrando otra vez el labio —le dije.

Su lengua asomó rápidamente entre los labios y se manchó de sangre. Me encontré contemplando aquel par de colmillos extremadamente afilados. Al verlos me recorrió un escalofrío de pánico e intriga a partes iguales. Me subió una oleada de calor desde la boca del estómago y la sangre se me agolpó en las mejillas.

Kingfisher alzó la mirada y captó la mía.

—Ándate con cuidado, humana. Los fae tenemos un olfato excelente. Te sorprendería descubrir todo lo que podemos oler en el aire.

—Pero... pero si no estaba haciendo nada. No estaba...

Ay, dioses. Me iba a morir de vergüenza. El momento había sido fugaz. Ni siquiera había pretendido pensarlo. Yo despreciaba a Kingfisher. No me sentía atraída por él. No me había puesto a pensar en su lengua ni en sus dientes...

Él dejó el trozo de pan con carne que sujetaba en la mano y se echó hacia atrás en la silla, muy despacio. Su expresión era de pronto muy seria, los ojos alerta, la voz grave y suave como el terciopelo.

—Lo estás empeorando...

Tragué saliva para reprimir el impulso de gritar. Me senté en la mesa y me obligué a mantenerle aquella mirada insoportablemente engreída. *Cambia de tema. Cambia de tema. Cambia de tema.*

—De todos modos, ¿por qué no has ido a que te curen el labio? Pueden curarlo. Bastaría un leve toque para cerrar un cortecito así...

Kingfisher entornó los ojos, que seguían clavados en mí.

—Pensaba ir a que me curasen después de desayunar, pero ahora he decidido que no.

—Ja. Pues muy bien. —Arranqué un trozo de queso de la cuña que me había puesto delante y me lo llevé a la boca.

—Sí. Lo he decidido ahora mismo, fíjate. Me quedo con el corte como recuerdo.

—¿Recuerdo de la última vez que una chica humana y débil te dio un puñetazo y te hizo sangre? ¿De verdad quieres que tus amigos lo sepan?

Joder, aquel queso tenía la consistencia del pegamento. Yo no dejaba de masticar, pero tenía la boca tan seca que mi saliva se estaba convirtiendo en una suerte de pasta densa.

—Me gusta que me sorprendan —dijo Fisher al tiempo que giraba el tenedor en la mano—. También me gustan mucho los preliminares agresivos. Será un buen recuerdo.

Di una rápida inspiración, pero lo único que inhalé fue queso. Empecé a asfixiarme y escupí, intentando sacármelo todo, pero estaba atragantada.

Kingfisher se inclinó hacia delante y volvió a pasarse la lengua por los dientes. Esbozó una sonrisa sugerente y dijo:

—Traga.

—En el nombre de los cinco infiernos, ¿qué está pasando aquí? ¿Acaso quieres matar a la pobre chica?

Layne apareció de la nada, una nube de dulce perfume y faldones color azafrán. Depositó las bandejas que había traído de la cocina y empezó a pasarme la mano por la espalda.

—¿Qué le has hecho? —Le clavó una mirada candente a Fisher.

—Por el amor de todos los dioses habidos y por haber, ¿queréis hacer el favor de bajar la voz? —gimoteó él.

—Se está atragantando, Fisher. ¿La has envenenado? Respira, Saeris. Eso es. Inspira despacio. Suelta el aire poco a poco. —Everlayne hizo ademán de respirar por la nariz—. Y... ¿por qué huele aquí dentro como si esto fuera un burdel? Si querías pasarte la noche entre putas y bebidas, al menos podrías haberte lavado para quitarte de encima el olor a sexo antes de dejarte caer por aquí para desayunar.

Kingfisher parecía a punto de soltar una carcajada. Aquel monstruoso bastardo estaba disfrutando. Me preparé para recibir una pulla cruel, pues estaba a punto de decirle a su hermana que aquel olor era cosa mía y no suya. Sin embargo, lo que dijo me tomó por sorpresa:

—Tienes razón. Lo siento, Layne. Ha sido muy maleducado por mi parte. Me llevo el desayuno y os dejo a las dos en paz. Si Ren pasa por aquí, decidle que estoy en los baños; voy a lavarme para purificar mis pecados. Te veo esta tarde, Osha. Ven preparada para practicar más de lo que aprendimos ayer.

Un momento...

Y así, lo vi marchar.

Había dado la cara por mí.

¿Por qué lo habría hecho?

¿Comprendería Layne que la fuente de aquel aroma a excitación sexual que había en el aire provenía de mí una vez que se hubiera marchado Fisher? Creo que no. Yo ya no pensaba en la lengua de Fisher recorriéndome el cuello. Pensaba en que, más tarde, volvería a obligarme a sujetar el mercurio en la palma de la mano. Y en lo mucho que me iba a doler.

«¡Annorath mor!».

«¡Annorath mor!».

«¡Annorath mor!».

El recuerdo de esas voces en mi cabeza reverberó como un cántico de guerra. Fisher me había ahorrado la vergüenza, pero tenía preocupaciones más acuciantes.

Ahora me enfrentaba a la perspectiva de pasar la tarde trabajando otra vez con el mercurio. Si Fisher pensaba que me iba a prestar voluntariamente a repetir aquello, debía de estar loco.

La temperatura en la biblioteca era insufrible; hacía incluso más frío de lo normal. Gotas de condensación corrían por el interior de las ventanas. Cada vez que alguien abría la boca para hablar, se formaban nubes de bruma en el aire.

—Esta noche va a nevar —anunció Rusarius al tiempo que contemplaba con el ceño fruncido la lúgubre capa de nubes que ocupaba toda la vista del techo abovedado de vidrio.

Nieve.

La perspectiva de ver nevar con mis propios ojos me resultaba emocionante, pero había asuntos más importantes que atender en aquel momento. Ya había tomado una decisión y pensaba mantenerla.

—Hoy quiero aprender más sobre el mercurio —dije—. Ya sé que queríais profundizar más en Sanasroth y las cortes, pero el rey solo nos ha concedido una semana antes de que Fisher se tenga que marchar. Ya llevamos tres días y no he aprendido mucho sobre las sendas.

—Todo conocimiento sobre las cortes te resultará vital cuando empieces a viajar más allá de Yvelia. La verdad es que creo que vale la pena ahondar más en ellas —dijo Layne, y puso una mano sobre el imponente montón de libros que había preparado para la sesión de ese día.

—No sé, puede que Saeris tenga razón. —El pelo canoso de Rusarius tenía más aspecto de nube que nunca: se extendía, esponjoso, en todas direcciones—. Si no podemos demostrar que Saeris es capaz de activar el mercurio, creo que meteremos en un problema a Kingfisher. A fin de cuentas, es él quien la ha traído aquí. El rey le concedió una semana para enseñar a nuestra nueva amiga a lidiar con todo esto. Si Saeris falla...

—El rey castigará a Fisher —dijo Layne.

—Y quizá también a Saeris —sugirió Rusarius en tono interrogativo.

A regañadientes, Layne apartó el montón de libros que había seleccionado.

—Está bien, estudiaremos el mercurio. Quizá, si repasamos los conceptos básicos, Fisher podrá abordar contigo algunos elementos alquímicos menores en la forja esta tarde.

Oh, a Fisher le importaban un pimiento los elementos alquímicos menores. Había preferido ir a por lo difícil y me había echado un pegote de mercurio en la palma de la mano sin ni siquiera pedirme permiso. Una vez más, tomé la decisión de no contarles aquel detallito.

—Me preguntaba si no habrá alguna referencia concreta al modo en que los alquimistas empleaban las sendas para viajar de un lugar a otro. Por ejemplo, no sé cómo se aseguraban de que acabarían llegando justo adonde querían ir —aclaré—. ¿Existía algún tablero de control, algún encantamiento o...? —Me encogí de hombros, intentando parecer tan despreocupada como fuera posible—. ¿Tenían que decir en voz alta el nombre de algún lugar o algo así?

Rusarius se limpió la nariz con la manga de la túnica. Acto seguido, sopló un poco sobre la tacita de té que se había traído de algún lugar de la parte trasera de la biblioteca.

—Oh, no, dudo que tengamos libros o pergaminos que hablen de ello —dijo.

—Oh. —La decepción me mordió por dentro.

—No, me refiero a que esa parte era sencilla. Todo el mundo sabía cómo iban de un punto a otro. —Rusarius dio un sorbito al té, emitió un gañido y se abanicó la boca con la mano—. Dioses, la paciencia nunca ha sido mi fuerte. Cualquiera diría que a estas alturas ya habría aprendido a esperar...

—Y entonces ¿cómo lo hacían? Si todo el mundo lo sabía...

—Ah, sí. Bueno, lo que hacían era concentrarse en el lugar al que querían ir. Concentrarse mucho, al parecer. Si querían explorar algún lugar en el que nunca hubieran estado antes, tenían que pensar en el tipo de sitio al que querían ir. Por ejemplo, si querían descubrir un lugar rico en mineral de hierro, tenían que pensar precisamente en eso, en vetas de hierro, y el mercurio los llevaba a algún sitio donde abundara el mineral. Era un sistema muy sencillo. Por supuesto, no era perfecto. En no pocas ocasiones, un alquimista pensaba en el tipo de lugar al que quería ir, entraba en un estanque de mercurio y no se lo volvía a ver jamás. En cierta ocasión, un grupo de alquimistas fue en busca de hidrógeno. Ese metomentodo de Clements, el archivista, afirma que el mercurio los llevó justo al centro de alguna estrella, lo cual en mi opinión no es más que una soberana tontería...

Yo había dejado de escucharlo. No pretendía ir a ningún lugar desconocido. Lo que quería era irme a mi casa. Y, por lo visto, lo único que tenía que hacer era pensar en Zilvaren antes de meterme en el estanque. Se me antojaba demasiado sencillo, pero Rusarius parecía seguro de lo que decía.

—¿Y dónde está el estanque del Palacio de Invierno? Imagino que Belikon tiene uno, ¿no? —pregunté, e interrumpí al anciano, que seguía dando ejemplos de diferentes grupos de alquimistas que habían desaparecido mientras exploraban destinos desconocidos.

—¡Oh, por supuesto! ¡Belikon lo mandó construir de modo que pudiera transportar a ejércitos enteros en caso de ser necesario! Está situado justo debajo de nosotros, en las profundidades del palacio, en sus entrañas. Casi todos los túneles que hay por ahí terminan llevando al estanque, aunque yo, en cierta ocasión, me pasé cinco días intentando averiguar...

Hice una interpretación admirable fingiendo interés en la cháchara de Rusarius, aunque en mi cabeza había un barullo similar. En ella se empezaban a formar con rapidez muchos planes que requerían toda mi atención. Sin embargo, asentí y me reí ante el relato del bibliotecario, interactuando con él lo suficiente como para convencer a Layne de que le estaba prestando atención.

Las siguientes tres horas transcurrieron a paso de tortuga. Hice todo lo que pude por no ponerme a dar saltitos de expectación.

Tome notas sobre el estanque sanasrothiano, ubicado en el centro de los salones del consejo de su corte, rival de Yvelia. Escribí las ubicaciones de otros dos estanques en otras tantas cortes. Los gilarien, los fae de las montañas del este, tenían su estanque en un salón ubicado en el pico más alto de todos sus dominios. Se decía que el estanque de los lìssianos, los fae marineros que vivían en una isla al sur, estaba ubicado en una profunda cueva marina y era casi tan enorme como el estanque yveliano. Sin embargo, esto jamás se había llegado a confirmar, pues los lìssianos consideraban que aquel estanque era su lugar más sagrado.

Asimilé toda aquella información, mientras la mente me iba al galope.

Todo lo que iba a tener que hacer era centrar la mente en la Ciudad de Plata. Tendría que extender mis sentidos hacia el mercurio y convencerlo para que se despertase. Y llegaría a casa. Así de sencillo.

Sin embargo, antes tenía que hacer otra cosa.

12

ZORRO

Kingfisher se había desprendido de la enorme cantidad de cuero que llevaba antes. Entendí enseguida el motivo. La fragua llameaba, un fuego al rojo vivo lamía el enladrillado cuando entré en la forja. Por primera vez en casi una semana, una bendita calidez se me metió en los huesos. Era hermoso, muy hermoso.

El hermano de Layne, con aquel cabello oscuro, esbozó una mueca sonriente como un demonio al ver que yo acababa de entrar en el taller, aunque no dejó la tarea que estaba realizando. Le corría el sudor por la cara al tiempo que hundía unas resplandecientes tenazas en el corazón del fuego. Se encorvó, con el ceño fruncido y la expresión concentrada, y luego volvió a extraer las tenazas, que esta vez sujetaban una pequeña olla de hierro.

Apenas me fijé en la olla —el crisol— que Kingfisher depositó sobre el yunque junto al banco de trabajo. Mi mirada estaba prendada de una gota de sudor que le colgaba de la barbilla. Juro por mi vida que era incapaz de ver nada más que esa gota de sudor, que destelló en su piel durante un segundo y luego cayó sobre el crisol de hierro y desapareció con un siseo.

La camisa normalmente holgada de Fisher estaba empapada y pegada a su pecho. Dio una profunda inspiración; sus hombros se alzaron y...

Chasqueó los dedos ante mi rostro y di un respingo.

—Al menos podrías saludar antes de empezar a comerme con los ojos.

—No te estaba comiendo con los ojos. Lo que hacía era intentar ver en medio de todo este... vapor. —Hice ademán de apartar el aire para dar más énfasis a mis palabras, pero el aire estaba despejado; no había nada de vapor. Kingfisher no parecía impresionado en absoluto.

—Me resulta muy confuso: los humanos no se rigen por las mismas leyes que los fae sujetos a juramento. Vosotros podéis mentir tanto como se os antoje y, sin embargo, qué mal se os da, joder.

Tenía las mejillas sonrojadas por el calor y pegajosas de sudor; ni un solo pelo de su cabeza estaba seco. De las raíces a las puntas, los mechones ondulados estaban mojados y algunos se le pegaban a la cara. Como si de repente se hubiera dado cuenta de ello, Kingfisher sacudió la cabeza como un perro y salpicó sudor por todas partes.

Me cubrí el rostro con una mano para protegerme de la rociada de sudor.

—Qué asco.

Kingfisher soltó una risa callada y miró el crisol. Se despegó un poco la camisa al tiempo que inspeccionaba el interior.

—Pues nada, sigue con tus mentirijillas, humana. Te gusta mi sudor, ¿verdad?

Desde el mismo instante en que nos habíamos conocido, aquel cerdo no había dejado de buscarme las cosquillas. Yo no había reaccionado mal ni una sola vez cuando me había llamado «humana» o bien «Osha», así que no entendía por qué me molestaba tanto, pero así era. Me tenía harta, y punto.

—Tengo nombre, más vale que lo uses.

Pasé a su lado y me dirigí al banco de trabajo. Dejé sobre la mesa la bolsa que había llevado y cogí uno de los gruesos delantales de cuero que colgaban de la pared, junto a la ventana.

Me di la vuelta, preparada para darle un sermón sobre los buenos modales y explicarle que era de buena educación llamar a las personas por su nombre, en lugar de inventarse apodos de mierda para ellas, pero...

—¡Por los santos dioses y los mártires! —Se me subió el corazón a la garganta.

Kingfisher, a menos de un centímetro de mí, me sonrió. ¿Cómo demonios se había acercado tanto? Sus ojos rebosaban hilaridad. Qué lástima que unos ojos tan hermosos pertenecieran a semejante cabrón. No se parecían a nada que hubiese visto antes. Eran tremendamente relucientes y tenían un tono verde único y casi alarmante. Y aunque el mercurio atrapado en su iris derecho me ponía de los nervios, no se podía negar que le daba un aspecto atractivo.

—Tú eres temporal —dijo, y se cernió sobre mí. Aquella enorme complexión lo ocupaba... todo.

—Y tú eres un maleducado —repliqué.

Él se encogió de hombros y se dio la vuelta. En cuanto me dio la espalda, inspiré entrecortadamente e intenté recuperar la compostura aprovechando que no miraba.

—Me refiero a que no resulta práctico aprenderse los nombres de los humanos —dijo—. Duráis muy poco. Solo me molesto en aprender los nombres de criaturas que duran algo más que un latido.

Con las manos temblorosas, me até los lazos del delantal a la cintura e hice un nudo a la altura del vientre.

—Me llamo Saeris. Es mi nombre. O me llamas así o nada en absoluto.

Él me lanzó una mirada divertida por encima del hombro. Entreabrió los labios apenas un poco y atisbé un ápice de sus dientes.

—¿Nada en absoluto? Me gusta cómo suena. Ven, Nada en absoluto, echa un vistazo a esto.

Supongo que me lo había buscado yo solita. Dejé escapar un suspiro y me acerqué a ver qué era eso a lo que Kingfisher señalaba en el interior del crisol.

—También hay otras palabras que puedes empezar a usar: *por favor* y *gracias*. Aún no te he oído utilizarlas, pero estoy segura de que forman parte de tu vocabulario...

—Pues no —dijo en tono animado.

En el fondo del crisol, descansaba una pequeña cantidad de polvillo gris oscuro, tan fino como la ceniza.

—¿Eso qué es?

—Un hueso —dijo Fisher.

—¿Un hueso humano?

Él negó con la cabeza.

—No tenía huesos humanos a mi disposición. Aunque si tú estuvieras dispuesta a contribuir...

—Cállate ya.

Fisher se enderezó y me escrutó con ojos entrecerrados.

—¿No se supone que tu raza se echa la siesta o algo así por la tarde? Estás muy gruñona. El que tiene resaca soy yo, ¿sabes?

—¿Qué se supone que hiciste anoche?

—Ya te gustaría saberlo.

—Bueno, olvídalo. He cambiado de idea. No quiero saberlo.

—Ren y yo fuimos al Puerco Ciego. Nos gastamos la mitad de sus ahorros apostando y agotamos las reservas del bar. La próxima vez te invito a ir.

Compuse un mohín.

—Por favor, no.

Kingfisher me agarró de la muñeca, porque yo acababa de extender el dedo para tocar el polvillo del crisol, pero...

—A ver, Osha, dime, por favor, que en tu lugar natal los herreros no toquetean con el dedo un crisol justo después de sacarlo de una fragua encendida —dijo Fisher.

Apreté la mandíbula. Me sentía completa, absoluta y devastadoramente estúpida. De haber hecho eso mismo en el taller de Elroy, este se habría puesto a gritarme hasta quedarse ronco y luego me habría expulsado de la forja una semana entera. Ni siquiera me habría permitido acercarme al crisol sin llevar un par de guantes ignífugos. En aquel lugar, no pensaba con claridad. Estaba distraída. Y la fuente de mi distracción acababa de salvarme de la posibilidad de perder toda la mano. Me ardieron las mejillas con más intensidad que el fuego de la forja.

—No, no lo hacen.

Kingfisher me soltó. No hizo más comentarios al respecto, pero la mirada dura y enojada que me lanzó resultaba elocuente: «Ve con más cuidado, Osha».

—Era un hueso de fae —dijo tras un instante—. Nuestra raza lleva siglos intentando comprender cómo se hacen las reliquias que nos permiten viajar a través del mercurio. Ha habido muchas teorías a lo largo de los años, pero no son más que eso: teorías. Desde que el mercurio se quedó dormido, no hemos podido experimentar ni poner a prueba ninguna de esas teorías. Sin embargo, ahora que estás aquí...

—Quieres que despierte al mercurio para intentar combinarlo con otros elementos, a ver si puedes crear una reliquia.

—Exacto.

Sonrió. Era la primera sonrisa completa y auténtica que yo le veía. Me resultó aterrador, pero no porque tuviera un aspecto maligno. Ni mucho menos. Cuando sonreía, parecía mucho más joven que cuando fruncía el ceño. Parecía feliz, y justo eso fue lo que me jodió el cerebro. Resultaba fácil odiar a Kingfisher cuando se comportaba como un cabrón, pero en aquel momento, no tenía en absoluto aspecto de cabrón, lo cual resultaba... confuso.

No tenía tiempo ni ganas de reflexionar sobre aquella confusión en aquel momento. Además, daba igual. Tenía cosas más importantes de las que preocuparme.

—Quieres usar hueso para ver si, al fusionar el mercurio con materia biológica, el estanque piensa que la criatura viva que lo está atravesando forma parte de él, ¿no es así?

Kingfisher se meció hacia atrás y alzó las cejas.

—Pues la verdad es que sí. Eso es justo lo que quiero hacer.

—Bueno, está bien. Pongámonos a ello.

—¿En serio? Después de lo que pasó ayer, pensaba que no tendrías ganas de activar el mercurio de nuevo.

—La verdad es que no me muero de ganas, no. Pero si con eso conseguimos... ¡Oh! ¡Santos dioses!

No estábamos solos.

Cogí unas tenazas. Las blandí como si fueran una daga y di un salto frente al tiempo que adoptaba una postura defensiva. Me martilleaba el corazón en los dedos de las manos, de los pies, por todo el cuerpo. En apenas un instante, ya estaba lista para luchar, pero Kingfisher fue más rápido que yo. Se convirtió en un borrón de humo negro. Un viento frío me agitó los cabellos y, de pronto, Kingfisher desapareció. Volvió a materializarse en el otro extremo del taller, con ojos asesinos. Blandía esa letal espada negra con ambas manos. La hoja desprendía humo.

—¿Qué es eso? —Señalé con el dedo a la repugnante criatura que se agazapaba junto al fuego. Aquel ser siseó y me enseñó los dientes, con ojos desorbitados.

Kingfisher le echó un vistazo a la criatura y relajó la postura defensiva. Soltó una maldición en un lenguaje que no comprendí.

—Pero ¿qué te pasa? ¡No es más que un zorro! Dioses, pensé que algo estaba a punto de arrancarte la cara.

—¿Un zorro? ¿Eso qué es?

Kingfisher murmuró algún comentario lúgubre a media voz y se acercó a aquel extraño animal. Era de pelaje denso, tan blanco como la nieve que se veía por la ventana, y tenía unos ojos vidriosos del color de la tinta. El zorro se acobardó ante Kingfisher y pegó el cuerpo al suelo de piedra. Unas orejas negras, pequeñas y puntiagudas se tensaron en su diminuto cráneo al tiempo que Kingfisher alzaba la espada por encima de la cabeza.

—Te lo digo solo para que lo sepas: teletransportarse así cuando tienes dolor de cabeza es lo peor.

Dicho lo cual, alzó la espada y empezó a trazar un arco descendente con ella.

—¡No! ¡Para! ¿Qué haces?

Kingfisher apartó el arma en el último segundo.

—¡Por los putos dioses inmisericordes, humana! ¡Deja de gritar, joder!

—¡No lo mates! Solo me había asustado.

—¡Pero si es un zorro, una alimaña! Probablemente este es el animal que vivía en la forja antes de que le destrozáramos la madriguera. Estos bichos roban comida de las cocinas.

En realidad, la criatura no era tan repugnante como me había parecido en un primer momento. Me lancé hacia delante, me encorvé y cubrí al pequeño ser con mi cuerpo, embargada por un súbito remordimiento.

—Pues, entonces, desde luego que no lo vas a matar. Ya hemos destruido su hogar.

—Te va a morder —dijo Kingfisher.

—No, no me va a morder. Seguro que...

Me mordió.

Tenía los dientes tan afilados como agujas. El pequeño zorro, con las mandíbulas cerradas sobre mi antebrazo, empezó a chillar y a emitir todo tipo de sonidos extraños. Parecía que quería huir y esconderse, pero no era capaz de soltarme.

Kingfisher apoyó la punta de la espada sobre el suelo de piedra y, con aire despreocupado, dejó caer el peso en ella y se limitó a contemplar la escena, sin mostrar reacción alguna.

—Además transmiten todo tipo de enfermedades —dijo—. Podredumbre pulmonar y algo que te desmigaja la piel, si mal no recuerdo. Y algún tipo de hongo infeccioso, creo.

—¡Ay! Casi me está llegando al hueso, Fisher. ¡Ayúdame!

Kingfisher dejó de apoyarse en la espada y se enderezó. Contempló las vigas del techo, con los ojos entrecerrados.

—Creo... creo que esto es una buena oportunidad para aprender. Nuestros actos siempre tienen consecuencias. Ese brazalete peludo que te has buscado es consecuencia directa de tu debilidad humana. Llévalo con orgullo.

El pequeño zorro soltó un resoplido, con esos ojos negros fijos en los míos. Si un zorro hubiera podido tener expresión alguna, la suya habría sido de pánico. Quería que lo ayudara, o eso me pareció, pero ¿cómo se suponía que iba yo a ayudarlo si no hacía más que morder aún más fuerte?

—Suelta, suelta, suelta, suelta —supliqué—. Suelta, por favor. No quiero tener que hacerte daño. Siento haber destruido tu casa. Te prometo que te construiremos una aún mejor.

—No hagas promesas en mi nombre —intervino Kingfisher—. Creo que con ese bicho podría hacerme un sombrero precioso.

Yo gruñí en su dirección.

El zorro gruñó a su vez.

Como si acabáramos de encontrar un punto que nos uniera, el pequeño zorro empezó a relajar poco a poco las mandíbulas sobre mi antebrazo. Se estremecía como si soltarme contraviniera su naturaleza. Me puse en pie y me llevé la mano a las marcas de dientes de mi piel, en un intento de detener la hemorragia. El zorro le lanzó a Kingfisher una mirada cautelosa y se apresuró a esconderse bajo mis faldas, entre los pliegues de la tela.

—Ah, mira —señaló Kingfisher—. Por fin sirve de algo toda esa tela inútil. Eres una muñequita preciosa con su vestidito.

—¡Eh, que yo tampoco quiero llevar esto! —espeté, y le di un tirón a los faldones del vestido—. ¿Recuerdas qué llevaba cuando me encontraste?

—Pues llevabas encima un buen montón de sangre. —Fisher reflexionó y frunció el ceño—. Espera. Creo recordar que también llevabas parte de los intestinos colgando.

—Lo que llevaba eran pantalones y una camisola —dije en tono seco—. Y un par de botas de buenas suelas. ¿Tienes idea de lo que me costaron esas botas?

—Deja que lo adivine: tu virginidad.

—Que te follen, Fisher.

—Claro, ¿por qué no? —Esbozó una media sonrisa—. Pero me temo que no puedo ofrecerte botas nuevas a cambio.

Me abalancé sobre él, lista para matarlo, pero ahogué un grito al sentir el roce del pelaje del zorro en los gemelos. Recordé que la criatura seguía entre mis faldas. El zorro me arañó la pierna con las garras. Intenté no reaccionar, pero Fisher vio cómo me encogía.

—Por los dioses de las alturas —se lamentó—. Deja que lo mate y acabemos ya con esto.

—¡No! ¡De ninguna de las maneras!

—Está bien, de acuerdo, como tú quieras.

Se volvió hacia el crisol e hizo un ademán con la mano. En ese mismo instante, una ráfaga de aire frío sopló por debajo de mis faldas acompañada de un gañido asustado. Una jaula de mimbre de buen tamaño apareció en el otro extremo del banco de trabajo. Dentro de la jaula, había un cuenco lleno de agua, un montoncito de lo que parecían ser huesos de gallina y, por supuesto, estaba el zorro.

—Vas a tener que soltar al maldito bicho fuera del palacio. Aquí no durará ni cinco segundos, ni siquiera de mascota. De momento, que se quede sentado ahí dentro y no arme jaleo —dijo, y le lanzó a la jaula una mirada cargada de intención—. Y en cuanto a ti...

Volvió a mover la muñeca y el apretado vestido carmesí que Layne me había puesto esa mañana se desvaneció en el aire. Di una profunda inspiración y me llené de aire los pulmones por primera vez en seis horas. Casi me eché a llorar al poder respirar de nuevo.

Ahora llevaba ropa nueva. Mi ro... *No, un momento.* Aquella no era mi ropa. Se parecía, sí, pero había marcadas diferencias entre aquel atuendo y lo que llevaba puesto cuando Kingfisher me encontró. Los pantalones eran más gruesos. Eran negros, no de color blanco tiznado. La tela era basta pero flexible. Muy apretados. Bueno, supongo que no podía quejarme de ello después de haber permitido que Layne me pusiera aquellos engendros con volantes. La camisola era holgada, casi una túnica. Negra. Más larga de lo que yo tenía por costumbre. Más a la moda de los fae. Y había muchísimos bolsillos. Tenía también un cinturón de cuero con numerosos enganches para herramientas y... ¿armas? De hecho, llevaba un cuchillo sujeto al muslo. Contemplé la empuñadura de ónice negro, al tiempo que intentaba encontrarle sentido a lo que estaba viendo.

—¿Necesitas que te explique cómo funciona uno de estos?

Alcé la cabeza de golpe. Kingfisher me daba la espalda. *Oh, por el amor de todos los dioses.* Se estaba sacando la camisa por encima de la maldita cabeza. Se giró hacia mí, a pecho descubierto. Una marea de tinta negra se arremolinaba en sus músculos cincelados. Tenía una máscara vacía por semblante. En el mismo centro del pecho, llevaba tatuada la cabeza de otro lobo, también fiero y rugiente. Del lobo partían muchos otros tatuajes más pequeños que se extendían por el pecho o bien lo rodeaban, pero no iba a conseguir averiguar qué representaban sin mirarlo con más atención y, desde luego, no pensaba hacerlo. Casi esperaba que me lanzara algún tipo de pulla si me forzaba a no mirarlo, pero lo que hizo fue señalar con el mentón al cuchillo que había colocado en mi muslo y decir con expresión sincera:

—En las manos adecuadas, una hoja así puede hacer mucho daño. Renfis es un buen maestro, puede enseñarte a usarla si lo necesitas.

En la jaula, al otro extremo del banco de trabajo, el zorro empezó a beber a lametazos de su cuenco de agua, sediento.

—Sé usar un cuchillo —dije, mirando al suelo.

—El otro día, dijiste que tenías experiencia en la forja y ahora has intentado meter el dedo dentro de un crisol al rojo vivo.

—Sí que tengo experiencia en la forja. Es que... no estaba pensando con claridad.

Él se limpió las manos en la camisa y la tiró al banco de trabajo.

—Con un cuchillo así, podrías rajarte tu propia garganta si se te olvida pensar con claridad, Osha.

—Haz el favor de darme ya el mercurio y cerrar el pico. A ver si conseguimos fusionarlo con este hueso y convertirlo en algo útil.

No lo conseguimos.

Tardé tres horas en volver a despertar al mercurio. Cuando logré licuar aquella plata sólida y mate, me encontraba exhausta. Me reverberaba el cuerpo de dolor e incluso me sentía algo traumatizada.

Las partículas de hueso empezaron a arder en cuanto Kingfisher echó el polvillo en la cuba que contenía el mercurio y se evaporaron antes incluso de tocar la superficie ondulante del líquido. Y el mercurio ni siquiera estaba caliente. Aquella sustancia me canturreaba y maldecía con una cadencia que me pareció burlona. Me esforcé al máximo para no gritar de frustración.

Estaba sudando por el calor de la forja; cada segundo que pasaba, me sentía más y más cansada y enojada. Kingfisher no se percató; o quizá sí, pero no dio muestra alguna de que le importase. Se inclinaba sobre el banco de trabajo, con un río de sudor por la espalda y los poderosos músculos tensos a ambos lados de la columna vertebral, tomando notas en un libro que había conseguido de quién sabía dónde.

Tantísima piel. Tantísima tinta. Los tatuajes de la espalda estaban entrelazados. Eran líneas gruesas y sinuosas que parecían formar sendas y contar relatos en su espalda. No pensaba mentirme a mí misma; quise conocer todas y cada una de aquellas líneas: qué significaban, por qué se las había tatuado. Sin embargo, no iba a darle el gusto de preguntarle. Tenía otras cosas de las que ocuparme.

Una punzada de urgencia creció en mi interior y me dio el valor que necesitaba. Inspiré hondo y me preparé.

—¿Sabes qué? Quizá... si pudiese echarle un vistazo a ese colgante... Sostenerlo en las manos... Si cuando lo forjaron hubo otro elemento vinculado, quizá podría sentir lo que era.

Era un juego peligroso. Si me salía bien, quizá podría irme a mi casa. Si no, tendría que enfrentarme a un Kingfisher furioso y probablemente acabaría prisionera en mi habitación hasta que muriese de vieja. Fisher me devolvió la mirada y me escrutó con ojos entrecerrados. *Dioses.* Era digno de admirar. Todas y cada una de las líneas de su cuerpo eran puro arte. Los labios carnosos, la sombra de barba que se asomaba a su mandíbula, esos ojos fascinantes y el pelo color medianoche…, resultaba difícil mirarlo sin sentir deseo. Yo había crecido en un pozo de miseria pura, donde era más común morir que sobrevivir. No había visto muchas cosas hermosas en mi corta vida. Sin embargo, de todas las cosas hermosas que había visto, Kingfisher era sin duda lo más bello de todo.

Habría estado mal pensar lo mismo de los hombres con los que me había juntado en Zilvaren. Algunos eran atractivos. Algunos estaban lo bastante buenos como para ponerme los vellos de punta. Pero Fisher era el epítome de todo aquello que era fuerte, masculino, poderoso. Era más de lo que había experimentado en toda mi vida. Era hermoso. Al mirarlo, sentía que me quedaba sin respiración.

—Si de verdad quieres, acércate y tócalo —dijo con un gruñido. *Por. Los. Putos. Dioses.*

La sangre se me agolpó en las mejillas y me las tiñó de color carmesí, por el ansia y la vergüenza. Las pupilas de Kingfisher se convirtieron en dos puntitos. En esta ocasión, no me lanzó ninguna burla. Entreabrió los labios y me clavó la mirada como si estuviese a la espera, contemplándome, a ver qué iba a hacer yo a continuación.

—¿Y no puedes quitártelo? —sugerí, y solté una risita nerviosa—. Me dejaste llevarlo diez días mientras me recuperaba, ¿no? ¿Qué son en comparación un par de minutos?

—Ren tuvo que encerrarme todo ese tiempo en una habitación con paredes de un metro de grosor, tras una puerta de hierro —se limitó a decir él.

—Oh.

—Pues sí: oh. La verdad es que no me apetece quitármelo, ni aunque sea durante un par de minutos.

No sabía lo mucho que había sufrido mientras yo llevaba el colgante. Sabía que, cuando lo recuperó, ya lo necesitaba con urgencia, pero pensé que la otra reliquia, el anillo que llevaba, le había ayudado en ausencia del colgante.

Asentí y di un paso vacilante al frente.

—Está bien, pues. —Intenté parecer formal, pero desde luego no me sentía así en absoluto—. Lo tocaré sin que te lo quites.

La expresión de Kingfisher no evidenciaba nada en absoluto. Me acerqué y él se enderezó. Durante un instante, pensé que se iba a apartar de mí, pero no fue el caso. Sacó un taburete de debajo del banco de trabajo y se sentó en él, de cara a mí.

Ahora había muy poco espacio entre ambos.

Separó las piernas. La luz dura e interesada que había en sus ojos me retó a colocarme entre ellas, a salvar esa distancia. Acepté el desafío silencioso; se me encogió el corazón al dar un paso más. *Maldita sea*. Qué enorme era. Su cuerpo zumbaba de energía; cuanto más me acercaba yo, más la sentía emanar de él. Como calor. Como humo. Como puro poder. Fisher apoyó las manos tatuadas sobre sus muslos mientras seguía todos y cada uno de mis movimientos con sus brillantes ojos verdes. Yo alcé la mano y toqué la fina cadena de plata.

Él permaneció sentado, inhumanamente quieto. No respiraba. Ni siquiera tembló. El calor de su piel me abrasó las puntas de los dedos y me provocó una descarga de electricidad que me recorrió por completo. Enganché la cadenita con los dedos y se los pasé por el pecho hasta llegar al tatuaje de la cabeza del lobo. Luego toqué el peso sólido del colgante.

Era de forma rectangular, de alrededor de dos centímetros de largo, más liviano de lo que recordaba. Cuando Fisher me lo puso al cuello en el Salón de los Espejos, me pareció que pesaba como un yunque. El símbolo del colgante era suave y estaba un poco erosionado, pero, aun así, pude ver bien el dibujo: dos espadas cruzadas envueltas en enredaderas. Lo giré en la mano y me mordí el labio inferior. Intenté no pensar en el hecho de que el resplandeciente metal estaba húmedo, pero no por el agua, sino por el sudor de Fisher.

Podía olerlo.

El leve aroma almizcleño de su sudor no resultaba desagradable. De hecho, tenía un punto dulzón y embriagador que me encendió un fuego incomprensible en el hueco del estómago. Quise inclinarme sobre él e inspirar hondo. La necesidad de hacerlo era tan abrumadora que estuve a punto de lanzarme y mandar todo a la mierda. *Dioses.* No podía...

—¿Notas algo? —dijo Kingfisher con la voz tan áspera como el humo.

Di tal respingo que casi me salí del maldito pellejo.

—¡Ah! Eh... No, no. Aún no. Esto... A ver, déjame pensar.

—¿Qué sabes de la anatomía de los fae, Osha? —susurró.

—No mucho —dije, la mirada clavada con intensidad en el colgante—. Tu raza se parece mucho a los humanos. Supongo que en su mayor parte es igual.

Esperé a que me lanzara alguna pulla burlona. Alguna réplica afilada y cruel. La reacción de Kingfisher tras compararlo con un humano no iba a ser positiva. Sorprendentemente, no fue tan desdeñosa como había esperado.

—En un nivel superficial, sí —dijo en tono suave—. Tenemos órganos similares, aunque poseemos algunos de los que los humanos carecen. —¿Otros órganos internos? Qué intrigante—. Tenemos más grande... el cuerpo, claro —prosiguió.

Yo arqueé una ceja al oír eso.

—Claro.

—Nuestros corazones son proporcionalmente más grandes.

No pude evitarlo: alcé la vista.

—Ah, ¿sí?

Él asintió.

—Ajá.

—Vaya. Qué raro.

—Nuestra vista es mucho mejor que la vuestra. Y nuestro... sentido del olfato —dijo, y bajó la vista para recorrerme con ella el cuerpo entero.

Me llameó el centro del pecho. El modo en que me miraba... No había nada amigable en ello. Kingfisher y yo no éramos amigos. Como mucho, éramos aliados incómodos que no se soportaban. Pero, entonces, ¿por qué me miraba como si yo fuera una aliada a la que le encantaría follarse?

Alzó la vista de golpe hacia mis ojos.

—Nuestro sentido del gusto también es muy superior al vuestro. Y el del tacto. Tenemos un oído muy fino. Podemos oír sonidos muy bajos a una gran distancia. —La plata de su ojo derecho llameó al tiempo que él soltaba el aire de los pulmones. Su aliento me sopló en la mejilla—. Podemos oír los latidos de los demás.

De improviso, me agarró de la muñeca.

Me puse tensa y di un salto, pero no me hizo daño. Agarró el colgante, lo alzó y se lo puso entre los dientes para poder llevarme la mano hasta el centro de su pecho.

—¿Lo sientes? —preguntó con el colgante apretado contra el labio inferior, donde también se clavaban las puntas de sus colmillos. De esos colmillos de los que yo no podía apartar la vista—. Pum. Pum. Pum.

Kingfisher me dio palmadas en el dorso de la mano al mismo ritmo con el que latía su corazón. La pausa entre cada latido era tan larga que pensé que iba a gritar por la tensión que se acumulaba de uno a otro.

—Lento. Constante —murmuró él—. Nuestros corazones fae rara vez nos traicionan. Somos criaturas tranquilas. Tú, en cambio, Osha... Tú eres puro caos. Tu corazón te traiciona todo el tiempo. —Con rapidez, me llevó la mano al pecho, justo entre las tetas. No tuve tiempo de reaccionar a su roce. Empezó a dar palmadas también al ritmo de mi corazón contra el esternón—. Pum-pum, pum-pum, pum-pum. Rápido, errático, como un colibrí. Oigo cómo se dispara cada vez que me miras, ¿lo sabías?

—No lo sabía, no. —Tragué saliva y me eché hacia atrás, con náuseas. Intenté apartarme de él, pero Fisher aún me sujetaba de la muñeca. No la soltó. Dejó caer el colgante de entre los dientes y curvó la comisura de los labios al tiempo que me atraía hacia sí. La otra mano se apartó de mi pecho y se deslizó hacia abajo, hacia abajo, por mi cintura, hasta la parte baja de mi espalda. Juntó los muslos y me sujetó las caderas entre ellos.

Pánico.

¡Pánico, pánico, pánico!

Por dentro estaba gritando, pero por fuera dije muy calmada:

—Suéltame, Fisher.

Me soltó de inmediato. Separó del todo las piernas y me liberó. También me soltó la muñeca, aunque no apartó la mano que tenía apoyada en la parte baja de mi espalda. No me sujetaba con ella; no era más que un punto de contacto, si bien el calor de ese roce entre los dos me atravesó la camisa, abrasador.

Fisher se adelantó dos centímetros en el taburete e inclinó la cabeza de modo que su boca quedó a una distancia ilógicamente cercana a la mía.

—Me he follado a muchas humanas —susurró—. ¿Te sorprende?

—Pues sí, en vista de... lo mucho que... pareces... odiarnos.

Su boca.

Dioses, su puta boca. Tenía que apartar la vista. Tenía que hacerlo.

—No odio a tu raza. Lo que pasa es que me decepciona lo frágiles que sois. Si te sujetara y te follara tal y como me gustaría follarte ahora mismo, dudo que sobrevivieras.

Yo ardía por dentro. Era una antorcha viva que llameaba fuera de control.

—Yo no te follaría... ni aunque fueras el último ser vivo...

—Ni te molestes. —Sus palabras eran mordaces—. No tiene sentido mentir; te traiciona el sonido del corazón.

—Me late con fuerza el corazón porque tengo miedo —espeté.

—¿De mí? —Kingfisher soltó un resoplido divertido por la nariz—. No, claro que no. Deberías tenerme miedo, pero no es el caso. Es una de las cosas que más me gusta de ti.

—Me estás sujetando en contra de mi voluntad.

—Ah, ¿sí? —Contempló nuestros cuerpos: aún me rodeaba con las piernas, pero estas no me tocaban. Su otra mano descansaba de nuevo sobre el muslo. Yo tenía las mías apretadas a los costados, convertidas en puños—. Puedes apartarte cuando quieras, pero a mí me parece que no quieres. Y también parece que te estás conteniendo para no tocarme. Quieres tocarme del mismo modo que yo quiero tocarte a ti, ¿a que sí? Quieres sentir mi peso bajo las palmas de tus manos. Mi calor... —Ladeó la cabeza apenas un poco, con picardía en los ojos—. Solo por ver qué pasa...

—Te equivocas.

Él negó con la cabeza.

—En absoluto.

—¡Sí! ¡Sí que te equivocas!

Él me lanzó una mirada de reproche.

—¿Me vas a obligar a decirlo?

—¿A decir qué?

Se inclinó aún más. A mí se me heló la respiración en el pecho y se me cerró la garganta, pero no podía moverme. Él me pasó el puente de la nariz por la línea de la mandíbula, un levísimo roce, hasta llegar a la oreja.

—Que tu cuerpo te traiciona de otros modos. Que te huelo, pequeña Osha, y pienso en beberme ese dulce néctar que estás produciendo para mí. En bebérmelo directamente de su puto recipiente.

Me puse en movimiento sin darme cuenta siquiera. Sin embargo, Kingfisher ya había aprendido la lección de la última vez y vio venir mi puño: me agarró de la muñeca, y luego de la otra, cuando intenté golpearle con el puño izquierdo. De él brotó una risa dura y áspera que convirtió en cenizas las ascuas de mi interior.

—¿No sientes curiosidad? ¿No quieres saber qué sabor tengo?

—¡Que me sueltes, joder!

Por segunda vez, me soltó las manos.

—Si intentas darme otro puñetazo, te ataré las putas manos a la espalda —me prometió. Seguía con esa mueca sonriente, pero hablaba en serio; lo vi en sus ojos—. Y aún no te has apartado —dijo en tono burlón.

Joder. Yo seguía de pie entre sus piernas. ¿Qué demonios me pasaba? Hice ademán de retroceder, pero Kingfisher me puso las dos manos en las caderas. Con suavidad, del mismo modo que me había tocado la parte baja de la espalda.

—Vamos. Apártate. No te lo voy a impedir —dijo—. O también podrías besarme. Podrías besarme si quieres. Me voy a quedar aquí quieto. No moveré ni un músculo.

—¿Y por qué iba yo a hacer eso?

—Porque estás intrigada. Porque estás aburrida. Porque ahora mismo estás cachondísima, joder, y quieres dar rienda suelta a las pequeñas fantasías que tienes en la cabeza.

—Sí, claro. Te voy a besar y tú te vas a quedar ahí quieto. No vas a mover ni un músculo. Ni siquiera me devolverás el beso.

Por los dioses de las alturas. Al decirlo en voz alta, sonaba aún más ridículo.

Kingfisher se limitó a clavarme la mirada.

—Prueba a ver.

¿Fue un breve ataque de locura? ¿Una completa pérdida de sentido común? Fuera lo que fuera, se apoderó de mi cuerpo y de mi alma. Me abalancé sobre él, me encorvé contra él, apreté mi pecho contra el suyo, le hundí los dedos entre los cabellos. En un momento dado, estaba quieta, ansiosa por poner algo de espacio entre los dos; y al siguiente, me estaba poniendo de puntillas porque no lo alcanzaba ni aunque estuviera sentado en el taburete, y apretaba la boca contra la suya...

La forja desapareció. Todo se desvaneció. Todo menos él.

Su boca se encontró con la mía y hubo una erupción de sonido en mi cabeza. Era mi propia voz, que me instaba, me suplicaba, me rogaba que fuese más despacio, que lo pensase bien. Sin embargo, yo no quería escuchar.

Sus labios eran increíbles. Se abrieron para mí y sentí que sonreía pegado a mi boca, al tiempo que su lengua se unió a la mía. Me devolvió el beso. Dejó las manos donde estaban, donde había prometido que las dejaría, pero me apretó con más fuerza, me clavó los dedos en las caderas mientras me hundía la lengua en la boca, degustándome, sondeándome con cada lametón.

Su aroma se apoderó de mis sentidos, me abrumó, me deshizo. Menta. Humo. Aquel aire matutino e invernal al que me estaba empezando a acostumbrar cuanto más tiempo pasaba en aquel extraño lugar.

Su aliento me golpeó a ráfagas cortas y repentinas; me soplaba por el rostro al tiempo que su beso se volvía más insistente. La barba de pocos días me raspaba las mejillas. Me apretaba con tanta fuerza que, sin la menor duda, me iba a dejar moratones. Y yo quería esos moratones. Quería recordar aquello. En los años venideros, cuando recordase ese momento, me alegraría de haber dado el salto, de haberme atrevido. Aquel era el beso definitivo. Exigente, ansioso y carnal.

Odiaba a aquel hombre. Lo odiaba con cada resquicio de mi ser. Pero, maldición, también lo deseaba con la misma intensidad. Lo agarré del pelo, lo enredé entre mis dedos, cerré la mano en un puño. Kingfisher echó la cabeza hacia atrás y emitió un gemido gutural, grave y retumbante. Le mordisqueé el labio inferior, tiré de él con los dientes, suspiré en su boca. Aquel hombre gigantesco se quedó inmóvil debajo de mi cuerpo.

—Cuidado —dijo jadeando—. He jurado quedarme quieto si me besabas, pero en ningún momento he prometido contro-

larme si te subes a mi regazo y empiezas a restregarte contra mi
polla.

Yo no... no pensaba...

Joder. Sí que pensaba. Sí que lo estaba haciendo. Sin darme
cuenta, me había subido a horcajadas sobre él. Le rodeaba la cintura con las piernas. Tenía la polla dura como una piedra, atrapada entre nuestros cuerpos. La sentía justo ahí, frotándose contra
mí, aplicando una presión deliciosa cada vez que yo cambiaba de
postura.

No. Iba. A. Pasar.

Jo-der.

En apenas dos segundos, me encontraba ya al otro lado de la
forja, pasándome las manos por mis propios cabellos, no por los
suyos. ¿En qué demonios estaba pensando?

Fisher soltó una risa queda y se levantó del taburete. Cogió la
camisa arrojada en el banco, la sacudió y metió los brazos por las
mangas, pero no llegó a introducir la cabeza. Aún no. Se quedó
quieto, clavándome la mirada, con una sonrisa temeraria y hermosa en el rostro.

—No he dicho que no pudieras hacerlo. Pero, para la próxima vez, ten en cuenta que ahí está el límite. Si quieres cruzarlo, lo
cruzaré encantado contigo. Pero no digas que no te lo he advertido.

Me esforcé por reprimir el calor nacido de la vergüenza que
me subió por el cuello.

—No habrá próxima vez.

Fisher sonrió tanto que se le formó un pequeño hoyuelo en la
mejilla. Un maldito hoyuelo. ¿Cómo no lo había visto antes? Por
fin metió la cabeza por la camisola y se cubrió el pecho entintado.

—Lo que tú digas, pequeña Osha.

—Dioses, ¿por qué no te largas y ya está? Si te vas a poner tan
insoportable, prefiero que no estés aquí.

—He de acompañarte a tus aposentos.

—No quiero que me acompañes —espeté.

—Peor para ti. Layne es capaz de colgarme de las pelotas si te dejo deambular por ahí tú sola.

—Pues ve a buscar a Ren y dile que me acompañe.

Kingfisher cruzó el taller y se detuvo delante de mí, con ojos vívidos de ansia. No lo había visto así hasta ese momento. Era excitante y aterrador a partes iguales.

—Si voy a por Ren, ¿lo esperarás aquí?

—Sí.

—Está bien, como tú quieras. Me voy.

—¡Gracias!

Él se inclinó y acercó la boca de nuevo a mi oreja. Me dio vueltas la cabeza.

—Vamos. No ha sido tan malo, ¿no?

—¡Sí!

Volvió a soltar una risa fría y cruel. Me puso la mano en el centro del pecho de nuevo y empezó a dar palmadas:

—Pum-pum, pum-pum, pum-pum. Qué rápido. Como un colibrí. Ve a que te miren la mordedura del zorro, pequeña Osha. Será mejor que no se te caiga el brazo.

Y, ante mi vista, Fisher se desvaneció en una nube de arena y humo negro.

COACCIÓN

En Zilvaren me había pasado media vida huyendo. Huyendo de los guardianes. De los mercaderes a los que engañaba. De la gente a la que robaba. No solo era rápida como el rayo, sino que también tenía resistencia, lo cual era toda una bendición, porque ahora no tenía ni idea de lo lejos que tendría que huir. Lo único que sabía era que ya tenía que ponerme en movimiento. Kingfisher no tardaría mucho en descubrir lo que había hecho y venir a buscarme.

La mochila que había preparado antes me rebotaba en la espalda, con casi cinco kilos más de lo que pesaba cuando la llevé a la forja. En un principio, solo había metido unas cuantas prendas de vestir y algo de comida. La mayor parte del peso de la mochila era por la cantimplora llena de agua que también había metido en ella, una bota de suave cuero llena hasta el borde. Sin embargo, ahora también había un zorro en la mochila y, a juzgar por los sonidos que emitía aquel mierdecilla peludo, no estaba nada contento con tantos botes.

El zorro iba soltando aullidos mientras yo corría por los pasillos, hacia abajo, siempre hacia abajo. Pasaba a toda velocidad junto a hombres y mujeres fae que me gritaban enojados. Sin embargo, no les daba tiempo a reconocerme. Cualquiera de ellos podría haberme detenido, y yo no pensaba haber llegado tan lejos como para que me frenase alguien que quisiera saber por qué el nuevo juguetito de Belikon no se encontraba en la biblioteca, aprendiendo sobre portales, con el fin de que ellos pudieran ganar su puta guerra.

Giré en un recodo y descendí a la carrera una escalinata. El zorro aulló. Mis pies apenas tocaban el resplandeciente mármol.

—Calla —susurré—. ¿Querías que te dejara en la forja? Ya oíste lo que dijo. Quería hacerse un sombrero con tu piel.

Los aullidos cesaron y dieron paso a unos gruñidos contrariados pero mucho más bajos. Al llegar a la planta inferior, corrí a toda prisa por entre salas de lectura e invernaderos interiores llenos de plantas y flores exóticas. Atravesé rápidamente una especie de patio de juegos en el que ocho o más mujeres fae de largas extremidades se lanzaban grácilmente una pelota desde ambos lados de una red. Salas de entrenamiento, estudios de arte y todo tipo de talleres y grandes salones... Todo pasó por mi vista con un latigueo borroso.

Cada vez que me encontraba con una escalinata, la descendía. Tras revolverse con fuerza, el zorro se las arregló para asomar la cabeza por la mochila. Empezó a lamerme la nuca, nervioso.

—No pasa nada. No voy a dejar que te haga daño. Shh, tranquilo.

Debería haber conseguido que Rusarius y Layne me llevaran hasta el mercurio, que me mostraran dónde se encontraba. Sin embargo, habrían querido esperar al día siguiente, y no podía permitirme ni un día más. Ya había esperado demasiado.

Seis plantas. Siete plantas. Ocho.

Doce.

Quince.

A partir de ahí, dejé de contar. Cuando llegué a una planta sin ventanas, los muslos me chillaban de dolor. Las estancias eran más pequeñas, los techos más bajos. Que yo supiera, todo aquello indicaba que había llegado a los subterráneos. Y allí, los únicos fae que encontré fueron los soldados de Belikon.

Mierda. Pues claro que había soldados allí. Puede que el mercurio llevara dormido mil años, pero era una de las posesiones más valiosas de Yvelia. Y yo había conseguido despertarlo. Ahora que Belikon sabía que podía hacerse, era poco probable que dejara el estanque sin vigilancia, en vista de que había alguna posibilidad de que se volviera a abrir y se colara algo peligroso.

Maldición. Estaba perdiendo unos minutos preciosos. Sentía que el mercurio tiraba de mí. Tras haber pasado tanto tiempo dormido, quería despertar. Quería que yo lo encontrase. Supe en qué dirección tenía que ir. Justo al frente, había una abertura tosca en una pared de piedra que daba a lo que parecía uno de los túneles que mencionó Rusarius. Si me internaba por él, llegaría al estanque. El único problema eran los tres guardias que había a la entrada del túnel, con los ojos al frente y las manos enguantadas sobre las empuñaduras de las espadas. Yo solo podía defenderme con la pequeña daga que Kingfisher me había dado y con un zorro malhumorado. En realidad, eso no me suponía un problema. Podría matarlos, pero meterme en una lucha en aquel momento implicaría perder un tiempo del que no disponía.

—¿Qué vamos a hacer? —murmuré para mí—. Qué vamos a hacer... ¿Cómo salgo de esta?

«El otro camino. Otro camino. Ven. ¡Ven!».

Oír al mercurio susurrar en mi cabeza resultó, como mínimo, desconcertante. Al parecer, quería que supiera que había otro camino para llegar hasta él y estaba dispuesto a mostrarme dónde estaba. Pero ante mí se presentaba una disyuntiva... Aún había tiempo. Podría dar media vuelta, regresar a mi cuarto y fingir que aquella huida frenética por el palacio no había ocurrido. Podría pasarme los días en la biblioteca con Layne y Rusarius, leyendo libros polvorientos sobre las costumbres fae y los alquimistas que habían vivido hacía miles de años. Kingfisher solo tenía venia para permanecer entre los muros del palacio durante una semana. En un par de días, se habría marchado. Otra persona ocuparía su lugar en la forja para experimentar junto a mí. Quizá la situación no sería tan mala si no me veía obligada a lidiar con él cada día...

Para mi sorpresa, la idea de que Fisher se marchase no me gustó lo más mínimo. Era un incordio absoluto, pero también era un mal conocido. La idea de compartir la forja con otra persona me encogía algo en el pecho. Además, ¿quién sería el sustituto? Pero, dioses, ¿qué más daba?

No pensaba quedarme.

Hice ademán de ponerme en movimiento, pero un gran grupo de guardias giró un recodo y me vi obligada a agacharme en una oquedad, pegada a la pared, esforzándome por desaparecer entre las sombras mientras ellos pasaban. El zorro me miró, con las orejas enhiestas, escuchando los sonidos a nuestro alrededor. Su cuerpo, mucho más delgado de lo que sugería tanto pelaje, se estremecía como una hoja en el interior de la mochila.

En cuanto los guerreros de Belikon se alejaron, salí a toda prisa de mi escondite y corrí por el borde de la estancia. Elevé una plegaria para que los soldados que seguían en la entrada del túnel no me vieran. Gracias fueran dadas: uno de ellos se había girado para hablar con los otros y todos tenían la atención centrada en otra parte. Giré en el recodo, agachada, lo más rápido que pude. Mis pies no hicieron el menor sonido.

«Adelante, adelante...».

Ya no necesitaba que las voces de mi cabeza me dijeran a dónde ir. Lo sabía de forma instintiva. Pero eso no impidió que el mercurio siguiera susurrándome:

«Adelante. Sí, ven. ¡Ven!».

El zorro soltó un gañido y se retorció en el interior de la mochila, pero no podía salir porque la parte superior estaba bien cerrada con un cordel.

—¡Para! ¡Es por tu propio bien! Te juro que voy a encontrar el modo de sacarte de aquí y llevarte a algún lugar seguro, pero, por favor, deja de retorcerte.

No me obedeció. Era un zorro, no tenía ni puta idea de qué le estaba pidiendo, pero al menos no volvió a morderme.

«Por aquí. Por aquí».

Yo ya estaba girando hacia la izquierda en la bifurcación del pasillo.

«Adelante. Sí. Adentro. Entra...».

La puerta del fondo del pasillo me pareció bastante segura. No malgasté tiempo pensando en qué podría haber al otro lado. Giré el pomo, la abrí y la atravesé. Encontré más piedra desnuda y fría. Un túnel mucho más pequeño que el que protegían los soldados, con un techo tan bajo que tuve que encorvarme mientras avanzaba entre las tinieblas.

No tenía antorcha, pero estaba acostumbrada a avanzar por túneles en la oscuridad. Tenía experiencia de sobra en Zilvaren, donde solía colarme en los almacenes subterráneos de Madra para escamotear agua. Rusarius había dicho que todos los túneles llevaban directamente hasta el mercurio, así que estaba segura de que, tarde o temprano, lo encontraría.

«Sí, ven. Ven. Por aquí...».

Apenas unos minutos. Eso fue todo lo que tardé.

Giré en un último recodo y me encontré en medio de una enorme caverna de techos altos. Había antorchas encendidas, en apliques montados sobre las paredes húmedas, que arrojaban luz en todas direcciones, lo cual supuso una bendición. En el centro de la caverna, había un gigantesco estanque rodeado de estatuas de seis metros de alto que representaban antiguos fae y extrañas criaturas. El aire tenía un cariz pesado, demasiado denso como para llenarme los pulmones con él cuando me detuve a recuperar el aliento. También había un sonido..., un tintineo constante, con un tono tan agudo que, en verdad, yo no alcanzaba a oírlo. Parecía que, en realidad, solamente sentía cómo me vibraba en los tímpanos. El pequeño zorro gimoteó en mis brazos e intentó meter otra vez la cabeza en la mochila. Al parecer, él también podía oír el tintineo y no le hacía la menor gracia.

—Shh. No pasa nada. Todo saldrá bien, no te preocupes.

«Ven», me llamó el estanque. «Únete a nosotros. No te haremos daño».

Un sudor frío me empezó a correr por la frente cuando por fin pude contemplar el estanque por completo. No era grande; era enorme, de doce metros de ancho y casi cinco de largo. Comparado con aquella extensión de plata resplandeciente, el estanque de Madra parecía más bien un charquito. Su superficie reflectante era tan suave como la de un espejo. Sin embargo, el único propósito de un espejo es decir la verdad, sin diferenciar entre el bien y el mal. Un espejo no tiene el menor deseo de calmar las preocupaciones ni engañar a nadie. Es cristal y nada más que cristal. Aquel estanque de plata resplandeciente estaba despierto y era un redomado mentiroso.

Mis pies avanzaron hacia el estanque sin que yo los moviese. Había atravesado la mitad de aquella caverna de suelo de piedra lisa, cuando me percaté de lo que estaba sucediendo.

—Dioses...

Podía ver mi aliento allí abajo. Las enormes columnas que soportaban el peso del techo de roca negra a veinte metros de altura estaban cubiertas de hielo. El escalofrío que me recorrió la piel, sin embargo, no provenía de la baja temperatura. Era algo más... Una presencia afilada, intrusa, que hormigueaba en mi piel e intentaba abrirse camino al interior.

«Aquí. Sí, ven aquí. Ven con nosotros...».

Me calmé y recuperé el control de mis pies. Si iba a acercarme a aquella enorme extensión de plata, lo iba a hacer a mi manera, maldita sea. Dentro de la mochila, el zorro gimoteó, con los ojos enloquecidos, jadeando ansioso. Aquel maldito bicho no dejaba de retorcerse. Cuando llegué al estanque, se sacudía desesperado por liberarse.

—¡Está bien, está bien! ¡Dioses! —Dejé la mochila sobre un saliente elevado de piedra al borde del estanque y aflojé el cordel que lo mantenía en el interior. En cuanto abrí la mochila, el zorro salió de un salto y echó a correr, un borrón blanco que se internó en las sombras—. Pues nada, adiós —le dije.

Al menos así tendría una buena oportunidad de encontrar la salida del palacio desde allí abajo, sin enfrentarse a la hoja de Kingfisher. El animal tenía mejor visión nocturna que yo y, además, podía oler el aire fresco a más de un kilómetro de distancia. En breve saldría a la nieve, donde debía estar. No estaba hecho para vivir en Zilvaren. En el calor. En la arena. Yo ni siquiera había pensado en cómo iba a buscarle comida o agua. Su hogar era Yvelia. Era mejor que se quedase allí. Aun así, la tristeza se adueñó de mi pecho mientras lo veía escapar.

«Ven, ven, ven...».

Las voces eran insistentes. La atracción que ejercía sobre mí el mercurio se intensificó, como si hubiera manos físicas que me empujaran, que me llevaran, que me instaran a entrar en el estanque. Y yo quería entrar. Le iba a dar lo que quería. Pero tenía que hacer una última cosa antes...

El día anterior, cuando Kingfisher me había obligado a activar el mercurio, había dicho que era una prueba. Y que yo la había superado. No tenía ni idea de si la prueba me la había puesto Kingfisher o el mercurio en sí. Sin embargo, antes, cuando activé el mercurio, ya no había sentido dolor. Había sido... como si una llave girase en mi cabeza. Una cerradura que se abriera. Un flujo de energía que, de pronto, podía correr.

¿Sucedería lo mismo con ese mercurio? ¿O tendría que pasar otra prueba con ese estanque? El dolor que había soportado con una diminuta cantidad en la forja había sido tremendo. Así que el dolor que esperaba, con la cantidad de mercurio que había allí, podría acabar conmigo.

Solo había una manera de averiguarlo.

En la forja, había sentido el mercurio como un pequeño peso en el centro de la mente. Apenas una leve presión. Cuando cerré los ojos y extendí los sentidos hacia el del estanque, me encontré con un mar enorme, sin fondo. Yo era el pequeño peso que flotaba en ese mar. Sin embargo, no me ahogaba. Me sentía segura. Flotaba en su superficie, aunque si quería, también podía hundirme en él, dejar que me cubriera como una crisálida y me protegiera del mundo.

Inspiré hondo y alargué la mano. Toqué con las puntas de los dedos la superficie fría y dura de la plata. Y le hablé:

«Despertaos».

Sucedió muy rápido. En un instante, el estanque era sólido. Al siguiente, se había convertido en una ondulante superficie de plata líquida que destellaba mientras se movía bajo la luz de las antorchas. Un zumbido resonó en mis oídos, antinatural, discordante. Era un sonido desagradable pero que consiguió hipnotizarme. Mi mente empezó a alejarse de sí misma...

«Ven, Saeris. Únete a nosotros. Ven...».

Sí, iba a ir con ellos. Entraría en el estanque y todo estaría bien. Regresaría... regresaría a... ¿Adónde quería ir?

Alcé el pie sobre la superficie del estanque. Estaba a dos centímetros de distancia. Lo único que tenía que hacer para irme...

Un viento terrible aulló por la superficie del estanque. La punta de mi zapatilla rozó la plata, pero antes de que pudiera dar un paso, una auténtica muralla de resplandeciente negrura en movimiento chocó contra mí y me arrojó de espaldas al suelo.

La caída fue dura. Caí de costado y sentí una punzada de dolor que me estallaba en la cadera. El aire frío como el hielo me entró en los pulmones y ahogué una exclamación de sorpresa. Estaba... Iba a...

Oh, dioses.

Kingfisher.

Emergió de la nube de humo negro como una pesadilla que saliera de las sombrías puertas del infierno. Vestía la misma camisa que en la forja. Y los mismos pantalones. Sin embargo, también llevaba el protector pectoral y el gorjal. En la mano enarbolaba en alto a Nimerelle; la espada negra chisporroteaba con un poder invisible que atraía la oscuridad hacia ella como si de un sudario se tratase.

Kingfisher plantó las botas con firmeza justo al borde del estanque. Y ahí se quedó, bloqueando el camino entre mi hermano y yo. Sus ojos llameaban.

—¿Te marchas sin despedirte? Me siento muy herido.

Me apoyé en un codo y conseguí erguirme hasta quedar sentada. Un rayo de puro dolor me atravesó el costado y me encogí entera.

—No te debo ninguna despedida. ¡No te debo nada!

—¡ME DEBES TU VIDA! —Su furia reverberó por la caverna. El mercurio se revolvió.

Kingfisher se apartó del estanque y avanzó como un depredador a punto de caer sobre su presa. Por primera vez en mi vida, supe lo que era el miedo de verdad.

Fisher era la muerte encarnada y venía a por mí. El dolor al que temía enfrentarme con el mercurio palidecía en comparación con los horrores que auguraba su expresión fría. Me agarró del tobillo y me atrajo de un tirón hacia sí, arrastrándome por el suelo. En menos de un segundo, me vi inmovilizada bajo su enorme cuerpo, con Nimerelle en la garganta.

—Regla número tres —dijo con un rugido—: No me obligues a hacer ninguna actividad física. ¿Qué puta parte de «tengo resaca» no has entendido?

Me picaban los ojos con la promesa de las lágrimas.

—Me voy a mi casa, Fisher. No puedes detenerme.

Él acercó aún más la espada a mi garganta y me pinchó con la punta.

—Pues parece que sí puedo.

—Eres un pedazo de cabrón —dije.

Me mostró los dientes en una mueca.

—Y tú eres una ladronzuela mentirosa.

—¡No soy nada de eso!

Sus ojos eran más verdes que nunca. El mercurio de su interior temblaba y vibraba, desbocado. Kingfisher me apuñaló con la mirada, aunque en realidad miraba más bien a mi mano y, más concretamente, al dedo pulgar, en el que yo tenía el anillo de plata.

—Ah, ¿no? Es que me parece que llevas puesto mi puto anillo y no recuerdo habértelo dado.

—Está bien, sí, me llevé tu jodido anillo, ¡pero no te mentí!

—Intenté apartarme la punta de Nimerelle de la garganta, pero, en el mismo instante en que mi mano tocó la hoja ennegrecida, un dolor despiadado me atravesó. Grité y aparté la mano, pero la carne que había tocado el metal había quedado abrasada y ennegrecida.

—Solo la persona sellada a una espada alquimérea puede tocarla. Te habría advertido que no lo hicieras, pero es que no me haces caso nunca, ¿verdad, humana? Así que he decidido no malgastar el aliento —soltó.

Las lágrimas empezaron a derramarse, calientes, por mis mejillas, pero las provocaba más la rabia que el dolor. Solté un suave hipido.

—Cabrón.

—Cómo te gusta llamarme eso, ¿eh? Tú misma, pero sí que me has mentido. Me mentiste con tu cuerpo. Con tu boca. Te subiste a mi regazo, me besaste y te restregaste contra mí, y aprovechaste la oportunidad para robarme el anillo.

Un millón de emociones restallaron en mi interior, cada una intentando prevalecer sobre las demás. Todas me salieron a la vez, a borbotones.

—¡Lo necesitaba para irme a casa! No te voy a pedir perdón. ¡Tú tampoco me lo pedirías si hubieras hecho lo mismo!

—Yo no habría sido tan imbécil como para hacer algo así.

—Tenía que hacerlo. Tenía que atravesar el mercurio.

—Si te llegas a meter en ese estanque, habrías muerto.

Le clavé una mirada desafiante.

—Con el anillo, no.

—El anillo no es ninguna reliquia. Es una baratija, nada más. No te habría protegido.

—¡Te protegió a ti cuando me llevaste por el estanque!

—No, claro que no —dijo él en tono gélido—. Por supuesto que no, joder.

—Pero le dijiste a Layne...

—Le dije a Layne que lo llevaba puesto, nada más. Lo que ella dedujo de esa frase es cosa suya.

La sorpresa me atravesó de lado a lado y me sacudió hasta los huesos.

—Entonces, ¿viajaste sin el colgante? ¿Para salvarme?

—¡Ja! —Él retrocedió. Su pecho ascendía y descendía. Apartó a Nimerelle, la bajó. Me contempló con expresión de desdén. Su hermoso rostro se había transformado en una máscara de compasión—. Para salvar a mis amigos. Para poner fin a mi exilio. Para vivir o morir de una puta vez, de un modo u otro. No tenía nada que ver contigo.

—Pues... seguro que no me habría pasado nada sin anillo. Si tú puedes atravesar las sendas sin escudo...

—Soy más fuerte que tú, idiota. He pasado cientos de años forjando barreras en mi mente, protecciones que tú no puedes ni comprender. Mi mente es una cripta impenetrable y, aun así, tuve que pagar un gran precio por cruzar. La tuya, en cambio, tiene la profundidad de una tacita de té. Se habría roto en mil pedazos de haberte metido en ese estanque.

—Pero... —Yo no sabía qué decir. No había nada que pudiera decir. Cerré los ojos y toda la esperanza a la que me había aferrado me abandonó a lomos de un largo suspiro. Ahora, las lágrimas que derramaba eran de frustración. Y de derrota—. No voy a dejar de intentarlo. No está en mi naturaleza rendirme —susurré.

—Tienes que hacerlo.

—No puedo. Se trata de mi familia.

Él comprendía mis esfuerzos. También había corrido un gran riesgo porque pensaba que serviría para ayudar a sus seres queridos. ¿Por qué no podía entenderme a mí? ¿Por qué no me dejaba marchar?

Como si leyera mi mente, Kingfisher se agachó delante de mí y se balanceó sobre los talones. Todo su cuerpo irradiaba furia. Me clavó un dedo.

—Te vas a quedar aquí y vas a encontrar el modo de crear reliquias para nosotros. Vas a encontrar el modo de manipular el mercurio, aunque sea lo último que hagas.

Yo estaba muy cansada. Me dolía hasta el último centímetro del cuerpo. El dolor de la pena me consumía. Me obligué a erguirme hasta quedar sentada y solté un siseo cuando apoyé el peso del cuerpo en la mano abrasada. Con los codos en las rodillas, hundí la cabeza y suspiré.

—Te prometo que no lo haré. Antes prefiero que me tortures. No ayudaré a los fae hasta que sepa qué ha sucedido en Zilvaren. No puedo hacerlo.

Kingfisher alargó una mano y me alzó la barbilla con el dedo hasta que nuestros ojos se encontraron.

—No seré yo quien te haga daño —dijo en tono quedo—. Será Belikon. Ni siquiera yo puedo plantarle cara.

—Pues supongo que moriré.

—Niñata necia. —Negó despacio con la cabeza—. No tienes ni idea de lo que estás diciendo.

—Mírame a los ojos. No, espera, ¿qué tal si escuchas mi corazón y me dices si miento, Kingfisher?

Nos quedamos mirándonos. Dejé que viera la verdad. Me negué a apartar la vista. Le caía el pelo por los ojos, los mechones ondulados le enmarcaban el rostro. Se le crispaba una y otra vez un músculo de la mandíbula, mientras buscaba algo en mí que le indicase que podría derrumbarme y ceder. El silencio nos devoraba.

Kingfisher se puso en pie de golpe y se alejó con una sonora maldición. Antes de llegar al estanque de mercurio, se dio la vuelta y regresó junto a mí, con un dedo alzado.

—Muy bien, de acuerdo. Te concedo uno.

—¿Cómo que me concedes uno?

—Lo atravesaré yo. —Soltó un resoplido enojado por la nariz—. Lo atravesaré yo e intentaré traerte a uno de esos putos humanos que tan preciados son para ti. Lo intentaré traer aquí y tú pondrás fin a esta locura. A cambio, tienes que acceder a hacer todo lo que te pida para ayudarme a forjar nuevas reliquias y demás instrumentos que yo considere necesarios.

—¿Estás dispuesto a hacer eso? ¿A atravesar el mercurio?

Fisher parecía tener ganas de ponerse a gritar.

—A regañadientes, pero sí. Bajo coacción, pero sí.

Estaba dispuesto a regresar a Zilvaren para cerrar un trato conmigo. Así de desesperado estaba. Y si tanto necesitaba mi ayuda, eso significaba...

—Quiero dos.

Él echó la cabeza hacia atrás y dejó escapar un gruñido a modo de risa.

—¿Qué?

—Quiero que traigas a mi hermano Hayden y a Elroy.

Hizo un aspaviento, con aspecto casi histérico. Nimerelle expulsó remolinos de humo negro.

—¿Quién cojones es Elroy?

—Es amigo mío y es una persona importante para mí. Y —me apresuré a añadir, pues la idea se me ocurrió en ese momento— es un maestro herrero. Probablemente pueda ayudarme a hacer reliquias para ti. Te será útil.

Fisher entrecerró los ojos.

—¿Puede canalizar la energía del metal igual que tú?

—No sé. No creo —admití.

—Pues entonces no me será útil. Te concedo uno. Tú eliges.

—¡No puedo elegir! ¿Cómo voy a... a elegir cuál de los dos vive y cuál muere?

—Tienes la misma sangre que uno de los dos. La respuesta es bien sencilla.

Sí que era sencilla para él. Fisher tomaría la decisión sin dificultad y seguiría con su vida sin un resquicio de culpa. Así era Kingfisher.

—No puedo...

—Te lo explico de otro modo: tengo una reliquia. Puedo traer conmigo a una persona en cada viaje. Ni quiero ni puedo viajar dos veces por el mercurio en el mismo puto día, y encima sin protección. Eso acabaría conmigo para siempre. Así que me vas a decir que vaya a por Hayden. Acabemos con esta farsa.

Parte de mí quería oponerse, pero él decía la verdad. Realmente se perdería si viajaba dos veces sin el colgante. Me invadieron las náuseas pero hice una rápida señal de asentimiento.

—Está bien, de acuerdo. —Inspiré hondo—. Que sea Hayden.

Kingfisher alzó a Nimerelle. Apretó los dientes y llevó la mano al filo de metal negro. Se abrió un corte en la palma. La sangre fluyó entre sus dedos y salpicó la roca. Me señaló con Nimerelle.

—Con sangre, pequeña Osha. Con eso vamos a sellar este pacto; es el único modo.

Retrocedí para alejarme de la espada.

—No pienso volver a tocar esa cosa. ¿No puedes aceptar mi palabra y ya está?

Él resopló sin el menor ápice de humor.

—Qué mona. No. Usa la daga que te di si lo prefieres, pero me vas a dar tu sangre. No tiene que ser mucha cantidad.

Lo miré con cautela y saqué la daga de la apretada vaina que me había dado aquella misma mañana. Me hice un corte en la palma y solté un siseo. Un corte diminuto, lo más pequeño que pude, pero, aun así, sangró. Kingfisher extendió la mano y me puso en pie de un tirón. Al ver el corte que me había hecho, emitió un sonido burlón.

—Valiente bebé estás hecha.

Yo le dediqué un mohín.

—Haz de una vez lo que haya que hacer.

—Yo voy hasta Zilvaren e intento traer aquí a tu hermano. Tú me ayudas, me asistes en todo lo que te pida y haces lo que te ordene. ¿Estás de acuerdo con este pacto?

Asentí.

—Sí.

—¿Entiendes que es un pacto de sangre? ¿Y que estarás ligada a este pacto hasta la muerte?

—¡Sí! ¡Por los dioses, lo entiendo! Estoy de acuerdo. Venga, empieza ya...

Kingfisher me agarró la mano con la suya y apretó fuerte.

Una ráfaga de hielo me atravesó las venas al tiempo que una nube de humo negro me emborronaba la vista, me la arrebataba. El humo se me metió por la nariz y reptó por mi garganta. Se desvaneció casi al instante y... nada había cambiado. Aún me sangraba la palma de la mano. Aún me dolía un montón. Sin embargo, fuera lo que fuera lo que había hecho, pareció satisfacer a Kingfisher.

—Dame algo suyo —ordenó.

—¿Qué?

—Dame algo que pertenezca a Hayden. ¿Qué pasa, crees que voy a aparecer en esa condenada ciudad tuya y encontrar al momento a una persona a la que no he visto en mi vida? Necesito algo que pertenezca a tu hermano para localizarlo.

—Ah, claro. —Tenía sentido, pero... mierda—. No tengo nada que pertenezca a Hayden.

Kingfisher puso los ojos en blanco.

—Por supuesto, cómo iba a ser de otra manera. ¿Es hermano o hermanastro? ¿Tenéis los mismos padres?

—Sí.

—Entonces, con tu sangre es suficiente. —Alzó la mano—. Y de eso ya tengo. Espérame aquí, no te vayas a ninguna parte.

—¿Vas a ir ahora mismo?

Él alzó las cejas.

—¿Qué pasa, quieres esperar? ¿Después de todo esto?

—¡No! ¡Desde luego que no! Vete, vete.

—Cierra este portal en cuanto lo haya atravesado. Espera una hora y vuelve a activarlo.

Negué con la cabeza.

—Debería dejarlo abierto. ¿Y si...?

—¿Y si una horda de devoradores la atraviesa cinco minutos después de que me marche? Te olvidas de que, si este estanque está abierto, entonces lo están todos. En todas partes.

—¿Qué es un devorador?

Kingfisher suspiró. Alzó a Nimerelle por encima del hombro y la vaina de la espada se materializó, con cinta y puntal incluidos, justo a tiempo para que la enfundara. También aparecieron sus brazales y grebas, así como hombreras que se formaron a partir del humo. En menos de un segundo, Kingfisher estaba cubierto con su armadura y listo para la batalla.

—Confía en mí, es mejor que no lo sepas. Una hora, Osha. Asegúrate de que esta puerta esté abierta cuando venga. Si me dejas al otro lado, arrasaré lo que quede de tu resplandeciente Ciudad de Plata.

Se giró y entró en el estanque sin pensárselo dos veces. Me estremecí y lo vi hundirse en el mercurio. Sentí una presión en el pecho y mis manos se cerraron en dos puños apretados. Se me encogió el corazón cuando aquella coronilla de cabellos oscuros desapareció bajo la fluctuante superficie del estanque.

El mercurio no quiso obedecerme cuando le ordené que se adormeciera. Había demasiada cantidad, mucha más de lo que había controlado antes. Y aquella sustancia tenía mente propia. No quería dormirse. Tuve que hacer cuatro intentos para obligarlo a obedecer.

Una vez que el enorme estanque quedó en estado sólido y liso, me senté con la espalda apoyada en la columna más cercana y me estremecí ante el frío penetrante. Fue entonces cuando empezaron a asaltarme las dudas.

No había nada que impidiera a Fisher buscar a Hayden y matarlo. Y a Elroy también. Si mataba a mis seres queridos en Zilvaren, todo le resultaría mucho más sencillo. No tendría que regresar por el estanque sin su colgante. No tendría que lidiar con otro humano deambulando por la corte. Y, además, ¿quién podía asegurar que realmente hubiera ido a Zilvaren?

Podría haberse ido a otro reino completamente distinto. A algún reino deshabitado. Podría estar sentado ahora mismo en una piedra, contemplando un cielo ajeno, a la espera de que pasara el tiempo que habían acordado, momento en que regresaría y me diría que mi familia y mis amigos ya estaban muertos, que no había podido hacer nada y que había llegado la hora de cumplir mi parte del pacto. ¿Y cómo sabría si decía la verdad?

Además, allí abajo yo no tenía manera alguna de medir el paso del tiempo. No tenía reloj y no había ventanas por las que ver el desplazamiento del único sol de Yvelia por el cielo. Tuve que fiarme de mis instintos, lo cual suponía un problema porque...

Clic.

Alcé la cabeza de golpe y miré a la izquierda, hacia el origen del sonido.

Clic, clic, clic. Clic.

No me moví. ¿Qué había sido aquello? Me incliné hacia adelante y entrecerré los ojos para otear la oscuridad, con el corazón al galope, aterrada por lo que podría surgir de aquellas sombras negras como la pez. ¿Qué viviría en los rincones oscuros y carentes de luz de la corte? Era insensato pensar que los únicos que patrullaban por aquellos túneles eran los hombres de Belikon. Un castañeteo reverberó por la caverna y a mí se me erizaron todos y cada uno de los pelos de mi cuerpo.

La daga que me había dado Kingfisher estaba afilada, pero resultaría inútil contra más de un enemigo, sobre todo si me atacaban desde lejos. Empecé a ponerme en pie, pero...

Un borrón negro salió de la oscuridad y vino en línea recta hacia mí.

Pelaje blanco, cola profusa y unas orejas de punta negra echadas hacia atrás.

El zorro.

Mi zorro.

Había regresado conmigo.

Las garras del animalillo repiquetearon, clic, clic, clic, contra el suelo. Intentó aminorar la marcha cuando llegó hasta mí, pero la superficie estaba demasiado resbaladiza y no encontró agarre alguno; así que, más que correr, se deslizó en el último metro. Soltó un gañido y cayó en mi regazo. Hundió el hocico bajo mi codo para poder enterrar el rostro en mi costado y esconderse.

Su pequeña caja torácica ascendía y descendía, frenética. Se arrebujó contra mi cuerpo, jadeando como si acabase de correr ocho kilómetros.

—Así que has cambiado de idea, ¿eh? —susurré, dolorosamente consciente de lo alta que sonaba mi voz ahora que estaba sola allí abajo y que el mercurio no me susurraba. El zorro soltó un chirrido como respuesta y refunfuñó bajo mi axila.

—Está bien, está bien. No te preocupes. Cualquiera puede cambiar de opinión —le dije—. Supongo que no se te da muy bien calcular el paso del tiempo, ¿verdad?

El zorro estornudó.

—No, a mí tampoco.

En toda mi vida había estado tan agradecida por tener algo de compañía. Acaricié al zorro, aliviada de que otro ser vivo estuviese dispuesto a sentarse conmigo para pasar aquella suerte de vigilia. El animal estaba asustado. Muy asustado. Pero, aun así, no me abandonó.

—¿Cómo te llamo? Si vas a estar conmigo, necesitarás un nombre.

Alzó la vista hacia mí. Sus pequeños ojos de ónice se cerraron hasta formar apenas unas rendijas. Parpadeó despacio y pude ver todas y cada una de sus diminutas pestañas blancas.

—¿Qué te parece Onyx? —le pregunté.

Cerró los ojos y tardó un rato en abrirlos, lo que interpreté como una señal de aprobación. No tardó en quedarse dormido. Yo seguí contando los segundos y los minutos con las manos, hasta que calculé que debía de haber pasado una hora.

Onyx no se mostró muy contento cuando lo coloqué encima de la mochila. Me dedicó una mirada de ojos torvos mientras me dirigía al estanque y, con cuidado, expandía mis sentidos y le ordenaba a aquel océano de plata que se despertara.

La superficie se había trasmutado solo a medias. Seguía sólida por los bordes, cuando una explosión de humo negro surgió del centro del estanque. Kingfisher apareció y empezó a nadar entre la plata, con el rostro contraído como si de una máscara se tratase. En la mano derecha, por la que fluía un líquido rojo, llevaba a Nimerelle. Con la izquierda, arrastraba tras de sí un cuerpo agarrado del cogote, por el que fluía un líquido plateado. Arrojó aquel cuerpo yerto por el borde del estanque y lo depositó en el suelo. Acto seguido, se dejó caer a su lado, jadeando.

—Rápido. Antes de que... —Se calló, echó la cabeza hacia atrás y dejó escapar un grito compuesto de terror y dolor—. Rápido. El... el colgante —dijo con los dientes apretados—. ¡Ahora!

El mercurio se agitó con un millón de voces astilladas que gritaban al mismo tiempo. El sonido era nauseabundo, pero conseguí bloquearlo y acercarme a toda prisa al cuerpo que Kingfisher había dejado caer sobre la piedra. Con manos rápidas y certeras, agarré el colgante, se lo quité y me apresuré a acudir junto a Kingfisher. Él jadeaba y se revolvía, con los dientes apretados. Los tendones del cuello se le marcaban horriblemente. Le pasé la cadena por la cabeza y forcejeé para meterle el colgante rectangular por el protector pectoral.

—¿Fisher? ¡Fisher!

Él no respondió. Gruñó y arqueó la espalda. Los tacones de sus botas de cuero dejaban rayones negros sobre la piedra mientras se retorcía.

—¡Fisher! Dioses, ¿qué demonios...? ¿Qué... qué necesitas que haga? ¿Qué te hago? ¿Qué te doy?

Me estaba empezando a entrar el pánico, cuando él se enderezó, abrió los ojos de golpe y soltó un suspiro húmedo y tembloroso.

—Coño —dijo con voz rasposa—. Ha sido... duro.

—¿Te encuentras bien? —Fui a tocarle el protector pectoral, no muy segura de cómo comprobar su estado, pero preferí no hacerlo.

—¡Cierra... el portal! —dijo resollando.

Mierda, mierda, mierda. El portal. Esta vez no le di al mercurio la oportunidad de resistirse. Di una fuerte palmada mental y cerré el portal con fuerza. El estanque obedeció mi orden con un crujido y se solidificó tanto que se agrietó el dintel de piedra que lo rodeaba.

—Espero que estés satisfecha, humana, porque no pienso volver a hacer esto... —Kingfisher rodó hacia un lado y se agarró el vientre— jamás.

Lo había conseguido. Lo había logrado. Lo había...

¡Dioses! ¡Hayden! Fisher lo había logrado de verdad. ¡Había traído a Hayden consigo! Lo dejé intentando enderezarse. Sentí una punzada de dolor en las rodillas al dejarme caer junto al cuerpo inconsciente, pero me dio igual. No me importaba en absoluto. Hayden estaba vivo. Estaba aquí. Estaba...

Oh. Oh, no.

Me eché hacia atrás y contemplé la figura que yacía en el suelo. La esperanza que se había elevado en mi interior se estrelló por completo. ¿Se suponía que era algún tipo de broma? No. Fisher no tenía sentido del humor y además aquello... aquello... no tenía gracia.

—Tardará un poco en... despertar. Los putos humanos sois... —gruñó Kingfisher— sois muy frágiles.

Me acerqué al guerrero. El rugido que notaba en los oídos no hacía más que crecer, crecer y crecer...

—Este no es mi hermano, Fisher. ¡Este es Carrion Swift, joder!

14

LA LETRA PEQUEÑA

Cabello de color cobrizo.

Una boca molestamente perfecta.

Un lunar con forma de corazón en la barbilla. Sí, desde luego era Carrion.

Kingfisher le dirigió una mirada y se encogió de hombros.

—Rastreé tu linaje de sangre. Me llevó derecho hasta él. Le pregunté quién era. Dijo que era Hayden Fane. Ergo, te he traído a Hayden Fane.

—¿Puede ser que lo hubieras inmovilizado contra una pared y le hubieras puesto una espada en la garganta cuando se lo preguntaste? —quise saber.

—No. Le tenía inmovilizada la cabeza. Ni siquiera había sacado la espada. En aquel momento no, al menos.

—¡No me extraña que te mintiera sobre su identidad! ¡Probablemente pensó que eras uno de los hombres de Madra y que ibas a cobrarte alguna deuda!

—¿Cómo que uno de los hombres de Madra? —Fisher estaba que echaba humo—. A ver, te voy a hacer una pregunta: ¿te acuerdas de dónde está el portal de Zilvaren?

—En el palacio de Madra.

—Correcto. ¿Y quién crees que me esperaba allí cuando salí de la plata?

—No sé.

—Cincuenta guardianes bien entrenados y una unidad de arqueros armados con flechas de punta de hierro. He tenido que abrirme camino a espadazos para salir de allí, cruzar ese estercolero abrasado y comido de enfermedades al que tantas ganas tienes de volver, encontrar a tu hermano y luego volver a cruzar toda la ciudad, entrar en el palacio de Madra, llegar hasta ese condenado salón y meterme en el mercurio. Y todo en menos de una hora. ¡No he tenido tiempo de hacerle una entrevista a este cerdo! A ver, ¿te vale o no te vale?

—¡No, claro que no me vale! El pacto que teníamos...

—Sigue en pie —espetó Kingfisher, y se inclinó para levantar a Carrion. Se echó el cuerpo laxo del contrabandista al hombro como si no pesara nada. Luego me miró con la intensidad de un millar de soles—. Odio ese puto sitio, pero fui allí por ti. Me han apuñalado varias veces en diferentes partes del cuerpo. Por ti. Este cerdo dijo que era Hayden. Su sangre dice que es Hayden. He hecho lo que dije que iba a hacer; así que, ahora, en marcha. Nos vamos de aquí.

—No pienso volver a mis aposentos...

—No vamos a tus aposentos. Primero voy a ir a por un sanador. Luego iré a buscar a Ren y nos largaremos de aquí de una puta vez.

Fisher se había pasado la mayor parte de su juventud en el Palacio de Invierno. Se conocía aquel lugar como la palma de su mano. Abrió puertas escondidas, atravesó pasadizos ocultos, subió un número increíble de escaleras, y todo ello ignorándome mientras le suplicaba que aminorase la marcha. Quise frenar en seco y negarme a moverme, pero mi cuerpo no me hacía caso. Fisher me dijo que lo siguiera y vaya si lo seguí, aunque el corazón me palpitaba con la fuerza de un pistón. Sentía que podría desmayarme en cualquier momento, pero no me quedaba alternativa. Onyx profería gruñidos y se revolvía en la mochila todo el tiempo, inconsolable.

Al cabo, Fisher se detuvo tras subir lo que me pareció que habían sido unos veintitrés tramos de escaleras. Dejó caer a Carrion al frío suelo de piedra a mis pies.

—Espera aquí a que regrese. No hagas ningún ruido.

Le dediqué una retahíla de maldiciones e insultos a cuál más grave, pero ninguno salió por mis labios. Tal y como me había ordenado, no hice ningún ruido. ¿Qué demonios me había hecho? ¿Por qué no me obedecía mi propio cuerpo?

Esperé, echando humo. En mi cabeza, no dejaba de gritarle a Carrion que se despertase e hiciese algo, pero resultó que el contrabandista era igual de irritante al estar inconsciente. Aquel idiota no se movió ni un ápice.

Pasó una hora. Onyx se aburrió y se quedó dormido. Cuando Fisher volvió a aparecer por el pasadizo escondido, los tajos de su camisa habían desaparecido, así como toda la sangre que lo había cubierto. Compuesto, como nuevo, traía bajo el brazo un objeto largo envuelto en lo que parecía ser una cortina.

—No he dado con Ren. Le he dejado una nota —me informó, y agarró de nuevo a Carrion. Sin más preámbulos, empezó a descender los escalones otra vez.

Yo no dije nada.

No moví ni un músculo.

Él se percató de que no lo seguía tras girar en un recodo y desaparecer de mi vista.

—¡Vamos, pequeña Osha! —me llamó—. No te quedes atrás. Puedes volver a hablar, pero nada de quejarse.

Yo descendí las escaleras, con un humor de perros muertos, y fruncí el ceño hacia la nuca de Fisher.

Bajamos y bajamos sin fin. Me estaba mareando y me ardían los muslos. Al fin me sacó del palacio y cruzamos un patio cubierto. Nos internamos en un edificio oscuro atravesado por corrientes de aire, con amplios portones abiertos a ambos extremos. A izquierda y derecha, había cuadras de puertas cerradas por las que asomaban la cabeza enormes caballos que relinchaban sobresaltados ante nuestra repentina aparición.

—De ninguna de las maneras —dije yo.

Kingfisher dejó caer a Carrion sobre el húmedo suelo de los establos y pasó por encima de su cuerpo, en dirección a una puerta abierta a nuestra derecha que daba, no a una cuadra, sino a una estancia que hacía las veces de almacén de comida y utensilios para montar.

—Deja que lo adivine. ¿No te gustan los caballos? —dijo.

—No, no me gustan los caballos. Y a los caballos no les gusto yo. Es una animadversión mutua.

Fisher cogió una silla de montar de un estante de la pared, pasó a mi lado y la sacó del almacén.

—Pues tendrás que superar tu animadversión.

Lo seguí, pasando por encima de Carrion. Kingfisher entró en una de las cuadras.

—¡Así no funciona la cosa, no puedo superarla y ya está!

—Pues claro que puedes. Tú mantén el culo pegado a la silla. Y la boquita cerrada. Es fácil.

—¡Fisher!

Colocó con cuidado la silla que llevaba sobre el lomo de un monstruoso caballo negro y se apresuró a ajustar las cinchas.

—No estamos negociando, humana. Hiciste un pacto de sangre que te obliga; así que te vienes conmigo y punto.

—Juré que ayudaría a los fae yvelianos a averiguar el modo de usar el mercurio...

Él me señaló con el índice.

—Más te vale que lo recuerdes mejor. ¿Qué fue lo que te dije cuando te pregunté si estabas de acuerdo con el pacto?

—¡Dijiste que irías a por mi hermano y, a cambio, yo te ayudaría a crear reliquias para Yvelia!

Kingfisher me apartó de un empujoncito y salió de la cuadra, derecho una vez más hacia el almacén.

—Dije literalmente: «Yo voy hasta Zilvaren e intento traer aquí a tu hermano. Tú me ayudas, me asistes en todo lo que te pida y haces lo que te ordene. ¿Estás de acuerdo con este pacto?». A lo que tú respondiste: «¡Sí! ¡Por los dioses, lo entiendo! Estoy de acuerdo. Venga, empieza ya».

—¡Pero ambos sabíamos lo que yo quería decir! ¡No quería decir que me fuera a adentrar en lo desconocido contigo en medio de la noche!

—A menos que vayas con mucho cuidado, lo que quieres decir y lo que dices suelen ser dos cosas bien distintas en fae, pequeña Osha. Aceptaste ayudarme y asistirme en todo lo que te pidiera. Aceptaste obedecer lo que te ordenara. Sellaste el pacto con sangre. Y ahora te ordeno que te busques un caballo y lo ensilles lo más rápido que puedas, antes de que ese psicópata que tengo por padrastro se entere de lo que estamos tramando y nos asesine a los dos aquí mismo.

—¡Me has engañado, joder!

—No —dijo con rotundidad—. Te he dado una valiosa lección que te servirá durante el resto de tu corta vida en este reino: presta siempre atención a la letra pequeña. El diablo está en los detalles. Y, ahora, en marcha.

Desde que me desperté en Yvelia, solo había visto el mundo a través de ventanas. Parte de mí había sospechado que la aldea que había más abajo del palacio y el bosque que se extendía hasta las montañas no eran más que ilusiones.

Pero eran reales.

Se me fue un poco la cabeza cuando Kingfisher me ordenó salir del almacén. En un primer momento, a lomos del caballo que había ensillado para mí ahí afuera, mi principal preocupación fueron los dientes enormes y cuadrados del animal. Sin embargo, luego alcé la vista, echando la cabeza hacia atrás, y vi la enorme oscuridad. Experimenté el beso de la nieve en las mejillas por primera vez. Lo experimenté de verdad. Una cosa era ver la nieve desde el interior, pero estar fuera...

La necesidad de agua me había consumido durante toda mi vida. Había visto gente luchando por apenas un sorbo. Morir por falta de agua. Derramar sangre a arañazos, mentir, traicionar, robar por tener más agua. Una sed funesta era dueña de Zilvaren. Esa sed era el corazón de la ciudad. Daba igual quién fueras o a dónde te dirigieras. Sentías el ritmo de los latidos de ese corazón, como un martillo que se estrellase contra un yunque. La sed vivía en tu sangre. Los soles abrasaban tanto que el suelo era cristal líquido y el cuerpo se debilitaba con cada inspiración. Desde el momento en que te despertabas hasta el segundo en que te dormías cada noche, ibas contrarreloj. El reloj no dejaba de avanzar.

Agua.

Agua.

Agua.

Agua.

Para sobrevivir, había que estar dispuesto a morir por el agua. Y, en cambio, en Yvelia caía del cielo. Me dieron ganas de gritar.

La gruesa capa de nubes de las alturas se separó brevemente y capté un atisbo del cielo de medianoche que había al otro lado: un puñado de brillantes luces blancas destellaban en la negrura. No quería preguntar, pero aquella visión me cortó el aliento. Así que tuve que hacerlo.

—¿Qué son esas luces? —susurré.

Fisher rodeó su caballo y también alzó la mirada al cielo.

—Estrellas —respondió en tono envarado—. Hay miles de millones de estrellas; más de lo que pueda comprender una mente. Son soles, como los dos que ocupan el cielo de Zilvaren.

—Pero están muy lejos. —Mi voz expresaba el asombro que sentía.

—El mercurio puede salvar la distancia. Con él podemos viajar a los reinos que orbitan alrededor de esas estrellas.

Lo dijo así, sin más, como si nada. Como si no me acabara de decir que Zilvaren no estaba escondida detrás de alguna suerte de puerta mágica en algún lugar. Mi hogar estaba allá arriba. Entre las estrellas. Contemplé boquiabierta aquellos puntitos de luz titilante y me pregunté si mis soles estaban allí. Las nubes volvieron a cerrarse y a ocupar el cielo. Sentí una punzada de pesadumbre en el pecho.

—Sube —ordenó Kingfisher, señalando a mi caballo con el mentón. Él era un espectro de cabello negro, hecho de sombras. Lo único que yo veía de él era un atisbo de sus manos y su rostro. Colocó dos alforjas de buen tamaño sobre la silla de su propio caballo.

—No podemos marcharnos. Hay que esperar a Ren.

Mis palabras se perdieron en una nube de bruma. Kingfisher le dio la vuelta a su caballo y la bestia se revolvió, alzando la pata de atrás, lista para dar una coz. Era un animal gigante, de pelaje negro como el pecado, y en sus ojos anidaba una locura que rivalizaba con la que había en los de Kingfisher. Este soltó un gruñido irritado. El caballo resopló y sacudió la cabeza; al parecer, se había pensado mejor lo de darle una coz.

—Ya nos dará alcance en el camino. Tenemos un lugar de encuentro para este tipo de situaciones. ¿Te vas a subir al caballo o te subo yo?

—Está nevando. Me voy a morir congelada.

Yo no había visto el hatillo de tela que sostenía Kingfisher entre las manos enguantadas. Sus ojos destellaron y me lo arrojó, con las aletas de la nariz tensas.

—Pesa mucho. Te será más fácil ponértelo cuando ya te hayas subido, pero como estás tan quisquillosa y te niegas a obedecer mis órdenes...

—Quienes obedecen órdenes son los soldados. Yo no soy ningún soldado.

—Créeme, soy tremendamente consciente de ello. Ven, deja que te ayude.

Yo no quería que me ayudara, pero ya tenía las manos entumecidas de frío y aquel enorme trozo de tela que me había dado no parecía tener ningún extremo visible. Fisher lo manipuló en cuestión de segundos y me echó la tela por los hombros. Era una capa, dura y encerada por fuera, ribeteada de pelaje sedoso. El interior era muy cálido y tan suave que me dieron ganas de llorar. El mordisco rabioso del aire frío desapareció casi al instante. Solo mis manos y mi rostro siguieron sufriendo la temperatura.

Las manos de Kingfisher encontraron mi cintura y me subieron a la silla de mi caballo. Yo solté un chillido. Mi caballo era más pequeño, de tono castaño. En cuanto me senté, intentó girar el cuello para darme un mordisco.

—Echa la pierna hacia delante —me ordenó Fisher.

Discutir con él no iba a hacerme ningún bien. Ya había tomado la decisión: nos íbamos del palacio aquella misma noche y no había nada que yo pudiera hacer al respecto. Una vez más, quise negarme a obedecer su orden solo para enojarlo, pero el cuerpo me dolía de ansia por cumplir lo que me había dicho. Quería echar la pierna hacia delante por él. No pude evitarlo.

Fisher alzó el faldón de la silla y apretó la cincha. Luego amarró el fardo largo y estrecho que había traído de las dependencias de los sanadores debajo del faldón. Lo sacudió de un lado a otro para asegurarse de que no se iba a caer.

—No toques esto, ¿me oyes?

—Sí.

—Bien. Ahora, echa la pierna hacia atrás —ordenó. Yo eché la pierna hacia atrás.

La nieve le caía sobre el cabello denso y ondulado, se posaba sobre sus pestañas y le pintaba de blanco los hombros.

—¿Cómoda? —preguntó.

—No.

—Excelente. No des tirones a las riendas. Aida es una buena chica. Me seguirá sin que tengas que indicarle qué hacer, así que déjala en paz.

Lo más probable era que Aida no fuera una buena chica. Seguramente era una zorra salida del infierno que iba a tirarme de culo en cuanto se le presentara la oportunidad. Aun así, sujeté las riendas sin apretar mucho y obedecí a Fisher sin poner ninguna objeción.

—¡Espera! ¿Dónde está mi mochila? —Me giré en la silla de montar, buscándola.

—Tengo agua y comida de sobra para ambos. No la necesitas.

—La comida y el agua me dan igual. ¡Quien me importa es Onyx!

—¿Qué dices de ónice?

—Haz el favor de darme la mochila, Fisher.

Si se oponía, ay, ay, ay, dioses, se la iba a montar bien gorda. Por suerte, el muy cabrón se limitó a suspirar y a entrar de nuevo en el almacén. Un instante después, regresó con mi mochila.

—En el mismo momento en que ese roedor se convierta en un problema, pienso despellejarlo —dijo al tiempo que me arrojaba la mochila.

—No es ningún roedor. Es un zorro.

Abrí la mochila para asegurarme de que Kingfisher no había reemplazado a Onyx por una roca o alguna rebanada de pan particularmente densa, o algo parecido. Sin embargo, el zorro asomó la cabeza por la abertura y meneó las orejas mientras inspeccionaba el entorno, con la lengua rosada colgando.

—Ese bicho debería correr a nuestro lado —dijo Fisher gruñendo al tiempo que subía a su propio caballo—. No necesita que carguen con él.

—No es ningún bicho. Y no, no puede correr a nuestro lado. Le entrará frío.

—Sea lo que sea —dijo Kingfisher con desdén—, es un animal salvaje y este es su hábitat natural. ¿Por qué crees que tiene un pelaje blanco tan denso?

En eso tenía toda la razón. Onyx era una criatura de Yvelia que evidentemente estaba hecha para vivir allí. Sin embargo, cuando lo miré, se acurrucó de nuevo en la mochila hasta que lo único visible fue su húmedo hocico. Me dio la fuerte impresión de que estaba perfectamente contento ahí dentro.

—¿Qué tal si te centras en la mercancía que llevas tú en lugar de en la que llevo yo? —le espeté a Fisher—. Tu pasajero va a empezar a causar todo tipo de problemas en cuanto se despierte.

Carrion, atado a la parte trasera del caballo de Fisher, seguía fuera de combate. Los brazos le colgaban laxos sobre la cabeza y tenía los cabellos de color rojo fuego cubiertos ya de nieve. Aquella postura no podía ser cómoda de ninguna de las maneras. Cuando se despertara, iba a estar dolorido hasta el tuétano. Yo sabía por experiencia propia lo irascible que podía ponerse Carrion Swift cuando no disfrutaba de una buena noche de sueño.

Kingfisher le lanzó una mirada hueca.

—Seguro que no es tu hermano, ¿no?

—Yo diría que sé qué aspecto tiene mi hermano, ¿no te parece?

La expresión que adoptó Fisher indicaba que no estaba seguro de qué responder a eso.

—Bueno, pues a riesgo de repetirme por centésima vez, deberíamos dejarlo aquí. Si no se trata de tu hermano...

—No lo vamos a dejar aquí. Belikon lo matará en cuanto comprenda que me has secuestrado.

—Si vienes voluntariamente, no se puede considerar secuestro —dijo Kingfisher en tono calculador.

—¡Pero es que no voy voluntariamente! ¡Quiero irme a mi casa!

Él se encogió de hombros y se giró en la silla.

—Y, sin embargo, vas a venir conmigo para ayudarme a parar una guerra, ¿no? ¿Qué causa más noble podría haber? Felicidades, te has convertido en una maldita santa.

15

SARRUSH

No atravesamos la aldea que había a los pies del Palacio de Invierno. Yo había esperado pasar..., pues habría más posibilidades de que los hombres de Belikon nos descubrieran y nos dieran el alto antes de que llegáramos muy lejos. Pero claro, Kingfisher era muy listo. Podía ser un pedazo de cabrón iracundo, arrogante, medio loco y ofensivamente guapo, pero también era muy listo y se le daba bien la táctica. Resulta que ambos rasgos de su personalidad no eran mutuamente excluyentes. Maldije el día en que pensé que podría robar impunemente a un guardián mientras Fisher nos llevaba por los aledaños del pueblo, por caminos rocosos, empinados e irregulares enterrados bajo una gruesa capa de nieve. Me parecía milagroso que supiera a dónde se dirigía. Y más asombroso aún era que los caballos no tropezaran ni se rompieran las malditas patas en aquella ruta traicionera que Fisher había elegido recorrer. Un paso en falso y nos encontraríamos hasta el cuello en un puto problema muy gordo. Y, sin embargo, los caballos avanzaban a buen paso, sin amedrentarse por nuestra peligrosa aventura nocturna.

Vi que la cabeza de Carrion se bamboleaba contra el flanco del caballo de Fisher. Por culpa de aquel cabrón inconsciente, estaba que echaba chispas. Ver que su cabeza chocaba una y otra vez contra las ramas bajas de los árboles cuando entramos en el bosque oscuro me produjo cierta sensación de justicia. El muy mierda se merecía todas las heridas que pudiera hacerse por el comportamiento que había tenido. Le había mentido a Fisher. ¿Por qué demonios le había dicho que era Hayden?

¿Le habría dicho Fisher «¿cómo te llamas, apestosa escoria humana?» o bien le habría dicho «estoy aquí para llevarme conmigo a Hayden Fane al reino fae, donde tendrá tanta comida y agua como desee, así como una cama cómoda en la que dormir»? Porque si lo segundo era cierto, no me sorprendía en absoluto que Carrion hubiera mentido.

Pronto, la luz y los sonidos que se derramaban desde el Palacio de Invierno disminuyeron hasta desaparecer. Kingfisher parecía inmune a aquel entorno sumido en la más absoluta oscuridad, al igual que los caballos. Seguían avanzando, resoplando por los carrillos, como si no hiciese un frío mortal, como si estar en mitad de la nada no fuese aterrador. Por el bosque reverberaban lamentos fantasmales, sonidos tan humanos que me pusieron la piel de gallina y así se quedó. En la mochila que sostenía por delante, apretado contra mi estómago y medio envuelto en la capa, Onyx no dejaba de gimotear, tan encogido como le era posible al tiempo que hacía tanto ruido que se notaba la irritación de Kingfisher a tres metros de distancia. Fisher no mencionó al zorrillo histérico. No dijo una palabra aunque hervía de furia, lo cual era infinitamente peor.

Aquellos lamentos que resonaban por todo el bosque se acercaban y se alejaban a intervalos aleatorios. Mi respiración se había vuelto rápida y superficial. Al cabo se oyó un gemido tan cercano que me pareció que había una criatura hambrienta agazapada justo a los pies de Aida. Grité y di un salto en la silla al tiempo que alzaba las piernas. El corazón me martilleaba en el pecho.

Kingfisher detuvo el caballo y me miró por encima del hombro con aspecto cansado.

—¿Qué te pasa ahora?

—Hay... hay... Eh... ¡Vamos a morir aquí, en medio de la intemperie, gilipollas! ¿Es que no oyes esos gritos?

Me miró como si fuese el ser más agotador que hubiera encontrado jamás.

—No son más que sombras, humana.

—¿Cómo que no son más que sombras?

—Ya sabes, ecos. Lo que deja atrás una criatura cuando muere con angustia.

Mi nivel de pánico subió al once.

—¿Fantasmas?

Kingfisher torció la boca en un ademán pensativo.

—No me suena ese término. Estos seres no son corpóreos. Carecen de sustancia física. No pueden hacerte daño. Ni siquiera saben que estás aquí.

Por los dioses de las alturas, se me había cerrado la garganta, no podía tragar saliva.

—¿Y por qué gritan?

—Viven una y otra vez sus últimos instantes. Tú también gritarías si hubieras sufrido la misma muerte que ellos.

—¿Murieron aquí? ¿En este bosque? —*No lo hagas. No le preguntes. No le preguntes, joder.* Pero tenía que saberlo—. ¿Cómo murieron?

Kingfisher paseó aquellos ojos manchados de plata en torno a nosotros, en la oscuridad.

—Mira bien y lo verás por ti misma.

—¡Pero si está oscuro! No veo nada. ¡No veo ni mi propia mano delante de la cara!

Tras decir esto, otro chillido penetrante hizo añicos el silencio, tan cerca que Onyx soltó un gañido e intentó cavar un agujero en el fondo de la mochila para resguardarse.

—No dejo de recordar lo trágicamente inferior que es la vista de los humanos —hizo notar Kingfisher.

—Ya, supongo que tú puedes ver hasta el último detallito de este lugar, ¿no? —Señalé al bosque con un dedo. Pretendía que la pregunta fuese irónica, porque nos rodeaba un muro de oscuridad, pero Kingfisher se encogió de hombros e hizo un mohín.

—A ver, no veo con total claridad. Vería mucho mejor a la luz del día. Pero sí. Veo muy bien. Acércate con Aida y te concederé parte de mi vista temporalmente.

—No.

—¿No?

—¡No!

—¿Cómo que no?

—Prefiero ser capaz de volver a dormir en algún momento. No necesito ver almas torturadas que vuelven a experimentar sus muertes. Gracias, pero paso.

Kingfisher resopló.

—Tú misma. Pero cuando los oigas gritar, no te sientas mal por ellos, humana. Este lugar es una prisión. Solo las almas culpables de los crímenes más nefandos acaban en Bosquemimbre. Estos árboles son la sepultura de los monstruos más viles.

Los minutos se convirtieron en una hora, y luego en tres. Quizá en más. Resultaba difícil calcular el paso del tiempo, sentada sobre aquel animal tosco e incómodo. La caja torácica de Aida era demasiado ancha y, cada vez que yo me balanceaba hacia la parte frontal de la silla, mis caderas se quejaban amargamente. Y mi culo también, así como otras partes más sensibles de mi anatomía que notaba como si me las hubieran dejado en carne viva a base de restregones, pero sin disfrutarlo.

Los gritos se convirtieron en un torbellino. Aida se mantenía cerca del caballo de Kingfisher y no dejaba de sacudir la cabeza, nerviosa. En una o dos ocasiones, estiró el cuello hacia Carrion e intentó morderlo, no muy contenta de que aquella criatura inconsciente y extraña se le acercara demasiado. Hasta aquel momento, yo había conseguido por pura suerte que no le arrancase la cara de un bocado a Carrion. Si llegábamos a nuestro destino, fuera el que fuera, sin que el contrabandista hubiese sufrido ninguna herida facial, me iba a deber un favor de los gordos.

Me mordí la lengua todo lo que pude, pero al cabo, la oscuridad, las sombras aulladoras y el frío penetrante e infinito me ganaron la partida:

—¿Cuánto queda?

Había pensado pronunciar aquellas palabras en voz alta, para que Kingfisher me oyese sobre el siseo del viento entre las ramas y el constante chirrido metálico que emitían los caballos al mordisquear sus embocaduras. Sin embargo, los nervios me pudieron y la pregunta me salió convertida en un susurro quebrado. Lo que me ahorró tener que repetirla fue el oído agudo de Kingfisher.

Giró la cabeza apenas dos centímetros a la derecha; la única señal de que me había oído. Pero entonces dijo:

—Casi hemos llegado, apenas nos queda media hora. Si vamos al trote, llegaremos antes.

¿Al trote? Solté una risa mordaz.

—No hay nada que puedas decir que me vaya a convencer de aplastar mis genitales contra esta silla más fuerte o más rápido de lo que ya lo estoy haciendo.

—¿Estás un poco escaldada, humana?

—Escaldada no, lo siguiente —dije con un gruñido.

—Estaré encantado de quitarte a besos tus malestares y dolores una vez que lleguemos al campamento. Me han dicho que mi boca tiene propiedades curativas, sobre todo cuando la aplico entre dos muslos.

La sugerencia que había en la voz de Kingfisher era una promesa hecha de seda oscura. Seductora. Algo emocionante, si he de ser sincera. Sin embargo, yo no estaba para confidencias. Estaba gruñona y oficialmente harta de dar un respingo cada vez que una ramita díscola me rozaba el brazo. Quería que aquella pequeña incursión nocturna acabase de una vez.

—Qué sorpresa. —Resoplé.

—¿Y eso?

—Qué sorpresa que te ofrezcas a pasar tiempo entre mis piernas. La última vez que te engañé para que te acercaras tanto, acabé robándote cierto objeto muy preciado para ti.

Casi pude ver el contorno de los hombros de Fisher sacudiéndose con una risita.

—¿De verdad crees que no me di cuenta de que me quitabas el anillo?

—Sé que no te diste cuenta.

—Venga ya. En cuanto te subiste a mi regazo, comprendí qué pretendías.

Yo prefería aquel denso silencio salpicado de gritos de muerte a la petulancia de Kingfisher.

—Dioses, es que no lo soportas ¿verdad? No soportas que te haya ganado por la mano una humana. ¿Por qué no puedes limitarte a admitir que te engañé?

—Hará frío en Sanasroth antes de que tú consigas engañarme. —Lo dijo de un modo informativo, como si fuese una conclusión inevitable—. En el mismo instante en que entraste en la forja, supe que tramabas algo. Admito que tenía un poco de interés en ver qué se te había ocurrido.

—Increíble. Prefieres seguir mintiendo y enfangándote más que admitir la verdad. Ese ego tuyo es impresionante, Fisher.

—No te miento.

—Ah, ¿no?

—No.

—Muy bien, de acuerdo. Y dime, si era tan obvio que tramaba algo, ¿qué fue lo que te puso en alerta?

—Trajiste una mochila a la forja. Una mochila llena de comida y ropa. Lo que se conoce como suministros de viaje.

—¿Cómo sabías que contenía comida y ropa?

—Porque eché un vistazo en un momento en que estabas distraída.

Me quedé boquiabierta.

—¡Gilipollas! ¡No puedes ir mirando dentro de las mochilas de la gente!

—Dijo la ladrona que me arrancó una joya valiosa del cuerpo, mientras se restregaba contra mí para distraerme.

Me había pillado. Yo había hecho todo tipo de cosas inadmisibles en el pasado para conseguir lo que quería. Eso sí, jamás había necesitado besar a nadie del modo en que había besado a Kingfisher. No había querido besarlo así. Había sido un accidente. El tipo de accidente que, en aquel momento, yo no tenía el menor interés en analizar en profundidad.

—O sea, que admites que te distraje —contraataqué.

Él se limitó a reírse.

—Y yo que me sentía afligido por tener que arrastrar conmigo a una humana desvalida e inútil que no iba a ser más que una carga. ¡Y resulta que sabes contar chistes! Al menos me sirves de entretenimiento.

De verdad, valiente pieza estaba hecho. ¿Qué ganaba al tratarme así? Yo también había estado en la forja. Había sentido sus manos en mi cuerpo. En mis cabellos. Sentí la urgencia con la que exploró mi boca con su lengua. Vaya si lo distraje.

—No dices más que sandeces. Ya noté lo dura que se te ponía la...

Cerré la boca de golpe. El calor me subió a las mejillas, cerca de convertirse en vergüenza.

Kingfisher detuvo el caballo y obligó a Aida a detenerse a su vez. Carrion tembló en las ancas del caballo y casi se cayó, aunque Kingfisher no pareció percatarse. Tampoco tenía aspecto de que fuera a importarle. Se giró en la silla de montar con una ruinosa mueca sonriente en las comisuras de la boca.

—¿Lo dura que se me ponía qué, humana?

—¡Nada! —respondí demasiado rápido como para parecer despreocupada—. Lo que digo es que... que sí que estabas distraído, ¿entiendes? Me recorriste entera. Tus manos...

—Mis manos se movían por voluntad propia. Mi mente, en cambio, estaba centrada en lo que hacían las tuyas. Y una cosa te diré, humana: no eres tan diestra como crees. Casi me dislocaste el dedo cuando tiraste del maldito anillo...

—¿Cómo te atreves? —Aida se detuvo en seco junto al caballo de Kingfisher, ansiosa por ponerse de nuevo en movimiento, lo cual me acercó demasiado al guerrero fae. Aproveché la proximidad para intentar darle una patada, pero él apartó al semental y esquivó el golpe.

—Tranquila, humana. Si le das una patada a Bill, saldrá disparado al galope. ¿De verdad quieres quedarte sola en este bosque? ¿En la oscuridad?

No pensaba darle la satisfacción de responder a eso. En cambio, adopté una expresión pueril al tiempo que volvía a meter la puntera de la bota en el estribo.

—¿Bill? ¿A quién se le ocurre llamar Bill a su caballo?

—A mí. Bueno, ¿quieres encabezar tú la marcha? —Hizo un gesto con la mano enguantada hacia un camino que tuve que asumir que estaba ahí, porque no podía verlo.

—No.

—Ya me parecía.

Poco después, llegamos a un camino. Aunque estaba desierto, que yo viera, era patente que lo recorría un tráfico abundante, porque la nieve no había cuajado en él. Surcos profundos se abrían en el barro, así como huellas de cascos, de garras y de pies tan grandes que me estremecí al pensar en qué las habría dejado. Nuestros caballos avanzaron; sus cascos se hundieron en la apestosa tierra negra.

Nuestro destino era un desastrado edificio de dos plantas situado a la derecha de la ribera de un río amplio y congelado. El techo estaba cubierto de una capa de paja de más de medio metro de grosor, sobre la cual se amontonaba una nieve fina. La luz se derramaba por las ventanas. La puerta delantera del edificio se abrió y se oyeron unas risas, una cháchara y media estrofa de una canción fuera de tono que venían del interior. Asomó una figura que dio cinco pasos tambaleantes y cayó de boca en un banco de nieve.

Kingfisher había aminorado el paso de su caballo en cuanto el edificio apareció ante nuestra vista. Se lo quedó mirando un instante, con los labios levemente entreabiertos y una expresión desacostumbrada de nostalgia en el rostro. Fruncí el ceño y escruté el edificio, intentando ver lo mismo que veía él. Cualquiera diría que estaba contemplando una de las maravillas arquitectónicas de Yvelia, pero desde donde yo tenía sentado mi dolorido culo, aquel sitio no parecía más que una posada.

—¿Vamos a dormir ahí? —pregunté, y señalé a aquel sitio con el mentón. La figura que acababa de salir de la posada estaba ahora a cuatro patas y vomitaba sobre la nieve.

—Puede. O puede que no. —Kingfisher azuzó al caballo y me hizo un gesto para que lo siguiera—. Veremos cuánto tarda Ren en darnos alcance.

Un mozo desaliñado llevó a nuestros caballos a los establos cuando desmontamos. Hice un esfuerzo por no clavar la vista en los cuernos retorcidos de carnero que asomaban por los agujeros que se había hecho en la parte superior de su gorro de lana, pero me salió como el culo. Al mozo no pareció importarle. Me mostró una sonrisa dentuda... hasta que abrí la mochila y dejé a Onyx, somnoliento, sobre la nieve que había a mis pies.

—¡Anda, este es de los buenos! No hay muchos así por aquí. Jamás había visto unas orejas con esas puntas, ni una cola así. *Dus kronas doyte* por él.

—¿Qué?

Onyx salió disparado y se colocó detrás de mí, con los pelos del cogote enhiestos, como si comprendiese lo que decía el mozo y estuviese dispuesto a arrancarle un dedo si este intentaba cualquier tontería.

El mozo me lanzó una mirada astuta.

—*Ta bien, catro kronas.* Más no puedo; si no, la parienta me mata...

Eché mano a la empuñadura de la daga que llevaba en el muslo.

—No está a la venta.

—A la humana se le ha metido en el coco que este bicho pulgoso es su mascota —dijo Fisher al tiempo que desprendía las alforjas de la silla de montar. Con movimientos rápidos, sacó el objeto envuelto de debajo del faldón.

Onyx saltó a mis brazos, se acomodó en el hueco de mi codo y escondió el hocico.

—No tiene pulgas.

—Que tú sepas —dijo Kingfisher.

—¿Y qué me dices de este? ¿Está a la venta? —El mozo señaló con un ademán a Carrion.

—¿Cuánto me das por él?

—¡No!

Le di una palmada en el brazo. Kingfisher se atrevió a poner una expresión hastiada.

—No, ese humano tampoco está en venta —dijo en tono seco y enfurruñado—. Déjalo en una cuadra con algo de heno y échale una manta por encima. Si me entero de que le habéis tocado un pelo...

La mano de Kingfisher fue a apoyarse con toda intención en la empuñadura de Nimerelle, lo cual atrajo la atención del mozo hacia la amenazadora espada negra. El fauno palideció visiblemente, incluso bajo su barba de color caoba. Reconoció el gesto como lo que era —una amenaza de dolor— y reaccionó en consonancia.

—Por supuesto, señor. No os preocupéis. Lo tendré vigilado para que no sufra daño alguno. Dormirá como un bebé, ya veréis.

Una marea de calor y sonidos me golpeó cuando entramos en la taberna. Me puse bastante nerviosa. Aquello no era la Casa de Kala, donde me conocían, donde me encontraba a salvo. Bueno, tan a salvo como se puede estar en una casa de mala reputación en cuyos rincones se llevan a cabo tejemanejes siniestros. Aquella taberna suponía para mí un ambiente completamente nuevo. Allí, yo era una extraña. No tenía ni idea de qué podía esperar. Sin embargo, resultó que se parecía mucho a cualquier otra taberna en la que hubiese entrado en mi vida.

Hasta el último asiento desvencijado del lugar estaba ocupado. Todas las mesas estaban atestadas de una gran variedad de jarras astilladas en desorden, la mayor parte de ellas vacías. Había hombres y mujeres fae sentados en grupos, sumidos en sus propias conversaciones calladas. En el Palacio de Invierno, ya había visto a muchos de aquellos seres, pero la enorme variedad de otras criaturas del lugar casi me dejó fuera de combate.

Había seres altos de extremidades delgadas, con piel de corteza y cabellos blancos y finísimos.

Había criaturas pequeñas y lampiñas de piel de carbón y ojos rasgados y ambarinos, con los dientes tan puntiagudos como agujas.

Junto a la barra, se sentaban dos hombres de piernas peludas cubiertas de greñas y rematadas por pezuñas, y con cuernos largos y rugosos que les brotaban de la frente y les descendían por la espalda.

Había criaturas de piel verde y narices rugosas, y otros seres de largas melenas castañas que flotaban sobre sus cabezas, atrapadas por una brisa invisible.

Mirara donde mirara, veía un grupo de criaturas tan demenciales, maravillosas, extrañas y amedrentadoras que apenas podía ni respirar.

Kingfisher se echó sobre la cabeza la capucha de la capa y se encorvó para ocultar el rostro entre sombras. Nos acercamos a la barra. Un auténtico enjambre de diminutas hadas con alas finísimas revoloteó por entre nuestras cabezas. Me agarraron los mechones de cabello que se me habían salido de la trenza y empezaron a darme repentinos y agresivos tirones.

—¡Ay! —Intenté espantarlas a manotazos, pero Kingfisher me agarró de la muñeca.

—Yo no lo haría. Están borrachas. Cuando se emborrachan, se ponen muy agresivas.

—Soy mil veces más grande que ellas. Podría... ¡Aaaay! —Solté un siseo y aparté la mano de aquella nube de peligros revoloteantes. Una gotita de sangre asomaba de la diminuta herida que me habían hecho, brillante como un rubí—. ¿Me han mordido? ¿Eso es una mordedura?

Le enseñé la mano, pero Fisher ni se dignó a mirarla.

—No es solo que se enfaden cuando intentas aplastarlas en el aire. Es que además dominan el fae común y se ofenden cuando dices que quieres matarlas a manotazos. Dos cervezas, por favor. Y un trago de lo más fuerte que tengas.

El camarero era un tipo bajo y rechoncho con cabellos grises, nariz ganchuda y las cejas más tupidas que hubiera visto jamás. Contestó con un gruñido y no nos dedicó la menor atención mientras iba a por nuestras bebidas. Al regresar, dejó ante nosotros dos jarras con un golpetazo que derramó una buena cantidad de cerveza por la barra. Luego le sirvió a Kingfisher un vasito lleno de un líquido verdoso de aspecto nauseabundo. Kingfisher pagó sin pronunciar palabra alguna, cogió nuestras jarras y el chupito y se internó entre la multitud en busca de un lugar donde sentarnos.

Tuvimos suerte. Dos mujeres fae con vestidos azul marino y gruesas capas de viaje se estaban levantando de una mesa, en la esquina donde se encontraba el fuego, justo cuando pasamos a su lado. Kingfisher inclinó la cabeza y clavó la vista entre sus botas mientras esperaba a que las dos se marcharan. Luego señaló con el mentón para indicarme que tomara asiento. Onyx, que se había mantenido pegado a mí como una sombra desde que entramos en la taberna, se metió bajo la mesa.

En cuanto mi culo rozó el asiento, se me escapó un siseo. Dioses, qué dolor. Jamás iba a poder sentarme de nuevo sin que se me escapara un exabrupto entre dientes. La irritante sonrisilla de Fisher era la única parte visible de su rostro bajo la oscuridad de la capucha.

—Me alegro de que te haga gracia —rezongué, y acepté la jarra de cerveza que me tendía.

—Me parece graciosísimo —replicó—. Desde que nos conocemos, no has dejado de ser un grano en el culo. Ahora, el universo ha tenido a bien que lo pagues con un culo dolorido. Me parece un ejemplo de justicia.

—A mí me parece una puta mierda. Oye, ¿qué haces?

Acababa de alargar la mano por encima de la mesa y me había agarrado de la muñeca. Yo intenté librarme de un tirón, pero su sujeción era tan fuerte como un perno apretado. Con un siseo entre dientes, Fisher le dio a mi brazo un tirón que nadie describiría como amable.

—Escúchame: en las últimas doce horas, te ha mordido un zorro sarnoso, te ha abrasado una espada que no debías tocar y ahora te ha dado un mordisco también un hada. No eres de aquí. Debe de haber incontables gérmenes y enfermedades flotando en el aire que podrían acabar contigo. Tu cuerpo ya es demasiado débil y tarda mucho en curarse. Tengo que desinfectártelo todo antes de que te den unas fiebres y te mueras.

A regañadientes, dejé de forcejear.

—Ándate con ojo, Kingfisher, no sea que empiece a pensar que de verdad te importa mi bienestar... ¡Ah! ¡Ay, ay, ay! ¡Joder, esto duele!

Sin advertencia alguna, me había echado aquel licor verdoso del vasito por la mano. Me agarró con fuerza de la muñeca cuando mis dedos empezaron a sufrir espasmos. Onyx, debajo de la mesa, soltó un gemido nervioso y me arañó las piernas.

—Respira —me ordenó Fisher—. Pasará en un segundo.

El dolor empezó a menguar tras un instante, pero mi rabia... eso era harina de otro costal.

—Estás enfermo —susurré—. Lo has disfrutado. ¿Qué tipo de hombre hay que ser para que te guste hacerle daño a la gente?

Me soltó, con el rostro convertido en una máscara vacía.

—No me gusta hacerle daño a la gente. No me gusta en absoluto. Pero a veces es necesario. Para evitar dolores más serios, a veces hay que soportar alguna punzada. Y, a veces, algunos tenemos que infligirla. Lo dices como si fuera broma, pero de verdad que me preocupa tu bienestar. Eres importante. Sin ti no puedo poner fin a la guerra ni proteger a mi gente. He de mantenerte a salvo para que puedas cumplir mis objetivos. Así pues, sí, te haré daño si con ello puedo mantenerte a salvo. Te obligaré a seguirme hasta los confines de este reino porque es el único modo que tengo de mantenerte con vida. Y, ahora, bébete la cerveza.

Sonaba muy razonable cuando decía que estaba haciendo lo correcto por un bien mayor. Sin embargo, había otras maneras de hacerlo todo. Maneras más amables, más suaves. Maneras de las que él claramente no tenía ni idea. El mundo había sido cruel con él, así que él le devolvía esa crueldad. A mí no me hacían falta paños calientes; estaba acostumbrada a las realidades duras. Había perdido la cuenta de las veces en que me habían maltratado o me habían dado una paliza, pero eso no era excusa para que Fisher se portara como un gilipollas redomado en aquella situación.

Di un trago de cerveza, consciente de que una jarra no bastaría para ponerme de mejor humor. Esperaba que supiera mal, pero tenía un regusto a nuez, muy intenso y bastante agradable. Extremadamente agradable.

—Bebe despacio —me advirtió Fisher al ver que daba otro buen trago—. Es muy fuerte.

Aquel idiota pensaba de verdad que era una debilucha. No sabía nada de las competiciones de bebedores en las que solía participar, y ganar en Zilvaren. Y eso siempre era con whisky, no con cerveza, joder. Aun así, yo no era tan idiota como para apurar la jarra entera solo para demostrarle que se equivocaba.

Estaba en tierras desconocidas y carecía de mapa, tanto en sentido literal como figurado.

Miré a Fisher con ojos entrecerrados.

—¿Cuándo se despertará Carrion?

—Y yo qué sé. —Fisher dio un trago a su propia cerveza y sus ojos verdes me miraron, destellantes, por encima del borde de la jarra. Era increíble cómo brillaban entre las sombras de la capucha.

—Yo estuve inconsciente durante diez días. ¿Tienes planeado llevarlo en la grupa de tu caballo durante tanto tiempo?

—No —se limitó a decir.

—¿Cómo que no?

—Como que no. No tengo planeado hacer eso. Tú estabas al borde de la muerte. Por eso tardaste tanto en despertar. Y no estamos tan lejos de nuestro destino final, así que la carrera de tu amigo como alforja ya puede darse por terminada.

—¿Adónde me llevas?

—A casa.

—¿Y eso dónde está? —insistí, cada vez más frustrada.

Dio un buen trago a la cerveza. Los músculos que tenía bajo aquella piel tatuada del cuello se movieron.

—En el lugar donde nací.

—Agh. ¿Siempre tienes que ser tan complicado?

Sus ojos bailaron.

—No es obligatorio, pero la verdad es que a ti te gusta.

—¡Kingfisher!

—Te llevo a la frontera, Osha. A un pequeño feudo justo en el confín del territorio Yveliano. Se llama Cahlish.

¿Cahlish? Ya había oído aquel nombre en varias ocasiones. Everlayne había querido que Ren llevara allí a Fisher antes de que lo descubrieran en el Palacio de Invierno. Y Belikon había dicho que Fisher podía quedarse una semana en el palacio antes de regresar allí.

—¿Seguro que es buena idea? El rey quería enviarte allí. ¿No se dejará caer por allí cuando nos busque?

Fisher negó con la cabeza.

—Mi padre y Belikon no se llevaban bien. Se dio cuenta de lo que Belikon estaba tramando antes de que este asesinara a la familia real y usurpara la corona. Tomó precauciones y alzó en sus tierras salvaguardas que impiden que Belikon y sus partidarios puedan entrar en ellas. Mi padre era muy poderoso y las salvaguardas eran fuertes. Siguen siendo tan sólidas como antaño. Belikon puede llegar hasta las fronteras de Cahlish, pero no entrar. Mientras yo mantenga vivo el linaje de mi padre, así será.

Vaya, qué gran noticia. Pero había otras cosas de las que preocuparse.

—Discúlpame si me equivoco, pero pensaba que Cahlish estaba en pleno frente de guerra —dije.

—Así es.

—Quiero decir que es una zona de guerra.

Fisher apuró lo poco que le quedaba de cerveza.

—Así es.

—O sea, que me sueltas un discursito sobre mantenerme a salvo para ayudar a tus amigos —dije, despacio— y ahora me dices que me vas a llevar a una zona de guerra.

—¿No te parece divertido?

—¿Cómo demonios quieres que me mantenga con vida en medio de una guerra, Fisher?

Soltó otra risa, pero esta vez sonaba vacía.

—Quedándote cerca de mí, Osha. Muy muy cerca.

Me bebí tres cervezas y le di a Onyx por debajo de la mesa la mayor parte de la comida que Fisher pidió. Me salivaba la boca ante aquel estofado de carne ahumada, pero apenas podía tragarlo. Carrion Swift estaba en el granero, ahí fuera. El puto Carrion Swift, aunque yo le había pedido que me trajera a Hayden. Estaba atrapada por un pacto de sangre y no había conseguido en absoluto lo que quería. En el mejor de los casos, mi hermano seguía atrapado en Zilvaren; hambriento, sediento y mirando por encima del hombro cada segundo por si lo perseguían los guardianes de Madra. En el peor, ya había muerto por mi culpa y no había nada que yo pudiera hacer para cambiar la situación. Así que no, no tenía el menor apetito.

Ren apareció dos horas después de que hubieran retirado los cuencos de estofado. Lo vi entrar; su complexión alta ocupó por completo el umbral de la taberna. Tenía el cabello largo y rubio

cubierto de nieve. Me alcanzó una oleada de alivio. Por fin llegaba
la voz de la razón.

El general de Belikon me vio, acurrucada en aquel rincón junto a la chimenea, y la tensión de su entrecejo se disipó al instante.
Al ver la espalda de Kingfisher, con la capucha aún echada para
cubrirse el rostro, esbozó una sonrisa tan llena de alivio que sentí
una punzada en el pecho. Cuando aún pensaba que Fisher había
traído a mi hermano con él, debía de tener una expresión parecida
a la de Ren. Esos benditos momentos en los que pensé que mi
hermano estaba vivo y a salvo...

Dioses.

Kingfisher se giró hacia su amigo y le dio la bienvenida cuando este llegó hasta nuestra mesa. Una sonrisa amplia y sincera apareció en su rostro. Se puso en pie y Ren le dio un fuerte abrazo y
varias palmadas en la espalda. Cuando el general lo soltó, sin separarse mucho de él, resopló por la nariz y le dio una palmadita en la
mejilla a Fisher.

—Amigo mío, puedes darte por jodido.

—Everlayne está que echa humo. No piensa volver a dirigirte la
palabra jamás. ¿En qué estabas pensando?

A Ren le habían traído una jarra de cerveza, mientras que yo
tenía la cuarta ya delante. No me sentía ni remotamente borracha.
Estaba cansada y me dolía todo, y además estaba irritada más allá
de toda comprensión. Quería tumbarme en mi cama de la Ciudad de Plata. Sin embargo, los anhelos no servían para nada y Ren
había traído noticias. Me serené como pude y me incliné para escuchar aquella discusión susurrada que tenía lugar entre los dos
hombres.

—Teníamos un plan —dijo Ren.

—A mí no me mires. Nuestra amiguita aquí presente me ha
obligado a actuar. Intentó suicidarse.

—¡Eso no es así, mentiroso!

—Cuando la encontré, estaba a punto de zambullirse en el estanque sin una reliquia —dijo Fisher.

—Llevaba puesto tu anillo, listo, que eres un listo. Pensaba que tenía una reliquia.

Él me lanzó una mirada por encima de la jarra y la plata que circundaba su iris destelló al tiempo que esbozaba una sonrisa radiante.

—Ah, llevabas puesto mi anillo, ¿no? ¿Te importa contar la historia de cómo llegó a estar entre tus posesiones, humana?

—Eso es irrelevante. —Le clavé una mirada cargada de odio.

—Me da igual lo que te robara Saeris —dijo Ren en tono envarado—. Tú has raptado a la alquimista de Belikon. Y no solo eso; también te has llevado la espada.

La mano de Kingfisher se cerró alrededor de la jarra con tanta fuerza que se le pusieron los dedos blancos.

—La última vez que el rey usó una espada de renombre, lo hizo para matar al verdadero rey y a todo el puto linaje de Daianthus. Si Rurik Daianthus...

—Tal y como has señalado, Rurik Daianthus está muerto. No tiene sentido perderse en lo que podría haber sido. El rey es Belikon. Y, te guste o no, como rey, puede reclamar la posesión de todo lo que se le antoje. Las espadas divinas están muertas; ahora no son más que pisapapeles. Belikon podría hacer el mismo daño con ella que con una espada normal. Deberías haber dejado que la incorporase a su colección. ¿Tan malo habría sido?

—¿Malo? —rezongó Fisher—. Estás de broma, ¿no? Malo. ¡Ja! —Negó con la cabeza—. Esa espada es una puta reliquia sagrada, Renfis. Ese cabrón no es digno ni de mirarla, y mucho menos de empuñarla. Prefiero morir antes que permitir que Belikon la lleve al cinto. Y te equivocas; no todas las espadas divinas están dormidas. Nimerelle...

—Entonces, llevártela no ha tenido nada que ver con el hecho de que Solace fuera la espada de tu padre, ¿no? Bueno, no sé ni para qué pregunto, si ya sé la respuesta. Y en cuanto a tu espada, Nimerelle lleva años corrompida —dijo Ren, echando humo.

Kingfisher dio un golpetazo con ambas manos sobre la mesa. La capucha le cayó hacia atrás.

—¡Nimerelle es lo único que ha defendido a Yvelia de una oscuridad eterna desde hace cuatrocientos putos años!

Había hablado demasiado alto. Demasiado enfadado. La furia brotó de él como una erupción y, en las mesas de alrededor, se hizo el silencio. Las conversaciones se detuvieron, se dejaron a un lado las bebidas y un centenar de ojos se volvieron hacia nosotros.

Fisher contempló a Ren, tembloroso. No captó los susurros de «Renfis Orithian, Renfis Sangre Juramentada, Renfis del Lago de Plata» que empezaron a pulular por la sala. Tampoco se dio cuenta de que los susurros se referían a él también... hasta que ya fue tarde.

—Kingfisher. No. No puede ser. ¡Es cierto!

—Ha regresado, está aquí.

—Kingfisher.

—Kingfisher.

—Kingfisher.

La rabia de Kingfisher se desvaneció como humo. Hundió la cabeza y las mejillas le palidecieron a pesar del calor de la chimenea encendida.

—Mierda. —Sus labios dibujaron la palabra sin llegar a emitir sonido alguno.

—Hora de marcharse —dijo Ren entre dientes.

—¿Qué pasa? ¿Hay algún problema?

Miré en derredor e intenté calibrar las emociones de los rostros que nos rodeaban, pero lo único que vi fue que imperaba la conmoción. A regañadientes, Fisher había dedicado algo de tiempo a explicarme qué tipo de criaturas eran los parroquianos de la taberna. De dónde venían. Y ahora, los fae y las haditas que revoloteaban por el aire, los sátiros de la barra, los goblins, las selkies y todos los demás..., todos se habían quedado sin habla. Allá donde mirara, me encontraba con bocas desencajadas y ojos desorbitados. Hasta el tabernero, que no nos había dedicado ni una mirada cuando le pedimos la cerveza, se había quedado inmóvil mientras limpiaba un vas...

Pues no. Dejó caer el vaso, que se hizo pedazos contra el suelo.

Renfis se puso en pie, con la cabeza gacha. Me tendió la mano y me ayudó a levantarme. Kingfisher hizo lo mismo, despacio. Los hombros encogidos casi hasta las orejas, indescifrables aquellos vivos ojos verdes clavados en el suelo.

Los tres nos dirigimos a la puerta; Kingfisher a la cabeza. Yo iba tras él, con Onyx bien sujeto entre los brazos. Renfis me seguía. Estábamos a medio camino de la puerta cuando un enorme guerrero fae, con largos cabellos rubios trenzados y ambos lados de la cabeza rasurados, le salió al paso a Kingfisher y le cortó el camino. Era gigantesco, podía ser fácilmente igual de grande que Kingfisher o Ren. Tenía facciones delicadas, pero en él no había ni un ápice de gentileza. La mirada dura de sus ojos del color del peltre anticipaba un derramamiento de sangre. Sin embargo, tuve que ahogar un grito, porque lo que hizo fue hincar la rodilla a los pies de Kingfisher.

—Es un honor arrodillarme frente al Matadragones. Por favor, comandante, dadme vuestra bendición. S-si... —tartamudeó—. Si lo tenéis a bien, claro.

—Lo siento. —Kingfisher le puso una mano en el hombro al guerrero—. Me has confundido con otra persona.

El guerrero rubio esbozó una sonrisa triste.

—Mi primo luchó junto a vos y vuestros lobos en Cielo Ajun. El modo en que os describió... —Negó con la cabeza con aire de disculpa—. Sois Kingfisher, el Alción. El Rey Pescador. No hay confusión alguna.

Fisher tragó saliva. Vi cómo intentaba pronunciar palabras, cómo las obligaba a salir por la boca.

—Puede que me ajuste a la descripción de tu primo... por fuera. Es un honor que te hablase de mí. Pero no... no soy el hombre con quien luchó en Ajun. Lo siento, hermano, pero...

—Salvasteis el estandarte ondeante del orgulloso Imperio Annach —interrumpió el guerrero rubio—. Al alba del quinto día, proferisteis un grito bajo el sol naciente y ensalzasteis los corazones de nuestra gente. Incluso quienes estaban listos para cruzar la negra puerta le dieron la espalda a la muerte y encontraron la fuerza para ponerse en pie. Y para tomar sus arcos y espadas. Y para sostener a sus amigos. Guiasteis la carga montaña arriba... —Al guerrero se le quebró la voz.

Una mujer fae, bastante alta y vestida con armadura de cuero de montaraz, se colocó a su lado. En el rostro tenía una cicatriz que le cortaba el labio inferior.

—En el Ramal Sinder, luchasteis contra la horda que amenazaba con prender fuego a todo aquello que mi pueblo había construido. Cincuenta mil personas. Cincuenta mil vidas. Templos. Bibliotecas. Escuelas. Hogares. Todos siguen en pie hoy en día. Por vos.

Un músculo se crispó en la mandíbula de Fisher, que no era capaz de mirar a los ojos de la mujer.

En la barra, uno de los sátiros de cuernos impresionantes y peludas piernas de cabra dio un paso al frente. Le brillaban los ojos, en los que se reflejaban las llamas del fuego que ardía intensamente en la chimenea. Alzó su vaso hacia Kingfisher.

—Innistar —declaró con voz grave y cavernosa—. No es un lugar tan grande como los otros. Apenas es un pueblito. Cuando llegasteis, no os tratamos bien. Por aquel entonces, los fae y mi gente no eran pueblos aliados. Pero apenas cinco de vosotros os enfrentasteis a la oscuridad aquella noche. Vos salvasteis a cuatrocientos. Vos también estabais allí, Renfis de los Orithians.

Ren inclinó la cabeza, con ojos tristes.

—Lo recuerdo —dijo con voz queda.

El sátiro alzó un poco más el vaso, primero en dirección a Ren y luego hacia Kingfisher.

—Os entrego toda una vida de agradecimiento a ambos por lo que hicisteis, aunque no sea suficiente. Sarrush. —Se llevó el vaso a los labios y apuró el líquido ambarino que este contenía.

—¡Sarrush! ¡Sarrush!

Por toda la taberna, cada cliente alzó su jarra o su vaso. Todos repitieron aquella palabra a voz en grito. Todos bebieron.

—Salvasteis el puente de Lothbrock.

—Defendisteis el Paso Turrordano hasta que llegaron las nieves.

—Luchasteis contra Malcolm en las riberas del Zurcido hasta que el río se tiñó de negro con su sangre.

Uno tras otro, todos los clientes de la taberna se pusieron en pie y hablaron. Parecía que todos tenían una historia que contar. Kingfisher se mantuvo mudo, tragando saliva. Al cabo, ya no pudo seguir callado más tiempo.

—Yo no... Yo solo soy... —Sus ojos estaban ausentes, lejanos—. Eso fue hace mucho. Esa persona ya no existe.

Rebasó al guerrero fae que seguía arrodillado a sus pies, abrió de golpe la puerta de la taberna y se internó en la noche.

Yo me quedé mirando en su dirección, incapaz de comprender lo que acababa de ver y oír. Todo aquello por Kingfisher. Por Kingfisher y Ren. Tantas historias de valientes batallas y hazañas imposibles. A juzgar por cómo habían reaccionado los dos hombres al comprender que los habían reconocido, yo pensaba que estaban a punto de atacarnos. Y, sin embargo, nada más lejos de la realidad. El Kingfisher que yo conocía era un cabrón arisco y malhablado. Hasta aquel momento, yo no habría movido un dedo por él.

Y para todos los que estaban en aquella taberna, era un puto dios viviente.

16

PUERTASOMBRA

En el claro de fuera, nos esperaba una auténtica puerta al infierno.

Unas fauces de sombra y humo giraban formando una espiral. No era muy grande, pero quizá sí lo suficiente para tragarse un caballo, lo cual resultaba muy conveniente, dado que Kingfisher estaba justo delante de aquella cosa con Bill, Aida y el caballo bayo de Ren. El cuerpo inerte de Carrion ya descansaba sobre las ancas de Bill. En algún punto entre el granero y el claro, había perdido una bota, y estaba claro que Fisher no lo había considerado una pérdida lo bastante importante como para hacer nada al respecto. A mí tampoco me importaba nada que Carrion se hubiera quedado sin bota. Estaba demasiado ocupada contemplado aquel vórtice negro que se retorcía tras Fisher como para fijarme en nada más.

Al ver el modo en que esa cosa absorbía la luz, cómo atraía el resplandor anaranjado de las ventanas de la taberna hacia sí y lo descomponía en finos hilos que luego se tragaba aquella singularidad que giraba en su centro, me dieron ganas de alejarme de allí muy muy despacio. Antes de salir de la taberna, había metido a Onyx en la mochila, pero noté cómo se estremecía contra mi columna vertebral, como si pudiera sentir la extraña fuerza a través de la arpillera y no le hiciese la menor gracia.

Ráfagas de viento azotaban los bucles oscuros de Kingfisher, los desordenaban y se los lanzaban contra el rostro. El gorjal de plata volvió a aparecer en su garganta. Destelló, y el grabado del lobo pareció más fiero que nunca. Después del modo en que se había comportado en la taberna, yo habría esperado un estallido de furia. Sin embargo, Fisher tenía el rostro pálido y los hombros laxos. Me tendió las riendas de Aida y se giró para enfrentarse a aquella muralla de humo retorcido.

—Acabemos con esto —dijo en tono quedo—. Tú sigues a Ren. Yo iré justo detrás de ti.

El vello de los brazos se me puso de punta.

—No... no pienso entrar ahí. ¿Qué es esa cosa?

—Es una puertasombra. Un modo de alcanzar un destino. Puedes ir por aquí o pasarte los siguientes dos meses a caballo, durmiendo en zanjas y buscando comida. ¿Qué prefieres?

—La segunda opción.

Ni siquiera me lo tuve que pensar. Ya se me acostumbraría el culo a la silla, y la capa que Kingfisher me había dado obraba maravillas a la hora de aliviar el frío. Me había pasado media vida cazando para comer entre las dunas de arena de Zilvaren. Y, además, no tenía el menor interés en internarme en una zona de guerra. Retrasar la llegada a Cahlish me parecía una fantástica opción.

Fisher apretó los labios.

—Deja que lo reformule: vas a cruzar la puertasombra, humana.

Di un paso atrás y solté las riendas de Aida.

—No.

Kingfisher me observó con una ceja enarcada en un gesto de interés.

—¿Estás pensando en huir? Dioses, espero que sí. Te dejo ventaja al principio si quieres. Hace eones que no salgo a cazar nada.

—Vamos, Fisher —dijo Ren en tono cansado mientras se ponía dos guantes de cuero—. Está asustada. Dale un momento para hacerse a la idea.

—No estoy asustada —mentí—. Es que no pienso cruzar eso. Probablemente no llegaré al otro lado.

Kingfisher abrió la boca, sin duda a punto de soltar alguna maledicencia burlona. En ese momento, la puerta de la taberna se abrió y varias siluetas sombrías empezaron a salir. Los ojos de Fisher se endurecieron y lo que iba a decir murió en sus labios.

—No tenemos tiempo para esto. Ren cruzará el portal. Tú lo seguirás. Tu juramento no te deja más alternativa.

Ren se quedó muy quieto. Miró a Kingfisher a los ojos. El guerrero debió de sentir la llameante intensidad de la mirada del general, pero no miró en dirección a su amigo.

—Dime que no te he oído bien —dijo Ren—. Dime que no has atado a esta chica a ti mediante un juramento.

—Cruza el portal —le ordenó Fisher a Ren.

—¿Un juramento? —susurró este.

—Ella también ha sacado algo a cambio —dijo Fisher entre dientes—. Y ahora, por favor, cruzad el portal. Ya lo discutiremos al otro lado.

Ren negó con la cabeza. En su rostro batallaban el desaliento y la decepción. No parecía saber qué decir. Echó mano de las riendas de Aida, me las tendió y dijo:

—No te preocupes. En realidad, no es tan malo. Te sentirás desorientada un momento, pero tú sigue caminando. Te prometo que acabará en unos segundos.

Aquellas palabras tranquilizadoras de Ren eran un alivio. Sin ellas, mi miedo me habría comido viva. El general dio un paso al frente y guio a su caballo hacia la negrura entintada.

Yo no pensaba seguirlo. No podía.

Elroy tenía buenos motivos para afirmar que yo tenía terquedad para dar y regalar. Mi fuerza de voluntad era mayor que aquel juramento que había hecho con Fisher. Tenía que serlo. Apreté la mandíbula, resuelta a disfrutar de la mirada enojada de Kingfisher al ver que no seguía a Ren. Sin embargo, Kingfisher se limitó a dedicarme una sonrisa de labios apretados, pues mi cuerpo empezó a moverse solo, siguiendo su orden sin mi permiso.

Mis latidos se aceleraron al acercarme al remolino que era la puerta. Me quedé sin respiración. ¿Cómo podía Kingfisher hacerme aquello? Al usar aquel juramento contra mí, al obligarme a ceder a su voluntad, me había arrebatado todo lo que era. No me había sentido así de inútil jamás, ni siquiera en el Salón de los Espejos de Madra, donde había luchado por mi vida y Harron me había vencido.

Mi mente se revolvió cuando la punta de mi bota desapareció en el remolino. Le habría rogado a Fisher que tuviera piedad, pero la expresión pétrea del guerrero me aseguró que hacerlo sería malgastar el aliento.

—Jamás te perdonaré esto —le susurré.

Y me introduje en el portal.

El aullante viento negro me volvió del revés.

Me convertí en ese viento.

Ese viento se convirtió en mí.

Mi mente se disparó en mil direcciones posibles, arrancada de mí misma en un instante.

No fui nada.

Estaba ciega. Estaba sorda. Era un susurro sin alma que temblaba en la oscuridad.

Y luego llegó el dolor.

Me atravesó, estalló en mis rodillas, en mis muñecas, en las palmas de mis manos. Floreció detrás de mis ojos, luces brillantes que llameaban y me abrasaban las retinas. Tonos rojos. Naranjas. Blancos. Verdes.

Abrí los ojos al tiempo que ahogaba un grito y apenas tuve tiempo de inspirar: se me puso el estómago del revés y vomité el poco estofado que había comido en la taberna sobre un suelo áspero de piedra.

—Mi señor —dijo una voz asombrada—. No... Dioses. Lo siento mucho, no... no hay nada preparado. ¡No sabíamos que veníais!

—No te preocupes, Orris —la voz de Ren sonó muy lejana—. Gracias. Toma los caballos y asegúrate de que los abriguen. Esta noche será muy fría.

—Pero...

—Sí, ya lo sé, Fisher ha regresado. Hablará con todos nosotros mañana, estoy seguro. De momento, creo que es mejor que le demos algo de tiempo para recuperarse. Si puedes guardar el secreto hasta mañana...

—Por supuesto, señor. Por supuesto.

El mundo estaba del revés. Mis sienes estaban frías. Tan frías como el hielo. Tardé un largo momento en darme cuenta de que estaba tirada en el suelo y que mi cabeza descansaba sobre la piedra dura. Vi que Kingfisher se alejaba por un largo pasillo —solo, silencioso, con la cabeza gacha— y juré con todo mi ser que se lo haría pagar a aquel pedazo de cabrón.

Intenté ponerme en pie, pero cuando me alcé apoyada en un codo, aquel techo arqueado se convirtió en el suelo, que se convirtió en el techo, que se convirtió en el suelo; otra oleada de vómito me subió hasta la garganta. Volví a vomitar y tosí mientras intentaba recuperar el aliento.

—Ay, Saeris. Lo siento. Ven, dame la mano.

Déjame sola. Aléjate de mí, joder. No me toques. Pensé en gritarle todo eso a Renfis, pero había verdadera compasión en su voz. Y no era culpa suya. Él no me había arrebatado el libre albedrío. No me había llevado a aquel penoso lugar ni me había engañado para sellar un pacto de sangre que me convirtiera en su maldita marioneta a todos los efectos. Acepté la mano que me tendía y solté un gemido con las piernas temblorosas.

—Por suerte, ya no volverás a experimentar esta sensación. Por algún motivo, los portales solo nos afectan la primera vez que los usamos. Para la mayoría de nosotros, no es más que un ligero mareo o quizá un dolor de cabeza. Al parecer, para los humanos es más. Hace mucho que nadie ve un ser humano por aquí. Hemos olvidado muchas cosas. Lo siento.

—No hace falta que te disculpes. Y menos en su nombre —dije resollando.

Ren dejó escapar un suspiro tenso.

—Kingfisher no es... lo que tú crees que es.

—¿Un cabrón? Pues claro que es un cabrón.

El general dio un leve respingo mientras yo intentaba enderezarme.

—¿Puedes caminar? Vale, no. Mierda. No te tienes en pie. Esto... Está bien, no te preocupes. Yo te sujeto.

Nada hay más indigno que derrumbarte en brazos de un hombre al que apenas conoces. Tampoco podía hacer mucho al respecto. La cabeza no dejaba de darme vueltas y estaba a punto de volver a vomitar. No podría haberme librado de sus brazos por mucho que lo intentase. Ren me levantó y yo no emití sonido alguno.

Sentí que la cabeza se me iba a partir en dos.

—Espera. Onyx... ¿Dónde está... Onyx?

—No te preocupes, lo tengo yo. Estará contigo cuando te despiertes.

—Gracias. —Cerré los ojos e intenté respirar para menguar los dolores. Ren empezó a andar, conmigo a cuestas.

—Solía ser más amable —susurró—, pero el mercurio que tiene en su interior... A veces le cuesta pensar con claridad. Le pesa mucho. Le resulta agotador acallar las voces. Eso lo ha amargado mucho.

Hablaba con mucha tristeza en la voz. Quise abrir los ojos, ver qué tipo de expresión tenía, pero no lo conseguí.

—No... pongas excusas... a su comportamiento.

—No son excusas, Saeris. Lo conozco de toda la vida. Nacimos de padres diferentes, pero, aparte de eso, somos hermanos en todos los aspectos imaginables. Lo conozco mejor que a mí mismo. La primera vez que Belikon lo obligó a viajar sin una reliquia, la plata lo infectó tanto que pensé que lo perderíamos para siempre. Su mente estaba hecha trizas. Digamos que tardó mucho tiempo en recuperarse. Los sanadores hicieron lo que pudieron, pero ese trozo de mercurio que sigue en su ojo lo atormenta noche y día. La reliquia de su madre ya no parece ser tan efectiva. Y ahora se ha visto expuesto dos veces al mercurio sin una reliquia... Ya no sé qué esperar de él.

—¿Dónde...? —Inspiré hondo—. ¿Dónde estuvo?

—¿Hum? —Aquel sonido interrogativo reverberó en mis oídos.

—Dijiste... que no lo habíais visto en... ciento... diez años. ¿Dónde estuvo?

Se hizo un silencio muy denso. Durante un largo rato, lo único que perturbó ese silencio fue el sonido de los pasos de Ren al reverberar en las paredes. Pero luego soltó un suspiro hondo, como si acabara de tomar una decisión, y dijo:

—Eso no puedo decírtelo. No sería justo. Quizá te lo cuente él mismo en algún momento. Pero hasta entonces...

No quise insistir más. Hasta hablar me daba náuseas. ¿A quién le importaba dónde hubiera estado Kingfisher? Podría haberse pasado el último siglo atrapado dentro de uno de esos árboles de Bosquemimbre. Tanto me daba. No había excusa alguna para el modo en que me estaba tratando. No pensaba aceptar ninguna excusa.

No sabía a dónde me llevaba Renfis de los Orithians. Cuando llegamos, ya me encontraba inconsciente.

—Sería una pena tener que darte un pellizco, pero me aburro y este animal rabioso no deja de enseñarme los dientes.

Solté un quejido. Me giré hacia un lado.

Estaba flotando en una nube. Aquello era el cielo. La nube más cómoda que jamás...

Me enderecé de un salto y me llevé la mano al costado.

—¡Joder! —Tenía un latido doloroso en la piel por encima de la cadera—. ¿Pero qué coj...?

Dejé morir la voz al ver al forajido de cabellos color caoba frente a mí, a los pies de mi cama. No, no era mi cama. Una cama. Cálida. Cómoda. Enorme. Pero mía, no. Onyx se sentaba en un extremo y le enseñaba los dientes a un Carrion Swift de aspecto desastrado, que alzaba las manos en gesto de rendición.

—¡Oye! ¡Oye! Ya está bien, shhh. Mira, ya se ha despertado. ¿Ves? No la he asesinado. Déjate de dramas.

—Si tocas a ese zorro, te despellejo —le dije gruñendo.

Los pálidos ojos azules de Carrion se cruzaron con los míos. Adoptó una falsa expresión dolida que conocía a la perfección.

—¡Sí, yo también estoy encantado de verte! ¿Qué tipo de saludo es ese? Y, encima, después de haber estado tan cruelmente separados desde hace semanas.

Aparté de golpe las mantas y me bajé de la cama. En apenas unos instantes, obligué a Carrion a retroceder hasta que pegara la espalda contra una pared. Lo señalé con un dedo, enojada.

—¿A qué demonios estabas jugando? ¿Cómo has sido capaz de decirle a Fisher que eras Hayden?

Las manos del ladrón seguían alzadas. Contempló el dedo índice que le estaba poniendo en la cara y esbozó una mueca sonriente, como si se preguntara qué uso pensaba darle yo a aquel dedo. Al momento dijo:

—Deberías darme las gracias. Parecía que ese monstruo psicótico iba a asesinar a tu hermano. Le hice un favor. De no ser por mí...

—Cállate ya la boca y dime: ¿está vivo? Tengo... tengo que saberlo.

El corazón se me había subido a la garganta. Toda mi existencia dependía de lo que saliera a continuación por boca de Carrion. Esperé a que su expresión se oscureciera o, al menos, se tornase más seria, pero aquella irritante sonrisa siguió en su sitio.

—Pues claro que está vivo. ¿Por qué no iba a estar vivo?

—Porque Madra... Madra juró que iría a buscarlo y a asesinarlo. Dijo que iba a destruir todo el distrito.

Él frunció el ceño.

—En el nombre de los cuatro vientos, ¿por qué iba a hacer algo así?

—¡Sabes bien por qué! ¡Porque robé ese maldito guantelete!

—Ah, sí, es verdad. —Se apartó de la pared, los ojos azules brillantes de hilaridad—. El guantelete. El mismo guantelete que te aconsejé que sacases del Tercero antes de que empezasen a atacar a nuestra gente. Ese guantelete, ¿no?

Le iba a dar. Le iba a pegar fuerte.

—Basta ya, Carrion. Ya sé que la cagué, ¿vale? Bastante mal me siento ya. Dime qué ha pasado. ¿Sigue Hayden con vida?

—Que sí, que está vivo. Dioses, qué poca paciencia. —Puso los ojos en blanco—. Hayden está en el Séptimo. Le conseguí documentos y lo trasladé la misma noche en que te llevaron al palacio. Ahora disfruta de un empleo bien remunerado como dependiente de un almacén. No es un trabajo muy elegante, pero mejor que nada. Tiene raciones triples de agua y una habitación encima de la tienda. Hace un par de días que no voy a verlo. No quería atraer mucho la atención, dado que es nuevo allí, pero está cómodo. Sin embargo, no puedo decir que esté feliz. Está pensando en todo tipo de planes para sacarte del palacio, pero...

—¡Para! Para, para, para... espera. —Me cubrí el rostro con las manos.

—Mierda. ¿Estás llorando? Pensé que te pondrías contenta.

Hayden estaba vivo.

Hayden estaba vivo.

Estaba a salvo.

Estaba en el Séptimo. Tenía un trabajo, un techo bajo el que dormir, y también agua y comida. Me tembló todo el cuerpo de alivio. Dejé caer las manos a los costados y me calmé. Intenté ser pragmática.

—Madra aún no lo ha encontrado. —Inspiré por la nariz y carraspeé.

—Madra no lo está buscando.

—Pero los guardianes...

—Están preparados para Evenlight, que va a ser dentro de un mes. En la ciudad no dejan de parlotear discutiendo cuál será el regalo que nos otorgará Madra este año. Ha puesto a los guardianes a construir un escenario en el centro de la plaza del mercado.

—¿Seguro que no es un patíbulo nuevo? —pregunté, suspicaz.

—Segurísimo que no es un patíbulo nuevo. Está cubierto de flores.

—¿Flores?

—Sí, flores.

—Cuéntame todo lo que pasó después de que los guardianes me llevasen al palacio —ordené.

Tenía que haber algo. Algún tipo de horrendo acto de violencia que sacudiera los cimientos de nuestro distrito. Madra podía ser muchas cosas, pero desde luego no era benévola. Sin embargo, Carrion dejó escapar una risotada seca.

—Todo va bien. Elroy ha sido un auténtico grano en el culo, claro. Se acerca todos los días a las puertas del palacio y exige que le dejen verte. Y todos los días lo mandan a su casa. Regresa a la forja y se pone a trabajar, refunfuñando que lo has dejado hecho una mierda. Hayden lidia con la culpabilidad lo mejor que puede. Se echa a sí mismo la culpa de que te capturasen. Por lo demás, el Tercero sigue como siempre sin ti. ¿Te lo puedes imaginar? El mundo tiene los redaños de seguir funcionando sin Saeris Fane.

—Te lo digo en serio, Carrion. Tú no la oíste. Juró que todos los habitantes del Tercero morirían.

—Pues no ha muerto nadie —dijo él, y se encogió de hombros—. Bueno, creo que ya he tenido bastante paciencia en lo que se refiere a la idiotez del guantelete. Diría que me toca a mi recibir un par de explicaciones. Sobre todo: dónde cojones estamos, por qué estamos aquí, si esa gente que vino hace media hora y te puso las manos encima eran fae de verdad, o si eso último ha sido una alucinación mía, y finalmente... —Señaló hacia su pie—. ¿Dónde cojones está mi otra bota?

—¿Cómo que me pusieron las manos encima?

Carrion hizo un aspaviento y soltó un gemido.

—Perfecto, tu respuesta a todas esas preguntas es hacerme otra pregunta. Dioses. Sí, vinieron y te toquetearon por todas partes. Dijeron que te estaban curando.

Supongo que así sería: me miré las manos y vi que el mordisco que me había dado Onyx cuando se había asustado había desaparecido, al igual que el pinchazo del hada. La quemadura de Nimerelle seguía presente, pero era mucho menor. La piel de la palma seguía blanda al tacto, pero volvía a tener un tono rosado. No parecía a punto de abrirse y soltar pus.

Kingfisher me había enviado sanadores. De verdad no quería que me dieran fiebres. Por otro lado, era de esperar, ¿no? Yo no era más que una herramienta para él. ¿De qué le iba a servir si moría?

Por primera vez desde que me desperté, evalué la situación. Hayden estaba vivo y no le iba mal. Elroy, igual. De momento, al menos. Pero ahora estaba atrapada en los confines yvelianos, en medio de una guerra entre facciones de inmortales. Y Carrion Swift quería que le explicase por qué.

Le conté todo lo que sabía mientras paseaba por la estancia e inspeccionaba el entorno. No había ventana, lo cual supuso mi primera decepción. No había modo de observar el paisaje que nos rodeaba, ni tampoco de descolgarse para escapar. El dormitorio, porque era un dormitorio, era dos veces mayor que mi estancia en el Palacio de Invierno. Había cuatro camas dobles de gran tamaño, dos a cada lado del espacio, cubiertas de gruesas y hermosas mantas de vivaces tonos azules y verdes, cada una rematada por montones de almohadas y cojines. Una alfombra mullida cubría la mayor parte del suelo de piedra. De las paredes colgaban tapices. En el otro extremo de la habitación, rugía el fuego de una chimenea, junto a la cual se situaba una mesa ancha cargada de cuencos con frutas, pan, carnes ahumadas y quesos, por no mencionar las cuatro jofainas llenas de agua y los dos lavamanos separados.

Nadie había tocado nada de todo aquello.

A juzgar por las sábanas arrugadas y el revuelo de almohadas de la cama que había junto a la mesa, Carrion debía de haber dormido allí. Eso significaba que lo primero que debía de haber visto al despertar era la comida. Sin embargo, no se había servido ni un vaso de agua.

Seguía de pie, con los brazos cruzados, el ceño fruncido y la cabeza ladeada mientras me escuchaba y asimilaba los detalles de todo lo que me había sucedido; sin dar la menor indicación de que creía lo que le contaba. Cuando acabé de hablar, soltó un resoplido y se dejó caer con fuerza sobre una de las sillas que había junto a la chimenea. Se pasó las manos por el pelo.

—Así que has besado a ese tipo. El de la espada espeluznante y el caractercito de mierda.

Le dediqué una mirada vacía, sin comprender la pregunta en un primer momento. Al final dije:

—¿Y eso qué más da?

Carrion negó con la cabeza.

—Tienes razón, no me hagas caso. Bueno, tienes la habilidad de despertar eso del mercurio. El estanque al que me llevó a rastras tu nuevo novio...

—No es mi novio.

—... y hace mil años que nadie tenía ese poder. Y ahora has hecho algún tipo de promesa inquebrantable al legendario guerrero fae que bien podría estar completamente loco. No sabes lo que quiere de ti...

—Sí que lo sé: quiere que le fabrique reliquias. Para que otros fae puedan viajar por el mercurio sin perder la cabeza.

—¿Y cómo lo vas a hacer?

—Está a punto de descubrirlo —dijo una voz.

Por mero instinto, me llevé la mano a la daga que debería haber tenido en el muslo, pero mi mano se cerró sobre el aire. Kingfisher se encontraba en el umbral, con la mano apoyada con aire despreocupado sobre la empuñadura de Nimerelle. Tenía las cejas juntas, formando un nudo sobre aquellos destellantes ojos verdes.

Siempre parecía seguirlo una nube borrascosa allá donde iba, pero aquel día tenía un aire especialmente oscuro y tormentoso. No llevaba armadura alguna por encima de los pantalones y la camisa negra, pero el gorjal de la garganta seguía presente, como siempre.

Carrion se crispó cuando Fisher entró en la estancia. Colocó su cuerpo entre mí y el guerrero de cabellos oscuros, lo cual consiguió que Fisher esbozara una sonrisa divertida mientras echaba un vistazo en derredor.

—Te lo digo para que estés al tanto de todos los hechos —dijo en tono suave—. Solamente estoy medio loco. Y sí, tu amiga hizo un juramento conmigo. ¿Te ha dicho que sigues vivo gracias a ella? —Fisher cogió una manzana del cuenco de la mesa y la giró en la mano—. Yo quería dejarte en el Palacio de Invierno, pero ella insistió en que nos acompañaras.

Carrion me mostró una sonrisa empalagosa.

—Y yo que pensaba que ya no estabas prendada de mí. Sin embargo, he de decir que habría preferido quedarme en Zilvaren. Estaba a punto de cerrar un trato espectacular que me habría convertido en un hombre muy rico.

Kingfisher se quedó inmóvil; sus dedos se enroscaron sobre la empuñadura de Nimerelle. Sus ojos pasearon a toda velocidad entre Carrion y yo. Acto seguido, apartó la vista hacia el otro extremo de la habitación y la clavó en la nada. Despacio, dejó la manzana en el cuenco.

—Necesito que me acompañes, humana.

—Maravilloso. Otro día viéndome obligada a hacer lo que quieras que haga. Qué suerte tengo.

Él me dedicó una mirada solemne.

—No voy a obligarte a hacer nada.

—Ah, ¿no? —Fui incapaz de no hablar con sorna—. Así que si decido quedarme aquí y decirte que te vayas a la mierda, no vas a reaccionar mal ni a ordenarme que vaya contigo.

—Si me dices que me vaya a la mierda, me enfadaré un poco —dijo él—. Pero ahora que estamos aquí, la lista de asuntos urgentes que he de atender es impresionante. Pedirte que explores tus habilidades en profundidad y las pongas en práctica para salvar incontables vidas, de modo que tú a cambio puedas volver a tu polvorienta ciudad con tu amigo, en realidad se encuentra en un puesto mucho más bajo de lo que piensas en esa lista.

Carrion alzó una mano.

—Dicho así, yo votaría por ayudarle a descubrir lo de las reliquias.

Lo agarré de la muñeca y le bajé la mano de un tirón.

—Tú no votas. Y tú —dije, y me giré hacia Fisher—, tú ya me has engañado antes para salirte con la tuya. No pienso hacer lo que quieres solo porque hayas dejado caer que nos permitirás regresar a Zilvaren una vez que haya acabado de hacerte reliquias.

Fisher esbozó una sonrisa dentuda. La plata de su ojo destelló como un puñal.

—No necesito engañarte para que hagas nada. Tal y como tú ya has dejado claro, puedo obligarte a hacer lo que necesito.

—¿Y por qué no lo haces?

—Porque Ren está enfadado conmigo —admitió—. Y porque todo será mucho más sencillo si decides hacerlo voluntariamente.

Así que pensaba devolverme mi autonomía para aplacar a Ren. Me sorprendía tan poco como el hecho de que a Fisher no le gustasen mis pullas. Bueno, pues se iba a llevar una sorpresa desagradable. Estaba a punto de descubrir que yo era capaz de ayudarle voluntariamente y, al mismo tiempo, volcarle encima un carromato de mierda.

—En ese caso, iré contigo. Con una condición.

La máscara de indiferencia de Fisher flaqueó. Por entre las grietas, asomó un destello de hastío.

—¿Cuál?

—Tienes que hacerme esta promesa, y ha de ser literal, palabra por palabra: «Juro que os liberaré a ti y a Carrion para que regreséis a Zilvaren en el mismo momento en que haya suficientes reliquias para mi gente».

La boca de Kingfisher tembló imperceptiblemente.

—Como desees. Palabra por palabra: juro que os liberaré a ti y a Carrion para que regreséis a Zilvaren en el mismo momento en que haya suficientes reliquias para mi gente. Listo. ¿Contenta?

—¿Estás obligado a cumplir esa promesa? —pregunté.

Fisher inclinó la cabeza en una reverencia burlona.

—Lo estoy.

—Muy bien, me sirve. Vamos.

—Deja aquí al zorro. No va a hacer más que molestar revolviéndose entre los pies de todo el mundo.

Empecé a protestar, pero Onyx se había quedado dormido entre los cojines de una de las mejores camas en las que yo hubiera dormido jamás. De todos modos, parecía demasiado tranquilo como para despertarlo.

—¿Y yo qué? —preguntó Carrion—. ¿Me vais a dejar aquí encerrado para siempre?

Fisher resopló.

—No has estado aquí encerrado en ningún momento.

Yo le clavé una mirada por encima del hombro.

—¿No has probado a abrir la puerta?

—Supuse que...

—¡Bah!

Kingfisher se dio la vuelta y salió decidido de la estancia.

—Eres libre de ir a donde quieras, chico. Haz lo que te venga en gana. Aunque dudo que vayas a llegar muy lejos con una sola bota.

17

CAHLISH

—Pero ¿dónde estamos?

Me había estado imaginando Cahlish como un campamento de guerra; un mar de tiendas levantadas en
medio de la nieve, con hogueras de las que se alzaban columnas
de humo al cielo, hasta donde alcanzara la vista. Sin embargo,
Cahlish no se parecía en nada a eso. Aquel lugar era un hogar se-
ñorial. Hermoso. Al otro lado del dormitorio donde Carrion y
yo nos habíamos despertado, había una enorme casa repleta de
ventanas con arcadas, luz, pasillos espaciosos y hermosas estancias que se sucedían sin cesar. Había cuadros en las paredes que
representaban a hombres y mujeres de pelo oscuro, muchos de
los cuales tenían un parecido asombroso con Fisher. Los muebles eran encantadores, las sillas y sofás tapizados estaban hundidos de un modo que sugería que en aquel lugar vivía de verdad
gente. Gente que quería aquel lugar. Fuera se oía el canto de los
pájaros. El sol brillaba y se reflejaba en la gruesa capa de nieve
que cubría los terrenos de la casa de un modo tan intenso que
parecía que hubieran desparramado un millón de diamantes por
el suelo.

—Mi tatarabuelo construyó este sitio hace mucho —dijo Fisher en tono brusco. Los tacones de sus botas resonaban mientras
avanzaba por el pasillo—. Aquí vivía yo antes de que Belikon ordenara que mi madre fuera al Palacio de Invierno a casarse con él.

Cuando Everlayne me contó que su madre había ido al Palacio de Invierno, no dediqué mucho tiempo a pensar cómo habría sido su vida anterior. Tampoco pensé cómo habría sido la de Fisher. ¿Cuántos años tenía cuando se trasladó a la sede del poder de Belikon? ¿Apenas diez? ¿Once? No me acordaba. Las diferencias entre Cahlish y el Palacio de Invierno eran grandes. Seguramente Kingfisher no había soportado tener que marcharse de aquí.

En el aire flotaba una tranquila calma. Me sentía a salvo. Todo era apacible. Las estancias y pasillos estaban vacías. Cuando descendimos una escalinata curva, de escalones gastados y hundidos en el medio a causa del trasiego constante de pies, nos encontramos con otro ser vivo: una pequeña criatura de apenas un metro de alto, con una barriga redonda y prominente, ojos vidriosos de color ambarino y una piel muy extraña. Parecía que se hubiera formado a partir de las últimas ascuas de un fuego. Era áspera y parecida a un trozo de carbón, con el cuerpo cubierto de diminutas grietas cuyos bordes brillaban con intensidad y luego se apagaban, como si pudiesen empezar a arder en cualquier momento.

La criatura cargaba con una bandeja plateada en la que descansaban una tetera humeante y dos tazas. Cuando vio a Fisher, soltó un aullido y dejó caer la bandeja. La tetera y las tazas se estrellaron contra el suelo.

—¡Oh! Oh, no. Oh, no. ¡Oh, no!

La voz de la criatura, si bien aguda, era decididamente masculina. No llevaba ropas propiamente dichas, pero daba igual. Tampoco parecía tener partes íntimas que hubiese que tapar. Con ojos desorbitados, el ser retrocedió a trompicones, apartándose del destrozo que había ocasionado. Sin embargo, la porcelana destrozada que había ante sus diminutos y humeantes pies no parecía ser la causa de su pánico.

Kingfisher me dejó sin palabras: se arrodilló y empezó a recoger los trozos de taza rota.

—No te preocupes, Archer. Shh, no pasa nada.

Archer tenía la boca descolgada. Me miró a mí. Para mi asombro, vi que un diminuto anillo de fuego rodeaba sus pupilas negras como la tinta. Señaló a Fisher.

—¿Tú lo ves? —dijo con un gruñido.

Miré a Fisher.

—Por desgracia, sí.

—Está... —Archer tragó saliva—. ¿Está de verdad aquí?

Kingfisher se detuvo, con la cabeza gacha. Por un segundo, me quedé traspuesta: el gorjal solo le protegía la garganta. Llevaba la nuca al aire y su cabello no era lo bastante largo como para cubrirla del todo. Tenía la piel pálida, aparte de una única y gruesa runa visible entre la base del cráneo y el cuello de la camisa. Era una runa compleja, compuesta de finas líneas entrelazadas, bucles y curvas. La mayoría de las runas que había visto tatuadas en la piel de algunos fae eran símbolos feos, pero esta...

Kingfisher alzó la vista hacia Archer y ya no pude seguir contemplando la runa.

—No te asustes, Arch. No soy ninguna alucinación. Volví a casa anoche.

Archer echó la diminuta cabeza hacia atrás y emitió un aullido. Pasó por encima del servicio de té roto para llegar hasta Fisher. Le echó los brazos delgados y ardientes al cuello y empezó a sollozar violentamente.

—Estáis aquí. ¡Estáis aquí!

—Bueno, bueno, calma. —Imaginé que Fisher se quitaría a aquella criaturilla de encima de un empujón, pero lo que hizo fue rodearla con los brazos y atraerla hacia sí—. Vas a conseguir que todo el mundo piense que nos están atacando.

Archer se apartó y le puso las dos manos en el rostro a Fisher. Le dio palmaditas por todas partes, como si quisiera asegurarse de que era real. Su contacto dejó manchas de hollín por las mejillas y la frente de Fisher.

—Os he echado de menos. Muchísimo. Albergaba la esperanza... —Le dio un hipo—. Albergué tanto la esperanza... Todos los días...

—Lo sé. Yo también te he echado de menos, amigo mío.

—¡Oh, no! ¡Oh, no! —Archer se apartó de un salto y dio unas palmadas frenéticas en el pecho de Fisher—. ¡Vuestra camisa, mi señor! ¡Os he mancillado la camisa!

Kingfisher soltó una suave risita entre dientes. No había rastro alguno de malicia en esa risa. No había tono burlón ni fría crueldad. Sencillamente... se rio.

—Se arregla enseguida. No tengas miedo. Mira. —De pronto, la camisa de Fisher dejó de ser de tela. Se convirtió en humo. Se retorció sobre el torso de Fisher durante un instante y volvió a convertirse en una camisa, inmaculada, perfecta. Más humo se acumuló a los pies de Fisher, se propagó por el suelo y cubrió las tazas y la tetera. Tras disiparse, la tetera y las tazas aparecieron intactas sobre la bandejita plateada—. ¿Ves? Todo está como nuevo —dijo Fisher.

—Sois muy amable, mi señor. Pero no hay necesidad de enmendar mis errores. Debería tener más cuidado. Y...

—Archer, por favor. No hay ningún problema. Vamos, sigue con lo que estabas haciendo. Iré a verte antes de la cena. Quiero que me cuentes todo lo que ha pasado por aquí mientras yo no estaba.

A Archer se le humedecieron los ojos. A mí me parecía imposible que alguien derramara lágrimas de felicidad por Kingfisher. De no haberlo visto con mis propios ojos, no lo habría creído, pero vaya si así era. Cada vez que sobre las mejillas de Archer caía una lágrima, esta siseaba y se convertía en una nubecilla de vapor.

—Sí, mi señor. Por supuesto. Con mucho gusto.

Lo vi marchar, perpleja. Kingfisher echó a andar una vez más, sin decir nada. Apreté el paso para ponerme a su altura.

—¿Qué tipo de hada era?

—No es un hada. Es un duende de fuego.

—Vale. ¿Y por qué le caes tan bien?

Fisher no se dignó a darme respuesta alguna.

—Por aquí hay muchos duendes de fuego, de agua y de aire, aunque no tantos de tierra. Te convendría dedicar algo de tiempo a aprenderte el nombre de todas las criaturas fae menores. Acabarás por ofender a quien no debes si vas por ahí llamando hada a todo el mundo.

Mientras Fisher hablaba, pasamos junto a un nicho de la pared en el que descansaban siete bustos de mármol sobre peanas. Uno de ellos estaba de cara a la pared. Kingfisher les enseñó el dedo corazón a los dioses al pasar, sin siquiera alterar la zancada.

Dejé escapar un resoplido de frustración.

—Mira, no voy a pasar aquí tanto tiempo como para aprenderme los nombres de todos los tipos de criaturas de Yvelia. Verás que mi principal motivación es hacer esas reliquias y largarme de una puñetera vez.

—Hum, por supuesto. Estás ansiosa por regresar a esa horrible ciudad. —Kingfisher giró en un recodo y se detuvo de repente. Abrió una puerta a su izquierda—. Por regresar a la opresión y al hambre. Entiendo que te resulte atractivo.

—Tú más que nadie deberías entender por qué quiero regresar. Estás desesperado por hacer lo que sea para ayudar a tus amigos aquí. Yo también tengo amigos y familia que necesitan ayuda. Están demasiado cansados de luchar solos contra Madra. Se han rendido. Si no regreso a casa, ¿quién los ayudará?

Me llegó una oleada de su aroma corporal, como el olor fresco del alba y la promesa de la nieve. Me quedé sin aliento, pero hice caso omiso de mi reacción y me obligué a pensar en todos los que sufrían en el Tercero. Resultaba difícil centrarse teniéndolo tan cerca. Las puntas de sus orejas asomaban entre los mechones de cabellos ondulados y, a través de sus labios entreabiertos, se veía apenas la punta de sus colmillos afilados. La sonrisa torcida y tentadora que tenía me incitaba a olvidarme de mi distrito. Me animaba a recordar el momento en que me subí a su regazo, cuando sus fuertes manos encontraron mi cintura y...

No.

No pensaba perderme en aquel recuerdo después de lo que me había hecho la noche anterior: forzarme a cumplir su voluntad.

—No estoy en esta situación voluntariamente. Si no fuera necesario, no elegiría estar aquí. Esta tarea es mi derecho de nacimiento; me fue asignada en el momento en que tomé mi primer aliento. Tú no eres más que una de los cientos de humanos que viven en tu ciudad. ¿Por qué tienes la responsabilidad de salvarlos, si ellos mismos se niegan a salvarse por sí mismos?

Él ya sabía la respuesta a aquella pregunta, pero no era ningún idiota. Estaba claro que necesitaba oírla, así que la dije en voz alta para él:

—Porque es lo correcto, Fisher.

Él no dijo nada. Se limitó a mirarme de la cabeza a los pies, una mirada ante la que me sentí pequeña y tonta.

—Después de ti, pequeña Osha.

Aquella forja no tenía nada que ver con la del Palacio de Invierno. Era enorme y contaba con tanto equipamiento que yo no sabía a dónde mirar primero. La fragua era tan grande que podría haberme colocado encima de haberlo querido —mala idea, teniendo en cuenta el potente fuego que ya rugía en ella. En una pared, había hilera tras hilera de crisoles de todas las formas y tamaños. Matraces, varillas y tarros descansaban en las estanterías. Morteros con sus correspondientes manos, enormes viales de cristal que contenían polvillos, hierbas secas, flores y todo tipo de líquidos diferentes.

En el otro extremo, la forja estaba completamente abierta al exterior. La pared daba a un jardín cuajado de nieve con un banco y un alto árbol desprovisto de hojas en el centro. Al otro lado de una pared de ladrillos, alcancé a ver las copas de más árboles —pinos— y las empinadas laderas rocosas de una majestuosa cordillera no muy lejana.

—Son muy hermosas —se me escapó antes de poder evitarlo—. Las montañas. Ya había visto montañas en dibujos, en libros, pero no sabía que pudieran ser tan... majestuosas.

Fisher contempló las montañas en la lejanía con una expresión compleja en el rostro.

—Omnamerrin, así se llama el pico más alto. El que tiene la ladera lisa. Significa «gigante dormido» en fae antiguo.

—¿Alguien se atreve a escalarlo?

—Solo quien quiere morir —respondió Fisher.

Un momento. Miré por encima del hombro e intenté comprender lo que veía.

—¿Por qué frunces así el ceño? —preguntó Fisher.

—Porque... —volví la vista hacia la puerta que me separaba de aquel pasillo cálido y acogedor— las dimensiones no casan. Estábamos en el tercer piso hace un momento. Y las otras estancias que hemos pasado eran de techos bajos. Esta forja está en la planta baja, el techo está muy alto y...

—Es magia. —Kingfisher se encogió de hombros. Fue hasta un banco y dio comienzo a aquel proceso que yo ya conocía: empezó a quitarse la espada de la cintura—. La puerta está encantada. Está ligada a la entrada de la forja, que se encuentra fuera de la casa. Es más seguro que tener componentes y productos químicos altamente explosivos dentro. Cuando atravesamos esa puerta de la casa, nos transporta aquí. Es sencillo.

¿Sencillo? Sí que era sencillo. Lo cual me daba ganas de chillar. Se iba a enterar.

—Y si eres capaz de hacer semejantes encantamientos, ¿por qué no vinculaste alguna puerta de la taberna en lugar de obligarme a atravesar la puertasombra?

—Porque yo no sé hacer esto —replicó Fisher al tiempo que depositaba a Nimerelle sobre el banco—. Esto es obra de Ren. Yo no poseo sus mismos dones.

—Pues Ren podría...

—Solo funciona en distancias cortas, humana. Tranquila. Yo no podría haberlo hecho ni Ren tampoco. Teníamos que atravesar ochocientas leguas y el único modo era por una puertasombra.

—Está bien —dije gruñendo—, pero, si sabías que era la única manera de llegar aquí, ¿por qué no invocaste el portal dentro del Palacio de Invierno? ¿Por qué he tenido que atravesar a caballo ese bosque aterrador en medio de la noche?

Me lanzó una mirada burlona de soslayo.

—Pensaba que no te daba miedo el bosque.

—¡Y no me lo daba! Haz el favor... ¡de responder a la maldita pregunta!

Kingfisher apoyó los codos sobre el banco de trabajo y se inclinó hacia mí. El pelo le ocultaban la mitad del rostro.

—Porque, pequeña Osha, la puertasombra usa mucha magia. Magia que sentimos los fae. Si Belikon hubiese sentido que yo empleaba una cantidad tan grande de magia en las catacumbas de su palacio, se habría transportado allí él mismo antes de que hubiésemos podido parpadear, y mucho menos viajar. Esa taberna se encuentra a cincuenta leguas del Palacio de Invierno, casualmente la distancia requerida para utilizar magia de alto calibre sin alertar a quien no deseas que sepa lo que estás haciendo. ¿Tienes más preguntas molestas?

—Pues sí que las tengo. ¿Por qué no se pueden usar las puertasombras para ir de un reino a otro? Para cruzar una puertasombra, no hacen falta reliquias. Al parecer, las puertasombras no vuelven loco a nadie. ¿Por qué molestarse con el mercurio?

—Ay, mártires, tened piedad —murmuró Fisher. Hablaba como si le explicase el dato más básico y evidente a una niña de cinco años—. Las puertasombras pertenecen a este reino. Solo se pueden usar aquí. El mercurio no es de este reino. Por lo tanto, se puede usar aquí y también dirigirlo hacia otros reinos. Y basta de preguntas, joder. Tenemos trabajo que hacer.

Y eso fue todo. Cruzó la forja hacia un enorme arcón de madera situado junto a uno de los crisoles de mayor tamaño, lo agarró de un asa y lo arrastró hasta el banco. Ni siquiera empezó a sudar, aunque aquel maldito objeto parecía pesar más que Bill y Aida juntos. Casi se me salieron los ojos de las órbitas cuando Kingfisher abrió la tapa.

Dentro había una montaña de anillos de plata de diferentes formas y tamaños. Algunos estaban marcados con un blasón o un emblema familiar. Otros tenían diamantes, rubíes y zafiros. Algunos eran delicados y elegantes. Otros eran gruesos y tenían profundas líneas talladas. Jamás había visto tantas piedras preciosas juntas.

—Bueno, suerte que Carrion no está aquí. Ya se habría llevado ocho anillos de esos y ni siquiera nos habríamos dado cuenta.

—Creía que ya habíamos dejado claro que siempre me doy cuenta cuando alguien trata de robar mis pertenencias.

Por los putos dioses. Jamás iba a bajarse del burro. Le clavé una mirada enconada y me incliné para coger uno de los anillos. Era muy femenino, con rosas grabadas a ambos lados de una hermosa aguamarina.

—Debe de haber un millar —dije, sin aliento.

—Ochocientos —dijo Kingfisher—. Y eso solo en este arcón. Hay otros ocho arcones a cada lado de aquel banco.

Por supuesto, miré en la dirección en la que señalaba y vi al menos otros dos arcones de madera apoyados contra la pared. El resto debía de estar escondido.

Volví a poner el anillo en el arcón.

—¿Vamos a usarlos para hacer espadas?

En Zilvaren, la plata era demasiado maleable como para hacer armas, pero quizá los herreros fae habían encontrado el modo de reforzarla. Quizá la imbuían de magia. Quizá...

Mi mente frenó en seco. La línea lógica que estaba siguiendo murió miserablemente cuando vi la mueca sonriente de Kingfisher. Esa mueca no implicaba nada bueno.

—Cualquiera puede usar una reliquia antigua si lo necesita, pero las reliquias verdaderamente poderosas están forjadas con algo que le importa a su propietario. Estos son los anillos familiares de los guerreros que luchan por mí. Cada uno significa mucho para su dueño o dueña. Vas a coger todos y cada uno de estos anillos y los vas a convertir en reliquias.

—¡Fisher, no! Son casi... —Se me daban bien los números, pero estaba demasiado aturdida para pensar con claridad, y mucho menos para hacer multiplicaciones. Al final, lo conseguí—: ¡Hay casi quince mil anillos aquí! ¿Tienes idea de cuánto se tardaría en derretir cada uno y convertirlo en una reliquia?

—Años, seguramente. Pero no te preocupes. No estamos buscando joyería fina. Derretirás cada anillo y transmutarás su propiedades para que proteja del mercurio a quien lo lleve. Luego lo convertirás en algo más sencillo, como esto. —Enganchó el dedo en su cadena y estiró el colgante que llevaba al cuello—. Si hay una piedra o algún tipo de grabado en el anillo, tendrás que encontrar el modo de incorporarlo al medallón que fabricarás. Aparte de eso, debería ser un proceso simple.

—¿Simple? —Se me había enturbiado la vista. No podía decirlo en serio, joder—. Te dije que te ayudaría a hacer... reliquias suficientes...

Dejé morir la voz, con un peso mortal en el pecho. Lo había vuelto a hacer. No me había fijado en los detalles, ¿no? Y esta vez era peor todavía, porque pensaba que había hecho un buen trabajo.

—Te juro que os dejaré marchar, tanto a ti como a Carrion. Regresaréis a Zilvaren en cuanto hayas hecho suficientes reliquias para mi gente. ¿No es esa la promesa que me has obligado a hacer?

—Sí, pero...

—Cuento con quince mil guerreros, pequeña Osha. Para tener suficientes reliquias para mi gente, necesito quince mil reliquias. Cuando hayas acabado con estos anillos, te liberaré del juramento, te llevaré al estanque de mercurio más cercano que encuentre y te podrás marchar. Hasta entonces... —Señaló con los ojos al arcón repleto de anillos.

—¡Pero es que aún no sé ni cómo se convierten estas cosas en reliquias! Solo en eso podría tardar semanas. ¡Meses!

En sus ojos moteados de plata, no asomó ni un parpadeo de compasión.

—Pues más vale que empieces a trabajar.

18

CRISOL

Kingfisher tenía libros que habían escrito los alquimistas antes de desaparecer. Pila tras pila de libros. Tenían siglos de antigüedad. El pergamino se desmenuzaba. Muchos de ellos estaban escritos en fae antiguo. Yo apenas entendía nada de aquellos textos, lo cual implicaba que, a todos los efectos, eran inútiles. Le pregunté cómo se suponía que iba a averiguar algo con ellos si ni siquiera su propia raza lo había conseguido. Él murmuró no sé qué de que tenía que usar mi propia iniciativa y luego desapareció de la forja entre una nube de humo negro.

Al mediodía, surgió de la nada una bandeja de comida sobre el banco. Era algún tipo de empanada de carne con un delicioso relleno con mucho jugo, así como unos trozos de queso y una manzana cortada en rodajas. Me di cuenta de que Onyx había aparecido junto a la comida cuando lo oí gimotear debajo del banco. Me dedicó una mirada esperanzada y luego clavó los ojillos negros en el plato con toda intención, listo para atrapar cualquier bocado pequeño que cayera al suelo. Yo no sabía si la comida humana o, mejor dicho, fae sería sana para él, pero aquella empanada era tan cremosa y crujiente, con un relleno tan sabroso y rico, que no pude evitarlo y acabé compartiéndola con él. Cuando acabamos de comer, echó a correr satisfecho, salió a la nieve y se puso a perseguir a los pajarillos que se posaban. Pasé mis buenos quince minutos riéndome de él. Onyx, con la cola entre las patas, meneaba el culo peludo, saltaba al aire y aterrizaba con las patas delanteras en la nieve. Dejé de reírme cuando comprendí que estaba cazando. De hecho, en numerosas ocasiones, cuando saltaba así sobre la nieve suelta, alzaba luego la cabeza con un pequeño roedor en la boca. Al menos así se entretenía.

Después de malgastar otra hora más mirando los libros sin sacar nada en claro, decidí mandarlo todo a la mierda y centrarme en la parte práctica. Lo primero que se me ocurrió fue derretir alguno de los anillos para empezar a experimentar. Sin embargo, luego pensé que, si no tenía éxito (cosa más que probable), habría echado a perder el anillo de uno de los guerreros de Fisher, lo cual me acarrearía desastrosas consecuencias. Encontré unas cuantas virutas de metal en un cubo junto a uno de los bancos y me decidí a usarlas para realizar algunos experimentos de ensayo y error.

El primer problema que afronté fue el hecho de que, literalmente, no tenía ni idea de lo que estaba haciendo. Si sostenía aquellos trozos retorcidos de metal y me concentraba, sentía de qué tipo de metal eran gracias a las vibraciones que emitían. La primera vez que noté esas mismas vibraciones en Zilvaren, me asusté tanto que me obligué a ignorarlas a fuerza de práctica. Ahora usé esa sensación tan ajena para diferenciar entre metales: la plata y el enorme montón de variantes del hierro que no teníamos en casa. Cada una emitía su propia frecuencia.

No tardé mucho en aislar la frecuencia de la plata yveliana. Me limité a sostener un puñado de anillos y a cerrar los ojos para sentir la energía que atravesaba mis brazos; una vibración que me aprendí de memoria. Acto seguido, fui al cubo y separé todas las virutas que emitían la misma frecuencia. Tenía una nada desdeñable cantidad de metal reluciente lista para ser derretida. Y solo había tardado media hora.

En mi primer intento, derretí suficiente plata como para hacer un anillo y la vertí en un crisol. A partir de ahí, añadí una variedad de ingredientes de los frascos de cristal que había en las estanterías a la plata derretida. No me daba la sensación de estar consiguiendo nada. La mayor parte de lo que añadí se limitó a arder en cuanto tocó la superficie al rojo vivo del metal. Eso sí, la sal parecía combinarse bien. Dejé que la plata se enfriara y la martilleé hasta formar una superficie plana. Luego fui a por mercurio para, de algún modo, poner a prueba el tosco medallón que había creado.

Sin embargo, no había mercurio, al menos que yo pudiera encontrar, en las jarras o crisoles. ¿Cómo demonios esperaba Fisher que yo descubriera la solución a su problema si no pensaba confiarme nada de mercurio? ¿Había pensado que intentaría usarlo para escapar, joder? La última vez, ya había aprendido la lección. No contaba con ninguna reliquia propia...

«Aquí...».

«Aquí...».

«Estoy aquí...».

Apenas un suspiro. Levísimo.

Cuando oí el mercurio en el palacio, el sonido había sido todo un coro de susurros. Esto, en cambio, era sutil. Calmado. Tuve que cerrar los ojos y centrar toda mi atención para poder oírlo. Sin embargo, provenía de dentro de la forja. Y estaba cerca. Rodeé el banco en el que había estado trabajando hasta sentir el más leve tironcito, tan débil que apenas podía reconocerse. Entonces me acerqué al lugar del que provenía.

Una caja de plata se escondía en un anaquel sobre una pequeña jofaina, en un rincón junto a una pared. La ocultaba de la vista una planta de amplias hojas en un macetero. Llevé la caja hasta el banco y conseguí forzar la tapa. Me eché a reír al ver el poco mercurio que contenía. Estaba en estado sólido, por supuesto, y en estado líquido sería apenas suficiente para llenar un par de cucharaditas de té como mucho. ¿Eso era lo que me había dejado Kingfisher para trabajar? Resoplé y saqué el metal de la caja con unos alicates. Luego lo coloqué en el fondo del crisol más pequeño que pude encontrar.

Cada vez me resultaba más y más fácil pasar el mercurio de su estado sólido al líquido. Una mano extendida hacia la oscuridad.

Un dedo que pulsa un interruptor. En esta ocasión, había tan poco que apenas tuve que obligarlo a fuerza de voluntad. En un instante, era un gurruño de metal y, al siguiente, se había convertido en un charco de plata reluciente que se movía por el fondo del cuenco de hierro forjado. Eché el medallón dentro del crisol e hice una mueca al comprobar que apenas había suficiente mercurio para cubrirlo del todo.

No pasó nada. Esperé.

Todavía nada.

«Aquí, aquí. Estoy aquí», susurró el mercurio con su voz singular.

«Solo. Solo. Ven a mí. Búscame. Quédate conmigo».

El medallón no cambió en absoluto.

Lo intenté una segunda vez. Añadí lo que parecía arena y algo de agua salada a la plata derretida. Una vez más, nada sucedió. Al tercer intento, combiné un polvillo rojo pálido de uno de los jarros con la plata, pero este estalló en llamas casi antes de tocar la superficie ondulada. Brotó una nube de asqueroso humo rojo que provocó que me picase la cara y se me quedara la piel entumecida. Después de eso, Onyx se negó a entrar en la forja, así que me senté junto a él fuera, en el banco, en medio de la fría luz de la tarde. Le acaricié el pelo y me estremecí mientras la nieve me iba espolvoreando los pantalones.

Mi cuarto y último intento del día consistió en añadir una pizca de carbón y un ramito de una hierba que, según la etiqueta, se llamada «ruina de viuda». Tampoco obtuve resultado alguno. Para entonces ya estaba oficialmente harta. Le silbé a Onyx para que se acercara, lo que hizo a regañadientes, y salí rápidamente de la forja. Tras de mí, quedaban los desastrosos resultados que había conseguido con mis intentos fallidos.

Una vez que estuvimos de nuevo en los corredores de Cahlish, Onyx ronroneó animadamente, correteó entre mis tobillos con la lengua fuera y se subió de un salto por mis piernas. Al parecer, estaba muy contento de haberse alejado de la forja. Yo no había prestado mucha atención aquella mañana cuando Fisher me acompañó hasta allí, pero se me daba bastante bien orientarme en lugares desconocidos. Quizá iba a tardar un poco, pero acabaría por encontrar el camino hasta el dormitorio en el que me había despertado.

Sin embargo, eso no llegó a pasar. Apenas me había alejado un par de pasos de la puerta, cuando Ren apareció por un recodo algo más adelante. Vestía una camisa rojo oscuro y pantalones de cuero marrón desvaído. Estaba cubierto de barro y tenía un largo tajo en la mejilla del que manaba sangre. Su pelo parecía húmedo de sudor y las ojeras que tenía le daban aspecto de estar agotado. Sin embargo, al verme, intentó esbozar una sonrisa. Se me acercó mientras se secaba las manos con una toalla que llevaba consigo.

—Había pensado venir a ver qué tal ibas —dijo, sonriente—. He oído que te han asignado una tarea de aúpa.

—Una tarea imposible. —Fruncí el ceño, enojada—. Solo he realizado cuatro intentos y ya estoy agotada. ¿A ti qué te ha pasado?

—Ah, nada, un par de escaramuzas en el paso. Cuando las nubes están cargadas de nieve y los días son tan oscuros como este, puedes apostar lo que quieras a que habrá algún ataque. Nos superaban en número, pero no perdimos a nadie. Hemos acabado con unos treinta efectivos del enemigo.

—Eh... ¿Felicidades?

Se me hacía raro felicitar a alguien por matar a tanta gente, aunque fueran enemigos de los fae yvelianos.

Ren captó el tono de inseguridad de mi voz y soltó una risita por lo bajo.

—Gracias. Créeme, matar a treinta de ellos ya ha salvado un par de cientos de vidas inocentes. Si hubieran cruzado el paso, habrían provocado el caos dentro de nuestras fronteras. No habría sido nada bonito.

—Tendré que confiar en tu palabra —le dije.

Ren se restregó los dedos sucios en la toalla y posó una mirada firme sobre mí.

—¿Te fiarías de mi palabra si te cuento una cosa?

Onyx saltó entre las piernas de Ren y empezó a corretear en círculos. El general se agachó para rascarle la cabeza con aire distraído, pues su atención estaba centrada en mí.

—No lo sé —dije—. Supongo que depende.

Él suspiró.

—Me parece justo. Bueno, lo que te iba a decir es que se la he liado buena a Fisher esta tarde por haberte obligado a sellar un juramento con él. Y le he dicho que el único modo de compensarte será empezar a conocerte un poco mejor.

Reprimí el impulso de dar un paso atrás.

—¿Por qué has hecho eso?

—Porque Fisher puede ser muy terco a veces. No ve los matices, solo lo blanco o lo negro. Temo que una parte de él haya empeorado mucho durante el tiempo que ha estado lejos de aquí. Tiene que mantener sus pensamientos muy centrados o, de lo contrario, todo se le emborrona. Ahora mismo eres para él una herramienta que, tal y como él lo ve, debe usar para mejorar la vida de todos nosotros. Lo que me preocupa es que llevar a cualquier herramienta más allá de sus límites solo sirve para quebrarla. Y, para serte totalmente sincero, Saeris, no podemos permitirnos que Fisher te quiebre. Tiene que verte como a una persona. Tiene que saber que eres más que un modo de darle la vuelta a las tornas. Y la única manera de conseguirlo es que te conozca mejor.

¿Por qué no me gustaba un pelo cómo sonaba todo aquello?

—Bueeeeeeno.

—Le he dicho que cene contigo esta noche.

—Oh.

—Y creo que ha aceptado.

—¿Crees que ha aceptado?

Esbozó una sonrisa algo avergonzada.

—Ya lo conoces. A veces es difícil entender si ha dicho que sí o que no.

—Es el cabrón más escurridizo de la tierra —dije con un gruñido.

—Sí. Pero..., por favor, cena con él. Háblale de ti. Todo acabará rápido, te lo juro.

Si era necesario decir «todo acabará rápido, te lo juro» para convencerme de asistir a una cita era que esta no me interesaba en absoluto. No podía imaginar nada menos divertido que cenar con Fisher. Sin embargo, Ren me miraba, suplicante. De verdad quería que fuera, con toda sinceridad. ¿Qué otra cosa podía hacer yo? ¿Pasar el rato con Carrion en nuestro cuarto compartido? Pensándolo mejor, quizá cenar con Fisher resultase menos doloroso que la alternativa.

—Está bien. Cenaré con él, pero solo porque me lo has pedido tú. Y solo si me juras que habrá alcohol.

La mesa de la cena medía una legua de largo.

Bueno, bueno, quizá solo medía diez metros, pero, aun así, era demasiado larga como para que dos personas se sentaran a cenar juntas. Solas. Fisher tomó asiento en un extremo. Yo, en el otro. Entre los dos, había una montaña de comida que un ejército de duendes de fuego liderado por Archer había traído. Un enorme centro de mesa floral, con capullos de color púrpura y rosa, descansaba justo en el medio de la mesa. Era hermoso, de verdad, pero no me dejaba ni ver a Fisher.

Quizá estaba ahí para eso.

Cuando había regresado al dormitorio, Carrion no estaba. Por suerte, porque quería darme un baño y desprenderme del sudor de la forja. Mientras me bañaba, ni siquiera me molesté en mirar el vestido que había aparecido mágicamente a los pies de la cama. Solo me fijé en que era negro. Encontré un par de pantalones limpios y una camisa en uno de los cajones, dos prendas de mi talla. Estaba claro que eran para mí, así que me los puse en lugar del vestido.

Me encontraba bastante cómoda con mis pantalones, pero me dio la impresión, a juzgar por las miradas de soslayo de Archer, de que no iba vestida adecuadamente para la cena con su amo, y eso no le gustaba al duendecillo. Pinché un trozo de pescado con el tenedor, cogí la copa de vino vacía que había a la derecha de mi plato y la alcé.

—¿Me puedes echar más? —Alcé la voz para que se me oyera al otro lado de la mesa.

Vi un atisbo del cabello ondulado de Fisher por entre las flores y poco más. Cuando habló, su voz sonó cercana, como si estuviera justo detrás de mí, no al otro lado de la mesa.

—Cuéntame cómo te ha ido el día y me lo pienso.

La cercanía de su voz y el modo en que hablaba me parecieron... íntimos. Como si sus labios estuvieran tan cerca de mi oído que su aliento hubiera podido acariciarme el pelo.

—¿Cómo lo haces? —pregunté.

—Por este lugar corre la magia igual que a ti te corre la sangre por las venas. Una magia que pervive en el mismo aire. Imaginaba que todo lo que has visto bastaría para suspender tu incredulidad... y, sin embargo, te sorprendes ante algo tan nimio como poder proyectar la voz.

Cada palabra desprendía hilaridad. Sin embargo, yo no tenía réplica alguna para él. Había visto muchas cosas imposibles. En comparación, aquello no resultaba tan impresionante. Me afectaba por el modo en que me sentía cuando tenía su voz tan cerca. Eso era lo que me descolocaba.

Carraspeé.

—Como es de esperar, me ha ido muy mal hoy. He realizado cuatro intentos que han dado como resultado cuatro fallos. He malgastado casi todas las virutas de metal que he encontrado. Si he de seguir intentándolo mañana, necesitaré más.

—¿No se puede refinar la plata que has usado hoy? —preguntó.

—Sí, pero eso me retrasará más. Malgastaré un día entre dos sesiones de experimentos... —Resoplé—. Pero deja que lo adivine: no te importa que malgaste un día para purificar los materiales entre los experimentos, ¿verdad?

—No —confirmó.

—¿Sabes una cosa? —Dejé caer el tenedor, que repiqueteó en el plato—. Te encanta contradecirte a ti mismo. En un momento, me secuestras porque es urgente que haga esas reliquias para vosotros. Un instante después, me pones obstáculos y haces todo lo que puedes para que el proceso sea lo más lento y difícil posible. De verdad, tienes que aclararte la cabeza. ¿Qué es más importante: las reliquias de tu gente o el placer enfermizo que te produce tenerme a tu entera disposición?

Desde mi lado de la mesa, oí el arañazo de un cuchillo en un plato. Al menos, Kingfisher no pensaba dejar que le echara a perder la cena. Gilipollas.

—Te aseguro que tener esas reliquias es mucho más importante que el placer que me provoca buscarte las cosquillas. Pero no me estoy negando a darte más plata para enojarte. Es que los recursos que tenemos en Cahlish son limitados. No podemos desprendernos de plata común.

—¿De qué hablas? Este lugar está atestado de objetos elegantes. Hay oro. —Miré alrededor e hice un gesto hacia los apliques de las paredes que sostenían las velas de nuestra cena, hacia las bandejas del aparador, hacia los marcos de los cuadros. Hasta los cubiertos—. Hay oro literalmente por todas partes. Todos los adornos de este lugar están bañados en metal precioso y tú me dices que los recursos son limitados.

—Si lo que necesitaras para tus experimentos fuera oro, no estaríamos teniendo esta conversación.

Vi el fondo de la copa de Fisher por un lateral de aquel maldito centro de mesa. Se me disparó la rabia; me eché a un lado, me asomé por entre las flores y fruncí el ceño al verlo beber de su copa.

—Si tú bebes vino, yo también. —dije.

—Ah, ¿eso piensas?

Su voz sonó aún más cerca esta vez. Se me puso la piel de gallina y se me erizó el vello de la nuca. Sentí sus palabras como una caricia en la piel del cuello. Hice todo lo que pude para sacudirme de encima aquel escalofrío que me recorrió la columna.

—Ren me prometió...

—Renfis sabe bien que no debería hacer promesas en mi nombre. Pero... si tan desesperada estás por echar un trago, ven y sírvete el vino tú misma.

¿Se había llenado él su propia copa? Lo dudaba mucho. Seguramente lo habría hecho Archer. Pero yo no era ninguna imbécil estirada de buena cuna, como él. Servirme mi propio vino no me suponía problema alguno. Me levanté, cogí mi copa y estuve a punto de ir rápidamente al otro lado de la mesa, pero me detuve y, ya que estaba decidida, cogí también el plato y el tenedor. Fuera cual fuera aquel jueguecito de sentarnos muy alejados sin vernos y usar magia para hablarme al oído como si me estuviese susurrando palabras románticas, yo no pensaba seguir jugando.

Kingfisher crispó las comisuras de la boca cuando dejé de golpe el plato y el tenedor a su derecha en la mesa. Lo desafié con una mirada a que dijera aunque fuera una palabra de protesta y me senté junto a él. Pasó la punta de los dedos por el borde de la copa de vino y movió el asiento para quedarse de cara a mí mientras observaba cómo me servía una cantidad indecente de vino de la jarra que él había acaparado.

El vino era oscuro como la tinta. Di un trago, desafiante, y mis ojos se clavaron en los suyos por encima del borde de la copa.

Cuando la dejé, Kingfisher la señaló con un gesto vago.

—¿Te gusta?

Hablaba con normalidad, sin nada de magia esta vez.

—Sí, es... interesante.

Él hizo un mohín y asintió con aire reservado. Algo me decía que intentaba con todas sus fuerzas no sonreír.

—Por favor, sírvete más. Hasta dentro de un par de horas, no tengo que hablar con los hombres. Tengo tiempo de acabar la botella.

Lo miré con atención. Lo observé de verdad. Había algo distinto en él, algo que no conseguía determinar. Al menos, en un primer momento. Luego me di cuenta de lo que era: su ropa. Jamás había visto a Fisher vestir prendas que no fueran negras. Sin embargo, aquella noche llevaba un atuendo verde oscuro. Muy oscuro, pero verde. Era ropa sencilla, aunque de tela de buena calidad y estaba confeccionada a la perfección. Le colgaba de un modo que enfatizaba su complexión ancha de hombros y los brazos musculados. Aquel color verde oscuro resaltaba el tono ala de cuervo de su abundante pelo y contrastaba con su piel. Y... y...

Dioses, Saeris, contrólate. ¡Céntrate!

Me obligué a mirar mi pescado a medio comer.

—Si tenéis tanto oro, ¿por qué andáis escasos de suministros de plata?

—Porque aquí la plata sirve para un propósito muy concreto. Necesitamos toda la que podamos encontrar.

—¿Y por qué no vendéis todo el oro y compráis más plata? El oro vale más.

Fisher negó lentamente con la cabeza, sonriendo para sí mismo. Dioses, ¿por qué me costaba tanto mirarlo a veces? Algo así jamás me había supuesto un problema.

—Quizá sea así en tu lugar de procedencia —dijo él.

Me observó, jugueteando con su copa de vino en la mesa. Le dio vueltas con aire ocioso, sujetándola del pie. Entreabrió los labios y pude ver las puntas de sus dientes. No era muy educado clavarle la mirada, pero no pude evitarlo. Se me encogía el corazón cada vez que le veía los colmillos. Como si él fuera perfectamente consciente de la intensidad de mi mirada, abrió muy ligeramente la boca. Su labio superior subió un poco, lo bastante como para que se vieran más sus dientes. Era una diferencia muy sutil; quizá apenas un milímetro más de esos colmillos afilados y blancos. Sin embargo, justo entre mis piernas, hubo una explosión de calor. De repente... Dioses, necesitaba otro trago.

Bajé la vista hacia el vaso de vino. Fisher se pasó la lengua por encima del labio inferior y también apartó la mirada. Los tendones del cuello se le marcaban y tenía la mandíbula levemente apretada. Miró hacia la ventana con el ceño fruncido.

—No puedo comprar más plata. No queda ni un gramo en todo el reino. Además, Belikon la ha embargado. Toda la plata que se encuentre dentro de las fronteras yvelianas ha de ser entregada a la corona. Es parte del motivo por el que necesito tan desesperadamente usar el mercurio. En otros reinos, abunda la plata. Si consiguiéramos llegar hasta ellos, podríamos comerciar y obtener más de la que necesitamos.

—Pero si Belikon tiene toda la plata de Yvelia, ¿por qué no te la da? ¿No es tan importante para ganar la guerra?

Kingfisher resopló.

—Eso pensaría cualquiera, ¿verdad? Pues no. Belikon no nos da la plata. No nos ayuda. No nos suministra comida, ni ropa ni armas. No le importa una mierda esta guerra.

—Pero... eso no tiene sentido.

Di un gran trago de vino. Aquel sabor inconfundible se convirtió en notas florales en mi boca. Tenía un regusto suave, intenso y complejo a la vez. En un primer momento, el sabor me había sorprendido, pero ahora empezaba a cogerle el gusto.

Kingfisher me contempló con ojos firmes. El mercurio que rodeaba su iris derecho latía y reflejaba la luz de las velas, retorciéndose, cambiando en medio del color verde. Aquella noche parecía más activo que de costumbre. Como para confirmarlo, la mano de Kingfisher se alargó hacia la copa de vino. Sus hombros se crisparon y las aletas de su nariz se tensaron apenas un momento. Luego dejó escapar todo el aire en un suspiro profundo y volvió a relajarse. Todo sucedió muy rápido. Yo quizá no lo habría visto de haber apartado la mirada un segundo.

Los ojos de Kingfisher se clavaron en los míos. Él sabía que lo había visto flaquear y, a juzgar por el modo en que me contemplaba, con una ceja alzada en gesto interrogativo, debía de querer averiguar si yo pensaba preguntarle por ello. Y sí que quería, pero ya sabía que, de hacerlo, acabaría frustrada y enfadada. Era capaz de encontrar el modo de volver contra mí su preocupación. Encontraría la manera de ser cruel —estaba en su naturaleza—, así que preferí dejar el tema para otro momento. Estaba a punto de preguntarle qué experimentos había hecho para fabricar una reliquia, pero, entonces, la tropa de duendes de fuego entró en la estancia. Sus cuerpos de carboncillo desparramaron chispas y remolinos de humo al acercarse a la mesa. Los dos duendecillos al frente del grupo cargaban con grandes platos llenos de comida. A juzgar por el aspecto, eran dos tipos diferentes de postre. Casi dejaron caer los platos al verme sentada en la cabecera de la mesa, junto a Fisher.

—¡Mi señor! —gritó una hembra—. ¡Mi señor!

Dio un giro completo, boquiabierta. Los demás duendes comprendieron que me había atrevido a acercarme a su preciado amo y empezaron a perder la chaveta:

—¡Pero...!

—¡Es...!

—¡La humana!

—¡Amo Kingfisher!

Archer fue el último duende que entró en el comedor. En cuanto posó la vista sobre mí, se cayó de culo. Cayó sobre la mullida alfombra y empezó a hiperventilar.

—Disculpadme... Mi señor... No... no esperaba...

—No pasa nada, Archer. Calmaos todos. —Fisher no había cambiado de postura. Seguía repantigado, la mar de tranquilo, en su silla. Sin embargo, se había llevado la mano a la boca para esconder una sonrisa. Bajó la vista y tosió. Al parecer, consiguió calmarse—. Podéis dejar los platos de momento. Y el postre ponedlo en la mesa. Ya os podéis marchar. Gracias.

Los duendecillos de fuego empezaron al unísono a emitir un humo negro. Las grietas y fisuras de sus pequeños y compactos cuerpos destellaron e irradiaron un resplandor parecido al de las ascuas. Cuando uno de los amigos de Archer le ayudó a levantarse, apareció una llamita en la mano del duende, que emitió un grito avergonzado. Todos los duendecillos se pusieron a apagarla dando palmadas con las manos.

—¡Perdón, mi señor! ¡Lo siento mucho! ¡Qué vergüenza! —dijo Archer.

Por fin, Kingfisher se levantó y se acercó al barullo de duendes aterrados. Los acompañó a todos a la puerta de la estancia y, en todo momento, tranquilizó a Archer. Su risa reverberó en las paredes. Seguía sonriendo cuando volvió a tomar asiento.

—Por los mártires, ¿de verdad pensaban que iba a intentar apuñalarte con mi tenedor de pescado?

Fisher se restregó la nuca y su sonrisa se desvaneció.

—Lo que pasa es que los duendes de fuego son muy emocionales. Les encanta el drama, nada más. —Cuando acabó de hablar, aquella máscara hueca volvía a estar en su sitio—. Mañana se habrán olvidado de todo.

—Mañana voy a cenar en la forja —dije yo—. No tendrán que lidiar con una humana asquerosa y maleducada que rompe las normas de etiqueta de Cahlish.

—Vas a cenar aquí —me corrigió Fisher.

—¿Y yo no tengo ni voz ni voto en el asunto?

—Si comes en la forja, acabarás envenenada.

—Pues en mi cuarto.

—Vas a cenar aquí —repitió Fisher. Prosiguió antes de que yo pudiera sugerir otro del millón de lugares en los que preferiría comer—. Y en cuanto a los duendes, les gustan los humanos. Les gustan mucho más que los fae.

—Claro. Pues a ti te tratan como si fueras el rey del mundo.

—Conmigo es diferente —dijo, como si fuera obvio—. Archer me crio. Después de mis padres, fue el primero de los fae menores en cogerme en brazos. Tiene debilidad por mí, supongo.

¿Debilidad? Era más que eso. Aquel duende del fuego quería a Fisher. A mí, en cambio...

—Me mira como si no fuera digna de respirar el mismo aire que tú.

Fisher movió la cabeza de un lado a otro.

—No es verdad. Le provocas curiosidad. Se pregunta si te quedarás.

Yo cogí con los dedos una zanahoria asada y mordí el extremo.

—Entonces le alegrará saber que no pienso quedarme.

No salió palabra alguna de los labios de Fisher. Siguió sentado, totalmente inmóvil, contemplando cómo me comía la zanahoria. Sus ojos de jade recorrieron mis facciones. Primero los ojos y luego el puente de la nariz. Los pómulos, la boca. Su mirada se mantuvo ahí más tiempo del que parecía apropiado. Como no apartaba la vista, dije lo primero que se me ocurrió para romper el silencio:

—Aunque a mí no se me permita aún volver a casa, deberías dejar que Carrion regresara.

Él puso una expresión de sorpresa.

—Ah, ¿sí?

—Tiene familia en Zilvaren. Su abuela. Estará preocupada por él. Y cuando vuelva, podría decirles a Hayden y a Elroy que me encuentro bien. Eso probablemente evitaría que hicieran cualquier tontería de momento.

—Hmm. Veremos lo que dice el chico.

—Tiene veintiséis años. De chico, nada —murmuré.

—Yo solamente veo a un crío bocazas. Pero... lo defiendes bastante —musitó Fisher—. Supongo que era de esperar. Sinceramente, me sorprende que quieras que se vaya.

Tomó un sorbo de vino.

—¿Cómo que lo defiendo bastante?

Una tensión desacostumbrada emanaba de Fisher. Parecía esforzarse mucho por mostrar un aire despreocupado.

—Hum. No pensaba que alguien así fuera tu tipo, pero eso lo explica todo.

¿Mi tipo? Me eché hacia atrás en el asiento, presa de una sensación liviana, como quien cae. Me sentí de pronto mareada.

—¿De qué hablas?

—En el cuarto mencionó que estabas prendada de él.

—¡Pues era mentira! —farfullé—. Carrion no es más que un grano en el culo. Es conocido por inventarse mentiras en segundos.

—Cuando fui a Zilvaren a por él...

—Cuando fuiste a Zilvaren, tendrías que haber vuelto con Hayden. —Dejó de darme vueltas el estómago y empecé a sentir un hormigueo de rabia. Dejé el vino en la mesa—. Lo cual me recuerda que no has cumplido tu parte del trato, al menos en condiciones. ¿Por qué habría de mantener yo mi parte del juramento mientras que tú te vas de rositas?

Le resultó fácil desechar mi comentario. Hizo un ademán con la mano y puso los ojos en blanco, y todo lo que yo acababa de decir quedó catalogado como intrascendente. Estaba furiosa.

—Yo no me he ido de rositas. Juré que intentaría traerte a tu hermano. Intenté traerte a tu hermano —dijo—. Juramento cumplido.

—No te esforzaste mucho.

—Pero no dije que me esforzaría mucho, ¿verdad? Y, de todos modos, lo hice lo mejor que pude dadas las circunstancias.

—Dijiste que podías encontrar a mi hermano porque teníamos los mismos padres. Que sería fácil, porque estabas cubierto con mi sangre.

Fisher hizo una pausa. Yo había pasado suficiente tiempo cerca de él para saber que iba a decir algo que no me iba a gustar. El despiadado gozo de sus ojos auguraba que yo no iba a soportar lo que se disponía a soltar a continuación:

—Cierto. Pero no me cubría solo tu sangre, ¿no? También llevaba encima otros... líquidos tuyos.

Líquidos tuyos. Se regodeó con esas dos palabras. Las paladeó. El modo oscuro y sugerente con que las pronunció no dejaba espacio alguno a la imaginación. No tenía compasión alguna, así que carecía de sentido suplicarle que la tuviera. Aun así, debía intentarlo.

—No lo digas, Fisher. Por favor. No lo...

—Cuando te estabas restregando contra mi regazo, me marcaste con gran eficiencia —ronroneó.

En la garganta, me ardía un fuego que consiguió quebrarme la voz:

—Te odio.

—No dejas de repetirlo. Sigue sin parecerme que sea verdad, pero de cualquier modo, tu hermano no estaba donde dijiste que iba a estar. Y cuando llegué a tu distrito, capté tu aroma a cinco kilómetros de distancia...

—Deja de hablar, Fisher.

—... impregnado en ese chico. —Me mostró una sonrisa cruel—. Las feromonas son como bengalas para nuestro olfato, pequeña Osha. Iba con prisa, así que, en ese momento, no pude diferenciar entre sangre y sexo. Pero cuando entré en tu cuarto antes y tu amigo, el tal Carrion, mencionó esa obsesión que tienes por él...

—Que te calles... la puta... boca.

—Me quedó claro lo que había sucedido. Incluso ahora huele un poco a ti.

—Me acosté con él hace meses. Meses. Fue una vez y estaba borracha y, desde entonces, no me deja en paz. No hay manera de que puedas olerme en él.

—Vaya que sí —retumbó la voz de Fisher. Sus ojos se oscurecieron—. Reconocería tu olor en cualquier parte. En cualquier persona. Lo reconocería ciego, en la oscuridad. Desde el otro lado del puto mar. Podría captar tu aroma...

¡Crash!

Las ventanas de la pared oriental del comedor saltaron por los aires. Fue muy rápido y con una fuerza asombrosa.

En un instante, yo estaba mirando a Fisher, contemplando con horror su boca, debilitándome con cada palabra que pronunciaba. Y al siguiente, una destellante explosión de cristal llovió sobre nosotros. Esquirlas del tamaño de mi mano atravesaron el aire como dagas y cayeron sobre la mesa. Cortaron en dos las flores, abrieron tajos en mi piel. Yo alcé las manos por mero instinto para protegerme la cara y la cabeza.

—¡Joder!

Kingfisher se convirtió en la muerte encarnada.

Adoptó una expresión de rabia, los labios echados hacia atrás, los colmillos extendidos. Era un destello de sombra; ya se encontraba al otro lado de la mesa, con Nimerelle en las manos, antes de que unas siluetas oscuras acabaran de entrar por las ventanas.

Eran cuatro. Monstruos altos con hebras dispersas de escaso pelo y piel blanca, cerosa. Pómulos demacrados cubiertos por sendas redes de venillas negras. Dedos como garfios rematados por garras. Ojos rojos; no solo el iris, sino también el blanco, como si todos los capilares hubiesen estallado y sangrado por toda su superficie. Cada uno de ellos tenía fauces de colmillos alargados y amarillentos de los que chorreaba una saliva viscosa. Iban vestidos con andrajos que apenas se aguantaban en sus cuerpos macilentos.

El de mayor tamaño de los cuatro, un macho con un grueso tatuaje rúnico en la frente, emitió un poderoso rugido de rabia y se abalanzó sobre Fisher. Él se movió como el agua. Nimerelle destelló a su alrededor; la hoja deslustrada latigueó en el aire y dejó a su paso una estela de humo. La espada era una extensión del propio Fisher. En aquel instante, lo único que pude hacer fue quedarme sentada y contemplarlo, ver con asombro cómo caía sobre el monstruo. Kingfisher fue rápido, potente; su cuerpo se apartó sin esfuerzo cuando la criatura intentó clavarle las garras. La mano que había intentado alcanzarlo cayó al suelo con un golpe sordo y rodó bajo la mesa. Un icor negro y humeante brotó del muñón que había dejado Nimerelle. Un penetrante aroma a sulfuro inundó la estancia.

Fisher me lanzó una mirada por encima del hombro y gritó:

—¡Muévete!

De pronto volví a encontrarme en el salón, centrada. Me puse en pie, con la sangre martilleándome en las sienes. Dos de las criaturas de aspecto enfermizo cargaron contra mí, dando dentelladas al aire con aquellos horribles colmillos.

Bajé la mano y encontré la daga atada a mi muslo. La agarré con fuerza mientras mis ojos saltaban de un monstruo a otro. El de la derecha, una hembra con pálido pelo plateado y labios destrozados, se subió de un salto a la mesa, donde aterrizó a cuatro patas. Se movía de forma espasmódica, su cabeza cimbreaba de un lado a otro. Estiró el cuello hacia mí, husmeando el aire como si de un animal se tratase. El monstruo de la izquierda era más pequeño que la hembra. Debía de estar en algún punto entre la adolescencia y la edad adulta. Rugió con un espeluznante claqueteo gutural. Vino hacia mí y tiró al suelo la silla de Fisher. Tenía los ojos vacíos. Ambos los tenían. En ellos no había inteligencia alguna ni pensamientos. Lo único que anidaba allí era el deseo de destrozar, de rasgar, de matar. El odio irradiaba de esas criaturas, mancillaba el aire, tan denso que me asfixiaba.

La hembra fue la primera en venir a por mí. Carecía de armas, pero no las necesitaba. Sus garras ya eran más que suficientes. Me atacó con ellas e intentó abrirme un tajo en el pecho. Yo retrocedí de un salto; esquivé por un pelo aquellas garras negras y repugnantes. Sin embargo, el monstruo ya volvía a abalanzarse sobre mí para rajarme. La ataqué con la daga; la giré y el metal hizo contacto. Un profundo corte se abrió en aquel antebrazo correoso. Una sangre apestosa y tan densa como el aceite me salpicó la camisa.

En el otro extremo de la habitación, resonó un grito horrible y chirriante, tan fuerte que apreté los dientes. Siguió una serie de estrépitos y castañeteos. Sin embargo, no podía permitirme mirar. En cuanto perdiese la concentración, podía darme por muerta.

La hembra rugió y sacudió el brazo como si no pudiese entender por qué le dolía. Giré la daga y volví a rajarla, esta vez en el hombro. La camisa que llevaba se rompió y la carne fina y cubierta de venas que había debajo se abrió como un fruto podrido.

De la herida se derramaron unos diminutos puntos blancos. Cayeron al suelo y empezaron a retorcerse.

Eran gusanos.

El joven que estaba a mi izquierda avanzó, rechinando los dientes. Lo ataqué con la hoja, apuntando a su garganta, al tiempo que me apartaba para evitar sus garras. Sin embargo, no fui lo bastante rápida. Se movía con celeridad. Con una celeridad antinatural. Chocó contra mí; se me escapó el aire con un ¡uf! que me dejó sin aliento. Todo el comedor osciló. Caí con fuerza y el pecho me estalló de dolor al golpear el suelo. Dejé escapar un grito teñido de pánico cuando tanto el joven como la hembra cayeron sobre mí.

Por los dioses y los mártires. Iba a morir. Me iban a devorar.

No me cabía duda alguna al respecto. Esos dientes habían sido creados con un único propósito: desgarrar la carne. Jadeé con el dolor recorriéndome la pierna como un rayo. Sus garras me rasgaron la ropa. Me abrieron la piel. No era capaz de ver. Ni de respirar. La hembra se cernió sobre mí. Hilillos de saliva me cayeron en el pecho. Abrió la boca; la mandíbula se desencajó para separarse aún más de lo que habría sido posible. En el interior, había un muñón negro y latente donde debería haber estado la lengua. Resopló y cayó sobre mí.

Me preparé para el horror de sentir esos dientes hundiéndose en mi piel, pero nada de eso llegó a suceder. Una franja de humo negro se enroscó alrededor de su garganta. El humo se convirtió en metal y luego la cabeza de la hembra se le separó del cuello. La siguió su puto cuerpo, que fue arrancado de encima de mí y voló, retorciéndose por la alfombra, mientras se le rompían los huesos.

Kingfisher se cernió sobre mí como el mismísimo dios de la muerte.

Su pecho ascendía y descendía. En sus ojos destellaba el verdor, la plata, el asesinato.

—¿Estás bien? —dijo jadeando.

Yo seguía aferrada a la daga, cuya corta hoja estaba cubierta de sangre negra y pegajosa. Tragué saliva y asentí aunque estaba bastante segura de que no, no estaba bien. No estaba bien en absoluto.

—El joven... —dije sin resuello.

La expresión de Kingfisher se oscureció. Se dio la vuelta y ambos vimos al mismo tiempo al joven. A poco más de dos metros de nosotros, a cuatro patas, gimoteaba y lamía un charco de sangre en la alfombra. Al igual que sucedía con la hembra, su lengua no era más que un muñón de carne cruda. Sin dudar, Kingfisher atacó a la criatura con Nimerelle, le acertó en el cuello y la decapitó. El cuerpo del joven se desplomó al instante. Aquellas manos como garfios se relajaron y las garras se abrieron sobre la alfombra echada a perder.

Me di la vuelta y vomité.

Probablemente, Kingfisher se burlaría de mí por vomitar, pero me daba igual. Me estremecía con tanta fuerza que no conseguía ni ponerme de rodillas.

¿Qué...

... cojones...

... acababa de pasar?

Unas manos fuertes se apoyaron en mis costados. Ahogué un grito al tiempo que una punzada de dolor me subía una vez más por la pierna. Kingfisher volvió a sujetarme, murmurando en voz baja con tono amargo. Me levantó en brazos.

—Te han abierto una herida con las garras. Hay que purgar la herida —dijo.

—¿Purgar?

—Si no, el veneno te matará. ¿Te ha mordido alguno de los dos?

—N-no. Creo que no...

Me daba vueltas la cabeza; otra oleada de náuseas me golpeó con fuerza. Vi estrellas ante mis ojos, luces que decoraban los cabellos de Fisher. Se propagaron por el techo; primero una estrella fugaz, luego otra, luego un millón, todas corriendo ante mi vista. Fue... muy hermoso, en realidad. Como hermoso era Kingfisher. Tenía la garganta salpicada de icor negro y el pelo enmarañado. Tenía los ojos desorbitados, pero, aun así, seguía siendo arrebatador. Sentí sus latidos como un redoble de tambor contra mi costado. Pum, pum, pum, pum.

Ya no sentía los dedos. ¿Por qué no... sentía los dedos? ¿Por qué corría Kingfisher?

—¿Qué eran... esas... criaturas? —dije con voz áspera.

Las estrellas corrían sobre la hermosa cabeza de Kingfisher. Él apretaba la mandíbula; los músculos del cuello se le marcaron. Abrió de una patada una puerta y la atravesó conmigo en brazos.

—Soldados de infantería sanasrothianos —respondió—. Devoradores. Por eso necesitamos la plata con tanta urgencia. Es lo único que puede matarlos. ¡Que alguien venga a ayudarme, joder!

19

HASTA LOS HUESOS

Un sueño de muerte y fuego líquido.

No.

Una pesadilla.

Estaba atrapada en el interior y no había forma de salir. Unos pasillos oscuros se extendían hasta la eternidad, con puertas a todos lados. Cada vez que abría una, con el corazón tronando en el pecho, me salían al paso el hedor de la podredumbre y unos colmillos afilados y amarillentos. Montones de colmillos. Devoradores. Así los había llamado Kingfisher. También había dicho que eran soldados de infantería, pero a mí no me habían parecido soldados. Un soldado debe obedecer órdenes, llevar a cabo la voluntad de otro. Aquellos seres que había tras las puertas eran monstruos, capaces solo de obedecer a su sed de sangre. Hembras, jóvenes, ancianos, todos dementes y hambrientos. Me atacaron con manos rematadas por garras. Hundieron sus dientes podridos en mi piel. Yo grité y me revolví, me aparté de ellos y apenas conseguí escapar con vida, pero, al abrir otra puerta, una nueva oleada de criaturas se abalanzó sobre mí.

No había forma de dejarlos atrás. Ni de luchar contra ellos. Corrieron tras de mí, desafiando la gravedad. Clavaban las garras en el enladrillado, se propagaban por las paredes, cargaban a cuatro patas por el techo. Demonios mortales, malignos, resueltos a beberse hasta la última gota de mi sangre y, ya que estaban en ello, a secarme el alma.

Corrí tanto como pude, pero no sirvió de nada. Había demasiados. Los pulmones me quemaban, la herida del costado era fuego. Me caía la sangre por las piernas, me cubría los pies con una capa pegajosa que me hizo resbalar y caer...

Y ya no dejé de caer.

Iba a caer para siempre, ardiendo, ardiendo, hasta que mi cuerpo se volviera vapor carmesí y mi piel colgara de unos huesos quebradizos.

Y, aun así, seguiría cayendo. Caería y caería para siempre. Caería...

Me desperté con un sobresalto, respirando entrecortadamente. Me erguí de golpe.

¿Dónde... dónde me encontraba?

La boca me sabía a bilis y a ceniza. Me dolía todo. Sentía las extremidades como si me las hubieran atado a cuatro caballos y los muy cabrones hubiesen echado a galopar en cuatro direcciones distintas. Me dolía hasta respirar. Tragar. *Me cago en la puta.* Me dolía parpadear. Durante un largo minuto, apoyé las manos en el colchón sobre el que estaba e intenté dominar mis sentidos, a la espera de que pasara el dolor.

Tardé bastante tiempo, pero al final conseguí pensar lo suficiente como para contemplar el entorno. La luz se derramaba por unas ventanas de cuatro metros de alto a mi izquierda. De ellas colgaban pesadas cortinas de terciopelo, medio descorridas. En las paredes, había cuadros de marcos bañados en oro, aunque todos estaban rajados por completo. En las alturas, el techo estaba pintado de negro, con puntitos blancos repartidos por toda su extensión sin diseño u orden aparente. Junto a la puerta, descansaba contra la pared una cómoda con numerosos cajones, hecha de una madera de tono intenso y oscuro. Un armario de la misma madera ocupaba un rincón. Tenía las puertas abiertas. En el interior, se veía una serie de atuendos oscuros.

Yo me encontraba en una cama con dosel en cuyos postes había pájaros, lobos y dragones grabados. Las sábanas eran negras, al igual que los cojines a los pies de la cama. Teniendo en cuenta que la ropa del armario también era negra...

El pánico se cernió sobre mí. En el momento en que inspiré por la nariz, capté un olor a menta en el aire. Ahí fue cuando supe que estaba de mierda hasta el cuello.

—Ah, mira. Está viva —oí decir en un susurro.

No me había fijado en el sillón de amplio respaldo situado entre las sombras que proyectaba la cortina. Tampoco me había fijado en el hombre fae que había repantigado en ella, con los pies cruzados a la altura de los tobillos y las manos entrelazadas sobre el vientre. Ahora que lo había visto, no había modo de ignorarlo. Fisher tenía el pelo algo desastrado, con rizos y ondulaciones que se extendían por todas partes. Su rostro pálido como la nieve resaltaba contra las ropas negras. Como siempre, era una criatura de agudos contrastes. Incluso a cinco metros de distancia, se veían las manchas de icor que le salpicaban las mejillas. Tenía aspecto relajado, una postura de aburrimiento. Y, sin embargo, la energía que proyectaba me golpeó como una bofetada. Con ojos que eran fuego verde, me contemplaba con tanta intensidad que casi retrocedí ante el peso de su mirada.

Pero no pensaba ceder. Apreté los dientes y me preparé para la tormenta que sentía crecer en el horizonte.

—No ha sido culpa mía —dije.

Kingfisher parpadeó.

—No he dicho que lo haya sido.

—Me miras como si fuera culpa mía —contraataqué, y me apreté las sábanas contra el pecho, aferrándolas como si pudiera usarlas para protegerme de él.

—A mí me parece que estás luchando contra tu propia mala conciencia —dijo con un gruñido.

—No tengo mala conciencia. Tengo un agujero en el costado y otro en la pierna porque tú decidiste que fuéramos a cenar a un sitio donde unos monstruos enloquecidos se arrojan por las ventanas y atacan a la gente.

—No estás herida —dijo en tono seco.

—¿Qué?

—Aquí contamos con excelentes sanadores. Mejores incluso que los del Palacio de Invierno. Ventajas de vivir en los aledaños de una zona de guerra. Quien es capaz de arrebatarle a tiempo sus guerreros a la muerte no necesita guerreros nuevos.

Le dediqué una mirada sombría.

—Quédate cerca de mí. Eso dijiste. Bueno, estaba tan cerca de ti que lo que me faltaba era sentarme en tu regazo. Y mira lo que pasó. Nos atacaron dentro de tu puta casa.

—Bah. —Soltó un sonido despectivo y jugueteó con uno de los botones frontales de su camisa—. No ha sido nada. Cuatro exploradores que decidieron por su cuenta intentar una maniobra que no tenía ninguna posibilidad de salir bien. No volverá a pasar.

—Eso no me lo puedes asegurar.

—Sí que puedo. La casa ha estado sin guardias desde que llegamos. Ren quiso apostar una unidad aquí para que patrullara los terrenos y se asegurara de que no teníamos invitados no deseados, pero yo le quité la idea de la cabeza. No sabía que los devoradores estaban tan...

—¿Envalentonados?

—Hambrientos. —Se llevó la lengua a la punta de un afilado colmillo y me observó. Acto seguido, dijo—: Le diste una puñalada a una.

—Dos puñaladas. —Ya que me iba a elogiar, que lo hiciera bien.

—Impresionante. —Se suponía que era un cumplido, pero con ese tono sonó más bien a lo contrario.

—¿Para ser una chica? —pregunté con amargura.

Él arqueó una ceja oscura.

—Para ser humana.

—Anda y que te follen, principito. ¿Tanto te molestamos los humanos? —espeté—. Has tomado la determinación de odiarnos, pero en realidad hay más similitudes que diferencias entre nuestras razas.

Él soltó un resoplido. Se levantó de la silla y se aproximó a la cama. Se detuvo junto a mí y alargó una mano. Enredó un mechón de mi cabello en el dedo índice y lo contempló, pensativo.

—No nos parecemos en nada —dijo en tono quedo—. Tú casi has muerto a causa de un arañazo que para mí no habría sido más que una molestia. Eres débil. Eres frágil. Eres vulnerable. Eres un fauno recién nacido que se tambalea en la oscuridad, rodeado de depredadores con dientes muy afilados. Y yo soy lo que surge del otro lado de la oscuridad. Soy lo que inspira miedo divino en el corazón de los monstruos dispuestos a devorarte hasta los huesos.

¿Por qué me miraba así? Sus ojos eran duros, pero su expresión estaba cuidadosamente vacía. Yo no entendía por qué. No lo entendía en absoluto. Le temblaron los dedos, las puntas muy cerca de mi mejilla. Debía de estar delirando a causa del veneno. Tenía que ser eso, porque realmente sentí que quería acariciarme la mejilla y se obligaba a no hacerlo.

—Estamos en tu dormitorio —susurré.

Fisher apartó la mano, rápido como el rayo. Se quedó ahí, con los ojos desorbitados, los labios entreabiertos, como si no entendiese qué había pasado para llegar a acercarse y tocarme el cabello. Vi cómo se le endurecía la expresión y se me hizo un agujero en el estómago. ¿Por qué era así? ¿Cuál era exactamente su problema? Le había preguntado a las claras por qué no le gustaban los humanos, pero no pude deshacerme de la sensación de que había algo más. De que quien no le gustaba era yo, concretamente.

—Sí que lo estamos —dijo—. Era el lugar más cercano donde podía dejarte.

—¿Por qué están rajados los cuadros? —pregunté.

La tirantez entre los dos se rompió como un cable que se tensa demasiado.

—Lo hice yo —dijo sin emoción.

—¿Por qué?

Soltó el aire de los pulmones y se giró. Con zancadas amplias y decididas, se dirigió a la puerta. Y tal y como había hecho en la cena antes de que empezase toda aquella pesadilla, proyectó la voz de modo que sonase justo detrás de mi oreja. El tono áspero y cercano me hizo dar un respingo.

—Porque, a veces, el colgante no puede mantener a raya la oscuridad que me acecha.

Apreté los dientes y le grité antes de que se marchase:

—¿En serio? ¿Te vas y ya está? ¡Pues entonces quiero irme a mi propia habitación!

Fisher se detuvo con la mano apoyada en el marco de la puerta.

—A menos que necesites aliviarte en el baño, no vas a salir de esa cama, Osha. E incluso si ese es el caso, lo que harás será ir directamente, hacer tus necesidades y regresar a la cama. Aún quedan trazas de veneno en tus venas. Necesitas descansar hasta que hayas tenido tiempo de curarte en condiciones.

—Puedo curarme en mi propia cama.

Sin embargo, mientras pronunciaba esas palabras, una pregunta me asaltó la mente. ¿De verdad tenía cama propia allí? ¿Un espacio que fuera mío? La estancia en la que había despertado era un lujo que sobrepasaba todo lo que hubiera esperado jamás alcanzar en la Ciudad de Plata. No me atraía mucho la idea de compartir cama con Carrion, sobre todo porque me sentía hecha mierda.

—Quédate en la cama, pequeña Osha. —La orden no fue brusca, casi se diría que fue amable, pero en ella resonaba un tono que no dejaba espacio para protestas.

Apreté con más fuerza las sedosas sábanas negras.

—¿Y dónde vas a dormir tú?

Si había pensado, aunque fuera por un segundo, que iba a compartir la cama con él, había cometido un gravísimo error.

Debió de darse cuenta de lo que estaba pensado, porque esbozó una mueca sonriente al decir:

—Voy a pasar una semana en Innìr. Tengo que atender unos asuntos allí.

—¿Innìr?

—El campamento de guerra. Está al otro lado de las montañas. —Señaló con el mentón hacia la ventana—. Hacen de barrera natural entre este lugar y la carnicería que se desarrolla al otro lado.

—Oh.

Así pues, yo tenía razón. El campamento que había imaginado cuando llegué a Cahlish sí que existía. Más de mil metros de rocas escarpadas y protuberantes nos separaban de él, pero estaba allí.

—Y, para que quede claro, jamás usaría una herida como excusa para meterme en la cama de nadie —dijo Fisher. Su voz sonó aún más cerca. Casi sentí el roce de sus labios en la oreja—. Nunca me ha supuesto un problema que me inviten voluntariamente a una cama.

Qué seguro estaba de sí mismo. Su arrogancia era pasmosa.

—Bueno, pues yo no te pienso invitar —espeté, y me cubrí con las sábanas hasta la barbilla.

Joder, qué sonrisa. Labios entreabiertos y apenas un ápice de dientes puntiagudos. Debía andarme con ojo, con muchísimo ojo, con esa sonrisa. Si se lo permitía, era capaz de destrozarme.

—Hmm. Tienes razón. No creo que me vayas a invitar. Cuando llegue el momento, será más bien una súplic...

Dejé escapar un grito de furia. Eché mano de lo primero que encontré, un cojín, y se lo tiré a la cabeza. Era demasiado pesado para llegar. Acabó cayendo al suelo, muy lejos del objetivo.

La risa de Kingfisher reverberó por el pasillo al marcharse. Cerró la puerta tras de sí. Me aparté de un salto de entre las sábanas, decidida a tirarle algo más afilado, pero cuando intenté bajar las piernas de la cama... no sucedió nada. Mis músculos no se movieron un centímetro. Nada.

Oh, dioses. Estaba paralizada. Algo iba mal. Los sanadores... habían... no podía moverme. *Oh, dioses. Oh, no. Oh, no. Oh, no...*

En cuanto dejé de intentar bajarme de la cama y probé, en cambio, a flexionar los pies, mi cuerpo me obedeció. El alivio me sacudió con tanta fuerza que se me escapó un sollozo y tuve que llevarme la mano a la boca. Podía mover las piernas, pero no podía levantarme.

No podía...

Espera.

No.

No sería capaz.

«A menos que necesites aliviarte en el baño, no vas a salir de esa cama, Osha. E incluso si ese es el caso, lo que harás será ir directamente, hacer tus necesidades y regresar a la cama».

La certeza me provocó una presión en el centro del pecho. Por eso había sonado tan firme la voz de Fisher cuando me había dicho que me quedase en la cama: porque era una orden que activaba el juramento que me ataba a él.

Debía quedarme en su cama. No tenía alternativa.

Cinco días.

Cinco putos días. Cinco días larguísimos. Comía en la cama de Fisher. Dormía en la cama de Fisher. Cuando tenía que ir a aliviarme, tal y como él lo había descrito tan elegantemente, mi cuerpo me dejaba levantarme, pero mis pies me llevaban hacia la discreta puerta que había cerca del armario y me permitían entrar en el hermoso baño de mármol blanco al otro lado. Hacía mis necesidades y conseguía incluso lavarme las manos, pero en cuanto acababa, las piernas me llevaban otra vez hacia la cómoda prisión de su cama.

No tenía ni idea de qué tipo de magia mantenía las sábanas tan perfectamente frescas y limpias, pero no tardé en pensar que se trataba de un truco malvado. El aroma de Fisher jamás abandonaba la seda negra. Podía olerlo —el aroma complejo de un frío bosque invernal— cada segundo de cada hora de cada día... hasta que, literalmente, no pude pensar en nada que no fuera él.

Quería asesinarlo.

Y estaba tan aburrida que pensé que iba a perder el juicio. La presencia de Onyx fue lo único que me salvó. El zorro llegó poco después de que se hubiese marchado Kingfisher y se quedó conmigo durante la mayor parte del tiempo. Se acurrucó a mi lado y durmió. Cada vez que lo acariciaba o le rascaba el cuello, él emitía extravagantes sonidos que daban la impresión de que se reía. Tres o cuatro veces al día, saltaba de la cama y se escabullía de la habitación; abría la puerta con el hocico y, supongo, se dirigía al exterior para aliviarse o para cazar. Eso sí, siempre volvía.

Cuando los duendes de fuego me traían las comidas, les suplicaba que fuesen a por Fisher, pero ellos se encogían de hombros, azorados, y me decían que aún no había regresado. Después de almorzar, sin falta, Te Léna, una sanadora fae de hermosa piel de color broncíneo y unos ojos ambarinos totalmente arrebatadores, venía a ver cómo me encontraba. Me ponía las manos en el abdomen y «me leía la sangre». No tenía ni idea de qué significaba eso, pero, desde luego, tenía algún efecto. Una sensación temblorosa y no del todo desagradable me recorría las venas y hacía que mi cuerpo emitiese un ligero zumbido. Te Léna esbozaba una sonrisa de disculpa y decía:

—Aún no.

Y luego me dejaba algún libro para que lo leyese. Al cuarto día, sin embargo, su sonrisa se ensanchó. Se volvió más optimista.

—Un día más —dijo.

—¡Pero si me siento bien!

Ya cuando Fisher se había marchado, yo me había sentido lo bastante bien como para atravesar medio Zilvaren a la carrera sin ponerme a sudar, pero no había forma de razonar con mis visitantes, y con Te Léna menos.

—Aunque quisiera liberarte de su orden, no sería capaz. El juramento sabe que no te has recuperado del todo, así que no te permitirá salir. —Me dio un apretoncito en el hombro para reconfortarme—. Pero no falta mucho. En tu cuerpo, hay tan poco veneno que casi no lo detecto. Veinticuatro horas más y se acabó.

El último día de encarcelamiento, fue Carrion quien me trajo el desayuno, en lugar de los duendes. Ya había venido a verme antes, pero me habían hartado tanto sus preguntas y sus vueltecitas por el cuarto que lo había echado de allí a gritos. Y ya no había vuelto. Hasta entonces. Me sonrió, armado con una bandeja que colocó en mi regazo. Tenía un brillo travieso en los ojos.

—Pareces cabreada —dijo.

Nadie, jamás, se había quedado tan corto.

—Es que estoy cabreada.

Carrion se recostó sobre la cama y se estiró a mi lado. Aquella perturbación despertó a Onyx de su siesta. Le enseñó los dientes al hombre más buscado de Zilvaren y aplanó las orejas contra la cabeza. Carrion, sin embargo, lo ignoró. Soltó un gruñido y ahuecó las almohadas de Fisher para ponerse más cómodo.

—¿Sabes lo que de verdad lo cabrearía?

Ya sabía que no se refería a Onyx.

—Ni lo intentes, Carrion.

—Echar un polvo en su cama como venganza.

Me metí un trozo de manzana en la boca.

—Sí, claro, es una idea estupenda. Valiente idiota estás hecho. ¿Qué crees que te haría si se enterara de que te has follado a alguien en su cama?

Carrion meneó las cejas.

—Creo que jamás se enteraría.

Casi me atraganté con la manzana.

—Ya lo creo que se enteraría.

Aquel comentario sarcástico que había hecho Fisher en el comedor acudió a mi mente como si el propio Fisher estuviera presente, riéndose, repitiéndolo en persona. «Capté tu aroma a cinco kilómetros de distancia, impregnado en ese chico. Las feromonas son como bengalas para nuestro olfato, pequeña Osha».

—Yo estaría dispuesto a arriesgarme a despertar su rabia —dijo Carrion—. Sea cual sea su castigo, habrá valido la pena.

Ja. Carrion no había presenciado el momento en que Fisher decapitó al devorador con un implacable giro de muñeca. De haberlo visto, probablemente cambiaría de parecer. Le dediqué una mirada afilada.

—No.

Carrion escamoteó un trozo de tostada de mi bandeja del desayuno. Le dio un bocado y una lluvia de miguitas cayó sobre las sábanas y desapareció mágicamente un instante después.

—A ver que me entere —dijo, masticando—. ¿Hablamos de no follar en la cama de tu captor o de no follar en absoluto?

—¿Tú qué crees?

Me señaló con la punta del trozo de tostada.

—Esa carita que has puesto bastaría para destripar a cualquiera. Es lo que más adoro de ti.

Le arrebaté la tostada de la mano y la dejé en la bandeja.

—Yo de ti no adoro nada.

—Embustera. Hay muchas cosas que adoras de mí.

Me guiñó un ojo con aire canalla e intentó quitarme otra vez la tostada, pero le di un palmetazo en la mano.

—Maldita sea, búscate un desayuno. Este es mío.

—Mi pelo, mis ojos, mi ingenio, mi encanto... —Empezó a contar con los dedos.

—Tienes cero encanto.

—Soy muchísimo más encantador que Kingfisher —balbuceó él.

—Los dos sois igual de insufribles. Y ahora, haz el favor de quitar esas botas embarradas y asquerosas de la cama.

—¿Por qué iba a quitarlas? El barro se limpia solo de todos modos. —Me lo demostró; restregó las suelas cubiertas de barro sobre las sábanas arrugadas. Cuando el estropicio que había hecho desapareció, puso cara de estar muy satisfecho consigo mismo—. ¿Ves?

—¿Qué demonios has estado haciendo? —pregunté—. ¿Por qué estás tan sucio? Y... espera, ¿de dónde has sacado esas botas? La última vez que te vi, ibas descalzo. —Solté una risa desdeñosa—. Parecías un imbécil.

—Bueno, no podía ir paseándome por ahí con una sola bota, ¿no? Mientras tú estabas aquí atrapada, mirando al techo, yo he estado entrenando con los nuevos guardias. Tienen un sistema de lucha fascinante. —Era una burla inocente, apenas una venganza por haberle dicho que estaba hecho un buen imbécil. Si había algo que Carrion Swift no toleraba era que se riesen de él—. Y en cuanto a las botas, me las dio tu amigo Fisher.

Dejé el tenedor.

—¿En serio?

Carrion asintió.

—Me las dio la noche en que cenaste con él. Ya te habías ido al comedor. Apareció con estas botas en la mano y me dijo que me las daba con una condición.

—¿Y qué condición era?

Carrion cogió una uva de la bandeja y se la echó a la boca.

—Que me diera un baño.

—¿Un baño?

—Sí, un baño.

—Qué petición más extraña.

—Lo sé. Yo olía genial, incluso después de que me secuestraran, me arrastraran a otro reino distinto y cargaran conmigo durante kilómetros sobre la grupa de un caballo. Pero, bueno, Fisher había decidido que no le gustaba el olor que despedía, así que pensé: a la mierda, lo que él quiera. Un baño a cambio de un par de botas nuevas no me parecía mal. Y la verdad es que me gustó hundirme en tanta agüita caliente. Qué raro, ¿verdad? Ver toda esa agua junta. Todavía no me cabe en la cabeza que haya tanta...

Siguió parloteando. Le di un bocado a la tostada pero me pareció densa como el pegamento.

—¿Dijo que no le gustaba el olor que despedías?

—Pues sí. Muy maleducado, lo sé. Mandó llamar a un puñado de duendes que me restregaron con unos cepillos tan duros que casi me despellejan. Te juro que me arrancaron cuatro capas de piel. Me pusieron una densa arcilla blanca encima y me la dejaron sobre el cuerpo hasta que se endureció. Tuvieron que romperla para quitármela.

—Dioses.

—Y entonces —dijo al tiempo que cogía otra uva— me cubrieron con un tipo de musgo especial. Ahí se puso interesante la cosa. Se quedaron fascinadas al verme la...

Bajó los ojos hasta señalarse con ellos la entrepierna.

Yo alcé una ceja.

—¿Dejaste que una duende de fuego te la pelara con musgo fae?

—No eran duendes de fuego —dijo a la defensiva—. Eran duendes de agua. Tres. Eran más pequeñas que las mujeres fae y muy atractivas. La verdad es que sus atenciones me gustaron bastante.

—Llevas cinco segundos en Yvelia y ya te has montado una orgía con criaturas mágicas de otra especie.

No sé de qué me sorprendía. Era justo lo que haría Carrion.

—¿Celosa? —preguntó, y volvió a guiñar el ojo.

—No... ¡Asqueada! ¿Y si pillas algún tipo de enfermedad de los fae? —Esta vez fui yo quien le señaló con los ojos a la entrepierna.

Otra uva acabó en su boca.

—Ah, eso no me preocupa. Me recubrieron bien con el musgo.

—¡Qué asco!

—Venga, vístete ya. Esa preciosa sanadora me ha dicho que podías levantarte de la cama en cuanto te acabaras la bandeja.

Me quedé boquiabierta.

—¡Pero qué gilipollas eres, Carrion Swift! ¡Deberías habérmelo dicho nada más entrar!

Jamás me había acabado un plato de comida tan rápidamente en toda mi vida. Ni cuando me moría de hambre en el Tercero.

La plata burbujeaba y salpicaba violentamente dentro del crisol. La combinación de limaduras de hierro y polvo amarillo que había mezclado primero con la solución salina y luego había añadido a la plata derretida no había funcionado bien. Como tampoco había funcionado el experimento que había intentado al añadir una laminita de oro y algo de pelo humano (el mío) al metal. En ambos intentos, cuando había metido el medallón forjado dentro del mercurio, el material había empezado a retorcerse y la voz de su interior había empezado a susurrar en un idioma desconocido.

Esta vez quemé algo de madera, molí las ascuas que habían quedado y las espolvoreé sobre la plata. Los dos materiales no querían combinarse, pero eché igualmente todo el contenido del crisol en el molde y lo hundí en el cubo de agua. Me encogí ante la nube de humo rancio que expulsó el metal al enfriarse.

En cuanto introduje el medallón en el crisol que contenía el mercurio, supe que aquel intento también iba a terminar en fracaso. El mercurio se echó a reír.

Y así acabó todo. Solo podía hacer tres experimentos al día. Con tan poca plata con la que trabajar, tenía que dedicar el resto del día a refinarla con el fin de que estuviera lista para seguir experimentando al día siguiente. Solté una maldición, enojada. Junté todas las virutas que había formado y las vertí en un cáliz de fuego. Mi temperamento también se calentaba a la misma velocidad que la forja. Aunque una de las paredes estaba abierta a la intemperie, cuando di por concluido el día, en aquel lugar hacía tanto calor como en las mazmorras de Madra.

Cuando no estaba persiguiendo pájaros o cazando ratones, Onyx solía tumbarse junto a un roble gigantesco. Me miraba desde lejos mientras se refrescaba la barriga sobre la nieve.

Habían pasado ocho días desde que había huido del dormitorio de Fisher, lo cual implicaba veinticuatro intentos fallidos de crear una reliquia. El arcón lleno de anillos de plata descansaba junto al banco en el mismo lugar en el que Fisher lo había dejado. Su presencia era un recordatorio diario de que, hasta que no convirtiese todos y cada uno de aquellos anillos en un escudo que permitiese a los guerreros de Fisher atravesar el mercurio sin sufrir daños, estaba jodida, en pocas palabras. Luego miraba los demás arcones apartados en el rincón y tenía que reprimir las ganas de gritar.

No quería pensar en lo que iba a suceder si no lograba algún avance pronto. Cada vez que refinaba las virutas de plata, se perdía un poco. La cantidad con la que podía trabajar era más y más pequeña cada día que pasaba. Y con ella también disminuían mis probabilidades de volver a ver a Hayden y Elroy.

Estaba trabajando cuando Onyx soltó un aullido, emocionado ante algo que había al otro lado del muro del jardín. Solía hacerlo mucho. Había animales que deambulaban por los terrenos de Cahlish y guardias que ahora patrullaban al otro lado del muro. Yo no los veía muy a menudo, pero sí que los oía de vez en cuando. Ignoré los sonidos enojados de Onyx y sumergí con cuidado las virutas de plata en una cuba de ácido. Contemplé los tres medallones mientras estos se disolvían despacio. Tan abstraída estaba que no vi al intruso que trepaba por el muro hasta que fue demasiado tarde.

Onyx soltó un sonido muy parecido al ladrido de un perro y yo alcé la cabeza de golpe. Y ahí estaba: una figura oscura que atravesaba el jardín en mi dirección.

Era un devorador.

El corazón me dio un vuelco, mi mano voló hacia la daga y un grito de pánico se preparó para salir por mi garganta...

... pero no era un devorador. Se trataba de Ren.

Me dedicó una sonrisa cálida tras entrar en la forja.

—Buenas tardes, Saeris.

—¿En serio? ¿Prefieres trepar el muro y darme un susto de tres pares de cojones en lugar de entrar por la puerta?

—Era más rápido así —dijo—. Disculpa, no pretendía asustarte.

Por su aspecto, el general debería haberme asustado, pero no era el caso, ni siquiera tras haber trepado por el muro y haberme sorprendido. En él había una calidez que me hacía sentirme tranquila, sin importar lo imponente que fuera su figura. Llevaba la parte superior del cabello castaño claro recogida en dos trenzas de guerra que se unían hasta formar una cola en la base de su cráneo. El resto del pelo le caía hasta debajo de los hombros. Lo tenía casi tan largo como el mío. Sus ojos, de un marrón intensísimo, contemplaron la forja que había detrás de mí con cierta cautela.

—¿Te encuentras bien? —pregunté—. ¿Eso... eso es sangre?

Tenía las manos manchadas de negro, al igual que los pantalones y la placa pectoral de oro que llevaba, donde tenía grabado el símbolo de un lobo rugiente muy parecido al del gorjal de Fisher. Todas aquellas manchas podrían haber sido de barro negro, pero... no. Ren estaba lo bastante cerca como para poder olerlo. Por el infierno, el general desprendía aquel mismo hedor asqueroso que había impregnado el aire cuando nos atacaron los devoradores. Desde luego, era sangre. Él bajó la vista y se contempló. Alzó las cejas como si acabase de percatarse de lo asqueroso que estaba.

—Ay, mierda. Sí, eh... En el campamento no tenemos baños. Hay un río, pero está congelado. Debería... debería ir a limpiarme. Mis disculpas, Saeris. Estaba tan centrado en venir a saludarte que...

Intentó sin mucho éxito limpiarse las manos en los pantalones.

—Sí, se me había olvidado todo esto. Voy a limpiarme. Pero, antes, me han mandado a decirte que Fisher quiere volver a cenar contigo esta noche.

—Ah, así que ha vuelto, ¿no? —Me crucé de brazos—. Y solicita mi presencia. ¿Seguro que no querrás decir que la exige?

Renfis se encogió y supe que acababa de acertar de pleno. Ren era un millón de veces más amable que Kingfisher y había reformulado el mensaje que le habían mandado comunicarme.

—De verdad que no pretende ser tan brusco —dijo—. Lleva tanto tiempo luchando en esta guerra que ha olvidado cómo se interactúa en sociedad, con educación.

Le di la espalda y me giré hacia la forja. Dejé caer los guantes ignífugos sobre el banco.

—Deberías dejar de excusarlo. No le hace ningún bien, ni a él, ni a mí ni a nadie. Es un cabrón, nada más.

Ren esbozó una débil sonrisa.

—También es mi mejor amigo. Tengo que creer que está ahí, en alguna parte. La persona que yo conocía, y no esta versión fría y apagada de sí mismo. —La tristeza le pesaba, se le veía—. Pero bueno, no quiero entretenerte. Tienes que ir a prepararte para la cena y...

—¿Asistirás tú también esta vez?

Ren se contempló las uñas sucias y una sonrisita asomó a su boca.

—No. Normalmente como con Fisher, pero esta noche no me han invitado.

Entrecerré los ojos.

—¿Y por qué dirías que ha sido?

—No me atrevería a hacer ninguna conjetura.

Era un cobarde. Ambos sabíamos que Fisher me invitaba a mí sola porque quería torturarme por diversión, sin que hubiera nadie que le tirase de la correa. Pero esta vez yo no pensaba tolerarlo.

—Vas a venir a cenar —informé a Ren.

—No, creo que no —dijo él, despacio.

—Sí. Te acabo de invitar.

—Es un honor y te doy las gracias, pero...

—A ver, ¿de verdad quieres que Fisher tenga que venir a buscarme porque me he negado a aparecer en la cena? ¿Quieres que me obligue a ir? ¿Crees que será capaz?

—¡No, claro que no! No haría algo así.

Esperé.

—Está bien, sí que sería capaz —admitió.

—Bien. Entonces, vas a venir.

—Saeris.

—No querrás que vuelva a ordenarme hacer algo que en realidad no quiero hacer. Eres un buen guerrero fae, no como Fisher, que es el diablo encarnado.

Ren parecía indeciso, pero acabó por ceder.

—Está bien. Sí, de acuerdo, iré. Pero no le va a gustar.

—¿Cuándo has visto que le guste algo? —Fruncí el ceño—. Y, de todos modos, ¿dónde está? ¿Por qué no ha venido él mismo a torturarme con la noticia?

Ren miró hacia la puerta, más alerta de lo que había estado hacía un instante. Me dio la impresión de que su oído fae, muy superior al mío, había detectado algún movimiento en el pasillo de la casa principal. Sin embargo, si así fue, no lo mencionó.

—Está con Te Léna —dijo con aire distraído.

—Ah, claro. ¿Lo han herido?

—¿Eh? Oh, no, está bien. Nada de lo que preocuparte. Hubo una escaramuza en los bosques orientales más allá del campamento, pero todo acabó muy rápido. Salió ileso. —Asintió, como si quisiera convencerse a sí mismo de que era verdad—. Te veo en la cena, Saeris.

—Espera. Una última pregunta antes de que te vayas. Mientras he estado aquí atrapada intentando hacer esas reliquias, he tenido tiempo para pensar y... la espada de Kingfisher, Nimerelle, tiene algo de magia, ¿verdad? La hoja expulsa humo y una energía oscura y crepitante.

Ren adoptó una expresión algo cautelosa.

—Sí.

—¿Y cómo... funciona?

Se rascó la mandíbula mientras pensaba un segundo.

—No estoy seguro —dijo—. Ninguno de nosotros lo está. Todo lo que sabemos es que, cuando las espadas divinas enmudecieron y abandonaron a los fae que las llevaban, Nimerelle se quedó. Pagando un precio. La hoja solía resplandecer como la plata. A medida que pasaron los siglos, se deterioró y se oscureció. Pero Nimerelle sigue aquí. El espíritu de esa espada, o la magia de su interior, según lo que creas que la mueve, se ha quedado. No ha abandonado a Fisher.

—No sé por qué tengo que asistir yo también. —Carrion se tiró del cuello de la camisa, sin dejar de refunfuñar, mientras me seguía a toda prisa pasillo abajo—. Estaba en medio de una excelente sesión de entrenamiento. Ahora estoy sucio. Me habría cambiado de haber sabido que me iba a sentar a la mesa de un secuestrador. Hablando de lo cual, tú también deberías haberte cambiado de ropa después de salir de la forja.

—Sí que me he cambiado —dije en un tono débil.

Carrion hizo una mueca.

—¿En serio? Me parece recordar que había un vestido escotado y sugerente a los pies de tu cama cuando salí antes de tu cuarto. Y no he podido evitar fijarme en que llevas una camisa andrajosa y unos pantalones polvorientos.

—¿Y qué? Están limpios.

—Es lo único positivo que se puede decir de ellos. —Carrion arrugó la nariz con gesto de disgusto—. Me interesaba muchísimo verte con ese vestido puesto.

—¿Por qué? —Abrí de un empujón la puerta del comedor.

—Pues por esas tetas que tienes, por eso. Ese vestido les habría sentado de miedo. Y del culo, para qué hablarte. Además, la tela era finísima; no habría dejado mucho a la imaginación. Por otro lado, tampoco me hace falta usar la imaginación cuando pienso en tu cuerpo, pero...

Un gruñido siniestro reverberó por el comedor. Carrion tuvo el suficiente sentido común como para cerrar el pico.

Habían arreglado las ventanas tras el ataque. Esta vez no había arreglo floral sobre la mesa. Fisher estaba sentado a la cabecera de la mesa, vestido de negro medianoche. Una camisa entallada le cubría el pecho y los hombros de una manera hipnótica. Tenía el pelo húmedo, las puntas rizadas, como si acabara de salir de los baños. Apretaba la boca en una línea tensa que venía a expresar que le apetecía cerrar las manos en torno a la garganta de Carrion y partirle el cuello en dos. A la izquierda de Fisher, se sentaba Ren, ya limpio del todo, con un vaso de whisky y una expresión dolorida.

—Llegas tarde —dijo Fisher en un tono helado—. Y, por favor, respóndeme a una duda: ¿por qué has invitado a la mitad de la casa a una reunión que se suponía que era para nosotros dos solos?

—¿Reunión? Pensaba que íbamos a cenar. No sería justo que yo disfrutara del placer de tu compañía y que estos dos se la perdieran.

Carrion alzó una mano.

—Yo, en realidad, preferiría no estar aquí.

—Siéntate de una puta vez —susurré.

—Está bien. Por el amor de los dioses.

Una vez más, habían dispuesto un asiento para mí en el otro extremo de la mesa, aunque parecía que, en esta ocasión, me habían concedido una gracia: la mesa no era tan larga como la otra. Mediría tres metros escasos. Aun así, yo seguía siendo una ciudadana de segunda clase, relegada al extremo opuesto de la puta mesa. Pasé al lado del asiento, cogí la copa de vino mientras avanzaba y volví a sacar la silla que había a la derecha de Fisher, sobre la que me dejé caer con fuerza.

Renfis estaba dando un sorbo a su copa, pero en cuanto se dio cuenta de que me había sentado frente a él, al lado de Fisher, escupió todo el alcohol por la boca en un arco que casi rebasó la anchura de la mesa. Por suerte, aún no habían colocado ninguna comida sobre ella.

—Por todos los santos. —dijo resollando mientras se daba puñetazos en el pecho—. ¿Qué cojones?

—Ah, sí. Carece del menor sentido de la puntualidad pero tiene ciertas preferencias poco convencionales en cuanto a los asientos que ocupa. ¿A que sí, humana?

—¿Puedo sentarme yo en su sitio? —se ofreció Carrion.

—Por supuesto que no —renegó Kingfisher—. Si lo intentas, te mato.

—Ay, vale, vale. Solo intentaba mantener la paz. Si necesitáis un intermediario...

—No necesitamos nada —le replicó Fisher—. Y aunque así fuera, se lo pediría a alguien más agradable que tú. ¡No! —Fisher señaló con un dedo a Carrion—. Ni se te ocurra decirme lo agradable que eres en Zilvaren. No quiero oírlo.

Carrion le mostró una sonrisa forzada y se sentó en la siguiente silla libre.

—Ven, siéntate en este lado —me dijo Ren, que agarró su copa y echó la silla hacia atrás—. A mí no me importa cambiarme.

—¿Qué diferencia hay entre este lado y ese otro? —pregunté—. Me siente donde me siente, seguiré teniendo que mirarle la cara a este engreído.

—Tiene razón —dijo Fisher—. Ya se ha decidido. Que se siente donde quiera.

Ren le lanzó una mirada extraña.

—¿En serio?

—Y tan en serio.

Yo no conocía bien al general, pero sí lo bastante como para ver que la afirmación de Fisher lo había dejado confundido. Volvió a sentarse en su silla y recorrió las facciones de su amigo con los ojos. Cogí la botella de vino que había frente a Fisher y me eché una buena medida. Iba a dejarla en su sitio, cuando Carrion me la quitó antes de que me diera cuenta. Fisher le clavó la mirada con las fosas nasales crispadas.

—Has estado entrenando con los guardias —dijo.

Carrion asintió.

—El estilo de lucha de los fae es asombroso. Es muy fluido y anticipativo. Como ver un ballet.

—En los ballets de Yvelia, la gente no acaba cortada a trozos —dijo Fisher en tono seco.

—¿De verdad? No me sorprendería si así fuera. Sois una gente tan sedienta de sangre como los luchadores que se matan en los pozos del Tercero a cambio de una ración de agua.

—Hemos evolucionado. No lucharíamos por algo tan insignificante como una ración de agua.

Carrion soltó un resoplido que sonaba a risa.

—Sí que lo haríais si os estuvierais muriendo de sed. Créeme, lo he visto.

Oí las palabras que no pronunció: yo he sido uno de esos luchadores. No se lo dijo. No hacía falta. En alguna ocasión, Carrion había luchado con uñas y dientes para sobrevivir en la Ciudad de Plata. Yo lo sabía porque todo el mundo se veía obligado a luchar con uñas y dientes. Era inevitable. Llegaba un momento en que todos los residentes de nuestro distrito se enfrentaban a una situación insostenible y tenían que tomar una decisión. O se luchaba por agua o se robaba. Lo más probable era que Carrion hubiera hecho ambas cosas más veces de las que pudiera contar.

Fisher apartó la vista de él y la dirigió hacia mí, como si se preguntara si yo también me había encontrado alguna vez en el fondo de un foso de combate con una daga en la mano, luchando por una taza de agua.

Me pregunté cómo reaccionaría al saber que la respuesta era afirmativa.

Ren carraspeó, muy diplomático, y recondujo la conversación.

—Puedes venir a entrenar con la guarnición, ahora que ha vuelto. Mañana por la noche, haremos ejercicios de entrenamiento.

Se había dirigido a Carrion, pero fui yo quien respondió:

—¿A qué hora? Me encantaría entrenar.

—Me sorprende —dijo Fisher, y tomó un sorbo del whisky que tenía delante—. Pensé que tenías prisa por regresar a tu casa.

—La tengo. Sabes que la tengo.

Él no me miró.

—Y, sin embargo, prefieres perder el tiempo en la nieve con una espada en la mano en lugar de esforzarte en la tarea que puede liberarte.

Archer y su tropa de duendes de fuego entraron en el comedor. Recorrieron la mesa de un lado a otro mientras colocaban bandejas de comida caliente y humeante, con cuidado de no mirarnos directamente. Todos menos Archer, que me clavó la vista con los ojos desorbitados mientras colocaba la cuchara sopera junto al cuenco que me habían puesto delante. Yo le sonreí y él soltó un gañido, tras lo que bajó la vista al suelo. Su rostro áspero era incapaz de sonrojarse, pero me dio la impresión de que le daba vergüenza que lo hubiera pillado mirándome.

—No estoy avanzando nada con lo de las reliquias —le dije a Fisher—. No tiene sentido trabajar como quieres que trabaje. Podría seguir haciendo intentos hasta el fin de los tiempos y, aun así, no averiguar cuál es el proceso de transmutación. Y, la verdad, parece que no te importa una mierda. Es casi como si te diese igual que me quedase aquí para siempre.

Archer soltó una risita nerviosa, que más bien era un hipido, y se alejó a la carrera.

Kingfisher no reaccionó en absoluto al extraño comportamiento del duendecillo.

—Por supuesto que quiero que te quedes. Eres la única alquimista que tenemos —dijo—. Si por mí fuera, te quedarías aquí trabajando en esta forja hasta que murieras de vieja. Pero un trato es un trato. —El hecho de que no le soltase cualquier burrada hablaba maravillas del control férreo que yo tenía sobre mi temperamento—. Me sorprende bastante la poca fe que tienes en ti misma. Ya lo descubrirás. Por favor, come algo —dijo, y señaló con un gesto al ágape que nos habían preparado los duendes.

Carrion no había esperado a que le diesen la venia y ya se estaba llenando el plato con empanadas, verduras asadas y cinco tipos diferentes de bollitos. Ren había cogido también un panecillo, aunque no le prestaba mucha atención. Jugueteó con él, arrancó un trozo y se lo llevó a la boca. Masticó despacio mientras su mirada pasaba sutilmente entre Kingfisher y yo.

—No tengo hambre —dije.

—Claro que tienes hambre —dijo Fisher—. Todos oímos cómo te ruge el estómago. Come algo para que no tengamos que oírlo quejarse durante la próxima hora.

La sopa que contenía la sopera que había junto a mí despedía un olor increíble. Era densa y cremosa. ¿Pollo, quizá? También había champiñones y maíz. Si no me hubiese mosqueado tanto por haber sido obligada a ir, me habría llenado el cuenco hasta el borde. Como estaba enojada, ignoré la comida y a mi estómago rugiente y le dediqué a Fisher mi mirada más mortal. La misma que Carrion había dicho que bastaría para destripar a un hombre.

—Dijiste que ibas a ir al campamento durante una semana. Has estado fuera dos.

—¿Me has echado de menos?

—No me ha hecho gracia estar atrapada en tu cama cinco días, ¿sabes?

—¿En serio? —Cogió un trozo de queso—. A la mayoría de mujeres les gusta pasar tiempo en mi cama.

—¿Cuánto tiempo os quedaréis antes de regresar al campamento? —le preguntó Carrion con la boca llena a Ren.

Ren alzó una ceja. Hizo un esfuerzo por apartar la mirada de mí y dirigirla hacia Carrion.

—Eh... ¿Una semana, quizá?

—No quiero ni pensar en todos los actos depravados que habrás cometido en esa habitación —susurré.

La risa de Fisher inundó el comedor.

—Tienes razón. No quieres.

—¡Puaj!

—Entonces estaré en el patio todos los días antes del alba —dijo Carrion.

—Claro. Mañana practicaremos maniobras de desarme... —Ren desgajó otro trozo de pan y se lo llevó a la boca, al tiempo que me echaba una mirada de soslayo—. No te vendría mal practicar algo de eso, Saeris.

—¡Estupendo! Allí estaré, gracias. —Intenté hablar en un tono más ligero, pero no lo conseguí. Ren se echó a reír en silencio y contempló su plato. Al parecer, pensaba que la batalla que yo mantenía con Fisher era adorable y no le ofendía el filo de mis palabras. Aun así, no estaba enfadada con él. No se merecía mi ira—. Perdón —dije, e inspiré hondo—. No pretendía hablarte así. A ti no, al menos.

El general negó con la cabeza y reprimió una sonrisa. Cogió una empanada y se la puso en el plato.

—No hay problema. A mí también me saca de mis casillas.

Kingfisher no había apartado la mirada de mí en ningún momento durante toda aquella conversación.

—Asegúrate de darle una espada de entrenamiento —dijo en tono seco—. Con el filo muy romo.

—¡No necesito ninguna espada de entrenamiento!

—Ah, ¿no? ¿Acaso tienes experiencia blandiendo una espada? Una espada larga en condiciones, no algún pincho callejero mal forjado.

Yo sí que iba a pincharle el cuello con aquel cuchillito de mantequilla. Así vería lo bien que se me daba blandir una espada. Además, podía hacerlo: aquella noche no llevaba puesto el gorjal. Tenía la garganta expuesta, suplicando que se la rajaran, y yo estaba de humor para cortar gaznates. Fisher alzó la barbilla un poco, en un ángulo que dejaba a la vista los tendones orgullosos de su cuello, y me di cuenta de que le había estado clavando la mirada justo ahí. Y otra vez esa puta sonrisa. Me moría de ganas de quitársela de esa cara de engreído que tenía.

—Sí —afirmé. Fisher no tenía ni idea del entrenamiento que yo solía llevar a cabo cuando mi madre estaba viva. Ni la menor idea de lo que era capaz de hacer—. Tengo experiencia de sobra con espadas largas. Son como dagas, pero más grandes. Se usa la parte afil...

—No te pongas en evidencia, haz el favor —murmuró Fisher—. Más vale que te calles la boca antes de que le dé un ataque a Renfis.

—Anda y que te follen, Fisher.

Él se mordió el labio inferior, con ojos vivaces que destellaban de plata y verde. A esas alturas, yo sabía qué cara ponía cuando se estaba divirtiendo, y no me hizo maldita la gracia.

—Vamos, Ren —dijo—. Explícaselo.

—No pienso entrometerme en este fuego cruzado que os habéis montado entre los dos —dijo Ren, con un gesto hacia ambos—. Mañana estaré encantado de mostrarte las diferencias entre la lucha cuerpo a cuerpo con daga y el manejo de la espada, Saeris. Mientras tanto, lo que pienso hacer es disfrutar de mi cena. Carrion, ¿qué tipo de sistema de lucha emplean los guardianes de la Ciudad de Plata?

Casi pareció que Carrion estaba esperando a que le preguntara: se zambulló en una discusión profunda y animada con el general. Le contó a Ren todo lo habido y por haber sobre las técnicas de lucha y las formaciones que usaban los guardias de Madra. Estaba segura de que se inventaba la mitad de lo que iba contando. No contribuí en absoluto a la conversación; estaba enzarzada en una guerra silenciosa con Fisher en nuestra esquina de la mesa. Y no pensaba perder.

Fisher señaló a mi plato con el mentón.

—Come, pequeña Osha. —Movió los labios y habló con suavidad, proyectando su voz.

—Dioses, ¿quieres dejar de hacer eso? —susurré entre dientes.

—¿Por qué? Ya he visto cómo se te pone la piel de gallina cuando lo hago.

—Me incomoda. —Mantuve la voz baja, aunque no debería haberlo hecho. No era educado mantener una conversación así en medio de la mesa, pero Ren y Carrion estaban enfrascados en su propia charla. Y, de hecho, tenía bastantes cosas que decirle a Fisher—. Has vuelto a usar el juramento para obligarme —dije con los dientes apretados.

—Pues sí.

—No deberías haberlo hecho.

—¿Por qué no?

—No me creo que tenga que decir esto en voz alta —susurré—. No deberías hacerlo porque está mal. No puedes ir por ahí obligando a los demás a hacer cosas que no quieren.

Por fin, Fisher se comió el trozo de queso que tenía entre los dedos.

—Sí que se puede; solo hace falta que acepten un juramento de sangre que los ponga a tu merced.

Al oír eso, la expresión de Ren se ensombreció, pero siguió hablando con Carrion.

—¿Es que no tienes la menor conciencia? ¿Eres malvado y ya está, es eso?

Las comisuras de la boca de Fisher se curvaron hacia arriba de sopetón. Se inclinó hacia delante, agarró mi plato y empezó a llenarlo con varios tipos de comida de las bandejas que habían traído los duendecillos. Dudó ante una de carne asada, intentando decidir si debería ponerme algo, cosa que al final no hizo. Cuando estuvo satisfecho con el plato que me había preparado, me colocó delante la comida y se echó hacia atrás en la silla. Los tatuajes de su garganta se movieron cuando tragó saliva. Los intrincados dibujos del dorso de sus manos, que le cubrían las muñecas y desaparecían por las mangas, se arremolinaban como si estuviesen hechos de humo.

—Come algo del plato y te respondo. —Su voz retumbó en mi oído.

Una sonrisa amarga me retorció la cara.

—¿Chantaje?

Él abrió las manos.

—Si funciona...

Fruncí el ceño. Fisher dijo:

—¿Quieres que te dé yo de comer? —Tenía aspecto de ser capaz de hacerlo.

—Está bien. —Cogí el tenedor y me llevé a la boca un poco de puré de patatas. La explosión de mantequilla cremosa con cebollinos casi me dolió en el paladar. Tragué la comida e intenté no derretirme ante lo deliciosa que estaba.

—Listo. ¿Ya estás contento?

Fisher se adelantó en la silla y apoyó los codos en la mesa, con ojos brillantes.

—No soy malvado, no.

—Cualquiera lo diría.

—Si fuera malvado, me habría aprovechado de tu juramento.

—Lo has hecho —le solté.

—Ah, ¿sí? —preguntó con una mirada de verdadera curiosidad.

—¡Sí!

—Te he obligado a obedecer en tres ocasiones. Y en las tres, creo que ha sido por tu propio bien.

—¡Eso no es más que una horrible excusa! Eres...

—Si fuera malvado y usara tu juramento en mi provecho, te ordenaría que te arrodillaras ante mí —me interrumpió—. Te ordenaría que te abrieras de piernas. Te ordenaría que me chuparas la polla y me follases hasta que te desmayaras de agotamiento. ¿Es eso lo que quieres, pequeña Osha?

Una explosión de calor detonó en mi pecho. Un infierno que rugía en mi interior y que consumía todo el oxígeno de mis pulmones. Me tembló la mano y las mejillas se me sonrojaron mientras usaba el borde del tenedor para cortar un trozo de la empanada de carne que me había puesto en el plato.

—Claro que no —dije con voz ronca—. ¿Por qué iba a querer algo así?

Él señaló con el mentón al trozo de empanada de mi tenedor.

—Come.

La rabia me devoraba por dentro, pero me llevé el tenedor a la boca y obedecí.

—Si te obligara a hacerlo, serías inocente: tus actos no serían culpa tuya. No tendrías que enfrentarte al hecho de que me deseas.

—Haz el favor de parar, Fisher.

—Y eso demostraría que soy un vil monstruo, ¿verdad? Qué bien te vendría conseguir justo lo que desea tu cuerpo y, al mismo tiempo, tener razón.

—Estás como una puta cabra —susurré.

—Sí, ya me lo habían dicho. Pero no sé. Aparte de la cháchara impenitente que hay en mi cabeza, si te digo la verdad, creo que no me va mal.

—No te deseo, Fisher.

—Ahora mismo estás pensando en que mis manos se deslicen por el interior de tus muslos —dijo—. En que introduzca los dedos en tus pliegues más húmedos. En que te apriete el clítoris todo hinchado, en que lo restriegue hasta que no dejes de jadear y de gemir, hasta que me supliques que te meta la polla por el...

Por segunda vez desde que nos sentamos a cenar, Renfis casi se atragantó con la bebida. Se giró en el asiento, le lanzó una mirada escandalizada a Fisher y dijo:

—¿En serio, Fisher? Estoy sentado aquí mismo.

Fisher no le hizo caso.

Por mi parte, casi me desplomé y caí muerta. Porque, si los sentidos superiores de fae que tenía Ren le habían permitido oír lo que me estaba susurrando Fisher, también habría podido captar el modo en que me afectaban las palabras de su amigo. Y... dioses, me iba a morir de vergüenza.

No pensaba admitirlo para mí misma, jamás permitiría que el pensamiento tomara siquiera forma, pero mi cuerpo no estaba tan acostumbrado a mentir como mi mente. Sí que deseaba a Fisher. Y me odiaba por ello. No soportaba que él lo supiera. Y ahora Ren también lo sabía. Qué vergüenza.

—Cállate. Por favor. Haz el favor de... callarte, joder.

Él se reclinó en la silla, con una mirada hambrienta en esos ojos ribeteados de plata.

—Cómete la cena, Osha. Vas a necesitar fuerzas. Parece que, a fin de cuentas, no nos quedaremos una semana entera. Mañana vamos a regresar al campamento de guerra... y esta vez nos vas a acompañar.

AMMONTRAÍETH

El campamento de guerra era una cicatriz en las colinas que había al otro lado de las Montañas Omnamerrin. Estaba entre Cahlish y la frontera con Sanasroth. Veinte mil tiendas ubicadas entre peñascos y matorrales bajos, andrajosos y cubiertos de nieve. Salí de la puertasombra con el estómago hecho un nudo y vi cuántas tiendas había, todas de un pálido tono gris sucio. Se extendían hasta el horizonte. Al verlas, me quedé sin aliento.

Aquello sí que era un campamento de guerra.

Llevaba tanto tiempo establecido que habían alzado estructuras permanentes. Había edificios de dos plantas hechos de madera repartidos por todo el campamento. El más cercano a la plaza embarrada donde nos había dejado la puertasombra de Fisher parecía una puta taberna.

Había guerreros fae por todas partes, tanto hombres como mujeres. Deambulaban a toda prisa, armados hasta los dientes y con diferentes tipos de armadura. En la lejanía, se atisbaba una franja plateada de agua helada que atravesaba el paisaje y separaba el campamento de... de...

Dioses inmisericordes.

La tierra, al otro lado del río, estaba ennegrecida; era un erial abrasado. No había nieve que cubriera el terreno en aquella zona. Por doquier se alzaban columnas de humo hacia un cielo lúgubre e imponente cubierto por un dosel de nubes de tono gris férreo. No había árboles ni verdor. Solo aquella tierra negra y humo. En el horizonte, se recortaba la escarpada forma de una fortaleza negra y terrible situada en lo alto de una siniestra colina.

—Por los cinco infiernos, ¿qué ha pasado aquí?

Carrion dejó caer la mochila a sus pies, boquiabierto, mientras contemplaba el paisaje que había ante nosotros. Su sorpresa era inconfundible; no en vano, reflejaba la mía propia. Bajé la vista a mis pies, hacia Onyx, para agarrarlo y apretármelo contra el pecho, pero el zorrillo no estaba allí, claro. Menos mal que se había quedado en Cahlish. Fisher se había negado a que lo llevara. Había dicho una y mil veces que el zorro no duraría ni cinco minutos en el campamento. Sus guerreros lo atraparían antes de que nos diera tiempo a parpadear y, si yo quería seguir manteniendo la fantasía de que era una buena mascota, más me valía dejarlo al cuidado de Archer.

Entrecerré los ojos para ver mejor aquella fortaleza remota, con una inquietud que se me retorcía en el pecho.

—¿Eso qué es?

—Eso es Ammontraíeth —dijo Ren tras emerger de la puertasombra, llevando a su caballo tras de sí—. La sede del enemigo.

—¿Ammontraíeth? —Me esforcé por pronunciar aquel nombre, que sonaba como una perversión.

—«Los dientes del infierno».

La voz sonó detrás de mí, fría y dura. Kingfisher emergió de la puertasombra, sujetando las riendas de Bill en la mano enguantada. El enorme semental negro resopló. Tenía los flancos cubiertos de sudor, aunque no había hecho más que ir de los establos al campamento a través de la puerta. Claramente, tenía tan poca idea de su paradero como yo misma. En cuanto los cuartos traseros del animal atravesaron el ondulante muro de humo negro, la puerta se dobló sobre sí misma y se desintegró entre remolinos de sombra que se esparcieron por el suelo en todas direcciones.

—Los muros están hechos de obsidiana lisa, más resbaladiza que el vidrio —dijo Kingfisher—. Está construida con huesos de demonio. Los picos y capiteles son más afilados que una navaja.

Sí, desde luego eran los dientes del infierno. Metí la barbilla por debajo del cuello de la capa de viaje que me había dado Fisher cuando escapamos del Palacio de Invierno, en un esfuerzo para que no se notara mi desagrado. Aquel lugar tenía un aire enfermizo que lo rodeaba, incluso a tantos kilómetros de distancia.

De pronto, di un respingo: una criatura alta y nervuda, con enredaderas liadas alrededor de los delgados brazos y piernas, surgió de la parte trasera de la taberna y se dirigió con decisión hacia nosotros. Tenía la piel nudosa, como la corteza de un árbol, y unos ojos de un vivo color marrón oscuro, como tierra margosa. En lugar de pelo, de su cabeza cúbica brotaba una amalgama de enredaderas y hojas que le caía por la espalda. Viendo los pantalones y la camisa que llevaba, estaba bastante segura de que se trataba de un varón, aunque la vestimenta no bastaba para sacar ninguna conclusión sólida, pues yo misma llevaba una ropa parecida.

—Buenos días, mi señor —dijo la criatura. Su voz (definitivamente masculina) sonaba como troncos secos que se restregaran entre sí—. Qué alegría que hayáis vuelto tan pronto. Los alojamientos que solicitasteis ya han sido preparados. Os espera un pequeño desayuno en vuestra tienda. Han regresado más guerreros de las misiones de exploración. Sin embargo, os han visto tan pocos jinetes que apenas un puñado está dispuesto a fiarse de los rumores que corren por el campamento y que afirman que habéis regresado. Ahora mismo, están todos en la tienda de mapas, discutiendo...

—No te preocupes, Holgoth. Renfis hablará con ellos —dijo Fisher, y le tendió las riendas.

Holgoth le dedicó a Ren una mirada de incertidumbre y luego se volvió de nuevo hacia Fisher.

—Señor..., sería... sería mejor si os vieran vuestros guerreros. Ha pasado tanto tiempo desde...

—Ren hablará con ellos —repitió Fisher con una suave sonrisa—. Ha liderado esta guerra a la perfección en mi ausencia. No hay motivo alguno para cambiar de liderazgo. No son mis guerreros; son los suyos.

Ren se miró las botas. No estaba satisfecho. Y tampoco lo estaba Holgoth, que no parecía saber muy bien cómo reaccionar. Titubeó y se pasó las riendas de Bill de una mano nudosa a la otra. Acto seguido, suspiró y alargó la mano hacia las riendas del caballo de Ren.

—Como deseéis, mi señor...

—Fisher. Puedes llamarme Fisher.

Holgoth, con aire triste, negó con la cabeza.

—No, mi señor. Os pido disculpas, pero... no.

Kingfisher se excusó y se subió la capucha, tras lo cual se perdió entre el campamento de guerra. Holgoth se hizo cargo de los caballos e insistió en llevar también nuestras mochilas. Nos aseguró que las mantendría a salvo y que lo encontraríamos todo más tarde en nuestras tiendas. Cuando se fue, Ren masculló algo en un idioma que yo no conocía y luego echó a andar a toda prisa hacia el este.

—¿Venís o no? —gritó por encima del hombro.

—¿Adónde vamos? —replicó Carrion a voz en grito.

—¿Vosotros qué creéis? ¡A la maldita armería!

El río Zurcido empezaba al este, en unos manantiales en lo alto de las Montañas Bajas, donde residía la Corte de Otoño de los fae gilarianos. Everlayne los había mencionado en la biblioteca, cuando había intentado instruirme junto a Rusarius sobre los demás estanques de mercurio. Yo, por supuesto, no había prestado atención. En aquel momento, estaba concentrada en encontrar el modo de robarle el colgante a Fisher, así que no había retenido nada de lo que me habían contado sobre las demás cortes.

Sin embargo, sí que presté atención cuando Ren empezó a hablar del río.

—Al principio, no es más que una pequeña fuente, pero, a medida que empieza a descender por las montañas, gana inercia y aumenta de caudal. A unos cientos de kilómetros de aquí, hay planicies en las que el Zurcido mide más de una legua de ancho.

El general alzó la espada por encima de la cabeza y se lanzó a la carga, sacando los colmillos. Fue todo un milagro que Carrion no se cagara en los pantalones allí mismo. Yo no había presenciado nada tan aterrador como un guerrero fae encarnizado atacando a toda velocidad, y apostaría a que Carrion tampoco. En su honor, hay que decir que consiguió alzar la espada justo a tiempo de bloquear el golpe de Ren, pero poco más. Ren le arrancó a Carrion la espada de las manos y lo arrojó de culo a la nieve antes de que este pudiera ni parpadear. Yo reprimí una risotada. El guerrero fae alargó la mano y ayudó a Carrion a levantarse.

—Ya me tocará a mí reírme, ya. —Carrion se quitó de encima la nieve con una mano, mientras que con la otra me enseñaba el dedo corazón—. Te cederé el puesto pronto. Mi culo no va a soportar más zarandeos como estos.

—Apostaría a que es la primera vez que dices esa frase —exclamé.

Me enseñó la lengua, como un niñito malhumorado.

—Soy más de dar que de recibir, sí.

Ren dio un golpecito en la espada de Carrion con la suya.

—Concéntrate. Sueltas la espada en cuanto algo entra en contacto con ella. Si lo haces en una lucha de verdad, estarás muerto en tres segundos.

Carrion escupió, jadeante. Hacía un frío que pelaba. Por el aire caían copos de nieve que revoloteaban en círculos, pero Carrion se había quitado la capa hacía ya media hora y tenía la camisa empapada de sudor. En su día, algo se me habría removido en mi interior al atisbar aquel pecho musculoso tras la tela húmeda. Pero eso era antes.

Antes de Fisher.

—Creo que se puede decir que, independientemente de dónde ponga la espada, no duraría ni tres segundos —dijo jadeando—. Manejas esa hoja como un demonio. ¡Además, eres el doble de grande que yo!

—Ah, no digas esas cosas. Es el triple de grande que tú —dije yo, y él me volvió a enseñar el dedo corazón.

—Tu tamaño bien podría ser tu mayor ventaja —le aconsejó Ren—. Eres más pequeño que yo, así que podrías ser más rápido.

—¡Ja! No me mientas, por favor. Tienes la misma velocidad que todos los fae. Yo soy de pies bastante ligeros, pero tú... —Carrion negó con la cabeza en señal de rendición.

Lo cierto es que sí que era de pies ligeros. A pesar de mis dudas, Carrion tenía práctica con la espada y sabía cómo manejarla. Sin embargo, al lado de Ren, no era más que un niño que intentaba ponerse de pie por primera vez. Jamás sería una lucha justa.

Ren desechó las quejas de Carrion.

—He luchado codo con codo con humanos que rugían ante una muerte segura, que mantenían la posición al cargar y que salían luego victoriosos de la batalla. Enorgullecían a su especie. ¿Piensas rendirte con tanta facilidad? —Golpeó la punta de la espada de Carrion una vez más con la suya, juguetón, para provocarlo. El sonido del metal reverberó por la orilla del río congelado—. ¿De verdad vas a avergonzar el recuerdo de tus congéneres? Hmm...

—Joder, si lo pones así...

Carrion atacó. Bueno, solo podía denominarse «ataque» porque fue él quien se puso en movimiento primero. Ren retrocedió con unos pasos ágiles y despreocupados, pero le dejó algo de espacio al humano, al tiempo que desviaba con facilidad sus ataques. Era capaz de anticipar cada uno de los movimientos de Carrion antes incluso de que este los iniciara. El general consiguió que Carrion pareciera un idiota sin esforzarse mucho.

—En Loyanbal, en el centro de las planicies, la temperatura desciende muchísimo y el Zurcido se convierte en una franja de plata sólida. Es ahí donde se hiela el agua. —Ren bloqueó la espada de Carrion como si se quitara de encima una mosca molesta—. A principios de la estación, el hielo puede llegar a tener veinte centímetros de grosor. Es fuerte. Seguro. Lo bastante sólido como para aguantar el peso de un jinete y su caballo y permitirles cruzarlo.

Miré con atención a Ren. Los hombros relajados. El modo en que giraba las caderas, no los hombros. Sin embargo, el trabajo de verdad lo llevaba a cabo a ras de suelo. Resultaba impresionante al moverse, cómo desplazaba los pies, cómo transfería el peso de uno a otro, grácil, felino, sin cruzarlos jamás. Tenía un dominio completo de su cuerpo. Al verlo, luchar parecía tan sencillo como respirar.

¡Chas!

¡Chas!

—¡Uf! —Carrion cruzó los pies, pues evidentemente no había prestado atención a la técnica de Ren, e intentó retroceder. Fue entonces cuando Ren se abalanzó sobre él y el contrabandista se fue al suelo. Cayó con un golpe tan fuerte que oí cómo le chasqueaban los dientes a tres metros de distancia.

—En lo más profundo del invierno, el Zurcido es el único lugar por donde viajar entre las montañas y el mar —dijo Ren, rodeando a su presa—. Los pasos están bloqueados, cuajados de nieve. Mercaderes, peregrinos y piratas cruzan el quebradizo Zurcido para buscarse la vida.

Carrion alzó las manos.

—¡Me rindo! Estoy... estoy hecho mierda, joder. —Intentó tragar saliva—. Tortúrala a ella ahora. Yo necesito... recuperar el aliento.

Ren fijó su atención en mí y se me envaró un poco la columna vertebral. No de miedo. O no del todo. Más bien de... expectación. Yo era muy ducha en el arte de la espada. Bastantes peleas había tenido. Había practicado en secreto mientras aprendía en el taller de Elroy. Sabía cómo sopesar las espadas, cómo hacían que se inclinara la mano cuando se blandían. Conocía el tacto de una empuñadura de frío acero en la mano. Sin embargo, esas espadas fae eran diferentes. Las hojas eran más estrechas. Más largas. Carecían de guarda, como si un guerrero fae no fuera a cometer el estúpido error de permitir que sus manos resbalaran hasta el filo.

Sin embargo, eso fue justo lo que hizo Ren: agarró por la hoja el arma con la que había estado practicando Carrion, se me acercó por la orilla y me la tendió.

—¿Qué dices, Saeris? ¿Te apetece jugar a las espaditas?

No. Iba a decir que no. Desde luego que no. Ni por asomo. Estaba convencida de que iba a negarme, pero mi mano se cerró en torno a la empuñadura envuelta en cuero. *Mierda*. De verdad que era incapaz de no responder a un desafío...

Ren esbozó una amplia sonrisa.

—Buena chica. —Se dio la vuelta y se dirigió al claro en el que había «luchado» contra Carrion, con la hoja de la espada apoyada en el hombro—. En el oeste, en Voriel, en la ciudad portuaria de Dignoeste, el Zurcido fluye hasta...

Se giró y bloqueó mi ataque. Todo pasó muy rápido. En un instante, me estaba dando la espalda y, al siguiente, ya se había agachado, los hombros al mismo nivel que mi pecho, y había alzado la espada en postura defensiva sobre la cabeza para venir al encuentro de la mía.

La verdad es que yo no pretendía hacerle un tajo. Había girado la hoja de modo que lo único que iba a golpear su hombro era la parte plana. Me había parecido un modo de empezar la clase digno de una listilla. Elroy me había repetido más veces de las que podía contar aquella cantinela de «Jamás bajes la guardia, jamás le des la espalda a un enemigo». De qué poco me había servido. Resultó que Renfis jamás bajaba la guardia. O quizá era que el general tenía ojos en la nuca. Ni siquiera parpadeó.

—En los días claros, se ve hasta la isla de Tarran Ross desde los acantilados de Dignoeste.

Y me atacó.

Vi un destello de plata cuando movió la espada. Y luego vi el cielo cargado de nieve.

Y luego el suelo. Y luego, las estrellas.

Todo duró apenas un latido.

La exclamación que soltó Carrion reverberó por toda la ribera del río.

—Ha estado muy bien. Veo que ya no te ríes tanto.

Lo habría maldecido por cerdo, pero tenía razón. Me había reído bastante de él. Ahora le tocaba a él, era justo. Y de todos modos, yo no podía respirar, joder.

Ren asomó al trozo de cielo que veía sobre mi cabeza. Me miró con el ceño fruncido.

—¿Te encuentras bien?

—Uf. Eh..., ¿sí?

Él se rio.

—¿Quieres intentarlo otra vez?

—Sí.

Si ya me había caído de boca una vez, ¿qué más daban otras diez u once caídas sobre la dura nieve? Sin embargo, la última vez que le permití que me ayudara a levantarme, tomé la decisión de no volver a caerme.

Había observado a Renfis. Había estudiado el modo en que se movía, así que adapté a él mi estilo de lucha. Además, yo aprendía rápido. Me soltó una lluvia de golpes; el acero en sus manos destellaba como el rayo. Sin embargo, bloqueé correctamente todas y cada una de sus embestidas. Cambió de estrategia y enarboló la espada como si de una maza se tratase, así que modifiqué mi postura y me aseguré de poder rechazar todos sus asaltos.

En un primer momento, me limité a defenderme. Pasó una hora y las nubes se oscurecieron aún más. Los elogios de Ren empezaron a cobrar un tono más desafiante.

—¿Qué pasa, Saeris? Jamás vas a ganar una lucha si te da miedo manchar la espada con sangre. Vamos, pelea de verdad conmigo.

Ah. ¿Quería pelear de verdad?

Si eso era lo que quería, se lo concedería encantada.

Estaba bien poder moverse así. Tener un arma de verdad en las manos. Desde que Harron me las ató a la espalda y me dio aquella paliza, me había sentido vulnerable. Débil. Incapaz. Pero ahora... me sentía de nuevo como yo misma. La chica a la que muchos matones de Zilvaren habían subestimado por su cuenta y riesgo. Toda la rabia y el miedo que llevaban asfixiándome desde el Salón de los Espejos se acumularon en mi interior y subieron hasta mi garganta.

Volé hacia Renfis, con la espada alzada, y grité.

El general se había enfrentado a enemigos peores que yo. No podía ni imaginar los horrores a los que habría mirado cara a cara durante el tiempo que llevaba luchando en aquella guerra. Sin embargo, la piel de alrededor de sus ojos sí que se tensó un poco cuando bloqueó la primera andanada de golpes que le lancé. Iba a tener que concentrarse, aunque fuera una pizca. Yo no era ninguna necia; sabía que Ren podía poner fin a aquella pelea en un latido si así lo deseaba. Pero se me hinchó el orgullo cuando conseguí que retrocediera un paso. Un paso de verdad, hacia atrás, que yo me había ganado, que él no me había concedido. Carrion no lo había logrado, pero yo...

—Te lanzas sobre la punta de la espada del contrario como si quisieras morir.

Ya estaba lista para lanzar otro tajo, pero la proximidad de la voz, justo al lado de mi oreja, me hizo bajar la guardia. La punta de la espada de Ren rodeó a la mía y me la arrancó de las manos. El arma salió volando por los aires. Trazó un hermoso arco y cayó de punta en la nieve a los pies de Kingfisher.

El muy cabrón aplaudió.

—Veo que ya has perfeccionado el noble arte de que te desarmen.

Aún llevaba el grueso abrigo negro, aunque se había bajado la capucha. Estábamos lo bastante lejos de los confines del campamento como para que nadie lo viera allí. El gorjal de cabeza de lobo lanzó un destello de plata en su garganta.

—Ya sé que es prácticamente imposible, pero ¿podrías al menos intentar no ser tan desagradable? —preguntó Ren, mirando a Fisher con los ojos entrecerrados entre los gruesos copos de nieve que habían empezado de repente a caer, resueltos.

Fisher pensó en la petición y se encogió de hombros.

—Podría intentarlo.

Por supuesto que tenía que aparecer justo cuando yo iba a abrir brecha en la guardia de Ren. Por supuesto que tenía que echar a perder mi concentración. Así de desgraciada era yo. Pero no pensaba darle la satisfacción de verme enfadada. Esta vez, no.

—A ver si lo adivino: ¿has venido a demostrarme personalmente lo inútil que soy con una espada? Pues, venga, vamos. —Alargué la mano y le hice un gesto para que se acercara—. Tú mismo.

Quizá no pudiera mantener el tipo mucho tiempo frente a alguien como él, pero me aseguraría de asestarle aunque fuera un golpe antes de que me hiciera trizas.

Kingfisher esbozó una mueca burlona.

—No estás preparada para enfrentarte a mí, humana. Conmigo no valen los entrenamientos.

—¿Están reunidos los capitanes? —preguntó Ren al tiempo que se acercaba a Fisher—. ¿Ha llegado la hora de hablar con ellos?

Fisher asintió.

—Están esperando a un par de rezagados.

—Entonces tengo que volver a mi tienda a cambiarme. Nos vemos allí.

Fisher agarró a Ren del brazo al pasar.

—No creo que haga falta que esté presente.

Por primera vez desde que nos conocíamos, vi que Renfis se crispaba de ira.

—Hace más que falta, Fisher. De hecho, es obligatorio que estés presente. Se acabó el juego, hermano. Si me quieres y me respetas lo más mínimo, ven a la reunión.

La expresión de Fisher transmitía una negativa desafiante en un primer momento, pero luego miró a Ren a los ojos, resopló de hastío y lo soltó.

—Está bien, lo que tú digas. Iré. Pero llévate al chico contigo de momento, ¿quieres? Tengo que hablar con la alquimista.

¿Era «alquimista» una mejora con respecto a «Osha»? No me sonaba a que así fuera, y menos cuando lo decía con el mismo tono desdeñoso. Fui a toda prisa tras Fisher, que se desplazaba con una velocidad desesperante por el campamento, la cabeza hundida para evitar las miradas curiosas de los guerreros fae, que lo observaban con interés al pasar junto a las hogueras. Al rato, me di cuenta de que dichas miradas no estaban interesadas en Fisher, sino en mí.

—¿Una humana?

—¿Es una humana?

—Una humana...

Me olvidaba de que yo allí era toda una rareza. Desde el Palacio de Invierno, habían corrido rumores de la llegada de una humana. Mi raza llevaba mucho tiempo sin aparecer por las tierras de los fae. Sin embargo, la novedad se esfumó con rapidez. Los miembros de la corte yveliana no tardaron mucho en olvidarse de mí. Ahí, en cambio, yo era algo que no se había visto en siglos. Estaba claro que algunos de los guerreros no habían posado la vista sobre una mujer humana en toda su vida. La presión de sus ojos me dio ganas de ir a buscarme un agujerito en el que esconderme, pero allí no contaba con semejante lujo, así que tuve que seguir a Fisher al trote.

—¿Adónde demonios me llevas?

—A mis aposentos —dijo con palabras entrecortadas.

¿Sus aposentos? Como intentara retenerme allí una vez más, se iba a liar una buena.

—Dioses, ¿quieres andar más lento, joder? Mis piernas son mucho más cortas que las tuyas.

Fisher rezongó algo, pero sí que aminoró un poco la marcha. Yo esperaba que me llevara hasta una de las construcciones de madera del centro del campamento. Pasamos unas dependencias mercantiles y lo que parecía ser una tienda de comida, así como varios edificios misteriosos. Luego ya no quedaron más construcciones sólidas; solo la marea de tiendas.

Así pues, me llevaba a alguna tienda enorme. Tenía que ser algo así. A fin de cuentas, Fisher necesitaría mucho espacio para albergar ese puto ego. Sin embargo, no había tiendas con grandes puertas ni entradas festoneadas de telas resplandecientes. Todas eran del mismo tamaño y estaban igualmente sucias y erosionadas por los elementos.

Al cabo, Fisher dejó de avanzar a toda máquina por entre el barro removido —gracias a los cientos de botas que recorrían los senderos entre las tiendas, la nieve no cuajaba allí—, apartó la solapa de una tienda y se echó a un lado, manteniéndola abierta.

—Entra, por favor.

Al pronunciar ese último «por favor», se encogió. Estaba claro que ser educado le resultaba doloroso.

Sin embargo, gracias a esas palabras, entré en la tienda por voluntad propia. En el interior, ardía un pequeño fuego en un hogar sin la menor ventilación. No había humo. Iba a tardar aún mucho tiempo en acostumbrarme al uso común y diario de la magia. Sin embargo, resultaba bastante impresionante, al igual que el tamaño de los aposentos de Fisher. En cierto modo, yo había tenido razón. Fisher se había asegurado de tener una base de operaciones cómoda para él. Pero nadie lo habría dicho desde fuera. El interior de la tienda formaba un único y amplio espacio, al menos diez veces más grande que lo que parecía desde el exterior.

Una cama gigantesca descansaba al fondo de la tienda. No era tan grande como la de Cahlish, pero resultaba mucho más impresionante que el catre de campaña que yo había supuesto que me esperaría en algún lugar de aquel agujero infernal embarrado. Junto a la hoguera, había una alta estantería repleta de libros desordenados. De hecho, había libros por todas partes: apilados sobre la alfombra —sí, alfombra—, a los pies de la cama, amontonados unos sobre otros en el suelo, junto al sofá también lleno de libros. Incluso a la entrada de la tienda, había uno que yacía abierto, junto al lavamanos.

—¿Te has estado documentando? —No sabía que Fisher fuera el tipo de persona capaz de ponerse a investigar en libros.

Fisher observó la colección de tomos que cubría todas las superficies disponibles. Gruñó.

—Sí, podría decirse que sí.

—¿Para algo importante?

—Para mí, muy importante —dijo con voz entrecortada. A juzgar por el tono afilado de su voz, no pensaba soltar más prenda.

Lo dejé pasar.

En el mismo centro de la tienda, había una mesa de madera lo bastante grande como para que se sentaran cuatro personas. Sobre ella, había un cesto con panecillos y dos cuencos de sopa humeante.

Contemplé la mesa, la sopa y los dos juegos de cubiertos y pregunté en tono seco:

—¿Qué es esto?

Fisher dejó escapar un suspiro cansado y se quitó la capa. La dejó caer sobre la cama y se sentó con aire pesado en una de las sillas ante la mesa. Se masajeó las sienes.

—No es más que una comida —dijo—. Vamos a comer y a intentar no tirarnos los trastos a la cabeza, ¿te parece? ¿Solo por esta vez, por favor?

Otra vez esas palabras.

A mí discutir con él me salía de forma natural. Eso lo sabía. Pero tenía un aspecto tan cansado, y parecía de verdad de un humor tan negro, que me faltó coraje para chincharlo. Me senté junto a él a comer en silencio.

Fisher dejó de masajearse las sienes. Me miró, siguiendo todos mis movimientos. El mercurio de su ojo derecho giraba alrededor de su pupila como si lo arrastrara un huracán. Cuando ya había dado cuenta de la mitad de la sopa, él cogió su cuchara y empezó también a comer.

—Antes te estuve mirando. Luchas bien —murmuró.

¿Un cumplido? ¿Por parte de Fisher? En lugar de llenarme de orgullo, lo que sucedió fue que el enojo creció bajo la superficie de mi piel.

—Y apostaría a que te has quedado sorprendido. Una humana que le planta cara a un guerrero fae. Debe de haberte dolido, ¿eh?

Él me dedicó una mirada maliciosa.

—No, no me ha sorprendido. Basta ver cómo se mueve una persona para saber si ha recibido entrenamiento. Supe, desde el primer momento en que te vi caminar, que sabías luchar. Pero que no se te suba a la cabeza, Osha. Ren ha sido suave contigo.

—¿Crees que no habría podido con él? —Hasta yo sabía que no habría podido con él. Claro que lo sabía. Pero, aun así, resultaba divertido hacer como que hablaba en serio para Fisher.

Pero él no mordió el anzuelo.

—Si hubieras podido con él, no sería el general de este ejército. —Señaló hacia mí mientras me tragaba otra cucharada de sopa—. A veces haces caso —dijo en tono suave.

Hice una pausa, con una cucharada entre el cuenco y mi boca.

—Resulta increíble, ¿a que sí? Hay gente que prefiere hacer caso a una petición en lugar de verse obligada a seguir una orden. Quién lo iba a decir.

Se llevó a la boca su cuchara, con ojos rápidos y afilados. Los músculos del cuello se le movieron al tragar. Pude ver tatuajes en el dorso de sus manos. Los vi a la perfección. Ambos eran runas fae. Las líneas intrincadas y entrelazadas se movían y agitaban en la superficie de su piel; el patrón cambiaba y evolucionaba ante mi mirada. Aparté la vista.

—¿Y por qué quieres que haga caso? —pregunté—. Acobardar a la gente, ejercer poder sobre ella..., ¿es eso lo que quieres? ¿Como Belikon?

Al oír el nombre de su padrastro, su expresión se descompuso. Volvió a serenarse enseguida, pero su mandíbula siguió apretada mientras cogía un panecillo del cesto.

—Jamás he sentido hambre de poder, pequeña Osha —dijo en tono quedo—. Y no me parezco en nada al rey.

—Ya, no me lo parecía. Entonces, ¿a qué viene esa determinación de controlar todo lo que hago? ¿Acaso los humanos son aquí... esclavos o algo así? ¿Eso es lo que pasa?

Él soltó una risa sin humor y negó con la cabeza.

—Los humanos jamás han estado esclavizados aquí. Al menos, entre los yvelianos. Pero cuando la maldición de la sangre cayó sobre nosotros hace miles de años, os convertisteis en nuestras presas. Fuisteis nuestra cena, pero jamás nuestros esclavos.

La maldición de la sangre. Ya la había mencionado antes, en los pasillos del Palacio de Invierno. Dijo que los colmillos afilados que tenían todos los fae eran un vestigio de esa maldición. ¿Nacían los niños con colmillos, pues? ¿O quizá Kingfisher ya vivía cuando sucedió? ¿Había sufrido la maldición y luego se había liberado de ella? Todos los fae que yo había visto tenían colmillos alargados, así que dudaba que fuera el caso. Lo más probable era que fueran parte de su genética.

Fisher cruzó una mirada conmigo.

—Quiero que me hagas caso porque te he traído aquí, por lo cual soy responsable de ti. Te necesito con vida para que puedas elaborar esos anillos para nosotros. Sin ellos, seguiremos aquí empantanados en Sanasroth para siempre, sin que ningún bando gane ni pierda del todo. Jamás podré recuperar las tierras de mi familia. Así que la respuesta es sí: te voy a obligar a obedecerme si lo considero necesario. Y no me supondrá ningún conflicto. Nos jugamos demasiado.

—¿Te has parado a pensar que a lo mejor yo también quiero seguir con vida, que estaría dispuesta a hacer todo eso a lo que me quieres obligar y que solo hace falta que me expliques por qué es tan importante para mi bienestar?

Él me contempló, con los rizos cayéndole por el rostro y oscureciéndole a medias los ojos. Una oleada de calor no del todo desagradable empezó a llamear tras mi esternón. No era solo su aspecto. También había algo más en él, algo a lo que mi cuerpo reaccionaba. Su aroma, el modo en que yo siempre sabía que había entrado en una habitación antes incluso de verlo, el arranque de melancolía que sentía en el centro del alma cada vez que lo tenía cerca, y...

Fisher apartó la mirada de la mía y contempló su cuenco.

—Es más rápido si te lo ordeno —dijo—. No puedo ponerte en peligro. No puedo poner en riesgo esos anillos. Todo está en precario equilibrio.

Solté la cuchara de golpe.

—¡Eres incorregible!

—No sé qué significa eso.

—¡Claro que lo sabes, joder!

—Está bien, lo sé. ¿Y qué?

—¡Que quiero ayudarte, Fisher! Lo haré encantada. Puede que no comprenda a tu gente y tampoco estoy segura de que todos los habitantes de este reino merezcan ser salvados, pero no he de decidirlo yo, ¿no? Por algún motivo, tengo una extraña habilidad que puede ayudar a proteger a Yvelia frente a una horda de monstruos corrompidos y sedientos de sangre que desean arrasarla. Ya he visto de lo que son capaces. Y sé lo horripilantes que son. ¡No se los deseo a nadie! ¿Es que no puedes confiar en que...?

Sombras negras se derramaron de los dedos de Fisher. El humo se esparció por la superficie de la mesa y las patas, como bruma matutina por un campo. Cubrió la comida, el cesto de mimbre, todo. La mesa se volcó y, de pronto, Fisher estaba de pie. Me levantó en volandas y... cruzó la tienda. Mi espalda chocó contra algo sólido y duro, una estantería, quizá. Sin embargo, lo que me arrebató el aire de los pulmones no fue la conmoción del golpe.

Fue la boca de Fisher.

Sus labios se estrellaron contra los míos. Durante un breve instante, no reaccioné. Estaba soñando despierta. Aquello era una fantasía. No era... no era real.

Sin embargo, en el mismo instante en que su lengua se deslizó entre mis labios, por mis dientes..., cuando probé su sabor y sentí su aliento en la cara, supe que estaba sucediendo. Era real, por más sorprendente que fuera. Y lo deseaba más que el aire. Aparté de mí la sorpresa, le rodeé la cintura con las piernas y entrelacé los tobillos a su espalda. Le pasé los dedos por entre los cabellos y le devolví el beso como si mi vida dependiera de ello. Él me sostuvo. Estaba empotrada en lo que había detrás de mí, de modo que sus manos estaban libres. Manos que descendieron a mi cintura, pero que no se quedaron mucho tiempo ahí. Dejé escapar un rápido gemido cuando esas mismas manos encontraron mis pechos. Me los apretó y me pellizcó un pezón por encima de la camisa. Una oleada de deseo se alzó entre mis piernas. Toda mi percepción se centró en él, en todos los lugares donde se conectaban nuestros cuerpos. Lo estaba tocando. Lo tocaba por todas partes. Era una masa de músculos, aliento cálido y exigente, el aroma de un viento fresco de la montaña, de la menta, del bosque por la noche, de...

—¡Dioses, Fisher!

Su boca estaba en mi cuello. Se me puso la piel de gallina cuando empezó a besarme y lamerme. El calor húmedo y abrasador de su lengua me recorrió la garganta, tan increíblemente que se me escapó un sonoro gemido.

—Joder. —Soltó aquella maldición gutural en el hueco de mi cuello, al tiempo que empujaba con las caderas para que yo sintiera... *Oh, dioses.* Su polla estaba atrapada entre nuestros cuerpos, y la tenía durísima. Con mis piernas cerradas alrededor de su cintura, estaba alineado a la perfección conmigo. La presión que aplicaba sobre mí al mover las caderas hacia arriba me hizo añicos el cerebro y pedacitos de mí se desparramaron en mil direcciones diferentes...

Ah, joder...

Necesitaba...

—¡Fisher! —exclamé su nombre.

Como respuesta, él dejó escapar un gruñido sin palabras, animal, que me provocó un escalofrío de expectación por toda la columna vertebral. Oleadas de calor se estrellaron contra mí y fueron a parar a mi vientre. Me arrastraba una marea ardiente. No tenía la menor idea de cuándo había empezado a restregarme contra su polla. Lo único que sabía era que se tensaba cada vez que nos rozábamos, que me clavaba los dedos en la piel, que su boca se regodeaba en mi cuello, cada vez más insistente.

—¡Joder! Fisher... te... te deseo —dije jadeando.

Y, como si acabara de tirarle encima un cubo de agua helada, Fisher apartó su boca de mi piel y se echó hacia atrás. Una fracción de segundo después, mis pies volvieron al suelo y Fisher se encontraba ya en el otro extremo de la tienda, pasándose las manos por el pelo. Sentí su ausencia como un golpe físico.

Ay, mierda.

Un millón de pensamientos me golpearon a la vez.

Aquello había sido una idea malísima.

No debería habérselo permitido.

No debería haberle devuelto el beso.

No debería haberme restregado así contra su polla.

No debería haber gemido.

Y, desde luego, no debería haberle dicho que lo deseaba.

Por el amor de todos los dioses de los cielos, ¿por qué se lo había dicho? Sentí que iba a vomitar.

Fisher se llevó las manos a los ojos y soltó un quejido. Alzó la vista hacia mí. Se me encogió el estómago.

—Fisher...

Cruzó la tienda con mucha rapidez. Me acunó el rostro entre las manos y me volvió a besar. Un beso fuerte. Rápido. Sus labios volvían a estar sobre los míos, aunque no llegó a abrirlos. Duró apenas un segundo, pero ocasionó un completo y absoluto caos en el interior de mi cabeza.

—Fisher...

Negó con la cabeza con aire empático; sus ojos me suplicaban que no hablara. Se apresuró a agarrarme la mano y a ponérsela en el pecho, justo en el centro.

Pum, pum, pum, pum, pum, pum...

El corazón le iba al galope, apenas se percibía el espacio entre dos latidos. No se parecía en absoluto al latido lento y constante que me había mostrado en la forja del palacio. Intenté apartar la mano, sorprendida ante aquel ritmo, pero Fisher la mantuvo ahí, apretada.

No dijo palabra alguna. Me miraba a los ojos, sin parpadear. Por una vez, el mercurio que mancillaba su ojos se quedó quieto. No había arrogancia en sus facciones. Ni rastro del bravucón, de la mueca sonriente. Me dedicaba una mirada mortalmente seria. Como si aquello tuviera un significado profundo. Tragó saliva. El pecho le ascendía y descendía con rapidez. Al cabo, asintió.

—No puedo confiar en nada —susurró sin aliento.

Y fue entonces cuando me soltó. Justo cuando necesitaba que no me soltara. Justo cuando necesitaba que se quedara junto a mí y me explicara qué habían significado los últimos ciento veinte segundos. Fisher cogió la capa, se la echó a los hombros y salió de la tienda hacia la luz menguante.

Fisher no me había pedido que me quedara a dormir en su tienda. Tampoco me había ordenado que lo esperara allí, así que hice lo que haría cualquier mujer con dos dedos de frente: me escapé cagando leches. La luz menguaba con rapidez mientras yo corría por el campamento. Allá donde mirara, veía guerreros fae vestidos con armadura que se dirigían hacia el centro del campamento. Todos iban armados. Apenas la mitad de ellos se dignaron a dedicarme una mirada al pasar. Una energía frenética, alterada, impregnaba el aire. El olor a humo y a carne asada me abrumó los sentidos, pero no había nada que erradicara el aroma a menta y a bosque nocturno de mi nariz.

Me había besado.

Bueno, en realidad había hecho mucho más que besarme. Aún sentía sus manos en mi cintura. Aún me palpitaba el pezón con el dolor que me había ocasionado. Mi pulso se convirtió en un tatuaje frenético bajo mi piel. Atravesé la multitud, intentando encontrar...

Dioses, ¿pero dónde iba a ir? No tenía ni idea. Pero tenía que alejarme de la tienda de Fisher. Sin querer, me vi arrastrada por la marea de guerreros. En algún momento, había dejado de nevar y ahora el cielo era un moratón violáceo cubierto de nubes rabiosas y aciagas bajo el que yo corría. Llegó un momento en el que ya no pude seguir avanzando. Las montañas se alzaban algo más adelante, elevándose hacia el cielo. Y en el sur, el Zurcido circundaba el campamento y me atrapaba en su confín natural. Me vi obligada a seguir a los guerreros hasta la gran tienda que había en un claro algo más adelante, donde ardía una enorme hoguera cuyas llamas se alzaban hacia el crepúsculo.

Encontré a Ren por pura suerte. La multitud de guerreros se separó para dejarlo pasar. Iba de camino a la tienda y, por algún milagro, yo estaba justo en el camino del general. Tenía los ojos oscuros, tormentosos, pero se suavizaron al dirigirse a mí.

—¿Saeris? ¿Dónde está Fisher? —preguntó, y me puso una mano en el hombro para que lo acompañara.

—No estoy segura. —Y era verdad.

Una expresión tensa y sabia apareció en su rostro al recorrerme con la mirada. Su nariz aleteó y olió... *Ay, mierda.*

—¿Te encuentras bien? —preguntó con suma cautela.

—¡Sí! Sí, claro. No me ha... —Me ardieron las mejillas—. No ha hecho nada malo.

—Claro que no. Le conozco. Fisher jamás se atrevería... —No llegó a completar la frase, aunque sí que me llevó al interior de la tienda. Con toda delicadeza, dijo—: Percibo tu olor tan bien como él mismo, Saeris. No me preocupaba que te hubiese hecho daño. Lo que te he preguntado es si estás bien; no es lo mismo.

Reprimí la segunda oleada de vergüenza, pero me negué a que se apoderara de mí. ¿Debía prepararme para aquello? ¿Todos y cada uno de los miembros de los fae me lanzarían miradas de soslayo cada vez que me pusiera un poco cachonda? ¡Uf!

—Estoy bien —dije, esta vez con más seguridad—. Te lo prometo, estoy perfectamente. Es que no tenía ni idea de dónde estabais, nada más.

Un calor asfixiante nos salió al paso al entrar en la tienda de guerra. O más bien en la sala de guerra. Esta vez, la magia no había agrandado el espacio interior, pero sí que lo había convertido en una habitación con todas las de la ley: paredes de piedra con tapices y cuadros de batallas, una chimenea de verdad y un suelo de piedra. El techo estaba a unos seis metros de altura. Las estanterías de libros, las pequeñas mesitas y cualquier otra superficie disponible estaban llenas de velas. La luz que proyectaban sus llamas bailoteaba por las paredes. Allí había reunidos al menos veinte guerreros, todos esperando a Ren. Se volvieron e inclinaron la cabeza a modo de saludo al ver que había llegado.

Carrion también estaba presente, despatarrado sobre una silla junto a la chimenea. Tenía un platito apoyado en la barriga; el muy cabrón estaba comiendo un buen trozo de tarta, inmune a la densa tensión que flotaba en el aire.

—Siéntate junto a Swift —me susurró Ren—. Tan cerca del fuego como puedas. El calor quemará... Esto... —Hizo una mueca—. Bueno, ya sabes.

Claro que lo sabía. El calor quemaría las feromonas que me cubrían porque había estado a punto de follarme a Kingfisher. *Por los dioses.*

Al llegar a la chimenea, le di una patadita en las botas a Carrion para que se apartara. La mirada sugerente y la sonrisita que me dedicó me indicaron que él también notaba en qué había an-

dado metida, aunque eso no era posible. Nuestras narices humanas no eran tan sensibles.

—No me puedo creer que estés comiendo tarta —me quejé, al
tiempo que acercaba un taburete al fuego a una distancia peligrosa.

—No es tarta, es quiche —dijo Carrion con boca llena.

—¿Quiche? ¿Eso qué es?

—Yo qué sé. Se hace con huevos y cosas. Está deliciosa. Toma.
—Me tendió el platito—. ¿Quieres?

Yo no tenía hambre. De hecho, sentía náuseas. Pero tenía que
hacer algo con las manos. Acepté la quiche, le di un bocado sin
llegar a saborearla y se la devolví.

—Aquí se está montando una buena —señaló Carrion, y
también dio un mordisco.

Bueno, por lo visto, sí que había captado la energía que imperaba en la estancia.

—No me digas.

—Esa de ahí no deja de gritar que hay que derramar sangre.

Señaló con un gesto nada sutil a una guerrera que había junto
a la gran mesa en el centro de la estancia. Estaba enfrascada en
aquel momento en una intensa conversación con tres hombres.
Tenía el pelo rubio claro, casi blanco, y unos ojos de un vívido
tono lila. Era tan hermosa que hasta mirarla dolía.

—No sé de qué cuchichean, pero todos han ido uno tras otro
a hablar con ella. Hay quien ha discutido con ella, incluso. A ese le
ha dado un puñetazo —dijo, y señaló con el mentón a un hombre
fae con largas trenzas negras de guerra y el sello del lobo rugiente
estampado en la placa pectoral de cuero—. Me da la impresión de
que todo esto es por Fisher. ¿Qué piensas, Saeris?

El fae de trenzas negras de guerra se dio cuenta de que lo estaba mirando. En lugar de devolverme una mirada hostil, lo que
hizo fue ladear la cabeza y ofrecerme una sonrisita amigable.

Carrion me dio un golpecito con el dedo en la oreja.

—¡Ay! ¿Qué cojones haces? ¡Que eso duele! ¿Se puede saber
qué te pasa? —Me llevé los dedos a la oreja.

—¿Por qué te sangra el cuello? —dijo, despacio, pronunciando todas y cada una de las palabras a la perfección.

—¿Qué?

Me tocó el cuello con la mano. Me eché hacia atrás para evitarlo, pero no fui lo bastante rápida. Me enseñó los dedos, manchados de sangre.

—Será un rasguño. —Carrion se encogió de hombros—. Algo te debe de haber rozado. Toma. —Me volvió a tender la quiche.

La acepté y di un buen bocado. Me daba vueltas la cabeza.

¿Por qué cojones me sangraba el cuello?

Como si mis pensamientos desbocados la hubiesen conjurado, una figura cubierta con una capa negra entró en la tienda, con la capucha echada de modo que no se vieran sus facciones. Sin embargo, el corazón se me lanzó al galope al verlo. Los ojos de Fisher se cruzaron un momento con los míos. Me vio pasando con un gesto atolondrado la quiche a Carrion. Tenía una expresión indescifrable. En el otro extremo de la sala de guerra, se oyeron varias exclamaciones ahogadas, a medida que, uno tras otro, los guerreros fae iban viendo quién había llegado.

—Así pues, es cierto —dijo la guerrera rubia—. Estás vivo.

—Por supuesto que está vivo, Danya —dijo Ren en tono cauteloso—. Jamás llegamos a pensar que había muerto. Vamos, empecemos con buen pie. Fisher, quítate ya esa capa. No engañas a nadie.

Fisher mantuvo la cabeza gacha al quitarse la capa. Llevaba el pelo húmedo. Goteante. Al igual que las ropas. Le corrían regueros de agua por las mejillas. Se estaba formando un charquito a sus pies. Se apoyó en la pared, la barbilla alta, y se cruzó de brazos.

—¿Qué pasa, Fish, has ido a nadar?

Había un tonito burlón en la voz de Danya, pero no fui yo la única que captó el veneno de sus palabras. Carrion me miró con las cejas alzadas, como cualquiera de los chismosos a los que les gustaba pasar la tarde delante de la Casa de Kala. Cortó un trozo de quiche y me la tendió.

Al otro lado de la estancia, Kingfisher vio el gesto y apretó la mandíbula. Volvió a agachar la cabeza y resopló.

—Sí, algo así —dijo en tono quedo.

—Pues vamos —dijo Danya, abriendo los brazos—. Ya estamos todos aquí, Fisher. Oigámoslo de una puta vez. Vamos a oír la asombrosa razón por la que nos has dejado tirados un siglo entero. Y, ya de paso, nos cuentas por qué has decidido volver a hurtadillas con el rabo entre las piernas, ¿te parece?

—De hurtadillas, nada —dijo Fisher en tono de hastío.

—Vaya que no —le soltó Danya—. ¡Te pasaste la semana pasada entera en el campamento! ¡Y la anterior también!

—Danya...

—¡No! No, Fisher. Estuviste aquí y no tuviste los cojones de decirnos ni una palabra ¿Cuántas veces hemos estado los aquí presentes a tu lado, en la lucha, sangrando contigo? Se suponía que éramos una puta familia. Y nos abandonaste.

Fisher no dijo nada. Fue Ren quien intervino para defenderlo:

—Eso no es lo que pasó y lo sabes.

—¡Ja! Por favor. Lo que sé es que me encontraba en medio de la batalla de Gillethrye, contemplando cómo ardía una ciudad entera llena de familias yvelianas, mientras la horda de Malcolm saqueaba la ciudad, ¡y de pronto este de aquí se esfumó en el aire!

—No tienes la menor idea de lo que dices. —El rostro de Ren era una máscara de rabia. No pensaba que fuera capaz de ponerse tan furioso.

—¡Cierto, no la tengo! ¡Alguien debería explicármelo antes de que le raje el cuello a este cabrón traidor!

—Cuidado, Danya. —No había sido Ren quien había hablado. El guerrero de las trenzas de guerra negras, el que me había sonreído antes, rodeó la mesa para detenerse junto a Fisher—. Puede que te deje atizarme un puñetazo como mera diversión, pero si crees que voy a permitir que le rajes el gaznate a nuestro comandante, es que has perdido el juicio.

—No te preocupes, Lorreth —dijo Fisher en tono quedo.

—¡No es nuestro comandante! —gritó Danya, y señaló con aire furioso a Fisher—. ¡Dejó de lado ese cargo cuando nos abandonó!

—Quieta ahí, Danya —rugió Ren, enseñando los dientes. Por los dioses vivos, aquello iba a ser un baño de sangre. Cogí un trozo de quiche y me lo llevé a la boca. En cualquier otro momento, aquella comida me habría parecido deliciosa, pero entonces tenía sabor a ceniza.

Los ojos de Kingfisher volaron hacia mí. Se encogió.

—Me cago en la puta, cuéntales ya lo que pasó —dijo Ren, girándose hacia Fisher—. Lo comprenderán en cuanto...

—No. —La palabra resonó por toda la sala de guerra. Kingfisher se apartó de la pared y se irguió todo lo largo que era. Sus ojos, impregnados de remordimiento, recorrieron los rostros de todos los fae que había ante él—. Lo siento. De verdad que lo siento. No quise abandonaros en Gillethrye. Ojalá pudiera deciros por qué tuve que irme, pero no puedo. Lo único que puedo deciros es que no me quedó alternativa.

Por la mejilla de Danya, resbaló una lágrima. Dio un paso al frente y se le quebró la voz al decir:

—Fue por Belikon, ¿verdad? Te obligó a marcharte. Comprendo por qué tuvimos que prender fuego a la ciudad, pero...

—No os lo puedo decir —dijo Fisher. La máscara que llevaba puesta empezó a hacerse pedazos. A sus ojos, asomó una auténtica agonía—. Ojalá pudiera, pero no. Volví en cuanto pude, creedme.

Ella lo contempló. Aquellos hermosos ojos violetas rebosaban de lágrimas sin derramar. Quería creerlo, o eso me pareció. Quería que sus palabras bastaran, pero no era el caso. Desenvainó la espada y mostró los dientes.

—¡Traidor! —gritó.

Se puso en movimiento, una franja de oro resplandeciente y borrosa que se abalanzó sobre él.

Vi cómo sucedía: el dolor en su rostro, la punta de su espada directa hacia la garganta de Fisher... y el modo en que él hundió los hombros, como si hubiera aceptado lo que iba a suceder y estuviera listo para que sucediera.

Lo cierto es que yo no pretendía ponerme en pie. Mi mano se alzó por sí sola. El grito de pánico salió de mi boca sin que mediara mi voluntad:

—¡Basta!

El cuerpo de Danya se sacudió hacia un lado. Chocó con la cadera contra la mesa. Sin embargo, no fue eso lo que atrajo a veinte pares de ojos hacia mí. Fue su espada, que estalló en un millar de esquirlas, agujas temblorosas de acero que salieron disparadas por el aire y se clavaron en la pared junto a la cabeza de Ren, con tanta fuerza que se hundieron un par de centímetros en la piedra.

Carrion cayó de costado y se resguardó tras el lateral de la chimenea, boquiabierto.

—Me cago en la puta —dijo jadeando.

Todo el mundo estaba igual de sorprendido que él. Fisher fue el único que mantuvo la calma. Me miró muy serio y una pequeña arruga apareció en su ceño al unir las cejas.

Danya se estabilizó y giró despacio hacia mí. Era la primera vez que me prestaba atención desde que entré en la tienda con Renfis. Parecía a punto de estallarle la cabeza.

—¿Tenemos una puta alquimista entre nosotros?

—Es mía —dijo Fisher.

Antes de que nadie pudiera reaccionar, un estruendo atronador sacudió todo el suelo.

—¡ROMPEHIELOS! ¡ROMPEHIELOS! ¡ROMPEHIELOS! —los gritos venían del exterior.

—¿Qué pasa? —pregunté.

Y se hizo el caos. La sala de guerra se transformó en un huracán de actividad: los guerreros fae, Ren incluido, echaron a correr hacia la salida, con las armas de pronto desenvainadas. Fisher se quedó inmóvil durante una fracción de segundo más que el resto, con los ojos aún clavados en mí y aquel extraño fruncimiento de ceño. Pero luego también se puso en movimiento. Desapareció en una nube temblorosa de resplandeciente arena negra.

—Quedaos aquí —ordenó—. No salgáis. Lo digo en serio.

—Pero ¿qué cojones pasa? —quiso saber Carrion.

—Sanasroth. El enemigo está en la orilla del río. Hemos de romper el hielo para que los muertos no crucen.

21

ROMPEHIELOS

L a noche había caído mientras estábamos en el interior de la tienda. El cielo estaba negro como la brea y se había levantado un viento fortísimo que creaba entre las hogueras un remolino de ascuas que volaban por doquier. Una de ellas me cayó en la capa y la quemó, pero eso era la última de mis preocupaciones. Cada guerrero del campamento corría hacia la ribera del Zurcido, llevando consigo enormes almádenas y hachas de aspecto amenazador.

—Deberíamos quitarnos de en medio —repetí por millonésima vez. Carrion no me había hecho caso la primera vez y ahora tampoco me escuchaba.

—No pienso esconderme en una tienda. Parece que estamos en grave peligro —dijo.

—¿Te has olvidado de todas las veces en que Ren te ha tirado al suelo esta misma mañana? Esto nos viene muy grande.

Sin embargo, Carrion tenía aspecto resuelto.

—Puede que no sea rival para estos cabrones en una lucha, pero, por mis cojones, voy a ser capaz de romper un poco de hielo. Y, además, resulta que mi exnovia sabe hacer explotar las espadas, así que imagino que podremos arreglárnoslas.

—No soy tu exnovia. ¡Y no sabía que podía hacer algo así! ¡No creo que pueda volver a hacerlo!

—Esperemos que no nos haga falta averiguarlo.

Carrion echó a correr a toda velocidad. Durante un segundo, pensé si debería volver yo sola a la sala de guerra, pero en realidad él tenía razón. No podía esconderme ahí dentro mientras el mundo parecía a punto de acabarse en el exterior. Tardé veinte segundos en alcanzarlo y, tras un minuto más, llegamos a la ribera del río.

Nos quedamos los dos plantados allí, sumidos en un silencio aturdido, contemplando el caos.

Justo en la orilla del río, había unos guerreros enormes, el doble de altos y de anchos que Fisher. Al ritmo que marcaba un tambor que resonaba río abajo, alzaban unas almádenas gigantescas sobre sus cabezas y las dejaban caer con una fuerza aterradora sobre la gruesa capa de hielo.

¡PUM! ¡PUM! ¡PUM!

El hielo escarchado se fracturaba y astillaba con reverberantes sonidos metálicos, pero la superficie no llegaba a romperse del todo. Al otro lado del río, había empezado a reunirse una masa oscura que se revolvía y rugía.

—¿Qué... qué es eso? —susurró Carrion.

Un guerrero pasó a toda prisa junto a nosotros, respirando erráticamente. No era un fae. Era Holgoth, el duende de tierra que nos había dado la bienvenida al llegar al campamento.

—Eso —dijo jadeando— es buena parte de la horda de monstruos sanasrothianos. Cincuenta mil. No los hemos... visto venir. Si cruzan el río... ¡podemos darnos por muertos!

—¿Cómo que monstruos? —gritó Carrion, pero Holgoth ya corría hacia el río.

Holgoth gritó una única palabra como respuesta:

—¡Vampiros!

¡PUM! ¡PUM! ¡PUM!

Las almádenas golpeaban el río una y otra vez.

Paseé la vista por entre la oscuridad, en busca de Fisher, pero no aparecía por ningún lado. Y Ren tampoco. Por todas partes, había rostros desconocidos, crispados de nervios, guerreros que corrían a golpear el hielo con sus almádenas. Una chispa azul iluminó brevemente la escena al otro lado del río y lo que vi allí me paralizó las piernas.

Eran miles.

Se retorcían, furiosos. Rugían. Con fauces castañeteantes.

Cincuenta mil devoradores sedientos de sangre se acumulaban junto a la ribera del río. En el momento en que la fuente de aquella luz azul apareció —una esfera blanca y candente que recorrió el aire y cayó en mitad del río—, el primero de los vampiros echó a correr. La esfera explotó y abrió un pequeño agujero en la superficie al hacer contacto. Hubo una explosión de agua de quince metros de altura, pero a los vampiros pareció darles igual. Empezaron a acercarse, un grupo tras otro.

—Me cago en mi puta vida —murmuró Carrion—. Me cago en mi putísima vida.

No fui capaz de decir nada, pero sentía lo mismo que él. Vaya si lo sentía.

Otra esfera blanquiazulada se propulsó por el aire y arrojó sombras enloquecidas sobre la masa que se aproximaba y sobre los guerreros de nuestro lado del río. Y luego otra, y otra, y otra más, ascendieron por el aire. Explotaron con enorme estruendo y abrieron grandes socavones en el hielo. Ahora que aquella sección del río era inestable, las almádenas que golpeaban la superficie por la ribera resultaban más efectivas. Poco a poco, el hielo empezó a resquebrajarse, con una telaraña de grietas que lo recorrió.

—¿Funcionará? —susurró Carrion.

—No lo sé. Vamos, hay que ayudar.

Vaya una idea ridícula. Uno de aquellos enormes guerreros de las almádenas se habría bastado y sobrado él solo para derribar la mitad de los edificios del Tercero. Y, sin embargo, el hielo era tan grueso que progresaban con mucha lentitud. En comparación, nosotros dos éramos muy débiles. Muy humanos. Aun así, ambos agarramos dos pesadas almádenas que encontramos tiradas cerca de la ribera del río y las dejamos caer sobre el Zurcido con todas nuestras fuerzas.

Chorros de fuego sobrevolaron el río en cuanto la primera oleada de vampiros estuvo al alcance. Ardieron como yescas, pero eso no los detuvo. Se acercaban más. Y más.

Un dolor chirriante me recorría los brazos, y mi espalda era un nudo agónico, pero seguí golpeando el hielo con el martillo, aunque se me pelaba la piel de las manos con cada impacto.

El hielo se estremeció y emitió un triste lamento. Y de pronto, todo se hizo trizas.

En cuanto sucedió, una alfombra de humo negro recorrió todo el río con rapidez. Los vampiros que habían subido a la capa de hielo se cayeron el agua helada. Sin vacilación, el humo pareció solidificarse para hundirlos aún más bajo la superficie. Forcejeó con ellos. Los hundía más y más, los rodeaba y los arrastraba hacia el agua que sería su tumba.

—¿Qué sucede? —Carrion contempló la ribera con ojos desorbitados de terror.

—Es Fisher —respondí en tono lúgubre—. Todo esto lo está haciendo Fisher.

Los vampiros dejaron de cruzar. Los enormes rompehielos fae siguieron golpeando y aplastando el hielo a izquierda y derecha, pero la horda rabiosa del lado sanasrothiano del río no se molestó en seguir avanzando. Rugieron y aullaron, pero permanecieron en su lado.

—¡Buenas noches, Kingfisher! —exclamó una voz desde la oscuridad—. ¡Qué alegría que hayas decidido salir hoy a jugar! ¿Qué tal si te acercas a saludar?

Una guerrera que se había unido a nosotros en la misma zona de la ribera, una hembra fae de brillante pelo rojo, palideció al oír aquella voz. Lo mismo sucedió con los demás guerreros.

—¿Es Malcolm? —preguntó la guerrera, como si no pudiese creer lo que oía—. No puede ser...

—Ya lo creo que es él —dijo un guerrero con una cicatriz escarpada en la mandíbula, contemplando ceñudo la oscuridad—. Ha salido de su fortaleza para burlarse del comandante.

—Pero...

—¡Vamos, Kingfisher, muéstrate! Si estás esperando a que yo aparezca, ¡aquí me tienes!

La muchedumbre de monstruos que había al otro lado del río se abrió. Y allí estaba: un ser alto, delgado, con atuendo anodino de color negro. Tenía el pelo lacio y tan blanco como la nieve; le caía más allá de los hombros. Tenía facciones bonitas, casi bellas. Unos ojos inyectados en sangre recorrieron nuestra ribera del río, como si no le costase nada vernos en medio de la humareda que aún lo recorría.

—Vamos, Kingfisher —canturreó aquel diablo—. Sé que estás aquí. Ya sé que solo han pasado un par de semanas desde la última vez que hablamos, pero qué quieres que te diga: te echo de menos.

Un rumor se propagó por entre los fae al oír aquello. ¿Malcolm echaba de menos a Fisher? ¿Solo habían pasado un par de semanas desde la última vez que hablaron? Lo que implicaba aquella frase estaba claro: el tal Malcolm, rey de los vampiros, quería que todos los fae supieran que su preciado líder, que por fin había regresado, tenía algún tipo de relación con él. Era una táctica de guerrilla acertadísima. El modo más fácil de ganar una guerra es crear discordia entre las filas del enemigo, para que malgasten el tiempo luchando entre sí. Fue una maniobra inteligente, pero obvia. Aun así, a juzgar por las caras de los guerreros que nos rodeaban, Fisher iba a tener que dar algunas explicaciones.

—¡Bueno, cariño mío, como tú prefieras! —exclamó Malcolm. Una sonrisa cruel se dibujó en su cara. Por ella asomaba una hilera de dientes afilados—. Escóndete tras tus amiguitos. ¡Nos vemos pronto!

22

ANSIA

Me encontró media hora más tarde.

Yo estaba sentada frente a una hoguera delante de la sala de guerra, bebiéndome la sidra caliente que Ren me había dado. Él tenía los ojos enloquecidos y el cabello desastrado. Fue derecho hacia mí, pero la pregunta que formuló iba destinada a Ren.

—¿El niñato molesto está a salvo?

—Sí —respondió Ren en tono cansado.

—Eh, espero que no se refiera a mí —dijo Carrion, pero Fisher no se dignó a responderle.

Me tendió una mano y dijo:

—O me das la mano o te llevo a hombros.

Le di la mano.

—Regresaremos por la mañana —le dijo a Ren.

Acto seguido, un vórtice negro apareció tras él. Fisher cruzó y me llevó consigo de un tirón.

La puertasombra nos llevó al dormitorio de Fisher. Onyx gruñó y le enseñó los dientes. Aquel lugar estaba igual que cuando me había visto obligada a quedarme allí encerrada, tras el ataque de los devoradores. Todo eran sombras y rincones oscuros. Dicho de otro modo: todo se ajustaba a Fisher como un guante. Inspiré hondo y me puse tensa: mis sentidos se inundaron del olor a menta silvestre y pino, pero esta vez no provenía de la habitación. Venía de él. Estaba tan cerca de mí que su calor corporal me calentó la espalda. Las manos tatuadas de Fisher me rodearon y desabrocharon habilidosamente la capa, que se deslizó por mis hombros.

—Nunca te has puesto los vestidos que te he dejado —murmuró, pegado a mis cabellos.

—No quiero hablar de tus vestidos —susurré yo.

—Lo entiendo. Hablemos de comida, pues.

—¿De comida?

Él asintió.

—No vuelvas a compartir comida con ese cerdo, pequeña Osha.

—¿Qué?

—Con Swift. Os vi antes, en la sala de guerra. Te pasaste una eternidad comiendo con él esa tarta.

—No era tarta.

—Me da igual lo que fuera. Deja de compartir comida con él.

Había un cariz peligroso en su voz. Algo que me impulsó a llevarle la contraria. Si a esas alturas aún no había entendido que no iba a permitir que me dijera lo que podía o no podía hacer, más valía que se lo recordara.

—¿Por qué no?

—Porque lo digo yo y punto, joder.

—¿Es algún tipo de extraña costumbre fae que no conozco?

—No —respondió en tono obstinado—. No es nada. Puedes compartir todos los cuencos de estofado que quieras con Lorreth o con Ren. Pero con ese cerdo, no. Bastante grave es que respires el mismo aire que él. Prefiero que no comáis del mismo puto plato.

—¿Qué tienes en contra de Carrion?

—No quiero hablar de Carrion —dijo con un gruñido.

Casi me eché a reír. Casi.

—Bueno, está bien.

Me empezó a hormiguear la nuca. Algo en mi interior se aflojaba. Noté cómo sucedía poco a poco, por fases, y me resultó aterrador. El muro que había entre los dos —esa barrera que me mantenía a salvo— empezaba a descender, se deshacía ladrillo a ladrillo. Yo podía ponerle freno, volver a alzarlo si así lo deseaba. Pero... cerca de Fisher no conseguía ni respirar, joder. Ya sabía lo que sentía mi cuerpo cuando me tocaban sus manos. De verdad. Ansiaba más de él, aunque pudiera ser cruel y egoísta, aunque supiera que desearlo iba a ser mi ruina.

—Entonces deja que decida yo de qué podemos hablar. Hablemos de lo que acaba de pasar...

—¿En la tienda? —Esta vez no proyectó la voz. No había necesidad alguna de magia. Estaba tan cerca que su boca podría acariciarme la punta de la oreja si se inclinaba lo más mínimo.

—En la ribera del río.

—Te he traído aquí para que pudiéramos olvidarnos de la ribera del río.

¿Olvidarnos? ¿De verdad creía que me podría olvidar de algo así?

—Si esos devoradores hubieran llegado a nuestro lado del río...

—... los habría partido en dos hasta formar una montaña con sus huesos.

Qué seguridad tenía. Ni un resquicio de duda sobre su propia capacidad.

—Habría habido muchos heridos.

La risa seca de Fisher me acarició el cabello.

—Estamos en guerra. Eso es justo lo que pasa en las guerras, que hay heridos. Y muertos. Muertos que, a veces, vuelven a levantarse y a alimentarse de los vivos. Es un ciclo.

Sentía mis latidos por todas partes. En las manos, en las sienes, en el hueco de la garganta. Me volví hacia él; necesitaba mirarlo a los ojos. Aquella mandíbula fuerte estaba a pocos centímetros de distancia; en ella se insinuaba una sombra de barba. El gorjal le destellaba en el cuello. El lobo de su garganta estaba a la altura de mis ojos. Tenía la camisa toda manchada, abierta apenas un poco..., lo suficiente para que se atisbara una franja de tinta negra viva. Me miró, carente de expresión, a la espera de que yo dijera algo.

—¡Esto no es ninguna broma! Estaba... estaba...

Sabía lo que quería decir. No podía obligarme a decirlo, porque era un punto de no retorno y yo no estaba aún preparada para cruzarlo.

—Estabas preocupada por mí —dijo él en tono brusco.

—¡No! Estaba...

—Vi la expresión de tu cara. En la sala de los mapas, cuando Danya quiso cortarme la cabeza. Tenías miedo. Por mí.

—Tenía miedo de que murieras porque entonces no podría volver a casa. Has jurado permitirme que vuelva cuando acabe los anillos. Quizá los otros no me concedan lo mismo, y...

La sonrisa irónica e insatisfecha de Fisher me dejó claro que no creía ni una palabra de lo que había dicho. Sin embargo, no me llevó la contraria.

—Cuando regreses por la mañana, te van a hacer pedazos —susurré.

—Estaré bien —replicó él.

—¿No te preocupa ni siquiera un poco que tus supuestos amigos puedan pensar que has estado... ayudando... al tal Malcolm? ¿Y que... que...?

Fisher se mordió el labio inferior, con la mirada más dulce que yo le había visto. Despacio, con ternura, apartó un mechón díscolo que se me había escapado de la trenza y me lo colocó tras la oreja.

—Respira, pequeña Osha.

—No me digas que respire. Han estado a punto de cruzar el puto río.

—No han estado a punto de cruzar el río. Han llegado hasta la mitad. Jamás han avanzado más de ese punto. Malcolm envía a su ejército al ataque de vez en cuando, solo para recordarnos que sigue ahí. Nosotros rompemos el hielo, él pierde algunos soldados y todo vuelve a la normalidad durante un tiempo.

—¡Has ahogado a cientos de vampiros!

—No se puede ahogar algo que no está vivo.

¿Por qué no le preocupaba nada de todo aquello lo más mínimo? A mí me parecía que estaba de mierda hasta el cuello y no hacía nada por salir de ella.

—Danya...

—A Danya se le pasará. Se le pasará a todo el mundo. Todo esto quedará olvidado por la mañana. La vida de los fae es muy larga. Hace mucho que entendimos que guardar rencor es el mejor modo de amargarse un par de décadas. Nos lo quitamos de encima con rapidez y damos el asunto por zanjado.

Se estaba engañando a sí mismo.

—Yo estaba en la sala de los mapas. No has resuelto ningún conflicto con esos capitanes, Fisher.

—¿Qué te parece si te preocupas menos por mis amigos y más por...?

—¡Quiero respuestas! —exclamé—. ¿Por qué es diferente Malcolm? No se parecía a los devoradores. Parecía...

—¿Normal?

—¡Sí!

—Malcolm es un alto fae vampiro. El primero de todos. Cuando nos maldijeron hace miles de años, todos los fae se convirtieron en algo muy parecido a Malcolm. Cuando se encontró la cura, mi tatarabuelo y la mayoría de los demás fae yvelianos la aceptaron. Los horrorizaba haberse convertido en monstruos y querían recuperar sus antiguas vidas. Sin embargo, hubo quienes disfrutaban de la magia oscura que les concedía la maldición. Les gustaba el poder y la promesa de la inmortalidad.

—Pero ¿no son ya inmortales los fae?

Fisher soltó una risita entre dientes.

—No, pequeña Osha. No lo somos. Nuestra esperanza de vida es objeto de grandes investigaciones y conjeturas. Vivimos mucho, muchísimo más que tu raza. Pero envejecemos y, al cabo, morimos. Había fae como Malcolm que no querían envejecer. No se conformaban con aprovechar los miles de años de los que ya disfrutaban. Así pues, aceptaron lo que se suponía que era un castigo con los brazos abiertos. Malcolm es el más fuerte de todos ellos. Su rey. De todos los fae que decidieron seguir siendo vampiros, él es el único lo bastante fuerte como para convertir a alguien y asegurarse de que no se corrompe. Por eso son así. Son sus rasgos de personalidad, su carácter. Cuando sus príncipes muerden a alguien, la víctima muere y vuelve sin alma a la vida. No queda más que una cáscara vacía, sin mente, hambrienta, que obedece a su amo y que devora.

En las palabras de Fisher, había un pozo sin fondo de terror. No podía ni imaginar el horror de perder toda mi sangre a manos de uno de los príncipes de Malcolm, la certeza de saber que estaba condenada a regresar como una de esas criaturas.

—¿Les sucede lo mismo a los humanos? —pregunté, aunque la respuesta ya me daba miedo.

—¿Qué crees que le sucedió a la mayor parte de tus congéneres? La gran mayoría de la horda de Malcolm está compuesta por lo que en su día fueron humanos que residían en este reino. Los fae que decidieron curarse de la maldición intentaron proteger a los fae menores y a los humanos que residían aquí, pero resultaba más sencillo atacarlos. Eran más vulnerables. No contaban con magia que los protegiera, y...

—Y... —iba a vomitar. Había querido que me lo contase todo, pero ya no soportaba ahondar más en el tema— estuviste con él, ¿verdad? Todos esos años en los que no había rastro de ti.

A Fisher se le crispó la cara.

—Eso no te lo puedo contar —dijo.

Eso no te lo puedo contar.

Al ver cómo se acentuaba la tensión alrededor de sus ojos, parte de mí reconoció lo que le pasaba y comprendió lo que sentía. Era como si intentara reprimir algo, como si intentara abrirse paso a través de una barrera. Como si no tuviera el control...

Eso era.

Fisher no tenía el control.

—Estás atado por un juramento, ¿verdad? —dije, consternada—. Literalmente no se te permite decirme...

—Basta —ordenó. Había esperado alivio por su parte. Al menos, algún tipo de reconocimiento de que por fin alguien comprendía por qué no podía contar dónde había estado y qué había hecho. Sin embargo, la reacción de Fisher fue de preocupación. De enojo, incluso—. ¿Se te ha ocurrido pensar que quizá no te lo quiera decir porque no es asunto tuyo? —preguntó de pronto.

—Pero es que sí es asunto mío. —Planté los pies en la alfombra, con postura firme.

—No, no lo es.

—Todo lo que te suceda a ti me afecta a mí. Y no soy ninguna idiota. En los últimos quince minutos, has sido menos cabrón que durante todo el tiempo que ha pasado desde que me sacaste en volandas del Salón de los Espejos y me salvaste. Volviste a lanzar pullas cuando decidiste mantenerme a distancia. Todas las mierdas que te salen por la boca son un modo de mantener a la gente lejos de ti, ¿verdad?

—Tú no tienes ni idea de quién soy —tronó él.

Y quizá tenía razón. Pero empezaba a tenerla. Empezaba a comprenderlo. ¿Cuántas veces había dicho Ren eso mismo? Lo conozco. No es así. No es el mismo de siempre. Todo era una fachada. Como un velo que se aparta poco a poco, empecé a ver al otro lado.

—No me odias tanto como finges odiarme —dije.

Él dio un paso en mi dirección, leonino, depredador, peligroso.

—Ah, ¿no?

—No.

—Interesante teoría.

—Creo que no me odias en absoluto.

Se echó a reír y dio otro paso al frente.

—Así que te tienes a ti misma en gran consideración, ¿eh?

—Sé que me deseas. —No retrocedí, aunque todo mi cuerpo me gritaba que lo hiciera.

—Querer follarte viva no es incompatible con odiarte, pequeña Osha.

Negué con la cabeza, intentando ignorar el calor de sus ojos.

—No, no es eso.

Si daba un paso más, volveríamos a estar pegados.

—Y entonces, ¿qué es?

—Hay algo... entre nosotros. Sabes que lo hay.

—¿Seguro que no son imaginaciones tuyas? Hay muchas mujeres que caen presas de sus propias fantasías desesperadas cuando tratan conmigo.

—Haz... haz el favor de dejarte de tonterías. Basta ya. En cuanto me folles, las cosas van a cambiar entre nosotros.

—Claro que sí. Me habré quitado el ansia que tengo. Y ya podré seguir con mi vida.

Entreabrió los labios y, al ver aquellos colmillos afilados, una oleada de calor me recorrió la entrepierna.

—Quieres morderme —susurré.

—¡Ja! —Echó la cabeza hacia atrás y soltó un gruñido en forma de carcajada—. No tienes ni idea de cómo te estás columpiando ahora mismo, Osha.

—Casi me mordiste antes. En la tienda. Me arañaste con los dientes. ¡Me hiciste sangre, joder!

El escueto espacio que había entre los dos desapareció en un instante. La mano de Fisher se cerró en torno a mi garganta.

—Cuidado —dijo gruñendo—. Resulta peligroso hablar tan superficialmente de algo que no comprendes.

—Pues explícamelo —dije jadeando—. Muéstramelo.

Su rabia flaqueó.

—¿Qué?

—Enséñamelo. Ayúdame a entenderlo. Demuéstrame que me equivoco.

—Qué humana tan estúpida estás hecha...

Más me valía no decir nada más. Era peligroso provocar a alguien como Fisher. Todo podría echarse a perder con facilidad. Sin embargo, la situación iba a acabar igualmente en tragedia y, después de lo que yo había visto aquella noche, de lo que se cernía sobre nosotros al otro lado del río, no pensaba morir sin haber puesto a prueba mi teoría.

—Te estoy diciendo que me folles, Fisher. Te estoy pidiendo...

Sus labios se estrellaron contra los míos. Me dejó sin palabras, se hizo dueño de mi boca con un rugido entrecortado. El beso fue un incendio. En cuanto lo saboreé y sentí su lengua sobre mis dientes, se me escapó un gemido. Me agarré al dobladillo de su camisa.

Se acabaron las pullas. Se acabaron los dobles sentidos mal disimulados. Se acabaron las amenazas.

Iba a suceder porque yo quería que sucediera.

Le subí la camisa y tuve que alzar los brazos por encima de su cabeza para poder quitarle la maldita prenda aunque fuera a medias. Apartó la boca de la mía durante un segundo para terminar de sacarse aquella tela humeante por la cabeza. En cuanto se desprendió de ella, volvió a caer sobre mí; su boca reclamó la mía con tanta intensidad que perdí hasta el sentido de la orientación. Él no palmeaba torpemente como yo. Sus manos se movían seguras y firmes: me agarró del cuello de la camisola y me la arrancó del cuerpo. Sin los corsés y varillas de los vestidos que Everlayne me había obligado a llevar en el Palacio de Invierno, me había acostumbrado a envolverme los pechos con tela, como hacía en casa. Fisher emitió un sonido contrariado al ver la tela envuelta en mi torso. Levanté los brazos, esperando que dejara al descubierto mis pechos tan rápido como pudiera. Pasó la punta del dedo índice por la tela y esta se rompió en dos: se desintegró con su contacto.

Mis pechos quedaron libres, los pezones duros. Fisher gimió y los sopesó con las manos. Me los apretó y soltó una maldición, al tiempo que sus ojos me devoraban los pechos. ¿Me había imaginado así? ¿Desnuda, a su merced? ¿Había imaginado lo que sentiría al tocarme, al saborearme, al tenerme dispuesta a hacer lo que me pidiera?

Yo era culpable de permitir que mi imaginación corriera libremente; cada vez que me masturbaba, había fingido que no eran sus manos lo que anhelaba en mi cuerpo. Me había obligado a creer que no era aquella mueca sonriente la que llenaba mis sueños. Pero vaya si lo era. Y ahora lo tenía ahí, delante de mí, descamisado. Los músculos marcados de su pecho relucían de sudor, cubiertos de una tinta que se movía en espirales por su torso. No podía creer que hubiéramos llegado por fin a ese punto.

Hacía tiempo que las cartas estaban ya sobre la mesa. O bien nos matábamos mutuamente o nos follábamos vivos. Fue una alegría ver que habíamos optado por la segunda opción.

Los ojos de Fisher llameaban. Me agarró de la cintura de los pantalones y me acercó hacia él de un tirón.

—Esto lo has pedido tú. Cuando te hayas corrido tantas veces y estés tan dolorida que no recuerdes ni de cómo te llamas, acuérdate al menos de que lo has pedido tú, pequeña Osha.

Me mantuvo la mirada al tiempo que me desabrochaba los pantalones y me los bajaba de golpe. Su mirada era pesada como el filo de una espada sobre mi garganta, lo bastante afilada como para cortarme. Me metió la mano derecha entre las piernas y con la otra me agarró de la garganta. Me llevé un buen sobresalto.

De buena gana habría soltado un grito ahogado cuando me apartó la ropa interior y hundió los dedos en mi rincón más húmedo y caliente, pero la mano que me apretaba la tráquea no me permitía ni respirar. Como si de un fatídico ángel caído de pelo negro se tratara, Kingfisher ronroneó mientras introducía los dedos en mi interior.

—Vaya, vaya. ¿Tan alterada estás ya? Estás mojadísima. ¿A qué sabes, eh? ¿Vas a gritar para mí como una buena chica cuando te sientes en mi cara?

—S, s, s...

No había manera, no podía hablar. Me daba vueltas la cabeza, tanto por la falta de sangre como por el profundo deseo que me estremecía hasta los huesos. Lo ansiaba, pero también quería comprender aquella sensación que tenía por dentro. Fisher había demostrado ser un gilipollas insoportable en cada oportunidad que se le había presentado. Me sobraban dedos de la mano para contar las palabras educadas que aquel cabrón me había dicho. Y, sin embargo, había algo en él..., algo que me atrapaba. Parte de mí sabía que Kingfisher era esa misma trampa y que yo no iba a poder librarme...

El mundo entero se oscureció hasta que solo quedamos él y yo. Hasta que solo estuve yo, acompañada de esos destellantes ojos de color verde y plata. Fisher agachó la cabeza y se inclinó hacia mí, la boca muy cerca de la mía.

—Cuando entre hasta el fondo, no te olvides de respirar.

Me soltó la garganta y a mí me dio vueltas la cabeza. Tomé una larga bocanada de aire.

No tuve tiempo de prepararme. Lo más inteligente habría sido quitarme las botas y los pantalones, pero algo así no era posible en compañía del hombre más impaciente de toda Yvelia. En un primer momento, de las manos de Fisher pareció brotar humo. Luego me dio la impresión de que surgía de detrás de él. Quién coño sabía de dónde provenía. Lo único que sabía era que lo producía él. Era el mismo humo que había hundido a la horda de vampiros en un mar de hielo... Ese mismo humo que, ahora, me recorría todo el cuerpo, como...

El humo se evaporó cuando empezaba a ponerme tensa. Y con él, también desapareció hasta la última de mis prendas. Fisher retrocedió un paso, apenas un segundo, para inspeccionar su obra. Sus ojos ahítos de deseo trazaron un camino ardiente por todo mi cuerpo, arriba y abajo, tres veces, como si recorrerme una sola vez con la mirada no fuera suficiente.

—Me muero de ganas de oír el sonido que soltarás cuando entre en ti por primera vez —ronroneó—. Voy a hacerte jadear, pequeña Osha. Y cuando hayamos acabado, cerraré los ojos y volveré a oír en mi cabeza tus gemidos cada vez que me masturbe.

Dioses. Solo de pensar en Fisher tocándose...

Aquella pecaminosa imagen que empezaba a tomar forma en mi mente quedó hecha trizas cuando Fisher se puso en movimiento. Me agarró; sus manos se aferraron a mis muslos desnudos y, sin más, me elevó por los aires. Una sensación de liviandad, de caída, se apoderó de mi estómago mientras atravesaba el aire. Caí en el suave colchón un segundo después; las frescas sábanas de seda se empaparon con el sudor de mi piel. Cuando mis ojos volvieron a centrarse en Fisher, un nudo de puro pánico me subió a la garganta. Lo que veía era un guerrero fae de pelo oscuro, cubierto en ceniza y hollín, a los pies de la cama, desabrochándose lentamente los pantalones con una mirada hambrienta y carnal. Mi instinto de autoconservación me indicó que huyera para salvar la vida.

No te muevas. No te muevas, Saeris. Por el amor de los dioses...

En Zilvaren, los depredadores carecían de rincones oscuros en los que ocultarse. Empleaban el camuflaje y el sigilo para asaltar a sus presas, lo cual a su vez nos enseñaba a nosotros a reaccionar con rapidez cada vez que nos encontrábamos con aquello que nos daba caza. Cada parte de mí quiso bajar de un salto de la cama y echar a correr hacia la puerta, pero habría sido una necedad. Fisher me habría dado caza como si de un gato infernal se tratara. Me agarré a las sábanas y me obligué a permanecer allí, contemplando todos los movimientos que hacía.

—Apoya las plantas de los pies en la cama.

No me lo ordenaba mediante el juramento. Era una orden verbal, nada más. Pero daba igual. Podría haber sido obligatorio, pues yo carecía de voluntad ante sus órdenes. Doblé las rodillas, apoyé los pies en la cama... y un poder purísimo pareció retorcer el aire alrededor de los recios hombros de Fisher. Con movimientos medidos y tentadores, se bajó aquellos pantalones cubiertos del barro de la batalla y...

Por todos los dioses inmisericordes y los santos mártires. No llevaba ropa interior. Eso no me sorprendió. Lo que casi me saca los ojos de las cuencas fue el tamaño de la polla que le asomó por los pantalones al bajárselos.

¿Estarían igual de bien dotados todos los machos fae? ¿Sería un rasgo yveliano? ¿O era solo de Fisher? Ya desnudo, Fisher se quedó plantado en el sitio para que pudiera recorrerlo con la mirada. Una sonrisa divertida empezó a asomarle por las comisuras de la boca. Era total y absolutamente increíble, joder, todo líneas pronunciadas, músculos tensos y tinta en movimiento. Su polla era perfecta; hierro rígido envuelto en seda y terciopelo. Una vena gruesa le recorría toda la parte inferior. Me hormiguearon las manos solo con la idea de tocarla.

Fisher se agarró la polla como si acabara de leerme la mente y se la acarició con la mano de la base a la punta.

—Ábrete de piernas —ordenó.

—¿Y si...?

—No pongas peros, Osha. Me he vuelto loco imaginando qué aspecto tienes ahí abajo. Tengo que verlo de una puta vez. Hazme el favor, por piedad.

Yo nunca había sido tímida en la cama. Sin embargo, en aquel momento, estaba del todo sobrepasada. Reprimí una oleada de nerviosismo y abrí las piernas. Fisher dejó escapar un gruñido tenso.

—Perfecta. Eres absolutamente perfecta. Si Danya me arranca la cabeza mañana, moriré feliz.

La expresión deslumbrada de su rostro resultaba peligrosa. Cualquiera podría engancharse a la expresión que tenía Fisher. Si yo me enganchaba, quedaría perdida para siempre. Condenada del todo, joder. Me permití disfrutar de su atención, consciente de que estaba en terreno peligroso. Pero, si Fisher había dicho la verdad, daba igual: iba a ser solo una noche. Una única vez y ya habría acabado conmigo. No volvería a experimentar nada de esto de nuevo, así que más me valía disfrutarlo...

—Una flor preciosa, abierta para mí —dijo con un gruñido al tiempo que subía a la cama. Cerró las manos alrededor de mis tobillos y a mí se me cortó la respiración. Iba a...

Me acercó hacia él de un tirón. Yo solté un grito que se convirtió en un gemido cuando Fisher se zambulló entre mis piernas. Su boca encontró la doblez de la cara interior de mi muslo. Me estremecí y casi se me salió el alma del cuerpo cuando bajé la vista y me encontré con sus ojos. Me acarició con la punta de la nariz, muslo arriba, subiendo, subiendo e inspirando con fuerza mientras tanto. Alzó la cabeza un poco para hablar y vi que sus colmillos no solo estaban desnudos, sino que parecían más largos que antes. Más afilados. El colmillo izquierdo le había pinchado el labio inferior y le había hecho sangre.

—Qué bien hueles, me cago en la puta —dijo con voz pastosa—. En la forja del palacio, ya capté un ápice de este olor. Entonces supe que tendría que saborearte. Este puto olor me ha estado persiguiendo en sueños. Recordar el aroma de tu deseo no me ha dejado pensar con claridad.

—Quizá me vendría bien una duch...

—No te atrevas a terminar esa puta frase —bramó—. No quiero llenarme la boca de jabón y perfume. Quiero degustarte a ti.

Dicho lo cual, apoyó la boca en el mismo centro de mi ser, como si mordiera un fruto maduro y delicioso. Todo mi mundo estalló en llamas.

Su lengua. Me cago en los putos dioses. Su lengua era increíble. El modo en que lamía y empapaba y succionaba mi clítoris me provocó una oleada de espasmos. El calor de su boca se combinaba con mi propia temperatura de un modo que auguraba que me iba a volver loca.

—¡Fisher! ¡Ay, jo... joder! ¡Fisher! ¡Dioses! —Me pareció sentir que se reía sin despegarse de mi piel, pero no estaba segura. Me zumbaban los oídos. Todo mi... cuerpo... reaccionaba... de un modo extraño. Tenía un extraño hormigueo en el paladar.

No me sentía los pies—. Esto... Oh, por los dioses... Joder... Esto... esto es...

—Aún no —murmuró pegado a mí—. No te vas a correr hasta que yo lo diga.

—¡Por favor! Ay, dioses... ¡Estoy a punto!

Esta vez sí que se rio, sin la menor duda. Alargué las manos hacia él, desesperada por alcanzar la liberación que me proporcionaba la punta de su lengua. Le pasé los dedos por el cabello y le hundí la cabeza en mi ser una vez más, urgiéndolo a darme más, más, más. Sentí que emitía un gruñido que me atravesaba por completo, pero no se apartó. Aceleró los movimientos húmedos y circulares de su lengua, aplicando algo más de presión, y luego me metió los dedos: jugueteó con mi abertura apenas con la punta del índice y el corazón. Yo arqueé la espalda en la cama.

Más.

Quería más.

No solo los dedos. Quería que entrase en mí, con muchas más ganas de las que me permitía reconocer mi orgullo.

—Fisher, por favor —dije jadeando—. Quiero... quiero...

—No te preocupes, ya sé lo que quieres.

Me metió los dedos hasta el fondo y yo abandoné la realidad. Cuando volví a abrir los ojos, lo único que vi fue un resplandeciente viento negro. Las velas de la habitación de Fisher se habían apagado de golpe, pero el poder estremecedor que emanaba de él parecía tener iluminación propia. Resultaba difícil de comprender... estaba claro que seguíamos en el cuarto de Fisher. Sentía la cama debajo de nosotros. Pero también estábamos en un mar negro embravecido, flotábamos en un vacío hecho de nada. Nos hundíamos, caíamos, ascendíamos y nos ahogábamos, todo a la vez.

Remolinos de humo iridiscente me subieron por los brazos y me rodearon las muñecas, me acariciaron la piel, tan suaves y seductores que temblé ante su contacto. Era él. Una extensión de él. Estaba por todas partes. Su boca se centraba en mí, sus dedos me empujaban hacia un abismo pronunciado que se cobraría mi cuerpo y mi alma.

Esta vez no iba a parar. Me llevó hasta el clímax con determinación y, cuando lo alcancé, un gruñido satisfecho de victoria le salió de la garganta.

Aquello no había sido solo un orgasmo. Había sido un despertar. Acunada en el poder de Fisher, sentí que sus manos me apretaban los muslos mientras me retorcía. También sentí que sus sombras me ataban con fuerza. Se deslizaron sobre mí, se acumularon en el hueco de mi garganta y se derramaron por mi vientre, susurrando sobre mis pesados pechos... un nivel de éxtasis que jamás había experimentado antes. Era como si lo respirara a él, como si me llevara conmigo parte de su ser...

—¡Joder!

Abrí los ojos de golpe. Fisher estaba de rodillas entre mis piernas, con la cabeza de su polla colocada justo en mi abertura. Su mano derecha encontró mi cadera. La izquierda volvió a mi garganta y un velo de sombras fluyó por su brazo hasta cerrarse en torno a mi cuello con una caricia cálida y embriagadora.

Empecé a poner los ojos en blanco, pero entonces...

—Oh, no, pequeña Osha. Me vas a mirar a la cara —dijo—. Mírame. —Esperó hasta que lo miré a los ojos de nuevo y entonces me pasó la mano por la barbilla. Me acarició casi con ternura y dijo—: ¿De verdad quieres hacerlo?

Su pecho, sus brazos, sus abdominales marcados, el profundo canal que descendía entre sus caderas y llevaba a su entrepierna: todo su cuerpo era una obra de arte. Me dejaba sin respiración. La tinta que cubría su piel fluctuó mientras aguardaba la respuesta que yo ya sabía que iba a darle:

—Sí. Quiero hacerlo. Te deseo.

Esbozó una sonrisa de pura y poderosa satisfacción masculina.

—Entonces, agárrate fuerte. Espero que no te dé miedo la oscuridad.

Me embistió, me penetró de golpe, y yo grité. No de dolor. No hubo dolor alguno. No hubo más que una tensión, una sensación de plenitud, y una asombrosa oleada de energía que me recorrió la columna en una serie de estallidos, como pequeñas explosiones. La tenía enorme y me la había metido enterita. No pude sino gritar.

Como si estuviera experimentando algo similar, Fisher echó la cabeza hacia atrás, con los músculos del cuello marcados y la mandíbula apretada. Le salió un rugido entre dientes:

—¡Jooooooderrrrrrrrrrr!

Y solo había sido una embestida. Me había penetrado una vez y yo ya estaba deshecha.

Era un orbe entero de sensaciones que zumbaba de energía. En la oscuridad, Fisher bajó despacio la cabeza, con los labios entreabiertos y el pelo desordenado. La asombrada expresión de sorpresa de su rostro me provocó una ráfaga de adrenalina que me encendió.

Por los dioses y los mártires. Jamás olvidaría esa expresión. Si conseguía regresar a mi casa, esa imagen de él, encajado en mi interior, con la piel pegajosa de sudor y el pecho agitado, me serviría de sustento hasta el día de mi muerte.

Fisher.

Kingfisher.

Señor de Cahlish.

Lo odiaba, claro que lo odiaba. Pero no era capaz de odiar algo sin que me importara un poco.

—Bruja —me acusó—. Sí que sabes hacer magia.

La tenía tan grande, joder. Toda su dura extensión temblaba dentro de mí. Mi cuerpo respondía a sus temblores, lo apretaba desde el interior. Me clavó los dedos en la piel, me los hundió en las caderas. Con un manto de humo negro a su alrededor, como si de un viento negro se tratara, empezó a moverse. En primer lugar, despacio. Los tendones del cuello se le marcaban, orgullosos. Salió de mi interior apenas un par de centímetros. Los movimientos más leves lo acercaban cada vez más al orgasmo. Volvió a ponerse en movimiento, me embistió con las caderas, introdujo la polla un poco más con cada embestida. Iba a un ritmo que más bien era una tortura. Yo me había acomodado a él y la deliciosa fricción que crecía entre nosotros empezaba a convertirse en una agonía desesperada.

—Por favor... —Alargué las manos hacia él como si tuviera todo el derecho a hacerlo. Su pecho era cálido, sólido, perfecto. Bajo mis palmas, el tatuaje del lobo en sus pectorales cobró vida. La tinta fluyó y pasó de él a... a... Por todos los pecadores... a mis propios dedos y se esparció por mi piel, extendiéndose como el humo sobre el dorso de mis manos. Tomó la forma de un pajarillo delicado en mi antebrazo derecho. El animal extendió las alas y voló; su diminuto cuerpo revoloteó por mi vientre, batiendo las alas mil veces por minuto.

—Joder —dijo Fisher jadeando.

Yo aparté las manos, temiendo que más tinta pasara de él a mí, pero Fisher negó con la cabeza, agarró una de mis manos y se la volvió a poner en la piel. No dijo nada. No me advirtió de si más tinta de su cuerpo se iba a aventurar en el mío. Se limitó a clavármela aún más, a estrellarse contra mí con más rapidez, cediendo más y más control con cada embestida.

—Es magnífico —dijo con voz rasposa. Gimió y buscó mis pechos con las manos. Tenía las pupilas tan dilatadas que el negro había sobrepasado del todo al verde y plata. Estaba embelesada, incapaz de apartar la mirada, mientras sus manos exploraban mi cuerpo.

La primera vez que lo había visto, había pensado que era la muerte encarnada. Ahora lo seguía pensando, más incluso que antes. Aquel hombre tenía el poder de acabar con civilizaciones enteras si así lo deseaba. Yo lo sentía... Un pozo de aguas quietas y profundas en su interior, cuya superficie ondulaba a medida que se endurecía más y más dentro de mí. Me iba a ahogar en ese pozo. Me iba a hundir en sus profundidades y jamás volvería a salir a la superficie. Y me parecería bien.

Volví a correrme; me hice añicos, deconstruida, sin mente. Lo único que me anclaba a la crisálida templada que había creado Fisher a nuestro alrededor eran sus fuertes manos en mi cintura y el tono áspero de su voz tensa.

—Por los dioses y los putos mártires. Me cago en la puta, joder. Sí, eso es, córrete. Quiero ver lo preciosa que te pones cuando te corres.

Cerré los ojos de golpe y solté un gemido sin palabras. Justo cuando alcanzaba el clímax de mi segundo orgasmo, las estrellas del techo del dormitorio de Fisher llamearon con tanta intensidad que su luz me quemó los ojos incluso a través de los párpados cerrados.

Fisher se estrelló contra mí una última vez y se corrió con intensidad. Rugió al soltarlo todo y juntos nos hicimos trizas.

Me zumbaron los oídos.

Me martilleaba la sangre bajo la piel. Pum, pum, pum, pum.

Fisher se derrumbó sobre mi pecho. A pesar de que me estaba aplastando un poco, su peso resultaba extrañamente reconfortante. Permaneció dentro de mí, aún duro como acero templado. Sus dedos me trazaron pequeños círculos en la piel. La realidad de lo que había pasado empezó a asomar lentamente la cabeza.

Acababa de acostarme con Fisher.

Había permitido que me follase y ahora estábamos desnudos, los cuerpos enredados. Al cabo, la maraña de sombras a nuestro alrededor se evaporó y la luz de las velas volvió, junto con el resto de la habitación. Una tras otra, las estrellas pintadas en el techo se fueron apagando despacio.

Lentamente, como si no tuviese la menor prisa, Fisher se apoyó en los codos y salió de mí. La tinta de su cuerpo se había vuelto a quedar inmóvil y sus pupilas eran dos puntitos. Se vistió en silencio.

Yo me tapé con la sábana, de pronto muy consciente de que iba totalmente en cueros. Sin embargo, lo miré. Me negaba a apartar la vista, y menos después de lo que acababa de pasar.

Cuando acabó de vestirse, Fisher se anudó las botas y me miró.

—Quiero que te quedes aquí esta noche.

Sin preámbulos. Sin mencionar lo que acababa de pasar.

—¿Por qué?

—Porque el campamento seguirá estando sumido en el caos. Tengo muchas cosas de las que ocuparme y quiero saber exactamente dónde estás.

—¿Y yo puedo decir algo al respecto? —pregunté.

Él se miró las botas. Cuando volvió a alzar la mirada, sus ojos parecían lejanos.

—La verdad es que no. Volveré a por ti por la mañana. Pasarás el día trabajando en las reliquias en la forja del campamento. Mientras tanto, Archer estará aquí a tu disposición en caso de que necesites algo.

Un sonoro crujido inundó el dormitorio y varias velas se apagaron cuando el remolino de una puertasombra se abrió justo detrás de Fisher.

—Intenta dormir un poco —murmuró. Luego dio un paso atrás, se introdujo en la negrura y desapareció.

¿Que intentase dormir? ¿Pero qué cojones le pasaba? Pues claro que no iba a dormir. Tenía la mente en llamas. Me derrumbé sobre las almohadas en medio de una batalla entre la frustración y la confusión. Y... un momento. Abrí los ojos.

No.

No podía haberse atrevido.

Di un salto y, arrastrando conmigo la sábana, corrí hacia la puerta. Esta se abrió al girar el pomo, pero cuando intenté salir al pasillo...

Mi pie descalzo se apoyó en la piedra fría sin problema alguno. No había ninguna barrera invisible que me atrapara dentro de la habitación de Fisher. Gracias fueran dadas a los dioses.

—Buenas tardes, señorita.

Me agarré al marco de la puerta para no caer redonda.

—¡Joder, Archer, qué susto me has dado!

El pequeño duende de fuego estaba solo en el pasadizo tenuemente iluminado. Bueno, solo excepto por Onyx, que yacía de espaldas con las patas al aire. Al parecer, Archer le estaba acariciando la barriga cuando yo había salido corriendo de la habitación, envuelta en una sábana, como una demente.

—Disculpas, mi señora. He venido porque he oído un alboroto en el dormitorio del amo Fisher. Al llegar encontré a Onyx gimoteando en la puerta y decidí esperar hasta que..., bueno, hasta que hubierais acabado, para ver si necesitabais algo. Las relaciones íntimas pueden llegar a ser muy agotadoras.

—Ay, dioses, Archer, no, no pasa nada. No estábamos...

Me sonrojé muchísimo. La situación no habría hecho más que empeorar si quien me hubiera pillado justo después de un polvo hubiera sido Elroy. Además, ¿cómo había acabado Onyx fuera del cuarto?

—Ah, ¿no? —Archer puso una expresión de perplejidad—. En ese caso, ¿necesitáis ver a un sanador? ¿Estáis herida? Sonaba como si...

—No, no, estoy bien. De verdad, estoy bien. Estábamos... O sea... —Miré por encima del hombro al dormitorio y entrecerré la puerta a mi espalda—. Solo estábamos moviendo unos muebles, nada más. Pero luego Fisher cambió de idea y dijo que lo prefería todo como estaba, así que... así que volvimos a moverlo todo.

Me rasqué la cabeza y me encogí al notar la maraña de pelo que se me había formado mientras «movíamos muebles».

Archer no parecía convencido, pero tuvo la suficiente elegancia como para no llamarme embustera.

—Ya veo. Bueno, en ese caso, os he traído una jarra de zumo de manzana y algo de tarta, para que podáis recuperar algo de energía. Tomad...

Se giró, levantó una pequeña bandeja plateada y me la tendió.

Yo la cogí con una mano y esbocé una sonrisa tensa.

—Gracias, Archer. Muy considerado por tu parte. Buenas noches.

Onyx entró a la carrera en el dormitorio en cuanto volví a abrir la puerta. El duende de fuego hizo una profunda reverencia. Seguía inclinado cuando entré de nuevo en el dormitorio y cerré.

23

PASAN LAS HORAS

Cuando la puertasombra apareció en el dormitorio a la mañana siguiente, yo ya estaba despierta, bañada, vestida y lista para una buena discusión. Sin embargo, Fisher no surgió de entre las sombras ondulantes. Esperé un minuto, luego otro, y me di cuenta con enojo de que no iba a salir a por mí, que esperaba a que cruzara sola.

Hijo de puta.

Contra todo pronóstico, me las había arreglado para quedarme dormida la noche anterior. Me desperté de relativo buen humor, pero eso cambió en cuanto vi mi cuerpo desnudo en el espejo que había junto a la bañera de cobre. Ahora Fisher iba a tener que explicarme aquello.

No sentí náuseas cuando crucé la puertasombra y salí a la fría y brillante mañana del campamento de guerra. Todo era un barullo de guerreros fae que iban de un lado a otro haciendo sus tareas, frente al mercado, por la plaza embarrada. Fisher se encontraba a tres metros de la puertasombra, apoyado en un poste de madera, las manos en los bolsillos y la cabeza inclinada. En cuanto crucé, se apartó del poste y empezó a alejarse a paso rápido.

—¡Eh! —Me apresuré a seguirlo—. ¡Eh, gilipollas! ¿Qué mierda haces? Vuelve aquí.

No se detuvo. Ni siquiera aminoró la marcha. Yo me eché a correr. Cuando por fin me puse a su altura, mi aliento formaba una nube de vapor al salir.

—¿Me puedes explicar qué coño es esto? —espeté, y me bajé el cuello de la camisa.

En los ojos de Fisher, había un ápice de hastío, pero no me miró directamente.

—No te preocupes, se desvanecerá —dijo en tono seco—. Probablemente.

Ah, o sea que sí que sabía por qué estaba tan enojada. Menudo pieza estaba hecho.

—Yo no quería ningún tatuaje, Fisher —dije—. Y, desde luego, no quería tener un pájaro dibujado permanentemente en mi puta teta. Tienes que quitármelo.

Él siguió con la mirada fija al frente.

—No funciona así.

—Y una mierda que no funciona así. Salió de la tinta de tu cuerpo. Me tocaste. Pasó de tu piel a la mía. ¡Así que, joder, yo qué sé, dame un apretón de manos o algo así y quítamelo!

—No te voy a dar un apretón de manos —dijo en tono desdeñoso.

—Y, entonces, ¿qué demonios se supone que tengo que hacer con él?

Fisher parecía estar haciendo un esfuerzo para no poner los ojos en blanco.

—Es un tatuaje, Osha. No te va a matar. Olvídate de que lo tienes.

—¡No me voy a olvidar! Tenía planeado hacerme mis propios tatuajes, ¿sabes? Tatuajes que me iba a hacer voluntariamente. ¡Y este lo tengo en medio del puto pecho!

—No sé qué decirte —dijo con un gruñido—. Si tanto te molesta, eres libre de buscar a alguien que lo tape.

Me paré en seco en mitad del barro y contemplé cómo se alejaba.

—¿Puedo hacerlo?

—No me import... —Carraspeó—. Por supuesto que puedes. Por el campamento hay varios guerreros aburridos con aguja y algo de tinta.

—Pues está bien, de acuerdo. Lo voy a cubrir. Espera, ¿puedes... puedes parar un segundo, por favor? ¿Adónde me llevas?

—Al sanador del campamento —dijo entre dientes—. Tienes que tomarte una cosa.

—¿Cómo que tengo que tomarme una cosa?

—Por lo de anoche. Los casos en los que un fae le engendra un bebé a una humana son extraordinariamente escasos, pero podría suceder y...

Solté una carcajada.

Fisher se detuvo en seco y abrió mucho los ojos.

—No está en mi ánimo comprenderte, pero ¿qué te parece tan gracioso? —preguntó.

—No puedo tener hijos, Fisher. Me purgaron a los catorce años.

Esperaba ver alivio en su cara, pero lo que pasó fue que se quedó pálido.

—¿Qué cojones acabas de decir?

Dejé de reírme.

—Me purgaron. A los catorce. Lo hacen con alrededor del setenta por ciento de las chicas de mi distrito.

Él se acercó hasta detenerse muy cerca de mí. Agachó la cabeza, con las fosas nasales muy abiertas.

—¿Qué quieres decir con... purgar?

—Quiero decir que... nos esterilizan —susurré.

Anoche pensé que ya lo sabía. De lo contrario, habría sido de esperar que mencionara alguna medida de protección. Sin embargo, a juzgar por la expresión de conmoción que había en su rostro, no tenía la menor idea.

—El Tercer Distrito es el más pobre —le dije—. Los asesores de salud de Madra decidieron que no se nos podía permitir procrear o, de lo contrario, no seríamos sostenibles. Es una política que se lleva practicando más de un siglo. Los oficiales del distrito marcan a siete bebés de cada diez. —Le enseñé la pequeña cruz que tenía tatuada detrás de la oreja izquierda. La marca que indicaba que no se me permitía tener hijos.

A Fisher se le vació la expresión. Su mirada quedó hueca.

—¿Qué? Es una buena noticia, ¿no?

Con la mandíbula apretada, se dio la vuelta y miró al horizonte en busca de algo, los dioses sabrían qué. ¿Había oído algo? ¿Algún indicio de peligro que mi oído humano, inferior al suyo, no había detectado?

—Fisher. ¡Eh! ¿Qué pasa?

Cuando volvió a mirarme, sus ojos estaban casi negros del todo, de tan dilatadas que tenía las pupilas.

—Nada. No pasa nada en absoluto. Busca la forja y ponte a trabajar. Ya está todo listo para ti. Espero que me des un informe a la hora del almuerzo.

Dicho lo cual, echó a andar a toda prisa sin mirar atrás.

Busca la forja. Ja. Qué fácil era decirlo. Tardé treinta minutos en localizar mi nuevo espacio de trabajo y, cuando lo hice, estaba sudando, me faltaba el aliento y estaba lista para liarme a puñetazos con quien fuera. A Fisher se le había olvidado mencionar que la forja estaba ubicada en medio de la ladera de una colina, detrás del campamento de guerra. El camino que llevaba hasta ella era tan empinado que tuve que ayudarme de las manos para ascender en algunas partes.

Cuando llegué, ya había un fuego encendido en la fragua, crepitante y vivo. Gracias fueran dadas a los dioses. Todos los materiales de Cahlish estaban colocados en un banco de trabajo de madera. El espacio era poco más que un granero, cosa que agradecía. Desde allí arriba, podía ver todo el campamento. Y estaba tranquila. Me encontraba sola. La paz y la soledad me darían tiempo para pensar.

Me puse a trabajar.

Una vez más, Kingfisher había escondido la pequeña cantidad de mercurio con la que yo debía trabajar. Busqué por la forja, hurgué entre un montón de cajas medio podridas y llenas de monedas de cobre, en anaqueles y armarios, pero no lo encontré. Después de buscar dos veces por todo el lugar, me detuve frente al banco de trabajo e intenté calmar mi temperamento cada vez más encendido. Luego me puse a escuchar. La voz era apenas un susurro. Quedo y distante. Casi lo confundí con una brisa. Pero no. Ladeé la cabeza y cerré los ojos, dirigiéndome a él. Por fin encontré la dirección de la que venía: del este. Fuera de la forja. Montaña arriba.

—Maldito sea —murmuré, y eché a andar por la empinada cuesta.

Por cada paso que daba, resbalaba tres más. Las suelas de mis botas no tenían agarre y había caído mucha nieve por la noche, así que el suelo estaba traicionero. Caí de rodillas y me deslicé de culo por la colina un par de veces antes de llegar a una meseta pequeña y pedregosa a unos treinta metros por encima de la forja.

Carrion estaba allí, esperándome. Sentado a la entrada de una cueva, tan campante, atizando una pequeña hoguera mientras leía un libro.

—¿Sabías que los fae yvelianos constituyen la casa más joven de todos los fae? Por mil años. Hubo una disputa entre dos hermanos y se separaron para crear cada uno su propia corte.

Me situé al otro lado de la hoguera y me detuve frente a él, cruzada de brazos.

—¿Te importa? —dijo gruñendo—. Me tapas la luz.

—¿Por qué cojones te parece bien todo lo que está pasando? —quise saber—. Desde que llegaste, no has hecho más que aceptarlo todo. No sabías que los fae existían y, de pronto, resulta que hay guerreros gigantescos de orejas puntiagudas y colmillos por todas partes. Y tú estás en plan «ah, vale, o sea que los fae existen, qué bien. Sí, claro, hay otros reinos. Sí, existe la magia, y los vampiros, y todo tipo de seres horribles y aterradores que quieren matarme. ¡Todo tiene sentido!».

Carrion bajó el libro y resopló.

—¿Quién ha dicho que yo no sabía que los fae existían?

—¿Qué?

—Ya lo sabía todo, Saeris. Me lo contó mi abuela.

—Venga ya, te estoy hablando en serio. Vale que nos contaran cuentos de niños, pero ninguno de nosotros se los creía.

—Yo sí —dijo Carrion en tono informativo. Volvió a centrar la atención en el libro—. Tú conoces a mi abuela. ¿Te parecía el tipo de mujer capaz de contar cuentos fantásticos y fábulas en su tiempo libre?

Lo cierto era que tenía razón. Gracia Swift era una de las mujeres más secas y pragmáticas que yo había conocido. Era más directa que Elroy. Era ingeniera, se encargaba de asegurarse de que los cimientos de las nuevas edificaciones del Tercero fueran estables. Si le leía libros a Carrion de pequeño, yo estaba dispuesta a apostar a que serían sobre cálculos matemáticos para conseguir estabilizar cimientos en terrenos inclinados, y no sobre criaturas fantásticas.

—Tiene un libro —dijo Carrion, alzando el que tenía en la mano como si fuera ese al que se refería— con todo tipo de dibujos. Ilustraciones. El texto está un poco gastado en algunas páginas, pero se lo sabe de pe a pa, así que da igual. De hecho te diría que yo también me lo sé de memoria. Se titula *Seres feéricos de las montañas gilarianas*. Hay una nota en la primera página que dice: «Jamás lo olvides. Los monstruos prosperan en la oscuridad. Atesora en tu memoria todo lo que aquí leas. ¡¡Prepárate para la guerra!!». —Carrion alzó dos dedos, el índice y el corazón—. Con dos exclamaciones. La familia Swift siempre ha sido gente muy seria. Gracia interpretó aquella puntuación superflua como una señal de que había que tomarse aquello al pie de la letra. No me daba postre hasta que no recitaba como mínimo siete características de los duendes grifo o le explicaba con todo lujo de detalles cómo se mata a un guerrero fae sanguinario que lleve armadura de placas completa.

La verdad es que no me lo esperaba. ¿De dónde había salido aquel libro sobre los fae? Madra había quemado toda la literatura que tratara, aunque fuera de pasada, de los fae o de la magia, hacía ya mucho. Resultaba curioso saber que Carrion, de alguna manera, había sido educado en la creencia de que todo esto podría sucederle en algún momento. Sin embargo, yo no tenía tiempo para reflexionar sobre ello.

—¿Te ha mandado Fisher aquí arriba a esperarme? —pregunté.

—Es un modo de verlo —dijo Carrion—. Estaba medio dormido en mi tienda y de pronto apareció, hecho una nube de humo, con su caractercito de mierda. Me gruñó y me dijo que me levantase. El sol ni siquiera había salido, pero no dejó de acusarme de ser un vago, un gasto innecesario de carbón. ¿Qué significará eso?

Lo ignoré y alcé la mano.

—Si te ha dado algo, lo necesito.

Carrion puso una expresión agria y se llevó la mano al bolsillo. Sacó la misma cajita de madera en la que Kingfisher había guardado el mercurio la última vez. Me la lanzó.

—Nuestro benévolo secuestrador me ha aconsejado encarecidamente que no la abra. Le habría desobedecido por cuestión de principios en el mismo instante en que se marchó, pero, en cuanto agarré la caja, me empezó a hormiguear la mano, así que pensé que quizá era mejor hacerle caso por una vez.

¿Qué le habría sucedido a Carrion de haber abierto la caja? El mercurio se encontraba en estado inerte, sólido, dormido. Sin embargo, existía la posibilidad de que Carrion lo hubiese activado accidentalmente. ¿Por qué no? Si yo podía, quizá él también pudiera. No tenía la menor idea de por qué había nacido con el don de manipular el mercurio. Quizá era un don latente que aún no se había manifestado en Carrion. Le había hormigueado la mano al sostener la caja. Quizá ahí había algo.

—¿Tienes algo que hacer ahora? —le pregunté.

—Aparte de azuzar esta hoguera con un palito y leerme esto, nada —dijo, y alzó el libro—. ¿Por qué?

—¿Quieres venir a prenderle fuego a un montón de cosas más interesantes?

Él cerró el libro de golpe con una floritura.

—Por supuesto que sí.

- Polvo de magnesio, sal fina, agua destilada.
- Bismuto, cobre, antimonio.
- Basalto azul, tiza, plomo.

Resultado: no hay reacción.

Tres experimentos, otros tres fallos. No solo eso, sino que yo jamás había oído hablar del antimonio, y mucho menos lo había manipulado. Resultó que el fino polvo irritaba extraordinariamente la piel. Estalló en una llamarada en el mismo instante en que tocó el mercurio y los humos que expulsó nos provocaron tantas náuseas que Carrion y yo salimos corriendo y vomitamos en la nieve.

A media tarde, ya nos habíamos recobrado hasta el punto de arriesgarnos a tomar un almuerzo tardío. Carrion fue andando hasta el campamento mientras yo empezaba el proceso de refinado. Regresó justo cuando empezaba a nevar, cargado con un recipiente de comida y una jarra de agua.

Nos sentamos fuera y comimos. Lonchas frías de carne, trozos de queso, un pequeño cuenco con nueces. Pan y un puñado de pescaditos diminutos y salados con un sabor delicioso.

—De trabajar, nada, ¿no?

Fisher surgió del interior de la forja y se nos acercó por la espalda. Casi me ahogo. En cuanto lo vi, mi mente traicionera me retrotrajo a la noche anterior, a sus manos y su boca sobre mi cuerpo, al millón de maneras pecaminosas que tenía de mover la lengua. Me lanzó una mirada de soslayo y entrecerró los ojos, con la atención fija en el campamento, como si él también me recordase en un millón de posturas comprometidas. Luego vi que le sangraba el labio, que tenía un leve moratón en la mandíbula y la camisa salpicada de sangre. No era sangre negra. Aparté de la cabeza la noche anterior.

—¿Qué te ha pasado? ¿Por qué estás sangrando?

—Ha sido entrenando —dijo en tono rígido—. No cambies de tema. ¿Por qué no estáis trabajando?

De pronto, no me importó tanto que estuviera herido. De hecho, me dieron ganas de hacerle daño yo misma.

—Dado que no somos esclavos, hemos decidido tomarnos un descanso para comer. Mira, con platos y todo —dije, y le mostré que me estaba comiendo mi comida sin compartir la de Carrion. A él no pareció contentarlo mucho—. De todos modos, ya he hecho todo lo que he podido por hoy —concluí.

—¿Y las pruebas que has llevado a cabo?

Arqueé una ceja en su dirección.

—¿Tú qué crees?

No dijo nada.

—Tengo una pregunta —le dije—. En Cahlish escondiste el mercurio en esa cajita de la estantería para que yo no lo encontrara. Hoy se lo has dado a Carrion y lo has mandado a esperarme en mitad de esta condenada montaña. ¿Por qué lo ocultas de mí? ¿Por qué no me lo dejas a mano? Ya sabes, para que lo encuentre. Quizá si no malgastara tanto tiempo buscándolo antes de ponerme a hacer pruebas, tendría tiempo para hacer alguna más.

Fisher tenía ojeras, parecía cansado.

—Discúlpame por hacer el día algo más interesante para ti. Te viene bien mejorar la capacidad de encontrar el mercurio. Nunca se sabe cuándo tendrás que detectar pequeñas cantidades a grandes distancias.

—Resulta muy molesto.

—Bueno, pero lo has encontrado y ya lo tienes. ¿Vas a hacer más pruebas esta tarde?

En tono fastidioso, dije:

—Nop. Tengo que refinar la plata.

Fisher le lanzó a Carrion una mirada dubitativa.

—¿Tú sabes cómo se refina la plata?

—¿Yo? Ni puta idea —respondió él—. Se me da mejor la logística.

—¿Y eso qué significa?

—Que tengo talento para mover cosas de un lado a otro.

—De eso ya tenemos de sobra. Deberías ir a buscarte algún quehacer —espetó Fisher.

—¡Eh, que me está ayudando!

Me levanté y me restregué una mano en los pantalones tras pasarle el cuenco de nueces a Carrion. Él lo cogió y se echó una a la boca, tras lo que le dedicó a Fisher una sonrisa afilada. Fisher no reaccionó. Al menos, no personalmente. Una oleada de humo negro pasó por encima de la hoguera que habíamos encendido para mantener el calor mientras comíamos y golpeó a Carrion de lleno en el pecho. No fue un golpe fuerte, apenas fue más potente que una brisa, pero el cuenco de nueces cayó al suelo. Quedaron desparramadas por todas partes.

Valiente niñato estaba hecho.

—Ve a buscar a Ren. Dile que te ponga a trabajar en algo. O si no, te pongo yo —dijo Fisher—. Eso suponiendo que no te guste limpiar las letrinas a mano, sin magia alguna.

La mueca sonriente de Carrion flaqueó.

—Hoy estás hecho todo un miserable, joder. Deberías follar más, te mejoraría el carácter. ¿Verdad que sí, cariño, solecito mío?

Yo me atraganté y solté una tos muy sonora. Carrion no podría haber metido más la pata. Me golpeé el pecho en un intento de respirar, mientras que Fisher se limitaba a clavarme la mirada con un semblante carente de emoción. Sin expresión alguna. El mercurio que se arremolinaba en su iris era lo único que indicaba que quizá no estaba tan calmado por dentro como lo parecía por fuera. Sus ojos parecieron absorber la luz. Al cabo, le lanzó una mirada desdeñosa y hostil a Carrion.

—No la llames «solecito mío» —ordenó.

—¿Por qué no?

Si Carrion pretendía chincharlo, desde luego le estaba saliendo a las mil maravillas. Sin embargo, Kingfisher no respondió al tono burlón de su pregunta. Se limitó a echar un poco la cabeza hacia atrás, con las fosas nasales tensas, y a decir con un tono gutural bajo:

—Porque está hecha de luz de luna. De la niebla que envuelve las montañas. De la mordedura de la electricidad en el aire antes de la tormenta. Del humo que se esparce por un campo de batalla antes de que empiece la matanza. No tienes ni idea de quién es esta mujer. De lo que podría llegar a ser. Deberías dirigirte a ella como «Majestad».

Se me acaloró el rostro. Me quemaba justo el centro del pecho. Las entrañas se me volvieron ceniza ardiente. Había esperado alguna pulla hacia la sugerencia de Carrion de que follase más, pero eso... eso no me lo había esperado. ¿Qué había sido eso? Carrion se encogió bajo la furia callada que rebosaba por los ojos de Fisher. Aquella sonrisa mal disimulada se evaporó de su rostro.

Yo ya me había encontrado antes en situaciones incómodas, pero aquella era de lejos la más embarazosa de todas. Carraspeé para recordarles a los dos que seguía presente.

—¿Necesitabas algo, Fisher? —pregunté—. ¿O podemos volver al trabajo?

Centró su atención en mí, con la expresión igualmente hueca.

—Por hoy, ya has terminado. Mandaré a alguien a refinar la plata. En el campamento hay muchos herreros que pueden hacer ese tipo de tarea. Por desgracia, necesito algo de ti, Osha.

24

LUPO PROELIA

Las esquirlas seguían enterradas en la piedra. Puntiagudas como agujas, destellaban a la luz del fuego. Las miré de cerca, con el ceño fruncido.

—Hay quinientas sesenta y tres en total —dijo Renfis—. Uno de nuestros metalurgos ha intentado sacarlas con pinzas, pero son tan finas que no podía sujetarlas bien. Dos de ellas se rompieron. Las puntas siguen clavadas en la piedra, cosa que..., bueno, no pinta bien.

Ren tenía un moratón en el pómulo que se iba volviendo cada vez más intenso y violáceo mientras hablaba.

—¿Qué demonios ha pasado hoy en los entrenamientos? —pregunté por lo bajo.

Ren me clavó la mirada. Se negaba a mirar a Fisher, que se encontraba en el extremo opuesto de la sala de guerra.

—Nada, ¿por qué lo preguntas?

—¡Porque los dos estáis sangrando y camináis como si os hubieran dado una soberana paliza!

—Lo que ha pasado en el entrenamiento es que Fisher estaba de mal humor —dijo Lorreth, el guerrero de cabellos negros recogidos en trenzas. Estaba sentado en un taburete junto al fuego. Sus ojos azul claro seguían lentamente los movimientos de todos los presentes. Contemplaba a Kingfisher, enzarzado en una discusión acalorada con Danya, pero evidentemente más centrado en Ren y en mí misma.

—Fisher está bien —dijo Ren en tono ecuánime—. Los dos estamos bien. Luego iremos a ver a Te Léna. Mientras tanto, ¿podemos concentrarnos en la tarea que tenemos entre manos? ¿Se os ocurre a alguno el modo de sacar estas esquirlas de la piedra?

Se estaba guardando algo, pero estaba claro que no quería hablar de ello. Decidí dejarlo estar.

—¿Por qué no cortamos lo que sobresale y luego limamos lo que quede con arena? —sugerí—. Danya podría hacerse una espada nueva.

Ren soltó una risa ronca.

—No es tan sencillo. La espada de Danya era especial. En su día, fue como Nimerelle. Estaba imbuida de una magia vieja y potente. Es... —Miró las afiladas puntas de metal que asomaban por la pared y se encogió—. Era un legado fae muy preciado. Esas espadas son iconos religiosos de los fae. Representaba el rango de Danya y la designaba como miembro original de los Lupo Proelia. Al igual que la mayoría...

—Perdona, ¿Lupo qué?

—Lupo Proelia. Los lobos de Fisher —dijo con un suspiro—. Solemos ser ocho en total, aunque ahora quedamos menos. Luchamos en grupo, trabajamos juntos, como hacen los lobos. Imagino que has visto el lobo grabado en algunas de nuestras armaduras.

Claro que lo había visto. El sello del gorjal que Fisher llevaba en la garganta. Y en la placa pectoral. También me había fijado en aquel tatuaje en más de una ocasión. Anoche mismo, por ejemplo, cuando el maldito líder de los Lupo Proelia me abrió de piernas.

—Como ya sabes, Nimerelle aún mantiene su núcleo de magia en la hoja. Las demás espadas alquiméreas quedaron apagadas hace siglos. Aun así, la hoja de Danya seguía siendo muy importante para ella. Para nuestro pueblo en general. No podemos limar las esquirlas y tirar el resto. Sería un sacrilegio.

—Asombroso. O sea, que me han bastado cinco minutos en el campamento para destruir un arma antigua que tiene una importancia crucial para toda la raza fae —dije a modo de resumen.

—¿Ves? ¡Es que le da igual! —exclamó Danya, señalándome—. ¡Entiende la gravedad de lo que ha hecho y no le importa una mierda!

—Sí que le importa. —Fisher dejó escapar un suspiro y cruzó la sala de los mapas para acercarse a lo que quedaba de la espada—. Lo que pasa es que se le da fatal la ironía.

A mí no me hizo gracia la mirada de odio que me dedicó Danya, como tampoco me gustaba el modo en que me seguía señalando con el dedo.

—Perdona, ¿estás siempre al borde de un ataque de nervios o es que te sienta mal que yo esté por aquí? —le solté.

Se quedó boquiabierta.

—Increíble. ¿De verdad vas a dejar que le hable así a una fae de alta cuna? —dijo, con los ojos fijos en Fisher.

—¿Qué quieres que haga al respecto? —replicó él—. Tiene mente y boca propias y yo no soy el dueño de ninguna de las dos. —Toqueteó el extremo de una de las finas esquirlas que asomaban por la piedra y frunció el ceño.

—¿Permitirías que uno de los hombres le hablara a su superior con la misma falta de respeto?

—No, claro que no —admitió él.

—Y entonces, ¿por qué no...?

—Ni ella es miembro de este ejército ni tú eres su superior —dijo Fisher—. ¿Quieres concederle un momento a ver si puede arreglar la espada con la que intentaste asesinarme? ¿O prefieres seguir dando vueltas por la sala y gritándome?

Danya no supo qué responder a aquello. Miró a Fisher con la mandíbula descolgada. Luego miró a Ren y a Lorreth. A mí me pasó por alto.

—Lorreth —empezó a decir. El hombre sentado junto al fuego alzó las manos y negó con la cabeza.

—No, no, ni hablar. Aún tengo un moratón donde me atizaste anoche. Te pasaste de la raya al atacar así a Fisher. Si esa espada está hecha añicos y dentro de una pared, ha sido por tu culpa —añadió—. A mí me parece que lo que hizo la humana es impresionante. Y que te lo merecías, además.

—Gilipollas —soltó ella—. Debería haberte pegado más fuerte.

—Ni que hubieras sido capaz —replicó él con una sonrisa.

Yo no prestaba atención a aquel toma y daca. Danya se equivocaba; sí que me importaba haber destruido algo tan preciado. Contemplé la pared y miré todas las esquirlas, intentando pensar en una estrategia para sacarlas de la piedra. De pronto, sentí un ligero golpecito justo en el límite de mis sentidos. El susurro que había sentido desde dentro del mercurio en la forja era todo un rugido en comparación con aquello, pero... juro que lo oí.

Me giré y me encontré con Fisher.

—Esa espada no era solo de acero templado. La hoja tenía mercurio.

Él asintió, con un levísimo aire de satisfacción.

—Lo tenía. No mucho, apenas unas trazas. Pero sí, por eso respondió cuando le ordenaste que parase.

—Entonces... en Zilvaren... lo que reaccionaba a mí nunca era el hierro, el cobre o el oro, ¿no? Siempre era...

Kingfisher asintió.

—Siempre ha sido el mercurio. Antaño se añadía a diferentes aleaciones y metales, cuando había muchos alquimistas y las sendas entre nuestros mundos seguían abiertas. El mercurio les daba poder a las armas. Las convertía en conductos que canalizaban enormes cantidades de magia.

Mi mente iba a marchas forzadas.

—Por eso es tan difícil de encontrar. Madra se lo quedó todo. Quiso arrebatarle todo el mercurio al pueblo. Sabía que quizá habría gente como yo dentro de la ciudad, personas capaces de controlarlo.

Kingfisher no dijo nada más. Fue Ren quien inspiró y habló:

—Nuestros registros históricos indican que la mayoría de los alquimistas solo podían controlar objetos que tuviesen al menos un cinco por ciento de mercurio. E incluso entonces, lo más normal era que un alquimista solamente pudiera pasarlo de estado sólido a líquido para poder forjarlo. No hay registro alguno en el que se diga que se puede hacer algo como esto. —Señaló con un gesto hacia lo que quedaba de la espada de Danya.

—Vale. O sea, que soy... ¿una anomalía?

Miré a Kingfisher. Quería saber qué pensaba él al respecto. Dejando aparte aquel juego del gato y el ratón que nos traíamos con nuestros sentimientos, en caso de que Fisher tuviese sentimientos, yo quería saber qué opinaba de lo que había dicho Ren. Sin embargo, Fisher no me miraba a los ojos. Se echó hacia atrás, hacia la mesa del mapa, y apoyó el peso en el borde, tensando y destensando la mandíbula y mirando al suelo.

—O sea, que eres la alquimista más poderosa que jamás se ha visto —informó Lorreth—. Eres capaz de cambiar el modo en que hemos estado luchando en la guerra de formas que no podemos ni imaginar. La mayoría de nosotros éramos niños cuando se cerraron las sendas entre los reinos y desaparecieron los alquimistas. Algunos ni siquiera habíamos nacido. No tenemos ni idea de qué aspecto tenían antes los campos de batalla, cuando había en ellos un alquimista listo para forjar nuevas armas capaces de canalizar magia...

—¡Quieto, quieto, quieto ahí! ¡Yo no sé forjar armas capaces de canalizar magia! ¡No sé ni cómo se hace una reliquia! —Me había empezado a caer un sudor frío—. No he logrado aún ni un solo avance. Ni en el Palacio de Invierno ni en Cahlish. Las pruebas que he llevado a cabo esta mañana han sido una completa pérdida de tiempo una vez más. Si estáis pensando que voy a darle la vuelta a la tortilla a la hora de ganar esta guerra, más vale que os planteéis otra estrategia.

—Justo lo que yo digo. Si esta humana no sabe ni limpiarse el cul...

—Danya, te lo juro por los dioses: o te callas o te saco de aquí de una patada —dijo Ren en tono sombrío.

Danya retrocedió como si la hubiera abofeteado. Le temblaron los labios y a sus ojos asomaron lágrimas.

—No lo dirás en serio —susurró—. ¿Tú? ¿Precisamente tú te vas a tragar toda esta pantomima? Los que nos quedamos aquí fuimos nosotros. Somos nosotros los que luchamos en el barro y vimos morir a un amigo tras otro. ¡Esta humana no había ni nacido y nosotros ya llevábamos siglos entregados a esta lucha!

—Tienes razón —espetó Ren—. Hemos estado aquí, atrapados en medio de la nada, en un rincón olvidado de nuestra tierra, defendiendo una frontera que no les importa tres cojones a los gilipollas de alta cuna del norte. Y llevamos siglos así. Si cae esta línea de defensa, caerá el reino entero. Pero, dentro de cien años, ya no estaremos luchando en esta guerra.

—Si es necesario, sí que... —empezó a decir Danya.

—No. Ya no seguiremos luchando. Porque nuestras fuerzas menguan cada día que pasa, mientras que la horda de Malcolm no hace sino aumentar. No queda nada que cazar y Belikon ya no envía suministros al frente. No tenemos madera para las hogueras. Ni comida para las tropas. No tenemos ropas que nos mantengan calientes. No tenemos armas que darles a los putos soldados. Así que sí, si el plan es que una humana aparezca mágicamente y nos ayude a darle la vuelta a la situación, claro que apoyo el plan. Porque, sin ella, pronto no quedaremos ninguno de nosotros. Y no te hablo de dentro de cientos de años, ni de cincuenta. Ni siquiera diez. Nos queda un año, Danya. Doce meses. Si el año que viene no hemos resuelto el enigma del mercurio, Malcolm habrá ganado.

—Pon la cabeza entre las piernas, quizá eso te ayude.

Lorreth cortó un trozo de la manzana que se estaba comiendo y se lo llevó a la boca con la punta de su daga. Tras él, el cielo daba vueltas y los confines del campamento de guerra eran un borrón. Apoyé las manos en los muslos y me incliné hacia adelante, esforzándome por respirar. Tenía una presión fortísima en el pecho.

Las palabras de Ren resonaron en mis oídos. Preferiría no haberlas oído, pero no dejaban de resonar y resonar, lo cual me provocaba nuevas oleadas de pánico cada vez. Un año. Apenas un año. Habían hecho todo lo que estaba en su mano para inclinar la balanza a su favor, pero nada había dado resultado. Ahora era solo cuestión de esperar. El tiempo se agotaría, no conseguirían mantener la línea del frente y cien mil vampiros hambrientos arrasarían toda Yvelia en una ola de muerte de color rojo sangre.

A menos que yo aprendiera a manipular un puto metal.

Dioses, pecadores, mártires y fantasmas. Estábamos jodidos hasta extremos increíbles.

—Te acabas por acostumbrar, ¿sabes? —dijo Lorreth con naturalidad—. A esa abrumadora sensación de ruina inminente. Al cabo, se convierte en un ruido de fondo. Casi ni se nota.

—¿Dónde... está Fisher? —pregunté jadeando.

Me había ido corriendo de la sala de guerra después de que Ren se fuera a hablar con unos exploradores que acababan de regresar. Danya había salido de la tienda y se había dirigido al río, gruñendo por lo bajo. Lorreth salió a los diez minutos y se sentó en el tocón de un árbol a tres metros de mí, tan impávido como siempre. Sin embargo, Fisher no había salido de la tienda.

—Ha regresado a Cahlish. —Lorreth se llevó otro trozo de manzana a la boca.

—¿Qué?

—Ha dicho que iba a ver a Te Léna.

¿Te Léna? Era la dulce sanadora que había cuidado tan bien de mí tras el ataque de los vampiros. Hacía tiempo que no pensaba en ella. Pero era la segunda vez que Fisher iba a verla recientemente. Y, en ninguna de las ocasiones, estaba herido.

Dioses, ¿qué me pasaba? Aquel reino estaba al borde de la destrucción total y yo me sentía enojada y bastante aterrada ante lo que eso supondría para mí y para todos los demás habitantes de Yvelia..., pero también estaba celosa. Me sentí patética, así que me tragué las preguntas que quería formularle a Lorreth: «¿Están juntos Te Léna y Fisher? ¿Le gusta la sanadora? ¿Llevan mucho tiempo?». Me daba vergüenza solo pensarlas. En cambio, hice una pregunta más apropiada:

—¿Dónde... coño... puedo encontrar... algo de alcohol?

El edificio de madera del centro del campamento era una taberna y resultó que tenía las mejores bebidas. Por el momento, me había tomado cinco buenos tragos de un whisky muy potente y empezaba a sentirme algo aturdida. Ya se me había pasado la ansiedad y empezaba a ver lo ridículo que resultaba todo.

—A fin de cuentas, es sencillo —dije.

Lorreth se asomó a su vaso como si estuviera seguro de que quedaba algo de whisky en el fondo pero no consiguiera dar con él.

—¿A qué te refieres? —preguntó.

—Es un puto mentiroso. Lleva mintiéndome todo este tiempo.

Lorreth frunció el ceño.

—¿Quién, Fisher?

—Sí, Fisher. ¿Quién si no?

Él negó con la cabeza.

—Imposible. Es un fae juramentado.

—¿Y?

—Los fae juramentados no podemos mentir.

Lo miré con un ojo cerrado y el otro entreabierto, dubitativa.

—Te diré que eso me parece una gilipollez como un piano.

Lorreth abrió las manos y se encogió de hombros.

—Al cumplir los veintiún años, nos arrodillamos ante la Roca Firinn y decidimos qué camino seguir. Todos nosotros. Tenemos elección. Si sangramos sobre la roca, sellamos nuestro juramento. Juramos ser siempre sinceros. Siempre fieles a nuestra palabra, sin importar lo que nos cueste.

—¿Y cuál es la alternativa?

—La alternativa es el Camino sin Ley. Un fae sin ley puede mentir, engañar, robar. Admitiré que todo ello resulta útil en algunas situaciones, pero conlleva un precio que ni Kingfisher ni ninguno de nosotros, te diré, estamos dispuestos a pagar.

Yo lo miré con una ceja arqueada.

—¿Y cuál es ese precio?

Volvió a encogerse de hombros con aire indiferente, como si la respuesta fuera obvia.

—Nuestro honor.

Yo solté una tosecita divertida.

—Así pues, por más que lo deseemos a veces, somos físicamente incapaces de faltar a nuestra palabra o decir mentira alguna.

—Hmm. Ya, bueno —admití—, es verdad que Kingfisher dijo algo así en la forja del Palacio de Invierno. Pero no lo creí.

—¿Y por qué no lo creíste?

—Porque un mentiroso que no quiere que lo pillen mintiendo afirmará que es incapaz de decir mentiras. Dioses... Resulta confuso.

—¿Y sobre qué crees que mentía?

Lo recordé de golpe: la pregunta velada de lo grande que tenía la polla. Y la sonrisa lenta y arrogante de Kingfisher.

«Lo bastante grande para hacerte gritar, y mucho más que eso».

Comprendí, muy enojada, que había dicho la verdad al respecto.

—Da igual —dije—. Lo que importa es que Fisher sabía que necesitáis que haga armas para vosotros o, de lo contrario, perderéis la guerra contra Malcolm. Pero, aun así, me obligó a sellar un pacto con él de modo que yo no pudiera regresar a mi casa hasta haber convertido todos esos anillos en reliquias.

A pesar de estar un diez por ciento más borracho que yo, Lorreth cerró los ojos al oír eso.

—¿Selló ese pacto contigo?

Asentí y apuré el vaso.

—Bueno, si hizo ese pacto contigo, no debes dudar de que lo cumplirá. Aunque no le obligara su propia magia, y sí que le obliga, Fisher lo honraría por cuestión de principios. Así es él.

Oí una nota tensa en la voz del guerrero al pronunciar aquellas palabras. Los pormenores de mi pacto con Fisher parecían haberlo pillado por sorpresa, aunque lo disimulaba bastante bien.

De todos modos, quise cambiar de tema.

—Dime... —Me incliné hacia delante en la mesa y señalé hacia la boca de Lorreth—. Esos dientes... Fisher dice que son un vestigio de la maldición de la sangre. Pero... aún funcionan, ¿no? ¿Puedes usarlos para beber sangre?

A Lorreth se le pasó la borrachera de golpe. Sus pupilas encogieron hasta convertirse en dos puntitos negros. Miró alrededor y observó las mesas de cada lado, como para asegurarse de que nadie había oído lo que yo acababa de decir.

—Esto... La verdad es que no es el tipo de tema del que se habla en una taberna —dijo en voz baja.

—¿Por qué no?

—Joder, necesito más alcohol para tener esta conversación. Espera.

Le hizo un gesto al camarero para que volviera a llenar los vasos. Aquella criatura de rostro agrietado que, según me había informado Lorreth, era un trol de las montañas, nos sirvió otra ronda. Cuando se fue, Lorreth suspiró. Orientó su bebida hacia mí.

—Sarrush.

Entrechoqué mi vaso con el suyo.

—Sarrush.

Lorreth inspiró hondo.

—Está bien, vale. Veamos. ¿Nadie te ha contado nada de... de todo eso? —preguntó en tono esperanzado.

—Nop.

—Bueno... —Lorreth no había movido ni un músculo durante la disputa en la sala de guerra, cuando Danya intentó rajarle el cuello a Fisher. Tampoco cuando Ren dio la mala noticia de que estaban a punto de perder la guerra. Sin embargo, ahora parecía extremadamente incómodo—. Sí, nuestros colmillos funcionan a la perfección. Igual que los de un vampiro. Pero beber sangre es tabú. No, peor que tabú. Es un escándalo.

—¿Pero lo siguen haciendo a veces los fae?

Un tono rosado empezaba a aparecer en sus mejillas.

—Sí.

—Pero no necesitáis sangre para sobrevivir.

—No.

—¿Y por qué lo hacen?

—Pues... —Echó otra mirada cautelosa en derredor y cambió de postura en el asiento, incómodo—. Es una práctica sexual. Si un varón bebe sangre de su pareja en la cama, se le pone la polla más grande de lo que jamás la ha tenido. Se pone eufórico. Él y quien comparte cama con él. Mientras follan.

—Oh.

—Pues sí, oh —dijo él—. Pero hay que ir con cuidado. Si mordemos a alguien, podemos perder el control. Hace falta una inconmensurable fuerza de voluntad para no beber. No es... no es un tema del que se hable normalmente.

Yo tenía el cerebro tan nublado por el whisky que no supe cómo interpretar aquello. Supongo que eso explicaba la reacción de Fisher cuando le dije que casi me había mordido. Sin embargo, aparte de eso... no sabía qué pensar.

—Si tienes más preguntas al respecto, quizá podrías abordar el tema en otro momento. En privado. Preferiblemente con la persona que te haya propuesto... esto... beber de ti —murmuró Lorreth, hundiendo la cara en el vaso.

Me ruboricé intensamente.

—Sí, por supuesto.

No le había contado a nadie una palabra sobre lo que había sucedido entre Fisher y yo. Me había restregado en la ducha hasta dejarme en carne viva, con la esperanza de quitarme de encima su olor pero, al parecer, los fae podían detectar aromas por debajo de los restos de jabón. ¿Sabría Lorreth que yo había follado anoche? ¿Y con Fisher, concretamente? La verdad es que daba igual. Preocuparse por eso no iba a cambiar nada. Y yo no sabía nada de Lorreth, así que, ¿qué más daba lo que pensara? Era un desconocido. Pero me gustaba; quería que dejara de ser un desconocido.

—Bueno, ¿y tú cómo acabaste aquí? —le pregunté.

—¿En Yvelia? Nací aquí —dijo él.

—No, quiero decir en medio de esta guerra.

—Ah. —Hizo un ademán evasivo—. Bueno, a ver... En su día, fui un bardo ambulante. ¿Te lo puedes creer?

Sí que tenía una voz bastante agradable, pero no alcanzaba a imaginarme a aquel guerrero gigantesco y de aspecto peligroso como bardo.

—¿Y se te daba bien? —pregunté.

—No, era mediocre. Resultó que se me daba mejor matar que cantar. Pero, bueno, cierta noche conocí a Fisher en el camino. Se dirigía a ayudar a unos amigos. Me encontró en una zanja.

Reprimí una sonrisa.

—¿Borracho?

—No, en realidad, muerto. O casi. —Me guiñó un ojo, aunque de pronto pareció algo pálido bajo las luces tenues de la taberna—. Me habían atacado dos vampiros. Errantes. No eran parte de la horda. Pero estaban hambrientos. Me echaron un vistazo... Un chico espigado y solo con un laúd a la espalda... Y decidieron que les serviría de almuerzo. Casi me dejan seco.

—Joder. Suena horrible.

—Bueno, desde luego no fue divertido. Pero sucedió hace ya mucho. Desde entonces, me han pasado cosas mucho peores. Sea como sea, estábamos a muchos kilómetros de cualquier lugar. No habría aguantado hasta que llegara alguien a ayudarme. Si hubiera muerto, habría regresado siendo lo mismo que ellos y habría podido matar a algún miembro del grupo de Fisher, y no podían arriesgarse a algo así. Sus compañeros le dijeron a Fisher que lo mejor sería acabar con mi sufrimiento, pero él se negó. Los obligó a acampar aquella noche y me transportó hasta Cahlish. Me llevó en brazos, me cago en la puta. —Enfatizó Lorreth—. Me puso en una cama y llamó a los sanadores para que me cuidaran. Luego esperó a ver qué decían. No se mostraron muy optimistas. Tenía más veneno que sangre en las venas, y hasta el mejor de los sanadores tiene ciertos límites, sobre todo en semejantes circunstancias. Le dijeron que regresara con los lobos y que, cuando yo muriera, me darían sepultura bajo un tejo en alguno de los campos que bordeaban la mansión. Pero Fisher se negó.

—¿Y qué... hizo?

Lorreth echó la cabeza hacia atrás y soltó una carcajada.

—Algo de lo que, estoy seguro, le he dado muchísimas razones para arrepentirse. Me hizo su hermano. Por sangre. Me cedió parte de su alma.

—¿Parte de su...?

No lo había oído bien. El alcohol estaba haciendo que los oídos me jugaran una mala pasada. Si existían las almas, y no estaba del todo convencida de que así fuera, no era posible ir por ahí regalando pedacitos.

—Es un rito antiguo —dijo Lorreth—. Quedan ya muy pocos que sepan llevarlo a cabo. El padre de Fisher estuvo a punto de morir en una ocasión y un amigo suyo lo empleó para salvarlo. Por eso, se aseguró de que él también supiera hacerlo, en caso de que algún día lo necesitara para salvar la vida de alguien importante para él.

—Pero a ti no te conocía...

Los ojos azul claro de Lorreth destellaron como diamantes. Tomó un sorbo de whisky, dejó el vaso y lo contempló.

—Pues no, no me conocía. Pero lo hizo igualmente. Vinculó una pequeña parte de sí mismo al resquicio de vida que seguía en mi interior. Y me salvó. Yo seguía moribundo como un perro, pero la muerte aflojó su sujeción sobre mí. Supe que iba a vivir, y Kingfisher también lo supo. Me dijo que se iba con los demás lobos, que volvería en tres meses. Me dijo que podía marcharme en cuanto me sintiera mejor, si así lo deseaba, pero que aquí había un lugar para mí, si prefería quedarme.

—Y decidiste quedarte. Y luchar.

Lorreth asintió, despacio.

—No tenía familia, nadie que me necesitase en ninguna parte, así que pensé: «A la mierda. De todos modos, estoy vivo gracias a él. Puedo dejarme la piel y hacer el bien durante el tiempo que me quede para ser digno del regalo que me ha hecho». Y me quedé en Cahlish. En cuanto pude volver a moverme, empecé a entrenar. Antes de aquel día, jamás había blandido una espada, pero lo di todo. Y comí. Comí tanta puta comida que el cocinero se ponía a dar voces en cuanto me veía aparecer por las cocinas. Cuando Fisher regresó tres meses después, no me encontró en Cahlish. Yo ya lo estaba esperando en el campamento de guerra. Medía quince centímetros más y pesaba el doble que cuando él se había marchado. Y lo más importante: estaba preparado para matar vampiros.

—Espera. ¿Cruzaste Omnamerrin? ¿A pie? —pregunté en tono incrédulo. Fisher me había dicho que solo los fae con instintos suicidas intentaban cruzar las montañas que había entre Irrìn y Cahlish.

—Así es. Tardé nueve días y casi acabo enterrado por una avalancha, pero al final llegué.

—Tienes suerte de no haber muerto. Bueno, espera, ¿qué habría sucedido si hubieras muerto? ¿Qué le habría pasado a ese fragmento de alma que te dio Fisher?

—Buena pregunta. Si yo muero primero, ese fragmento de alma regresará a Fisher. Volverá a estar entero de nuevo. Palmaditas en la espalda, hacemos una fiesta y fin. Pero si él muere primero, estará condenado a esperar aquí hasta que yo muera para poder alcanzar el más allá. Estará atrapado aquí, en estado incorpóreo, incapaz de tocar nada ni a nadie. Incapaz de que lo oigan. Ese es el sacrificio que hizo cuando decidió darme el don de la vida. Ya ha sucedido en otras ocasiones: hombres o mujeres fae que se arrancan un pedazo del alma y mueren antes, ya sea por causas naturales o violentas. Sin embargo, la persona que tiene su alma sigue viviendo sana otros dos mil años.

»Por ejemplo, Saoirse, reina de los fae lísianos. Su madre, que fue reina antes que ella, le salvó la vida cuando era niña. Ciento ochenta años después, su madre fue asesinada a manos de entidades desconocidas y Saoirse ascendió al trono. Era joven y hermosa. Le gustaba ser reina. Se rodeó de hombres enamorados de ella, dispuestos a morir para mantenerla a salvo, y declaró que pensaba vivir para siempre. Ahora consume tónicos y elixires, y se rumorea que bebe sangre de vampiro para alargar su vida. Han pasado casi tres mil años desde que murió su madre y Saoirse no parece tener más de treinta o así. Mientras tanto, el espíritu de su madre está encadenado a ella, se ve obligada a presenciar el mundo de los vivos sin poder interactuar con él. Sin poder pasar al más allá y alcanzar el descanso eterno.

Lorreth parecía estar a punto de vomitar. Tuve que admitir que yo también notaba algo de náuseas. La idea de que alguien fuese capaz de condenar a su propia madre a una existencia tan solitaria y horrible, así como a la inevitable locura que sin duda le provocaría, me resultaba incomprensible.

—Fisher dice que no le preocupa lo que le suceda si él muere antes —dijo Lorreth—. A mí tampoco me preocupa. Lo cierto es que espero morir yo primero. Pero si los hados guían a las estrellas en otra dirección y nuestros ángeles se lo llevan a él antes, no habré de respirar una sola bocanada de aire más que Fisher. Me aseguraré por mi propia mano de que el fragmento de alma que me prestó regrese a él. Y si los hados lo consideran justo, habré hecho lo suficiente como para tener un lugar a su lado. Así que me iré callada y felizmente junto con mi hermano hacia aquello que nos espere en el más allá.

BALLARD

Kingfisher apenas me dijo una palabra cuando me llevó a la mansión aquella noche. Yo me tambaleaba un poco y, desde luego, hablaba con voz pastosa cuando le dije que me quería quedar en el campamento. Él se negó a hacerme caso. Sus facciones se convirtieron en una máscara vacía cuando me encontró en la taberna, bebiendo con Lorreth. Seguía igual de vacía cuando se aseguró de que yo llegara a su dormitorio. Y más vacía aún pareció cuando me soltó un hosco «buenas noches» y se marchó.

A la mañana siguiente, me levanté con un dolor de cabeza de mil demonios. El zorrillo me lamía la cara. El sol se enseñoreaba en el cielo, muy alto, y Fisher no había venido a por mí. Aquel día no vino. Tras dar cuenta de un grasiento desayuno que me hizo sentir mucho mejor, me pasé la tarde explorando Cahlish, deambulando por las habitaciones, sintiéndome desplazada e inútil. Yo no pertenecía a aquel lugar. La mansión era hermosa y acogedora, y parecía que la habían cuidado mucho en su día, pero no veía que Kingfisher encajara allí. Aquel lugar estaba hecho para una familia. Se suponía que tendría que haber niños correteando por aquellos pasillos, sonidos de risas en el aire, pero en la gran casa reverberaba un silencio doloroso que me colmó de pesar.

Imaginé el momento en que la madre de Kingfisher había recibido la carta en la que el rey le informaba de que tenía que presentarse con todas sus posesiones en el Palacio de Invierno, donde habría de casarse con él y empezar una nueva vida. La imaginé mirando a aquel chiquillo de pelo negro y preguntándose qué clase de vida llevaría él en una corte llena de víboras más allá de los muros de aquel santuario.

Cené en el dormitorio de Fisher, sentada ante su escritorio. Cuando cayó la oscuridad, me acurruqué en su cama junto con Onyx hasta que me sumí en un sueño intranquilo.

Empecé a inquietarme a la mañana siguiente, porque tampoco vino a por mí. El día anterior, había perdido la oportunidad de llevar a cabo tres intentos y no quería volver a perder otros tres. A media mañana, estaba dando tantas vueltas y tan nerviosa que los duendes de fuego dejaron de venir a preguntarme si necesitaba algo, y hasta Onyx me lanzó un gruñido y se escabulló al exterior a perseguir ardillas en la nieve.

A las tres de la tarde, Kingfisher por fin asomó la cara. No hubo ninguna puertasombra que apareciera en la habitación con un crujido. Se oyeron unos golpes ligeros en la puerta. Al tratarse de su propio dormitorio, no esperó a que le diera permiso para entrar. Abrió la puerta y se quedó ahí, mirándome.

—Llevas puesta mi camisa —dijo al cabo.

—Sí, bueno, no tenía nada más que ponerme —respondí, airada—. Toda la ropa que había en la habitación que compartía con Carrion ha desaparecido. Archer me llevó a otra habitación pasillo abajo, pero estaba llena de vestidos y creo que los dos sabemos ya lo poco que me gustan.

Fisher gruñó.

—Es demasiado grande para ti —señaló.

—Ya me había dado cuenta.

Aquel día no iba a de negro. O no del todo. Su capa era de un intenso color verde, al igual que la camisa. Tenía unas ojeras que parecían moratones y estaba más pálido de lo habitual. Claramente no había estado durmiendo bien. También tenía un corte en la mejilla. Parecía nuevo, aunque no tanto. Del día anterior, probablemente...

—¿Qué ha pasado? —pregunté, y me bajé de la cama.

—Nada. Una manada de devoradores que se desplazaba por la frontera a una hora al norte de aquí. Ren pensó que deberíamos ir a echar un vistazo antes de que intentaran cruzar río arriba o nos lleváramos alguna sorpresa desagradable, pero no ha sido grave. Apenas una breve refriega. Los devoradores dieron media vuelta y huyeron.

No supe cómo reaccionar. Mientras yo había estado merodeando por su antigua casa, comiendo tarta y bebiendo té, él se había ido a luchar. Y tenía un corte en la cara. No sabía qué tipo de emoción me provocaba eso, pero no me gustaba mucho.

—Voy a ver a Te Léna —dijo, y la noticia me retorció algo por dentro. Estaba hecha pedazos, ahogada, destrozada, y no sabía qué hacer para salvarme.

Esbocé una leve sonrisa.

—Ah, pues salúdala de mi parte.

Te Léna vivía por alguna parte, eso estaba claro. Yo no había ido a buscarla cuando Fisher me dejó allí la noche anterior. No quería compañía. O, mejor dicho, por injusto que pareciera, no quería su compañía, cosa que era ridícula, ya lo sabía.

—Estaré con ella un par de horas. Cuando acabe, volveré aquí a por ti —dijo.

—¿Me voy a quedar en el campamento esta noche?

Él negó con la cabeza.

—No. Esta noche vamos a otro sitio. Quiero enseñarte algo.

«Quiero enseñarte algo» sonaba muy ominoso. Y lo de ir a otro sitio también me parecía inquietante. Di tantas vueltas alrededor de la cama que dejé marcado un camino en la alfombra, hasta que me detuve ante la ventana que daba al césped cada vez más oscurecido y me puse a morderme las uñas. Cuando Fisher regresó, me encontraba muy nerviosa. Solté un chillido, sobresaltada, en el momento en que irrumpió en la quietud del cuarto.

Ya no había rastro del corte en la mejilla. Los moratones bajo los ojos tampoco eran tan vívidos como cuando llegó antes. Parecía descansado, y también de mejor humor, cosa que no ayudó a que me sintiera mejor. Cualquier persona cuerda se habría alegrado de que el señor de Cahlish no estuviese tan gruñón como siempre, pero, por algún motivo, a mí me molestaba sin medida.

—Creo que aquí tienes todo lo que necesitas —dijo, y me tendió un pequeño bolso de tela.

—¿Adónde vamos?

—Creo que es mejor que te lo enseñe directamente.

—¿Pero regresaré?

No tenía mucho sentido que aquella pregunta me hubiese salido en forma de gruñido ahogado, pero Fisher estaba siendo muy críptico y yo no tenía ni idea de qué sucedía. Había tenido tiempo de sobra para ponerme frenética.

—Claro que regresarás. Si te sirve para sentirte mejor, tráete al zorro. —¿Desde cuándo le importaba a Fisher cómo me sentía yo? ¿De verdad iba a dejar que me llevara a Onyx?—. Deja de mirarme así —dijo.

—¿Por qué? —pregunté, suspicaz.

—Por los dioses y los putos pecadores. Da igual, vámonos.

Salí de la puertasombra y me encontré en un claro oscurecido y rodeado de altos árboles. Al otro extremo del claro, se habían alzado pequeñas carpas bajo un árbol gigantesco, tan grande y de ramas tan enormes que los demás árboles parecían diminutos en comparación. Unas luces brillantes destellaban allá donde mirara, un millón de ellas llameaban y parpadeaban en los árboles y la hierba alta que se alargaba ante nosotros como una alfombra. El aire vespertino zumbaba con una música vivaz y suave, así como con el olor a carne asada y azúcar, y el sonido de numerosas voces.

Onyx se retorció en mis brazos y emitió un chillido emocionado para exigirme que lo dejase en el suelo. Hice lo que me pedía y vi, atónita, cómo desaparecía entre la hierba alta, una mancha blanca que fue derecha a las carpas. Hacía frío, lo bastante como para que hubiera fogatas encendidas entre los puestos. Vi que Onyx daba saltos junto a una de esas fogatas, suplicándole a la cocinera fae que le diera algo de comida.

—¿Estará a salvo aquí? —pregunté.

Fisher hizo un mohín.

—Probablemente. A los zorros de invierno se les da bien captar el peligro. Si pensara que alguna de estas personas quiere hacerle daño, ya se habría escapado para esconderse en algún sitio.

Bueno, al menos eso me tranquilizaba. Pero, aun así, seguía confundida ante lo que estaba viendo. ¿Qué era aquel lugar? ¿Qué estaba pasando allí?

—Esto —dijo él, restregándose la nuca— es Ballard. Es... Vine aquí una o dos veces cuando era pequeño. No es más que una pequeña aldea. Hoy es una de sus festividades. Están celebrando la noche más larga del año.

—¿Y por qué estamos aquí?

Oh, dioses. ¿Había ido para destruir aquella encantadora aldea? ¿Me había llevado para que presenciara las tareas desagradables que a veces le tocaba hacer? Fisher advirtió en mi expresión todo lo que yo estaba pensando, porque negó con la cabeza, algo perturbado.

—Lo único que pasa es que tienen algo que nosotros queremos. Una vez que lo tengamos, nos marcharemos y los dejaremos en paz. Nadie está en peligro. Por mi parte no, desde luego. ¿Tú planeas atacar a alguien?

—¡No!

—Me alegro de oírlo. Vamos, estoy oliendo a galletas de Bettell. Hace como mínimo ciento veinte años que no las pruebo.

Los residentes de Ballard eran una mezcla de altos fae y criaturas fae menores, un tipo de seres que aún no había visto: diminutas hadas rápidas como el rayo que nos arrojaron pétalos de flores al pasar volando por las ramas inferiores de los árboles, impulsadas por alas iridiscentes. Dríades tímidas de largas extremidades, cabellos plateados hasta la cintura y ligeras túnicas verdes surgían de la espesura durante unos minutos para luego volver a internarse en ella. Espíritus elementales. Sátiros. Había incluso ninfas arbóreas que salpicaban entre risitas agua del río que atravesaba la parte sur de la colina. Nadie parecía sorprendido de vernos, aunque sí que nos miraron varios ojos curiosos mientras nos acercábamos al centro de la reunión.

Había puestos de comida, tiendas con un millón de variedades de flores de brillantes colores, cabinas con juegos. En el corazón de los festejos, se habían reunido varios músicos formando un círculo alrededor de una hoguera rugiente. Entre todos desgranaban una cancioncilla animada mientras una sátira cantaba una canción picantona sobre un herrero con el martillo flojo.

Fisher intentó comprarle algo de beber a una mujer que paseaba una jarra de cerveza por el festejo, pero ella negó con un remolino de rizos rubios y una sonrisa y le dijo que esa noche el dinero no cambiaba de manos.

Las casas, repartidas entre los árboles, eran sencillas y rústicas, pero tenían un encanto innegable y acogedor. Había parcelas con verduras por doquier, cosa que, sinceramente, me hizo volar la imaginación. Sabía cómo se cultivaba la comida. Había hablado con granjeros que iban a comerciar con nosotros a Zilvaren antes de que Madra pusiera el Tercero en cuarentena. Había prestado atención, embelesada, a sus explicaciones sobre cómo cuidar los cultivos y cómo cosechar. Sin embargo, al ver aquellas zanahorias, coles, puerros y habas que crecían directamente de la tierra, quedé fascinada.

Ballard estaba llena de vida. Vida que brotaba del suelo, que colgaba de los árboles, que flotaba en el aire como dulce música. Los más jóvenes corrían por el lugar, riéndose, jugando, mientras sus padres comían y bebían juntos amigablemente y los mayores chismorreaban junto al fuego. Un dolor desacostumbrado me tamborileó en el centro del pecho. Fisher me llevó hasta una pequeña cuesta cubierta de hierba junto a una hoguera y me indicó con un gesto que me sentara. Aquello era un hogar. Los residentes de Ballard no estaban oprimidos. Nadie se cernía sobre ellos, ni los amenazaba con la muerte si no obedecían. La comida y el agua que necesitaban para vivir no estaban racionadas hasta el punto de no saber si sobrevivirían de un día para otro. Y allí no había guerra. No había vampiros. No estaba Malcolm ni Belikon.

—Esto es lo que siempre quise para Hayden cuando era pequeño. —Balbuceé la confesión sin pensarlo siquiera—. Un lugar pacífico y seguro donde pudiera prosperar.

Fisher tomó asiento, apoyó los codos en las rodillas dobladas y contempló su cerveza mientras reflexionaba.

—Aún podría prosperar —dijo en voz baja—. Me parece que Swift le ha conseguido un buen trabajo y un lugar donde vivir.

—Ay, si eso bastara para que Hayden sentara la cabeza —dije en tono triste—. Mi hermano era un salvaje ya de pequeño. Era un niño feroz, asilvestrado. También tiene una adicción incapacitante a las apuestas que ya le ha granjeado cuatro huesos rotos. Si consigo llegar a casa, será un milagro que lo encuentre aún con vida.

Fisher no me miró, pero dijo:

—Llegarás. A casa, digo. No puedo garantizarte que tu hermano siga con vida, pero...

—Gracias por el consuelo, pero discúlpame si no me desmayo de puro alivio. A lo mejor no te acuerdas, pero aún tengo que descubrir el proceso de transmutación y convertir miles de anillos en reliquias —dije en tono cansado—. Empieza a parecer el trabajo de toda una vida.

Fisher suspiró y clavó el tacón de la bota en la hierba.

—Te voy a ayudar con eso —dijo.

—Perdona, ¿has dicho que me vas a ayudar con mi trabajo? ¿Te he oído bien?

Él hizo un mohín.

—Si te ayudo en la forja, puede que tengamos una oportunidad real de conseguirlo. Y, además, así no tendré que estar aguantando las constantes amenazas de muerte de Danya.

—¿Y no crees que irá a amenazarte a la forja?

—No puede amenazarme si no me encuentra —dijo.

Yo era mala ganadora. Una de mis frases favoritas era «te lo dije», pero me abstuve de restregárselo mucho.

—Qué gracia, casi parece que te equivocabas por completo cuando dijiste que todo el lío con tus amigos habría quedado olvidado por la mañana —musité—. No creo que Danya vaya a perdonarte nunca por haber desaparecido.

Esperaba algún tipo de respuesta mordaz, pero Fisher se limitó a esbozar una sonrisa triste. El cálido resplandor anaranjado del fuego le esculpía las facciones de bronce y teñía sus rizos de medianoche de un cálido color marrón.

—No sé de qué hablas. Danya ya ha recuperado su carácter encantador y jovial.

Era una broma. Tenía que serlo. Era imposible que alguien soportara a Danya mucho tiempo si solía comportarse así.

Guardamos silencio un rato. Nos tomamos nuestra cerveza y contemplamos cómo tocaban los músicos, cómo disfrutaba toda Ballard a nuestro alrededor. Poco después, un grupo de altas fae adolescentes empezaron a bailar alrededor del fuego, entre risitas, tapándose la boca con las manos y lanzando miradas furtivas hacia Fisher. Parecían tener doce o trece años humanos —esa extraña edad entre la infancia y el caos de la pubertad—, aunque no tenía ni idea de cuántos años tendrían en términos fae.

Fisher no me había lanzado aún ni una sola pulla, así que decidí arriesgarme a preguntar:

—¿Cómo envejecéis aquí? ¿Qué pasa con los niños? Vivís mucho tiempo, pero... ¿nacéis y tenéis una infancia de cientos de años o...?

Él negó con la cabeza.

—Un niño es vulnerable. Más débil que un adulto. Es muy fácil que caiga presa de algún depredador. Nuestras crías crecen al doble de velocidad que los niños humanos. A los veintiuno o veintidós años, ya hemos crecido del todo y, a partir de ahí, el proceso de envejecimiento se ralentiza drásticamente.

—¿Has dicho que hay depredadores?

—Hay muchas criaturas oscuras y hambrientas que acechan en los rincones olvidados de este reino, pequeña Osha. Al menos cuatro tipos diferentes de banshees se alimentan de las almas de los más jóvenes. Su vibrante energía les resulta demasiado potente como para resistirse. También hay espectros, sirenas con dientes de sierra y una amplia gama de criaturas que anidan bajo tierra y a las que les gusta salir de golpe y tragarse todo lo que les quepa entre las mandíbulas. En serio, aquí hay que tener cuidado de por dónde se pisa.

Por los dioses vivos. Sabía que Yvelia estaba llena de peligros, pero no había entendido lo precaria que era la seguridad de una persona aquí.

—Y también está la flora. Espinas venenosas, capullos carnívoros. Si no te matan, seguro que te dejan marca. Y luego, por supuesto —señaló Fisher, y sus ojos se oscurecieron—, está Malcolm.

No dijo «los vampiros». Dijo «Malcolm», como si la pálida figura de pelo plateado que yo había visto al otro lado del río fuera la única responsable de la muerte y destrucción que había dejado la horda a su paso.

—Su odio bastaría para arrasar toda la vida del mundo si le diera rienda suelta.

Sopló un viento frío, unos dedos helados serpentearon por la parte de atrás de mi camisa y me provocaron un escalofrío. Al menos, pensé, había sido una ráfaga de viento, pero en realidad el aire parecía muy quieto, como si el mundo entero contuviera la respiración.

Cambia de tema, Saeris. Por el amor de los dioses, cambia de tema.

—Estás causando bastante revuelo —dije, con la cara pegada a la cerveza, y di un sorbo.

—¿Sí?

Miré a las jovencitas, que completaron su cuarta vuelta alrededor del fuego y seguían lanzando miradas esperanzadas hacia Fisher.

—Creo que este grupito se está preguntando si el señor de Cahlish ha venido al mercado en busca de una señora de Cahlish —dije en tono burlón.

Suponía que a Fisher no le encantaría el comentario, pero imaginé que lo entendería como una broma. Su mano se tensó alrededor de la jarra y encogió los hombros con aire incómodo.

—No deberías llamarme así —dijo entre dientes—. No soy el señor de Cahlish.

—Pero... si es tu título. ¿No eras el hijo único de tu padre?

—Eso da igual. No soy... —Cambió de estrategia—: Un señor es alguien que tiene la misión de cuidar a su gente. Los protege. Los defiende. Crea un espacio seguro para que vivan en él. ¿Sabes dónde está ahora la gente que solía vivir en mis tierras?

Me miró con unos ojos en los que ardía una rabia horrible. Lo que iba a decir a continuación no me iba a gustar, pero igualmente respondí:

—No, no lo sé.

—Al otro lado del puto Zurcido, aullando por la sangre de sus propios niños —dijo amargamente—. Y los que no están allí han abandonado sus casas y se han marchado a algún lugar donde la horda sanasrothiana no vaya a echarles la puerta abajo en medio de la noche. Ciento diez años. Los abandoné durante ciento diez años. Ren y los demás hicieron lo que pudieron para mantener a raya a los monstruos. No es culpa suya. Se suponía que yo tenía que estar allí para protegerlos. Y les fallé. Así que no, no merezco el título de señor de Cahlish. No soy el señor de nada.

La arrogancia que llevaba como una armadura había desaparecido. Todos sus artificios. Los muros que levantaba ante sí para protegerse del mundo exterior. Todo se había ido. La plata de su ojo palpitaba y reflejaba la luz del fuego, tan implacable como siempre, sin darle paz. Me dolía verlo así, abierto en canal por una culpa que, ahora lo veía, habitaba justo bajo la superficie de aquella fachada pétrea de me-importa-un-carajo que presentaba ante el mundo.

Me dolía la garganta. Quería alargar la mano y agarrar la suya, pero los límites entre nosotros estaban ahora borrosos. ¿Aceptaría aquel pequeño consuelo o se reiría en mi cara y me escupiría? Yo también tenía mis propias defensas en juego. Mis muros eran igualmente altos y gruesos. No sabía si sobreviviría a ese tipo de rechazo si él se giraba y se reía de mí por pensar que podía darle algo de apoyo.

«Valor», me dije a mí misma. Y también me dije: «Que se joda». Si respondía con crueldad a la amabilidad, se merecía estar triste y solo. Inspiré hondo y estaba a punto de alargar la mano hacia él, cuando...

—¿Por qué no has dicho nada? —preguntó, girando el rostro hacia mí.

—¡Estaba a punto de hablar! Estaba... ¡estaba pensando qué decir!

—De esto no. —Soltó un resoplido por la nariz—. De la otra noche. De lo que pasó. Entre nosotros.

Aaaah. Ahí no hacían falta explicaciones. Escruté su rostro, con el corazón a mil por hora.

—Dejaste muy claro que, en lo que a ti respecta, iba a ser algo de una noche —dije, despacio—. Dejaste muy claro que podías odiarme y, aun así, querer follarme. Y no soy el tipo de persona que se acerca una y otra vez a aquello que le hace daño. Por eso no lo he sacado a colación. ¿De qué habría servido? ¿Me habrías hecho una taza de té y te habrías sentado a escuchar mientras yo intentaba convencerte de lo bien que estaríamos juntos? —Él soltó un resoplido desdeñoso—. Exacto.

—Yo no... —Vaya sorpresa ver que a Fisher le costaba encontrar las palabras justas—. Yo no te odio —soltó, y expulsó todo el aire de los pulmones, como si admitirlo le hubiese costado bastante—. Pero hay ciertas cosas que tú no comprendes. Cosas que hacen imposible que yo...

—¡Por las estrellas benditas, era cierto! —exclamó una voz áspera.

Ninguno de los dos se había percatado de la figura que se acercaba desde el otro lado del fuego. Se detuvo ante nosotros una mujer con el rostro arrugado por la edad. Resultaba difícil ver dónde acababa una arruga y empezaba la siguiente. Era baja para ser fae y alta para ser humana, aunque no estaba segura de a qué raza pertenecía. Podría haber sido humana. Sin embargo, luego esbozó una gran sonrisa que dejó al aire dos colmillos gastados pero, aun así, bastante largos, y la duda sobre su linaje quedó despejada.

—Me encanta tener siempre un ojo puesto en el cielo —dijo—, porque no suelen verse alciones por estos pagos. Sabía que, si no dejaba de mirar, tarde o temprano tendría suerte y aparecería uno.

Fisher esbozó una sonrisa. Resultaba convincente, pero no se reflejaba en sus ojos. No del todo. Soltó un gemido y se puso en pie con esfuerzo, como si no fuera el guerrero más sanguinario de toda Yvelia en la cúspide de su poder, sino un anciano al que le dolieran los huesos. Para mi sorpresa, estrechó a la mujer entre sus brazos y la apretó con fuerza.

—Buenas noches, Wendy —dijo.

Ella lo abrazó a su vez y luego lo apartó de sí con fastidio fingido.

—¿Buenas noches, Wendy? No te atrevas a venirme a mí con eso de «buenas noches, Wendy». Cada año te hago esas malditas galletas y no te has molestado en dejarte caer por aquí ni una vez para comértelas. Mierdecilla desvergonzado, a nadie más le gustan esas galletas. ¡Valiente desperdicio de ingredientes!

Fisher la contempló, muy serio, pero el cariz sincero que faltaba en su sonrisa hacía unos segundos acabó por aparecer. En sus ojos bailó un ápice de diversión.

—Discúlpame, Wen. He sido todo un maleducado. Te debo una disculpa.

Ella le agarró el brazo, pues más arriba no llegaba.

—¡Lo que me debes es dinero! —exclamó—. ¿Sabes lo caro que está el azúcar estos días?

Fisher se rio. Se rio de verdad. Fue un sonido rico y profundo que consiguió que algo dentro de mí se animara. Cuando cogí aquella jarra en el Palacio de Invierno y me llené un vaso por primera vez, pensé que el sonido del agua corriendo libre sería mi favorito hasta el fin de mis días. Me equivoqué. El sonido de la risa sincera de Fisher era más escaso que el agua de Zilvaren. Oírlo casi hizo que se me saltaran las lágrimas.

—Veré lo que puedo hacer para abrir las líneas comerciales —prometió Fisher.

Wendy rezongó y puso una expresión tan gruñona que casi me eché a reír.

—Ni te molestes. Últimamente los mercaderes traen demasiadas malas noticias junto con sus mercancías. Prefiero no enterarme de más desgracias. —Agarró a Fisher por la cintura y lo estrujó como si examinara una fruta del mercado—. Sea donde sea donde hayas estado, no te han estado alimentando bien. Ven. He reservado dos sitios en mi mesa. Hay dos cuencos de estofado de ternera esperando.

—Gracias, Wendy.

Ella le clavó su mirada implacable.

—Sé bien que no estás a punto de olvidarte de tus modales y obligarme a presentarme yo sola a tu bonita acompañante, Kingfisher de Puerta Ajun.

Fisher palideció y entreabrió los labios. Parecía aturdido. Pero yo ya me estaba poniendo en pie. Le tendí la mano a Wendy.

—Soy Saeris Fane...

—¡Ah! ¡Una chica de Zilvaren! ¡Por los dioses vivos! —Wendy me agarró de los hombros y me apretó mientras me recorría con la mirada de arriba abajo—. ¡Ya lo había sentido! Lo supe desde el momento en que se abrieron los portales de nuevo. Sentí cómo cruzabas. Ese día el aire se pasó todo el tiempo zumbando.

—Encantada de conocerte —dije yo.

¿Me había percibido al cruzar el portal? ¿Era posible algo así? Yvelia era una tierra de magia inesperada y todo tipo de cosas únicas. Aquella mujer, con un solo vistazo, ya había sabido que provenía de Zilvaren. Ya de por sí resultaba bastante impresionante. Wendy cerró los ojos a medias y me miró entre los párpados entornados. Dobló las comisuras de la boca a medida que me recorría con la mirada.

—Hmm. —Olisqueó en mi dirección—. Así que no solo eres una acompañante, ¿eh?

Le lanzó a Fisher una mirada de soslayo.

—Es una amiga —dijo Fisher sin el menor sentimiento en la voz—. De momento. Pronto regresará a Zilvaren, retomará su vida y se olvidará de todo lo que ha sucedido aquí.

Wendy asintió, con la boca aún abierta. No parecía creérselo.

—¿De verdad?

—¿No has dicho que había estofado por ahí?

Con Wendy no era tan impertinente como conmigo —algo me dijo que no le habría salido bien—, pero se estaba poniendo más y más tenso cada momento que pasaba. Wendy se apiadó de él y no insistió más.

—¡Sí, hay estofado! Y pastel de hojas de maíz, patatas y zanahorias bañadas en miel. No os vais a ir de Ballard hasta que no os quepa ni un bocado más. Venid.

Wendy no bromeaba. No dejó de llenarnos los platos una y otra vez. Iba pasando de comidas saladas a dulces, a medida que recordaba que había carne ahumada o un postre que quería que probáramos.

Yo bebí más de lo debido, teniendo en cuenta la cantidad de whisky que había consumido con Lorreth hacía apenas dos noches. Sin embargo, la cerveza no era fuerte y lo único que me provocó fue una sensación dulce y cálida en el pecho. Fisher no se amilanó a pesar de que no dejaban de llenarle una y otra vez la jarra, cosa que me sorprendió. Me miró con una ceja alzada en un gesto interrogante cuando contemplé cómo daba cuenta de la sexta cerveza.

—¿Qué pasa? —preguntó.

—Ah, nada. Es que pensaba que dejarías de beber después de dos jarras o así. Estaba esperando a que soltaras algo del estilo de... —carraspeé y adopté un tono grave—: «Un buen guerrero jamás atonta sus sentidos con el alcohol. He de estar listo para la lucha en todo momento».

Fisher se echó hacia atrás en la silla.

—¿Se supone que esa es mi voz?

—Es tu voz.

—Y una mierda. Suena muy pretenciosa.

—Tú suenas mucho peor. ¡Eh! —Una diminuta hada de alas finísimas se balanceaba en el borde de mi plato e intentaba escamotear una de mis galletas Bettell. La galleta era casi igual de grande que ella; si se le cayera encima, la aplastaría—. Que te vas a hacer daño —la reprendí—. ¿De verdad creías que ibas a salir volando cargada con todo esto?

Resultaba difícil distinguir sus palabras, pero estaba bastante segura de haber oído «déjame» y «en paz», amén de un par de coloridas palabrotas. Fingí estar muy ofendida, pero, aun así, rompí la galleta en pedacitos y los deposité en otro platito para ella.

—Ahí tienes. Así sí que te los podrás llevar. De nada.

Me hizo un gesto maleducado, pero cogió un trozo y echó a volar hasta perderse en el aire nocturno. Cuando me giré hacia Fisher, este estaba repantigado en su silla, contemplándome intensamente. Vi que las comisuras de sus labios estaban levemente curvadas hacia arriba y decidí aprovechar la oportunidad de atormentarlo.

—¿Acaso estás a punto de sonreír, Fisher de Puerta Ajun?

—¿Y qué si estoy a punto de sonreír? —dijo en tono firme y muy medido.

—Que puedo contar con los dedos de una mano las veces que te he visto hacerlo. Nadie me creerá cuando lo cuente en el campamento.

Entonces sí que esbozó una sonrisa lenta y triste. Apartó la vista y jugueteó con su tenedor.

—Sí que te creerán, pequeña Osha. Me han visto sonreír incontables veces.

—Pero últimamente, no —susurré.

—No, últimamente, no. Últimamente resulta bastante difícil sonreír. —Su nuez subió y volvió a bajar—. Aunque poco a poco me va resultando más fácil.

Parecía relajado, pero yo veía la tensión en sus hombros, aunque nadie más parecía verla. La plata de su ojo daba vueltas y vueltas, enloquecida. Me mordí la lengua para no echar a perder el momento con alguna pregunta inapropiada, pero comprendí que estaba sufriendo. Siempre sufría.

«¡Annorath mor!».

«¡Annorath mor!».

«¡Annorath mor!».

Las voces surgieron de la nada, estentóreas, impregnadas de terror.

«¡Annorath mor!».

«¡Annorath mor!».

«¡Annorath mor!».

Más alto, más rápido. Más alto. Aún más rápido.

Me agarré al borde de la mesa, incapaz de recuperar el aliento en medio del estruendo...

—¿Saeris? Mi querida niña, ¿me oyes? ¿Te encuentras bien?

Ballard volvió a aparecer nítidamente. Mi plato estaba en el suelo, a mis pies; por todo el césped, habían quedado desparramadas las galletas de Bettell. Kingfisher me contemplaba sorprendido, los ojos desorbitados, pero quien había hablado era Wendy, con un tono de preocupación. Yo estaba sentada, rígida como una tabla. Ella me tocaba la frente con el dorso de la mano.

—No se puede decir que tenga fiebre. ¿Te encuentras bien, Saeris? Parece que te ha dado un vahído.

—Sí, estoy bien. Es que... —Tragué saliva con esfuerzo—. Me he mareado un poco, nada más.

Oh, no. No solo se habían dado cuenta Fisher y Wendy. Un grupo que estaba junto al fuego había dejado de hablar y nos contemplaba. Un par de mujeres fae, apoyadas en el tronco de un enorme roble a seis metros de distancia, también hablaban en voz baja, con ojos cargados de preocupación. Tragué saliva de nuevo para aplacar la alarma y esbocé la sonrisa más convincente que pude.

—De verdad, estoy bien. Lo prometo.

Lo sabe. Sabe que acabo de oír algo.

Aquella vocecita al fondo de mi cabeza estaba en lo cierto. Fisher estaba blanco como la nieve y parecía intranquilo. Apartó la silla para poder recoger mi plato.

—Ha sido un día muy largo —dijo, y volvió a colocarlo sobre la mesa—. Diría que hemos comido y bebido demasiado. El cansancio empieza a hacer mella en nosotros.

Wendy asintió.

—Por supuesto, por supuesto. Bueno, sabes adónde tienes que ir, ¿verdad? Aunque supongo que ha pasado mucho tiempo. ¿Te acuerdas del camino?

Fisher soltó una risa franca entre dientes y abrazó a la anciana con un solo brazo.

—Mi memoria está intacta, aunque el resto de mi ser no lo esté —dijo—. Buenas noches, Wendy.

Yo también le di un abrazo a la mujer. Me picaron los ojos ante aquella sorprendente muestra de calidez maternal. Nos dio las buenas noches al tiempo que Onyx echaba a correr camino arriba, con una galleta Bettell en la boca.

Íbamos a regresar a Cahlish. Después de aquel extraño episodio que había sufrido, no había forma de que Fisher prefiriera quedarse. Sin embargo, no abrió ninguna puertasombra ni me obligó a atravesarla, tal y como había pensado que haría. Me guio en silencio por entre la arboleda. Dejamos atrás las pintorescas casas que orillaban el camino. Flexionó las manos a los costados un par de veces antes de metérselas en los bolsillos... Al parecer no sabía qué hacer con ellas.

Los caminos que se adentraban en el bosque eran apenas lo bastante anchos como para que pasara quizá un carromato pequeño. Sin embargo, estaban desiertos; todo el mundo se encontraba en el claro, disfrutando de los festejos.

Fisher se detuvo en mitad del camino, de forma tan abrupta que casi choqué contra su espalda.

—Esas palabras que has pronunciado antes... ¿Por qué las has dicho? —preguntó.

¿Las había dicho en voz alta? *Maldita sea.*

—No lo sé. De verdad que no lo sé. Me salieron solas. Estaba sentada allí, escuchándote decir no sé qué sobre sonreír, y de pronto, pum. Era lo único que oía: *Annorath mor. Annorath mor. Annorath m...*

—Para. —Fisher alzó la mano como si de un escudo se tratase—. No... lo digas. Por favor, no lo digas.

Ante mí se había mostrado molesto, enfadado, irritado, cachondo y un millón de cosas, pero jamás hasta ahora lo había visto asustado.

—El mercurio me metió esas palabras en la mente cuando me obligaste a controlarlo en el Palacio de Invierno. ¿Qué significan? —pregunté, y di un paso hacia él.

Él retrocedió también un paso y negó con la cabeza.

—Mejor no preguntes. De todos modos, no puedo decírtelo, así que... no.

—Fisher...

Se acercó a mí y me cogió de la mano.

—Vamos. Andando.

La aldea forestal de Ballard se perdió a nuestra espalda, convertida en un borrón, mientras Fisher me iba llevando a tirones. Los árboles estaban cargados de luces titilantes. Rodeaban los caminos hermosos estanques y parterres con bancos. La música flotaba por el aire, aunque ahora más lejana. Nos adentramos más en el bosque. Al cabo llegamos a una plaza adoquinada con una fuente circular en el centro. La estatua —una mujer de cabellos ondulados y hermosos y un rostro sonriente y amable con forma de corazón— sostenía una urna de piedra de la que fluía un constante caudal de agua hasta sus pies. El sonido del agua habría resultado tranquilizador de no haber estado Fisher tan nervioso. Cruzó la plaza a la carrera, apartando el rostro de la estatua, y se dirigió a una inocua puerta roja entre dos pequeñas tiendas... A juzgar por su aspecto, una panadería y una sastrería.

—Fisher, más despacio...

Casi me tropecé al pasar junto a la fuente. Mis ojos se encontraron con una plaquita de latón que había en el pedestal sobre el que estaba la mujer. Sentí una punzada de dolor al comprender. Entendí por qué me parecía tan familiar aquella estatua. Se parecía mucho a Everlayne. Tenía los mismos pómulos marcados de Kingfisher. O, más bien, él tenía los pómulos de ella.

Edina de las Siete Torres. Señora de Cahlish.

La madre de Kingfisher.

Dijo que lo había llevado allí de niño. Era importante para la gente de Ballard. Y Fisher también. Ya lo había comprendido cuando Wendy se había acercado a reprenderlo por pasar tanto tiempo sin ir. Todo el mundo se había comportado de forma sutil, pero los aldeanos eran muy conscientes de su presencia. Allí no era ningún extraño, ni lo había sido jamás, que yo supiera. Y ahora estaba abriendo la puerta de un edificio de la plaza como si tuviera la puta llave.

—Vamos. —Hizo un gesto hacia el umbral abierto—. Entremos, que está refrescando.

Lo del frío era una excusa terrible. En Cahlish hacía mucho más frío que en Ballard y Fisher se paseaba por ahí en camisa y pantalones sin ni siquiera pestañear. Sin embargo, comprendí por qué quería entrar, y no pensaba impedírselo.

La puerta daba a unas escaleras estrechas que subían a la planta superior en un único tramo. Las velas de los apliques de las paredes cobraron vida. Kingfisher me hizo un gesto para que abriera la marcha. Empecé a subir. Onyx se deslizaba entre mis pies, siempre entrometido, queriendo ir el primero. Sus garras repiqueteaban en los tablones de madera con cada escalón que subía. El aire olía a polvo y abandono. Cuando llegué a lo alto de las escaleras, me encontré rodeada de fantasmas. Sin embargo, antes de que me entrara el pánico, los pabilos de más velas se encendieron al otro lado de la estancia y comprobé que las formas blancas y espectrales que acababa de ver no eran fantasmas, sino grandes muebles cubiertos con sábanas blancas.

Hasta los cuadros de las paredes estaban tapados. Tres grandes ventanas daban a la plaza de la fuente. Fisher ya estaba cruzando el modesto salón y corriendo las gruesas cortinas color borgoña, una tras otra, para ocultar la vista de aquella mujer de aspecto amable que vertía agua de la urna allí abajo.

Aquello no era un apartamento que Fisher hubiera alquilado para pasar la noche. Aquel sitio pertenecía a Fisher. Había pertenecido a su madre en su día y ahora era de él.

Me moví por la estancia y pasé la mano por las sábanas. Onyx tenía la nariz pegada al suelo y trotaba en derredor, olisqueando intensamente. Soltó un estornudo explosivo y volvió a inhalar polvo. Yo estaba a punto de apartar la sábana que cubría un gran cuadro sobre la chimenea, pero Fisher me agarró por la muñeca.

—No —dijo, y luego, en tono más suave, añadió—: esta noche, no.

¿Por qué estábamos allí? Parecía que aquel sitio era como hurgar en una herida abierta, pero había sido él quien me había llevado a Ballard.

—Por ahí se va al baño —dijo, señalando a un umbral a nuestra izquierda—. Más adelante, hay dos dormitorios. Yo me quedo con el más pequeño, que de todos modos ha sido el mío de siempre.

Dos dormitorios. Él iba a dormir en el suyo. Y yo en el otro. No me sorprendía. Puede que Fisher se dignara a follarme, pero no me hacía ilusiones de que quisiera dormir en la misma habitación que yo.

—Gracias. Ay, mierda. —Me encogí—. Me he dejado la mochila en el claro. No estaba pensando. Voy a tener que volver a por ella.

Sin embargo, Kingfisher alargó la mano y esta se convirtió en un borrón de humo que, al cabo, se transformó en un trozo de tela que acabó por convertirse en la mochila olvidada.

—Toma —dijo en tono suave—. Buenas noches, pequeña Osha.

26

CENIZAS Y ASCUAS

Me despertaron unos gritos. El sonido estaba impregnado de un terror puro; era el tipo de alarido que emitiría una persona justo antes de ser asesinada. Salté de la cama y choqué contra un mueble. Me hice puré el dedo gordo del pie.

—¡Joder! ¡Joder, joder, joder!

No conocía aquel dormitorio. Cuando había entrado, la oscuridad ya era total. Solo había encontrado la cama después de ir tanteando en la oscuridad. Sabrían los dioses qué otros obstáculos se alzaban hasta la puerta. Y sabrían los dioses dónde estaba dicha puerta. Los gritos aumentaron. Al cabo, encontré un pomo y casi me tropecé con Onyx, jadeante, que pasó a toda velocidad entre mis piernas y salió por la puerta. Seguí la mancha blanca de su cuerpo pasillo abajo.

—¡Basta! No. ¡He dicho que no! ¡BASTA! —gritaba Fisher.

Sin pensármelo dos veces, abrí la puerta de golpe y entré a la carga. Las cortinas no estaban echadas ahí dentro y la luz de la luna se derramaba por las ventanas, pintándolo todo de luminosa plata. Con apenas los pantalones puestos, Fisher yacía en el centro de una cama que era demasiado pequeña para su cuerpo. Estaba encima de las sábanas, tembloroso y con la piel empapada de sudor. En un primer momento, pensé que estaba teniendo una pesadilla, pero luego vi que tenía los ojos abiertos y fijos en el techo. Parpadeó y una lágrima se le escapó de la comisura del ojo, le corrió por la sien y se perdió en sus cabellos.

—¿Fisher?

Reaccionó a mi voz con un estremecimiento. Tenía las manos apretadas a los costados, aferradas a las sábanas.

—Vete —dijo con voz quebrada. Me miró por el rabillo del ojo, sin mover la cabeza de la almohada.

—¿Qué sucede? ¿Te encuentr...?

—¡Vete!

—No me voy a ir. Algo te pasa.

—Estaré bien. Es... —Una punzada de dolor recorrió su rostro y puso los ojos en blanco. Arqueó la espalda, con los dientes apretados, y soltó una desagradable maldición en fae antiguo—. ¡Joder! ¡Basta! Basta, basta, basta —entonó—. Por favor, basta...

El episodio, el ataque, el infierno, lo que fuera que le estuviera causando aquella perturbación, menguó. Con el corazón palpitando en la garganta, vi cómo su cuerpo se iba relajando en el colchón. En cuanto volvió a apoyar la espalda en la cama, los temblores empezaron de nuevo.

Tomé una decisión y dije:

—Voy a buscar a alguien. No puedo dejarte así.

—¡No! No. —Fisher intentó tragar saliva, pero parecía un proceso demasiado doloroso para él, así que lo que hizo fue carraspear—. Pasará pronto.

—¿Cómo de pronto?

—En una hora. Quizá... en dos. Estaré bien.

—¡Fisher, no! Necesitas ayuda. Debe de haber algún sanador por aquí.

—Por favor..., tráeme algo de agua, nada más. Con agua basta. Luego... puedes volver a tu cama. Duerme... un poco.

Sí, claro, a dormir. Con él sufriendo en la habitación de al lado y gritando hasta desgañitarse. Claro que no me iba a ir a dormir. Qué terco era, joder.

—Volveré en un segundo —le dije.

Todas las velas se habían apagado hacía mucho y yo no contaba con el poder de una magia que pudiera conjurar llamas cuando me hacían falta, así que tuve que ir buscando. En el salón, abrí una de las cortinas y les di las gracias a los dioses cuando la luz de la luna iluminó los muebles y los demás obstáculos que había de camino a la cocina.

Encontré un vaso polvoriento en uno de los armarios, lo llené con agua de una jarra que había en un aparador y volví con Fisher tan rápidamente como pude. En mi ausencia, Onyx había subido de un salto a la cama y se había tumbado junto a él. Su cabeza descansaba sobre el vientre de Fisher. Cuando entré en la habitación, el zorrillo gimoteó y sus ojos oscilaron entre Fisher y yo, como si intentara decirme algo.

—¿Puedes levantar la cabeza? —pregunté.

—No. No puedo mover... nada.

Fisher cerró los ojos con fuerza.

—Está bien. Entonces te ayudo a levantarte.

—No... Deja el agua en la mesita. Me la bebo... más tarde.

Le costaba pronunciar cada palabra. Tenía el cuerpo tan tenso que parecía como si los tendones de su cuello y sus brazos estuvieran a punto de romperse en dos.

—No te voy a dejar así, pedazo de idiota.

Me subí a la cama y le alcé la cabeza. Me costó bastante meterle las manos por debajo de los hombros y tirar de su torso lo bastante como para colocarme detrás de él, pero lo conseguí. Con mi espalda en el cabecero, dejé que se apoyara en mí, de modo que su cabeza descansara sobre mi vientre, con mis piernas a cada lado de su cuerpo. Él no protestó cuando acerqué el vaso a sus labios y, con cuidado, le eché algo de agua en la boca. Tardó mucho en beber, pero se acabó el vaso entero, eso sí.

—Ya te puedes marchar. Se me está... pasando.

Pero cuántas gilipolleces era capaz de decir. Si algo indicaban esos temblores era que aquel ataque acababa de empezar.

—No me voy a ninguna parte.

Tenía el pelo pegajoso, aplastado contra la cara en rizos oscuros y húmedos. Me miró a los ojos y se me encogió el corazón cuando vi el mercurio latiendo en su ojo derecho. Casi le cubría todo el iris. Dejaba apenas una breve curva por la que se apreciaba el verde brillante.

—Te obligaré... a marcharte... si es necesario —dijo entre dientes.

¿Que me iba a obligar? Así que me iba a obligar, ¿eh? Puto gilipollas. Estaba intentando ayudarle y él estaba decidido a echarme. ¿Cómo podía ser tan insufrible, incluso estando incapacitado y sin coherencia a causa del dolor? Hablé claramente, para evitar malentendidos.

—Si empleas el pacto que me obligaste a sellar para que me vaya de esta habitación, jamás te lo perdonaré. Encontraré el modo de convertir tu vida en una mierda absoluta. De hecho, ya que estamos aquí, en medio de esta encantadora conversación, te digo que jamás vas a volver a obligarme a hacer algo en contra de mi voluntad. ¿Me has oído? ¿Me entiendes?

—No necesito...

—No es ninguna coña, Fisher. Si me respetas lo más mínimo, si te importo aunque sea un poco, por poco que sea, jamás volverás a obligarme. ¿Me entiendes?

Él se lamió los labios y me dedicó una mirada llameante. Aunque me veía al revés, debió de distinguir la furia en mi rostro, porque cerró los párpados y asintió levemente.

—Te... entiendo.

—Bien. Pues deja de decirme que me vaya. Me quedo.

Otro asentimiento.

—Está bien.

Las siguientes cuatro horas —ni una, ni dos: cuatro— fueron duras. Onyx ocultaba el rostro entre las sábanas siempre que otra oleada de delirio se abatía sobre Fisher. Yo me aferraba a él lo mejor que podía cada vez que se arqueaba en la cama, pero no servía de nada, así que dejé que su cuerpo temblara y se contorsionara.

La cadena que llevaba alrededor del cuello se le clavaba en la piel. El colgante de las dagas cruzadas liadas en enredaderas descansaba en el hueco de su cuello, húmedo de sudor. Yo le clavaba la mirada a aquel maldito objeto y me preguntaba por qué no estaba cumpliendo con su cometido. Era por el mercurio. No me cabía duda alguna. Aunque no hubiera visto hasta qué punto se había extendido por su ojo, lo habría entendido solo con el cántico que resonaba en las profundidades de mi cabeza en todo momento.

«¡Annorath mor! ¡Annorath mor! ¡Annorath mor!».

Un trueno en mis oídos. Un lúgubre augurio.

Durante las horas más oscuras de la noche, cuando las nubes debían de haber ocultado la luna y las sombras eran densas en la estancia, Fisher se calmó un rato.

—Cuéntame algo. Distráeme. A veces me ayuda si mi mente... se va a otra parte.

Le pasé las manos por los hombros, le clavé los dedos en los músculos tensos, tal y como llevaba haciendo desde hacía una hora. No me sorprendió que la tinta que había bajo su piel se acercara a los puntos donde se tocaban nuestros cuerpos. Vi cómo me subía por los dedos y dibujaba formas en ellos, para luego trazar runas e imágenes delicadas, cada vez más arriba. Existía la posibilidad de que permanecieran allí por la mañana, pero en aquel momento no me importaba.

—¿Qué quieres que te cuente? —pregunté.

—Lo que sea. Háblame de tu vida... antes.

Me quedé sentada un momento y reflexioné sobre esa petición. No sabía por dónde empezar. Había muchas cosas de las que no quería hablar. Muchas cosas que no quería recordar. Rincones peligrosos de mi mente a los que no tenía el menor deseo de regresar.

Fisher movió la cabeza, apoyado en mi vientre.

—¿Por qué frunces así el ceño? —preguntó.

Yo bajé la vista y vi que era él quien arrugaba el gesto. Ya no tenía la frente perlada de sudor. Los estremecimientos parecían haber disminuido un poco. Todo un alivio.

—No lo sé. Tengo pocos recuerdos felices de Zilvaren de los que pueda hablarte.

Le había tocado mucho la piel a Fisher en las últimas horas, así que ni siquiera me lo pensé. Le pasé los dedos por la frente y los bajé por la sien para apartarle el cabello del rostro. Él cerró aquellos ojos de pestañas finas y delicadas como pinceladas de tinta negra en su piel pálida.

—No quiero recuerdos felices —susurró en tono áspero—. Quiero recuerdos verdaderos.

Esas palabras tenían peso propio. Que las dijera el hombre que se había negado a darme una respuesta a las preguntas que le había formulado... me daba ganas de gritar. Pero mis sospechas a ese respecto, que Fisher callaba porque algo lo obligaba a guardar silencio, se habían solidificado en mi mente hasta convertirse en un hecho. Y así estábamos ahora. Él yacía en mis brazos, inmóvil y vulnerable en todos los sentidos. Expuesto. Yo también podía ser algo vulnerable.

—Mi padre murió cuando yo tenía dos años. No me acuerdo de él. Cuando sucedió, mi madre estaba embarazada de cuatro meses de Hayden. Una duna de arena se derrumbó sobre un puesto mercantil en las llanuras de cristal. O bien fue aplastado o se ahogó hasta morir, una de las dos cosas. Y como ya no estaba mi padre para llevar dinero a casa, mi madre tuvo que hacerse prostituta —dije a las claras.

Eso no era un secreto en Zilvaren. Todo el mundo conocía a Iris Fane, bien por emplear sus servicios o porque otras madres de nuestro distrito la criticaban y se quejaban todo el día de que una mujer de moral distraída viviera entre ellas.

—Vendía su cuerpo mayormente por comida y agua, pero también ganaba dinero. En su lista de clientes, había sobre todo guardianes. Hombres de Madra. Cinco días a la semana, trabajaba en un establecimiento cerca del mercado, la Casa de Kala. Kala tenía guardias de seguridad, así que las mujeres que trabajaban allí solían estar seguras. Bastaba un grito en un dormitorio para que cinco cabrones echasen la puerta abajo y le dieran una soberana paliza a quienquiera que ocasionara problemas. Sin embargo, a veces mi madre también trabajaba en casa para llegar a fin de mes. Yo me asomaba por una rendijita de la puerta de su dormitorio cuando venían guardianes, brillantes y orgullosos, cubiertos con armaduras doradas.

»El hombre con el que yo trabajaba de aprendiz, Elroy, la amaba. Era hermosa, estaba llena de... fuego. Elroy venía a casa y arreglaba cosas de vez en cuando. Jamás intentó propasarse con ella. No era ese tipo de hombre. La cantidad de veces que la cuidó cuando alguno de los guardias le daba una somanta de palos en casa... —Negué con la cabeza y jugueteé con un mechón húmedo del cabello de Fisher entre los dedos—. Mi madre no quería que yo siguiera sus pasos, así que obligó a Elroy a prometer que me aceptaría como aprendiz en la forja en cuanto tuviera edad suficiente. Puse por primera vez un pie en su taller a los diez años. Por aquel entonces, mi madre ya había empezado a meter armas de tapadillo en el distrito. Primero empezó con virutas de metal, cosas que se pudieran convertir en armas. En un primer momento, Elroy aceptó fabricarlas. Dagas, pequeños cuchillos... Mi madre las repartió primero entre sus amigas de Casa de Kala, para que pudieran protegerse si se llevaban trabajo a casa. Pero luego empezó a traer espadas y escudos. El tipo de objetos que le supondrían una muerte segura si la pillaban vendiéndolos.

No soportaba recordar los golpes a la puerta de nuestra casa en medio de la noche cuando mi madre estaba trabajando en Casa Kala. Los hombres enmascarados que me ponían pesados sacos de arpillera en las manos y se largaban sin mediar palabra. Pero me obligué a recordar.

—Poco después, me hizo llevar objetos de nuestra casa a la forja todos los días. Los guardianes no prestaban mucha atención a una chiquilla flacucha de camino al trabajo. Pasaron los años, mi madre empezó a presentarme a todo tipo de hombres...

A Fisher se le aceleró la respiración. Se había ido relajando poco a poco pero ahora volvió a envararse, con las fosas nasales tensas. No dijo una palabra, pero comprendí lo que estaba pensando.

—No me refería a ese tipo de hombres. Nunca me tocaron. Lo que hicieron fue enseñarme las entradas de varios túneles que llevaban a donde Madra guardaba los depósitos de agua. Suministros de sobra para toda la ciudad y mucho más. Me enseñaron a hacer un agujero en los tanques y sacar un poco de agua de aquí y otro poco de allá. Me enseñaron a abrir cerraduras y a trepar. Aprendí a luchar con dagas y a arrojarlas. A veces se quedaba algún rebelde en casa, en el desván, durante una semana o quizá un mes. A veces eran dos. Luego cambiaban y aparecía otro. Hayden no tenía ni idea de lo que hacíamos. Era demasiado joven para comprender la mayor parte de lo que sucedía, y tampoco sabía estarse callado. Así pues, aprendí a luchar, a robar y a cuidar de él, dado que nuestra madre estaba rara vez en casa. Así fue durante mucho tiempo. Pasaba los días en la forja y luego me iba a cuidar de Hayden. Cocinaba para él. Limpiaba la casa. Y luego, cuando se iba a dormir, salía a robar lo que necesitábamos para vivir.

—¿Y cuándo dormías? —Fisher ya no luchaba contra el dolor. Parecía que estuviera haciendo un esfuerzo para mantenerse despierto.

—La verdad es que no dormía. Me echaba siestas cada vez que podía y... No sé. Iba tirando.

—Suena bastante mierda.

—Lo era. Y empeoró. Mi madre empezó a enfadarse. Estaba harta de que tantos hombres que se creían mejores que ella la trataran como una mierda y la degradaran. Ya se negaba a aceptar como clientes a los guardianes. A algunos de sus clientes regulares, los que venían a casa, aquello no les gustó. Cierta mañana de hace seis años, mi madre salió de casa y se dirigió a Casa Kala, pero se olvidó de su ración de agua. La había dejado en la mesa de la cocina. Una botella entera. Ni siquiera había dado un sorbo. Yo sabía que, si no la tenía consigo, no conseguiría agua en todo el día, así que la cogí y fui tras ella. La encontré en la plaza, ya de rodillas. El guardián al que había rechazado a la puerta de casa la noche anterior estaba allí, engreído como él solo, el muy cabrón, mientras sus secuaces registraban las posesiones de mi madre. Le encontraron dos cuchillos. Diminutos y sin filo. Apenas medían ocho centímetros, pero dio igual.

—Porque el castigo por llevar un arma en el Tercero es la muerte —susurró Fisher.

—Vi cómo le rajaban el cuello —dije—. Sin detención. Sin juicio. Les gusta ejecutar la sentencia en el mismo sitio. Les ahorra tiempo y energía, supongo. Mi madre murió bocabajo en la arena, con un calor abrasador. Cinco hombres le mearon en el pecho y en la espalda. Y luego la dejaron allí. Yo corrí hacia ella en cuanto se marcharon. Le di la vuelta, la sacudí. —Me encogí de hombros—. Pero ya había muerto. No podía cargar con ella yo sola, así que tuve que ir corriendo a por Elroy. Cuando regresamos a la plaza, nuestros vecinos ya habían salido. Se cernían sobre ella, le escupían en la cara. Elroy derribó a un hombre que intentaba quitarle la ropa.

«¿Qué pasa? No era más que una ramera sucia y enferma. No le suponía problema alguno que el mundo entero le viera las tetas. Mira, ¿qué te parece si le pago?». Dejó caer un crédito gastado sobre el vientre de mi madre y le dio una patada en las costillas. Entonces fue cuando Elroy le partió la cara. Esa parte no se la conté a Fisher. Había recuerdos que podían expresarse con palabras, aunque sacarlos al aire fuera como morir. Y había otros que no. Jamás pensaba repetir las palabras que dijo ese hombre sobre mi madre.

—La quemamos al día siguiente en las dunas, a un kilómetro de las llanuras de cristal. Hacía tanto calor que me quemé la nariz por dentro. Hayden se desmayó y Elroy tuvo que cargar con él hasta casa, pero yo me quedé a mirar la pira funeraria de mi madre hasta que no fue más que ceniza y ascuas en la brisa. Cuando por fin regresé a casa, la encontré toda cerrada con tablones. Habían bloqueado las ventanas y la puerta con maderos. Había una X enorme pintada en negro en la mampostería. La nuestra fue la primera casa que pusieron en cuarentena, pero luego hubo más. Una semana más tarde, Madra mandó confinar a todo el distrito. Nadie podía salir ni entrar. Dijeron que el distrito estaba asolado por la peste.

Esos días eran pesadillas lejanas y nebulosas que me perseguían tanto de noche como de día. La pena de Hayden no tardó en convertirse en rabia. Echaba la culpa a mi madre por haber perdido nuestra casa. Sus amigos acabaron por contarle que no trabajaba de camarera en Casa Kala. Algunos de ellos le dijeron que sus propios padres se habían follado a Iris Fane por lo que costaba la jarra de cerveza más barata. Hayden se rebeló de todas las maneras habidas y por haber y, cuando eso acabó, empezó lo de las apuestas.

—¿Y tú te quedaste con Elroy? —preguntó Fisher.

Se restregó la frente, justo en el entrecejo. Me di cuenta de que ya podía moverse, pero no había cambiado de postura. Seguía apoyado en mí. Cuando dejó caer la mano al fin, la puso sobre mi pierna. Cómodo. Familiar.

—No. Si nos hubiera acogido, los guardianes habrían atado cabos y habrían comprendido que era él quien había hecho las dagas que llevaba mi madre aquel día. Yo no quería ponerlo en peligro, así que Hayden y yo desaparecimos a todos los efectos. Nos buscamos desvanes en los que vivir. Mayormente sobre tabernas, en las que nadie notaría algún ruidito por la noche. Me colaba y salía a hurtadillas de la forja. Nadie sabía que trabajaba allí. Las cosas que los amigos rebeldes de mi madre me habían enseñado me sirvieron para mantenernos con vida. Nos las arreglamos.

Me guardé mucho que preferí no contarle: noches dolorosas repletas de discusiones. Noches durmiendo en suelos duros, en medio de un calor asfixiante, sin nada que bloqueara a las Gemelas en el cielo. Un hambre sin fin y una sed imposible de saciar. «Nos las arreglamos» era una forma muy positiva de describir la vida después de que aquel cabrón le rajase el cuello a mi madre.

Al fin, Fisher se giró y colocó la cabeza en la almohada.

—Ven aquí —dijo.

—¿Qué?

—No me obligues a arrastrarte.

En su voz había un soniquete cansado pero juguetón.

Quería que me tumbase junto a él. *Joder.* Tendría que reflexionar sobre ello por la mañana, porque una oleada de agotamiento sin parangón me recorrió en cuanto me tumbé del todo en la cama y estiré las piernas entumecidas por primera vez en horas. Me aseguré de colocarme de modo que ninguna parte de mi cuerpo tocara a Fisher, pero él emitió un exabrupto irritado y me rodeó el cuerpo con el brazo. Me puso la mano en el vientre y me acercó a él, de modo que mi espalda quedó pegada a su pecho. El calor de su cuerpo era divino. Sentía su corazón latiéndome en la espalda; una palpitación lenta y constante, al ritmo de su suave respiración. En algún lugar a los pies de la cama, Onyx soltó un gruñido confortable y se arrebujó más entre las mantas.

Aquello era... nuevo. Diferente.

Fisher enganchó los dedos bajo el dobladillo de mi camisola y apoyó la mano en mi piel. No fue un movimiento sexual. No fue más que contacto entre dos personas. Terrenal. Íntimo. Una conexión.

—A mi madre también la mataron —susurró con voz pastosa—. Tenemos eso en común, pequeña Osha.

Quise preguntarle a qué se refería, pero ya se había quedado dormido.

27

MARCADA

Cuando me desvelé, aún estaba oscuro. Tardé un instante en recordar dónde me encontraba y quién estaba enredado a mi cuerpo tan cerca. Luego me quedé ahí, muy quieta, sin respirar, tremendamente consciente del hecho de que la polla endurecida de Fisher se me clavaba en el culo y de que era casi seguro que estaba despierto. Yo ya había compartido suficientes camas con suficiente gente como para saber si alguien estaba dormido o no según el modo en que respiraba. La respiración de Fisher no era el leve vaivén de alguien sumido en sus sueños. Era profunda y demasiado medida. Sentí que se tensaba a mi espalda.

Se va a levantar y a salir de la habitación.

Se va a dar media vuelta y a decirte que no quiere que estés aquí.

Va a decir cualquier mierda para que te vayas.

No dejaban de ocurrírseme situaciones terribles, una tras otra. Mis nervios se apoderaban de mí... pero no dejé que se me notara. La mano de Fisher seguía debajo de mi camisola, pero la había relajado mientras dormía. Estaba medio cerrada. La tela que yo usaba para sujetarme el pecho se había soltado y alzado un poco durante la noche y sus nudillos me acariciaban la parte baja del pecho izquierdo. Muy despacio pero con toda intención, Fisher abrió la mano y la pegó a mi piel, apretando la palma contra mi caja torácica. Me mordí el labio inferior. De pronto me entró el pánico, se me desbocó el corazón. Él pasó las puntas de los dedos por la parte inferior de mi pecho, casi, casi sin rozarme...

Era una pregunta.

«¿Quieres que suceda esto?».

Yo podía elegir la respuesta. Si cuadraba los hombros y me apartaba de él, sabía que quitaría la mano y dejaría que me separara. Ambos nos levantaríamos y daríamos comienzo al día, y ahí acabaría todo. Una puerta se cerraría entre los dos.

O bien... *A la mierda.*

Yo no quería que se cerrara esa puerta.

Dejé escapar un suspiro tembloroso, arqueé la espalda y apreté el culo contra la polla de Fisher. Por los dioses y los pecadores, qué dura la tenía. Él soltó un gruñido y su aliento me acarició el cuello. Se me puso la piel de gallina. Sus dedos me apretaron las costillas. Cerré los ojos y disfruté de la marea de expectación por lo que estaba a punto de suceder.

Como si hubiera alguna suerte de contrato tácito entre los dos, ninguno rompió el silencio. Sin embargo, él se movió despacio, como si quisiera darme tiempo para cambiar de idea. Echó las caderas hacia delante solo para enseñarme lo dura que tenía la polla y lo que pretendía hacer con ella.

Yo ya sabía lo que se sentía cuando Fisher se deslizaba en mi interior, pero eso no tenía nada que ver con el polvo del otro día. Eso prometía mucho más. La tensión que crecía entre nosotros estaba imbuida de un tipo diferente de energía. Sentí que esa tensión viajaba a un milímetro sobre la superficie de mi piel, por todo el cuerpo, y que estallaba allá donde sus manos me acariciaban el vientre.

Flexioné la columna y me doblé hacia él. Una oleada de calor me sacudió hasta el mismo centro de mi ser cuando Fisher apoyó la frente en mi nuca y gimió.

Lo deseaba. Más de lo que deseaba irme a casa. Por los dioses y los mártires, ¿qué tipo de hermana era yo? Hayden me necesitaba.

Y Elroy también. Sin embargo, en ese momento, con ese olor suyo que ahogaba todo el puto mundo y me arrebataba el sentido común, no era capaz de sentirme mal por ello. Ya habría tiempo después para culparme. De momento...

La nariz de Fisher me rozó la oreja y un suspiro escapó de mis labios. ¿Cómo explicar lo que se sentía cuando un hombre como Kingfisher te respiraba en la oreja? No resultaba sencillo. En primer lugar, venía un escalofrío que empezaba en el cuello y se expandía, que hormigueaba por la nuca y trazaba una senda caliente y fría por mi columna, entre cada vértebra, como una piedra que rebota en un río. Luego se convertía en algo distinto al llegar al hueso sacro. Adquiría peso. Era una esfera de dolor que se formaba en mi estómago y aumentaba de tamaño, se hundía, tamborileaba en el ápice de mis muslos, y yo tenía que apretar fuerte las piernas para contenerla.

El estremecimiento, el dolor.

Y luego, el deseo.

Llameaba con tanta fuerza que creaba un vórtice de energía, lujuria y ansia que giraba y giraba en mi interior, tan rápido que sentí que tenía que saltar de la puta cama y gritar o bien arrearle un golpe a algo.

Ahora, ahora, ahora...

El deseo palpitaba en mi cabeza. Como si Fisher pudiera oír cómo lo llamaba, me agarró de un pecho, moviéndose por fin con rapidez, abandonando finalmente toda aquella pantomima de que quizá no sucedería. Me retorció el pezón y echó las caderas hacia delante con tanta fuerza que sentí la cabeza hinchada de su erección contra la parte baja de la espalda. Un latigazo de dolor restalló entre mis pechos y descendió hasta mi entrepierna. Y, maldita sea, sentí como si me estuviera al mismo tiempo acariciando el clítoris y la sensible punta de mi pezón.

—¡Aaaaah! —Quise suplicarle que se hundiera dentro de mí, pero no quería hablar. Había otras palabras que tendrían que decirse antes de romper nuestro voto de silencio. Lo que sucedió la noche anterior había sido horrible, tanto para él como para mí. Había alterado irrevocablemente la dinámica entre los dos, y no creo que ninguno estuviera listo para plantarle cara a lo sucedido aún. Así pues, cerré bien los labios y me eché hacia atrás, mientras él me pasaba un brazo por debajo del cuerpo y me aprisionaba. Con una mano empezó a acariciar mi pecho, mientras que con la otra abrió de un brusco tirón el botón de mi pantalón y la introdujo por la parte delantera.

Me obligó a abrir las piernas e introdujo los dedos entre mis pliegues. Descubrió lo mojada que estaba ya y soltó un gruñido grave. Un sonido tan masculino y depredador que casi perdí la puta cabeza.

Fóllame. Por favor, fóllame.

Tómame.

Poséeme.

Los dientes de Kingfisher me mordisquearon el lóbulo de la oreja al tiempo que empezaba a restregar el nudo hinchado repleto de terminaciones nerviosas que había entre mis piernas. Mi mente se hizo pedazos en ese instante. Su boca. Sus manos. Su polla. Eso era lo único que importaba. Sabía cómo tocarme. Cómo llevarme al frenesí. El modo en que me acariciaba el clítoris, cómo encontraba la presión perfecta, el movimiento perfecto, evidenciaba que había pasado muchas horas familiarizándose con el cuerpo femenino. Tal y como lo veía yo, había sido un tiempo bien empleado. Yo cosechaba ahora los beneficios de toda esa experiencia, y mucho más.

Sin la menor vergüenza, me apreté contra él, tomando lo que quería de su contacto, cabalgando en su mano mientras esta se restregaba contra mí.

Fóllame con los dedos.

Estrangúlame.

Sujétame y móntame hasta que grite.

Fisher emitió un sonido desesperado, animal, pegado al hueco de mi cuello, como si pudiera leerme la mente y supiera todas las guarrerías que quería que me hiciera. Como si él también quisiera hacérmelas a mí. Con un rugido, sacó el brazo de debajo de mi camisa y cerró la mano en torno a mi garganta.

«Te voy a obligar a suplicármelo, pequeña Osha».

«Te voy a tapar todos y cada uno de esos agujeritos tuyos».

«Te voy a follar tan fuerte que jamás volverás a desear a otro hombre».

Me imaginé esas palabras. Las saqué del aire y, de algún modo, las reproduje en mi cabeza con su voz. El cuerpo de Fisher me prometía abiertamente todo eso y más, y no quise seguir esperando.

Me apretó aún más contra sí, agarrándome fuerte la garganta, el pulgar hundido en mi mandíbula. Yo eché la cabeza hacia atrás. Él enterró el rostro en el hueco de mi cuello, gimiendo, y una idea surgió en mi mente, espontánea.

Peligrosa.

Muérdeme.

Fisher me metió aún más los dedos y dejó escapar un resoplido tenso. Me apretó más la garganta y me la sacudió un poco, casi como si fuera una reprimenda. Me notaba tan estremecida por la sensación de tener sus dedos dentro de mí, sondeando mi calor húmedo, que, durante un segundo cegador, no pude pensar en medio del placer.

Dioses. Y aún estábamos vestidos. Fisher no tenía camisa, pero todavía llevaba los pantalones. Y yo lo llevaba todo puesto. De pronto, necesité que estuviéramos desnudos. Quise sentir su cuerpo sobre el mío. Quise sentirlo por todos los putos rincones de mi cuerpo. Me agarré la camisola, lista para intentar arrancármela sin que Fisher dejara de hacer lo que estaba haciendo, pero entonces sentí un tirón por todo el cuerpo y, de pronto, mis ropas habían quedado hechas trizas y se me caían del torso, de los brazos y las piernas. Los pantalones de Fisher habían desaparecido.

Yo había obtenido aquello que deseaba tan desesperadamente. Nuestros cuerpos se extendían por todas partes. Nuestras piernas se enredaban juntas. Teníamos la piel pegajosa de sudor. Fisher retomó su tarea; me metió y me sacó los dedos y, al mismo tiempo, me acarició el clítoris con la palma de la mano. Yo me acercaba cada vez más al frenesí.

Apenas podía respirar. Me daba vueltas la cabeza. Él hundió el rostro una vez más entre mis cabellos y soltó otro gemido de tensión.

Fóllame.

¡Por favor! Dioses, por favor, que me folle. Quiero...

Necesito...

El sonido de la exclamación alterada de Fisher reverberó por todo el pequeño dormitorio. Se movió rápido, sacó los dedos justo a tiempo para dejar espacio a su polla rígida. A diferencia de la última vez que habíamos estado juntos, no entró en mí de golpe. Esta vez sentí que su cabeza hinchada se apretaba contra mí y, a continuación, el abrumador y sísmico movimiento al introducirse en mi abertura y empezar a profundizar.

Por.

Los.

Putos.

Dioses.

Estaba...

Estaba muy dentro. *Joder.*

«Todos los guerreros de Innìr me olerán en ti», tronó la voz de Fisher en mi cabeza. «Te vas a quedar ronca de gritar mi puto nombre. Te voy a marcar de todas las formas imaginables, para que todo el puto mundo sepa que eres mía».

¡Joder!

Qué era...

No podía...

Se lanzó a un ritmo implacable, arremetiendo contra mí, embistiéndome. Su mano seguía entre mis piernas, sus dedos me frotaban el clítoris mientras me follaba. Me rodeaba entera, total, completamente. Yo estaba encerrada en su abrazo, envuelta en él, temblando cada vez que me penetraba con la polla... pero, aun así... había algo más...

«Muérdeme, Fisher».

Vino a mí como una idea, sin aliento.

«No puedo...».

«Muérdeme. Hazlo. ¡Quiero que me muerdas!».

«¡No puedo!».

«¡MUÉRDEME!».

La súbita punzada de sus colmillos al hundirse en mi piel me arrancó un siseo. Abrí los ojos de golpe y el corazón se me encogió de la sorpresa, pero entonces...

Una felicidad incomparable abrumó mis sentidos, un relámpago que me atravesó las venas. Fisher se quedó helado, inmóvil como una estatua, respirando fuerte y rápido por la nariz. Me había mordido en el hueco del cuello, justo sobre la clavícula, pero no me había hecho sangre. Estaba a la espera, pero yo no sabía de qué.

Sin apretarme ya la tráquea, llevó la mano libre a mi pecho y empezó a acariciarme despacio los pezones con los dedos, un roce suave que rodeaba poco a poco mi areola. Todas mis terminaciones nerviosas saltaron, la euforia se derramó por mi cuerpo hasta que empecé a sentirme colocada. Fue entonces cuando mi mente empezó a sentirse pastosa, bocabajo. Despacio, muy despacio, oh, tan despacio, él echó las caderas hacia atrás y luego me la metió de golpe hasta el fondo. Al mismo tiempo, sentí la primera punzada en el cuello: acababa de hacerme sangre.

—¡JODER! —grité en voz alta, con los ojos en blanco.

El placer que crecía en mí restalló como un alud. Me aplastó. Me hizo pedazos; hasta mi puta alma cantó. Era mejor que cualquier droga que hubiera probado hasta entonces.

«Quieta. Tranquila. No... no te muevas, joder».

Las palabras eran entrecortadas. Desesperadas. Estaban dentro de mi cabeza y yo... yo no tenía la menor esperanza de obedecerlas. En cuanto Fisher volvió a entrar en mí, a beber un poco más de mi sangre, perdí todo el sentido del orgullo y eché la mano hacia atrás para agarrarle la cabeza y apretarlo contra el cuello tan fuerte como pude.

«Acaba conmigo».

Aquella orden fue todo lo que necesitó. Los brazos de Fisher me apretaron el cuerpo como un perno y me folló con la fuerza de las mismas almádenas que se estrellaban contra la superficie helada del Zurcido. Yo me rompí con mucha más facilidad que el río. Me hice pedazos y Fisher fue lo único que me mantuvo entera. Con cada sorbo embriagador de su boca, sentí que me llenaba de luz hasta que brillé como el sol.

«No pares, no pares...».

Sentí que su propia ansia crecía en él. Fisher también se embriagaba. Me folló más fuerte aún, bebió de mí aún más. Sus brazos eran columnas de acero a mi alrededor.

Y entonces se acabó el mundo.

La existencia se apagó para dar paso al vacío.

Las estrellas cayeron de los cielos y el infierno ascendió a la tierra.

Todo y nada.

Fueron todos los éxtasis que había experimentado jamás, condensados y multiplicados por un millón. Mi cuerpo se convirtió en una antorcha llameante, y allí estaba Fisher, ardiendo junto a mí.

Arremetía contra mí, mecánicamente, gruñendo. Entonces apartó la boca de mi piel y rugió como si se estuviera muriendo.

No, como si se estuviera muriendo, no. Como si volviese a nacer.

El mundo recuperó la existencia poco a poco, como los copos de nieve que caían del techo. Mi cuerpo tardó mucho en dejar de temblar. Al igual que había hecho cuando me desperté, Fisher se quedó tumbado a mi lado, inmóvil como un muerto, sin respirar. Pero esta vez se aferraba a mí con todas sus fuerzas. Y no me soltó.

Pan recién hecho. Cremoso. Delicioso.

Me rugió el estómago y abrí los párpados. Me encontré acurrucada contra un zorro que no dejaba de roncar. Onyx parpadeó y abrió los ojos, perezoso. Juro por los dioses que me pareció que sonreía.

—Apestas —le dije mientras le acariciaba la cabeza—. Necesitas darte un baño. Se acabó lo de dormir en la cama.

Me enseñó los dientes y echó la cabeza hacia atrás. Salió corriendo de la cama y desapareció por la puerta abierta del dormitorio. Supongo que lo del baño no le había hecho gracia.

Suspiré. Me dolía todo, pero qué delicia de dolor. Me desplomé en las sábanas revueltas y miré al techo, a las motas de polvo que descendían en espiral por el dorado aire matutino. ¿Dónde demonios estaba Fisher? Me hice esa pregunta con cierta dosis de resignación. Ya lo conocía; debía de haber regresado a Innìr, de los nervios, enfadado. Yo me quedaría allí tirada tres días como resultado de su incapacidad para manejar sus putos sentimientos. Giré la cabeza y se me ralentizó el corazón al ver a mi lado una diminuta gota de sangre en la sábana.

Mi sangre.

Fisher me había mordido.

Me quedé en blanco. Dejé que la idea flotara en mi mente. No intenté asimilarlo. Ya había llegado oficialmente al punto de agotamiento cuando intenté analizar todo lo que había sucedido desde el Salón de los Espejos. Aquello no era más que otro dato que se balanceaba precariamente encima de una pila larga y desconcertante de información que tendría que procesar en algún momento. Ahora mismo, todo lo que sabía era que me lo había buscado. Se lo había pedido y, por lo visto, de pronto Fisher y yo éramos capaces de hablar dentro de la mente del otro.

Volví a captar el aroma a hojaldre fresco y sabrosa mantequilla, pero esta vez se sumaba a un ápice de azúcar. Y café. La idea del café fue lo que me sacó de la cama. Rígida y un tanto mareada, me envolví en una sábana y fui en busca del origen de aquel olor.

La luz se derramaba por el salón del apartamento. Las sábanas que cubrían muebles y cuadros habían sido retiradas. Me encontraba en un confortable espacio lleno de pequeños tesoros, libros y adornos que le otorgaban al lugar un sencillo aire hogareño. En la repisa de la chimenea, había hileras de jarros de cristal que contenían carboncillos y pinceles.

Fisher estaba sentado frente a una mesa redonda junto a las ventanas, con las largas piernas estiradas. La luz se prendaba de su pelo negro y lo teñía de un cálido tono marrón oscuro. Le bañaba un lado del rostro y suavizaba el duro borde de la mandíbula y el orgulloso perfil de su nariz. Miraba por la ventana y contemplaba cómo se mecían las ramas del árbol al otro lado de la ventana bajo la suave brisa. Parecía perdido en sus pensamientos. Tranquilo, incluso. Parte de mí no quiso que se percatara de mi presencia. Después de lo atribulado que había estado últimamente, quería que disfrutara de un momento de paz. Y, además, resultaba que yo era una cobarde. Aún había cosas que decirse, pero me daba miedo la conversación. Solo podía acabar mal y...

Fisher cerró los ojos y dejó que la moteada luz del sol le jugueteara sobre el rostro.

—No sabía cómo prefieres el café —dijo en tono suave.

Mierda.

—¿Cuánto hace que sabes que estoy aquí?

Él esbozó una sonrisa triste.

—Siempre sé dónde estás, pequeña Osha.

Abrió los ojos y se volvió hacia mí. Al contemplarme, su sonrisa adoptó un cariz peligroso.

—Me habría vestido —expliqué—, pero no había ropa en esa mochila que habías preparado para mí. Te lo agradezco, pero quizá te hayas pasado poniendo cuatro cuchillos arrojadizos, un juego de herramientas para despellejar venados y una botella de whisky. Habría estado bien contar con unas bragas limpias y un cepillo de dientes.

Eso le sacó una risa.

—Tienes toda la razón. Tomo nota. La próxima vez, solo pondré dos cuchillos y una petaca. Más bragas y cepillo de dientes.

Solté una suave risa.

—Estaba dispuesta a ponerme la ropa de ayer, pero la he encontrado hecha trizas en la cama, así que no he podido.

—No te preocupes, estaré encantado de corregir el desliz.

Con un giro de muñeca, Fisher conjuró una oleada de humo resplandeciente que se extendió por la alfombra hacia mí y me rodeó los tobillos como un gato amigable que quiere que lo acaricien. Me subió por las piernas con un roce que me provocó un hormigueo cálido en la piel y dejó a su paso una seda negra. Los pantalones eran holgados, de pernera ancha. La camisola era bonita, lo bastante larga como para cubrirme el vientre, aunque poco más. Tenía el escote bajo, ribeteado de fino encaje. La magia de Fisher no me había concedido ropa interior, al parecer: a través de la fina tela, se me veían los pezones duros.

Lo miré con una ceja enarcada y luego bajé la vista a mi pecho.

—¿Así sueles imaginarme vestida?

—Ay, pequeña Osha: cuando te imagino, rara vez vas vestida.

Ah, vaya. Bueno. Se me sonrojaron las mejillas y una calidez agradable me templó el rostro. Agaché la cabeza y me miré los pies para darme un instante que me permitiera digerir la idea de que, al menos esa mañana, Fisher no iba a ser un mierda insufrible. Bastante sorprendente era ya que siguiera allí, pero aquello fue toda una conmoción para la que no estaba preparada.

—Ven, siéntate. Come algo —dijo.

Me vendría de miedo, sí. Estaba muerta de hambre. Me senté junto a él a la mesa, a su derecha, para poder mirar por la ventana y ver cómo se despertaba Ballard mientras desayunaba. Fisher esbozó una sonrisilla cuando me incliné sobre la mesa para acometer los hojaldres, las empanadillas y la fruta cortada a taquitos.

—¿Qué?

—Nada. Nada en absoluto —dijo Fisher con una risa.

—¿Quieres que vaya a sen...? ¡Oh, dioses, Fisher! ¿Qué demonios...?

Noté cómo la sangre me abandonaba el rostro. ¿Qué demonios tenía en las manos? Dejé caer el hojaldre que acababa de coger. Onyx se lanzó a por él y lo atrapó en plena caída antes de tocar siquiera el suelo. Alargué las manos con espanto. Los tatuajes que tan poco me habían importado la noche anterior me cubrían los dedos y el dorso de las manos. Pero ahora había más. Muchos más. Hileras de pequeñas runas que corrían por todos mis dedos. Una escritura delicada me rodeaba las muñecas y me subía por los antebrazos. No tenía ni idea de qué decía. Y en el dorso de las manos... Uf, me empecé a marear. El dibujo que tenía en el dorso de la mano derecha era sencillo. Más o menos. Las líneas eran delicadas y se entrelazaban hermosamente hasta formar algo que recordaba a una flor si se contemplaba con los ojos entrecerrados un largo rato. El del dorso de la mano derecha, sin embargo...

Era mucho más grande. Me cubría la mano entera. Las líneas eran más gruesas. Se arremolinaban unas junto a otras y formaban una variedad de nudos que apenas conseguía separar con la vista. No era una única runa, sino muchas, entrelazadas, entretejidas unas sobre otras y sobre otras más. Una de las runas ni siquiera era negra, sino que tenía un tono verde azulado oscuro, iridiscente, que desprendía un brillo metálico cuando le daba la luz.

Hasta Fisher tragó saliva cuando vio todos los nuevos tatuajes que me había pasado durante la noche. Yo le señalé con gesto acusador.

—¡Esto no le habría hecho gracia a mi madre!

Hay que decir en favor de Fisher que no se rio en mi cara. Cogió la taza de café, manteniendo la expresión seria, y dio un sorbito. Luego la dejó, alargó el brazo y me agarró de la mano izquierda. Examinó las runas de mis dedos con expresión hueca. Sus cejas se crisparon mientras giraba mis brazos a un lado y a otro y leía lo que tenía grabado en la muñeca. Pasó un dedo por esa gran runa parecida a una flor y sus facciones se volvieron indescifrables.

Pasó bastante más tiempo evaluando la tinta que me cubría la mano derecha. Permanecí sentada, impaciente, con los pensamientos a mil por hora, incapaz de calmarme.

«Di algo. No te quedes ahí sentado con el ceño fruncido. ¡Habla!».

Fisher soltó un leve resoplido.

—Estoy pensando —dijo—. Dame un segundo.

—Ay, joder. O sea, que esto también ha sido real. Puedes leerme la mente. —Una nota de histeria manchaba mi voz.

—No, no puedo leerte la mente —dijo, y sus ojos volaron a los míos durante una fracción de segundo—. Lo que sí puedo es oírte cuando te diriges a mí directamente. Nada más.

—¿Nada más? ¿Cómo que nada más?

—Respira, pequeña Osha —me reprendió Fisher—. Tienes el corazón desbocado.

—Estoy bien —mentí.

Fisher adoptó una expresión muy intensa. Parecía confundido por algo. Giró mi mano hacia él e incluso ladeó la cabeza para contemplar la runa desde otra perspectiva.

—¿Qué... qué significado tiene? —pregunté en tono nervioso.

Fisher dio una rápida inspiración y apartó la vista de mi mano.

—En realidad, no significa nada. —Cogió una de las tartaletas llenas de crema, me la puso en la mano y la soltó—. Venga, come algo. Tienes el azúcar bajo.

—¿Cómo que tengo el azúcar bajo? ¿Qué...? Fisher, ¿qué significan los tatuajes?

Él suspiró y se echó hacia atrás en la silla. Ahora que se había reclinado otra vez, la cálida luz que entraba por la ventana volvió a teñirlo de oro. Resultaba arrebatador.

—El de la izquierda significa «bendita» —dijo en tono ligero—. Los dedos... —se encogió de hombros y miró al cielo de forma quizá demasiado despreocupada— significan muchas cosas.

—¿Podrías ser un poco más impreciso?

—A ver, probablemente...

—¡Fisher!

—Vale, está bien. Muchos de ellos están conectados. Luz. Oscuridad. Plata. Acero. Tierra. Aire. Fuego. Agua. Ese tipo de runas. Cosas de alquimistas.

Pero ¿cómo que cosas de alquimistas? Lo decía como si eso bastara para explicarlo todo de forma satisfactoria, pero yo tenía más preguntas. Muchas más preguntas y una en concreto más acuciante que las demás. Alcé la mano derecha y señalé a la madre de todas las runas, que resplandecía en mi piel.

—¿Y esta qué demonios significa?

Fisher me miró a los ojos.

—Esa es difícil. No puedo darte una respuesta definitiva. Aún no.

—Hay magia en ella, ¿verdad?

—Hay magia en todas —dijo él con un tono calmado, al tiempo que daba un buen mordisco a su desayuno—. Si no quieres tenerlas...

—¿Cómo voy a saber si quiero tenerlas o no si no sé lo que significan?

—Disculpa, tienes razón. A ver. —Me hizo un gesto para que le tendiese la mano, cosa que hice. Un instante después, un frío terrible me corrió por la piel. Una tras otra, las runas desaparecieron, incluso la más compleja.

Lo contemplé, aturdida.

—Pero...

—No se han ido para siempre —dijo con un tono rígido—. Puedo... O sea, tú puedes cambiar de idea más adelante si lo prefieres. Tienes un mes, más o menos. Si en las próximas semanas decides que las quieres, te las devolveré.

—Pero ¿y si decido que quiero tener unos tatuajes chulos en la mano después de un mes? ¿Puedo elegir diferentes diseños cada vez que nos acostemos?

Fisher soltó una risa seca y negó con la cabeza.

—No, las marcas no son de tu elección. No seguirán presentes dentro de un mes. Si optas por no aceptarlas, se irán para siempre.

Pasé un rato asimilando aquel dato. Sabía que había algo que no me estaba diciendo. En realidad, había mucho que no me estaba diciendo, pero yo no tenía ganas de insistir más. Di un bocado y pensé en toda la tinta que me marcaba la piel. Tras un rato, dije:

—¿Y los tuyos qué significan?

—¿Los míos?

—Tus tatuajes. Los tuyos no han desaparecido.

—Oh. —Él se miró a sí mismo—. Bueno, nuestras runas son complicadas. Pero sí, tienen significado. Esta —dijo, y alzó la mano izquierda— significa venganza. —Alzó la otra mano—. Y esta, justicia.

—¿Y esa? —pregunté, señalando a la parte grande y retorcida de su antebrazo.

—Sacrificio —dijo con voz algo entrecortada.

—¿Por qué es mayor que las otras?

Fisher contempló la runa y, despacio, se bajó la manga de la camisa para cubrirla.

—Creo que ya imaginas por qué —dijo en tono suave.

Sí que lo imaginaba. Me arrepentí de haber hecho la pregunta en cuanto salió de mis labios. El tatuaje más grande del brazo de Fisher significaba sacrificio porque o bien ya había sacrificado algo o iba a sacrificar mucho...

Esos tatuajes eran una suerte de profecía. Contaban su historia. Y no era precisamente una historia de la que le gustara hablar. Pero, por el momento...

Señalé al tatuaje del pajarillo que yo tenía bajo la clavícula para cambiar de tema.

—Me dijiste que este no podías quitármelo.

Todo el humor abandonó el rostro de Fisher. La luz del sol menguó de repente. La estancia se oscureció, preñada de sombras que se derramaron por las paredes desde las cuatro esquinas. Comprendí al momento que algo había cambiado. Nuestro desayuno juntos había acabado. Fisher se levantó de la mesa y volvió a colocar con cuidado la silla.

—No, ese no se puede quitar —dijo con un tono rígido—. Y lo siento.

—No hace falta que lo sientas. La verdad es que le he cogido el gusto. Solo he pensado que, como has podido quitar los otros... —Dioses, no podía dejar de parlotear.

—No te los he quitado. Solo los he ocultado. Y solo de momento. —Me dedicó una sonrisa de labios apretados—. Tenemos que ponernos en marcha pronto. En la cama, he dejado ropa limpia para ti. También hay un baño preparado. Yo voy a despedirme de Wendy. Cuando regrese, nos marcharemos.

Dejé que Fisher se fuera, consciente de que no podía decir nada para recuperar el humor que habíamos compartido hacía un instante. Ya en el dormitorio, en el que se suponía que debía haber dormido, me bañé y reflexioné sobre todo lo que había dicho. Cuando salí y me planté desnuda sobre la alfombra delante del espejo de cuerpo entero que había en la pared, me di cuenta de lo que había ocasionado el cambio de humor en la cocina. Justo ahí, a cinco centímetros por encima del tatuaje del pajarillo, había dos pequeñas punciones rojas. Casi se habían cerrado ya. Ni siquiera me dolían.

«No, eso no se puede quitar. Y lo siento».

No se refería al tatuaje del pajarillo.

Hablaba del mordisco de mi garganta.

28

PUES PÍDESELO

- Bismuto. Cadmio. Cinabrio.
- Plombagina. Cal. Calcita.
- Sal de estaño. Resina de cobre. Marcasita.

Resultado: No hay reacción.

Aquella tarde, Carrion irrumpió en la forja mientras yo me encontraba junto a los baños, tirando matraces de cristal contra la ladera. Puse una cara nada amigable e intenté transmitirle lo poco que me agradaba su presencia con una mueca en lugar de con palabras. Pero conocía a Carrion, sabía que entendía a la perfección cómo me sentía, pero que le importaba una mierda. Sacó una latita del bolsillo de un abrigo de aspecto bastante cálido y se lio un cigarrillo. Me ofreció uno a mí, pero negué con la cabeza y lancé otro matraz contra la roca.

Un vivo aroma a hierbas impregnó el aire frío.

—¿Qué haces? —preguntó.

—¿A ti qué te parece? —El matraz que acababa de arrojar no ascendió mucho por la ladera, pero igualmente estalló en una impresionante cantidad de cristalitos rotos.

—¿Puedo yo también?

Puse los ojos en blanco.

—Genial. —Carrion sujetó el cigarrillo de liar entre los dientes y sacó un vial grueso del fondo redondo del cajón que yo había arrastrado hasta allí. Lo arrojó con todas sus fuerzas y el vial atravesó el aire, descendió y estalló contra las rocas. Fue una de las explosiones más impresionantes hasta ese momento.

—Vaya, sienta bien —dijo Carrion, y soltó una nube de humo—. ¿Me cuentas por qué estamos haciendo esto?

—Para destruir —contesté.

Carrion asintió y movió la cabeza de un lado a otro.

—Una razón tan válida como cualquier otra. Me gusta.

Cogí dos pequeños viales de cristal de un viejo alambique y le planté uno en el pecho a Carrion.

—Calla y a lanzar.

Él se rio pero obedeció. Arrojó el vial por el aire. Yo lancé el mío al mismo tiempo y los dos chocaron contra la roca con un estruendo atronador.

—Diría que no has tenido suerte con tus intentos de hoy, ¿verdad? —dijo Carrion.

Dioses. ¿Es que no entendía cuando le hablaban? Yo no estaba de humor para discutir mis fracasos. Además, me había quemado el brazo antes, cosa que no ayudaba en absoluto.

—Evidentemente no. Y el puto mercurio...

—¿Te resulta difícil ponerlo a hacer eso de licuarse y dar vueltas?

—No, ahora ya sé alterar su estado sin dificultad. Casi no tengo ni que pensarlo. Le digo que se vuelva líquido y lo hace. El puto problema es que se ríe de mí.

Carrion resopló.

—¿Que se ríe de ti?

—¡Sí! Se ríe cada vez que intento combinar algo nuevo con él. Acepta la plata pura, pero en cuanto echo cualquier otra cosa dentro, la abrasa antes de que toque siquiera los metales. ¡Y se ríe, joder!

—No puede ser que tenga mente propia —dijo él en tono dubitativo.

—Vaya si la tiene. No dirías eso si oyeras lo que yo oigo.

Carrion asintió y se quitó el cigarrillo liado de la boca. La brasa ardía en la punta.

—¿Has pensado en la posibilidad de que estés loca?

—Pues la verdad es que sí, lo he pensado —dije con brusquedad—. Pero los libros de Fisher que hay en Cahlish dicen que era un fenómeno común que los alquimistas oyeran hablar al mercurio.

—Pues a lo mejor los alquimistas estaban locos. A lo mejor que te falte un tornillo es prerrequisito para trabajar con estas cosas.

Yo saqué otro vial de la caja y lo arrojé, con un gruñido gutural.

—Mira, si no me vas a ayudar, la verdad es que estoy muy ocupada.

—Ah, sí, claro. Ya lo veo, ya.

Me giré de golpe, con un nuevo frasco alzado sobre la cabeza, lista para lanzárselo a él. Carrion alzó las manos en gesto de rendición.

—Está bien, está bien. Disculpa. Admito que no venía a ayudarte en nada, pero... dices que no tienes problemas en conseguir que el mercurio cambie de estado porque se lo pides, ¿no?

—Exacto.

—¿Y has pensado en pedirle que se mezcle con la plata pura?

—¡Sh! No seas ridículo, claro que no.

—¿Por qué no?

—Porque sería demasiado sencillo, Carrion. No puedo simplemente pedirle que se convierta en una reliquia.

—A mí me parece que si puedes pedirle a un material que pase de sólido a líquido, le puedes pedir todo tipo de cosas —dijo, tirándose del cuello del abrigo.

Le clavé la mirada, cada vez más enfadada. No quería que Carrion Swift me diera la clave para encontrar el modo de llevar a cabo aquella tarea. Jamás me dejaría en paz. Por otro lado, me daba rabia que no se me hubiera ocurrido a mí antes.

—¿Vas a intentarlo? —preguntó, y se irguió un poco más—. ¿Puedo verlo?

Dioses. Aquello iba a ser horrible.

—No puedo intentar hacer otra reliquia ahora mismo. No tengo suficiente plata refinada. Me estaba tomando un descanso para hacer esto. —Para enfadarme—. Pero... hay un modo de poner a prueba a medias tu teoría —dije—. Y sí, puedes mirar si quieres. Pero solo si prometes mantener la boca cerrada y no meterte en medio.

A Carrion le resultaba físicamente imposible mantener la boca cerrada y no meterse en medio. Yo ya lo sabía cuando accedí a que me siguiera hasta la tienda de los mapas, así que no me sorprendió que no dejase de cotorrear todo el camino ladera abajo y a través del campamento. Cuando llegamos a la sala de los mapas, él parloteaba sobre algún contrabandista de segunda de Zilvaren llamado Davey, que le debía diecisiete créditos.

Por suerte, el sitio estaba desierto. Me sorprendió no cruzarme allí con Danya, pues era el único lugar donde la había visto en el campamento hasta entonces. Pero, bueno, al parecer los hados me sonreían ese día, y ni siquiera Ren estaba por allí. No quería público para lo que iba a hacer. Carrion no contaba y, de todos modos, ya sabía lo que iba a intentar, puesto que había sido él quien lo había sugerido. Si intentaba aquello y fracasaba, prefería que no lo presenciara ningún fae porque iba a parecer una estúpida.

—Está oscuro de cojones aquí —renegó Carrion.

Había un fuego encendido en el hogar sin ventilación, pero las antorchas estaban apagadas. Él cogió la primera que encontró y acercó el extremo al fuego. Luego paseó por la habitación encendiendo las demás. No le presté atención a su cháchara mientras lo hacía. Estaba centrada en las finas esquirlas de metal que asomaban en la pared.

Esto no va a funcionar. ¿Por qué iba a funcionar? Seguramente ya lo ha intentado alguien...

Todas las dudas se abatieron sobre mí, pero las aparté. No tenía nada que perder. Y no me costaba nada pedírselo al mercurio. Si no sucedía nada o si este se reía en mi cara, pues ya estaba. Regresaría a la forja, refinaría la plata y mañana por la mañana volvería a intentarlo. Pero, si funcionaba...

«Ahí viene, ahí viene».

«Se acerca».

El mercurio no había hablado la última vez en que estuve allí. Así no. Me había pasado bastante tiempo al lado de aquellas esquirlas incrustadas, concentrada en ellas, antes de detectar el más leve susurro proveniente del metal. Pero ahora, las voces desgranaban una conversación apresurada. Baja, sí, pero lo bastante sonora como para que la captase si me acercaba a la pared.

«Ella viene. Ella ve. Ella oye».

Alargué la mano y apreté la punta de una de las esquirlas con el dedo índice. *Sí, he venido. Os veo. Os oigo,* pensé.

Las voces estallaron en mi cabeza. Una multitud de voces que hablaba, gritaba, suplicaba, rogaba, reía, chillaba. Ahogué un grito y aparté la mano.

—Tiene pinta de que eso te ha dolido —dijo Carrion con un tono natural. Se plantó a mi lado, con la antorcha aún agarrada, los cabellos castaños rojizos convertidos en cobre por obra de las llamas.

—¿Puedes retroceder un poco? —le pedí—. Quizá sea más sencillo si no me estás respirando en la nuca.

—Pues yo recuerdo lo mucho que te gustó la última vez que te respiré en la n...

—Como te atrevas a acabar esa frase, te largas y esperas fuera —espeté.

—Me parece justo. —Carrion retrocedió un paso e hizo una grácil reverencia—. Aunque si parece que te sacan la mente del cuerpo, o sufres una agonía intensa y no puedes soltar esos pinchos asesinos de mercurio, ¿tengo tu permiso para hacerte un placaje y apartarte de ellos?

Lo cierto es que parecía un plan muy prudente.

—Permiso concedido.

—Excelente.

Me preparé otra vez para el estruendo de voces y volví a tocar con cautela una de las esquirlas, pero esta vez no hubo más que silencio. ¿Me había imaginado todas aquellas súplicas y gritos? No parecía posible. Volví a la primera esquirla que había tocado, preparada de nuevo para la barahúnda, pero una vez más solo hubo silencio.

«¿Hola?», pensé. «¿Estáis ahí?».

La respuesta fue instantánea.

«¿Dónde está ahí...?».

«Ahí... Ahí... Ahí...».

Las voces venían de izquierda y derecha, de delante y de detrás.

«Podemos estar en todas partes», ronronearon al unísono.

Habían respondido a mi pregunta. ¿O era el mercurio en sí quien la había respondido? No comprendía si esas voces dentro del mercurio correspondían a una entidad o a muchas. No había tenido tiempo de encontrar la respuesta.

«¿Podéis salir de la piedra?», pedí.

«¿Salir? ¿Salir? ¿Salir?».

«¿Por queeeeeé?».

Las voces zumbaban como moscas.

«Porque la guerrera que era vuestra dueña está enfadada conmigo. Quiero que volváis a formar una espada».

Todo aquello era de lo más estrambótico. Yo jamás había tenido una conversación directa con el mercurio hasta ese instante. Ni siquiera se me había ocurrido intentarlo, lo cual era quizá una estupidez, porque lo cierto era que, a menudo, este no se callaba.

«¿Dueña? ¿Dueña?».

«No tenemos dueña».

Oí la rabia de las voces, tan clara como el agua.

Debería haber comprendido que emplear un lenguaje posesivo no daría buen resultado, pero ya lo había dicho. El único modo de avanzar era minimizar los daños.

—Estás poniendo cara rara —susurró Carrion—. ¿Estás hablando con esa cosa?

—Sí, estoy hablando. ¿Qué crees que hago si no?

—Yo qué sé. Tienes cara de estreñida.

—¡Ssh!

Cerré los ojos para apartarlo.

«La guerrera de la que hablo no es vuestra dueña, solo os llevaba consigo», pensé. «Quiere seguir llevándoos, pero no puede a menos que volváis a formar una espada».

«¿Qué nos importan los deseos de los fae y los humanos a nosotros?».

«Nosotros...».

«Nosotros...».

Maldición. La verdad es que a mí tampoco me atraería mucho que Danya me llevase por ahí, pero no había pensado que iba a tener que negociar. Si el mercurio era consciente, seguramente querría algo. Todo aquello capaz de sentir y pensar quería algo.

«Y entonces, ¿hay algo que os importe?», pregunté.

El mercurio no respondió de inmediato. Parecía estar pensándose la respuesta. Tras una larga pausa, dijo: «La música. Danos música y obedeceremos».

¿Música? Por los dioses y los putos pecadores. ¿Para qué quería música el mercurio?

«Os propongo lo siguiente: permitid que os vuelva a forjar y buscaré a alguien que os cante una canción».

Aquello no iba a funcionar. Claro que no. De ninguna de las maneras.

«¿Una canción? ¿De principio a fin? ¿Para que nos la quedemos?».

«¿Quedemos?».

«¿Quedemos?».

Si había algún modo de quedarse con una canción, no lo conocía, pero, en aquel momento, estaba dispuesta a aceptar lo que fuera. «Sí, os lo prometo. Una canción entera para que os la quedéis».

«¿Y harás de nosotros una espada más poderosa que ninguna?».

«Si me lo permitís, sí».

«Aceptamos... Aceptamos... Aceptamos...».

No quería tentar a la suerte, pero había algo más que quería saber.

«¿Y otorgaréis a la hoja que forje poderes mágicos que pueda emplearlos quien la lleve?».

«¡Ese don fue revocado!», exclamó el mercurio. «¡Pides aquello que no se puede dar...».

—Saeris...

—Cállate, Carrion —susurré—. Cuando acabe, te digo lo que está pasando.

Debería haberlo dejado en la forja. Me obligué a no pensar en él y probé otro enfoque con el mercurio.

«¿Otorgar ese poder queda fuera de vuestro alcance?».

«Todo está dentro de nuestro alcance». Sonaba a que la sugerencia de que no era capaz de hacer algo lo había ofendido. «Pero no es un don merecido. Lo decidimos hace mucho tiempo».

«¿Cómo lo sabéis? ¿Cómo sabéis si un guerrero no merece un don? ¿Habéis evaluado lo dignos que son todos los guerreros que desean blandir una espada?».

Me la estaba jugando. Si no iba con cuidado, el mercurio se cerraría por completo y se negaría incluso a salir de la piedra. En aquel momento, notaba lo mucho que lo irritaban mis comentarios insidiosos. Pero también percibía que estaba intrigado.

«Todos los guerreros son el mismo guerrero», concluyó tras una larga pausa. «Solo desean matar».

«No es cierto. La mayoría de los guerreros luchan por obligación. Para proteger y defender».

«Poco probable».

«¿Podéis demostrarme que no es así?».

Siguió el silencio más largo hasta el momento. Pasaron treinta segundos, que se convirtieron en un minuto. Tres minutos más pasaron y, al cabo, el mercurio volvió a hablar:

«Seremos testigos de la sangre».

«¿Qué... qué significa eso?».

«Nos forjarás de nuevo. Cuando hayas cumplido tu parte del trato, probaremos la sangre de quien nos lleve. Si es honorable, nos pensaremos si permitir que las magias antiguas vuelvan a fluir por nosotros».

«¡Gracias! ¡Gracias!».

«No nos des las gracias tan pronto. Aún no ha caído la moneda, Saeris Fane. Primero has de restaurarnos y traernos una canción digna de gloria».

«Haré las dos cosas, no os preocupéis». La esquirla de metal que estaba tocando tembló bajo la punta de mi dedo. Abrí los ojos de golpe y vi, asombrada, que la fina aguja de metal emergía despacio de la piedra. Flotó en el aire, temblando, y luego cayó en el centro de mi mano.

—Me cago en la puta —dije jadeando.

Una tras otra, las demás piezas de la espada de Danya empezaron a vibrar y a salir de la pared. Al fin miré hacia Carrion, que estaba apoyado contra la mesa de los mapas, lanzando una piedrecita al aire para atraparla de nuevo.

—¿Lo estás viendo, Swift? —pregunté.

—¿Hmm? Ah, lo has conseguido. Genial. ¿También le has dado una charla al mercurio?

Se apartó de la mesa y se acercó para mirarme, al tiempo que un centenar de piezas de la espada descompuesta empezaban a caer al suelo.

—No, le he prometido algo que desea.

—Aaaah, un soborno. Debería habérseme ocurrido a mí.

Se inclinó y me ayudó a recoger los trocitos de metal. Habíamos reunido una pequeña cantidad cuando otra voz sonó a nuestra espalda. Casi me caigo de culo de la sorpresa.

—Si me lo permitís, creo que puedo acelerar el proceso.

—¡Por los dioses vivos! —Me di la vuelta y vi al guerrero sentado en un sillón junto al fuego—. Podrías haberme avisado de que ya no estábamos solos —le dije a Carrion.

—No te pongas así conmigo. Intenté decírtelo y me mandaste callar. Muy maleducado por tu parte.

—No pretendía asustarte —dijo Lorreth. Se puso en pie—. Perdón. Cuidado.

Carrion y yo nos echamos hacia atrás: cientos de trocitos destellantes de metal se alzaron por el aire, esta vez gracias a Lorreth, que empleó su magia para reunir todas las piezas en un montón flotante, para a continuación soltarlas con un gesto en una maceta de cerámica situada sobre la repisa de la chimenea. Cogió la maceta, la trajo y me la tendió con una sonrisa de satisfacción.

—Aquí tienes. Sencillo.

La magia lo facilitaba mucho todo. Me apreté la maceta contra el pecho. Empezaba a notar la emoción en las venas. Si había podido convencer al mercurio para que aceptase un trato así, los anillos no serían difíciles. Y tenía que forjar una espada. Nada de dagas diminutas apenas capaces de hacer un cortecito. Una puta espada de verdad.

Le mostré una sonrisa lobuna al guerrero de cabellos negros.

—Lorreth, qué coincidencia. Iba a ir a buscarte.

29

LA BALADA DE PUERTA AJUN

La fragua estaba más caliente que el quinto círculo del infierno. Me corría el sudor por la espalda y me empapaba la camisola. Se me pegaban los pantalones a las piernas, pero tener la ropa mojada era poco a cambio de hacer algún avance. Y vaya si estaba haciendo avances.

La espada de Danya se derritió a la perfección. El mercurio no se rio de mí en absoluto mientras trabajaba. No se separó del acero ni se negó a mezclarse. Por una vez, se mantuvo en silencio, cooperativo. Pero su atención era una mano que descansaba sobre mi hombro; porque el mercurio sentía curiosidad, quería saber qué tipo de arma podía crear con él. Quería saber si podría mantener mi parte del trato.

Había soñado durante años con poder hacer algo así. En Zilvaren tenía muchos cuadernos llenos de diseños que jamás había podido forjar porque me faltaban materiales. Si el mercurio quería que lo convirtiese en un arma que llamase la atención de la gente, no pensaba decepcionarlo. Sin embargo, había partes del proceso en las que iba a necesitar ayuda. Partes en las que yo no tenía mucha experiencia.

El sol descendía ya cuando salí de la forja a la nieve y busqué a Lorreth. Estaba sentado en una piedra junto al fuego. Se dedicaba a lanzar una daga arrojadiza contra el tronco de un árbol muerto, completamente astillado por las muescas que lo cubrían. Carrion cocinaba algo en una cazuela junto al fuego, con la boca apretada hasta formar una fina línea. Me vio, señaló a Lorreth y dijo frunciendo el ceño:

—Estos hijos de puta son todos unos tramposos.

Lorreth soltó una risa estridente con la mano extendida. La daga que acababa de clavar en el tronco se separó y voló directamente hacia su mano.

—Y tú no sabes perder —dijo.

—Me acaba de timar once créditos. La mitad de mis ahorros.

—Aquí no los puedes gastar, Carrion —le recordé.

—No se trata de gastarlos o no gastarlos. Lo que pasa es que hace trampas. Habíamos hecho una apuesta entre caballeros. Teníamos que intentar darle a la diana tantas veces seguidas como pudiéramos. Quien lo consiguiera más veces sería el ganador.

—Y entonces, ¿qué trampa te ha hecho?

—Además fui todo un caballero y lo dejé empezar a él.

—¿Y?

—¡Y todavía no ha fallado! Le he preguntado si había jugado ya a este juego y dice que no —rezongó Carrion en tono acusador.

—Lo cierto es que no he jugado. —Lorreth giró la muñeca y la daga salió disparada de su mano. Atravesó el aire a una velocidad increíble y se clavó con tanta fuerza en el tronco que la empuñadura quedó temblando—. Arrojar este cuchillo no es ningún juego. Suelo arrojárselo a los vampiros a la cabeza. En esas situaciones, conviene no fallar.

Las mejillas de Carrion se sonrojaron de enfado.

—¿Cómo coño le iba a ganar si es una especie de máquina de matar?

Solté un resoplido.

—¿Cuántas veces ha acertado en el árbol?

Era una crueldad preguntar, pero ver a Carrion tan alterado era toda una rareza y, maldita sea, pensaba disfrutarlo.

—Yo qué sé —espetó—. Más de cincuenta.

—Doscientas diecisiete —dijo Lorreth. El cuchillo salió del tronco y regresó volando a su mano. Volvió a tirarlo con un único movimiento fluido—. Doscientas dieciocho. —Una vez más, repitió el proceso. Esta vez ni siquiera miró hacia el tronco—. Doscientas diecinueve.

—Bueno, ya vale, puedes parar. De todos modos, ya estoy preparando la maldita cena.

—¿Qué habíais apostado? —le pregunté a Lorreth—. ¿Que el perdedor cocinaba?

El guerrero se encogió de hombros. Sonrió y las puntas de los colmillos asomaron, apenas visibles en la luz menguante.

—Tenía hambre.

—Tramposo —murmuró Carrion de nuevo, removiendo el contenido de la cazuela sobre el fuego.

—No te ha hecho trampas —le dije yo—. Te ha dado un poco de tu propia medicina. ¿Cuántas apuestas injustas e imposibles de ganar has hecho tú con Hayden, eh?

—No es culpa mía que tu hermano se pase de confiado cuando juega a las cartas, Saeris.

—¿Y cómo evaluarías tu propia confianza cuando has decidido apostar a que podías lanzar más cuchillos que un guerrero fae purasangre de más de dos metros de altura y siglos de experiencia matando?

—Aaaah, que os den a los dos —se quejó Carrion con una mueca—. Si hubiera empezado yo, no estaríamos teniendo esta conversación, porque seguiría acertándole al puto árbol.

Esta vez, cuando el pomo de la daga fue a parar a la mano de Lorreth, este le dio la vuelta y la sostuvo por la hoja. Se la tendió a Carrion con un brillo travieso en los ojos.

—Por supuestísimo, humano. Puedes probar.

Carrion se puso aún más rojo.

—Ya es tarde para eso, ¿no? Ya he perdido. ¿Qué más dará?

Lorreth negó con la cabeza.

—No sabe perder.

—No sabe perder en absoluto —convine.

—¡Bah! ¿Qué tal si nos comemos lo que he preparado y cerráis los dos el pico?

—No tengo tiempo para comer. Solo he salido para pedirte una cosa, Lorreth.

El guerrero se giró en la piedra sobre la que se sentaba y me dedicó toda su atención.

—Adelante.

—¿Tienes experiencia tallando? Madera, me refiero.

—La verdad es que sí.

—Pregunta algo más concreto, cariño. Probablemente este de aquí se pasa tallando cada momento libre que tiene al día. Es probable que hasta haya ganado competiciones de talla en madera.

Yo puse los ojos en blanco.

—No quiero apostar contra él, Carrion. Lo que necesito es saber si es bueno.

La carcajada de Lorreth tronó en medio de la noche en ciernes.

—Pues, en ese caso, la respuesta es sí. Soy más que bueno, joder. Soy excelente.

Pasaron las horas. Una vez que junté todo el metal de los trozos de la espada de Danya, lo calenté, lo moldeé y lo aplané. Luego, cuando empezaba a tomar forma la nueva espada, tomé el martillo y empecé a golpear. Apliqué más calor. En cuanto el acero se puso al rojo vivo, lo doblé. Lo martilleé. Lo volví a moldear. Una y otra vez. No solo una vez, sino mil. O más.

La tarde dio paso a la noche. Las nubes se despejaron y salieron las estrellas, pero yo no descansaba. Me pesaban los brazos como plomo y los músculos de mi espalda chillaban cada vez que alzaba el martillo pero, de algún modo, sabía que aún no estaba lista. Justo cuando pensaba que había terminado, que el acero estaba suficientemente templado, algo en mi interior me decía: «Otra vez, Saeris Fane».

Sobre la una de la mañana, Lorreth trajo la cabeza de lobo que había tallado con un trozo de madera de tejo. Era una pieza impresionante, con gran detalle y proporciones perfectas. Tal y como yo había esperado, la bestia rugiente se parecía muchísimo a la del tatuaje de Fisher, así como a la del animal labrado en todas las armaduras que llevaban los miembros de los Lupo Proelia.

Le expliqué al guerrero cómo se hacía un molde. Él siguió, sin quejarse, mis indicaciones, aunque suponían cavar un agujero en el suelo helado hasta encontrar arcilla y luego mezclarla con mierda de caballo con las manos desnudas. Le gustó apretar la cabeza de lobo que había tallado contra la arcilla y se sentó impaciente junto a la fragua mientras la pequeña figura que había metido se secaba poco a poco, para que no se rompiese el molde.

Alrededor de las cuatro de la mañana, cuando el calor y el agotamiento me tenían al borde del delirio, Carrion anunció que se iba a dormir. En lugar de dirigirse al campamento en busca de su tienda, se tumbó en el suelo del otro extremo de la forja, junto a la puerta, donde se estaba algo más fresco. Hizo una almohada con su abrigo, puso la cabeza encima y se quedó fuera de combate al momento.

«Es hora de que tú también descanses, Osha».

Esa voz. Por los dioses vivos. Di un respingo al oírla en la mente, aunque la había estado esperando.

«Hasta que no esté lista, no», respondí. «Casi lo he conseguido».

Fisher estaba cerca. Inexplicablemente, podía sentir su presencia. Lancé una rápida mirada hacia la puerta de la forja y creí atisbar su figura, entremezclada con las sombras que saltaban y danzaban alrededor del fuego.

«¿Cuánto llevas ahí?», pregunté.

«Apenas unas pocas horas», fue su respuesta.

«¿Por qué no has entrado?».

Hubo una larga pausa. Y luego dijo: «No sabía si querías que entrara».

«Ven, Kingfisher. Apártate del frío».

«Iré pronto. Creo que voy a seguir sentado aquí un poco más».

No reaccioné cuando al fin entró a hurtadillas. Se sentó en una silla junto a la ventana. La luz de la luna le brillaba por entre el cabello, las sombras jugueteaban con sus manos y su rostro mientras me veía trabajar. Habló en voz baja con Lorreth mientras yo martilleaba. Ambos estuvieron ahí y me ayudaron a verter el acero para hacer la empuñadura de cabeza de lobo. Fisher soltó un silbido cuando rompimos el molde y vio lo que Lorreth había tallado. Intercambiamos muy pocas palabras. Encajé la hoja ancha y biselada a la empuñadura y la guarda. Luego, lie un resplandeciente cordel negro y dorado a la empuñadura. Una tensión sin aliento flotaba en el aire.

Y por fin, acabamos.

Casi me desplomé allí mismo.

La espada era toda una belleza. Resultaba innegable. Aparte de la impresionante cabeza de lobo, también estaba decorada con enredaderas entrelazadas que recorrían la empuñadura y la guarda; yo misma me había encargado de hacerlas con ayuda de Lorreth. La hoja en sí tenía una línea ondulante que la recorría de la base a la punta, gracias a las incontables veces que la había doblado. Me había pasado la última hora grabando agónicamente varias palabras en el mismo centro de la hoja. Palabras que, eso esperaba yo, fueran una bendición tanto para el arma como para quien la blandiera y, al mismo tiempo, una maldición para quienes se enfrentaran a ella.

«Por estas manos justas, que sean liberados los muertos injustos».

—Increíble —dijo Fisher, sin aliento. Sus ojos se cruzaron con los míos. En ellos brillaba el asombro.

—¿Puedo cogerla? —preguntó Lorreth con tono esperanzado.

—Adelante.

Alzó la espada, los ojos iluminados de reverencia. Inexplicablemente, mi garganta se cerró al verlo sujetar la espada. Pasó el dedo por el borde. Apenas había rozado el acero cuando soltó un siseo, tras el que apartó la mano de golpe.

—Dioses, esta cosa es capaz de cortar solo con mirarla.

Se llevó el dedo índice a la boca y lo chupó.

Por primera vez desde que salimos de la sala de los mapas, el mercurio habló, y ya no lo hacía con voz múltiple y fracturada. Era una única voz, fuerte y clara:

«Ha llegado la hora. Danos nuestra canción».

Fuera, el cielo estaba iluminado por una explosión de luz verde y rosa.

Al verla, me quedé sin respiración.

—¿Qué es eso?

—La aurora boreal —respondió Fisher en tono suave—. Una bendición.

—Me cago en la puta. —Lorreth cayó de rodillas en la nieve y contempló el cielo, boquiabierto—. Es... hermosa. La aurora boreal no se ha visto en...

—Más de mil años —dijo Fisher—. Lleva ahí fuera toda la noche. Iba a deciros que vinierais a verla, pero me daba la sensación de que seguiría presente cuando acabaseis.

Los ojos de Lorreth destellaron al ver las luces danzantes que cambiaban de tonos verdes a rojos y de rojos a rosados, ondulando en olas que formaban una amplia franja a lo largo del horizonte. El guerrero estaba al borde de las lágrimas y yo misma tuve que admitir que a mí también me faltaba poco. Estaba exhausta. Casi desmayada. Pero, aun así, tuve la energía suficiente para ponerme de pie y mirar al cielo, pues sabía que estaba contemplando algo notable que pocas veces podía verse.

La espada yacía sobre el regazo de Lorreth, que depositó una mano en la empuñadura y, aún completamente pasmado ante la belleza que iluminaba los cielos, empezó a cantar:

Venid a escucharme,
oíd la canción
del día en que del frío
surgió el gran dragón.

Del guerrero de sombras
y sangre en la armadura
que por salvar el reino
derrotó a la criatura.

Del gran rey Alción,
entre lobos ungido,
cuya manada en la noche
lo seguía entre aullidos.

En Puerta Ajun
nos aguarda la historia
donde espadas y escudos
encontraron la gloria.

Fisher, a mi lado, se puso tenso. Se le marcaron los músculos de la mandíbula. Dejó caer la cabeza y apartó los ojos de la aurora boreal para centrarlos en el suelo nevado y compacto que había a sus pies. La poderosa voz de Lorreth iba pasando de un verso a otro.

En la taberna, Lorreth había afirmado que, en su día, fue un bardo algo mediocre, pero aquel canto no era mediocre en absoluto. Su voz estaba impregnada de humo y dolor. El mismo aire parecía llorar mientras él dejaba fluir su lamento. La canción bajaba y subía. Contaba una trágica historia de sacrificios heroicos y hazañas imposibles. Casi cada verso honraba a Fisher. Él, junto a mí, no movió ni un músculo, pero estaba claro que no soportaba lo que estaba pasando. Tenía tensas las fosas nasales, le temblaban las manos a los costados. Y, sin embargo, la canción prosiguió.

El dragón Omnanshacry
despertó de repente
y observó el mundo entero
con sus ojos dementes.

Los colmillos de la noche
le rinden pleitesía
y el dragón se alimenta
de dolor y agonía.

Alzose la gran bestia
y en la guerra irrumpió
para devorar a todo fae
que el metal protegió.

Con escamas de oro
y filos de sangre
el dragón atacó
y sació su hambre.

Resistieron los fae
en bastiones blindados
pero pronto huyeron
al verlos destrozados.

Las alas oscuras
hasta el sol ocultaron
y el viejo Shacry
devoró a los rezagados.

A la cumbre ascienden
los lobos armados
y al dragón se enfrentan
con sus filos preparados.

Shacry les salió al paso,
dio comienzo la liza.
De las fauces de la bestia
cae una lluvia de ceniza.

Los ríos de fuego
con la nieve acaban.
No hay forma de escapar
a su ardiente lava.

Muchos fae caen entre
sus colmillos gigantes.
El dragón ríe, cruel,
con fauces goteantes.

Mas los lobos aguantan
y sus gritos retumban,
listos para enviar
a Shacry a la tumba.

Se oye un canto de guerra,
de fuerza y honor,
y quienes lo oyen
recuperan el valor.

Los lobos se abalanzan
sobre el pérfido dragón,
mas la comitiva la abre
la hoja del rey Alción.

El dragón vio el coraje
de ese gran rey guerrero
y lo invadió una rabia
que sacudió el mundo entero.

Mas el rey valeroso
la negra hoja alzó.
Y los lobos se enfrentaron
a la horda y su dragón.

El canto de Kingfisher
dejaba alto y claro
que jamás moriría
quien luchase a su lado.

Pues para siempre viviría
mantenido en la memoria
de todos los que salvasen
alcanzando la gloria.

Y así fue que atacaron
al último dragón.
Por Ajun lo hicieron,
no por fama ni honor.

El dragón, poderoso,
la cabeza ya alzaba
para soltar su fuego,
mas el rey no fue a la zaga.

La hoja hundiose
en la garganta del dragón
y entre humos y llamas
el golpe lo mató.

La bestia sacudiose,
Omnamshacry bramó,
mas la parca ya venía
a llevarse al dragón.

Con Ajun ya a salvo,
la horda escapó.
Y así acaba la historia
de los lobos de Alción.

Cuando la canción llegó a su agridulce final, Lorreth jadeó, con los ojos plagados de estrellas, mientras contemplaba el baile de la aurora boreal en el cielo.

—Eso, y encima sabe cantar, el muy cabrón. —Carrion se había despertado y se encontraba a mi derecha. Con los brazos cruzados, le dedicaba una mirada torva a Lorreth—. Aunque ha sido bonito, la verdad. Un poco jodido pero bonito.

Fisher cambió el peso de un pie a otro, se enderezó y alzó la cabeza.

—¿Crees que bastará?

—No lo sé. Supongo que deberíamos ir a buscar a Danya.

Sabía que, tarde o temprano, habría que llamarla para que acudiese a la forja. Después de todo lo que habíamos conseguido, de todo lo que habíamos hecho, no me emocionaba la idea de que la guerrera viniese y echase por tierra aquel momento especial, pero...

«Hemos tomado una decisión».

Fisher se envaró. Lorreth hizo lo propio. ¿Acababan de oír hablar al mercurio? Fisher debía de haberlo oído gracias al mercurio que él mismo tenía dentro del cuerpo, pero Lorreth no debería haber captado nada.

—¿Por qué tenéis pinta de haberos cagado encima todos a la vez? —preguntó Carrion.

«Aceptamos la canción como tributo. El pacto se ha cumplido, no hay más que hacer».

—Pero... ¡dijisteis que consideraríais la sangre de quien os enarbolara! —Se me encogió el corazón en el pecho—. Y Danya...

«Y así lo hemos hecho. Consideramos al primero que ha sangrado sobre nuestra hoja», entonó el mercurio.

—Pero...

Lorreth alzó la cabeza. Sostuvo la espada como si fuese una serpiente lista para morderlo.

—¡Mierda! ¡Soy un idiota, perdón! —exclamó—. ¡Toma, tómala tú!

Le tendió la espada a Fisher, en cuyos ojos brillaba una chispa de puro gozo.

—Y una mierda, yo no pienso tocarla. Lleva tu nombre escrito.

—¿Me puede decir alguien qué cojones pasa? —El tono ultraeducado de Carrion auguraba un estallido violento si no le daban una explicación lo antes posible.

—«Esta cosa es capaz de cortar solo con mirarla» —susurré yo. Las palabras que Lorreth había dicho justo después de acercar el dedo a la hoja y cortarse con ella. Había sido la primera sangre que había probado la espada recién forjada. Habían juzgado su sangre.

El rostro de Lorreth estaba pálido como la nieve.

—No pretendía... —dijo—. A mí ya me va bien con mis dagas, lo juro. No pretendía reclamar para mí la espada de Danya.

«No somos la espada de Danya», susurró el mercurio. «Nos han vuelto a forjar. Somos algo nuevo. Lorreth de los Chapiteles Rotos, tú no has tomado posesión de nosotros. Somos nosotros quienes tomamos posesión de ti».

—Esto va a ser para mearse —dijo Fisher. Pero no se reía.

Como tampoco se reía Lorreth.

—Danya va a perder la chaveta por esto.

—Pues tendrá que superarlo, porque no le queda otra. Hace cuatrocientos años que eres parte de los Lupo Proelia y no tenías espada divina. Ahora es ella quien no la tiene.

La duda pintó todas las arrugas de las facciones de Lorreth, pero su mano se cerró igualmente sobre la empuñadura de la espada con aire posesivo. Le miré la mano. Tal y como yo lo veía, ahora era suya.

—Te la mereces, Lorreth. Fuiste tú quien talló el lobo del pomo. Has ayudado a forjarla. Y ha sido tu canción lo que ha sellado el pacto con el mercurio.

Un parpadeo de confusión cruzó el rostro de Lorreth. Kingfisher y Carrion parecieron igual de desconcertados ante lo que yo acababa de decir.

—¿Mi canción? —dijo Lorreth—. ¿Cómo que mi canción?

—La canción que acabas de cantar. La de Puerta Ajun. La del dragón Omnamshacry y la puñalada en la garganta que le dio Fisher. ¿Qué pasa? La acabas de cantar.

Fisher, Lorreth y Carrion me miraron como si me hubiese vuelto loca.

—Hace mucho que quiero escribir una canción sobre la batalla de Puerta Ajun, pero nunca me he puesto a ello —dijo Lorreth.

—Ni te atrevas —dijo Fisher gruñendo—. Lo pasado, pasado está.

«Ahora es nuestra», susurró el mercurio. «Es nuestra canción. Nos la quedamos».

Esta vez me di cuenta de que los demás no oyeron al mercurio. «¿A eso os referíais, a que os quedaríais con la canción y esta desaparecería? ¿A que nadie la recordaría?».

«Ahora es nuestra», repitió el mercurio.

«Nuestra. Nuestra. Nuestra».

Me parecía una pena que la canción de Lorreth hubiese sido arrancada del mundo y que nadie la recordase ya. En cierto modo, me había conmovido. Era muy elocuente.

«¿Y cómo es que yo la recuerdo?», pregunté.

«Nosotros la recordamos, por eso la alquimista la recuerda».

Ajá. No sabía cómo sentirme al respecto. Yo era la única persona con vida que recordaba la balada que Lorreth había compuesto sobre Fisher. Me parecía casi un sacrilegio. ¿Cuántas otras cosas tendría que recordar yo sola, cuántas cosas se olvidarían para forjar todas las reliquias? Se acercaban muchos pactos, comprendí. Miles de pactos. Pequeños tratos. ¿Cómo demonios iba a cerrarlos todos sin salir perdiendo? Al pensarlo, me empezó a caer un sudor frío, pero decidí apartar de mí esas preocupaciones, dejarlas para más tarde.

«Entonces, ¿qué? ¿Permitiréis que esta espada canalice la magia?», pregunté.

Aguardé la respuesta del mercurio. Técnicamente, daba igual que la espada no pudiese canalizar magia. Yo había forjado aquel maldito objeto, lo cual ya era bastante impresionante, incluso para mí misma. Y era bastante probable que pudiese convencer al mercurio para mezclarse con los anillos y convertirlos en reliquias. Si tenía éxito, habría cumplido mi parte del trato con Fisher. Sin embargo, ahí también entraba en juego mi orgullo. Quería saber hasta dónde podía llegar al trabajar con un material tan fascinante y terco. No podría vivir sin saberlo...

«Sujétame con ambas manos y dame un nombre, Lorreth de los Chapiteles Rotos», dijo el mercurio.

Lorreth puso cara de desconcierto.

—¿Yo? —dijo en voz alta.

«Ahora es privilegio tuyo».

El guerrero me miró, con sentimientos encontrados. Al parecer, quien tenía derecho a nombrar una espada recién forjada era el herrero. Era así tanto en Yvelia como en Zilvaren. Lorreth pareció asolado por la culpa. A mí, en cambio, no me suponía el menor problema. La hoja no se habría forjado del todo sin él.

—Vamos —le dije—. Ya lo has oído. Dale un nombre.

La resolución se adueñó de las facciones del guerrero. Aún se apreciaban sus dudas, pero cerró ambas manos sobre la empuñadura y alzó la hoja. Con voz alta y clara, dijo:

—Yo te nombro, Avisiéth. Canción no Cantada. Alba de Redención.

En cuanto acabó de hablar, recorrió la hoja una llama azul que trazó runas a su paso en el metal, al lado de las palabras que yo había grabado. Una brillante luz blanca brotó de Avisiéth, poderosa y cegadora, y salió disparada por los aires. Una columna de energía que transformó la noche en día. El mismísimo suelo bajo nuestros pies tembló.

Fisher dejó escapar un grito sorprendido. Siguió con la vista la columna de energía que se alzaba a las alturas y un gozo puro iluminó sus facciones.

—¡Es el aliento de los ángeles, hermano! —vociferó—. ¡Es el puto aliento de los ángeles!

30

JÚRALO

Cuando Fisher me llevó hasta su tienda, el campamento era un caos. Casi todo el mundo había visto el aliento de los ángeles iluminando el cielo antes del alba. Quienes no las habían presenciado preguntaban a los que sí, pero todos estaban presos del mismo aire de emoción. Fisher le dijo a Lorreth que se fuera a dormir; luego iría a por él cuando cayera la noche. Lorreth se dirigió a su tienda, aún con aire aturdido y con Avisiéth entre los brazos como si fuera un bebé. Carrion decidió que no tenía ganas de bajar hasta el campamento y anunció que se quedaba a dormir en la forja.

Yo, por mi parte, no tenía la menor idea de qué era el aliento de los ángeles ni cómo podía usarse en la batalla. Estaba tan dolorida que ni siquiera podía pensar. Francamente, apenas recordaba mi propio nombre. Me derrumbé en una silla en cuanto Fisher me metió en la tienda. Él negó con la cabeza, me agarró de las muñecas y me volvió a levantar.

—Ni se te ocurra, pequeña Osha. Ven, aquí. Vas a dormir en la cama.

—¿Contigo?

Era un desafío. Ya estaba harta de andarme con chiquitas.

Fisher frunció el ceño un segundo. Parecía frustrado, pero asintió.

—Primero tengo que ir a hablar con Ren, pero sí. Voy a dormir aquí. Contigo.

—Está bien.

—Pero, antes —hizo un mohín—, te hace falta un baño.

No me sentí ofendida. Había pasado quince horas como una esclava en una forja abrasadora y tenía una capa de sudor y la mitad de la mugre de Innìr en las uñas. Mi pelo estaba rígido de sudor seco. No podía ni pasarme los dedos por él. Nada me apetecía más que lavarme, pero cuando intenté obligarme a cruzar la tienda hacia la hermosa bañera con patas de cobre que Fisher había conjurado con su humo, comprobé que las piernas no me respondían. No me quedaba energía ni para hablar.

Fisher me miró y me levantó en brazos. En su día, quizá me habría dedicado un comentario mordaz. «¿Ves, pequeña Osha? Eres como la mariposa cuyo nombre te he dado. Qué débil. Qué vulnerable». Sin embargo, esta vez no dijo nada. Me llevó hasta la bañera y me depositó con cuidado junto a ella. Sus ojos llamearon mientras me ayudaba a quitarme la ropa. Yo siseé, incapaz siquiera de levantar los brazos por encima de la cabeza. Él se ocupó por completo del proceso: pequeñas partículas de arena de medianoche recorrieron mi cuerpo y me desprendieron de las ropas.

Nunca me había sentido tan mugrienta, ni siquiera tras días largos de trabajo en la forja con Elroy. Pero Kingfisher me miraba como si yo fuera el ser más asombroso que hubiera visto. Como si no viese la suciedad ni el agotamiento que se pegaban a mí como una segunda piel. Cabello de medianoche. Ojos de jade verde. La mandíbula fuerte. Los labios gruesos que suavizaban las demás líneas masculinas de sus facciones. Las runas de su garganta palpitaban como un corazón. Volvió a alzarme y, suavemente, me metió en la bañera.

Suspiré con un alivio instantáneo. El agua estaba a una temperatura perfecta; el calor se introdujo en mi cuerpo, relajó la tensión de mis articulaciones, aflojó mis contracturas. Fue una sensación casi divina.

Fisher se arrodilló en el suelo y apoyó los antebrazos en el lateral de la bañera. Me miró con ojos tan fieros que me desnudaron más de lo que ya lo estaba.

Me hizo falta un gran esfuerzo, pero conseguí alzar la mano del agua para tocar la suya. Él no se apartó. Estiró los dedos apenas dos centímetros y se ajustó a mi contacto. En realidad, fue un movimiento nimio, sutil, pero los resultados fueron importantes: sus dedos descansaron sobre los míos.

Nos habíamos besado, lamido, follado el uno a la otra. Él se había vaciado dentro de mí con un rugido, pero aquel contacto pequeño e intencionado entre nosotros fue el gesto más íntimo que habíamos compartido hasta el momento. Me maravillé al ver cómo se tocaban nuestros dedos. Sentí una miríada de emociones que competían por mi atención.

Fisher apoyó la barbilla en los antebrazos y suspiró.

—¿Qué? —susurré.

Él se lo pensó por un momento; al parecer, no sabía si debía responder o no a la pregunta. Al cabo, dijo:

—Me había equivocado, ¿sabes? Sí que eres buena ladrona.

—¿Y qué he robado ahora?

Él esbozó una sonrisilla triste y negó despacio con la cabeza.

—Duerme un poco. El agua se mantendrá caliente. Volveré en cuanto haya hablado con Ren.

Me despertaron unas manos hechas para cometer actos violentos que, sin embargo, me enjabonaban suavemente la cabeza. Nadie me había lavado el pelo en mi vida. Era una experiencia que quería repetir una y otra vez. Pero solo con él. Solo con Fisher.

La segunda vez que me desperté, me estaba sacando de la bañera. Su magia zumbó sobre mi cuerpo desnudo y me secó en sus brazos. Yo no quería ropa. Quería estar desnuda, y necesitaba que él también se desnudara. Sin embargo, los pantalones cortos y la camisola de tono azul pizarra que conjuró para mí eran suaves como la crema, y muy hermosos. Era casi como no llevar nada. Los sonidos del campamento en el exterior se desvanecieron y dejaron la tienda sumida en un bendito silencio. Fisher me depositó en su cama y se acomodó detrás de mí.

La tercera vez que me desperté, estaba oscuro y me rugía el estómago tan fuerte como para despertar a un muerto. Fisher me pasaba el brazo por encima. Una de sus piernas estaba enredada entre las mías. El peso y el calor de su cuerpo curvado a mi alrededor suponían un profundo consuelo. Me quedé tan inmóvil como pude, durante tanto tiempo como fui capaz, disfrutando de la tranquila oscuridad y del suave sonido de la respiración de Fisher. Pasó media hora. Pronto tendría que levantarme para ir al baño, pero de momento quería quedarme allí y empaparme de él.

La guerra estaba a las puertas. El mañana era incierto. *Maldición*, pensé. El presente también lo era. Pero aquel breve instante era real. Lo era, maldita sea, y yo no quería que se acabara. Intenté relajarme y saborearlo, pero una idea me asaltó mientras yacía allí tumbada. Un pensamiento que no pude ignorar.

Había forjado una espada alquimérea. Yo. Una ratera de Zilvaren. Había aprendido a razonar con el mercurio y había sellado un pacto con él. Y ahora Lorreth tenía un arma que canalizaba enormes cantidades de energía. Hacía pocos meses, jamás habría pensado que algo así fuera posible. Pero ahora había muchas cosas que parecían al alcance de la mano. Valía la pena intentarlo, ¿verdad?

Con cuidado, extendí mis sentidos en busca del zumbido del mercurio. Lo encontré con facilidad. *Dioses.* Sonaba alto. Altísimo. Demasiado alto como para pensar siquiera. ¿Era eso con lo que lidiaba Fisher todo el tiempo?

«¡Annorath mor! ¡Annorath mor!».

Inspiré hondo y envié una plegaria silenciosa a los dioses.

«¿Hola?».

El cántico cesó.

Kingfisher se revolvió, aún dormido, y dejó escapar un suspiro atribulado. Aun así, no se despertó. Yo me mordí el labio inferior y me preparé para lo que venía. Si lo hacía rápido, todo acabaría en pocos instantes. Intenté extender de nuevo mis sentidos, los límites de mi mente, hasta sentir el inquieto peso del mercurio. Debería haberme preparado mejor para aquello.

Pensé en lo que quería decir. No lo había planeado y no sabía cuántas oportunidades tendría en el futuro.

«Soy Saeris. Soy alquimista...».

«Sabemos quién es ella», susurró el mercurio. «Ella es el alba. Ella es la luna. Ella es el cielo. Ella es oxígeno en nuestros pulmones».

«Eh...». No sabía qué responder. ¿Por qué decían algo así? ¿Cómo iba a ser yo el alba, el cielo, el oxígeno? Negué con la cabeza; no había tiempo para acertijos.

«Quiero que salgáis de Fisher», me apresuré a pensar.

«¿Salir de él?», preguntó el mercurio con voz incrédula.

«Sí. Salid de él. De su cuerpo. Quiero que salgáis. Haré un trato con vosotros...».

«No podemos salir de él. Nosotros somos él». Una multitud de voces, superpuestas unas sobre las otras en un coro reverberante, me dio aquella noticia que yo no quería oír.

«Es fae. Y vosotros sois... sois...». Yo no tenía ni idea de qué era lo que residía en el mercurio, en realidad. ¿Qué demonios podía decirle? Tenía que mantenerlo todo lo más sencillo posible. «Sois el mercurio. No os combináis con criaturas vivas».

«Nos combinamos con todo tipo de armas».

«¡Fisher no es un arma! Vive, respira, es...».

«... un arma», dijo el mercurio. «La mejor arma. Nosotros somos él. Él es nosotros. No podemos salir de él. Moriríamos».

«¿Moriríais vosotros? ¿O Kingfisher?».

«Todos», enfatizó el mercurio. «Somos una sola cosa. Un arma».

O estaba siendo ridículo o muy terco, una de las dos cosas. Y yo no estaba de humor para aquello.

«Yo podría ayudaros a salir, guiaros. Os siento en su interior. Puedo reuniros con el resto de mercurio que hay en Cahlish. Usaros para forjar la hoja más impresionante que jamás...».

«Ya fuimos forjados hace siglos. No se nos puede deshacer».

«Le estáis haciendo daño». Mi voz pareció quebrarse de emoción incluso dentro de mi cabeza. «Está sufriendo por vuestra culpa».

El mercurio guardó silencio. Yo sentí que se lo estaba pensando. Pero no tardó mucho en responder:

«Nosotros somos él. Él es nosotros. Todos sufrimos, alquimista. No hay nada que hacer».

«Entonces, ¿pensáis seguir presionándolo hasta que se rompa? ¿Hasta que muera? Si lo matáis, ¿qué sucederá?».

«Sucederá lo que sucede con todo lo que muere. Regresaremos a la tierra, al cielo y al mar. Dormiremos. Evolucionaremos. Cambiaremos. Trascenderemos».

«Le estáis quitando la vida», solté. «No tenéis derecho...».

«Le dimos la vida. Un chico. Solo era un chico. Era joven cuando entró en nuestro estanque. No debería haber sobrevivido. Pero era fuerte y, en los grandes salones del universo, resonó su propósito. Le permitimos vivir para que pudiera llevarlo a cabo. Nos atamos a él para que sobreviviera».

«Y... ¿no hay otro modo de que viva sin...?».

«Nos fusionamos con él hace siglos. Aceptamos nuestro destino, alquimista. Todos lo hicimos».

Oí lo que implicaban las palabras del mercurio. Quería que yo comprendiera que Fisher había accedido de alguna manera a aquello, que había permitido que el mercurio se fusionara con él y sabía las consecuencias. Pero yo no conseguía aceptarlo. ¿Por qué iba Fisher a acceder a un trato que acabaría por costarle la cordura?

Me picaban los ojos bajo los párpados. No podía aceptarlo. No quería aceptarlo. Tenía que haber algún modo de convencer al mercurio de abandonar libremente el cuerpo de Fisher. Yo había conseguido hablar con el mercurio que residía en la espada de Danya y lo había convencido para que aceptara volver a ser forjado y canalizar magia de nuevo. Así que tenía que haber algún modo de hacer un trato que sacara al mercurio que tenía en el cuerpo el hombre que dormía a mi lado.

Algo me rozó la mejilla y me sobresalté. Mis ojos se abrieron de golpe y... *Oh.* Pues Fisher no estaba dormido. *Genial,* pensé. Justo lo que necesitaba. Quería negociar con el mercurio sin que él se enterase. Una profunda tristeza irradiaba de él. Me enjugó la lágrima que se había deslizado hasta el puente de mi nariz.

—Creo que no ha salido como tú esperabas —susurró.

Yo sorbí por la nariz.

—¿Lo has oído todo?

Negó levemente con la cabeza.

—No, solo partes de lo que te ha dicho. Pero, con las respuestas que te ha dado, ha sido bastante fácil comprender de qué hablabais.

Maldición. Debería haber mantenido mis pensamientos bloqueados. Ahora sabía que había estado husmeando. No me sentía nada bien. No debería haberme metido en sus asuntos.

Como si supiera lo que estaba pensando, Kingfisher dijo:

—Estaba esperando a ver si te daba por intentar quitármelo igualmente.

—¿No estás enfadado?

Su boca dibujó una sonrisilla tristísima. Cerró los ojos y suspiró.

—Claro que no. ¿Cómo voy a estar enfadado? Querías ayudarme. Pero ahora lo sabes. No es que esté en mi interior, es que es parte de mí. Sin él, moriría. Así pues...

Renfis entró de pronto en la tienda, cubierto con armadura completa. Tenía la expresión enajenada y el rostro lleno de mugre. Yo me enderecé de golpe en la cama y me tapé hasta el pecho con las sábanas, alerta, lista. La conversación quedó olvidada, al igual que el mercurio. Olvidado quedó también el hecho de que apenas llevaba dos prendas bajo las sábanas. Ren soltó una maldición entre dientes en fae antiguo y apartó la vista al verme.

—Dioses. Perdón. Pensaba que estabas en Cahlish, Saeris. Mis disculpas, de verdad, pero necesito que venga Kingfisher.

Él se levantó de la cama un segundo después, convertido en un borrón sombrío que atravesó la tienda. Cuando se detuvo junto a la estantería, ya llevaba la armadura de cuero negro, el gorjal a la garganta y la muerte en los ojos.

—¿Qué sucede? —preguntó.

—La horda. Está otra vez en el río —dijo Ren con voz entrecortada—. Se está armando una buena ahí abajo.

—Joder.

De pronto, el muro de silencio que había caído sobre la tienda cuando Fisher me depositó en la cama se hizo pedazos. El sonido del caos chocó contra nosotros. Gritos y chillidos. El estruendo de cientos de botas que corrían por el barro. Órdenes vociferadas de un lado a otro del campamento. Y, de fondo, el constante ritmo de los martillos que golpeaban el grueso hielo.

¡PUM! ¡PUM! ¡PUM!

—¡Joder! —repitió Fisher. Una sombra curva y negra brotó de su mano y se transformó en Nimerelle—. Lo sien...

—No hacen falta disculpas. No hay heridos. No lo hacen más que por dar espectáculo, no deben de ser más de un millar. Aun así, deberías venir. —Ren se dirigió a toda prisa a la salida—. Te veo en el río. Saeris, sería mejor si te quedaras...

—No. Voy con vosotros.

No había más que hablar. Estaba harta de que me dijeran lo que tenía que hacer, de que me ordenaran que me quedara y de tener que esconderme en algún lugar seguro. No pensaba quedarme dando vueltas en la tienda mientras Fisher, mis amigos y el resto del puto campamento de guerra se enfrentaban a los monstruos de Malcolm. No iba a pasar, y punto. Me bajé de la cama, sin importarme el hecho de ir solo con los pantalones cortos y la camisola. De todos modos, Fisher se encargó de abastecerme: cuando mis pies pisaron la alfombra, ya llevaba pantalones de cuero negro y una camisa negra de manga larga a juego.

Ren buscó una respuesta por parte de su amigo.

—¿Fisher?

Él me miró. La dura arrogancia de hacía una o dos semanas había desaparecido para dar paso a la cautela.

—La única manera de que me quede en esta tienda es obligándome —dije con voz temblorosa.

Ahí estaba. Ese era el momento en el que, oficialmente, o me perdía o me ganaba para siempre. Si me ordenaba que me quedara y me arrebataba la voluntad, daba igual lo mucho que cambiaran las cosas entre nosotros. Tampoco importaría lo mucho que yo lo necesitara. Jamás volvería a dirigirle la palabra. Jamás volvería a mirarlo siquiera. Todo acabaría antes de haber tenido la oportunidad de empezar. Me dolería, pero no tanto como su traición. Esperé y elevé una plegaria a esos dioses cuyos nombres había aprendido hacía poco para que tomara la decisión correcta.

Él tragó saliva.

—¿No quieres irte a Cahlish? —preguntó en tono quedo.

—No.

Que me enviara a Cahlish resultaba incluso peor. Si ponía una montaña entre la lucha y yo... jamás se lo perdonaría. Por más que lo intentara, no podría.

«No lo hagas, Fisher. Por favor. No me expulses de aquí».

Apretó la mandíbula. Había tomado una decisión. Yo me preparé, a la espera de que apareciera la puertasombra, pero...

—Si vienes, ¿te quedarás justo a mi lado? —preguntó.

Casi me cedieron las rodillas. Respondí antes de poder pensármelo.

—Sí, por supuesto que sí.

—¿Y si te digo que te quedes en algún sitio hasta que pase el peligro?

—Allí me quedaré.

—¿Y si te digo que corras?

—Correré.

Él me miró, entrecerrando esos hermosos ojos.

—Júralo.

—Una promesa no me obliga del mismo modo que te obliga a ti.

—Lo sé pero, aun así, los humanos se hacen promesas, aunque puedan romperlas, ¿no? Porque confían en que los demás cumplirán su palabra.

—Así es.

—Pues júralo y confiaré en ti, pequeña Osha.

Una oleada de emoción me apuñaló en el centro del pecho. Aquel era el tipo de hombre con el que yo quería estar.

—Lo juro.

Kingfisher asintió. Había aceptado mi promesa.

—Que así sea, pues.

Se acercó con rapidez al arcón que había a los pies de la cama y abrió la tapa. Sacó un hatillo de tela. Lo reconocí de inmediato. Era el que Fisher había atado a la silla de Aida cuando huimos del Palacio de Invierno. Los ojos de Ren se desorbitaron al ver que Fisher dejaba el hatillo en la cama y lo desataba hasta mostrar la espada que había dentro.

No era una espada cualquiera. Era la espada que había dado comienzo a todo. La que saqué del estanque de mercurio congelado en el palacio de Madra. La empuñadura de Solace destelló bajo la luz del fuego, un brillante fulgor de plata. Ni rastro de los estragos del tiempo que habían vuelto romo su filo. Era un arma arrebatadora. El tipo de espada sobre la que se escriben canciones. Tenía una talla en el pomo que representaba una luna creciente, cuyos extremos estaban tan cercanos que casi formaban un círculo. La empuñadura estaba cubierta de palabras que se extendían por la guarda y ascendían por el filo de la hoja, escritas en fae antiguo.

Fisher se giró y me tendió la espada.

—Los huesos de mi padre descansan en algún lugar de Zilvaren. Su espada ha pasado allí los últimos milenios, por lo cual... —hizo una pausa y contempló la espada, pensativo— por lo cual es más zilvarena que yveliana, supongo.

El aire ardía. Hacía demasiado calor para respirar. Fisher cogió una vaina de cuero de una pared de la tienda y enfundó a Solace. Yo alcé los brazos, incapaz de hablar, mientras él me ataba la correa de la vaina a la cintura con manos hábiles. La ajustó a mi cintura, estrechándola, y yo me esforcé al máximo para no romper a llorar.

¿Era la espada de su padre?

Ren esperaba, los brazos cruzados, observándonos. Nos miramos a los ojos y la preocupación surgió en mi pecho. ¿Encontraría algún prejuicio en su mirada? ¿Estaría furioso al ver que un preciado objeto fae pasaba a manos de una humana?

Por supuesto que no. Ren tenía una expresión profundamente satisfecha.

—Ya era hora, hombre. Así tenía que haber sido desde el principio, Saeris Fane.

Fisher se enderezó y me contempló.

—Bien, ¿estás lista?

—Sí.

El corazón me iba al galope dentro del pecho, pero me sentía firme con el peso de la espada en la cadera.

—Cuando te enfrentes a los malvados muertos, sé implacable y despiadada —dijo Fisher.

Ren me colocó una mano en el hombro con un gesto tranquilizador.

—Y si te arrancan el alma del cuerpo, pide una cerveza para nosotros en la primera taberna que te encuentres en el más allá. Echaremos cuentas cuando lleguemos.

31

EL ZURCIDO

Las garras de los relámpagos rasgaban el cielo nocturno. La lluvia nos cubría, torrencial y helada. Corrimos por el extremo occidental del campamento de guerra. Ren y Fisher eran fantasmas oscuros, apenas un borrón en medio del caos. Corrían entre hogueras que ya habían sido arrasadas a patadas, pasaban junto a grupos de guerreros que intentaban llevar rodando enormes peñascos hacia el borde helado del río. Fisher iba a la zaga, esperándome, pero yo le pisaba los talones a toda velocidad.

En el otro lado del Zurcido, una línea de vampiros hambrientos chasqueaba las fauces y rugía al borde del hielo. A pesar de la intensa lluvia, alcancé a ver sus dientes destrozados y sus lenguas pútridas. Aquella noche no hacía tanto frío como cuando llegué a Irrìn, y el olor que llegaba flotando desde el otro lado del río —a carne podrida mezclada con el hedor metálico y nauseabundo de la sangre— me provocó una arcada. Empecé a respirar por la boca, pero apenas conseguía que no se me pusiera el estómago del revés.

Fisher y Ren se detuvieron de repente en un recodo del río en forma de horquilla, donde había bancos nevados que formaban un estrecho cuello de botella. Apenas quince metros separaban Irrìn y Sanasroth en ese punto. A los devoradores no les costaría mucho cruzar.

El pánico se apoderó de mis venas y se multiplicaba cada segundo, pero lo contuve con férrea voluntad. Me negaba a sucumbir a él.

—¿Por qué hay menos aquí? —pregunté jadeando.

Había vampiros en el lado opuesto, sí, pero muchos menos que río abajo, donde el caudal era más amplio.

—El agua sigue fluyendo bajo el hielo. La corriente que atraviesa este canal es más fuerte, por lo que el hielo es más fino —dijo Fisher—. Es más peligroso cruzar.

—¿Y lo saben? —pregunté, incrédula.

—De un modo consciente, no —informó Ren—. Los vampiros no pueden atravesar una corriente de agua. Sienten la corriente que hay aquí y tienen miedo. Pero, inevitablemente, alguno de ellos se atreverá a poner un pie en el hielo. Los demás lo seguirán.

—Y cuando lo hagan, nosotros nos aseguraremos de que no lleguen. —Fisher le clavaba la mirada a la horda de vampiros, que se empujaban unos a otros al otro lado del río. Sus ojos estaban distantes, la expresión perturbada—. Esta vez no ha venido —murmuró.

No hacía falta preguntar a quién se refería. Ren y yo ya sabíamos que hablaba de Malcolm. No había rastro del rey de pelo plateado de los vampiros. Aquella noche había enviado a sus sirvientes a hacerle el trabajo sucio y no se había dignado a salir. Yo no lo lamentaba. Ver a Malcolm al otro lado del río me había provocado una punzada de miedo que aún me sacudía los huesos. No era más grande que un fae cualquiera y, de hecho, era más delgado que la mayor parte de los guerreros del campamento. Pero la sensación de poder que desprendía era impactante. Había sentido cómo me atraía y repelía a partes iguales, en busca de mis puntos débiles, como si quisiera obligarme a caer de rodillas para suplicarle. Aunque viviese mil años, prefería no tener que volver a cruzarme con ese rostro de muerto.

¡PUM! ¡PUM!

¡PUM! ¡PUM!

Con un latido doble, el sonido de los martillos contra la gruesa capa de hielo resonaba en mis oídos.

—Preparaos —dijo Fisher.

De sus manos brotó un humo que se acumuló a sus pies y se dirigió al borde del río, sin llegar a avanzar más.

Al este se oyeron gritos, un furioso rugido de guerra. Mi mirada recorrió la retorcida masa de cuerpos que había a ambos lados del Zurcido. El terror y el alivio se abrazaron en mi pecho al ver que, aunque la primera oleada de vampiros ya estaba cruzando el río, los enormes rompehielos estaban quebrando la superficie helada.

—Han roto el hielo —señaló Ren—. Se acabó. Con un par de golpes más...

Como si la multitud de vampiros más cercana a nosotros supiera que aquella era su última oportunidad, un anciano harapiento con media mandíbula descolgada se atrevió a poner un pie en el hielo. Tenía la camisa hecha andrajos y le colgaba del cuerpo demacrado. Sus pantalones estaban sucios y rasgados, apenas sujetos a las caderas protuberantes. Movía la mandíbula de un lado a otro. Abrió los labios y dejó escapar un chorro de icor negro.

Se desplazó por el río con los pies putrefactos. A treinta metros de distancia, en dirección al campamento, el Zurcido se rompía; el hielo gemía al quebrarse bajo el peso de almádenas y hachas. Los vampiros caían en las grietas crecientes y se hundían en el agua.

Los muertos no nadaban. Tampoco flotaban. Algunos de los devoradores más enfebrecidos por la sangre se agarraron a trozos de hielo para flotar por la superficie del agua, pero no les sirvió de nada. Los más resueltos de ellos quizá flotaron durante unos diez segundos antes de que sus manos carentes de vida perdieran la sujeción y acabaran hundiéndose bajo la agitada superficie del agua.

El anciano que cruzaba hacia nosotros debía de tener los huesos huecos como un pajarillo, porque el hielo aguantó su peso. Se acercó cada vez más, lo cual azuzó a sus compañeros. La siguiente fue una hembra. Tenía el rostro hecho pedazos; le faltaban los ojos y las mejillas le colgaban hechas jirones. Las heridas parecían frescas; aún se veían rosadas en diferentes partes. Debía de haber muerto hacía uno o dos días.

Llevaba un delantal manchado de color marrón por la sangre reseca. Parecía uno de los delantales que llevaban los cocineros del Palacio de Invierno. ¿Habría trabajado en alguna mansión elegante? ¿Habría salido un momento para aliviarse del calor de la cocina o para contemplar alguna estrella en el cielo nocturno? ¿Habría caído sobre ella alguna pesadilla surgida de las sombras para destrozarle el rostro mientras se alimentaba de ella?

Siguió un joven, desnudo y escuálido.

Luego una hembra de manos ennegrecidas y rizos densos y oscuros, que arrastraba consigo lo que parecía una muñeca laxa al caminar. Se me encogió el estómago al comprender que no se trataba de una muñeca, sino de un bebé cubierto de marcas de colmillos como un alfiletero.

—Por los dioses y los pecadores —susurré—. ¿Qué es esto?

—Esto es el infierno en movimiento —respondió Renfis en tono lúgubre—. Y vienen más.

Pronto hubo al menos veinte vampiros sobre el hielo. Los demás mantuvieron la posición en la ribera, negándose a avanzar, quizá demasiado abrumados por la sensación de la corriente de agua o quizá retenidos por alguna orden muda. Sin embargo, los veinte que había sobre el hielo ya resultaban bastante preocupantes.

—Casi han recorrido la mitad del camino —murmuró Ren.

—En cuanto crucen, les corto la puta cabeza —dijo Fisher gruñendo.

La lluvia caía aún con más intensidad. Golpeteaba furiosa contra las tiendas y apagaba las hogueras que habían quedado sin atender en el campamento. Nos cayó sobre la piel y nos pegó la ropa al cuerpo y el pelo al cráneo. Yo contemplaba el lento pero determinado avance de los vampiros hacia nosotros. Tuve que preguntarlo:

—¿Por qué esperamos? ¿Por qué no actuamos ahora?

—Nos obligan las reglas de la guerra —dijo Fisher—. No podemos usar magia para atacar o afectar de modo alguno a un enemigo hasta que haya traspasado nuestra frontera. Y, de todos modos, nuestra magia no funciona en terreno sanasrothiano. La magia fae necesita luz y vida para sobrevivir. Y, al otro lado del río, no hay sino muerte, oscuridad y putrefacción. Nuestras tierras están divididas transversalmente por el Zurcido. Pero en cuanto esos cabrones crucen...

Sucedió en cuanto lo dijo. El viejo de la mandíbula destrozada pasó a trompicones más allá del punto medio. Ren y Fisher se pusieron en movimiento al unísono y reunieron su poder. El aire chisporroteó de energía. Sentí el zumbido hasta en los dientes. Ambos guerreros se movieron con precisión letal. Ren echó la mano hacia atrás y lanzó una bola de luz blanco azulada hacia el cielo de color gris acero. Al mismo tiempo, un potente viento negro brotó de las manos extendidas de Fisher. El viento golpeó al vampiro en el pecho, aulló a su alrededor y le abrasó lo que le quedaba de ropa, así como los colgajos de piel y los huesos amarillentos de su caja torácica. El vampiro entrechocó las mandíbulas, enfurecido ante el ataque, pero siguió avanzando.

Un paso más. Dos.

El viento le arrancó lo que le quedaba de mandíbula...

... y el brillante orbe de Ren se estrelló contra el río. Explotó convertido en una esfera de luz y calor que destrozó la frágil capa de hielo de un extremo a otro. Los demás vampiros, que seguían en la parte sanasrothiana del río, gritaron y aullaron al tiempo que se hundían en las vertiginosas corrientes de las profundidades del río y desaparecían de la vista.

El hielo se había fracturado por todo el río. Era imposible cruzar. En otras palabras, estábamos a salvo.

Los vítores se sucedieron entre los fae yvelianos, acompañados de improperios vulgares hacia los vampiros. ¿Cuántas veces habrían estado en aquella ribera y habrían rechazado a las bestias de Malcolm? ¿Cuántas veces se habrían retirado aquellos monstruos hasta Ammontraíeth con los rabos putrefactos entre las piernas?

Innìr era un uroboros, una serpiente que se mordía la cola. Jamás cumpliría su propósito. Siempre habría una noche más, el hielo siempre volvería a formarse, siempre sería necesario un batallón de guerreros que mantuviera a raya a la horda y que estuviera preparado por si algún día conseguían cruzar. La mera idea resultaba agotadora. Algunos de aquellos guerreros llevaban allí décadas, cumpliendo la misma tarea cada maldita noche. Tanto tiempo que ya consideraban aquel lugar como su casa. Habían construido hogares. Tenían familias allí, me cago en la puta. Porque, sin seres queridos, sin un minúsculo resquicio de normalidad imaginada, ¿qué tipo de vida era aquella? Y sin ayuda de Belikon...

—¡La orilla! ¡Mirad la orilla!

El grito estaba tan impregnado de terror que se me paralizaron hasta los pensamientos. Kingfisher giró en redondo y miró hacia el campamento, con el rostro blanco como la nieve. El mercurio de su ojo formaba patrones cambiantes. Paseó la vista por la ribera del río en busca del origen de la alarma.

La encontró antes que yo, y Renfis también. Ambos se envararon. Ren ahogó un grito de consternación.

—¿Qué...? No... no puede ser. No es... no es posible.

Pero yo ahora también lo veía. Entre las rocas heladas y el lodo agitado, algo estaba saliendo del río. Algo con dientes tan afilados como cuchillas.

—¡Han abierto una brecha! ¡Han abierto una brecha! —La alarma se extendió como un incendio forestal.

—Ve —le dijo Ren a Fisher—. Yo me quedo con ella.

—Ahora te toca cumplir tu promesa y quedarte aquí, Osha —dijo Fisher.

En apenas un parpadeo, se convirtió en una criatura salvaje, con la piel envuelta en un resplandor espectral y los rizos oscuros agitados por un viento invisible. Jamás me había parecido muy humano, pero ahora, al borde del peligro, era inenarrablemente fae.

—Me quedaré aquí, lo prometo.

Un estruendo atronador ahogó mis palabras, pero Fisher asintió. Sus ojos se cruzaron con los míos un segundo y luego se marchó.

—¡Vienen más! ¡Están cruzando! —gritó una guerrera.

Pues sí: los vampiros que se habían quedado en la ribera empezaban a deslizarse por la nieve sucia y a caer en el río. Vi cómo los iba arrastrando la corriente en parejas y tríos. Las bestias se aferraban unas a otras con las garras e intentaban llegar al otro lado. También había algunos que se hundían bajo la superficie y ya no salían. Sin embargo, contemplé horrorizada que había más vampiros que empezaban a salir del agua en nuestro lado.

—Prepárate —dijo Ren con un tono rígido—. Les vamos a dar a esos cabrones la bienvenida del acero.

«Y nosotros...», susurró una voz exaltada. «¡Y nosotros también! ¡Y nosotros!».

Solace. Pues claro que la hoja de la luna creciente en el pomo era una buena espada. Por supuesto que contenía mercurio. Mercurio vivo. Mercurio despierto. Mercurio a la escucha, que me hablaba. A mí.

No había tiempo de maravillarse por ello. Tres vampiros salían ya del agua. La travesía por el agua helada no los había ralentizado. El primero, un joven desnudo, se sacudió como si de un perro se tratase, enseñó los dientes y, al vernos, se puso en movimiento. Con espasmos antinaturales, se lanzó al galope a cuatro patas, abriendo agujeros en la nieve con las garras. Ren le salió al paso con un espadazo, aunque apenas necesitó moverse para separarle a la criatura la cabeza de los hombros.

A continuación vino el anciano, no tan rápido. Estaba casi hecho trizas después de la magia de Fisher y apenas consiguió llegar corriendo hasta nosotros. Ren dio un giro y lanzó un tajo vertical hacia arriba que le cercenó al anciano la mano con la que pretendía atacarle. Aprovechando que este había perdido el equilibrio, Ren hendió el aire con la hoja y también decapitó al vampiro.

Más cuerpos surgían del Zurcido. Muchos más de los veinte que se habían hundido al caer el hielo. Aquello no tenía sentido. Ren los partía en dos con la misma rapidez con la que salían del agua, pero pronto se vio superado en número. Lanzó al aire más esferas que aterrizaron con una fuerza aterradora y detonaron en el mismo instante en que hicieron contacto con la carne. Los devoradores estallaron en pálidas llamas azules y se tropezaron unos con otros entre gritos. Pero seguían viniendo.

—¡Saeris! ¡Ve a buscar a Lorreth! —bramó Renfis.

—¡No! —Desenvainé a Solace y una oleada de calor me subió por el brazo. La sensación me tomó por sorpresa. Dos segundos después, me encontraba codo con codo con Ren ante sesenta vampiros rugientes.

Ren me miró como si yo fuera la locura hecha carne.

—¡Se lo prometiste! —gritó.

Asentí y alcé la espada.

—Le prometí que me quedaría aquí. Si echo a correr yo sola en la oscuridad, seguramente acabaré muerta. Él sabe que tengo más posibilidades si me quedo contigo.

Ren no podía hacer nada. Apretó los dientes, se giró y le clavó la espada en el cráneo a un vampiro tan desfigurado que resultaba imposible saber si era macho o hembra.

—Chica testaruda —dijo gruñendo—. ¡No te mueras mientras estás bajo mi protección, Saeris Fane! Fisher jamás me perdonaría que la única razón que tiene para vivir acabara hecha pedazos en su primera batalla.

Un momento, ¿cómo que la úni...? ¡¡¡JODER!!! Alcé a Solace justo a tiempo. El vampiro que había estado a punto de abalanzarse sobre mi garganta chocó de boca con el filo de mi espada. Apreté, aprovechando su impulso, y le arranqué la parte superior de la cabeza a aquel maldito ser.

El cuerpo cayó al suelo, pero él no había terminado aún. Lo que le quedaba de la cabeza era un gurruño de carne mutilada y un trozo de mandíbula, pero al parecer eso le bastaba. Me cogió por las piernas, sus garras me arañaron el cuero y pataleó con los pies desnudos sobre la nieve. Un icor negro denso como la brea me salpicó las botas.

—¡La cabeza entera! —gritó Ren—. ¡Hay que cercenar la cabeza entera!

La cabeza entera. Bueno. Era factible. Inspiré hondo y calmé la mente. Mi entrenamiento tomó el mando; todas las horas sin fin encerrada en el desván con los rebeldes amigos de mi madre, aprendiendo a usar objetos afilados. A mover el cuerpo. A usar la inercia de mi oponente contra él. A golpear y retroceder, golpear y retroceder, golpear y retroceder. A desconectar el cerebro y centrarme en la tarea del momento.

La mandíbula inferior del vampiro y lo que quedaba de su bulbo raquídeo cayeron al suelo con un corte limpio. El monstruo se desplomó, laxo, de una vez y para siempre. Y yo me puse a matar de una puta vez.

Había una fracción de segundo en la que los vampiros se quedaban aturdidos tras salir del agua. Ren los fue aniquilando a puñados mientras se aproximaban por la ribera, pero yo me acerqué justo al borde del agua y empecé a partirlos en dos antes de que recuperaran el sentido.

Solace zumbaba en mis manos y emitía oleadas de energía que me subían por el brazo cada vez que impactaba. Me agaché y apoyé el peso en los talones y las caderas para sumergirme en el flujo de la muerte.

—¡Vuelve, Saeris! ¡Vuelve aquí! —Ren tenía razón al llamarme; había demasiados de ellos en la orilla en aquel momento. Retrocedí a saltos, con pies ligeros, y ocupé mi puesto a su lado—. Yo los hiero y tú acabas con ellos —rugió.

Un manto de humo negro cubría el río y retuvo a muchísimos de los vampiros que intentaban subir por la ribera. Aquel humo indicaba que Fisher estaba cerca. El alivio me recorrió la sangre como un relámpago. Le hundí la punta de la espada a un vampiro en la mejilla y lo clavé en el suelo. Acto seguido, liberé la espada y cercené la cabeza de la vil criatura justo a tiempo de repetir el proceso cuando Ren ya arrojaba otro devorador hacia mí.

El tiempo se ralentizó y sucedió una cosa de lo más extraña: aminoraron mis latidos. Me inundó una sensación de paz. De aceptación y entendimiento. Un vampiro que estaba a la izquierda de Ren lo sobrepasó y vino hacia mí. Se movía con rapidez, comprendí, y sin embargo a mí me pareció que corría sobre arenas movedizas. Iba a arrojarse encima de mí y a intentar derribarme; vi el plan de ataque demente y animal que ya lo llevaba a doblar las rodillas y hundir los hombros. Sus garras, afiladas como cristales rotos, se engarfiaron y me buscaron, ansiosas de encontrar mi piel.

La respuesta fue simple: caí de rodillas y lancé un tajo por encima de la cabeza. Alcé la hoja y... lo decapité.

La cabeza del vampiro rodó por la bajada hasta el río y rebotó al chocar con el montón de cadáveres que había empezado a formarse ahí. Cayó con un chapoteo en el río. Ren se detuvo, sorprendido. Me miró con ojos desorbitados.

—¿Qué ha sido eso? —dijo jadeando.

—No sé. Lo único que he hecho...

El resto de la frase se cortó de golpe cuando una oleada de humo me alzó por los aires. De pronto, me encontraba entre los brazos de Fisher.

Tenía el rostro bañado de icor y pánico en los ojos.

—¿Te encuentras bien? ¿Qué ha pasado? ¿Te han herido?

—Estoy bien. Te juro que estoy bien.

La duda que había en su rostro me indicaba que no me creía, pero esta se desvaneció cuando Ren exclamó:

—Les ha dado una buena tunda, hermano. Enarbola a Solace casi tan bien como tu padre en su día.

Bueno, quizá estaba exagerando un poquito. Aunque era preferible eso a que el general le dijera que yo era un lastre, así que estaba dispuesta a aceptarlo. Fisher me contempló con algo parecido al orgullo.

—Ah, ¿sí?

—¡Ya charlaremos luego! —gritó Ren—. ¡Ahora estamos un poco ocupados!

Fisher se puso en marcha de nuevo. Me dejó en el suelo y acudió al lado de Ren. La magia emanaba de él, hirviente, y lo envolvía en una cortina de oscuridad. En cuanto desenvainó a Nimerelle, comprendí que la lucha había terminado. Ren se movió con fluidez, conteniendo a los vampiros que quedaban sin mucha dificultad. Sin embargo, ver a Fisher era bien distinto. No enarbolaba la espada. No la blandía. Aquella hoja negra mancillada era una con el guerrero. Fluía. Allá donde Nimerelle hendía el aire, dejando tras de sí zarcillos de humo, los vampiros caían como espigas de trigo recién cortado a su paso.

Era hermoso y aterrador a partes iguales. Kingfisher había convertido la muerte en un arte.

Yo seguía admirando el modo en que se movía, cuando de pronto una brillante luz blanca atravesó el aire como un látigo en la parte baja del río. Durante una fracción de segundo, la noche se convirtió en día. Unos hilos de puro poder recorrieron la orilla del Zurcido y acertaron en varios blancos a la vez. Se oyeron gritos sorprendidos por todo el campamento cuando los guerreros enzarzados en la batalla vieron que sus oponentes estallaban en llamas como si fueran antorchas.

Era Lorreth. Lorreth y el aliento de los ángeles que Avisiéth le había concedido. Al verlo, se me prendió fuego en la puta alma.

Fisher atacó con Nimerelle una última vez y le rebanó el pescuezo a su oponente con tanta rapidez que la cabeza de la criatura tardó un momento en caer hacia atrás de sus hombros. Nuestra parte del río había quedado al fin libre de vampiros. Kingfisher sonreía como un loco; sus ojos encendidos reflejaron destellos de luz blanca al volverse para contemplar la telaraña de energía que saltaba de un objetivo a otro en medio de la refriega, destruyendo todo lo que tocaba y convirtiendo el ejército de Malcolm en montones de ceniza.

Fisher echó la cabeza hacia atrás y aulló. Ren se unió al aullido. Poco a poco, por todo el campamento empapado de lluvia, se unieron más voces. Todos lobos que celebraban su victoria.

Aquellos gritos aún continuaban cuando Fisher clavó la punta de Nimerelle en la nieve sucia, hizo bocina con las manos y lanzó un grito tan fuerte que pareció sacudir los mismos cielos.

—¡Lorreth de los Chapiteles Rotos! ¡Lorreth del Zurcido!

—¡Lorreth! ¡Lorreth!

—¡Lorreth del Zurcido!

El nombre se repitió una y otra vez. Todos y cada uno de los guerreros fae del campamento entonaron el nombre de Lorreth con un canto tan poderoso que me dolió el pecho. Por primera vez en mil años, una espada divina había considerado que un yveliano era digno y le había concedido la magia para defender a su pueblo. Yo no era yveliana y, aun así, me estremecí ante la pura emoción que se propagaba por el aire. No había jodidas palabras...

—¡KINGFISHEEEEEEEEEEEEEEER!

Aquel chillido estridente ahogó todos los demás gritos. Hasta el restallido furioso del trueno palideció en comparación. Era una voz femenina.

Los tres nos giramos en redondo en dirección contraria, en busca de la voz. No tardamos mucho en encontrarla. Allí, al otro lado del río, había una mujer embutida en un vestido rojo rubí, con una melena rubia brillante que le caía por la espalda como un estandarte de oro sacudido por el viento ululante.

Era Everlayne.

La flanqueaban al menos un centenar de vampiros.

32

TALADAIUS

Ren y Fisher soltaron una maldición al verla. Everlayne tenía la boca abierta, con una expresión silenciosa de pánico pintada en el hermoso semblante. Desde aquel punto elevado, en el que Yvelia y Sanasroth estaban más cerca y el río era más estrecho, resultaba fácil ver sus delicadas facciones. Era fácil ver que estaba aterrorizada.

Un agujero negro se abrió detrás de Fisher. Estaba a una fracción de segundo de lanzarse por él, cuando Ren lo agarró de una cincha de la armadura.

—¡No seas idiota! La puerta no se abrirá al otro lado del río. ¡Sabrán los dioses dónde acabarás!

—Está bien. —Fisher se zafó de la mano de Ren—. Entonces cruzaré a nado.

Esta vez, Ren lo agarró con ambas manos y lo zarandeó.

—Eso es justo lo que quieren. En cuanto llegues al otro lado del río, puedes darte por jodido. No tendrás magia. ¿Qué crees que pasará entonces?

—Lo que pasará entonces es que les arrancaré las putas gargantas y dejaré un montón de cadáveres putrefactos a mi paso —rugió Fisher.

—La matarán antes de que hayas llegado. ¿Podrás vivir con ello?

—¡Claro que no!

—Pues piensa, cojones. ¿Por qué tienen a Layne? ¿Por qué no la han matado aún?

Buena pregunta. Uno de los vampiros que había junto a Everlayne le pasó una lengua mutilada por el hombro desnudo y le cubrió la piel de babas, enardecido. A mí se me revolvió el estómago. Aquella criatura quería morderle el cuello. Se moría de ganas, pero se contenía. Tantos vampiros podrían haberla hecho pedazos en apenas un segundo, pero algo los mantenía a raya. Otro vampiro le pegó la nariz al brazo y aspiró, y luego se estremeció mientras luchaba contra el impulso natural de alimentarse.

Ren lanzó una exclamación, un sonido ahogado. Parecía estar a punto de ignorar sus propias palabras y lanzarse ciegamente a la carga por el río. Quien lo detuvo fue la propia Layne, que alzó la mano.

—¡No! ¡Quedaos ahí! —gritó.

—¿Te han hecho daño? —gritó Fisher.

Su medio hermana esbozó una sonrisa triste.

—Un poco, nada más. Estaré bien, Fisher, no te preocupes.

Tenía un aspecto muy extraño. Su piel pálida desprendía un brillo etéreo. Los cabellos flotaban a su alrededor como si estuviese bajo el agua, pero no estaba mojada. El pelo, la piel, la ropa..., todo seco. La lluvia caía con más fuerza que antes, pero ni una sola gota tocaba a Everlayne.

—¡Corre hacia el río! —gritó Ren—. ¡Ponte a nadar! ¡En cuanto estés a medio camino, podremos sacarte de ahí!

Ella respondió con una grácil negación de cabeza.

—No lo conseguiría, Renfis... y, de todos modos, no puedo.

—¿Cómo que no puedes?

Aquella pregunta estaba impregnada de pánico. La pobre y dulce Everlayne. Había sido muy amable conmigo en el Palacio de Invierno. Yo estaba demasiado abrumada por lo que me rodeaba como para apreciarlo de veras, pero fue toda una amiga para mí. Me cuidó. Y ahora se encontraba en peligro mortal y no había nada que pudiera hacer para ayudarla. Ninguno de nosotros podía hacer nada.

Fisher tensó y destensó la mandíbula, con un semblante que era puro desaliento. Había comprendido qué quería decir Everlayne.

—Su cuello —susurró—. Miradle el cuello.

En la base del esbelto cuello de Everlayne había una fina cinta de oro de factura elegante. Muy bonita. Parecía tener grabado algún tipo de patrón, aunque desde donde yo estaba no alcanzaba a distinguir los detalles del diseño. La banda de metal tenía enganchada una cadenita también de oro. Vi que le colgaba sobre el pecho. En ese momento, la cadenita se tensó y Everlayne se movió de golpe hacia la izquierda, perdiendo casi el equilibrio.

Fisher siseó. La multitud de vampiros se separó y apareció junto a Everlayne un ser alto y bello de piel luminosa y pelo rubio y corto. Vestía pantalones negros y una camisa blanca; no era atuendo para la guerra. Más bien parecía haber interrumpido una cena para salir a dar un paseo bajo la lluvia. Era más joven que Malcolm, y también un poco más alto, más ancho y mucho más peligroso. Sentí su poder: un frío penetrante que se derramó sobre el río y me caló hasta los huesos.

—¡Bienhallado, Fisher! —exclamó el vampiro desde el otro lado del río—. Veo que has conseguido restaurar el poder de una de tus preciadas espadas. Felicidades. Estoy seguro de que te parece todo un logro.

Como si el sarcasmo de su voz fuera una afrenta personal hacia Lorreth, una chispa de aliento de los ángeles destelló en el aire. Más brillante que los relámpagos que recorrían las nubes, se estrelló contra una barrera invisible en medio del río y se esparció por el aire, sin haber impactado a nadie. Me ardieron los ojos del resplandor.

El vampiro ni siquiera parpadeó. A juzgar por su sonrisa, aquella muestra de poder le parecía muy divertida.

—¿Qué te parece si te acercas a saludar a este viejo amigo, Fisher? Tu hermana y yo tenemos una botella de ese vino tinto que tanto te gusta. Ya está abierta en el comedor. ¿Te vienes a tomar una copa?

—Que te follen, Taladaius —soltó Fisher—. Si le haces daño...

—Venga ya, por favor. Ya me conoces. No tengo valor para hacer daño a aquello que me importa. Mi padre, en cambio... —Dejó morir la voz y contempló la cadena en su mano con aspecto pensativo—. A él le gusta hacer incorporaciones a su colección. Y dado que hace poco ha perdido a su ejemplar más preciado, tiene sentido que quiera reemplazarlo. Vamos, seguro que esperabas algo parecido por su parte.

El odio rezumaba de los ojos de Fisher. Pero también había dolor en ellos. Habló despacio, dirigiéndose a Everlayne. Yo apenas capté sus palabras.

—¿Malcolm te ha mordido? —preguntó con voz firme.

Vi que la boca de Everlayne se movía, pero yo no tenía los dones de Fisher. No sabía proyectar la voz y mi oído humano no era en absoluto tan agudo como el suyo. Everlayne pronunció cinco o seis palabras y una pequeña chispa de esperanza se apagó en los ojos de Fisher. Ren vio su reacción y cayó pesadamente de rodillas sobre la nieve; sus piernas se negaron a soportar su peso.

—Bueno, la ha mordido, ¡pero no está muerta! —Me acerqué a Fisher y le puse una mano en el hombro—. Se pondrá bien, ¿verdad? Si hay ponzoña en sus venas, Te Léna podrá curarla como me curó a mí.

Ren negó con la cabeza. Contempló a Layne y ella le devolvió la mirada. Le temblaron los hombros; el pecho le subía y le bajaba a intervalos irregulares. Me pareció toda una bendición no poder oírla llorar bajo el estruendo de la lluvia que golpeteaba el río.

—Ya no puede regresar —susurró Ren con voz quebrada—. Le pertenece a él.

Paseé la vista entre ambos hombres y se me encogió el corazón una y otra vez.

—¿Cómo que le pertenece?

—Está bajo su trance —dijo Fisher.

—¿Trance? ¿Y eso qué significa?

—Luego te lo contamos, pequeña Osha. —Fisher apenas conseguía que le salieran las palabras, de tanto dolor que sentía.

Ren se obligó a ponerse en pie de nuevo. Con las manos a los costados, temblorosas, gritó hacia el otro lado del río:

—¿Qué quieres, Taladaius? ¿Por qué la has traído hasta aquí?

El vampiro rubio le mostró una mueca cruel a Ren.

—Cuidado, Renfis. Para ti, soy el Señor de la Medianoche. No voy a permitir que un ser inferior se dirija a mí con esas familiarid...

—Es un millón de veces más hombre de lo que tú serás jamás, cabrón —dijo Fisher—. Responde a la puta pregunta: ¿por qué la has traído?

—¿Tú qué crees? —replicó secamente Taladaius—. Él me ha dicho que la traiga. Tu hermana es un señuelo. Mi padre quiere que te doblegues a su voluntad, así que te ha arrebatado algo que te es muy preciado y lo ha roto. ¿Acaso te sorprende? —No esperó a que Fisher respondiera—. O acudes a intentar salvarla, por más fútil que sea, o bien acudes para vengarte. Sea como sea, mi padre sabe que acudirás. El motivo le da igual. Lo que quiere es que vengas.

¿Vengarse? No me gustaba nada cómo sonaba eso. Y, de todos modos, ¿cómo cojones había acabado Everlayne en manos de Malcolm? Esperé a oír la respuesta de Fisher, pero él se limitó a hundir la barbilla. El mercurio de sus ojos giraba tan rápido que casi formaba un anillo sólido alrededor de su iris. No dijo nada. Parecía que se iba a limitar a esperar. Un segundo después, entendí el porqué: Lorreth se deslizó por la pendiente hacia nosotros. Al igual que el resto, estaba cubierto de icor y mugre. Tenía una expresión furibunda que auguraba muerte y destrucción. Al ver a Taladaius sujetando a Everlayne con una cadena como si fuera algún tipo de animal, su expresión se oscureció.

—¡Hijo de mil putas!

—Buenas noches, Lorreth. —Taladaius le dedicó una sonrisa amenazadora al guerrero.

—Joder. ¿Es...? —El rostro de Lorreth palideció—. ¿Es Everlayne?

Fisher seguía inmóvil, contemplando a su medio hermana al otro lado del río. Fue Ren quien contestó:

—Sí, es ella. Malcolm ya la ha marcado.

—Pe... —Lorreth miró en derredor, desesperado—. Pero eso es... eso es...

—¿Dónde está? —dijo Fisher al fin, con palabras calmadas, proyectadas hacia Taladaius.

El vampiro respondió con una carcajada estentórea que todo el mundo pudo oír.

—¡Te está esperando, amigo mío!

—¿Dónde?

—En el lugar donde los dos negociasteis vuestro último acuerdo. Si te digo la verdad, creo que espera un bis.

—No habrá más acuerdos —rugió Fisher.

—Supongo que eso ya lo veremos, ¿no? —Taladaius se miró las uñas—. A tu querida Everlayne la mordieron hace doce horas. Haz los cálculos tú mismo. Mi padre se dirige a caballo hacia el norte en este momento, junto con buena parte de su horda. Si no estás presente cuando llegue a su destino, se asegurará de que Everlayne complete la transformación y se pase la eternidad despatarrada para que se la follen bien follada los residentes más depravados de Ammontraíeth, uno tras otro, tras otro, tras otro. O bien puedes darle a mi padre lo que quiere. Así de sencillo.

—¿Y qué demonios quiere? —preguntó Lorreth.

Fisher se encogió, como si hubiera preferido que el guerrero no hiciera aquella pregunta.

—Me quiere a mí —susurró.

El rugido de pura hilaridad de Taladaius fue tan duro como el hielo que se rompe.

—Sí, es cierto que te quiere a ti. Siempre, amigo mío. Pero esta vez no te quiere solo a ti. Puede que hayas sido un jugador valioso, pero últimamente han cambiado muchas cosas. Hay piezas más interesantes en el tablero.

—No tendrá a nadie más.

—Precisamente tú deberías saber que Malcolm siempre consigue lo que quiere —le reprendió Taladaius—. Se llevará su premio, ya lo verás.

—¡PUES A ELLA NO SE LA LLEVARÁ!

La frase de Fisher tronó por encima del Zurcido. Seguramente se oyó hasta en las entrañas de Ammontraíeth. El terror que emanó de él me golpeó como una bofetada. Lo sentí en lo más profundo de los huesos. Y... también sentí algo más. Taladaius. Su atención se centró en mí, aunque sus ojos, rebosantes de hilaridad, seguían clavados en Fisher.

—Grita todo lo que quieras —dijo—. Pero mi padre quiere a la alquimista, Fisher. Y si tiene que arrasar Yvelia entera para llevársela, sabes perfectamente que eso es lo que hará.

33

MI SANGRE Y MI AGRADECIMIENTO

—No me puedo creer que le hayamos permitido llevársela así, sin más. —Lorreth caminaba en círculos ante la mesa de los mapas, las manos apretadas hasta cerrarse en puños. Cada vez que se giraba, golpeaba algo con la vaina de Avisiéth. Claramente, no estaba acostumbrado a llevar el arma—. ¡Deberíamos haber hecho algo, joder!

—¿Algo como qué?

Jamás había oído a Ren hablar en un tono tan derrotado. Estaba sentado al frente de la mesa y se mordisqueaba el pulgar. Desde que habíamos regresado, entumecidos y empapados, el general había empezado a formular el inicio de varios planes, hablando para sí mismo en voz alta, pero, en cada ocasión, había llegado a un callejón sin salida y había tenido que volver a empezar. Ahora parecía haber tirado la toalla del todo.

Fisher no había pronunciado palabra alguna desde que tomó asiento frente a mí. Se limitó a contemplarme, un mar de verde y plata fijo en mi cara. Se le marcaban los músculos de la garganta al tragar saliva. Ser el centro de un escrutinio tan intenso me resultó desconcertante al principio, pero hacía ya una hora que me había acostumbrado y había empezado a devolverle la mirada, empujándolo desde el interior de mi cabeza para engatusarlo y que dijera algo.

«Vamos. Háblame. Dime algo. Lo que sea», dije en silencio. «No puedes encerrarte en ti mismo».

Pero, aun así, no hubo palabra alguna. Estaba claro que Fisher consideraba que sumergirse en un estado catatónico era un mecanismo perfectamente aceptable para asimilar la situación.

—Tiene que haber alguna manera. —Lorreth le dio una patada a una pila de leños cortados junto a la chimenea. Uno de los leños se hizo pedazos, pero él ni siquiera se percató. Se dio la vuelta, le dio un golpecito en la espinilla a Ren con la vaina de Avisiéth y echó a andar hacia la salida. Justo antes de salir de la tienda, volvió a girar y a dirigirse en dirección opuesta—. Fisher, en la biblioteca de Cahlish hay miles de textos. Debe de haber alguno que hable de esto. Tu padre estudió la maldición de la sangre durante décadas. Apostaría a que dejó alguna nota al respecto. Cómo limpiar la sangre de un trance. Cómo... cómo deshacer el encantamiento entre maestro y víctima antes de que empiece la transformación.

Fisher frunció el ceño. Me miró con más intensidad.

—¿Fisher? —preguntó Lorreth.

—No te oye —dijo Ren en tono cansado. Se tocó el puente de la nariz y se dejó caer en la silla—. Dale algo de tiempo. Está pensando.

«¿Puede haber algo de información en Cahlish al respecto?», le pregunté, pero Fisher no dio señales de haberme oído. *Joder*, pensé. Si no iba a darme respuestas, tendría que recurrir a los otros dos hombres, porque estaba a punto de explotarme el cerebro.

—¿Por qué Malcolm es tan diferente de los demás vampiros? —quise saber, mirando con intensidad a Ren, desafiándolo a eludir la pregunta si se atrevía.

Por suerte, respondió.

—Malcolm fue el primero al que afectó la maldición de la sangre. Justo el primero. Cuando Rurik Daianthus, el último rey yveliano, descubrió la cura, Malcolm fue de los pocos que decidie-

ron seguir siendo vampiros. A lo largo de los siglos, los que aceptaron la maldición fueron muriendo sistemáticamente. Solo quedó Malcolm. Se dice que absorbió su poder de alguna manera.
Tiene milenios de edad, es inmortal y no envejece. Con cada año
que pasa, aumentan su poder y su capacidad. Su veneno es más
poderoso de lo que nadie puede imaginar. Cuando uno de sus lores muerde a una víctima, puede beber y saciar su sed sin matarla.
Si muerden al mismo humano varias veces, este acaba cayendo en
su trance...

—Otra vez esa palabra. ¿Qué significa?

—Significa que la víctima queda ligada al vampiro que la
mordió —intervino Lorreth—. Se ve obligada a obedecerlo sin
cuestionar nada de lo que diga. La víctima se ofrece a su amo sin
pensar en sí misma, le permite que beba de ella y que se la folle.
Inevitablemente, el amo acaba cansándose de su víctima y la deja
seca. Entonces, la víctima del trance muere. Tres días después, se
alza de la tumba donde la han dejado, convertida en uno de los
devoradores que has visto en el río.

—Pero Everlayne... —No pude decir nada más. La idea de
que aquel cabrón le hundiese los dientes en el cuello me daba ganas de vomitar.

—Malcolm solo necesita un único mordisco para someter a
su víctima al trance. Everlayne se encuentra ahora bajo su completo control. Aunque irrumpiéramos en Ammontraíeth y consiguiéramos liberarla, no vendría con nosotros. Se resistiría para poder quedarse y complacer a su amo. Y, en menos de cincuenta y
seis horas, habría muerto.

—¡No digas eso! No lo sabemos a ciencia cierta. Puede que
Malcolm decida no beber toda su sangre. Quizá solo quiera usarla
como moneda de cambio...

—El veneno de Malcolm es letal, Saeris. Solo hace falta una
gota. Ni siquiera necesita beber toda su sangre para matarla. Ya
está hecho. Ante Everlayne, se abren dos posibilidades: si Malcolm permite que beba de él y si ella lo hace, regresará de entre los

muertos y se convertirá en algo parecido a los lores de Malcolm. Si se niega a beber de Malcolm, o si él decide no darle su sangre, morirá y se convertirá en un devorador.

Parte de Fisher oyó eso. Debió de captar el dato en algún rincón profundo de su cabeza y eso bastó para derribar el muro tras el que se había escondido. Se puso en pie, inspiró hondo y se pasó las manos por el cabello.

—Mira quién ha vuelto —susurró Ren—. Bienvenido.

Fisher estaba a punto de decir algo, pero entonces la lona de la tienda se abrió y entró Danya, aún cubierta con la armadura que había llevado en la escaramuza. Le llameaban los ojos de ira. Gruñó, enseñó los dientes y cruzó la tienda, directa hacia Lorreth.

—Danya... —advirtió Ren.

Demasiado tarde. La guerrera echó la mano hacia atrás y lanzó un puñetazo a la cara de Lorreth. Él lo vio venir, ajustó la postura y cruzó los brazos, pero no intentó parar el golpe. El puño de Danya le acertó en plena nariz con un chorreón de sangre.

—¡Gilipollas! Dámela. Dame mi puta espada.

—Ya no es tu espada, Danya —dijo Fisher.

—Y una mierda que no. ¡Hace trescientos treinta años que la llevo conmigo! ¡Me la he ganado!

—Tu padre te la legó —la corrigió Fisher con un tono seco—. La espada que llevaste en su día contigo ha sido deshecha y vuelta a forjar. Esta hoja es nueva. Y ha escogido a Lorreth.

—Es mía.

Danya echaba humo. Todos vimos cómo se lanzaba a por Avisiéth. Yo no podría haber impedido que cometiera semejante error, pero Fisher, Ren y Lorreth sí. Nadie hizo nada. Hay lecciones que deben aprenderse por las malas. La espada de Danya ya estaba muda cuando esta la llevaba. Dentro no había ni un eco de magia. Probablemente había oído historias que hablaban de lo que le pasaba a quien tocaba una espada divina que no le pertenecía, pero tenía tanto orgullo que estaba convencida de verdad de que el arma que le colgaba de la cintura a Lorreth era suya. Él permitió que la cogiese. En el mismo instante en que su mano se cerró sobre la empuñadura, Danya emitió un chillido escalofriante. Su mano estalló, convertida en una nube de niebla rosada. Una oleada de luz blanca surgió del pomo de Avisiéth y Danya voló por los aires hasta el otro extremo de la sala de los mapas. Chocó contra una silla, que quedó reducida a astillas en un momento.

—Me cago en los dioses —murmuró Ren—. Le ha arrancado la puta mano.

—A lo mejor así deja de dar puñetazos a la gente en la cara.
—No había ni un resquicio de compasión en la voz de Fisher.

Se acercó a Danya hasta cernirse sobre ella, con los ojos resplandecientes y fríos como el hielo. Mientras tanto, Danya pareció despertar de un leve desmayo y vio lo que le había pasado en la mano. En la mano de la espada. Yo me preparé para otro grito, pero lo que soltó fue un sollozo ahogado.

—Oh, dioses. No. ¡No, no, no!

—Existe la posibilidad de que vuelva a crecerte. Puedo llevarte a Cahlish y dejarte con una sanadora, pero tienes que dejarte de gilipolleces y calmarte de una puta vez —dijo Fisher.

Danya no se merecía que le volviese a crecer la mano. Tanto drama había llegado al punto en que se merecía vivir con las consecuencias de aquel temperamento de mierda. No era muy caritativo por mi parte, pero estaba hasta el moño de su mal carácter. Se había comportado como una zorra desde el mismo momento en que Kingfisher apareció por el campamento. Teníamos cosas más importantes que hacer que preocuparnos de una guerrera malhumorada a la que le daba un berrinche cada vez que se asomaba por aquella puta tienda. Por suerte para ella, Fisher era más misericordioso que yo.

—Sí —gimoteó Danya. Se agarró el muñón sangrante de la muñeca, con las mejillas cubiertas de lágrimas—. Así lo haré. Lo... juro.

—¿Seguro? ¿Vas a volver a Cahlish? —preguntó Ren.

—Todos vamos a volver a Cahlish. Tres de nosotros cinco necesitamos ver a Te Léna. Y vamos a poner esa biblioteca del revés hasta dar con un modo de ayudar a Everlayne. Tenemos tiempo. No mucho, pero algo sí. Tenemos que emplearlo bien.

Renfis estaba blanco como la cal. Me pareció que sus manos temblaban ahora de alivio, no de ansiedad. Fisher acababa de tomar las riendas, lo cual implicaba que ya no era responsabilidad suya encontrar una solución a aquella situación desastrosa. Abrió la boca para decir algo, pero Fisher se adelantó.

—Sin embargo, antes de salir de esta tienda, tenemos que hacer otra cosa más. —Me miró a mí, con aire resuelto—. Nuestra alquimista se ha enfrentado al enemigo esta noche y ha mantenido valientemente la resolución. Tenemos entre nosotros a una nueva guerrera consagrada con sangre.

Oh, no. Por los dioses.

No.

No quería que me miraran así. El orgullo silencioso de Fisher. La cálida aprobación de Ren. La sonrisa lobuna de Lorreth. En circunstancias normales, habría estado bien tener algo de reconocimiento por los devoradores que había matado, pero ahora no podía soportarlo, teniendo en cuenta la situación en la que se encontraba Everlayne.

—No quiero que arméis ningún escándalo al resp...

—¿Que no quieres que armemos un escándalo? —Lorreth se echó a reír—. En esto tú no tienes ni voz ni voto, Saeris. Nosotros hemos decidido reconocer a una de las nuestras y presentarle nuestros respetos.

Miré a Ren en busca de ayuda, pero él se disculpó encogiendo los hombros.

—Lo siento, tiene razón.

—A ver, sea lo que sea lo que queráis hacer, puede esperar. Estamos en medio de una crisis. Ya habrá tiempo más adelante para... lo que planeáis hacer, que no sé qué es, pero que puede esperar.

Mi argumentación no convenció a Fisher. Ni un poquito. Se echó hacia atrás, se apoyó en la mesa y cruzó los brazos.

—Estas cosas no se dejan para otro momento. Estamos en guerra. Nadie nos garantiza que vayamos a despertar mañana. Celebramos las victorias cuando ocurren. Y vaya si nos aseguramos de que nuestros guerreros sepan su valía.

Lorreth fue el primero en dar un paso al frente. Desenvainó a Avisiéth y se hincó de rodillas. Pasó la palma de la mano por la hoja, dejando un chorro de sangre. Me puso la mano en el plexo solar, justo entre los pechos. El contacto no era sexual, pero, aun así, a Kingfisher se le escapó un pequeño resoplido.

—Mi sangre y mi agradecimiento, hermana —dijo en tono quedo.

Se levantó, aún sonriéndome como un idiota, y se quitó de en medio para que Renfis ocupase su lugar. El general se hincó de rodillas, asintió y se abrió un corte en su propia mano con la daga. La colocó sobre la huella sangrienta que Lorreth ya me había dejado.

—Ha sido un honor luchar a tu lado —dijo—. Mi sangre y mi agradecimiento, hermana.

Me ardían las mejillas, las notaba a mil grados de temperatura y subiendo. Fisher dio un paso al frente y se arrodilló a mis pies. Tenía la melena negra desordenada y su piel parecía pálida bajo la luz de las antorchas. Sin embargo, sus ojos seguían firmes. Me recorrieron de arriba abajo mientras desenvainaba a Nimerelle y pasaba el puño por la hoja. Colocó la mano sobre mi pecho y me dio golpecitos con el índice y el corazón al ritmo de mis latidos. Con una sonrisa muy cansada y muy triste, dijo:

—Te doy mi sangre y mi agradecimiento, Saeris Fane.

34

UN SECRETO

Primero había sido «humana». Luego «Oshellith» o bien «Osha», pronunciado con una buena dosis de desdén. Luego «pequeña Osha», que, al principio, sonaba a burla, pero luego fue acompañado de afecto.

Y ahora Fisher había dicho mi nombre. Por fin. Me resultó... extraño.

Lorreth se restregó los nudillos contra el esternón, con el ceño fruncido. Ren soltó una risita entre dientes y bajó la cabeza. Danya dijo algo en fae antiguo y escupió en el suelo, aún sujetándose el muñón humeante del brazo derecho. Pero Danya podía irse a la mierda. Danya era lo peor. Y yo... yo me quedé ahí como una idiota, no muy segura de qué decir, mientras la conmoción me calaba hasta los huesos.

Fisher se puso en movimiento de inmediato y abrió una puertasombra. Yo fui la primera en cruzarla y me encontré en el comedor donde vi por primera vez a los devoradores. Me senté a la mesa y tamborileé con los dedos a la espera de que llegasen los demás. Danya fue la siguiente. Me miró con el ceño fruncido. Tenía aquella gruesa trenza de cabello rubio salpicada de sangre.

—Mírate. La alquimista venida a más, sentada orgullosamente a la mesa familiar del palacio. Más vale que te apartes antes de que lleguen los demás, para ahorrarte la vergüenza.

Me había sentado en el sitio al que ya me había acostumbrado, a la derecha de Fisher, pero la expresión de desdén de Danya me hizo pensar que había cometido un grave error de etiqueta. No era la primera vez que alguien reaccionaba al verme sentada allí. En primer lugar, habían sido los duendes de fuego. Archer había estallado en llamas al verme ocupar aquel asiento. Luego Ren, que se había atragantado con la comida. Alcé la vista al techo y me eché hacia atrás, sin levantarme.

—¿Qué pasa? No es más que una silla —dije en un tono frívolo. Si Danya hubiera sabido que me interesaba la respuesta, probablemente se habría negado a contestar, solo para ponérmelo más difícil.

Ella apartó de una patadita la silla que estaba frente a la mía, al otro extremo de la mesa, y se sentó.

—Esa silla se reserva para la señora de la casa, niñata estúpida. La etiqueta indica que solo la esposa de Fisher puede sentarse ahí. Es un puesto de gran honor, exclusivo para las fae de algunas de las familias de abolengo. Y tú estás ahí despatarrada como si ese asiento fuera tuyo. Bastante ofensivo resulta que Fisher permita que una humana se siente a la misma mesa que él. Pero esto... —Me señaló con un gesto de la mano que le quedaba entera—. Esto es demasiado. Lo dicho: deberías quitarte de ahí.

Mientras Danya hablaba, Ren cruzó el remolino de la puerta, cargado con una pila de libros, morrales de cuero y seis o siete pergaminos liados bajo el brazo. Danya compuso una mueca sonriente, como si yo estuviese a punto de ganarme una bronca y ella se muriese de ganas de presenciarla. Sin embargo, Ren observó la escena, me guiñó un ojo y dijo:

—No te preocupes, Saeris. Ahí estás perfecta.

A Danya se le desencajó la mandíbula.

—Pero ¿qué cojones? Todos la tratáis como si fuese una emisaria extranjera importantísima. No es más que una humana. ¿Qué más reglas le vais a permitir romper?

Yo no había oído a Fisher salir por la puertasombra, pero sí que sentí su presencia, una calidez agradable en el fondo de mi mente. El aroma a bosque me envolvió al tiempo que unas manos fuertes y tatuadas descansaban sobre mis hombros.

—No se ha roto ninguna regla, Danya. Y aunque así fuera, no sería asunto tuyo.

Pasmada, la guerrera lo miró de arriba abajo, ahí plantado detrás de mí, con las manos en mis hombros.

—No lo dirás en serio, Fisher. Todos sabemos que te la has follado. El campamento entero os lo huele. Pero es humana...

—¿Y? —Ren dejó todo lo que llevaba en el suelo, con un gruñido—. Es honorable y valiente, por no mencionar el hecho de que es la alquimista más poderosa que ha habido. Por si no lo recuerdas, te desarmó en un puto segundo. ¿Quién coño eres tú para decir que Fisher y ella no deberían ser pareja?

Eh, eh, eh. ¿Cómo que pareja? Sentí que Fisher se ponía tenso a mi espalda. En cualquier momento, soltaría algún comentario mordaz y les diría que no fueran idiotas. Y yo me quitaría de encima el dolor con una risotada desdeñosa ante la sugerencia de Ren. Todos volveríamos a ocuparnos del tema más acuciante: Everlayne.

Sin embargo, lo que pasó fue que Fisher dijo en un tono muy calmado:

—Mi vida personal no está en discusión.

—Me cago en la puta, ¿por qué hace tanto frío aquí? —Carrion apareció con una espada y una planta en una maceta bajo el brazo. Aún llevaba puesto el abrigo con el cuello de grueso pelaje.

—Lo he encontrado en la forja —dijo Lorreth, que cruzó la puertasombra tras él—. Estaba durmiendo.

—¡Oye, no lo cuentes así! —Swift le dedicó una mirada herida—. Fue una noche muy larga, ¿sabes?

—Has dormido durante una batalla entera —dijo Lorreth.

—¡Es que tengo el sueño muy profundo!

—¿Y esa planta? —preguntó Ren.

Carrion se encogió de hombros.

—No sé, me gusta. Es lo único verde que he visto en más de un kilómetro a la redonda entre tanta blancura. Pensé que, si ya había conseguido crecer en medio de un banco de nieve, se merecía una vida más fácil. Además, mi tienda está muy vacía. Le hacía falta algo de color.

—Por los putos dioses, esto es ridículo. —Danya se puso en pie—. No puedo pasar ni un minuto más entre estos humanos cabezas de chorlito. Solo porque sean... hermosos...

Se tambaleó y paseó la vista por la sala. Hundió la barbilla e intentó agarrarse al borde de la mesa, pero no lo consiguió.

—Lorreth —dijo Fisher en tono suave.

—Joder, ¿de verdad tengo que hacerlo yo?

—Por favor.

Lorreth gruñó y cruzó el comedor de cuatro grandes zancadas para sujetar a Danya justo en el momento en que esta se desmayaba. No pareció contento de tener que alzar a la mujer en brazos. Yo lo comprendía.

—Ha perdido mucha sangre —suspiró Fisher—. Vamos. Hay que llevarla a la sanadora.

—¿Y qué hacemos nosotros? —pregunté yo—. No podemos quedarnos aquí sentados. Necesito ponerme a hacer algo, lo que sea.

Fisher alargó la mano hacia mí. Yo alcé la mía, de modo que enganchó su índice al mío durante un segundo.

—Ve a la forja. Ponte a trabajar en las reliquias. Haz todas las que puedas, Saeris. Tengo la sensación de que las vamos a necesitar.

Ren se marchó con los otros. Dijo que tenía que comprobar el terreno y avisar a los guardias de que estábamos allí. En cuanto nos quedamos a solas, Carrion se quitó el abrigo y señaló con énfasis hacia la puerta por la que habían salido los fae.

—¿Lo has oído?

—¿El qué?

—Ese pedazo de rubia ha dicho que le parezco hermoso.

—Por los dioses vivos, Carrion. No me irás a decir que te atrae Danya. Si es lo peor, joder.

—Eh. —Me mostró una sonrisa pícara—. Me encantan las chicas lenguaraces y de mal carácter. Me la ponen dura.

Había dejado de llover, gracias fueran dadas a los dioses.

Onyx se metió a hurtadillas en la forja, con el morro pegado al suelo, siguiendo un rastro. Chilló al verme; todo su cuerpo se sacudió de emoción. Me pasé media hora acariciándolo y dándole la comida del plato que un asustadizo duende de fuego nos había traído. Luego, el zorro se escabulló la mar de contento hasta el patio y se sentó en la oscuridad, con la cabeza peluda alzada hacia las estrellas. Había pasado la medianoche. De haber sido aquel un día normal, ya estaríamos pensando en irnos a dormir, pero habíamos dormido del alba al crepúsculo, cuando Ren había venido a avisarnos de que la horda estaba en el río. Después de luchar y acabar con tantos devoradores, y tras la horrible noticia de que Everlayne había sido capturada, yo estaba despierta del todo.

Menos mal que tenía una montaña de trabajo para mantenerme ocupada.

La diminuta esfera de mercurio rodaba en el fondo del crisol, trazando un lánguido círculo en dirección contraria a las agujas del reloj. Resultó que negociar con aquel mercurio en particular era más difícil que cuando forjé a Avisiéth. Este insistía en que no quería nada, que no le interesaba en absoluto convertirse en una reliquia. Estaba harto de que lo toqueteara. Quería que lo dejara en paz.

—Estamos perdiendo el tiempo. Y hay algo que no entiendo: tienes la capacidad de ordenarle a esa cosa que haga lo que tú quieres. ¿Por qué no la obligas y ya está? —preguntó Carrion.

—No pienso obligar al mercurio a hacer nada. Tiene consciencia, Carrion. Mente propia. Es capaz de pensar. De hablar. —Ya me gustaría que no hablara tanto—. Y no voy a obligarlo a hacer algo que no quiera.

Carrion sabía que Fisher me había engañado para que sellara un pacto con él. Sabía que no me gustaba que me despojaran de mi libre albedrío. Me resultaba sorprendente que llegara siquiera a sugerirlo. Cogió uno de los anillos fae del arcón de madera que había junto a la chimenea y lo lanzó dando vueltas en el aire. El anillo emitió un destello de plata al girar. Con un tono distraído, dijo:

—He de entender que has perdonado a nuestro benévolo secuestrador por sus crímenes, ¿no? Parece que estáis muy unidos.

—No pienso hablar de Fisher contigo. —Aparté el crisol para remover los carbones de la fragua.

—¿Por qué no? Tal y como me has recordado a la fuerza hace poco, tú y yo no somos exnovios. Solo nos acostamos una vez. Te aseguro que no vas a herir mis sentimientos.

Se apoyó contra el banco, a la espera.

—No quiero hablar de él porque vas a usar todo lo que diga para hacerme rabiar. Ven aquí y dale a este fuelle.

Él pareció ofendido.

—¿Qué pasa, que ahora soy tu esclavo?

—Si insistes en quedarte aquí para molestar, al menos vas a tener que arrimar el hombro. Son las reglas.

Él hizo un mohín pero, aun así, se acercó, agarró el fuelle y empezó a bombear.

—Venga. Nos vamos a pasar horas aquí metidos. Me lo puedes contar. Te prometo que no te haré rabiar.

Solté un resoplido. Las promesas de Carrion no valían nada. Era famoso por jurar y perjurar y no cumplir su palabra. Tendría que ser toda una idiota para fiarme de que cumpliría su promesa..., pero, aun así, me encontré empezando a hablar de pronto.

—Supongo que sí, le he perdonado. Sí. No me obligó a hacer nada que me hiciera daño, ni a mí ni a nadie. Me obligó porque pensaba que así me mantendría a salvo. Y sabe lo que sucederá si lo vuelve a hacer.

Eso me iba a granjear algún comentario sarcástico por parte de Carrion, seguro. Pero no. Los cinco infiernos debían de haberse congelado, porque se limitó a asentir.

—¿Sabes una cosa? Cuando me sobornó con estas botas para que me diera un baño, me pareció raro. Le pregunté a una de las duendes que vinieron a bañarme. Ya sabes, las duendes de agua que tenían esas pedazo de... —Hizo el gesto de abarcar dos pechos de buen tamaño sobre sus propios pectorales—. Les pregunté por qué me estaban restregando tanto con aquel musgo tan raro y me dijeron que era por algo especial. Dijeron que aquel musgo les gustaba a los fae más promiscuos porque eliminaba el aroma de sus antiguos amantes. Yo no entendía por qué iba Fisher a querer quitarme de encima el aroma de esas trillizas que habían empezado a currar en Casa Kala...

—Dioses, eres incorregible.

Él movió las cejas.

—Pero entonces comprendí que era por ti. No quería que oliera a ti.

Preferí no hacer comentario alguno. Ya sospechaba que esa era la razón por la que Fisher le había mandado a Carrion darse un baño, pero él no lo había mencionado en voz alta. Yo no sabía cómo sentirme en aquel momento. Y era demasiado cobarde para admitir cómo me sentía ahora.

Agarré el crisol con unas tenazas. De camino a la fragua, Carrion volvió a lanzar al aire el anillo con el que estaba jugueteando. Lo atrapé antes que él y lo eché al crisol de hierro junto con el mercurio.

—¿Qué? —preguntó él—. ¿No vas a decir nada?

—La verdad es que no. Quién sabe por qué lo hizo. Quizá fue solo porque apestabas.

—¡Eh!

—Mira, Fisher tiene sus secretos. No voy metiendo las narices donde...

«Un secreto...».

Me detuve y ladeé la cabeza. Acababa de oír eso, ¿no? El mercurio acababa de hablar.

—¿Qué? —pregunté en voz alta.

—He dicho... —empezó Carrion, pero me llevé un dedo a los labios y le clavé la mirada. Luego señalé al crisol. Él cerró el pico de inmediato.

«Un secreto», susurró el mercurio. «Nos gustan los secretos. Cambiaremos para ti si nos cuentas un secreto».

Ah, pensé. Así que era eso lo que quería el mercurio. ¿Un secreto? Podía dárselo. Sin embargo, ya había aprendido la lección: la canción que le di a Avisiéth había dejado de existir. Esta vez no me la iba a jugar.

—Si te cuento un secreto, ¿lo recordaré después? —pregunté en voz alta.

«Por supuesto».

—¿Y seguirá siendo un secreto?

«Lo sabrás tú y nosotros también. Pero no lo contaremos, lo juramos».

Muy bien. Entonces, no iba a borrar ningún dato de mi mente y tampoco lo contaría para que se supiera. En ese caso, no había nada de lo que preocuparse, supuse. Esta vez no lo dije en voz alta. Hablé solo para el mercurio:

«Ya no quiero regresar a Zilvaren. Al menos, no para siempre. Quiero volver a casa a por Hayden y Elroy y traerlos aquí, a Yvelia».

No era el chismorreo más brillante ni impactante del mundo. Pero admitirlo me costó muchísimo. Había pasado cada instante en aquel lugar intentando regresar a casa para poder salvar a mi hermano y a mi amigo. Luego había descubierto que no necesitaban que los salvara. Al menos, no del modo en que yo había pensado. Y había hecho amigos allí. Amigos que me importaban y a quienes podría ayudar a ganar una guerra que había ocupado sus vidas durante cientos de años.

Y también estaba Fisher.

Por ese lado, todo era incierto. Quizá me estaba engañando a mí misma y Fisher acabaría dejándome después de haberse divertido un rato. Pero, fuera como fuera... yo no quería dejarlo.

El mercurio reverberó en el crisol, formando y volviendo a formar patrones geométricos en su superficie. Era hermoso pero extraño... No lo había visto comportarse así.

«Sí, es un buen secreto. Muy bueno. Quieres quedarte. Quieres salvarlo».

«Debes hacerlo. Debes hacerlo».

Fruncí el ceño y contemplé de cerca al mercurio, que vibraba junto al anillo en el cuenco del crisol. «¿Salvarlo?», pensé. «¿A Hayden? Sí, quiero traerlo aquí».

«Al hermano, no. Al Aaaaalción», zumbó el mercurio.

«Salvarlo. Salvar los portales. Salvar a Yvelia».

—Me encanta cuando te sumes en conversaciones tensas con este espeluznante metal de los portales —bromeó Carrion al tiempo que tomaba asiento en el banco—. Es fascinante ver todas las muecas que pones.

—Un momento, Carrion —susurré.

Y luego, al mercurio, le dije:

«¿A qué os referís con salvar a Kingfisher? Está aquí. Se encuentra bien».

Vi que el mercurio fluía sobre el anillo y rodeaba su superficie, lo cubría, se hundía en su interior.

«Somos objeto. Llave. Reliquia. Escudo». Las palabras se superponían como capas de tela, una sobre la otra. Aun así, las oí perfectamente. «Séllanos con sangre, alquimista», exigió la reliquia.

Sangre. Al final siempre intervenía la sangre. Suspiré, saqué la daga que me había dado Fisher en el Palacio de Invierno y me pinché la punta del dedo índice. Una brillante gotita de sangre apareció en él.

—Qué asco, voy a vomitar —gimoteó Carrion, y miró al techo—. No soporto ver sangre.

Puse los ojos en blanco. Me apreté el dedo y lo mantuve por encima del crisol. La gotita se convirtió en una lágrima temblorosa que acabó por caer sobre el anillo. Vaya: mi sangre no resbaló por encima, sino que este la absorbió igual que al mercurio.

«Completos. Estamos completos».

Cogí el anillo, lo sostuve frente a la luz y sentí que de verdad estaba completo. Tanto la llave como la cerradura. Completo. No era capaz de explicar por qué sabía que el proceso había funcionado, pero estaba segura. El anillo de plata era hermoso y conservaba los grabados originales. Quienquiera que fuera el dueño de aquel anillo, se alegraría de ver que aún tenía el emblema de su familia.

«Pero ¿a qué os referíais con salvar a Fisher?», insistí. «Aquí está a salvo. ¿Por qué hace falta salvarlo?».

El anillo no dijo nada. Nada en absoluto.

La frustración me embargó y, no sé por qué, sentí el impulso de hacerlo: deslicé la reliquia recién hecha en mi dedo casi sin ni siquiera darme cuenta de que lo hacía.

La forja se sumió en la oscuridad.

Un viento helado me atravesó y me azotó hasta el alma. Y el sonido. *Dioses, el sonido,* pensé. Un millón de voces diferentes cantaron con una potencia ensordecedora.

«¡ANNORATH MOR! ¡ANNORATH MOR! ¡ANNO-RATH MOR! ¡ANNORATH MOR! ¡ANNORATH MOR! ¡ANNORATH MOR!».

—¿Saeris?

El rugido se cortó en seco. Las velas de la forja se aquietaron, las llamas volvieron a saltar en el interior del fuego y a lamer el enladrillado ennegrecido. Y, entonces, todo volvió a la normalidad, tal y como era hacía unos segundos.

Me quité el anillo del dedo, jadeando. El corazón me iba al galope y una terrible sensación de desesperanza se había solidificado en mis tripas. No pensaba volver a hacer algo así.

Te Léna se encontraba en la entrada abierta, técnicamente dentro de Cahlish. La magia de Ren aún superponía la puerta de uno de los dormitorios de invitados de la mansión a la entrada exterior de la forja, ubicada en el establo, de modo que la casa estaría segura si yo volaba accidentalmente por los aires. La sanadora retorció las manos y contempló la entrada con una suspicacia que me resultó sorprendente. Como siempre, tenía los cabellos negros como la tinta recogidos en largas trenzas que le llegaban a la parte baja de la espalda. Por entre ellas, asomaban sus orejas puntiagudas. A juego con esa inmaculada piel broncínea suya, llevaba un camisón hecho de un material azul iridiscente que fluía alrededor de su figura mientras cambiaba el peso de un pie a otro.

—Quería venir a ver cómo estabas. He oído que antes te has visto envuelta en una batalla —dijo—. ¿Tienes algún corte o algún arañazo que necesite cuidados?

No tuve oportunidad de responder. Carrion, zorro como él solo, intervino antes de que yo pudiera pronunciar ni una palabra. Saltó del banco, cruzó la forja y se apoyó en la pared, junto a la puerta, con ese aire despreocupado que tan bien ensayado tenía.

—Esta noche estás arrebatadora, Te Léna. Literalmente eres lo único bueno de haber regresado a este sitio.

Ella se echó a reír.

—Eso será aparte del agua caliente, ¿no? Y de las camas con colchones de plumas. Y del interminable suministro de comida caliente y deliciosa.

—No. Odio todas y cada una de las cosas que has dicho —dijo él con un tono dramático—. Tú eres la única estrella en este mar de oscuridad. Dime que has cambiado de idea sobre lo de cenar conmigo.

Ella le lanzó una mirada severa y le enseñó el dorso de ambas manos.

—Lamento informarte de que sigo felizmente casada, Carrion Swift. Y a mi marido no le gusta la idea de compartir.

—¿Es guapo? —Carrion arqueó una ceja con aire sugerente—. Me encanta hacer equipo con esposos. Estaría encantado de unirme a los dos si...

Un pitido agudo se me clavó en las orejas y bloqueó todo intento de seducción, así como el rechazo educado de Te Léna. La sanadora bajó las manos, en las que yo tenía clavada la vista. Estaban marcadas con runas. Algunos de los dedos tenían una o dos runas. Otros, ninguna. Te Léna tenía un dibujo elegante en el dorso de la mano derecha, pero en la otra no llevaba nada. El pitido de mis oídos aumentó y se volvió más intenso. Ni siquiera me di cuenta de que había echado a andar cuando crucé la forja y me detuve delante de Té Lena. Hice un gesto hacia sus manos.

—Oye... Eh, disculpa, pero... Esto... Nunca había visto unos tatuajes tan bonitos. ¿Te importaría enseñármelos?

—Pareces rara —dijo Carrion—. Y yo estoy intentando que se olvide de los tatuajes, no que los recuerde. Dioses, se te da de maravilla tirar por tierra las posibilidades de echar un polvo de cualquiera.

Te Léna volvió a reírse.

—Carrion, te lo voy a decir lo más claro que pueda; mientras el sol siga saliendo cada mañana y poniéndose cada noche, jamás me acostaré contigo. —Y a mí me dijo—: Por supuesto. Gracias, Saeris. A mí también me parecen bonitos. Mi esposo y yo los diseñamos juntos.

Tenía unas manos hermosas. Gráciles y esbeltas, de dedos largos. Tres de los cinco dedos de su mano izquierda tenían runas. Dos en el dedo índice, dos en el dedo corazón y solo una en el meñique. En la mano derecha, tenía una runa en el dedo índice y otra en el anular; nada más.

Se pasó los dedos por el dorso de la mano derecha y esbozó una sonrisa. La extendió para que la viera mejor.

—Entre los fae, es costumbre marcarnos la piel en el quinto aniversario de boda. Nos tatuamos las bendiciones que imploramos en las manos con la esperanza de que se manifiesten. Yaz y yo optamos por una marca de armonía, otra de longevidad y dos marcas de niños. Sé que resulta avaricioso desear dos niños. Uno ya sería una bendición, pero... —se encogió de hombros— cuando se trata de deseos, no tiene sentido reprimirse, ¿verdad?

—Lo siento, pero... —*Joder*. ¿Por qué me costaba tanto respirar?—. Creo que no lo entiendo. ¿Diseñáis vosotros mismos vuestros tatuajes? ¿Y alguien os los tatúa en la piel?

Te Léna asintió.

—Sí. Esperamos al quinto aniversario para hacerlo, porque algunos matrimonios fracasan en los primeros años. Puede suceder. Se nos aconseja que seamos cautelosos y esperemos a estar seguros el uno del otro antes de hacernos vínculos en la piel. Yaz y yo ya queríamos hacernos las marcas a los dos años, pero los ancianos nos dijeron que era mejor esperar.

La mente me iba al galope, a un millón de kilómetros por minuto.

—O sea, que no aparecen solos. Esos tatuajes... no aparecen de la nada, de la noche a la mañana. Ni tampoco cuando..., ya sabes..., cuando te acuestas con alguien.

Te Léna soltó una vívida risa.

—Claro que no, no digas tonterías. —El pánico que crecía en mi interior empezó a amainar un poco, pero entonces Te Léna volvió a hablar—. En su día, sí que sucedía así. Por aquel entonces, existían los vínculos de amor verdadero. Los hados bendecían con marcas la unión entre almas gemelas. De ahí proviene la tradición de los tatuajes. Pero las almas gemelas ya no existen. Cuando los dioses abandonaron Yvelia, ciertos elementos de nuestra magia desaparecieron o menguaron hasta que se acabaron con el tiempo. Las espadas divinas, por ejemplo. Poco a poco, se fueron separando de la magia que canalizaban. Nuestra capacidad de crear vínculos de amor verdadero también se fue agotando con el paso de los milenios hasta desaparecer del todo.

—Ya... —*Oh, dioses*. Tenía que sentarme—. Así que ahora no es más que una tradición. La gente se cubre las manos con runas... para que les den suerte.

—Yo no diría que nos cubrimos con ellas —respondió Te Léna—. En cierta ocasión, conocí a una pareja que diseñó siete runas. Siete es un número propicio, a fin de cuentas. Pero hay quienes consideran que algo así es bastante codicioso. —A juzgar por el tono de su voz, Te Léna se contaba entre ese último grupo.

¿Siete? Siete runas.

Mi mente se esforzó por recordar cuántas runas me habían marcado los dedos. Cuántas runas se habían entrelazado en el dorso de mi mano. No tenía ni idea, pero habían sido muchas. Muchísimas.

—¿Y la letra? O sea, las palabras. —Apenas me salía la voz—. ¿Se pone la gente... palabras... alrededor de las muñecas?

—Oh, no. Desde luego que no. Eso solo pasa en los libros de cuentos. —Dijo Te Léna con gesto desdeñoso—. Eso se llamaba vínculo divino. Una bendición de los mismos dioses. Pero no es de verdad, claro. Se dice que las parejas más importantes de la historia yveliana los habían tenido, pero no son más que tonterías románticas. Una historia que relatan los cuentistas para que sus cuentos parezcan más trágicos. Además, tienen un aspecto estupendo en los libros iluminados.

La miré a los ojos, pero en realidad miraba más allá de ella.

—¿Por qué trágicos?

—Los amantes de esas historias siempre sufrían horriblemente. Uno de ellos siempre moría. Eran historias hermosas pero acababan con corazones rotos.

—Suena... horrible. —Intenté reírme, pero me faltaba el aliento.

La preocupación sobrevoló las facciones de Te Léna.

—¿Te encuentras bien? Pareces algo pálida.

—Sí, sí estoy bien... es que... ¿tienes idea de dónde está Fisher?

—Me pidió que te dijera que te esperaba en su habitación.

—Ah, genial. Gracias. De hecho, voy a ir a buscarlo. Hay algo que tengo que comentarle.

35

PROFECÍA

Onyx salió detrás de mí de la forja y trotó a mi lado mientras yo recorría a toda prisa los pasillos de Cahlish. En cuanto abrí la puerta del dormitorio, se escurrió dentro y subió de un salto a la cama. Fisher estaba sentado en ella, apoyado contra los cojines, sin camisa y hojeando un libro.

Sonrió al ver al zorrillo que acababa de aterrizar en su regazo y que empezó a lamerme la barbilla. Sonrió de verdad. Esa sonrisa se desvaneció cuando centró su atención en mí y vio el estado en el que me encontraba.

—Joder, pequeña Osha. ¿Te han atacado mientras venías hacia aquí? Estás sudando.

Cerré de un portazo tras de mí.

—¿Por qué no decías mi nombre antes? —pregunté jadeando.

—¿Qué?

—He pasado aquí semanas y hasta hoy te has negado a decir mi nombre. ¿Por qué?

Él dejó el libro en la cama y se quitó de encima a Onyx sin mucha brusquedad.

—Pues...

—Acabo de tener una conversación muy interesante con Te Léna. Antes, cuando venía a curarme después de la refriega con aquel devorador, estaba en un estado demasiado grave como para darme cuenta, pero ahora he visto que tiene un montón de tatuajes loquísimos en las manos. —Alcé las mías para dar más énfasis—. Me ha contado de dónde vienen y por qué los tiene... ¡y luego... luego...! ¡A-ja-já! ¡Imagina mi sorpresa cuando me ha hablado de los vínculos divinos!

—Mierda —susurró él.

—¡Qué gracia, justo eso he dicho yo!

—Mira...

—Dime por qué te negabas a pronunciar mi nombre —dije con un gruñido. Me retumbaba el pecho como un pistón. Si no me sentaba pronto, me iba a caer, pero quería oírselo decir. Quería que me lo confesara, joder—. Sé que no puedes mentirme, así que arreando: dímelo.

Él se quedó aún sentado, con su pecho desnudo y tatuado inmóvil. Los rizos negros le caían por el rostro, perfecto, hermoso. Y, maldita sea, una puta voz en lo más profundo del sótano de mi alma dio una punzada y dijo: Mio.

«Ya sabes por qué», dijo en mi mente.

—No, Fisher. En voz alta.

—Vale, está bien, como tú quieras. En un primer momento, no lo decía porque te odiaba —dijo—. Odiaba lo que representabas.

Se me heló la sangre en las venas, pero tenía que oírlo.

—¿Y qué representaba?

—Debilidad. Vulnerabilidad.

—¡Yo no soy débil, Fisher! No soy como esas mariposillas patéticas que eclosionan y mueren en el frío.

—¡No digo que tú seas débil ni vulnerable! ¡Hablo de mí! —Se dio un puñetazo en el pecho, de repente furioso—. ¡Hablo de mi debilidad! ¡De mi vulnerabilidad! Hace siglos que sabía que llegarías. Que algún día ibas a aparecer y a cambiarlo todo. Eres una grieta en mi armadura, Saeris. El punto débil por el que se introduce el cuchillo. Eres aquello que Malcolm atacará para hacerme daño, y no... ¡no podía soportarlo, joder!

Me mordí el labio inferior hasta notar sangre.

—Y sí, te hablé en su día de las Oshellith. Sí, te dije que eclosionaban y morían en un día. Pero estaba siendo cruel contigo, Saeris. No te lo conté todo sobre ellas.

No cambió nada en el dormitorio. Nada se movió, pero el aire pareció petrificarse. Las figuras de los cuadros de las paredes, cuyos rostros estaban destrozados, parecieron contener la respiración.

—¿De qué hablas? —susurré.

—Las Oshellith eclosionan una única vez en la mayoría de las vidas de los fae. En el norte, en las tierras yermas, mucho más allá de Cielo Ajun, donde antes vivían los dragones, el aire es tan frío que te congela los pulmones si lo respiras sin máscara. Nada vivo dura mucho allí. Pero una vez cada mil años, los vientos ululantes se calman, y esa es la señal de que llegan las Oshellith. La noticia del acontecimiento no tarda en correr por todas partes. Es ahí cuando parten los más valientes de los nuestros. Van a pie, pues ningún caballo puede llegar. Cuando llegan al valle donde eclosionan las Oshellith, encuentran las crisálidas y las escudan con sus cuerpos. Les dan todo el calor que pueden durante el tiempo que pueden. A veces, las mariposas tardan doce horas en salir de esas crisálidas. Pero cuando lo hacen... —Kingfisher tragó saliva y negó con la cabeza—. Es el acontecimiento más hermoso que puede experimentar una persona en esta vida. Desprenden un fulgor azul, rosado y plateado, con una luz etérea. Emiten música, aunque nadie sabe cómo lo hacen. Es una canción dulce y suave que puede sanar. Las Oshellith se aparean y ponen huevos, pero, una vez que terminan, pululan por el aire y danzan. Protegerlas mientras viven se considera un rito sagrado por el que muchos dan la vida. Eso significa *Oshellith* en fae antiguo, Saeris: «Lo más sagrado».

Cerró los ojos un instante, con expresión dolorida. Su respiración era entrecortada, irregular.

—En este lugar, todos los nombres tienen poder. Cada nombre significa algo. Tenemos nombres verdaderos que no compartimos con nadie. Ni con nuestros amigos ni con nuestras familias.

Las únicas que suelen saberlos son nuestras madres. E incluso una madre puede llegar a emplear el nombre de su criatura en su beneficio, para obtener poder. Este lugar... es un sitio muy jodido, ¿vale? Y de pronto apareces tú y solo tienes un puto nombre y todo el mundo lo sabe, y yo no podía pronunciarlo porque me daba miedo. Me daba miedo lo que me haría tu nombre cuando lo pronunciase. Sería como reconocer que por fin habías llegado después de tanto tiempo. Así que te llamé Osha en lugar de pronunciar tu nombre. Pero significaba mucho para mí, Saeris. Muchísimo.

No podía estar hablando en serio. En absoluto.

—Todo este tiempo... —susurré—, pero... si me llamaste así desde el principio.

Él asintió despacio, con ojos brillantes.

—Lo más sagrado —repitió en un susurro.

Me tapé el rostro y cedí: se me escapó un sollozo. El nombre que me había dado, ese nombre que yo odiaba, era una declaración de lo que yo significaba para él, incluso al principio. Ante semejante revelación, lo único que pude hacer fue llorar y llorar durante un buen rato. Al cabo, una suerte de quietud se adueñó de mí.

—¿Cómo sabías que iba a llegar? Has dicho que lo sabías.

Fisher apretó la mandíbula.

—Me lo dijeron. Hace mucho tiempo. Me lo dijo mi madre. Tenía el poder de la profecía. Yo no la creí, pero luego, cuando me secuestraron...

Tragó saliva, con los ojos lacrimosos. Se apresuró a bajar los pies del borde de la cama y plantarlos en el suelo. No podía respirar.

¡No podía respirar!

Di un paso al frente, pero él alzó enseguida la mano y me hizo un gesto para que me quedase donde estaba. Cerró con fuerza los ojos y se inclinó hacia adelante. Se agarró al borde de la cama hasta que sus nudillos tatuados se tornaron blancos. Tras demasiado tiempo, dio una inspiración superficial.

Se encontraba bien. Estaba respirando.

Retrocedí a trompicones. Choqué contra la cómoda que había a mi espalda. Se me escapó un sollozo y me dejé caer poco a poco hasta el suelo.

—He de... tener... cuidado —dijo él jadeando—. No puedo...

Dejó morir su voz y me lanzó una mirada de soslayo que me suplicaba que comprendiese lo que me decía. Que había ciertas cosas que no podía decir sin sufrir las consecuencias. Tendría que rellenar las lagunas por mí misma.

—Mi madre escribió sobre ti —susurró—. Páginas y más páginas. Sabía que no le quedaba mucho de vida, así que me escribió un libro. «Una madre siempre está ahí para su hijo», me dijo. «Da igual que ese hijo crezca, que alcance el poder. Hasta al guerrero más poderoso puede rompérsele el corazón. Aún es posible aplastarle el alma. Dado que no podré consolarte cuando los desafíos que se te presentarán te parezcan demasiado grandes, quédate con este libro y úsalo como guía. Y, sobre todo, ten esto presente: habrá momentos en los que el mundo quiera destruirte, Kingfisher. Pero eres más fuerte de lo que imaginas. No flaquearás. Y no te enfrentarás al mundo tú solo».

Mi rabia era fuerte, pero tembló ante esa revelación. No sabía cómo sentirme. Era mucho que asimilar.

Fisher bajó la cabeza, con una sonrisa amarga en la boca.

—Dijo que cuando más te necesitara, llegarías con una llamarada a mi vida, como un meteorito, montada en una ola de caos que pondría mi mundo entero patas arriba. Que despedirías un brillo tan intenso que podrías iluminar el mismísimo infierno y sacarme de la oscuridad. No tenía ni idea de cómo te llamarías. Pero sabía que tendrías el pelo oscuro y una sonrisa hermosa. Y que yo te amaría con fiereza, a mi pesar.

Se me encogió el corazón. Me ardía la garganta de emoción. Hacía siglos, una madre había contemplado el futuro de su hijo en busca de consuelo para asegurarse de que él tendría una buena vida. Y había visto el dolor y el sufrimiento que los hados tenían reservados para el chico. Pero luego me había visto a mí y había comprendido que su hijo estaría bien. El alcance de todo aquello...

Joder, me faltaba el aliento.

—Dijo que sentía como si te conociera. Que tú y ella erais amigas, aunque os separaba un millar de años. Te... te dibujó. —La voz de Fisher se tensó, esforzándose por hablar. Estaba al borde de las lágrimas, pero se obligó a reírse en lugar de llorar—. El dibujo te hacía justicia. Te representó casi a la perfección.

Yo no era tan fuerte como Fisher. A mí sí que me cayeron las lágrimas.

—¿Casi? —susurré.

Fisher tragó saliva y se miró las manos. Volvió a alzar la vista, con aspecto casi roto.

—A veces se equivocaba. En pequeños detalles. Pequeños detalles de grandes consecuencias. —Señaló a sus orejas—. En sus dibujos, tus orejas eran como las mías. Eras fae. Y cuando vi... —Inspiró entre dientes y se irguió un poco—. Cuando sentí que Solace me llamaba y entré en el estanque, vi que eras humana y supe al instante lo poco que le costaría a este lugar destruirte. Así que tomé la decisión de dejarte allí. Pero, claro, no podía hacerlo —prosiguió—. Tenías el vientre rajado. Te estabas muriendo. No me quedaba más alternativa que traerte aquí. Así que decidí portarme como un mierda contigo para que me odiaras y no quisieras tener nada que ver conmigo.

—Un plan impecable —susurré—. Qué bien te ha salido.

Su sonrisa torcida me rompió el corazón.

—Vamos, sé sincera. Creo que sí que funcionó un poco.

Negué con la cabeza, algo arrepentida.

—Si hubiera funcionado, ¿habrían aparecido esas marcas en mis manos?

—No —admitió él—. Creo que no.

—¿Qué significan esas marcas, Fisher? ¿Qué significan para nosotros?

—¿No te lo ha contado Te Léna? —preguntó.

—Quiero que me lo cuentes tú.

La quietud impregnaba la habitación. Fisher bajó la vista hacia la alfombra y se rascó debajo de la uña del pulgar.

—Mi madre jamás mencionó nada de vínculos de amor. Hace mucho que nada de eso existe. A mí ni siquiera se me había ocurrido la posibilidad. Pero en cuanto te encontré en medio de ese charco de sangre, lo sentí, como una pieza que encaja. También lo olí en ti. Y... y me cabreé un montón, joder. —Apretó la mandíbula—. Me cabreé porque los hados nos habían atado a ese destino, cuando nadie más, que se sepa, se ha visto afectado por semejante vínculo. Me cabreé porque ni siquiera habíamos tenido la oportunidad de conocernos. No tenía ni idea de que las marcas aparecerían de ese modo. Sin una puta advertencia previa. Sin habernos casado, sin... sin... sin decidir nosotros mismos que queríamos estar juntos.

»Las vi aparecer mientras dormías la otra noche. Vi cómo se oscurecían poco a poco, una tras otra. Había muchas marcas. Más de las que había oído mencionar en mi vida, Saeris. Y me cagué de miedo. —Asintió para sí con aire triste—. La historia nos indica que ese tipo de marcas tiene un precio. Son marcas sobre las que luego se escribirán historias. Y no serán historias felices.

Así que era cierto. Te Léna tenía razón. «Trágicas», había dicho. La palabra reverberó en los pasillos vacíos de mi mente, cada vez más fuerte.

—No estoy bien —susurró Fisher—. No puedo dormir. Me siento constantemente embrujado. Tengo alucinaciones, visuales y auditivas. Y cada vez va a peor. —Enganchó el dedo al colgante y lo apretó con la mano—. Esto no me ayudará mucho más...

—Puedo hacerte una reliquia. Acabo de terminar una...

—Esto no es solo una reliquia. También tiene hechizos protectores. Mi madre visitó a varias brujas y les pidió que lo hicieran junto con otro puñado de objetos que pensaba que yo necesitaría. Pero lo que tengo dentro cada vez es más fuerte. No existe hechizo alguno lo bastante poderoso como para mantenerlo para siempre a raya. Pronto el colgante dejará de funcionar y yo me perderé. Pero no te preocupes. Teniendo en cuenta que ese es mi futuro, rechazaré por completo el vínculo. No lo aceptaré. No te encadenaré a mí cuando la situación empeore de verdad.

—Que... ¿rechazas nuestro vínculo? —Me palpitó la garganta al hablar. Las palabras cortaban como cuchillas. Me encontraba en una cuerda floja emocional, partida en dos ante lo que estaba oyendo.

Fisher suspiró.

—No estoy del todo seguro de cómo funciona. Estuve buscando en la biblioteca de Cahlish. Durante dos semanas, leí todo lo que encontré sobre el vínculo de amor verdadero. Quería encontrar el modo de evitar que llegase a tomar forma, aunque sabía que ya era demasiado tarde para eso. —Se encogió de hombros—. Aunque sí que leí que, cuando aparecen las marcas, se puede iniciar un periodo de espera en el que cualquiera de los dos implicados pueden optar por aceptar o rechazar el vínculo. Yo inicié ese periodo de espera para nosotros en Ballard.

Todo empezaba a encajar.

—¿Para eso eran todos los libros que tenías en tu tienda en Innìr? —La mera idea me daba ganas de encogerme sobre mí misma y dejar de respirar—. ¿Eso es lo que has estado haciendo cada vez que te marchabas? Después de que me atacara el devorador... estabas buscando un modo de liberarte.

Fisher tenía los ojos vacíos. Despacio, negó con la cabeza.

—Estaba buscando un modo de salvarte.

—Y conjuraste el periodo de espera. Por mí. Por mi propio bien. Porque era lo correcto —espeté.

Fisher se rio, pero el sonido fue amargo.

—Lo correcto habría sido rechazar de pleno el vínculo.

—¿Y por qué no lo hiciste?

—Yo también me he hecho a mí mismo esa pregunta. Había decidido que era lo que iba a hacer en cuanto vi las marcas aparecer en tu piel. Sobre todo, cuando comprobé que se trataba de un vínculo divino. Pero luego no pude hacerlo. No sé por qué. Es que... no pude. Pero no te preocupes. Este mes pasará y nada cambiará. Primero rescataremos a Everlayne. Luego tú acabarás de hacer las reliquias. Y una vez que hayas concluido, podrás regresar con tu hermano a Zilvaren.

Yo me ahogaba cada vez más de puro dolor. Una corriente me alejaba más y más de la esperanza y la felicidad.

—Ah, estupendo. Así que ya lo has planeado todo. Felicidades, me alegro por ti.

Mi tono pareció hacerle daño. Bien. Que le doliese.

—Saeris...

—No, no, en serio. Me alegro de que hayas tenido tanto tiempo para pensártelo todo. Que hayas sabido durante siglos que iba a aparecer en tu vida. Que supieras lo que significaban esos tatuajes y decidieras que ibas a rechazarme por mi propio bien y mandarme de una patada a Zilvaren. Me encanta que hayas tomado todas esas decisiones difíciles y horribles por mí, Fisher.

—¡Venga ya, joder! ¡Hay que ser realista! —Fisher se puso en pie y se pasó las manos por los cabellos. Se cernió sobre mí, una muralla de músculos, tinta y desesperación—. ¿Cambia algo que ahora lo sepas? ¿Tenemos de pronto más opciones disponibles? ¿Hay alguna alternativa que no sea una absoluta mierda?

—¡Pues no sé si cambia algo! Eres tú quien tiene todas las respuestas. ¿Qué dice en el libro de tu madre que va a pasar a continuación?

Fisher tensó y destensó la mandíbula.

—No dice nada. Tú aparecías al final del libro. Solo escribió que me cruzaría contigo y que los hados guiarían nuestros pasos desde entonces.

Ah, estupendo. Apoyé la cabeza en la cómoda y cerré los ojos.

—Pues que se jodan los hados. No van a decidir una mierda por mí, así te lo digo. Soy yo quien decide lo que va a pasar en mi futuro.

—Tienes que regresar a casa, Saeris. Puedes volver y luchar por liberar a tu pueblo. Aún puedes ser feliz. Yo voy a morir y...

Abrí los ojos de golpe.

—¿Cómo que vas a morir? No te estás muriendo. Estás... Solo estás...

Él soltó el suspiro más pesado que yo le había oído jamás. Se acercó hasta mí y se acuclilló. Alargó la mano hacia la mía, pero la aparté y me di un golpe en el codo contra la cómoda. Chasqueó la lengua e intentó cogerme la mano otra vez. Se lo permití. Entrelazó los dedos con los míos, contempló nuestras manos unidas durante un largo rato.

—Tienes razón —dijo al fin, y me miró a los ojos—. La locura, el dolor y las horripilantes alucinaciones no son lo que me va a matar. Pero esto no es vida. O, al menos, no es la vida que yo quiero vivir. No es segura. Acabaré haciéndoles daño a mis seres queridos. Como mínimo, seré una carga y no quiero que tengáis que cuidar de mí, ni tú ni ninguno de ellos. No va a pasar.

—Y, entonces, ¿qué, gilipollas? ¿Te vas a matar?

Él se tensó como la cuerda de un arco a punto de disparar.

—Renfis me ayud...

Le di un empujón con todas mis fuerzas para apartarlo de mí. Eso le pilló por sorpresa y cayó hacia atrás de culo. Me puse en pie de un salto y pasé por encima de él para poner espacio entre ambos.

—No te atrevas a acabar esa puta frase —dije, echando humo—. Eres... eres un puto... ¡egoísta!

La plata de su ojo derecho cubrió todo el verde del iris. Se estabilizó, aún sentado, y apoyó los codos en las rodillas. *Dioses, la expresión de su semblante,* pensé. Estaba hecho trizas.

—Lo sé —dijo con una voz ahogada—. Yo no quiero esto. Quiero...

Fuera lo que fuera lo que iba a decir a continuación, le resultaba demasiado doloroso. Movió las piernas y dejó escapar un suspiro tembloroso.

De pronto, se me ocurrió una idea.

—No puedes rendirte. Si mueres, Lorreth morirá también.

—¿Qué?

—Lo salvaste. Le diste parte de tu alma. Si mueres, quedarás atrapado, a la espera de que tu alma vuelva a estar entera. No podrás dejar este mundo atrás.

Fisher arqueó una ceja con cara de desagrado.

—Eso era un asunto privado entre Lorreth y yo. Supongo que le habrá dado por contárselo a todo el mundo. Mira, yo ya he aceptado lo que me vaya a suceder luego. Si me quedo aquí atrapado, flotando en el éter mil años, que así sea. Será infinitamente mejor que la alternativa.

—Lorreth me dijo que preferiría morir antes que dejar que algo así suceda. ¿De verdad quieres acortar su vida?

—Lorreth ni se enterará de que he muerto —dijo él con un gruñido.

—¡Pues claro que se enterará! ¿De verdad crees que no se dará cuenta de que ya no estás? ¿Qué le vas a decir, que te vas a otro reino a vivir una vida mejor o algo así?

—Algo así —murmuró él.

—Pero qué puto idiota estás hecho, Fisher. Esta gente son tus amigos. Te quieren. ¿De verdad le vas a pedir a Ren que te ayude a matarte? ¿Y que lo mantenga en secreto, que no se lo diga a todos tus seres queridos? ¿De verdad lo vas a obligar a cargar con algo así? Y Lorreth es muy listo; no se va a tragar que te marches de Yvelia para no volver.

—No le quedará otra, ¿no?

—Y una mierda no le quedará otra.

Me dirigí a la puerta.

—¿A dónde vas, Saeris? —me preguntó.

—Me voy a dormir. Y, por la mañana, iré a la biblioteca, a buscar el modo de salvar a Everlayne y de salvarte a ti. Porque no pienso quedarme cruzada de brazos y aceptar la derrota cuando vienen mal dadas. Y, la verdad, me sorprende ver que tú sí.

36

ISEABAIL

Intenté dormir en la habitación que nos habían dado cuando llegué a Cahlish, pero Carrion roncaba tan fuerte que acabé llevando a rastras una colcha hasta una de las salas de estar y me quedé frita en un sofá acolchado.

Me desperté de un sueño intranquilo después del alba. Kingfisher estaba a mi lado, sentado en un sillón de respaldo alto, contemplando el pico escarpado de Omnamerrin por la ventana. Su delicioso aroma a menta silvestre me dio ganas de romper a llorar, pero conseguí mantener la calma. Doblé la colcha y alisé los cojines para borrar la huella de mi cuerpo. Lo único que deseaba era poder marcharme sin tener que interactuar con Fisher, pero él me agarró de la mano al pasar a su lado y a mí me faltó energía para apartarme. Apoyó la frente en mi antebrazo y cerró los ojos. Un pedacito de mí se agrietó y se rompió. Le acaricié los cabellos con la mano libre. Por dentro estaba gritando, furiosa con él y conmigo misma, y con los dioses y con todo el puto universo por habernos metido en aquel lío.

No era justo. Nada de aquello lo era.

Le solté la mano y me alejé. Él no intentó retenerme. Me detuve en el umbral y le lancé una mirada por encima del hombro. Me arrepentí al instante. Había vuelto a mirar por la ventana, pero se había llevado una mano a la boca y se clavaba los dedos en las mejillas. Las ojeras que tenía hablaban de incontables noches sin dormir. Incluso la postura derrotada de los hombros evidenciaba lo agotado que estaba. No podía alejarme de él ahora que tenía ese aspecto. No podía.

Dejé la colcha ahí mismo, bajo el dintel. Fisher cerró los ojos al darse cuenta de que regresaba con él. Todos los nervios y la agitación que yo sentía antes al tocarlo habían desaparecido. Se inclinó hacia mí, apoyó la cabeza en mi vientre, me rodeó las piernas con los brazos y colocó suavemente las manos en la parte de atrás de mis muslos. Lo abracé. Pasaron los segundos. Largos minutos. Le acaricié la espalda, tracé círculos alrededor de sus omóplatos. Me dolía, lo ansiaba, lo deseaba.

Al cabo se enderezó y se echó hacia atrás en la silla, con las mejillas arreboladas. Se negó a mirarme, pero asintió, como diciendo: «Está bien, está bien». Y así, me marché.

—La última bruja abandonó Yvelia hace cientos de años —dijo Lorreth—. Nadie ha visto a ninguna integrante del Clan Balquhidder en el doble de tiempo. ¡Ni siquiera sabemos cómo desaparecieron! Nos quedan treinta y seis horas para plantarnos en Gillethrye y no podemos pasar ese tiempo mirando debajo de las piedras ni gritando en cada agujero que veamos en el suelo, a ver si sale un puñado de viejas flatulentas que prefieren que no las encuentren.

Danya soltó una risa.

En la biblioteca, nadie más se rio.

Ni siquiera Carrion, aunque probablemente era porque no sabía que *flatulenta* significa *pedorra*.

Vi que Ren se masajeaba las sienes detrás de la enorme montaña de libros apilados en la mesa ante mí. Tenía el rostro demudado.

—Sin una bruja, podemos darnos por jodidos —dijo—. Son las únicas que tienen magia de sangre lo bastante poderosa como para romper el trance. También son las únicas lo bastante poderosas como para contener el veneno de Malcolm mientras Te Léna se lo extrae a Layne.

—Se tardarían tres semanas en sacárselo todo, y eso teniendo suerte —dijo Te Léna, junto a la ventana. Se abrazó a sí misma y se giró hacia nosotros—. Lo más probable es que tarde meses. Puedo pedir ayuda a otros sanadores, pero el veneno de Malcolm es como el ácido. Corroe todo lo que toca. Las heridas del cuerpo de Everlayne serán ya catastróficas cuando la hayamos encontrado. Hará falta una bruja realmente formidable para mantener su cuerpo en animación suspendida el tiempo suficiente como para que podamos curar semejante daño.

—Fantástico. O sea, que no solo hace falta una bruja. Hace falta la bruja más poderosa de todos los tiempos —dijo Ren con voz lejana. Desde que Everlayne apareció al otro lado del río, no había vuelto a ser él mismo. Normalmente estaba preparado para idear un plan que lo sacara de cualquier aprieto, sin importar lo apurado que este fuese, pero aquella situación lo había descolocado por completo. En apenas la última hora que había pasado, ya lo había pillado cuatro veces con la mirada perdida sobre la mesa, sin parpadear, como si estuviera conmocionado.

Fisher había aparecido poco después de que sirvieran el desayuno. Había toqueteado la comida, pero, en algún momento, se había puesto en marcha con nuevas energías y había empezado a sacar libros de los anaqueles como un demente. Con las manos manchadas de tinta, movía la pluma con la que había estado tomando notas a ritmo frenético. Luego la dejó a un lado y dio unos golpecitos en la mesa, sobre el lugar en el que Ren tenía la mirada perdida, para llamar su atención.

—Sigue habiendo medio brujas en la Hondonada de Faulton. Es lo más lejos que puedo viajar sin que Belikon sienta mi magia y se deje caer por allí. Tú y yo vamos a hacerles una visita esta misma tarde, a ver si alguna es lo bastante fuerte y está dispuesta a ayudarnos.

Ren se animó un poco al oír aquello. Vi una chispa de esperanza en sus ojos y tuve que apartar la vista.

—Un plan sólido —dijo él—. Voy a prepararme.

—Supongo que no me dejaríais acompañaros, ¿verdad? —dijo Carrion—. Siempre he querido ver una bruja de verdad.

—No —dijo Fisher en tono seco—. No te voy a dejar acompañarnos. Intentarías follarte a alguna y lo que queremos es pedir ayuda, no provocar una guerra porque no eres capaz de mantener la polla dentro de los pantalones.

Lorreth hizo como que reprimía una arcada.

—Puaj. No será capaz de querer follarse a una bruja.

—No, no, tiene razón —dijo Carrion con un suspiro—. Sería muy capaz. Solo para poder contarlo por ahí.

—Yo os acompaño —afirmó Danya. No había hablado mucho desde que apareció por la biblioteca. Se había limitado mayormente a permanecer sentada y flexionar su mano nueva, observándola de cerca, como si buscara imperfecciones. Te Léna había hecho un trabajo notable; había empleado magia bastante potente para reemplazarla. Más de lo que Danya se merecía. Y, sin embargo, yo no había oído que la guerrera le diera las gracias ni una sola vez—. No pienso quedarme sentada aquí, hojeando libros acartonados con estos idiotas, en lugar de hacer algo realmente útil.

Repasar los libros en busca de un modo de ayudar a Layne era útil. Podría haber en ellos algo que resolviera nuestros problemas en un instante, pero a Danya le daba igual. Estaba convencida de que el único modo de resolver los problemas era golpeando con fuerza o bien apuñalando repetidas veces a alguien hasta matarlo. Y tampoco tenía el menor interés en que la convencieran de que se equivocaba.

—Nosotros también votamos por que os acompañe —dijo Carrion, alzando la mano—. No queremos a esta ceniza por aquí en la biblioteca mientras intentamos trabajar.

Danya le mostró una mueca de colmillos alargados. Carrion respondió con una sonrisilla intrigada, pero Fisher los detuvo antes de que ella dijera algo realmente horrible.

—Está bien, puede venir con nosotros. Los demás seguiréis repasando los textos por si encontráis algo, ¿de acuerdo?

Lorreth, Carrion, Te Léna y yo asentimos. La sanadora le puso una mano en el brazo a Fisher justo cuando este empezaba a cerrar los libros en los que había estado buscando.

—Ven a verme antes de marcharte. Y también cuando regreses.

Yo no quería ser posesiva con Fisher, pero había tenido celos de Te Léna. Había estado segura de que había algo entre los dos, pero ahora sabía la verdad. Tras escucharla hablar de su marido y de ver lo feliz que era después de que me enseñara las marcas, ya no me cabía duda alguna; sabía que no tenía el menor interés en Kingfisher. Solo quedaba una opción, pues: de alguna manera, lo estaba ayudando a contener el mercurio que tenía en la cabeza. Y si le había pedido que fuera a verla antes y después del viaje, la situación debía de estar empeorando.

Horas más tarde, el mundo más allá de las ventanas de la biblioteca había adoptado un peculiar tono gris azulado. Nevaba con fuerza. La temperatura en Cahlish era tan cálida como siempre, pero el paisaje invernal me provocaba escalofríos incontrolables. Aún no habíamos encontrado nada con lo que poder ayudar a Layne ni a Kingfisher. Empezaba a frustrarme. En una tierra llena de amenazas mágicas o sobrenaturales, ¿cómo era posible que no hubiese libros que explicaran cómo enfrentarse a los problemas que inevitablemente surgían? Aquello no tenía sentido. Ya conocía al dedillo todos los libros de Kingfisher que trataban sobre el mercurio, del mismo modo que sabía que no había en ellos información alguna sobre qué hacer si la sustancia entraba en el cuerpo de una persona.

No habíamos hecho el menor progreso cuando las puertas de la biblioteca se abrieron de golpe y Ren entró corriendo, murmurando juramentos en voz baja y entrecortada. Tenía despeinado el cabello castaño claro y no llevaba armadura de cuero. Estaba cubierto de barro y parecía a punto de estampar el puño en lo primero que viera.

—¿Qué demonios os ha pasado? —preguntó Lorreth.

—La puta Danya —soltó él—. Las encontramos. Les explicamos lo que le ha pasado a Everlayne y por qué estábamos allí. No les hizo gracia, pero se mostraron dispuestas a ayudar. Y entonces Danya hizo un comentario de mierda. Algo así como que era lo menos que podían hacer, teniendo en cuenta que las brujas abandonaron a los fae y estos tuvieron que arreglar el desaguisado que les dejaron, pues le habían dado la espalda a Yvelia y tal. Y se armó una gorda.

—Esa mujer es una salvaje —dijo gruñendo Lorreth—. La próxima vez que intente golpearme, se va a llevar una azotaina, pero de las que no se disfrutan. Fisher no la va a traer aquí otra vez, ¿verdad?

—No. —Ren se dejó caer en una silla y se volvió a levantar al instante, mordisqueándose el labio—. La va a dejar en Irrìn y luego va a volver a la Hondonada de Faulton él solo para intentar solucionar el problema con las brujas.

—¿Alguna de ellas era lo bastante fuerte como para ayudar a Everlayne? —pregunté yo.

—Sí, había una bruja que sí. —Ren dejó escapar un jadeo frustrado—. Y puede que sea el ser más irritante y malhablado que he conocido en mi vida. Dijo que éramos herejes belicosos. Empleó algún tipo de brujería para lanzarme por los aires. Acabé tirado en un pozo de barro como un cochino.

Lorreth estaba a punto de sonreír. Lo miré y negué con la cabeza, con aire frenético y los ojos desorbitados, y se contuvo. Carraspeó y dijo:

—¿Y Fisher cree que podrá convencerla?

—Sí. Pero, si lo consigue, será un maldito milagro, teniendo en cuenta cómo estaba el ambiente en su campamento cuando nos fuimos.

Fisher volvió tres horas más tarde acompañado de una mujer. Parecía tener más o menos mi misma edad, pero eso no significaba nada en Yvelia. Probablemente rondaría los novecientos años. Tenía el pelo ondulado, de un tono rojo intenso, y ojos vívidos de brillante color azul. Su rostro estaba cubierto de pecas que lo cubrían hasta la frente. Llevaba ropas prácticas: una camisola holgada de color crema con amplias mangas, un chaleco de terciopelo verde oscuro con botones de oro y unos pantalones negros ajustados.

—Os presento a Iseabail —Fisher lo pronunció «I-sha-bel»; el nombre fluyó con facilidad en su lengua, como si ya hubiese conocido a otras veinte mujeres con el mismo nombre—. Es la nieta de Malina, la Gran Bruja Balquhidder. Ha accedido a ayudarnos a romper el trance de Layne cuando la traigamos aquí mañana por la noche.

La heredera del Clan Balquhidder nos observó a todos los que estábamos sentados a la mesa, encorvados sobre nuestros libros. Arrugó la nariz algo respingona.

—¿Esto es todo? —dijo con acento rítmico—. ¿Planeáis atacar a Malcolm y raptar a su nueva sierva con tres fae y dos humanos?

Fisher la rodeó y se detuvo junto a la chimenea. Alargó las manos para calentárselas frente a las llamas.

—No, claro que no. Los humanos se quedan aquí —dijo.

¿Me habría dado la espalda conscientemente, para no ver mi reacción? Estaba segura de que así era. Probablemente pensó que, si no establecía contacto visual conmigo, no se lo discutiría delante de todo el mundo. Qué equivocado estaba.

—Por supuesto que vamos a ir —dije—. Everlayne es nuestra amiga.

—Yo, en realidad, no la conozco —intervino Carrion—, pero voy igualmente, por solidaridad y tal.

Fisher le dio la espalda al fuego, con la resignación ya grabada en cada línea de su rostro.

—¿Seguro que estáis preparados?

—En el río luché a la perfección, ¿no?

—Sí, pero ahí se trataba de devoradores. Carentes de mente, estúpidos. En Gillethrye, no nos enfrentaremos a devoradores, Saeris. Nos enfrentaremos a Malcolm y sus lores. Todos monstruos. Ninguno de ellos conoce el significado de la palabra *compasión*. Te inocularán su veneno y contemplarán cómo gritas hasta morir, y todo por diversión. Si vienes, ¿estás preparada para enfrentarte a esa posibilidad?

Intentaba asustarme con la verdad. Sí que me bajó un escalofrío de temor por la columna vertebral. Sin embargo, Fisher ya sabía que no iba a permitir que el miedo me impidiera rescatar a mi amiga.

—Sí —le dije—, lo estoy.

El rostro de Fisher era indescifrable.

—¿Y tú? —le dijo a Carrion—. ¿Estás listo?

—Claro, ¿por qué no? De todos modos, soy demasiado guapo para morir viejo.

Fisher agachó la cabeza y cruzó los brazos. La camisa se tensó, marcando cada músculo de su cuerpo. Cuando alzó la mirada, se encogió de hombros y dijo:

—Está bien, como quieras. ¿Quién soy yo para impedírtelo?

37

MUCHO MÁS AFILADOS

Me ardían los ojos cuando me hice la cama en el sofá aquella noche. Las ramas de los árboles del exterior golpeteaban y arañaban el vidrio de la ventana. La nieve caía con más fuerza que nunca. Parecía querer enterrar a Cahlish entera bajo su manto, sepultar a quienes estábamos dentro de los muros de la mansión para que nada pudiese hacernos daño. Por desgracia para nosotros, no podíamos quedarnos mucho más en nuestro santuario cálido y confortable, protegidos de las horripilantes criaturas que se agazapaban en la oscuridad. Al día siguiente por la noche, saldríamos al mundo y nos enfrentaríamos a ellas.

Me estaba preparando para irme a dormir cuando Fisher vino a por mí. Apareció en la sala de estar, descalzo y sin camisa. La tinta le dibujaba remolinos en la piel. Atravesó la habitación y se acercó.

—¿De verdad piensas que te voy a dejar dormir aquí otra vez? —preguntó.

—No sabía si me querías en tu cama —le dije.

—Si dependiera de mí, no volvería a pasar otra noche sin ti. —Con ternura, agarró el extremo de mi trenza y dio un tironcito por encima del hombro para acercarme hacia él. Poco a poco la fue desanudando, dejándome el pelo suelto con los dedos. Sus ojos cautelosos buscaron los míos—. ¿Te asusta algo así? —murmuró.

—No, la verdad... —*Dioses*. Qué bien me sentía con el roce de sus manos. Me encantaba aquella intimidad que notaba cuando me pasaba los dedos por el pelo—. No me asusta —susurré—. Es lo que quiero.

Habría resultado sencillo permitir que mis pensamientos me arrebataran el control. Podría haberle dirigido muchas palabras enojadas, dolidas y asustadas, pero bastante había dicho la noche anterior. No quería volver a repetirlo.

Como si estuviéramos pensando lo mismo, él acunó mi rostro entre las manos y dijo en tono quedo:

—Disfrutemos de esta noche. Tú y yo. Mañana traeremos a Everlayne a casa. Y una vez que Iseabail y Te Léna la hayan dejado como nueva, ya nos preocuparemos por mí, ¿de acuerdo?

Me recorrió el alivio. Ya no hablaba de lo fútil que sería intentar encontrar el modo de solucionar aquello. Lo que decía era: enfrentémonos a lo más acuciante y ya veremos cómo está la situación después. Era un enfoque mucho más positivo que la posición radical que había adoptado la noche anterior.

Lo miré, con el pecho agitado.

—Sí. Me parece bien. Por favor.

Él sonrió con expresión traviesa. Una puertasombra se abrió a su espalda. Me alzó en brazos, con una rapidez infernal, y entró dando un paso atrás en el remolino de humo, antes de que yo pudiera siquiera decirle que era un vago por no querer ir andando hasta su dormitorio.

Sin embargo, cuando salimos por el otro extremo de la puertasombra, no nos encontramos en su dormitorio. Estábamos en el apartamento de Ballard, en el salón, rodeados de velas en la repisa de la chimenea y las estanterías. Cubrían la mesita en la que habíamos desayunado y llenaban de luz titilante los alféizares de los enormes ventanales. Había velas por todas partes. Fisher esbozó una media sonrisa que le hizo un hoyuelo en la mejilla mientras yo contemplaba todo en derredor.

Me di la vuelta y me cubrí la boca con las manos.

—Es hermoso —dije jadeando.

Él se detuvo detrás de mí, muy cerca, y me envolvió con sus brazos.

—Aún no está completo.

Su aliento me acarició el cabello y también acarició algo en lo más profundo de mi ser. Sentí su poder en la boca del estómago. Más humo negro le salió por las manos y llenó la habitación. Pronto estaba por todas partes y lo cubría todo. Todo excepto las llamas titilantes de las velas. Iluminaron la oscuridad un millar de puntos ardientes de luz tan brillantes como las estrellas. Sentí como si me elevase con ellas, como si estuviese suspendida en el vacío, donde nada podía tocarnos y nadie podía hacernos daño. Donde disponíamos de todo el tiempo que necesitáramos.

«¿Has hecho esto para mí?». Me parecía poco adecuado decirlo en alto. No quería que mi voz estropease la ilusión que había creado para los dos, así que le pregunté en mi mente.

«Sí», se limitó a responder. «Y para mí también. Soy un egoísta, Saeris. Quería algo tranquilo, pequeño y especial para ti y para mí. Algo que pudiésemos quedarnos para nosotros». Hundió el rostro en el hueco de mi cuello y me besó. El calor de su boca me abrasó la piel y no pude evitar echarme a temblar. Cerré los ojos, me apoyé en él y dejé descansar todo el peso contra la sólida masa de su cuerpo. Me sentía a salvo y desesperadamente triste, con el corazón roto. Sin embargo, aquel dolor de corazón no me iba a alcanzar esa noche. Fisher tenía razón. Sería una estupidez pasarse discutiendo o llorando la última noche antes de que todos nos internáramos en nuestras peores pesadillas. Reprimí la quemazón que sentía en la garganta, me giré y le eché los brazos al cuello.

«Hazme olvidar todo lo que he sufrido», le ordené. «Hazme olvidar que volveré a sufrir».

Cayó sobre mí como un maremoto. Su boca encontró la mía en la oscuridad y el beso borró el mundo. Cálidos, exigentes, sus labios se deslizaron sobre los míos, los instaron a abrirse. Me saboreó, me exploró. Su boca se hizo dueña de mí. Yo gemí cuando las puntas de sus colmillos me pincharon el labio inferior. Un vívido regusto a cobre me inundó el paladar. Fisher resopló con fuerza y también gimió. La sangre cubría nuestras lenguas, y él me besó con más fuerza. Sus manos se abrían paso por mis cabellos; se le aceleraba la respiración. Sentí su erección, dura, contra el hueso de la cadera. Ya la tenía como un ladrillo. Se me encogió el estómago.

Dioses. Cómo lo deseaba. Lo deseaba por completo.

Mi alma estaba en llamas y no me importaba que ardiera por toda la eternidad.

Si podía arder con él, que así fuera.

Sus dientes volvieron a atraparme el labio. La punta de la lengua. El sabor de la sangre se intensificó, pero él no se apartó. Las manos de Fisher se deslizaron por mi cuerpo, me sujetaron por la parte baja de la espalda. Sus dedos se me clavaron en las nalgas. Su respiración se aceleró aún más; me apretó la polla contra el vientre para que pudiera sentir aquella ansia desesperada.

«Cuando te quite esta ropa, estarás en un aprieto», rugió en mi cabeza. «Te voy a follar tan fuerte que no podrás sentarte en una semana».

«¡Fisher!». Me aferré a él, jadeando, anticipando ya la oleada de calor que sentiría en cuanto me penetrara. Deseándolo. Lo ansiaba con tanta desesperación que casi podría haber gritado.

Divino.

Era un vínculo divino.

Era amor verdadero.

Ahora lo sentía; un brillante hilo de energía que nos unía. Él me envolvió por completo. Si yo lo deseaba, lo único que tenía que hacer era alargar la mano y hacerme con ese hilo.

Fisher gruñó al tiempo que otro reguero de sangre recién derramada nos inundaba las bocas. Ahí fue cuando perdió la paciencia. Con un tirón brusco, me bajó los pantalones y me metió la mano en la entrepierna. Sus dedos se abrieron paso hábilmente entre mis pliegues.

Joder.

Qué. Mojada. Estaba.

El rugido satisfecho y hambriento que soltó me provocó un escalofrío que me recorrió entera, de los pies a la cabeza. Él no perdió el tiempo y me metió los dedos. Yo me envaré en sus brazos y emití un gemido ahogado ante el que las velas menguaron y volvieron a llamear como respuesta.

Oh, dioses. Oh, dioses míos.

El aire tremolaba de energía. Las sombras de Fisher ondulaban sobre mi piel como si fueran agua. Las inspiré, les di la bienvenida a mi interior, noté cómo se volvían parte de mi ser. Él era parte de mi ser. Lo sentí en los huesos. Si así lo deseaba, sería el eje sobre el que yo giraría. Sería suya. Dos contrapartidas independientes. Ya completos, pero más fuertes juntos de lo que jamás lo seríamos separados. Esa era mi elección. Me hormigueó el dorso de las manos al pasar las palmas por las planicies fuertes y suaves de su pecho. Noté que la tinta volvía a cubrirlas. Cada dedo me picaba con el poder de las runas que surgían en ellos. El dorso de mi mano izquierda emitió un zumbido cálido, pero la derecha palpitaba de energía. Sentí que, una tras otras, las runas se fijaban en mi piel. Las que marcaban el vínculo divino fueron las últimas en llegar. Cinco franjas de fuego que me recorrieron la muñeca y me subieron por los brazos. Siguió más tinta que se me deslizó por el estómago y me acarició los muslos. Columnas de tinta que subieron por mi espalda, que me envolvieron la columna vertebral. Las sentí por todas partes.

¿Por eso nos había sumido en las tinieblas? ¿Estaba escondiendo las pruebas de nuestra conexión para que no me intimidara la fuerza con la que esta se manifestaba en mi cuerpo? Era probable que la respuesta fuera sí. No quería lidiar con eso hasta que Everlayne estuviera a salvo y se encontrara bien, en Cahlish. Y yo lo comprendía. Dejé que las marcas se movieran sobre mí, centrándome de momento en el calor de las manos y la boca de Fisher. Aún teníamos tiempo.

«Tu aroma me vuelve loco», tronó Fisher. «Eres como una puta droga. Me enciendes».

Sabía exactamente a qué se refería. Ya ocurría incluso en el Palacio de Invierno. Siempre que captaba su olor en el aire, se me aceleraba el corazón. Las habitaciones vacías eran lugares peligrosos. En Cahlish, entraba en el salón, en la forja, o bien caminaba por algún pasillo, y era como si el fantasma de Fisher caminara conmigo. El olor a pino invernal y a frío aire de la montaña me lanzaba el corazón al galope.

Sus dedos se movieron dentro de mí. La presión de su mano, que me acunaba el sexo, empezó a avivar mi locura. Aquel hombre iba a acabar conmigo. Se quedaría con mis mejores días y me acompañaría durante los peores. Me iba a enseñar lo que era el verdadero éxtasis y se ahogaría en mí hasta el puto día de mi muerte.

«Por favor, Fisher. Dioses, te deseo».

La risita grave y resonante que atravesó la superficie de mi mente estaba hecha de puro pecado.

«Ya me tienes, pequeña Osha. Y yo te tengo a ti».

Sus dedos salieron de mi interior y se abrieron camino hasta mi clítoris. Fisher dedicó toda su atención al botón hinchado repleto de terminaciones nerviosas que descansaba en la cumbre de mis muslos. Pasó la punta de los dedos por mi superficie, trazando pequeños círculos pensados para llevarme con rapidez al orgasmo.

Dejé escapar un suspiro mientras su boca se apartaba de la mía, me recorría la mandíbula, se detenía sobre mi oreja. Se me puso la piel de gallina en brazos y piernas; el vello de mi nuca se puso de punta cuando su aliento caliente floreció sobre mi piel.

—Nadie te va a follar como yo voy a follarte, Saeris Fane. Estoy a punto de presentarte a los siete dioses. Cuando los veas, no te olvides de decirles que soy yo a quien adoras de rodillas.

Se lo diría, vaya que sí.

A.

Putos.

Gritos.

Ya notaba un calor infernal cuando Fisher me dijo mentalmente lo que me iba a hacer. Pero al oír su voz, repleta de grava y deseo puro..., no pude hacer nada más; perdí el control. Primero me desprendí de la camisola. Ni siquiera le di a Fisher la oportunidad de usar la magia para quitármela. Luego cayó la tela que me apretaba los pechos. Botas. Pantalones. Fisher me ayudó a sacármelos de las piernas y emitió un sonido de impaciencia mientras tiraba de cada pernera. Agarré la cintura de sus pantalones, frenética. Me apresuré a desabrocharlos, pero él se adelantó y se los quitó a patadas.

«¿Quieres que te adore como a un dios? Lo haré», pensé.

Puede que Fisher tuviera grandes planes para mí, pero yo también tenía los míos propios. Caí de rodillas y lo agarré: mi mano envolvió aquel miembro sólido y duro. El par de veces que nos habíamos acostado, no me había dado tiempo a hacer aquello. Fisher había pasado un espacio despiadado de tiempo entre mis muslos, me había llevado hasta el clímax entre gritos usando la boca. Ahora me tocaba a mí.

Mis nervios aumentaron con la adrenalina al extender la lengua y, despacio, pasarla por la cabeza hinchada de la polla de Fisher. *Ay, joder.* Ya tenía una gota; su sabor ligeramente salado me cubrió la lengua, que le pasé por la piel tensa.

Una oleada de energía se abatió sobre mí. Las sombras de Fisher se retiraron, la oscuridad desapareció. La estancia seguía estando iluminada tenuemente, pero ahora lo veía bien: sus poderosos muslos, el glorioso vello en forma de uve que le atravesaba el pubis, los abdominales definidos e impresionantes y el sólido muro de su pecho, cubierto de tinta cambiante. Y su rostro. Ese rostro arrebatador. Tenía los labios entreabiertos, los ojos desorbitados y hambrientos. Se me aceleró el pulso el doble de lo normal al ver el reguero de sangre que le corría por la barbilla.

Era mi sangre.

Ahora que lo veía bien, también me vi las manos. Era justo como había sospechado: las marcas habían regresado, más gruesas y brillantes que antes. Me cubrían los dedos, el dorso de las manos, los antebrazos. Miré a Fisher, con una ceja enarcada, y pasé la lengua muy despacio por la tensa cabeza de su erección.

—Pensaba que las querías ocultar de mí con tu oscuridad —dije.

—Quizá sí, pero que me condenen si voy a dejar que uses esa dulce lengua tuya conmigo sin verte bien. —Contempló la tinta que me manchaba la piel. Me recorrió entera. Cuando sus ojos volvieron a cruzarse con los míos, había fuego en ellos—. Y, de todos modos, no me dan miedo, pequeña Osha. ¿Te dan miedo a ti?

Ahí estaba. La pregunta que yo misma me había estado haciendo una y otra vez. Aún no comprendía las consecuencias de aquellas marcas. Estaba muy preocupada por lo que implicarían para el futuro que tendríamos Fisher y yo si las aceptábamos. Pero eran hermosas. Una representación de lo él que empezaba a significar para mí.

Me metí su glande en la boca. Para mi gozo, él respondió estremeciéndose. Volví a sacármelo con un fuerte sonido de succión.

—Aún no lo he decidido —dije con cautela—. Esta noche, no me dan miedo. Eso es todo lo que importa ahora.

Volví a meterlo en mi boca. Se habían acabado los juegos: cerré los labios en torno a él y Fisher puso los ojos en blanco.

—Me... cago... en... la... puta... —gimió.

Cuando se recuperó lo suficiente como para mirarme, una pequeña ráfaga de pánico me punzó la garganta. Me iba a devorar viva. Y yo se lo iba a permitir. Sin embargo, eso no impidió que un escalofrío de puros nervios me recorriera la columna al pensar en todo lo que implicaba aquello. Mi cabeza bajó y ascendió por su polla, la lamí con la lengua, disfruté de la textura de terciopelo de su piel mientras la repasaba con los labios. Él se estremeció, tenso, y yo me la metí aún más adentro.

—Por los dioses vivos, estás preciosa cuando me envuelves así con la boca. —Fisher me acarició la mejilla y la mandíbula, y luego me pasó la punta del pulgar por los labios, que seguían cerrados sobre él. Se mordió el labio inferior y soltó un gruñido posesivo—. Mis labios para besarlos. Mi boca para follar.

Se pinchó el labio con los colmillos y dos brillantes gotas de su propia sangre le mancharon la boca. Como si hubiera perdido ya toda precaución, se echó hacia delante y me penetró en la boca con más fuerza.

Yo gimoteé. La punta de su polla presionó contra mi garganta. Fisher se apartó de inmediato y salió de mi boca con un siseo feroz.

—¡Joder!

Cayó sobre mí convertido en una oleada de sombras oscuras y humo. Ni tiempo nos dio de llegar a la cama. El sofá estaba muy cerca, pero él me poseyó ahí mismo, en el suelo. Se hundió dentro de mí y yo solté una exclamación; fue lo único que pude hacer para no correrme al momento. Me llenó deliciosamente. El peso de su cuerpo sobre mí resultaba perfectamente satisfactorio.

Se quedó inmóvil. Ambos nos contemplamos, jadeando.

—Dime que te folle, Saeris —dijo entre dientes—. Dime que esto es lo que quieres.

Le clavé las uñas en la espalda, desesperada por que empezara a moverse. Quería que volviera a llenarme una y otra y otra vez.

—¡Por... por favor! Dioses, fóllame, por favor. Te deseo. Te des...

—Es todo lo que necesitaba oír.

Fisher me la clavó con fuerza, la mandíbula bien apretada. La energía aleteó entre nosotros como pequeños filamentos de luz, bailando en nuestras pieles, conectándonos mientras él se introducía más y más.

Yo jadeaba sin cesar e intentaba mantener la calma, pero una tormenta empezaba a crecer en mi pecho. Cuando se desatara del todo, me rompería en dos, y aún no estaba lista. Esa tormenta también arrastraba a Fisher. Se aferró a mí con muchísima fuerza mientras entraba y salía de mi cuerpo, como si temiese que fuera a desaparecer si me soltaba.

Yo me corrí primero: el orgasmo erradicó por completo mi capacidad de pensar. Como una de las avalanchas que había visto descendiendo por la ladera del Omnamerrin, el placer chocó contra mí y me llevó consigo. Arqueé la espalda por encima de la alfombra; todo mi cuerpo se contorsionó. Un gozo puro y sin adulterar me estremeció hasta el mismo centro de mi ser.

Fisher no tardó en seguirme. Cuando se corrió, emitió un grito furioso y asfixiado ante el que hasta los cristales de la ventana temblaron. Yo lo contemplé, incapaz de apartar la mirada de él. Una nueva hilera de tatuajes brotaron como flores negras en su piel. Le subieron por un lado de la garganta. Nuevas runas cubrieron su clavícula, gruesas y entrelazadas. A primera vista, aquel dibujo de su cuello parecía representar plumas y... sí, eran plumas. Las alas extendidas de un pájaro majestuoso que destellaban con tonos metálicos, verdes y azulados; las dos desplegadas a ambos lados de su cuello, únicas y asombrosas.

Él rugió y se hundió una última vez en mí. Se derrumbó sobre mi cuerpo y me cubrió por completo.

Durante un rato, lo único que pudimos hacer fue existir.

—Dioses... Eso... —Tragué saliva e intenté recuperar el aliento—. Eso ha sido...

Fisher se apoyó en el codo y a mí se me encogió el corazón al verlo. Tenía el pelo enredado, aquellos rizos más tupidos que nunca. Las mejillas arreboladas y las ojeras ausentes por fin. Por una vez, parecía en paz. Contento. Y... ¿travieso? Desveló lentamente una sonrisa.

—Eso no ha sido más que el principio, Saeris. —Me dio un golpecito en la nariz con la suya—. ¿De verdad creías que iba a acabar tan pronto?

Durante las siguientes tres horas, Fisher emprendió la tarea de follarme en cada habitación. Cuando parecía que había llegado al límite, volvía a ponérsele dura y me gruñía en el cuello, listo para la tercera ronda. Y la cuarta. Y la quinta. Cuando por fin acabamos, agotados, me preparó algo de comer y nos sentamos en medio del suelo del salón, tapados con sábanas polvorientas.

Cuando terminamos de comer, Fisher se restregó el cuello con los dedos y frunció el ceño con aire juguetón.

—¿Me lo he imaginado o he sentido antes que me salía algo nuevo por aquí? —preguntó.

Me llevé una uva a la boca y moví las cejas.

—Claro que sí.

Su sonrisa adoptó un cariz algo triste. Apartó la mano de la garganta y preguntó:

—¿Y qué es?

—Alas. Unas alas realmente hermosas. Tienen el mismo fulgor metálico que esto —dije, y alcé la complicada runa de varias capas de mi mano derecha.

Fisher asintió despacio. Ladeó la cabeza y los tendones de su cuello bajo el tatuaje nuevo se marcaron, orgullosos. Así, resultaba tan hipnótico como un cuadro: el pelo le oscurecía el rostro y apoyaba las manos fuertes y diestras en el regazo. Me dieron ganas de dibujarlo para poder captarlo de esa manera para siempre. Sin embargo, a diferencia de su madre, yo no era ninguna artista. Y, a veces, así deben de ser las cosas. Había instantes que eran regalos, que solo se podían conservar mientras una pudiera recordarlos.

Por suerte para mí, tenía una memoria excelente.

—¿Qué significa? —pregunté en tono quedo, y señalé hacia el cuello—. ¿Por qué te han salido nuevos tatuajes esta vez?

Había pasado bastante tiempo entre la tercera ronda y la cuarta, tiempo que habíamos dedicado a explorar concienzudamente mi cuerpo, y habíamos confirmado que a mí no me habían salido nuevos tatuajes.

Fisher encogió los hombros de forma algo evasiva y se tumbó sobre la alfombra. Alargó la mano hacia mí y me hizo un gesto para que me uniera a él. Dejé los platos a un lado y obedecí. Me acurruqué a su lado y apoyé la cabeza contra su pecho. Pero no se iba a librar tan fácilmente.

—No puedes quitarte de encima una pregunta solo porque no te apetezca contestarla —le dije, y le clavé el dedo levemente en las costillas—. Dime por qué ha salido hoy ese tatuaje.

Giré la cabeza y lo miré, con un ojo cerrado y el otro entornado. Su garganta ocupaba todo mi campo de visión; lo único que podía ver era la mitad de su nuevo tatuaje.

—Cuando los fae somos niños —dijo él en tono quedo—, nuestros padres nos enseñan el arte de la distracción para que podamos proteger todo aquello que no queremos confesar. ¿Podrías olvidar que has hecho esa pregunta si encuentro fuerzas para volver a hacerte gritar mi nombre?

—¡Por supuesto que no! —Le mordí un pezón como castigo y él soltó un quejido y una maldición en fae antiguo.

—Ándate con ojo, Osha —me reprendió—. Mis dientes son mucho más afilados que los tuyos.

No me había mordido en toda la noche. Aparte de pequeños mordisquitos en los labios, había evitado hacerlo mientras follábamos. A mí me había dado igual. La noche había sido increíble. Más que increíble. No cambiaría ni un detalle.

—Ya sé lo afilados que son tus dientes. Lo que no sé es por qué te ha salido ese tatuaje —insistí.

Me apretó contra él y apoyó la barbilla en mi nuca. Dejó escapar un pesado suspiro.

—Está bien, de acuerdo. Te lo contaré. Antes, las marcas de amor le salían a uno de los dos en primer lugar. Cuando su pareja aceptaba el vínculo, a veces le salían nuevas marcas. No pasaba siempre, pero a veces sí...

Dejó morir la voz hasta que no fue más que un susurro.

Me aparté de él y me erguí de golpe hasta quedar sentada. Me dio vueltas la cabeza, pero ignoré la sensación y lo miré con ojos entornados.

—¿Qué has hecho?

—He aceptado el vínculo. Antes, cuando estaba dentro de ti. Cuando mi alma envolvía la tuya.

Estaba muy calmado. No había rastro de incertidumbre, ni nervios ni nada.

Yo, por mi parte, sentía que me iba a desmayar.

—Lo has aceptado —dije.

—Así es.

—¿Cómo lo has hecho?

—Es sencillo. Tomas la decisión. Tomas para ti el vínculo y el vínculo te toma para sí.

—¡No! ¿Cómo has podido aceptarlo? Soy... —Negué con la cabeza, intentando ordenar mis ideas—. Soy humana. Aparte de todo lo que tenemos que llevar a cabo una vez que Everlayne esté a salvo, tú eres casi inmortal, mientras que mi esperanza de vida es... es...

—Una inconveniencia —dijo Fisher—. Sí, tienes razón. Esa parte es una mierda. Pero... —Frunció el ceño, pero me pasó un brazo por la cintura y me llevó de nuevo hacia él. Me apoyé en su tórax y él empezó a pasarme los dedos por el pecho, para a continuación decir—: Pero daré las gracias por cada segundo que pueda pertenecerte a ti, Saeris Fane. Ya sean ocho horas u ochenta años. Me da igual. Seguirá siendo el mayor honor de mi vida. Pero... Oye, ¿te está dando un ataque al corazón? El pulso te va al galope. —El muy cabrón se echó a reír y yo casi rompo a llorar—. No pierdas los nervios. Mira.

Me agarró la mano y la alzó para enseñarme algo: la runas de mi piel se desvanecieron poco a poco hasta que mis manos y antebrazos quedaron libres de nuevo.

—Que yo lo haya aceptado no te obliga a aceptarlo a ti. Aún te quedan semanas para decidirte. Y si rechazas el vínculo, nada de esto importará. Mis alas nuevas desaparecerán y ya está.

Él había aceptado su amor.

A pesar de todos los obstáculos que había ante nosotros, de todos los buenos motivos que había para no aceptarlo..., lo había hecho.

—Estoy enamorado de ti, Saeris Fane —susurró con voz queda, pegado a mis cabellos—. Y, de todos modos, ya estoy medio loco. ¿Qué más da complicar un poco más la situación?

—Pero...

—Por el amor de los dioses, no digas nada, por favor. Déjame seguir con esta fantasía. Solo esta noche.

Sí, me iba a dar un ataque al corazón. O se me iba a partir en dos. Sea como fuere, mi corazón estaba en peligro y no había forma de protegerlo. La mano de Fisher me acarició el costado, arriba y abajo, despacio. La habitación volvió a sumirse en sombras hasta que, una vez más, pareció que flotábamos en un mar de estrellas.

No quería que yo respondiera de ninguna manera a su declaración. Lo comprendí, y podía darle paz durante aquella noche. Sin embargo, el sol volvería a salir y ya no sería capaz de evitar aquella conversación. Mientras tanto, el sueño tiraba pesadamente de mis huesos, de mis párpados. Al día siguiente, íbamos a salvar a Everlayne.

Mientras el cansancio prometía llevarse consigo mi consciencia, se me ocurrió algo de pronto.

—La última vez que estuvimos aquí, dijiste que el pueblo de Ballard tenía algo que necesitabas. Pero no te llevaste nada —susurré.

Fisher me dio un tierno beso en la frente. A nuestro alrededor, las titilantes llamas de las velas empezaron a apagarse.

—Sí que me lo llevé. —Yo ya caía en la inconsciencia y apenas pude escuchar las siguientes palabras—. Vine buscando un poco de esperanza.

38

AMIGOS MÁRTIRES

Me desperté en un suave colchón y noté un olor a azúcar. La luz del sol, melosa y cálida, se derramaba por el dormitorio. Fuera, los pajarillos saltaban de una rama a otra del árbol que había al otro lado de la ventana. Sonreí y estiré los brazos por encima de la cabeza, deleitándome con aquellas agujetas cortesía de las aventuras de la noche anterior. Pero, entonces, mi sonrisa empezó poco a poco a desvanecerse...

En algún momento, Fisher me había llevado a la cama, pero no a la del cuartito donde había dormido de niño. Me había dejado en la cama de su madre. Y no yacía junto a mí bajo la colcha. La puerta del dormitorio estaba abierta y, por ella, vi la ominosa forma en espiral de una puertasombra.

—No. No, no, no, no, ¡no!

Salí disparada de la cama, siseando. Me puse las botas. Se me encogió el corazón al ver el montoncito de ropa limpia que me había dejado en una silla, al lado de la ventana. Pasé junto a ella y fui a toda prisa a la sala de estar, a las demás estancias, desnuda, intentando aplacar aquel pánico creciente.

—¿Fisher? ¡Fisher!

No estaba en la cocina. Ni tampoco en el otro dormitorio. El apartamento estaba vacío. Ríos de cera derretida cubrían los muebles y descendían por las estanterías. Los restos de la cena de la noche anterior aún descansaban en la encimera junto al fregadero de la cocina. En el centro de la sala de estar, donde habíamos pasado la mayor parte de la noche entrelazados el uno con el otro, se encontraba la maldita puertasombra. Me la quedé mirando, con los ojos anegados de lágrimas. Se me enturbió la vista, pero la puertasombra seguía ahí, flotando a dos centímetros por encima de la alfombra, con aquel sonido susurrante. Me llevé las manos a la boca, pero no conseguí reprimir el sollozo que resonó por todo el apartamento.

¿Qué has hecho, Fisher? ¿Qué has hecho?

Encontré la nota bajo las ropas que había dejado para mí.

Puede que esto ahora te parezca un gesto dramático pero, a su debido tiempo, verás que tiene todo el sentido, Saeris.

Cruza la puerta, te llevará hasta Cahlish.

Espera allí con los demás. Mandaré a Layne con vosotros en cuanto sea posible. Dile a Iseabail que la sede en el mismo instante en que cruce la puerta. Estará a punto de completar la transición. No quedará mucho tiempo. Querrá volver por la puerta antes de que me dé tiempo a cerrarla, así que tenéis que estar preparados para detenerla. Si vuelve a cruzarla, todo esto no habrá servido para nada.

Dile a Lorreth que viva su vida. Dile que no se preocupe por mí. Tengo una paciencia infinita y no me interesa en absoluto tener amigos mártires.

Dile a Renfis que lo siento. Que siempre ha sido el ideal al que yo aspiraba y que Yvelia sería un lugar mucho mejor si yo fuera la mitad de bueno que él.

Y a ti, Osha, te libero de tu juramento.

Ya sabes cómo hacer las reliquias. Una parte egoísta de mí quiere que hagas tantas como puedas para que mis amigos y sus familias puedan escapar de Yvelia antes de que caiga este reino. Pero comprendo que quieras marcharte. Ve a buscar a Hayden y a Elroy. Ayuda a tus amigos. Y luego ve a explorar. Hay in-

contables reinos ahí fuera, a la espera de ser descubiertos. Asiéntate en uno de ellos, hazlo tuyo.

Jamás he confiado en los dioses, pero elijo creer que toda vida que comienza proviene del mismo lugar. Tengo la esperanza de que todo regrese al mismo lugar cuando la vida acaba.

En ese lugar, te estaré esperando, Saeris Fane.

F.

Caí de rodillas y sollocé. La última vez que lloré así, un viento implacable se llevaba las cenizas de mi madre. Había jurado que jamás llegaría a importarme nadie tanto como para volver a experimentar aquel dolor. Y, sin embargo, ahí estaba yo, hecha trizas.

Me derrumbé por completo cuando vi lo que había apoyado en la repisa de la chimenea.

Nimerelle.

La hoja negra descansaba entre charquitos de cera derretida y aquellos jarros llenos de pinceles. La luz del sol le arrancó un destello a la punta. Fisher no se la había llevado consigo.

Yo sabía el motivo. Si Malcolm mataba a Fisher y usaba una espada divina, había la posibilidad de que pudiese convencerla para canalizar magia. Si eso sucediera, no habría límites al tipo de destrucción que podría desatar. Y podría adormecer de nuevo al mercurio. No habría forma de que yo ni los amigos de Fisher escapáramos.

Así pues, Kingfisher se había ido a Gillethrye a salvar a Everlayne y a todos sus seres queridos.

Y se había ido solo y desarmado.

Carrion soltó un chillido cuando salí por la puertasombra en el dormitorio de Fisher. Casi se le cayó el libro de las manos. Bueno, en realidad casi se cayó él de la silla.

—¡Por los putos dioses vivos! —gritó jadeando, y se llevó la mano al pecho—. Al menos, podías avisar.

—¿Dónde está todo el mundo?

—Yo qué sé, ¿en la biblioteca? Estamos ya bizcos de tanto leer en busca de un modo seguro de romper esto del trance. ¿Cómo es que tienes la espada de Fisher?

Tiré a Nimerelle a la cama, junto con la camisa vieja que había usado para agarrar la empuñadura sin tocarla directamente.

—Olvídate de la espada. ¿Por qué no estás con los demás? —pregunté.

El ladronzuelo se encogió de hombros con aire desvergonzado.

—He venido a buscar a Onyx. No daba con él, así que supuse que estaba durmiendo aquí. Vaya dormitorio. ¿Has visto qué obras de arte? —Señaló con un gesto a los cuadros mutilados que había en las paredes, con los lienzos hechos trizas. No me dio oportunidad de hablar. Siguió parloteando—: Me iba a marchar, pero pensé que quizá Fisher tenía un diario. Y adivina qué: no lo tiene. Pero tiene algo mejor aún.

Crucé la estancia.

—¿Qué hora es?

—Espera, ¿no quieres saber qué estoy leyendo?

—A ver si lo adivino: un libro de profecías con un montón de dibujos de mí con las orejas puntiagudas.

La decepción le quitó la sonrisa a Carrion.

—¿Cómo lo has sabido?

—Carrion, ahora no. ¿Qué hora es?

—Casi las dos, creo. Hemos almorzado hace un rato. No esperaba que nadie apareciera hasta mucho después. Ren ha dicho que Fisher le dejó una nota en la que decía que volvería antes del ocaso.

—Sí, ya. —Yo estaba que echaba humo—. A Fisher le encanta ir dejando notitas.

Junto a la cama, la puertasombra que había dejado abierta para mí se cerró de golpe, consciente de algún modo de que ya había cumplido su propósito. Vi cómo se desvanecía y las entrañas me ardieron al rojo vivo.

—Siento algo de tensión en el aire —bromeó Carrion—. ¿Ya habéis tenido la primera riña?

—Si por riña quieres decir que lo voy a asesinar, la respuesta es sí.

Lorreth, Ren, Te Léna e Iseabail estaban en la biblioteca. De los cuatro, Iseabail era la única que no tenía la cara pegada a un libro. Se encontraba junto a la ventana, contemplando cómo caía la nieve, con aspecto aburrido. La sorpresa se adueñó de las facciones de Ren al verme entrar.

—Saeris. ¿Va todo...? —Se corrigió a sí mismo a media frase—. ¿Qué ha pasado?

Yo estaba a punto de ponerme a dar gritos. Tiré delante del general la puta carta que Fisher me había dejado en la mesa y agarré el respaldo de la silla en la que aquel cabrón se había sentado el día anterior, repasando nuestro plan mientras, en secreto, trazaba otro plan propio. Esperé a que Ren leyera toda la carta.

Cuando terminó, estaba boquiabierto. Lorreth ni siquiera le pidió que se la dejara: se inclinó sobre la mesa y se la quitó. Su expresión se fue oscureciendo mientras sus ojos sobrevolaban el texto.

—Valiente cabrón estúpido —dijo. Alzó la vista hacia mí y preguntó con un tono incrédulo—: ¿Qué coño cree que está haciendo?

Ni que yo tuviera una respuesta a esa pregunta. Un millar de maldiciones se me agolparon en la punta de la lengua, pero quedaron atrapadas entre mis dientes. Ahora solo importaba una pregunta. Todo dependía de la respuesta:

—¿Hay un estanque de mercurio en Gillethrye?

Ren no había pronunciado palabra alguna. Estaba visiblemente conmocionado por el contenido de la carta. Parpadeó al darse cuenta de que todo el mundo lo estaba mirando.

—No. No que yo sepa —dijo con voz rota—. Había uno hace mucho tiempo, pero Belikon se lo llevó cuando se hizo con el trono. Lo unió al estanque del Palacio de Invierno, para que fuese lo bastante grande como para transportar a un ejército entero.

Ya tenía la respuesta.

No había estanque en Gillethrye.

Hasta el último resquicio de esperanza al que me había estado aferrando se desvaneció como humo.

Habíamos tenido una oportunidad. Minúscula, pero oportunidad igualmente. Fisher había dicho que había más mercurio en Cahlish. Un estanque, seguramente. Había dicho que me dejaría verlo cuando hubiera descubierto el modo de hacer reliquias, lo cual implicaba que no estaba muy lejos. De haberlo encontrado, podría haber hecho más reliquias y habríamos ido a partirle la cara a Fisher por ser tan idiota. Pero si no había estanque en Gillethrye...

No había esperanza. Estábamos jodidos.

Dejé que me colgara una mano. Me fui entumeciendo como si estuviera hundida en hielo.

—Cabrón.

Casi esperaba que me respondiera, pero mi mente se mantuvo en un silencio obstinado.

¿Cómo podía habernos hecho algo así? A todos sus amigos, a mí. No estaba solo en aquella batalla, pero había decidido asumir toda la carga. No era heroico ni valiente. Era una puta idiotez.

Lorreth se pasó una mano por la boca. La barba de pocos días produjo un sonido rasposo contra la palma.

—Creo que voy a vomitar —dijo en tono informativo.

Ren apartó la silla de la mesa, pero no se levantó. Se limitó a seguir allí, con las manos en las rodillas. Me dio la impresión de que le faltaban fuerzas para ponerse en pie.

—Y yo, hermano. Y yo —murmuró.

Fue Carrion quien rompió el silencio a continuación.

—Saeris. —Alcé la vista y vi que tenía la carta de Fisher en la mano. Alzó el trozo de pergamino con aire interrogativo—. ¿Cuánto tiempo ha estado abierta la puertasombra? La que había en el dormitorio de Fisher.

—No sé, horas, probablemente. No tengo ni idea de cuándo la abrió. Ya estaba allí cuando me desperté.

—No, no. —Carrion negó con la cabeza, con aire impaciente—. Digo que cuánto tiempo ha permanecido abierta después de que la atravesaras. Yo no me he fijado bien, pero diría que hemos podido hablar un poco antes de que se cerrara, ¿verdad?

—Sí, supongo... ¿Quizá unos diez segundos? ¿Doce?

—¿Siempre tarda tanto en cerrarse?

—Eh...

Yo tampoco me había fijado las otras veces en que atravesé la puertasombra con Fisher. Siempre había tenido algo más en la cabeza.

Lorreth nos dio la respuesta:

—Sí. No sé si siempre dura tanto, pero siempre hay un retraso. Fisher ya lo ha mencionado alguna vez.

—Genial. Y aquí dice que quiere que estemos listos para detener a Everlayne cuando la envíe a Cahlish por la puertasombra, porque intentará regresar con Malcolm. Lo cual implica que la puertasombra funciona en ambos sentidos. Si Everlayne puede atravesarla y llegar aquí...

—¡Nosotros podemos atravesarla para ir con él! —Casi me caí de culo al suelo. Vaya alivio... Dioses, jamás me había sentido tan aliviada. Me tembló todo el cuerpo.

Ren se puso en pie y soltó un largo suspiro.

—Podría darte un beso ahora mismo, Carrion Swift.

Carrion pareció pasmado ante aquella afirmación. Y luego algo interesado. Después de pensárselo un segundo, dijo:

—No te diré que no me apetece, pero quizá luego. Antes, Saeris tiene que llevar a cabo una tarea y yo le voy a echar una mano.

—¿Qué tarea?

Fue un milagro que pudiera formular la pregunta. Estaba tan cargada de adrenalina que la biblioteca daba vueltas a mi alrededor. Yo también iba a vomitar, seguro.

Carrion esbozó una sonrisa traviesa en la que mostró todos los dientes.

—Voy a cruzar ese portal contigo. Voy a ayudarte a salvar al gilipollas de tu novio. Pero primero quiero que me hagas una de esas espadas tan chulas.

—«Mi esposa me dejó por un pescadero. Me dijo que él sabía amar de verdad». —Hice una pausa dramática—. ¿Lo pilláis? El pescadero sabía amar de verdad. Sabía a mar.

Carrion se encogió.

—Ese chiste es horrendo.

—Cállate. El mercurio me ha pedido un chiste. No ha especificado que tuviera que ser un chiste bueno. En Zilvaren era herrera, no comediante.

—Y yo era contrabandista, pero conozco chistes mejores.

—¡Pues cuéntaselo tú! —Le tendí el crisol que contenía el mercurio.

Carrion resopló y miró al metal líquido.

—Bueno, está bien. «Un marido le dice a su mujer: te apuesto a que no eres capaz de decirme algo que me ponga contento y triste a la vez. La mujer ni se lo piensa, se gira hacia el marido y le dice: tienes la polla mucho más grande que tu hermano».

El mercurio, que no había dicho ni pío con mi chiste, soltó una risita.

—¿Qué hace? —preguntó Carrion—. Se está riendo, ¿verdad?

Puse los ojos en blanco y vertí el mercurio sobre la hoja caliente que había sujetado con un perno en el centro del fuego de la forja. No había tiempo de hacer una espada desde el principio. Ren había encontrado una espada a dos manos con buena pinta en la modesta armería de Cahlish, y a Carrion le había parecido bien. El mercurio, que Ren también había traído de la armería —al parecer, llevaba mucho tiempo allí—, consideró asimismo que la espada era lo bastante adecuada como para mezclarse con ella. Había consentido que lo forjara junto con el arma, pero a cambio quería un chiste.

Aunque el mío no le hubiera gustado, el de Carrion sí que le agradó y lo aceptó como pago, porque se fusionó con la hoja en cuanto hizo contacto. Todo el filo empezó a despedir un brillo iridiscente.

El cielo se fue oscureciendo mientras yo afilaba la espada. Carrion soltó una retahíla de chistes adicionales cada vez más obscenos.

—Por los dioses y los mártires, para ya —supliqué.

—Solo intento mejorar el ambiente. Tienes peor cara que si se hubieran meado en tu ración de agua.

«Más chistes. Danos más chistes...».

Clavé la mirada en la espada, incapaz de comprender aquel mal gusto. Desde luego, pegaba a la perfección con su dueño. Carrion, encantado, contó los chistes más asquerosos que se pudiera imaginar. Cuando acabé, le tendí la espada y él apretó el dedo contra la punta para darle una gotita de sangre. La hoja respondió de inmediato.

«Sí, sí. Nuestro amigo. Nuestro. Nos dará un nombre».

A Carrion casi se le salieron los ojos de las órbitas.

—¡Lo he oído!

—Bien. —Giré la espada y se la di—. Pues dale un nombre y pongámonos en marcha.

Ya casi se había hecho de noche y los demás nos esperaban.

Carrion enarboló la espada y la giró a un lado y a otro. Tras pensárselo mucho, dijo:

—Tiene pinta de Simon.

—¿Simon?

—Sí, Simon. A mí no me digas nada. Es la pinta que tiene... —Dejó de hablar y escuchó—. ¿Ves? Le gusta el nombre. Quiere llamarse Simon.

—Bueno, pues nada. —La espada ya no hablaba conmigo, al parecer, así que pregunté—: ¿Ha decidido si quiere darte su magia a pesar de tu frágil sangre humana?

Carrion esbozó una media sonrisa.

—Dice que tendremos que averiguarlo.

—Espero que eso signifique que sí —dije con un gruñido.

Volvimos a la biblioteca. Ren caminaba en círculos, nervioso, y se mordisqueaba el interior del carrillo. Lorreth contemplaba el fuego.

—¿Dónde están Te Léna e Iseabail? —pregunté.

—Están preparando un sitio para tratar a Layne —dijo Ren—. Iseabail ha traído todo lo que cree que necesitará para que funcione el hechizo de sedación. Te Léna confía en poder contener el veneno en la sangre de Layne el tiempo suficiente como para que su cuerpo se cure, pero...

—¿Pero?

—Eso no se ha hecho antes. Que sepamos, al menos. La cura para la maldición de la sangre se perdió hace miles de años y solo servía para ayudar a los fae que habían sido maldecidos, no mordidos. Los vampiros que se crean a causa de una mordedura tienen que morir antes de la transición, y la magia de las brujas no afecta a los muertos. Cabe la posibilidad de que el veneno de Malcolm mate a Layne antes de que pueda curarse, aunque esté en animación suspendida gracias a la magia de Iseabail.

Lorreth no se estaba quieto en el asiento.

—No me fío de ella. De la bruja —aclaró antes de que yo preguntara de quién hablaba—. Son amantes de los dragones. Es culpa suya que estemos metidos en este lío. De no ser por las brujas, no existirían los vampiros.

—Venga, no me digas que sigues creyéndote esos cuentos —dijo una voz suave y rítmica desde la entrada.

Era Iseabail, claro. La densa melena pelirroja le caía por la espalda, aunque tenía la parte superior recogida en un moño sobre la coronilla. Clavó aquellos ojos de aguamarina en Lorreth. Eran afilados como dagas.

—Gracias a esos asquerosos rumores, mi pueblo ha sido perseguido durante toda mi vida. Hace siglos que demostramos que no tuvimos nada que ver con la maldición que afectó al tuyo. El

Clan Balquhidder fue una de las cinco familias a las que el difunto rey Daianthus encargó buscar la cura para la maldición fae. Jugamos un papel vital a la hora de romperla. He venido aquí por voluntad propia para ayudar a curar a la hija de un tirano que ha puesto precio a la cabeza de mi familia. Yo mostraría un poco más de gratitud, guerrero. —Lo miró con ojos entrecerrados—. ¿Cómo decías que te llamabas?

—Sabes perfectamente cómo me llamo —rugió Lorreth—. Ya nos hemos encontrado antes, bruja.

—Ah, ¿sí? —Iseabail le dedicó a Lorreth una sonrisa felina—. ¿En serio? Debo de haberme olvidado.

Ren dio un puñetazo en la mesa y nos sobresaltó a todos.

—Basta ya. Estamos nerviosos y crispados. No nos va bien lanzarnos pullitas. Lorreth, Iseabail tiene razón. Ha venido a ayudarnos por voluntad propia.

Los ojos de Lorreth ardieron con un odio sorprendente, pero bajó la cabeza e hizo lo correcto. La disculpa que murmuró apenas sonó falsa.

—Lo siento. Te damos las gracias por haber venido.

La pelirroja parecía disfrutar del apuro del guerrero. La tensión que había en el aire se podía cortar con un cuchillo. Yo no iba a ser capaz de repetir ninguno de los chistes horribles que había contado Carrion en la forja, así que tendría que buscar otro modo de aligerar el ambiente. Di un paso hacia la mesa y miré a Carrion por encima del hombro.

—¿Qué te parece si le dices a todo el mundo el nombre que has elegido para tu esp...?

Un agujero negro y rabioso se abrió en el aire.

De él surgió un borrón azul oscuro que se estrelló contra la mesa. Volaron libros por doquier.

La madera se astilló.

—¡Joder!

Había sido Ren. Reaccionó antes que el resto de los presentes en la biblioteca; se abalanzó sobre Everlayne para ayudarla. Había caído del puto techo. Esta vez la puertasombra no era vertical, sino horizontal, y flotaba en el aire a tres metros sobre el suelo. Everlayne acababa de destrozar al caer nuestro único modo de alcanzarla.

—¡Mierda! —exclamó Carrion.

—¡Rápido! —Lorreth rodeó la mesa destrozada y me agarró con brusquedad del brazo. No había tiempo para gentilezas. Le vi escrito en el rostro lo que pensaba hacer, y no me parecía mal, pero...

—¡Espera, mi espada! —Idiota. ¡Valiente puta idiota estaba hecha! No llevaba a Solace al cinto. Aún había luz fuera. Taladaius había dicho que Malcolm se encontraría con Fisher al ocaso, pero fuera aún había claridad. ¡No estaba preparada!—. ¡Primero a Carrion! —grité.

La espada estaba apoyada en un atril junto a la ventana más alejada de nosotros. Fui a la carrera hasta ella, la agarré, me giré.

Lorreth y Ren alzaban a Carrion y lo ayudaban a cruzar la puerta. Su torso ya había desaparecido. Como si de pronto hubieran tirado de él desde el otro lado, sus piernas ascendieron de un latigazo y desapareció.

—¡Saeris! —gritó Everlayne. No estaba muerta. Crucé corriendo la biblioteca hacia los brazos extendidos de Lorreth, pero me dio tiempo a darles las gracias a los putos dioses de que estuviera viva. Sin embargo, no pude detenerme a consolarla.

—¡Volveré pronto, Layne!

Las manos de Lorreth se cerraron en torno a mi cintura. Renfis me agarró por las piernas.

El chillido aterrado de Everlayne me atravesó mientras los dos guerreros me arrojaban por la puertasombra.

—¡Saeris, espera! ¡El agua!

Pero era demasiado tarde para entrar en pánico. No había tiempo de preguntar a qué se refería. La puertasombra me atrapó y un viento helado me agitó la ropa y me rasgó por dentro. Intenté agarrarme a lo que hubiera usado Carrion para introducirse por la puerta, pero no había nada que sujetar. Hubo un cambio rapidísimo y vertiginoso en la gravedad y, de pronto, me encontré boca abajo.

De pronto estaba c
a
y
e
n
d
o
.
.
.

39

¡ANNORATH MOR!

Me lloraron los ojos por el viento. Me esforcé por mantenerlos abiertos, pero ojalá no lo hubiera hecho. Veinticinco metros de aire se extendían ante mí, y al final de ellos, un enorme y resplandeciente estanque de seda negra.

No.

No era seda. Era agua.

Un lago.

Abrí la boca para gritar...

... e impacté en la superficie como un meteorito al estrellarse.

Dolor.

Por todas partes. No podía...

DOLOR.

Oh, dioses.

No podía respirar.

Mis costillas chillaban. Me reverberaba la columna de pura agonía. El corazón me retumbaba.

Un agua helada se me metió por las orejas y me abrasó los ojos. Estaba todo tan negro que no sabía distinguir arriba de abajo.

Mi cuerpo reaccionó y mis piernas empezaron a patalear, presas de un pánico inmediato. Absoluto.

Cerré las manos, desesperada por encontrar algo a lo que agarrarme, pero no había nada, solo agua. Agua, puta agua por todas partes.

Me ardían los pulmones por la falta de oxígeno. Tenía que respirar. Respirar.

Tenía que llegar a la superficie. Tenía que respirar. Tenía que...

Un movimiento desplazó el agua hacia mí. Me vi apartada a un lado. De pronto, me agarraron unas manos. Alguien me había encontrado en la oscuridad. Aún no podía ver, pero me revolví, pataleé, alargué las manos, con los dedos entumecidos por el frío. Me agarré a algo —tela— y lo sujeté con fuerza. El corazón me tronaba en los oídos. Me sacaron del agua.

Mi cabeza emergió a la superficie e inspiré hondo, aterrada. La conmoción se propagaba por todo mi sistema nervioso. No estaba a salvo. No había tierra bajo mis pies. Iba a morir.

—Shh, Saeris. Ya está. Ya está. Respira. En dos segundos, llegaremos a la orilla.

Lorreth. Lorreth me había agarrado. Aparté la vista de él y me estremecí violentamente en sus brazos. Me castañeteaban los dientes. Él pataleó como si le pisara los talones una manada de gatos infernales. Tardamos más de dos segundos en llegar a la orilla, pero no mucho más.

Sollocé e intenté incorporarme hasta quedar sentada en medio de las suaves olitas que lamían la orilla del lago. Sentía todo el cuerpo roto. A buen seguro, tenía varias costillas fracturadas. Cuando intenté llenar los pulmones de aire, fue como si me clavaran una daga en el costado.

—¿Dónde está... Carrion? —pregunté resollando.

Por suerte, Lorreth no parecía herido. Estaba empapado y tenía el pelo aplastado. Se puso en pie en la orilla y sus ojos escrutaron la oscuridad. Yo no veía nada en absoluto, pero probablemente era porque se me estaba partiendo la cabeza en dos.

—Ahí. Lo veo —dijo Lorreth jadeando—. Espérame aquí. Voy a por él.

Ja, pensé. ¿Dónde cojones creía que me iba a ir? Caí de espaldas sobre la orilla. Varias piedrecitas afiladas se me clavaron en la piel. El cielo estaba preñado de nubes tan oscuras que sumían al mundo entero en la oscuridad. En un primer momento, apenas vi nada. Luego, el dolor de mi pecho menguó un poco y mis ojos se adaptaron a aquel nuevo entorno. Vi la pared de un acantilado que se alzaba hacia el cielo a mi espalda.

La piedra era obsidiana negra, tan resbaladiza como el vidrio. Debía de medir treinta metros por lo menos.

—Mierda —dije jadeando—. Mierda, mierda, mierda.

Habían sucedido muchas cosas en los últimos tres minutos. Había estado en la biblioteca y, de golpe y porrazo, mi amiga se había caído del techo y había hecho pedazos una mesa. Me había visto arrojada a través de una puertasombra, había caído veinticinco metros hasta una masa de agua helada y casi me había ahogado. No me había resultado nada divertido.

Volví a intentar erguirme para quedarme sentada cuando Lorreth emergió una vez más del lago, cargando con Carrion. El ladrón no se tenía en pie, lo cual no era buena señal. Mi preocupación aumentó cuando Lorreth lo dejó caer sobre las rocas y vi que tenía los ojos cerrados y los labios azules.

Me olvidé del dolor y me forcé a ponerme en pie.

—¿Por qué no se despierta?

—Ha tragado mucha agua —dijo Lorreth con un tono tenso.

Él también se arrodilló junto a Carrion. Le dio un puñetazo en el centro del pecho. Yo me encogí. Aquel golpe podría haber dejado sin aliento a cualquier gran guerrero, pero Carrion no reaccionó.

—Vamos —murmuró Lorreth. Volvió a golpearlo. Nada.

Yo estaba tan asustada que no me atrevía ni a parpadear.

—Carrion Swift, como no te despiertes ahora mismo, les voy a decir a los gilipollas de tus amigos del Tercero que me echaste un polvo de mierda.

Lorreth le dio otro golpe en el plexo solar.

—¡Se lo voy a decir de verdad! —exclamé.

Carrion se enderezó como si le hubiera caído encima un rayo. Se volvió hacia Lorreth y vomitó un buen caudal de agua del lago, entre toses y escupitajos. *Ay,* pensé. *Gracias sean dadas a los dioses.* Caí de espaldas y aterricé de culo, pero intercambié una mirada de alivio con Lorreth.

Una vez que Carrion dejó de vomitar, volvió a apoyar la espalda en el suelo y me miró con ojos entornados.

—No... serás... capaz.

Solo estábamos nosotros tres. Renfis no había conseguido cruzar.

El general había impulsado a Lorreth por la puertasombra y le había gritado que siguiera.

—Sentí que me succionaba y que luego se cerraba —dijo mientras nos recuperábamos—. De haber saltado un segundo después, creo que esa maldita cosa me habría cortado por la mitad.

Había tenido una fracción de segundo más que yo para asimilar la advertencia de Everlayne sobre el agua. Cuando había empezado a caer, se había dado cuenta de lo que sucedía y se había preparado para el impacto. Carrion no había tenido advertencia alguna. Nos contó que había caído en plancha contra el agua. Pensé que a mí me había pasado lo mismo. Eso explicaría que ahora los dos respiráramos con un pitido.

Lorreth hurgó entre sus bolsillos empapados y sacó una pequeña bolsa de cuero cerrada con un cordón. Mientras Carrion y yo nos esforzábamos por ponernos en pie, buscó en el interior de la bolsa y sacó un montoncito de hojas. Las secó como pudo y nos ofreció a cada uno dos de ellas.

—Mascadlas un poco y ponéoslas bajo la lengua —nos indicó—. Pero, hagáis lo que hagáis, no os las traguéis si no queréis cagaros por la pata abajo en cinco minutos.

—¿Qué es?

—Ruina de viuda. Os calmará el dolor durante un par de horas. Lo calmará del todo, ojo. La llevamos con nosotros en todo momento, por si la necesitamos en la batalla.

—¿Y a qué viene ese bonito nombre? —Puse una mueca al morder las hojas. Estaban más amargas que el mismo infierno.

—Porque es muy adictiva y te hace sentir como si pudieras acabar con un ejército entero de devoradores. Muchos guerreros la suelen tomar para neutralizar el dolor de una herida. Pero luego la siguen tomando. Y se mueren.

—Ah, bueno es saberlo. —Puse cuidado en no tragarme las hojas una vez mascadas. Me metí debajo de la lengua el grumo que había hecho y ya noté que las propiedades sedantes empezaban a hacer efecto.

Se me empezó a aclarar un poco la mente. Y, acto seguido, empezó a agudizarse. ¿Dónde demonios estábamos?

Miré en derredor y no me gustó lo que vi. Nos encontrábamos en una especie de playa, dentro de una pequeña oquedad. A nuestra espalda, se alzaban acantilados que parecían una hilera de dientes escarpados. Se elevaban de la misma playa y la cerraban de manera que no se podía acceder desde ningún extremo. Había dos modos de salir de allí. El primero —volver a internarse a nado en el lago y rodear los acantilados— era evidentemente imposible, porque ni Carrion ni yo sabíamos nadar, joder. Lo cual nos dejaba la otra opción: escalar. Los tres contemplamos la pared de obsidiana y palidecimos.

Bastante malo había sido caer de la puertasombra al agua, pero caer de un acantilado y quedar empalado en un montón de rocas afiladas era una buena manera de asegurarse un billete de ida al más allá. Y yo aún no estaba lista para partir.

Por suerte, Carrion y yo teníamos algo en común: a los dos se nos daba muy bien escalar. Nos habíamos pasado buena parte de nuestras vidas trepando por las murallas del Tercero. Murallas que, por increíble que pareciese, eran más altas que aquella pared rocosa y mucho más difíciles de ascender. Y la ruina de viuda me estaba subiendo como un globo.

—¿Vamos al lío? —preguntó Carrion al tiempo que echaba el cuello hacia atrás para otear la cima de los acantilados.

Fisher estaba allá arriba.

Lo sabía. Podía sentirlo.

Contemplé los acantilados y parpadeé. Me di cuenta, pasmada, de que había empezado a nevar. Copos gordos de nieve caían por el aire y revoloteaban desde los cielos trazando perezosos círculos. Uno de ellos me cayó en la mejilla. Cuando me lo quité con la punta de los dedos y vi que en ellos quedaba una marca de fino polvo gris, comprendí que no era nieve.

Del cielo sobre Gillethrye llovía ceniza.

En cuanto me agarré a la cara rocosa del acantilado, una explosión de sonido reverberó en la noche, altísima, compuesta de muchísimas voces demenciales que bramaban y aullaban a un tiempo. Los guijarros que había a nuestros pies empezaron a temblar y sacudirse.

«¡Annorath mor!».

«¡Annorath mor!».

«¡Annorath mor!».

—¡Arriba! —grité—. ¡Arriba!

De algún modo, gracias a los dioses, acabamos de una pieza.

Teníamos las manos llenas de profundos cortes y cubiertas de sangre, pero nos dio igual. Cuando nos aupamos sobre el borde del acantilado, la escena que se extendió ante nosotros nos pareció salida de una pesadilla.

Ante nosotros, se alzaba un enorme anfiteatro que se abría hacia el lago. Una sucesión de gradas que parecían no tener fin. La construcción era tan abrumadora que mi mente no pudo ni concebir el tamaño que tenía. El edificio, si podía denominarse así, era algún tipo de megaestructura. En las gradas, se sentaban cientos de miles de personas que rugían hasta desgañitarse.

—¡Annorath mor!

—¡Annorath mor!

—¡Annorath mor!

Aquel terrible cántico me sacudió hasta los huesos. Eran las primeras palabras que me había siseado el mercurio en la forja del

Palacio de Invierno. Esas palabras habían afectado a Fisher de un modo que yo no había esperado. Parecía asustado. Y ahora comprendí por qué. Aquello no era solo un anfiteatro. Era un matadero. Y nosotros éramos los siguientes.

—¿Qué es lo que gritan? —preguntó Carrion jadeando.

—Liberadnos —contestó Lorreth en tono horrorizado—. Liberadnos. Liberadnos.

Ahora lo oí, como si las palabras hubiesen sido traducidas en mi mente. Cientos de miles de personas que suplicaban que las liberasen. No soportaba mirarlas a todas.

Me centré en el profundo hueco que había en el suelo ante nosotros. En su interior, se extendía un auténtico laberinto. Al otro lado del laberinto, atisbé un pedestal alzado, muy lejos. Había gente sentada en aquel pedestal. Y a sus pies, sobre unas escalinatas de piedra que descendían hacia el laberinto, se encontraba Fisher. Apenas era una manchita negra en comparación con la colosal estructura que nos rodeaba, pero supe que se trataba de él. Vaya que sí.

—En el nombre de los cinco infiernos, ¿qué es esto?

La voz que se oyó como respuesta detrás de nosotros me heló la sangre. La última vez que la había oído, su dueño había suplicado clemencia a gritos en el Salón de los Espejos del palacio de Madra. Ahora dijo:

—En realidad, esto no es más que el primer círculo del infierno, Lorreth de los Chapiteles Rotos. Pero estaré encantado de mostrártelos todos.

Harron, el capitán de la guardia de Madra, se encontraba a pocos centímetros detrás de Lorreth. Sus ojos eran esferas de metal rayado, puro mercurio, que destellaban en las cuencas de su cráneo demacrado. Desplegó una amplia sonrisa de dientes destrozados y fue entonces cuando me percaté de que le había puesto a Lorreth una daga en la garganta.

—Te rajaría el gaznate ahora mismo sin dudar para quedarme con la chica —dijo resollando al oído de Lorreth. Esos demenciales globos oculares giraron en su cabeza. Comprendí que me miraba a mí porque se volvió donde yo estaba. La sonrisa adoptó un cariz siniestro—. Últimamente me has causado todo tipo de problemas, Saeris. Se suponía que tenías que morir para mí, como un buen animalito. Pero no importa, no importa. Quizá esto sea aún mejor.

Harron.

¿Podía ser Harron? ¿En Yvelia? Que estuviera allí... no tenía sentido.

Lorreth podría haberlo despachado fácilmente. Era un guerrero fae purasangre, mientras que el capitán era humano. Y por su aspecto, un humano muy desmejorado. Al guerrero no le habría costado nada darse la vuelta y desarmarlo. Estaba segura de que eso era justo lo que habría hecho... de no haber sido por los cientos de devoradores que escalaban la cara del acantilado detrás de Harron.

Se repartieron por el terreno, a cuatro patas, con gruesos chorros de saliva manchada de veneno colgando de las bocas. Aquellos devoradores parecían nuevos, lo cual les daba un aspecto aún más aterrador. Todavía los acompañaba el rubor de los seres con vida. Pronto desaparecería, pero de momento aún parecían ser fae. Y querían devorarnos. Se adelantaron, convertidos en una marea cada vez más cercana, pero Harron los contuvo con un gesto de la mano. ¿Qué poder tenía Harron sobre aquellos monstruos?

El capitán adelantó la mano libre, que tembló por el esfuerzo. El aire cercano a Carrion pareció endurecerse y fracturarse como si de cristal se tratase. Las fracturas se convirtieron en grietas y luego el aire se rompió hasta formar un vórtice en movimiento. De su interior surgió un sonido como de gritos agónicos amontonados.

—Tardaríamos mucho a pie —dijo Harron—. Y no queremos que te pierdas el inicio de los juegos, ¿verdad? —Señaló con el mentón hacia el vórtice—. Adentro. Ahora. Si te das prisa, quizá te dé tiempo a despedirte de tu amigo.

Aquello no se parecía en absoluto a la puertasombra de Fisher. Había algo mal en el vórtice de Harron. Parecía una perversión de la naturaleza. Las tripas me indicaron que no debía entrar bajo ningún concepto, pero ¿qué alternativa me quedaba? Al borde del acantilado, había al menos trescientos devoradores. Solo hambre. Solo muerte. Habría preferido arrojarme de nuevo al lago que entrar en aquella fulgurante distorsión en el aire..., pero capté la mirada de Lorreth. Mi amigo asintió.

—No te preocupes, Saeris. Iremos detrás de ti.

Elevé una plegaria a los dioses para que aquello no se torciese horriblemente. Miré por encima del hombro hacia el pedestal, a aquella pequeña mancha en lo alto de los escalones. Se me encogió el estómago de los nervios. «Estamos aquí, Fisher. Si sirve de algo, ya llegamos».

No esperaba respuesta alguna, pero me llegó igualmente mientras entraba en el portal de Harron.

«¿Saeris?». La voz de Fisher sonó aterrada en mi mente. «¡Saeris, no vengas aquí!».

Pero ya era tarde. El vórtice de Harron me hizo pedazos.

40

PRESENTACIONES

Fisher fue lo primero que vi.

Como siempre, pensé.

Mi corazón y mi alma sabían exactamente dónde encontrarlo.

Estaba de rodillas, cubierto de sangre, arrodillado a los pies de una escalinata que ascendía hasta el pedestal. Tenía el pelo empapado de sudor, y estaba cubierto de arañazos y cortes. El gorjal de cabeza de lobo aún resplandecía en su garganta, pero estaba salpicado de sangre, tanto roja como negra. Su armadura de cuero había quedado destruida, tajos profundos le cortaban el protector pectoral. Los brazales de las muñecas estaban cubiertos de vísceras. Parecía agotado; respiraba entrecortadamente por la boca. No giró la cabeza, pero me miró por el rabillo del ojo. Vi en su mirada tanto miedo como devastación.

«No deberías haber venido, pequeña Osha», dijo en mi mente. La derrota reverberaba en sus palabras. Hundió los hombros y cerró los ojos cuando Lorreth y Carrion emergieron de la puerta a mi lado, con Harron a la espalda. «Quería evitarte esto. No quería que sufrieras conmigo».

Como si un rayo de energía lo hubiese atravesado de pronto, Fisher echó la cabeza hacia atrás, con una mueca de dientes apretados, tensos los músculos del cuello.

—¡No! —Intenté echar a correr hacia él, pero mis pies no me lo permitían. Estaba inmóvil.

—¡Bienvenidos, amigos, bienvenidos! No nos han presentado formalmente.

Aquella voz fría como el hielo cortó el aire como una guadaña.

—Por los dioses vivos —dijo Lorreth.

No quería apartar la vista de Fisher, pero tuve que hacerlo. Tenía que saber quién...

Por... el puto... infierno.

La ruina de viuda me estaba provocando alucinaciones. No había otra explicación para lo que estaba viendo.

Sentado en el centro del pedestal, estaba Malcolm. Imposible no reconocer sus delicadas facciones y el largo pelo plateado. Era él quien había hablado. Solo podía ser él, porque yo ya conocía a las otras dos figuras que se sentaban a ambos lados. Y ellas sabían perfectamente quién era yo.

A la derecha del pedestal, se sentaba Belikon. Y a la izquierda... Madra.

Ambos iban vestidos con galas regias. El rey yveliano vestía de terciopelo verde montaraz, y la reina de Zilvaren se cubría con un vestido de cuello alto de resplandeciente oro.

Intenté parpadear, por si se trataba de alguna ilusión, pero allí siguieron, impasibles, sentados junto al rey vampiro.

Carrion había palidecido; ni rastro de su arrogancia habitual. Observó a las tres figuras del pedestal con sincero odio en los ojos.

—Como nadie parece dispuesto a hacer las presentaciones formales —dijo Malcolm—, supondré que tú eres Saeris. Y por la estatura y ese lobo que llevas al pecho, imagino que tú eres uno de los Lupo Proelia de Kingfisher. Pero no eres el general que tantos problemas me ha causado. No, a Renfis ya lo conozco. Así que debes de ser Lorreth. El que destrozó las torres de Barillieth y asesinó a miles de mis hijos. —Sus fríos ojos grises destellaron con una rabia que se contuvo cuando se posaron sobre Carrion—. A ti no te conozco.

Carrion hizo una profunda reverencia, si bien era un gesto carente del menor respeto. Una burla.

—Carrion Swi...

Malcolm le hizo un ademán con la cabeza a Harron y el guardia golpeó la nuca de Carrion con la empuñadura de la daga. El golpe interrumpió a Carrion y lo hizo caer de rodillas.

Fisher gruñó. Aún luchaba contra el dolor que claramente le recorría el cuerpo. Tanto Lorreth como yo echamos mano a nuestras espadas, pero Belikon soltó una carcajada retumbante y alzó una mano.

—Os prevengo: no cometáis ninguna necedad. Vuestras espadas no tienen efecto aquí. ¿No lo notáis en el aire? —Sonriente, señaló al cielo, a los copos de ceniza que aún flotaban por el aire—. Este lugar es un cementerio. El mismo aire está impregnado de muerte. El suelo que hay bajo nuestros pies está compuesto de huesos y ceniza. Vuestra magia no alcanzará este lugar.

Madra, con el pelo rubio recogido en una hermosa trenza bajo la resplandeciente corona, emitió un sonido contrariado.

—Deberías haber dejado que lo intentaran, hermano. Tenía ganas de ver su expresión cuando se dieran cuenta del lío en el que se han metido.

¿Hermano?

Pero... ¿cómo iba a ser Belikon su hermano?

Humana, fae y vampiro: los tres gobernantes adoptaron similares expresiones de satisfacción mientras contemplaban nuestro desconcierto.

No pude contener la lengua:

—¿De verdad creéis que es vuestra aliada? Os equivocáis. Fue ella quien adormeció al mercurio y cerró los portales entre los reinos.

Belikon resopló.

—Por supuesto que fue ella. Siempre hemos sabido que fue Madra. Y sí, en un primer momento, nos enfurecimos. Pero resulta asombroso lo poco que duran estos enfados con el paso de los siglos.

—Pues sí —convino Madra—. A fin de cuentas, lo único que hice fue cerrar el portal porque lo usaste para enviar una bestia que debía asesinarme. Así que yo también tenía mucho que perdonar.

Belikon inclinó la cabeza y aceptó aquella acusación aterciopelada.

—Cierto. Tienes toda la razón, hermana. Todos cometimos errores. Por suerte para nosotros, tenemos la oportunidad de corregirlos. Y ahora que se ha reunido nuestro Triunvirato, los tres somos más poderosos de lo que hemos sido en toda una era.

¿Belikon lo sabía? Durante todos esos años, había sabido que fue Madra quien cerró las puertas, pero le echó la culpa al padre de Fisher. Había enviado a Finran a Zilvaren, a que lo mataran, y luego le había echado la culpa por el cierre de los portales entre los reinos. Lo había declarado traidor y había denigrado por ello a toda la Casa de Cahlish. Edina había pagado por ello. Y Fisher también, una y otra y otra vez.

Una furia sin paragón me revolvió las tripas. Miré al rey.

Parecía que Lorreth compartía esa misma rabia.

—Sois un puto desgraciado —dijo, hirviendo de odio—. ¿Cómo podéis sentaros ahí, al lado de Malcolm? Nuestra gente lleva en guerra con él desde... desde...

—¿En guerra? —dijo Belikon en tono desdeñoso—. No estamos en guerra, necio. Lo único que hemos hecho ha sido acrecentar el ejército de mi hermano.

Otra vez esa palabra: *hermano*. Yo no lo comprendía del todo, pero había ciertas piezas de aquel puzle que empezaban a encajar. Belikon se había negado a enviar suministros y comida a Irrìn. Había sometido a embargo la plata —lo único capaz de matar permanentemente a los devoradores de Malcolm— y se había negado a enviar siquiera un poco del metal al sur. ¿Por qué malgastar en suministros para soldados, si en realidad no quería que sobrevivieran? ¿Para qué darles armas mortales a sus guerreros, si en realidad no quería que mataran a sus enemigos?

—¿Qué tal si le das un descanso a tu juguetito, Malcolm? —ronroneó Madra. Miró a Fisher con agudo interés—. Sería una pena que se muriera antes de participar en nuestro juego. Me encantará ver cómo te vuelve a vencer. La vez anterior me la perdí.

Malcolm dio un respingo y soltó una suave risita entre dientes.

—¡Ah, por supuesto! Te prometí un poco de diversión, ¿verdad? Mis disculpas, hermana.

Hizo un gesto que liberó a Fisher de la tortura invisible a la que lo estaba sometiendo. Él se limitó a derrumbarse. De pronto libre, Fisher quedó a cuatro patas, jadeando, intentando respirar. Malcolm alzó un cáliz de cristal tallado y se lo llevó a la boca. El líquido denso y viscoso que había en el cáliz le pintó de rojo los pálidos labios. Esbozó una sonrisa sangrienta cargada de hilaridad y dijo:

—¿Sabéis? Me llena de satisfacción que estemos los tres reunidos de nuevo. Te has perdido mucho, Madra. Lo hemos pasado muy bien, sobre todo últimamente. La caída de Gillethrye fue todo un espectáculo, ¿verdad, hermano?

—Espectacular —convino Belikon—. Tú estabas allí, ¿no, perro? Lo presenciaste todo de principio a fin. ¡Tenías asiento de primera fila!

—Que... te... follen —dijo Fisher con voz áspera—. Te voy... a... destruir..., joder.

El corazón me retumbaba en el pecho. La sangre me iba al galope. El padre de Everlayne se puso en pie, con el rostro contraído de odio, y bajó los escalones hacia Fisher.

—Igual que Finran. Deslenguado y arrogante. Tanta importancia, tan superior. Pero eres menos que la mierda que tengo en las botas, Kingfisher. —Escupió su nombre como si fuera una maldición—. ¿Qué tal si les cuentas a tus preciados amigos lo que hiciste aquí, eh? —Agarró a Fisher de los cabellos y le echó la cabeza hacia atrás de un tirón—. ¿Qué pasa, chico? ¿Te ha comido la lengua el gato? Ah, no. Espera. Es que no puedes contarles lo que hiciste aquí, ¿verdad?

Belikon se movía más rápido de lo normal. Alzó la rodilla e impactó contra la mandíbula de Fisher. Fue un golpe durísimo que derribó a Fisher sobre el suelo de piedra. En las gradas, la multitud rugió de aprobación.

—¡No! —Di un paso al frente, pero unas manos se cerraron sobre mis brazos. Guardias. Del Palacio de Invierno. Eran fae normales, ¿no? Me daba vueltas la cabeza. Miré a los ojos al hombre que me sujetaba del brazo derecho y vi que estaba avergonzado. Sabía que aquello estaba mal, pero se encontraba allí, obedeciendo las órdenes de aquel psicópata—. ¡Suéltame!

Belikon abrió los brazos y se dio la vuelta. Le encantaba dar espectáculo. Se echó a reír. Su voz resonó por encima del pedestal.

—¿Qué te parece, Malcolm? ¿Les cuento lo que hizo el perro? ¿O lo libero de su juramento para que lo cuente él?

Malcolm tomó otro sorbito de sangre del cáliz de cristal y se encogió de hombros. Contempló a los miles de espectadores que se sentaban en el anfiteatro.

—Creo que deberíamos consultarles a ellos —dijo en tono frívolo—. A fin de cuentas, Fisher los mató a todos.

—Embustero. —Lorreth parecía a punto de abalanzarse sobre el pedestal y arrancarle la cabeza de los hombros a Malcolm—. ¡No fue culpa suya!

¿Cómo que Fisher los mató a todos? ¿De qué hablaba Malcolm? Contemplé las gradas, obligándome por fin a mirar a aquella gente. Hilera tras hilera... todos los asientos estaban ocupados por fae. Iban vestidos con ropas negras y tenían la piel...

Un momento, pensé.

Tenían la piel... abrasada. Las ropas no eran negras. Estaban chamuscadas. Las bocas atrapadas en gritos horribles. Y los ojos. *Dioses, los ojos.* O bien les faltaban, o bien se habían convertido en gelatina derretida que les fluía de las cuencas. Mujeres. Niños. Hombres. Todos muertos. Quemados vivos, pero de alguna manera animados, atrapados en su dolor.

Carrion forcejeó con los guardias que lo sujetaban mientras contemplaba la pesadilla que había a nuestro alrededor.

—Joder —susurró.

Belikon aplaudió, disfrutando por completo nuestro horror.

—Tienes razón. Preguntémosles —dijo. Gritó la pregunta y su voz se propagó por cada rincón del anfiteatro, sobrenaturalmente alta—. ¿Qué decís, fae de Gillethrye? ¿Debería quitarle la mordaza al perro? ¿Debe confesar por fin sus crímenes?

Los gritos crecientes que siguieron fueron feroces. Yo no entendía si estaban a favor o en contra de que Belikon liberase a Fisher del juramento que le impedía desde hacía tanto tiempo hablar de ello. No era más que ruido, pero la respuesta pareció deleitar a Belikon.

—Maravilloso, maravilloso. Los fae de Gillethrye han hablado. —Se volvió hacia Fisher. Le puso de golpe las manos en los hombros y lo zarandeó con fuerza—. Te libero del juramento que hiciste con nosotros, Kingfisher, Ruina de Gillethrye. Vamos. Cuéntales a tus amigos el pacto que hicimos hace tantos años.

41

GILLETHRYE

Fisher se limpió la sangre de la boca e intentó ponerse en pie. Parecía que el esfuerzo iba a costarle el resto de sus fuerzas, pero, poco a poco, lo consiguió. Casi se me hizo trizas el corazón cuando avanzó a trompicones hacia nosotros y vi el alcance de todas sus heridas.

«Apenas puedes caminar».

Había mucho dolor en sus ojos. No lo causaban las laceraciones que le cubrían el cuerpo. Era aquel lugar.

«Estaré bien, Osha». Su voz, dentro de mi cabeza, era un susurro.

Lorreth alargó la mano hacia Fisher para ayudarlo a sostenerse, pero Harron gruñó y le dio un empujón.

—¿Qué te han hecho? —preguntó el guerrero.

Fisher sonrió, los dientes manchados de sangre.

—Creo que se llama... venganza, ¿no, Harron?

—Menos de lo que te mereces por lo que me hiciste —soltó el guardia—. Yo mismo te habría matado si...

—Calla la boca, humano —espetó Belikon—. Kingfisher va a contarnos una historia. Cuéntales cómo pensaste que podías engañarme, perro.

Agotado, Fisher habló al fin.

—La horda se había reunido a las puertas de Gillethrye. Decenas de miles de vampiros. Nuestros ejércitos del sur se habían enzarzado en una batalla con un contingente mucho menor que había servido de distracción. Descubrimos demasiado tarde que los devoradores de Malcolm marchaban hacia Gillethrye. Yo no podía transportar a suficientes guerreros por la puertasombra, así que llevé conmigo a Ren y a algunos de los demás lobos para intentar salvar a cuantos pudiéramos.

—Qué arrogancia —dijo Belikon—. Siete guerreros contra veinte mil. ¡Y de verdad pensó que podría contenerlos!

Fisher ignoró al rey y prosiguió.

—No llegamos a tiempo. La horda ya estaba dentro de la ciudad cuando llegamos. Los fae estaban por las calles, celebrando el Festival de la Primera Canción, lo cual no hizo sino simplificar el trabajo de la horda. Arrasaron la ciudad como una plaga de langostas y se alimentaron de todo aquello con lo que se cruzaron. Vaciaron de sangre a sus víctimas y les dieron una muerte agónica.

Lorreth hundió la cabeza y asintió, como si ya estuviera al tanto de todo y oír el relato solo sirviera para herirlo en el alma. Sin embargo, alzó los ojos de golpe cuando Fisher dijo:

—Dejé a Ren y a los demás y fui a por Malcolm. Había decidido que iba a intentar matarlo yo solo. Pero no encontré a Malcolm o, al menos, no en primer lugar. Encontré al cabrón que mató a mi madre.

Belikon se pasó la lengua por los dientes.

—¿Crees que me vas a avergonzar por airear mis pecados? Pues piénsatelo mejor. Se suponía que esa zorra de tu madre tenía el don de la profecía, pero en realidad era una inútil. —Se carcajeó—. Lo admito, en cuanto parió al bebé que le hice a la fuerza, le rajé la garganta. Estaba harto de sus putas mentiras.

—Jamás te mintió —dijo Fisher en tono seco—. Aunque su vida hubiera dependido de ello, no habría podido sino decirte la verdad.

Belikon ignoró las palabras de Fisher.

—Sigue. Háblales del trato que hicimos.

—Malcolm llegó al frente de su hueste. Fue entonces cuando descubrí que Belikon y él no eran en absoluto adversarios. Eran aliados, estaban colaborando desde antes de la maldición de la sangre. Hasta hoy no sabía que Madra también estaba implicada. Quise negociar para salvar a los habitantes de Gillethrye que seguían con vida y Belikon me propuso un trato: encontró una moneda que solo se usaba en Gillethrye. La cantidad más baja que usaban los fae de aquí. Dijo que si la moneda caía del lado de la hoja, Malcolm se llevaría a su horda y dejaría la ciudad sin hacer daño a un solo ser vivo más. Pero si la moneda caía del lado del pez, Malcolm reclamaría la ciudad para sí y la destruiría, y yo tendría que dejar morir a los que quedaban con vida y enfrentarme a él en el campo de batalla más tarde.

—No estás contando lo mejor —interrumpió Belikon—. Tampoco podía tocar la moneda ni influir en la caída en modo alguno. No podía hacerme daño a mí ni a mi hermano mientras la lanzábamos. No podía tocarnos un solo pelo de nuestras hermosas cabezas. Y, hasta que se hubiera decidido el resultado, tampoco podía hablarle a nadie del trato ni contar que Malcolm y yo éramos hermanos. Y accedió. Tan desesperado estaba por salvar a un puñado de campesinos que accedió a cerrar un pacto de sangre conmigo.

Desde el pedestal, Malcolm exclamó:

—¡Prestad atención, que llega mi parte favorita!

Belikon se detuvo ante Fisher, su nariz bulbosa a dos centímetros de distancia de la mejilla de este. Quizá pretendía intimidarlo, pensé, pero Fisher me miraba a mí. No reconocía la presencia de aquel pedazo de mierda maligno.

—Lancé la moneda... —dijo Belikon.

—¡Y yo la atrapé! —Malcolm alzó el cáliz de cristal en un brindis a sí mismo.

La moneda jamás tocó el suelo, pensé.

—¡La moneda jamás tocó el suelo! —se mofó Belikon.

Una tristeza sin fondo aleteó en los hermosos ojos de Fisher. El mercurio estaba fino como un hilo, hilvanado por su iris derecho, completamente inmóvil.

—Y los hijos de Malcolm se dieron un festín, ¿verdad, perro? —Belikon se acercó aún más hasta que su frente chocó contra la sien de Fisher. Sin embargo, no hubo reacción alguna por su parte. Resultaba asombroso el control que tenía. A mí se me llenaron los ojos de lágrimas. Me fijé en las alas que se extendían bajo el gorjal de plata de su garganta.

—Así que quemé la ciudad entera —dijo Fisher, sin tapujos ni excusas—. Puse barricadas y dejé a todo el mundo atrapado dentro. La horda de Malcolm había mordido o matado a todos. Gillethrye contaba con casi doscientos mil habitantes entre altos fae y fae menores. No podía permitir que se unieran a la horda de Malcolm. Habrían arrasado el reino entero. Así que di la orden. Hice lo que había que hacer.

—Una maniobra digna de un hijo de puta —dijo Malcolm con un ligero mohín. Bajó del pedestal y ayudó a Madra a descender los escalones de piedra. Al verlos acercarse, se me erizó el vello de los brazos—. Me encanta retorcer las reglas a mi favor, pero no me gusta tanto que las retuerzan en mi contra. Así que decidí atormentar un poco al pobre Kingfisher. He de admitir que fue un poco cruel, pero...

—Siempre has hecho de la crueldad una obra de arte, hermano. —Madra esbozó una sonrisa afectada. Soltó la mano de Malcolm y, despacio, rodeó a Fisher, con ojos intrigados—. Es insoportablemente guapo, ¿verdad? Entiendo que quisieras quedártelo como mascota. Me muero de ganas de saber qué sucedió a continuación.

—Querida hermana, lo que pasó a continuación fue que creé el laberinto más diabólicamente letal que pudiera concebir mi mente —dijo Malcolm, como si resultara obvio—. Coloqué la moneda de Belikon en el centro y, luego, construí este coliseo. Puse en las gradas los cuerpos eternamente ardientes que nuestro principito había querido salvar. Lo único que tenía que hacer para acabar con su sufrimiento era encontrar la moneda y conseguir que tocara el suelo. Evidentemente, ya era tarde para librar a los fae de la muerte, pero al menos podría acabar con su sufrimiento. Y luego —añadió con una floritura teatral—, sería libre de enfrentarse conmigo en el campo de batalla y vengarse.

Madra pasó los dedos por la mandíbula de Fisher y se humedeció el labio inferior.

—¡No lo toques, zorra! —la insulté, intentando librarme de los guardias, pero estos me sujetaron con más fuerza.

La reina esbozó una mueca sonriente y se acercó más a Fisher, de modo que sus pezones duros, que se marcaban en la fina tela del vestido, le acariciaran el brazo mientras lo rodeaba.

Fisher emitió un gruñido grave y amenazador. Dedicó una mirada cargada de odio a la reina de Zilvaren.

—Apártate de mí o sufre las consecuencias.

—Oh, por favor. —Madra desechó la amenaza con un gesto—. Odio tener que decírtelo, pero puedo hacer lo que me venga en gana. Malcolm siempre me ha dejado jugar con sus juguetes.

—A mí también me gusta jugar —soltó Fisher—. Quizá no sea hoy, Madra, pero voy a ir a por ti. Más vale que vigiles las sombras, zorra, porque de ellas estoy hecho. Una noche, pronto, saldré de una sombra y te rajaré el puto gaznate.

—Soy una chica con suerte. —Madra fingió despreocupación, pero yo vi desde donde me encontraba, tan claro como el agua, que la amenaza de Fisher la había alterado—. Y dime, ¿qué he hecho para merecer semejantes atenciones por tu parte?

—Esterilizaste a mi amor verdadero cuando era una niña —dijo él, hirviendo de rabia—. Joder, solo por eso, me aseguraré de que vivas una agonía sin fin. Una eternidad de sufrimiento que tu mente no alcanzará ni a comprender. No sabrás lo que es la paz cuando estés en mis manos. Destruiré tu imperio y borraré tu nombre de los anales del tiempo. Cuando acabe con tu legado, Madra la Imperecedera jamás habrá existido. Pero seguirás viva, bajo mis órdenes, y sufrirás toda la eternidad. Nadie lo sabrá. A nadie le importará.

Sus palabras me estremecieron a causa del odio puro, sin adulterar, que había en ellas. No tenía ni idea de que la esterilización lo había afectado tanto. Sí, cuando le dije lo que me habían hecho, Fisher había reaccionado de un modo extraño, pero... ¿semejante respuesta por su parte?

Kingfisher de Puerta Ajun estaba arrodillado en el suelo. Estaba roto, sangrando. Y, sin embargo, aquella promesa de venganza le arrancó un escalofrío a la reina. Madra retrocedió a trompicones y la sonrisa desapareció de su rostro.

—Ya veo a qué te refieres, hermano —dijo, temblorosa, y miró a Belikon—. Sí que es un deslenguado.

—¿Te importa? —dijo resoplando Malcolm—. Estás echando a perder mi historia.

Madra intentó recuperarse, pero no conseguía ni mirar a Fisher.

—Tienes razón, querido. Te pido disculpas. ¿Qué hizo entonces nuestro díscolo héroe?

—Entró en mi laberinto y nos distrajo muchísimo tiempo. —Malcolm le dio una palmadita a Fisher en la espalda—. A veces enviaba a otros amigos a jugar con él. De vez en cuando, yo mismo lo visitaba. Siempre teníamos unas conversaciones brillantes. Y, entonces, cierto día, llegó al centro del laberinto. He de decir que fue una sorpresa. Pensé que tardaría mucho más. ¿Cuántos fueron, Fisher? ¿Cien años?

—Ciento dos. —Sus ojos volvían a mirarme, centrados en mí, como si yo fuera un ancla en una tempestad, lo único capaz de centrarlo.

—Eso es. Ciento dos años. Y una vez que llegó al centro, se pasó ocho años intentando encontrar la moneda, ¿verdad, mi amor?

Por primera vez desde que los tres gobernantes habían empezado a jugar con él, Fisher se encogió.

«Sí, así fue».

Mi amor. De todas las cosas que Malcolm podría haberle llamado...

«Fisher...».

Él negó levemente con la cabeza. «No. No le des nada. Será peor».

Malcolm soltó una risita entre dientes.

—Luego, cierto día, Taladaius fue a ver qué tal se encontraba Kingfisher y dijo que el suelo se estremeció con tanta violencia que la piedra se rompió bajo sus pies y apareció un agujero. Y hete aquí que descubrió un secreto.

—Deja que lo adivine —dijo Madra—. Había un estanque de mercurio bajo tu encantador laberinto. Y estaba despierto.

—¡Exacto! Muy astuta.

Belikon me dedicó una mirada entornada de ojos empañados.

—Fue el mismo temblor que sacudió mi palacio.

Malcolm chasqueó la lengua.

—Menudo caos. ¡Menudo tumulto! Nuestro querido Kingfisher miró hacia el estanque de mercurio y, según dijo Taladaius, se lanzó por el agujero y se zambulló en él sin pensárselo un momento. Desapareció y ya no regresó. Fue toda una sorpresa, Kingfisher. Te di la oportunidad de salir de mi laberinto muchas veces, pero jamás la aceptaste. Y al final te marchaste por las buenas. Dejaste aquí a todas esas criaturas que aguardaban a que vinieras a acabar con su sufrimiento. No parecía propio de ti. Dime —dijo Malcolm, balanceándose sobre los talones—. Me muero de curiosidad. ¿Por qué te marchaste después de ciento diez años en el laberinto?

—Lo mataste de aburrimiento y ya no podía soportarlo más —dijo Carrion.

Hasta ese momento, había contenido la lengua, pero era todo un milagro que hubiera aguantado tanto. No era propio de Carrion dejar pasar la oportunidad de ofender a alguien, independientemente de lo grave que fuera la situación.

Malcolm se acercó y cerró la mano en torno a la garganta de Carrion. El rey vampiro mostró los colmillos y se inclinó sobre su cuello.

—No me gustas, humano. Hay algo en ti que huele... mal.

—Probablemente sea un musgo que me pusieron... unas duendes del agua que me restregaron por todo el cuerpo... —dijo Carrion—. El musgo tenía un olor... rarito.

Por los dioses vivos. No sabía parar.

—Bocazas —dijo Malcolm, desdeñoso—. Cuando acabemos, voy a disfrutar vaciándote de sangre.

—¿Quieres saber por qué me zambullí en el mercurio? —preguntó Fisher.

Era una distracción, algo para apartar la atención de Carrion. Si salíamos de aquella, le pensaba retorcer el cuello al contrabandista por idiota y se me ocurrió que quizá Fisher también lo haría. El señuelo funcionó. Malcolm soltó a Carrion, con el desagrado pintado en las facciones, y se volvió hacia Fisher.

—Se marchó porque la locura acabó por apoderarse de él —aventuró Belikon—. Todos sabíamos que sucedería tarde o temprano. Ya lo afligía mucho antes de dejarse caer por Gillethrye.

—¿Es eso cierto, mi amor? —preguntó Malcolm—. ¿Ha conseguido el mercurio que tienes en la cabeza arrastrarte más allá de los límites de la cordura?

Fisher se restregó la frente.

—La verdad es que no estoy bien, pero la respuesta es no. No es ese el motivo por el que me marché.

Cuadró un poco los hombros y cargó el peso de su cuerpo sobre los talones. Yo lo miraba con tanta intensidad que vi cómo sucedía. Le había visto luchar suficientes veces como para saber que nunca hacía eso sin tener una razón para ello.

Me envaré y mis ojos se desorbitaron. «¿Qué haces, Fisher?».

Sus cejas se crisparon en un movimiento apenas visible. «No te muevas».

Se dirigió a Malcolm:

—Entré en el mercurio porque sentí que me llamaba la espada de mi padre. Y sabía que la necesitaría para hacer esto.

Se convirtió en humo. Estaba herido y cansado, pero jamás lo había visto moverse tan rápido. Vino a por mí. Una mano se cerró sobre mi cadera. La otra fue hacia la otra cadera, a la espada que colgaba de ella en su vaina. Desenvainó a Solace y la hoja se convirtió en una llamarada de luz brillante en medio del aire lleno de ceniza. Entonces, Fisher se movió. Se dio la vuelta con fluidez. Como un líquido. Como un rayo. Como la misma venganza.

Giró, se agachó y apuntó con el arma hacia abajo. Se hincó de rodillas, agarró la empuñadura con ambas manos y la movió en un arco ascendente...

... hasta clavarla en el vientre de Belikon.

Todo había sucedido rápido. Muy rápido. Yo casi no había captado el movimiento.

Belikon no se lo esperaba, por descontado. De la boca del rey yveliano brotó un gorgoteo húmedo. Fisher extrajo del vientre del rey la espada de su padre, volvió a girarse y le clavó la punta justo en la garganta. Apretó los dientes y se inclinó sobre el arma. La hoja resplandeciente atravesó de lado a lado el cuello de Belikon.

—No necesito magia para acabar contigo, hijo de puta —dijo rugiendo—. Esto es por mí, pero, sobre todo, es por mis padres.

Madra, Reina Imperecedera de la Resplandeciente Ciudad de Plata, Estandarte del Norte, dejó escapar un escalofriante grito. Y se desató el infierno.

42

ME LA VAS A PAGAR

Un río de sangre se derramó por la barbilla de Belikon. También fluyó del agujero de su vientre, sangre densa y humeante en el frío aire nocturno. Malcolm entrecerró los ojos, convertidos en rendijas verticales. Por las mejillas se le extendieron unas venas negras.

—Eso ha sido una necedad.

El vampiro se abalanzó sobre Fisher, pero un latigazo de plata atravesó el aire y cortó su avance. Avisiéth le punzó el cuello. La punta de la espada de Lorreth apenas rozó la piel del vampiro, pero el contacto, no mayor que un beso, bastó para que el muy cabrón soltara un chillido. De la diminuta herida, brotó un humo negro.

—¡Corred! —bramó Fisher.

El caos estalló en la planta baja del anfiteatro.

Harron vino a por mí a toda prisa. Los guardias que me sujetaban como buenos idiotas que eran me soltaron en cuanto aquel monstruo de ojos de plata voló en nuestra dirección. Me llevé las manos libres a las dagas de los muslos y me puse en movimiento.

El escarceo de Harron con el mercurio se había cobrado un precio. El capitán aún se movía con una determinación letal, pero no era ni de lejos tan rápido como antes. Y esta vez yo no llevaba las manos atadas a la espalda. Adopté una postura de combate, me salté su guardia y lo tomé por sorpresa. Él debió de pensar que yo no iba a hacer más que defenderme, pero la daga que le hundí sin pedir permiso en la barriga le demostró que se equivocaba.

—¡Zorra! —rugió. Retrocedió, contempló la daga que le salía del cuerpo y se la arrancó. El metal repiqueteó en la piedra.

A un metro y medio de mí, Carrion blandía a Simon como si llevara años practicando con ella. Se abrió paso a tajos entre los devoradores, rebanándoles la cabeza uno tras otro con rapidez.

—¡Moveos! —retumbó la voz de Fisher—. ¡Al laberinto!

—¿Tantas ganas tienes de volver a tu jaula, mascotita mía? —le dijo Malcolm.

Con la cabeza gacha y los hombros tensos, más bien parecía una víbora de las dunas, enroscada y lista para atacar. Hizo a un lado a los guardias de Madra con sus brillantes armaduras y se abalanzó, no sobre Fisher, sino sobre Lorreth.

El guerrero se lanzó al suelo, con Avisiéth presta, listo para atacar al vampiro, pero la voz de Fisher se abrió paso en medio de la refriega.

—¡Lorreth, no! ¡No te enzarces con él, en serio! ¡Ve al laberinto!

—Me la vas a pagar —dijo Harron, y me estampó la empuñadura de la daga contra la nariz. Así había sido, yo me había permitido perder la concentración y lo había acabado pagando. Me salió por la nariz un chorro de sangre que salpicó el rostro demacrado de Harron, pero... el dolor para el que me preparaba no me llegó.

La ruina de viuda, pensé. Gracias fueran dadas por la puta ruina de viuda.

Belikon se encontraba de rodillas. Se balanceaba como si estuviera a punto de derrumbarse, pero no estaba muerto. Oí el ruido rasposo que hizo Solace cuando Fisher la extrajo —metal contra hueso—, pero no volví a cometer el mismo error. Aparté la mirada de Fisher y presté toda mi atención a Harron.

—Esto te viene demasiado grande, rata —dijo el capitán—. Este juego lleva milenios en marcha. No puedes ni comprender...

Avancé, con la daga que llevaba sujeta holgadamente en la mano. Me metí por entre la guardia de Harron y le hice un tajo en el hombro por el que manó la sangre. Se equivocaba. Sí, puede que el juego llevara siglos en marcha, pero su naturaleza no había cambiado en nada: era matar o morir. Y yo sabía lo que había que hacer para ganar.

—¡Por el amor del cielo, acaba con ella! —ordenó Madra.

La reina no había entrado en la lucha. Nos miraba desde un lateral, loca de rabia. La parte delantera de su hermoso vestido estaba salpicada de icor.

—¿Cuántos siglos te lleva utilizando para hacer el trabajo sucio, Harron? —pregunté jadeando. Me aparté de un salto de su daga y me puse fuera de su alcance—. ¿No deberías llevar ya tiempo en una sepultura?

—Madra me regaló la eternidad...

—Para que pudieras servirle. Para ser su puto esclavo. La sentencia de la mayoría de los presos acaba tarde o temprano. O bien los liberan o bien —dije mientras esquivaba un tajo ascendente de su daga— atraviesan esa puerta negra de la que me hablaste. Pero tú, no. Tú sigues sufriendo, ¿verdad?

—La muerte me ha olvidado, zorra. Mi nombre no aparece en sus registros.

Sentí que una fría sonrisa se dibujaba en mi rostro. No había dejado de pensar en ese momento. La última vez en que nos habíamos enfrentado, Harron me había superado con creces. Yo debería haber muerto a sus manos y eso hacía que le temiera. Pero ahora que el momento había llegado... comprendí que era mejor que él.

Hice una pausa y fingí que dudaba. El capitán se tragó el anzuelo. Cargó contra mí, su daga fue derecha a mi garganta, pero yo me tiré al suelo y lo derribé de un barrido. A partir de ahí, todo fue rodado: me giré y caí sobre él. Le envolví la garganta con las piernas y apreté.

—¡Levántate! ¡Deja de jugar con ella!

El grito malhumorado de Madra sonó muy lejano. En mis oídos, solo resonaba la respiración trabajosa de Harron. Intentó dar una puñalada hacia atrás y clavarme la daga en el muslo, pero yo le aparté el brazo y le doblé la muñeca en un ángulo inverosímil. Harron dejó caer la daga.

Con sorpresa fingida, dije:

—Un momento, me parece que la muerte acaba de acordarse de tu nombre, Harron.

Y le rompí el cuello.

—¡Saeris! ¡Ahora!

El grito lo había lanzado Lorreth. Malcolm había caído de espaldas en lo alto de las escaleras que llevaban al laberinto. Yo no había visto cómo había acabado así, pero parecía a punto de levantarse.

A mi izquierda, Fisher empujó a Carrion con una mano, mientras que con la otra mantenía a raya a seis devoradores. Carrion se tambaleó y cayó por las escaleras. Fisher atravesó el estómago de uno de los devoradores y luego le arreó un golpe en el cuello a otro con la parte plana de la hoja de Solace, tan fuerte que le arrancó la cabeza al monstruo en lugar de cortársela. Con los ojos desbocados, paseó la mirada por la plataforma hasta dar conmigo.

«¡Vamos, ahora!», me ordenó. «Estaré justo detrás de ti».

—¡Harron! —Madra se estremeció de dolor. Echó a correr directamente hacia mí. No esperé a ver qué haría cuando me alcanzara, cogí la daga que Harron se había sacado del vientre y corrí hacia las escaleras. Mis pies casi no tocaban el suelo; las bajé a toda prisa y di alcance a Lorreth y Carrion. Ambos tenían ya las espadas en la mano, prestas.

Sentí la mano de Fisher a la espalda y una oleada de alivio en el pecho. No había tardado nada en alcanzarnos.

—¡Moveos, moveos, moveos!

Y, juntos, los cuatro corrimos.

La entrada del laberinto se cernía ante nosotros, aciaga y oscura. Corrí hacia la abertura y me percaté de que sus húmedas paredes de obsidiana estaban afiladas como cuchillas.

—¡Corred cuanto queráis! —gritó Malcolm a nuestra espalda—. El laberinto es parte de mis dominios. ¡Os tragará vivos!

Fisher me cogió de la mano mientras corríamos. No la soltó.

—¿Adónde demonios vamos? —preguntó jadeando Lorreth.

Fisher tiró de mí hacia la izquierda, por un corredor de obsidiana que parecía un callejón sin salida. Sin embargo, no lo era. Una abertura angosta, cuya anchura apenas permitía que pasara un cuerpo, se abría a la derecha. Fisher nos hizo un gesto para que la cruzáramos.

—Los primeros diez movimientos en el laberinto son siempre los mismos. Entonces es cuando llega el primer obstáculo. Luego, la ruta hasta el centro cambia.

—¿Cómo que la ruta cambia? —preguntó Carrion.

—Pues que cambia, joder. Las paredes se mueven. ¡Seguid!

Carrion palideció, pero siguió corriendo. A mí no me preocupaba tanto eso de que las paredes se movieran. Me preocupaba más la palabra *obstáculo*. Y el hecho de que Fisher hubiera estado más de un siglo atrapado allí. Sin embargo, no nos habría dicho que entráramos de no haber pensado que era la opción más segura.

Nos llevó de nuevo hacia la derecha. Lorreth resbaló al doblar un recodo y perdió el equilibrio. Se estrelló contra el muro de enfrente, pero recuperó la compostura y siguió corriendo. Era asombroso. No solo las paredes eran de obsidiana: el suelo también.

—¡A la izquierda! ¡Girad a la izquierda! —gritó Fisher.

«Dime que tienes un plan». Era muchísimo más sencillo comunicarse mentalmente con alguien cuando no había que correr para salvar la vida.

«Sí», replicó Fisher. «Lo tengo».

«Genial. ¿Y cuál es el plan?».

Respondió al instante:

«El plan eres tú».

«¿Cómo que el plan soy yo?». Tenía que ser una broma. Y si era una broma, Fisher tenía un sentido del humor tan deplorable como el de Carrion.

«Lo verás en un minuto», dijo.

Yo estaba a punto de replicar: «No, ahora», pero entonces salimos a un claro y se me encogió el estómago. En el centro del claro, nos aguardaba el tipo de monstruo que solo existe en las pesadillas. En Zilvaren había muchas arañas. Arañas de bancos de arena, del tamaño de platos, capaces de entumecer tu piel con su saliva y comerse tus dedos mientras dormías. Pero eso... eso era...

—¡Me cago en la puta!

Carrion resbaló y se cayó de culo. A punto estuvo de chocar contra aquella criatura. Era tres veces más grande que un hombre adulto y tenía más patas de las que yo podía contar. El abdomen era un bulto carnoso cubierto de motas rojas y negras, así como de pelos gruesos y largos. Pero entonces... se me retorcieron las tripas al ver el resto del cuerpo. En la parte frontal, era un fae. Un torso de hombre de vientre hinchado y tenso. Brazos delgados y escuálidos. Mechones de pelo negro y grasiento le caían de una cabeza en su mayor parte calva. No tenía orejas, ni ojos ni nariz. Su rostro no era más que una boca circular dotada de una hilera tras otra de dientes escarpados.

La criatura dejó escapar un gemido agudo y giró la cabeza hacia Carrion. Fisher escupió una maldición.

—No te muevas, Swift.

—¿Qué cojones dices? —replicó Carrion—. Pues claro que me voy a mover.

—Que te quedes donde estás, joder —gruñó Fisher—. No puede oírte ni verte. Capta el movimiento.

—Pero...

—Si te mueves, te mata —rugió Fisher.

—Bueeeeeno.

Lorreth apoyó la espalda contra la pared, con Avisiéth apretada contra el pecho.

—Odio las putas arañas —dijo.

—No es una araña. Es Morthil. Un demonio. Y si te alcanza, te picará con su aguijón y te comerá vivo. Despacio. Tardará unos cuantos días...

—Por favor, deja de hablar y dime que no me va a comer —gimoteó Carrion.

Fisher enganchó su meñique al mío y dejó escapar un suspiro tembloroso.

—Tenemos una única oportunidad —dijo—. Este recinto tiene tres salidas. Dos de ellas llevan a otros recintos, pero por esas no queremos ir. Fiaos de mí.

Lorreth no había parpadeado desde que posó la vista sobre el demonio.

—Pero has dicho que las paredes se mueven. ¿Cómo cojones vamos a escoger la salida correcta?

Fisher movió la cabeza de manera casi imperceptible, muy despacio, y me miró por el rabillo del ojo.

—En el centro de este laberinto, hay un estanque de mercurio, Saeris. Tienes que encontrarlo.

—¿Qué?

El demonio araña giró la cabeza de golpe en mi dirección y se inclinó hacia delante. Dio un paso al frente; sus patas largas y espigadas se movían coordinadas. Carrion soltó un gemido: la pata frontal derecha del monstruo estaba alzada y flotaba en el aire justo sobre él. Si la bajaba, le acertaría justo en la cabeza.

—Fane, no es por meterte prisa, pero si pudieras oler ya ese mercurio, te lo agradecería mucho —dijo con una voz tres octavas más aguda de lo normal.

La sorpresa inicial que me había provocado el plan de Fisher se desvaneció. Ahora tenía una tarea que cumplir. Y me sentía bastante segura de poder llevarla a cabo.

—¿Es un estanque entero? —pregunté.

Fisher me apretó la mano.

—Y bastante grande.

Cerré los ojos y me concentré.

No tardé mucho en sentir el mercurio. Ahí estaba, cantando junto con las almas torturadas de Gillethrye.

«¡Annorath mor! ¡Annorath mor!».

Abrí los ojos y miré en la dirección que debíamos seguir.

—¡Por ahí! —dije—. Ese es el camino.

—¿Por dónde? —preguntó Carrion, nervioso.

—El sendero que hay más a la izquierda —dijo Fisher.

—¿El que está detrás de este puto demonio?

—Tú no te muevas hasta que yo te lo diga —dijo Fisher.

Lorreth afianzó a Avisiéth en las manos y observó el recinto de un lado a otro.

—¿Cómo lo hacemos?

«Comer. Quiero comer».

El demonio no movió la boca espinada, pero de algún modo, esas palabras salieron de ella. La criatura extendió las patas frontales y palpó en el aire en busca de su presa.

Lorreth compuso un gesto de horror.

—¡Puaj! ¡No nos comas!

Si conseguíamos salir de aquello, iba a quedar traumatizada el resto de mi vida. Fisher se había enfrentado a aquella criatura en más de una ocasión. Y lo había hecho sin saber qué camino tomar. ¿Lo habría atrapado? ¿Lo habría...?

No. No pienses en eso. Ahora no.

Dejé escapar el aire para recuperarme.

—Tirad una roca para distraerlo o algo así —dijo Carrion.

—No funcionará. Es más listo de lo que parece. Sabe el tamaño de los objetos a partir de su movimiento, pero no puede diferenciar objetos grandes que se encuentren cerca. Si nos pegamos a la pared y nos movemos despacio, podemos rodear el perímetro del claro y luego echar a correr.

—¿Y qué pasa conmigo? —preguntó Carrion.

—Contigo pasa que te vas a deslizar por el suelo muy despacio —dijo Fisher—. Intenta no separar los brazos y las piernas mucho del suelo. Venga, a moverse.

Lorreth fue el primero. Se arrastró pegado a la pared, tragando saliva cada par de segundos. El demonio ladeó la cabeza con movimientos espasmódicos, buscando por aquí y por allá, intentando detectarnos, pero Fisher tenía razón: no parecía capaz de distinguirnos de las paredes del laberinto. Carrion apartó los brazos del torso, pegó las palmas de las manos al suelo y consiguió impulsarse hacia delante. No lograba avanzar mucho con cada impulso, pero era mejor que nada.

Lorreth llegó el primero a la salida que había detrás del demonio. Desde donde me encontraba, pegada a la pared, vi cómo se introducía por ella y relajaba los hombros de alivio.

«Vamos». Me hizo un gesto con la mano. «Salgamos de una puta vez de aquí».

Yo fui la siguiente en llegar.

Fisher estaba a medio metro de nosotros cuando, de pronto, la pared en la que nos apoyábamos Lorreth y yo se estremeció y empezó a moverse.

—Mierda. —Fisher me miró a los ojos y se volvió hacia Morthil. El demonio giró lentamente la cabeza hacia nosotros. De aquella boca repugnante, brotó un repiqueteo espectral. Entonces, Fisher susurró—: ¡Vamos!

El demonio se puso en movimiento de golpe. Extendió las patas y cargó hacia nosotros por el recinto. Fisher se abalanzó hacia Carrion. Lo agarró de la muñeca y lo llevó a rastras hacia la salida. Lorreth llegó a su lado en un instante. Agarró a Carrion por la parte frontal de la camisa y lo puso en pie de un tirón. Pero Morthil ya nos había alcanzado.

Fisher desvió una de las patas del demonio con un golpe de Solace. La hoja la cercenó y la lanzó volando por los aires. Morthil emitió un grito ensordecedor en el que se mezclaban el dolor y la rabia.

Carrion alzó a Simon y apuñaló al demonio en el vientre hinchado, lo que hizo que se enfureciera más. Morthil retrocedió y trepó por la pared junto a nosotros. Empezó a lanzar aguijonazos frenéticos en busca de carne. Lo que encontró fue obsidiana pulida. Su aguijón curvo se estrelló con fuerza contra la pared y abrió agujeros gigantescos en la roca.

—¡Vamos! —gritó Fisher—. ¡Corred!

Y corrimos.

Los cuatro salimos a toda prisa del recinto, pero Morthil nos siguió, trepando por las paredes, hasta alcanzarnos.

—¡Se supone que no puede salir de ese claro! —gritó Fisher.

El demonio nos seguía, apoyándose en las paredes de ambos lados. Dio un salto y colocó su cuerpo sobre nosotros.

«Quiero comer», rugió.

Flexionó el abdomen y bloqueó con él todo el camino que había entre las paredes con el aguijón por delante. Yo reaccioné por mero instinto. Primero retrocedí y me pegué a la pared y luego giré la daga y se la hundí en el abdomen al demonio. En realidad, apuntaba al aguijón, pero, aun así, fue una buena puñalada. Fisher aprovechó el aullido de sorpresa del demonio y le cercenó otra pata.

Morthil perdió la sujeción en la pared de la derecha y cayó al suelo del estrecho pasadizo. Aterrizó con un golpetazo que casi aplastó a Lorreth. El guerrero retrocedió de un salto, alzó a Avisiéth e hincó la espada en la grotesca boca de la criatura. Gruñó y apoyó todo el peso en la empuñadura, hasta que la punta de la hoja atravesó el cráneo del demonio y salió por el otro lado.

—¡Sí! —exclamó Carrion—. ¿Está muerto?

—De momento. Pronto volverá a aparecer. Cuando regrese, será más pequeño, pero también más rápido.

—Pues salgamos de una puta vez de aquí antes de que eso suceda.

El contacto de Fisher, su mano en la mía, era tranquilizador, pero ya no era él quien guiaba, sino yo. Sentí que nos íbamos aproximando al mercurio cuanto más corríamos, pero había un problema.

—¿Por qué nos detenemos? —preguntó Carrion.

—Las paredes siguen cambiando —dije entre dientes—. O sea, que los caminos cambian. Tengo que asegurarme de que vamos por la ruta correcta, pero si quieres ir tú el primero, adelante.

El ladrón alzó las manos.

—Tienes toda la razón, disculpa. Es que estoy un poco nervioso. No estoy para dar lo mejor de mí mismo.

Lo mandé callar con un gesto e intenté tomar una decisión. Era sencilla: izquierda, derecha o todo recto. Los pasadizos parecían extenderse hasta el infinito. Me pudieron los nervios.

«¿Qué pasará si caemos en uno de los recintos que mencionaste?», le pregunté en privado a Fisher.

«Pasarán cosas muy feas», replicó él. «Pero no te devanes los sesos con ello, Saeris. Puedes hacerlo. Concéntrate en llegar al corazón del laberinto. Si nos encontramos con más problemas de camino, nos ocuparemos de ellos».

Cosas muy feas. No era el tipo de respuesta que quería oír, pero inspiré hondo y seguí avanzando deprisa.

—Es por aquí.

Giramos a la derecha. Cuatro segundos después, las paredes empezaron a moverse. La obsidiana emitió un sonido áspero y bloqueó el camino algo más adelante.

—Maldición.

Giré en el siguiente recodo a la izquierda, siguiendo la sensación que tenía en la boca del estómago. En cuanto doblamos, las paredes volvieron a cambiar, esta vez más rápido, y nos cerraron de nuevo el camino como si de una puerta se tratase.

—Nunca lo he visto hacer algo así —dijo Fisher—. Malcolm intenta bloquearnos el camino, lo cual significa que vamos bien. Sigue, Saeris.

Apretamos más el paso, pero también se aceleró el cambio de las paredes. Empezaron a cerrarse de golpe ante nosotros, a bloquearnos. Sin embargo, era como si hubiera un hilo que me conectara con el mercurio, que me atrajera hacia él. Cada vez que ese hilo se cortaba, uno nuevo se formaba y me mostraba otro camino diferente. Me martilleaba el corazón en el costillar, pero casi se me paró en un momento en que Fisher me agarró del cuello de la camisa y tiró de mí para evitar que un enorme bloque de obsidiana me aplastara. Aun así, no había tiempo para detenerse y dejar que bajara la adrenalina.

—Nos estamos acercando —dijo Fisher, reprimiendo un jadeo—. Lo sé por las... gradas derruidas... de ahí. —Señaló a las paredes del anfiteatro, que aún eran visibles por encima de los muros del laberinto. En el lugar al que señalaba, se habían caído unas cuantas hileras de asientos—. No queda... mucho.

El mercurio se oía más fuerte en mi cabeza. Cada vez que doblábamos un recodo y corríamos a toda velocidad hacia el siguiente, yo sentía que el hilo que me conectaba con la sustancia se fortalecía. Ya no tardaríamos mucho. Un par de recodos más.

—¡A la izquierda! ¡No, no, a la derecha!

Los cuatro nos dimos aún más prisa. El mercurio ya no cantaba junto con la multitud. Lo que hacía era susurrar con curiosidad avivada. «Viene. Ella viene. Por aquí, alquimista. Ven a buscarnos».

—¡A la derecha!

Un muro de resplandeciente obsidiana nos bloqueó el camino.

—¡Otra vez a la derecha!

Doblamos otra esquina y mis pies resbalaron. Y entonces...

—¡Aaay! —Me di un golpetazo contra el suelo. Un suelo que ya no era de cristal negro, sino algo plateado y frío. Volví a gritar cuando un gran peso cayó sobre mí. Acto seguido, Carrion también cayó a mi lado.

—Perdón —gimoteó.

Yo ya tenía las costillas rotas. Estaba segura. Me había estrellado con tanta fuerza contra el lago que no se me habían licuado las entrañas de puro milagro. Debería estar gritando de dolor, pero la ruina de viuda seguía haciendo efecto, corriendo por mi cuerpo, gracias a los dioses.

La runa de la justicia de Fisher ocupó mi campo de visión. Acepté la mano que me tendía y dejé que me ayudara a levantarme. No me percaté al instante de su expresión lúgubre. Estaba demasiado conmocionada ante la montaña de monedas que se cernía sobre nosotros. Porque justo sobre eso había caído, sobre monedas.

Eran diminutas, del tamaño de la uña de mi pulgar. Eran de plata, brillantes. Centelleaban como escamas de pescado. Llenaban todo el centro del laberinto formando montículos que recordaban a dunas de arena. Debía de haber millones.

Aquel era el infierno al que Fisher se había enfrentado cuando por fin llegó al centro del laberinto. Durante ocho años, había vivido allí, intentando encontrar la moneda concreta que Belikon había lanzado durante la apuesta. No me sorprendía que no la hubiera encontrado. Sus cabellos oscuros se agitaron bajo un viento frío mientras escrutaba aquel lugar, con una expresión perpleja.

—Tantos años atrapado aquí, hermano. ¿Dónde dormías? —susurró Lorreth—. ¿Qué comías? ¿Cómo sobrevivías?

Fisher agachó la cabeza. Ahora que podía hablar de aquel lugar y de todo lo que había sucedido allí, no parecía saber cómo hacerlo. Abrió la boca e inspiró hondo para estabilizarse.

—Pues...

—No hizo nada de todo eso, ¿verdad, mi amor?

La voz reverberó por las paredes, proveniente de todas direcciones. Parte de las dunas más cercanas comenzó a deslizarse; las monedas repiquetearon y cayeron al suelo. La cabeza de Malcolm fue lo primero que asomó sobre el montículo, luego los hombros y por fin el resto del cuerpo al llegar a lo alto. Nos ofreció una sonrisa benevolente, como un padre orgulloso de los logros de sus hijos.

—Puede que yo sea un vampiro, pero en su día fui un fae. La magia con la que nací aún entona coros oscuros en mis venas. Con ella creé este lugar especialmente para Kingfisher. Aquí no tendría que atender a necesidades tan cansinas como el sueño o el sustento. No necesitaba nada de eso mientras permaneciera dentro de los confines de mi parquecito de juegos. Qué considerado por mi parte, ¿no?

—¿Más de un siglo en este estercolero sin el alivio de echar un sueñecito? —espetó Lorreth—. Sí, muy considerado.

Malcolm soltó una risita entre dientes, carente por completo de humor.

—Ah, pero bien podría habérselo puesto mucho peor. No tienes ni idea de hasta qué punto, Lorreth de los Chapiteles Rotos. Incluso en este momento, podría haber hecho que vuestro camino hasta aquí fuera infinitamente más horrible. Durante un segundo, pensé que Morthil iba a vencer a vuestro grupito. Sin embargo, me alegro de que pudierais escapar. Nos estábamos empezando a aburrir.

—Hijo de la gran puta —susurró Carrion en voz baja.

Detrás de Malcolm, asomó una mata de cabello rubio y apareció Madra, vestida con la versión femenina de la armadura de placas doradas que llevaba la guardia de Zilvaren. Fisher se envaró y se llevó una mano a la empuñadura de Solace. Belikon venía detrás de Madra. El rey yveliano ya no tenía ningún agujero en el vientre. De hecho, parecía muy sano. Iba vestido con una guerrera de color verde invernal y pantalones negros. Tenía los labios torcidos en una mueca de desagrado. Señaló a Fisher con gesto furioso y dijo:

—¿De verdad pensabas que podías matarme con una espada carente de poder? No puedes matarnos a ninguno de los tres con una hoja. Somos el Triunvirato, perro. Tres coronas que comparten una misma fuente. Para matar a alguno de nosotros, has de matarnos a los tres. Y no es tarea fácil.

—Estoy dispuesto a intentarlo —replicó Fisher.

—No sabes admitir la derrota, chico. Ese ha sido siempre tu problema.

—Mientras siga con vida, no estaré derrotado.

—Ah, me muero de ganas de que llegue el momento. He querido meterte bajo tierra desde el momento en que tu madre te trajo al mundo. Pero pronto habrás muerto y yo colgaré la espada de tu padre en mi pared, junto a tu cráneo. Y también tendré a la alquimista, que forjará para mí todas las reliquias que necesite. Entre los tres, conseguiremos que los viejos dioses se arrodillen; nos haremos con todos los reinos que deseemos. ¿Prefieres morir de rodillas o boca abajo, tumbado en la mugre? La elección es toda tuya.

Yo no tenía ni idea de qué planeaba hacer Fisher a continuación, pero Belikon, Madra y Malcolm se interponían entre nosotros y el mercurio. No veía el estanque, pero sentía cómo palpitaba al otro lado de la montaña de monedas sobre la que se encontraban los tres. En aquel lugar, carecíamos de magia.

Nuestros enemigos tenían magia mortal de sobra a la que recurrir y, además, estaban en terreno elevado. Si retrocedíamos, nos saldrían al paso los demás horrores que habitaban en el laberinto. Y no había salida. Más allá de los muros del anfiteatro, no había mercurio alguno al que llamar. El único modo de ponernos a salvo era cruzar el estanque, lo cual implicaba derrotar al Triunvirato, tal y como Belikon los había denominado a los tres.

Asombrosamente, el primero que dio un paso al frente fue Carrion, enarbolando a Simon.

—Sí, algunos pensamos que Fisher es un gilipollas arrogante, pero no os vamos a permitir que lo matéis. —Hablaba con tono seguro y temerario, pero vi cómo le temblaba la mano al apuntar a la cabeza de Belikon con la espada—. Sobre todo, no vamos a permitir que lo mate un cabrón que ha entregado a su hija para que la torture y la esclavice un puto vampiro.

«¿Qué está haciendo?», me preguntó Fisher mentalmente. «Va a conseguir que lo maten».

«No tengo ni la menor idea. Pero debería parar».

Belikon inspiró entre dientes con una mirada incrédula.

—Toda trampa necesita un cebo —dijo—. Y, de todos modos, Everlayne nació para servir a mi corona. Si me parece adecuado que muera para contribuir a mi causa, puede darse por muerta.

—No va a morir. Ya le están drenando el veneno de Malcolm. Pronto la infección del vampiro desaparecerá de su sangre y ya no tendrá ningún control sobre ella.

—¡Carrion, basta! —susurré. El golpe que le había dado Harron en la nuca debía de haberle ocasionado serios daños. Me parecía que había perdido la puta cabeza.

—Eso, Carrion. Basta —dijo Malcolm—. No sabes a quién estás insultando.

Aquel brillo juguetón de sus ojos había desaparecido. Bajó flotando del montículo de monedas, como si lo impulsara un viento invisible. Jamás había visto nada parecido. Estábamos bien jodidos.

«Saeris, escúchame: esas monedas son falsas», dijo Fisher. «Tienen que serlo. La moneda original con la que Belikon selló nuestro pacto estaba hecha de plata. Le quemó la mano a Malcolm cuando la cogió en el aire. No puede estar en pie sobre tantas monedas de plata sin sufrir daño».

Vi que las botas de Malcolm hacían contacto con la alfombra de monedas. Se acercó a Carrion, con aire tranquilo y una sonrisa satisfecha en el rostro. Desde luego, no estaba sufriendo daño alguno. De hecho, solo pareció encogerse un poco cuando se acercó a la espada de Carrion. «Vale, ¿Y eso cómo nos puede ayudar?».

«La moneda original también ha de tener trazas de mercurio. Los habitantes de esta ciudad pensaban que así daba buena suerte. Pensaban que el mercurio les daría buena fortuna y los conectaría con los dioses. ¿Captas mercurio en alguna de estas monedas?».

Yo me envaré al comprender poco a poco. Empezaba a entender lo que me decía. «No, ninguna tiene mercurio», le dije. «Creo que ni siquiera están hechas de metal. Son... ¿una ilusión, quizá? ¿Magia?».

«De acuerdo. Entonces comprendes lo que tienes que hacer, ¿verdad?».

Malcolm siseó como una serpiente al apartar la espada de Carrion. Se inclinó hacia el ladrón, mostrando los dientes.

—¿Qué piensas hacer para impedirnos que lo matemos? Somos inmortales. Somos dioses. Tú no eres más que un humano de manos temblorosas con un pincho de trinchar cerdos. ¿Qué me impediría arrancarte la garganta ahora mismo?

«¡Saeris!». Había un soniquete de urgencia en la voz de Fisher.

Los ojos de Carrion volaron hacia los míos un instante. Contenían todo tipo de palabras no dichas. Entonces bajó a Simon, centró la atención en Malcolm y dijo:

—Nada te lo impide. Vamos, sanguijuela, muérdeme, a ver qué pasa.

—¡Carrion, no! —Sentí la conmoción como si me hubieran dado una bofetada.

Malcolm se abalanzó sobre Carrion, con el rostro distorsionado por el hambre. Replegó los labios, tras los que había una hilera de dientes afilados. Pero no se trataba solo de los colmillos. Todos sus dientes acababan en punta. Carrion ni siquiera alzó la mano para detener a Malcolm. Con la cabeza hacia atrás, le dirigió al vampiro una mirada desafiante. Malcolm se lanzó sobre él y le clavó los colmillos en la garganta.

—¡Dioses! ¡Tenemos que... tenemos que hacer algo! —grité.

Las manos de Fisher me sujetaron los brazos. Las de Lorreth también. Ambos me inmovilizaron con expresiones duras. Mientras tanto, el rey de los vampiros bebió.

No, aquello no podía suceder. No iba a permitir que le chuparan la sangre a Carrion ante nuestros ojos sin hacer nada.

«No podemos intervenir». La voz de Fisher era muy baja en comparación con lo que me reverberaba en la cabeza. «Si intentamos separarlo, moriremos todos».

«¡Suéltame! ¡Tengo que intentarlo!».

Malcolm gruñó y le clavó los dientes más profundamente a Carrion en el cuello. Estaba perdiendo el control. Se estaba entregando a su ansia de sangre. Su garganta se movió mientras bebía a grandes tragos la sangre de Carrion. Presa de un frenesí, retrajo los dientes —¿quizá para buscar otro punto en el que clavarlos mejor en la vena?— y, entonces, la sorpresa se adueñó de sus facciones. Malcolm retrocedió, apoyando el peso en los talones, con los labios manchados de sangre. Se le arrugó la sonrisa y contempló a Carrion con el ceño fruncido.

—Tú... —dijo.

Carrion estaba mortalmente pálido, pero le mostró a Malcolm una sonrisa de lunático.

—Deberías haber dejado que acabara de presentarme antes. Es de mala educación ir interrumpiendo a la gente.

Malcolm lo soltó y lo apartó de él con un empujón. Milagrosamente, Carrion consiguió seguir de pie.

—Me llamo Carrion Swift. Pero hubo una época en la que se me conocía como Carrion Daianthus, primogénito de Rurik y Amelia Daianthus.

Malcolm empezó a temblar. Unas convulsiones violentas lo recorrieron. De la boca le brotó un vómito de sangre que salpicó las monedas que había a sus pies.

—¿Me habéis engañado? —Se atragantó y vomitó otro chorro de sangre—. ¿Me habéis engañado para que beba sangre de los Daianthus?

—Por... los putos... dioses... —murmuraron Fisher y Lorreth al unísono.

—¿Qué demonios está pasando? ¿Qué es eso de Daianthus?

Yo ya había oído aquel nombre, pero no recordaba cuándo.

Como si lo hubiera asaltado una repentina sensación de urgencia, Fisher se dio la vuelta y me agarró de los hombros.

—¿La sientes? —preguntó—. ¿Sientes dónde está la moneda?

—No... ¡no lo sé! Creo que...

Pero sí. Ahí estaba. Era una voz susurrada.

Débil. Diminuta. Pero presente.

—La tengo.

Un humo gris sucio empezó a brotar de la boca de Malcolm. Su perfecta piel de porcelana se vio de pronto recorrida por venas negras, latentes.

—¿Qué habéis hecho? —rugió Belikon. Tanto él como Madra flotaron montículo abajo, alzando las manos.

Fisher me zarandeó.

—Saeris. ¿Está aquí?

—No, aquí no.

—¿Pero está dentro del laberinto?

Yo asentí.

Fisher me puso a Solace en la palma de la mano y me cerró los dedos en torno a la empuñadura.

—Pues vete. Encuéntrala. Pon fin a todo esto.

Se me empezaba a pasar el efecto de la ruina de viuda. Sentí una punzada de dolor en las costillas mientras recorría el laberinto a toda velocidad. Balanceaba los brazos y Solace cortaba el aire a mi paso. Las paredes ya no se movían. Claramente las guiaba la voluntad de Malcolm y el vampiro estaba demasiado ocupado atragantándose —¿muriendo?— como para hacer eso ahora.

Los pasadizos de obsidiana me habían parecido bastante amedrentadores cuando los había recorrido con mis amigos, pero ahora resultaban directamente aterradores.

Todo estaba demasiado tranquilo.

Tardé un instante en comprender por qué.

Y entonces me vino: los cuerpos ardientes de las gradas habían guardado silencio.

¿Qué significaba aquello? ¿Habría muerto Fisher? ¿Y Lorreth, y Carrion? Me dieron ganas de gritar. El miedo y el pánico se iban adueñando poco a poco de mí. Iba a perder el juicio. Ahora apenas oía el susurro. Parecía ir acallándose más y más, aunque mis instintos me decían que me estaba acercando.

«Saeris... Saeris...».

Me llamaba por mi nombre.

De pronto, ya no estaba tan segura. Pensé que iba por el camino correcto, pero el susurro parecía venir de todas partes. «¿Dónde estáis? Por favor», supliqué. «Os necesito».

«Necesitar, no», dijo el susurro. «Querer».

«¡No! Os necesito. Necesito salvar a mis amigos. Y necesito que me ayudéis. ¡Por favor, decidme dónde estáis!».

Regresé a la carrera por donde había venido, con el corazón en la garganta. Estaba muy oscuro. Muy silencioso. Sentí un ligero tirón en el estómago al dejar atrás un recodo. Retrocedí y me interné por él.

El susurro no dijo nada.

«Por favor, ¡ayudadme!».

«Negociar, pues», ronroneó el susurro.

«¡No! Basta de negociaciones. Basta de trucos. Basta de tratos».

«Y entonces, ¿por qué íbamos a ayudar?».

Dejé de correr. Abrumada por el cansancio y el dolor, lo único que quería era tumbarme en posición fetal y fingir que nada de todo aquello estaba sucediendo. En cambio, dije:

«Porque esto está mal. Lo que han hecho aquí es maligno y podéis ponerle fin».

«El bien y el mal son dos caras de la misma moneda», se burló el susurro.

«Si se supone que eso es una broma, pues... pues...». Hice un aspaviento al aire. Me ardían los ojos de lágrimas.

«Siempre hay mal. Siempre hay bien», dijo el susurro.

«¡Sí! Pero mirad cuánto mal hay aquí. Dolor, sufrimiento y muerte. ¿No es ya hora de que haya un poco de bien? ¿De equilibrio? De...». Dejé morir la voz. No sabía cómo convencerlo. «Le quiero», dije. «No puedo soportar la idea de que muera».

«Kingfisheeeeeeeeer, el Aaaaalción», zumbó el susurro.

«Sí».

«Tu amor verdadero».

Contemplé la oscuridad, desesperada.

«Sí», dije. «Mi compañero, mi amor verdadero».

El silencio, ensordecedor, reverberó en mis oídos.

El susurro había desaparecido. El hilo que me guiaba hasta él también se esfumó.

Todo había acabado. Estaba atrapada en aquel horrible laberinto, sola. Iba a morir allí. Ni siquiera conseguiría regresar con él para morir juntos.

«Entonces, un pequeño favor», dijo el susurro. «Lo haremos a cambio de un favor. Y por restaurar el equilibrio. Y por amor».

Rompí a llorar.

«¿Qué tipo de favor?», pregunté con voz ahogada.

«Tal y como hemos dicho. Un pequeño favor».

«Un pequeño favor». Era lo bastante vago como para que me saltasen todas las alarmas, pero no iba a conseguir nada mejor. Ya me enfrentaría más tarde a las consecuencias de aquella necedad.

«De acuerdo. Sí. Os deberé un pequeño favor».

«Entonces, por aquí. Por aquí».

El hilo cobró vida de nuevo y tiró de mí hacia delante. Lo seguí. Corrí. Tan rápido como me lo permitían mis piernas...

... y grité al doblar un recodo y encontrarme cara a cara con Morthil.

El demonio seguía muerto, pero eso no me servía de consuelo. Según Fisher, volvería a «aparecer», significara eso lo que significara. Y yo no tenía el menor deseo de estar cerca cuando sucediera.

«¿Dónde estáis?», susurré.

El susurro respondió en tono de deleite:

«¡Dentro! Estamos dentro. Dentro».

«¿Cómo que dentro?». Yo ya estaba al borde de la histeria. Aquello era demasiado, porque ya sabía lo que significaba «dentro». Lo sentía, muy cerca, zumbando, pero no quería admitir lo que iba a tener que hacer.

«Dentro», insistió el susurro.

Me agazapé tras acercarme al humeante cadáver del demonio, que yacía hecho un guiñapo, con el abdomen abierto en el punto donde lo había apuñalado con la daga. Una de sus patas estaba tirada sobre el suelo a un metro de distancia.

La enorme boca del centro de su rostro estaba mutilada a causa del golpe que Lorreth le había dado con Avisiéth, lo cual lo volvía más repugnante aún. Contuve el aliento y me incliné para asomarme a las fauces abiertas del demonio.

«Mierda». Al ver el destello de plata al fondo del esófago de la bestia, toda esperanza de haber estado equivocada se desvaneció como humo.

Un grito entrecortado y carente de palabras atravesó el denso silencio que flotaba sobre el laberinto. En algún lugar, Fisher, Lorreth y Carrion luchaban por su vida. Y, mientras, yo estaba perdiendo el tiempo.

Tenía que ponerme en movimiento.

«Vamos, Saeris. Puedes hacerlo». Habría preferido que fuera Fisher quien me alentara, pero estaba segura de que se encontraba demasiado ocupado en aquel momento, así que fui yo quien se dio la charla motivacional a sí misma.

Alcé la mano y...

Oh.

Tenía la mano cubierta de tinta negra. Runas y más runas y más runas. Las marcas del vínculo divino destellaban con un tono azul metálico en mis muñecas, como si, de algún modo, se estuvieran consolidando, haciéndose más reales.

El calor recorrió todo mi cuerpo.

Lo había dicho en voz alta, ¿verdad? Había reconocido que Fisher era mi amor.

En aquel momento, aquella declaración era demasiado grande y demasiado demencial como para comprenderla. Lo que hice, en cambio, fue introducir hábilmente la mano cubierta de tinta por la boca del demonio.

Sus dientes destellaron, hileras circulares y concéntricas que se volvían más y más pequeñas a medida que se sucedían en el interior de su garganta. A aquella corta distancia, alcanzaba a ver los bordes serrados de cada diente. Estaban hechos para destrozar y moler carne.

Me introduje más.

Tenía que llegar más adentro del monstruo. Se me encogía el corazón con cada latido. Notaba el aire helado en los pulmones.

Más adentro, pensé.

Un poco más...

El esófago del monstruo seguía caliente, aparte de viscoso. Hice una mueca y saqué la moneda del fondo de su garganta. Cerré la mano en torno a ella.

El demonio sufrió un espasmo y a mí me entró el pánico. Saqué el brazo de la boca con un chillido y retrocedí a trompicones. Una mano se cerró sobre mi muñeca.

—Más vale que me des esa moneda, chica —dijo una voz áspera.

Se trataba de Malcolm.

43

OTRO MODO

La moneda no pesaba apenas nada. Cerré el puño en torno a ella e intenté librarme de él de un tirón. Sin embargo, Malcolm era fuerte. Me clavó los dedos en la muñeca y sus uñas afiladas me rasgaron la piel.

El aliento de Malcolm apestaba a muerte.

—No es aconsejable inmiscuirse en los planes de los inmortales, Saeris Fane. Sobre todo, cuando estos han dedicado tanto tiempo y esfuerzo a esos planes. Abre la mano.

—¡No! Ya basta. Fisher ya ha sufrido bastante. Toda esta gente ha sufrido ya bastante. ¡El trato que hicisteis ha acabado!

—No, aún no.

El rey vampiro me obligó a girarme de un tirón y me quedé sin aliento al verlo bien. La piel se le separaba de los huesos, se derramaba de sus mejillas y su cuello en trozos húmedos y fibrosos. El olor que despedía era pútrido, más bien era un hedor a carne podrida que se deja al sol demasiado tiempo. Hasta sus globos oculares estaban encogidos y resecos en las cuencas. Fuera lo que fuera Carrion, fuera lo que fuera lo que había hecho, le había asestado a Malcolm un durísimo golpe. Sin embargo, el rey seguía siendo más fuerte que yo y el dolor en mis costillas ya era insoportable. Daba inspiraciones cortas que no dejaban de producirme punzadas de dolor.

—Me intrigas mucho. —La sonrisa destrozada de Malcolm me perseguiría en sueños entre esta vida y el más allá—. Una alquimista, después de tantos años. No me sorprende que Madra intentase mataros a todos hace siglos. Siempre le tuvo mucho miedo a tu gente. Aun así, supongo que fue imposible encontraros a todos. Es de sobra sabido que resulta muy difícil detectar la magia en los fae que no son purasangres. Probablemente os escapasteis un par de entre sus dedos. Debisteis de esconderos en su ciudad y empezasteis a reproduciros. Nuestra sangre fae debe de haberse diluido a lo largo de los siglos, reducida a apenas un susurro en el linaje. Pero entonces apareciste tú. He de decir que estoy impresionado. Cualquier retroceso genético con el poder que tienes resulta inconcebible. Hubo un tiempo en que trabajé muy estrechamente con los alquimistas, ¿sabes? —Me observó—. Una alquimista descubrió la clave para desentrañar mi don de sangre. Era notable en muchos aspectos. Decepcionante en otros. Quizá debería mantenerte con vida una vez que acabe con todo esto. Parece que, gracias a ese bastardo Daianthus, voy a necesitar otro milagro.

—No pienso ayudarte —solté—. No puedo hacerlo. Solo puedo trabajar con el mercurio.

Malcolm chasqueó la lengua; un sonido húmedo y desagradable.

—Pequeña, tu ignorancia resulta sorprendente.

Y me arrojó por los aires. Le resultó sencillo; apenas un giro despreocupado de muñeca y me lanzó contra la pared. Me di un duro golpe contra la obsidiana y se me escapó el aliento. Una explosión de luz blanca llameó tras mis párpados al tiempo que caía al suelo.

«No te desmayes, Saeris. Si te desmayas, puedes darte por muerta».

No sonaba como mi propia voz. Sonaba como la de Fisher. Muy clara.

Muy alta. Muy cerca.

Malcolm puso la puntera de la bota bajo la empuñadura de Solace y me arrancó la hoja de la mano de una patada. Se agachó a mi lado y, con dedos fríos, me abrió el puño y me quitó la moneda que tanto me había esforzado por encontrar. Le quemó la piel, pero apenas un segundo. La dejó caer en un saquito de cuero que se anudó en el cinturón. Luego me giró la mano y pasó un dedo frío como el hielo sobre los tatuajes. Señaló a las runas de mis dedos índice y corazón y las fue nombrando unas tras otra.

—Tierra. Aire. Fuego. Agua. Sal. Azufre. Mercurio. Toda la gama al completo. Más poder que ningún alquimista que haya conocido jamás. Eres capaz de devolverme todo mi poder y mucho más que eso.

—Mátame y acaba de una vez, porque no pienso ayudarte —dije con un gemido.

—¿En serio? —El vampiro ladeó la cabeza. Le dio unos golpecitos con el dedo a la intrincada runa del dorso de mi mano derecha. Intenté apartar la mano, pero él negó y chasqueó la lengua con aire de desaprobación—. Hablando de marcas impresionantes, tampoco he visto jamás ninguna como esta. Qué acabado tan precioso. Parece que has encontrado tu amor verdadero. Me pregunto quién será.

—Que te follen —escupí.

—He pasado mucho tiempo con Fisher a lo largo de los años. La verdad es que tiene un cuerpo que no se cansa uno de mirar, así que imagino que me creerás si te digo que me fijé en sus marcas de inmediato. Aun así, no me ha hecho falta ver la tinta de su piel para ver que eres suya, ¿sabes? He captado tu olor en su cuerpo en cuanto apareció por aquí a exigir que dejara libre a su hermana. Capté tu cuerpo en el suyo. —Soltó las palabras a la fuerza, como si le dejaran un mal sabor de boca—. Pero el aroma de tu sangre era mucho más potente. No me puedo creer que se haya alimentado de ti. —Hizo una mueca desdeñosa—. Todos y cada uno de los días en que estuvo atrapado en este laberinto, llevó al cuello esa placa de plata en la garganta. Creo que fue un regalo de su madre. Plata pura imbuida con algún tipo de magia particularmente desagradable. Ni siquiera yo podría habérsela arrancado. Edina fue siempre una molestia. Le prometí a Fisher que lo liberaría si me dejaba probar su sangre. Le prometí borrar Gillethrye de su memoria para que pudiera olvidar este lugar y todo lo sucedido aquí... a cambio de que me dejara probar su sangre una única vez... Él prefirió quedarse aquí y sufrir. Y luego viniste tú. Una humana patética, débil. ¿Y tú eres su amor verdadero? Resulta ofensivo.

—Lo siento. —El temblor que sentí en los pulmones al hablar me dio miedo—. No le van los muertos vivientes.

—No tienes ni idea del dolor que te espera durante el breve resto de tu existencia, chica —dijo el vampiro—. Fisher será mío, de un modo u otro. Tú me ayudarás a curarme. Me ayudarás a formar un ejército imparable que arrase toda Yvelia. Y él se entregará libremente...

Me abalancé hacia él. La hoja que llevaba al muslo no era tan impresionante como Solace, pero estaba afilada y, al final, eso era lo único que importaba. Le clavé la daga en la garganta y grité a causa de la punzada de dolor que sentí en el pecho. Los ojos del vampiro se desorbitaron y sus pupilas se contrajeron hasta quedar reducidas a rendijas verticales.

—Eres una... estúpida...

Retorcí la daga y la saqué con un jadeo de esfuerzo. La hoja se llevó un trozo de carne de Malcolm. De la herida salió sangre y humo como si de un géiser se tratase. La sangre del rey vampiro no era icor negro, como la de sus devoradores. Era sangre arterial, de un tono carmesí oscurísimo, pero roja. Incandescente de rabia, Malcolm se llevó la mano al cuello y rugió. No necesitaba armas para matarme. Le bastaban las manos. Con un rugido rabioso, me hundió el puño en el estómago y presionó hacia arriba.

«Aguanta, Saeris, ¡ya voy!».

Era la voz de Fisher. Clara y perfecta. Venía a por mí.

Iba a llegar tarde.

Una oleada de pura conmoción me sacudió todo el cuerpo. No hubo dolor, al menos al principio. El golpe se cernió sobre los bordes de mi consciencia como la escarcha matutina que se adueña del cristal de una ventana.

Y me destrozó.

Me estaba muriendo. Malcolm se había asegurado de ello. Con alegría enfermiza, me sacó el puño empapado del vientre.

—Dicen que el peor modo de morir es por una herida en el abdomen —dijo con una voz rasposa y húmeda. Yo le había hecho bastante daño con aquel tajo en el cuello, pero aún tenía la cabeza unida al cuerpo, lo cual era una pena—. Creo que te dejaré así. Durarás lo suficiente como para que él te encuentre. El bueno de nuestro Kingfisher está para comérselo cuando tiene el corazón roto.

¿Nuestro Kingfisher? ¿Nuestro Kingfisher? Aquel enfermizo pedazo de mierda no podía reclamar para sí ninguna parte de mi amor verdadero. Fisher era mío.

—Te voy a matar —dije jadeando—. Será lo último que haga, pero habrá valido la pena.

Malcolm se rio.

—Por favor, chica. Muérete con un poco de dignidad. No puedes matarme. Soy eterno.

Se apartó la mano del cuello y vi que la herida de la garganta ya se estaba curando. Era un proceso lento, pero las fibras de los músculos se restauraban una tras otra. Se iba a curar, aunque ya daba igual. No me había engañado a mí misma pensando que podría matarlo con la daga. Solo había querido distraerlo un poco.

La sonrisa de Malcolm desapareció al ver que yo alzaba en la mano el saquito que contenía la moneda. El mismo que había desatado de su cinturón mientras él me abría un agujero en el estómago. Alargó la mano, con ojos ligeramente desorbitados.

—Dame eso —ordenó—. Dámelo y quizá te salve. Aún queda tiempo.

Ahora fui yo quien se echó a reír. Se me llenó la boca de sangre y todo mi cuerpo se sacudió a causa del dolor que me recorría. Aun así, valía la pena.

—¿Tan importante es para ti que se quede aquí y sufra? ¿Tanto te importa mantener a toda esta gente aquí, ardiendo en medio de una agonía durante toda la eternidad? ¿De verdad tienes el alma tan negra y retorcida?

Malcolm se encogió de hombros con aire de disculpa.

—No tengo alma, chica —Se lanzó hacia delante. Por supuesto, no pude evitar que me arrebatara el saquito y se apartara de mí. Ni siquiera lo intenté. Prefería ahorrar la poca energía que me quedaba.

Los ojos del vampiro relucían, victoriosos. Pero ese brillo se atenuó al abrir el saquito y encontrárselo vacío. Sus ojos volaron hacia mí. Estaba boquiabierto.

La monedita zumbaba alegremente en mi mano. La alcé para que la viera.

—¿A qué había apostado Belikon, a hojas o a peces?

—¡No lo hagas! —exclamó Malcolm—. ¡No!

Lancé la moneda. No muy alto. No pensaba darle la oportunidad de cogerla en el aire, como había hecho cuando Belikon la lanzó. La monedita giró y lanzó un destello brillante. Daba igual de qué lado cayera. Solo tenía que caer. El suelo se sacudió en cuanto la resplandeciente plata chocó contra la obsidiana.

Hubo un momento de quietud. Todas las ruinas de Gillethrye aguantaron la respiración.

—Zorra estúpida. ¿Qué has hecho? —susurró Malcolm.

Y entonces sucedió. Un viento terrible recorrió el laberinto, salido de ninguna parte. Atravesó, chirriante, los pasadizos que habían atrapado a Fisher durante décadas. Se elevó, salió del laberinto y sopló por las gradas del anfiteatro.

«¡Annorath mor! ¡Annorath mor! ¡Annorath mor!».

El viento se llevó los gritos de las almas torturadas y, al soplar entre ellas, las convirtió en columnas de ceniza que se vieron arrastradas a su paso. Cientos de miles de fae por fin trascendieron al más allá. Su dolor había acabado.

Malcolm contempló las gradas con desaliento.

—No, no puede ser... Mis niños. Iban a ser parte de mi ejército. Me... ¡me los has arrebatado!

Se giró hacia mí, pero yo ya no estaba donde me había dejado. Me había puesto de pie, encorvada y perdiendo sangre. Me encontraba justo a su lado. Y tenía a Solace en las manos.

—Solo los dioses son eternos —le dije.

Y le corté la cabeza.

Me vi propulsada por los aires hasta aterrizar de espaldas.

Ya no volvería a levantarme.

La cabeza de Malcolm estalló en llamas azules antes incluso de caer al suelo. Su cuerpo no tardó en hacer lo mismo. Un estallido de luz brotó de Solace, ascendió a las nubes y las iluminó. Rebotó segundos después y bajó hasta el suelo, dividido en ramas de energía azulada que fracturaron la obsidiana y prendieron fuego al anfiteatro. Más filamentos de poder brotaron de la espada, pero yo ya estaba demasiado débil como para volver a alzar a Solace. De todos modos, ya no era necesario. Malcolm había muerto. No iba a regresar. La energía que chisporroteaba de la espada que perteneció al padre de Fisher, una energía que no se había despertado en más de mil años, crepitó y acabó por apagarse.

«¡Saeris! ¡Saeris!».

Fisher gritaba en mi mente nublada. Yo cerré los ojos y dejé escapar un suspiro tembloroso.

«No te preocupes, estaré bien. Ocúpate de Madra...».

«La muy cobarde se metió en el mercurio en cuanto el viento empezó a soplar».

«¿Y... Belikon?».

«Lorreth se está encargando de él junto con Carrion. Sus espadas vuelven a canalizar energía. ¿Dónde estás?».

Qué buena pregunta. Yo no tenía la menor idea de cómo guiarlo hasta mí.

«Estoy... junto al demonio. Morthil».

Sin embargo, ese dato no le iba a servir de mucho. Las paredes se habían movido muchísimo desde que dejamos atrás el cadáver del demonio araña. Fisher no tenía la menor oportunidad de encontrarme.

¿Notaba lo débil que yo estaba? Percibí que él tenía herido el hombro. Sentía su agotamiento. No comprendía aquella conexión que se había establecido entre los dos, pero había aumentado desde el momento en que acepté mis marcas y lo había reconocido como mi amor verdadero. Sabía que venía corriendo. Y también sabía que tenía miedo.

«No te preocupes», dijo. «Ya voy».

Debí de desmayarme. Cuando recuperé el sentido, vi que una figura se cernía sobre mí, pero no era Fisher. Me puse tensa y alargué la mano hacia Solace, pero tenía los brazos entumecidos. Y las piernas... Mi cuerpo entero estaba entumecido. No conseguía moverme. Vi una melena plateada, y una oleada de pura desesperación se alzó en mi interior. ¿Había sobrevivido? ¿Cómo lo había conseguido? Aquello era imposible. Sin embargo, aquel pelo era demasiado corto para ser el de Malcolm. Se trataba de Taladaius, el vampiro que había retenido a Everlayne a orillas del Zurcido.

—No te preocupes, Saeris. Te vas a poner bien. —Fisher cayó de rodillas al lado de Taladaius. Tenía la cara cubierta de hollín, ceniza y sangre; su pelo oscuro estaba húmedo de sudor y se le rizaba a la altura de las orejas.

Abrí la boca pero no conseguí hablar. Por suerte, tenía otros modos de comunicarme con él. «Cuando Te Léna dijo que una de las dos personas que compartían el vínculo divino siempre moría, no pensé que sucedería tan rápido».

—No te vas a morir. —Fisher me apartó el pelo de la cara. Le temblaban las manos.

—Me temo que sí —dijo Taladaius en tono solemne—. Y será pronto, irremediablemente. El daño que tiene en el vientre y el pecho es demasiado grande.

Fisher apretó los labios hasta que quedaron convertidos en una fina línea. Se pasó una mano por los cabellos mugrientos y cerró los ojos con fuerza.

—Si no actuamos ya, morirá en los próximos minutos —dijo Taladaius con una gentileza sorprendente.

—Le daré parte de mi alma —dijo Fisher.

—No puedes, ya le has dado mucho a Lorreth. Si lo intentas, empezarás a decaer de inmediato...

—¡Me importa una mierda! Ya he vivido mucho, Tal. Ella apenas ha vivido. Se lo voy a dar y punto, joder.

Inspiró por la nariz y se inclinó hacia delante, aún de rodillas. Me puso las manos en el vientre destrozado.

«No, Fisher».

Retorció las facciones de pura devastación. Sus ojos de jade, rebosantes de pánico, chocaron contra los míos. «He de hacerlo», dijo. «No pienso dejarte morir».

«No vas a romper la promesa que me hiciste», repliqué. «Juraste que jamás volverías a despojarme de mi libre albedrío, y eso es justo lo que harías si me curas y mueres por ello. No quiero quedarme con tu alma».

—Si romper mi promesa implica que vivas, me enfrentaré a las consecuencias —dijo en voz alta.

«Me dijiste en tu carta que tendríamos tiempo para encontrarnos después de esta vida. Que había algo más».

—Lo habrá —asintió, como si pensara que así me consolaba. Que me esperaría contra viento y marea. Pero no me había entendido.

«No lo habrá. Te dije que jamás te perdonaría si me obligabas a hacer algo que no quisiera hacer. Y "jamás" implica un tiempo muy largo, Fisher. Si te sacrificas por mí, rechazaré nuestro vínculo en esta vida y en el más allá».

No soportaba ver aquella expresión de abandono. Pero lo decía en serio. Fisher se había pasado toda su vida adulta sacrificándose por quienes lo rodeaban. Yo prefería morir antes de que tuviera que sacrificarse por mí.

—Se nos acaba el tiempo —dijo Taladaius—. Hay otro modo, y lo sabes.

—No —negó Fisher.

Taladaius, la mano derecha de Malcolm, soltó un resoplido de frustración.

—¿Cuándo aprenderás que ser tan terco jamás te ha servido de nada? ¡Déjame ayudarte!

Fisher me contempló. El mercurio de su ojo giraba y giraba, frenético.

—Es que...

«¿A qué se refiere?».

—Fisher, si quieres que lo haga, tiene que ser ya. Ahora.

«¡Fisher! ¿A qué se refiere?».

Mi hermoso amor verdadero de cabellos negros tragó saliva con esfuerzo. «Tal tiene casi el mismo poder que Malcolm, aunque lo ocultó para que su padre no lo matara. Puede transformarte».

Me daba vueltas la cabeza. No podía asimilar lo que acababa de decir.

«¿Taladaius quiere transformarme? No quiero ser un devorador, Fisher. Por favor».

Él negó con la cabeza.

«No serás un devorador. Serás como él».

«¿Y no moriré?».

«No».

«¿Tendré que alimentarme?».

«No lo sabemos».

—Fisher, se va. Quedan segundos... —oí que decía Taladaius, aunque captaba el sonido como quien está bajo el agua.

Un manto oscuro y denso caía sobre mí. Era cálido y confortable. Bajo aquel manto, el dolor del vientre desaparecía.

—¡Dime que da el puto consentimiento! —gritó Taladaius.

El mundo se desvanecía.

La voz de Fisher fue lo último que oí:

—Te da el consentimiento.

44

EJE

—¡A PÁRTATE!

Yo iba a vomitar. El dolor me cortaba como un cuch...

—Oh, dioses, ¿está viva?

El rostro de Carrion sobre el mío, pálido y arrugado de preocupación.

¡PUM!

El cielo se caía.

No, no era el cielo. Era el anfiteatro.

Una enorme sección de piedra se desgajó de las gradas y cayó con lentitud.

¡PUM!

—Os juro por los dioses que si no sale de esta... —Lorreth agarró a Carrion de la camisa y lo apartó de mí.

Fuego, fuego por todas partes. Llamas que se alzaban, rugientes, hacia aquel cielo que se hacía pedazos. Llamas que se alzaban en mis venas. En mi cuello.

Dioses, mi cuello...

—¡Abre una puertasombra!

La voz de Fisher estaba impregnada de pánico:

—¡Lo estoy intentando, joder!

El mundo, de lado, se hacía trizas.

Todo era caos. Todo era dolor. Todo era vacilación. Todo era miedo. Todo...

Todo se detuvo.

Yo yacía en brazos de Fisher. El mundo guardó silencio, pero vi las facciones de mi amor verdadero sobre mí, la horrenda pesadumbre que las embargaba, los tendones de su cuello marcados mientras le gritaba algo a Lorreth. Había venido a por mí. Aunque el mundo se acababa a nuestro alrededor, él me sujetaba.

«La montaña que soporta todas las tormentas», dijo una voz con total claridad en mi mente. Yo no tenía el menor control sobre mi cuerpo. No me quedaba energía para reaccionar ante aquella voz, ni tampoco ganas. Sin embargo, estaba lo bastante consciente como para darme cuenta de que ahora yo era diferente: calmada, centrada, directa. Contemplé a mi amor verdadero. La vista se me nublaba y volvía a centrarse. La voz dijo:

«Él es la tormenta. Tú eres la calma que debe seguirla. Dime, alquimista: ¿crees en los hados?».

Cerré los ojos y las lágrimas se me derramaron por las comisuras. Fisher estaba abriendo la puertasombra. Me iba a llevar a casa. Moriría en Cahlish, quizá en la comodidad de su cama. Iba a...

«No te alejes mucho de la orilla, Saeris Fane. Regresa. Regresa ahora».

Abrí los ojos y se me desbocó el pulso de pronto. La adrenalina me empapó la sangre, una corriente eléctrica que me golpeó el pecho y me puso en marcha el corazón.

—¡Joder! —dije con un grito ahogado—. Oh, dioses. ¡Joder!

—Ya empieza. —Llegó de alguna parte el lúgubre anuncio de Taladaius.

Fisher me miró, con los ojos anegados de lágrimas.

—Todo saldrá bien, Saeris. Aguanta.

La voz volvió a oírse, clara y concisa. «Estás ante una puerta. Tienes la mano en el pomo. ¿Estás lista para atravesarla? ¿Dejarás este lugar y verás lo que aguarda en el siguiente?».

¿El siguiente? ¿Dejar este lugar? Parpadeé, despacio. «No. No quiero irme. Aún no». La voz sonó malhumorada, pero también curiosa: «Una sombra empieza a caer sobre Yvelia. Alterará todo aquello que toque. ¿Prefieres permanecer aquí, sabiendo el sufrimiento y las penurias que aguardan en el horizonte? ¿Sabiendo los sacrificios que tendrás que hacer?».

Miré a Fisher. A las amplias y hermosas alas que se desplegaban a los lados de su cuello. Sentí su corazón desbocado en el pecho, palpitando al mismo ritmo que el mío. Él alargó la mano hacia la puertasombra. No tuve ni que pensarme la respuesta. Fuera cual fuera el precio por quedarme junto a él, estaba dispuesta a pagarlo. «Sí», dije.

«Como desees. En ese caso, nos cobramos nuestro favor, Saeris Fane. ¿Cumplirás tu palabra y nos harás un favor?».

Claro que aquella voz era del mercurio. Y claro que venía a cobrarse deudas, ahora que estaba a punto de morir. «¿Qué queréis de mí?».

La respuesta llegó de inmediato:

«Queremos una audiencia contigo, Saeris Fane».

Fisher bajó la vista hacia mí y frunció el ceño.

—¿Saeris?

«¿Nos concedes ese favor?».

¿Una audiencia? ¿Querían hablar conmigo? Pues sí que era un favor pequeño. No iba a poder negarme, claro. «Sí, os lo concedo. En cuanto... en cuanto me encuentre lo bastante bien para tener una conversación con vosotros». Eso al menos era lo que estaba a punto de decir, pero aquel hilo que me había ayudado a encontrar el estanque de mercurio en el centro del laberinto se tensó de repente. Todo mi cuerpo se sacudió, y Fisher casi me dejó caer.

—¿Qué cojones...? ¿Saeris?

Fisher me agarró con fuerza. La puertasombra estaba abierta, a menos de un metro de distancia. Lo único que tenía que hacer era atravesarla. Me agarré a la cinta de su protector pectoral. En mi cabeza, resonaban todas las alarmas.

—Lo siento —dije en tono ahogado—. Lo s...

Fui arrancada de sus brazos.

—¡Saeris!

Una cuerda invisible me elevó por el aire y me arrastró por el laberinto. Con los brazos y las piernas colgando, fui impulsada hacia atrás. El aire me silbaba en los oídos. Lorreth y Carrion también gritaron. En una fracción de segundo, mis amigos desaparecieron, mi amor verdadero desapareció y yo me vi impulsada por el laberinto a una velocidad demencial.

—¡Por favor! —exclamé—. ¡No!

Fuera lo que fuera lo que estaba haciendo conmigo el mercurio, tenía que detenerlo.

Se me hizo un hueco en el estómago, una sensación de liviandad, de caída, que me tiró del vientre. De pronto, vi monedas, miles de monedas, monedas que alfombraban el suelo, que rodaban bajo mis pies.

Cuando comprendí hacia dónde estaba siendo arrastrada, una auténtica sensación de pánico se adueñó de mí.

Apenas tuve tiempo de ver el estanque de mercurio ante mí. Una ola de metal líquido se alzó y me agarró por las muñecas. Apenas pude gritar; el mercurio me envolvió las costillas y me arrastró bajo su superficie.

—Está muerta.

—No seas ridícula. Claro que no está muerta.

—¿Cómo estás tan segura?

—Porque Padre la ha invocado con su voluntad. No quiere que esté muerta; por lo tanto, no lo está.

Aquellas voces eran femeninas. Jóvenes y juguetonas. La primera que había hablado emitió un sonido despectivo y dijo:

—Bueno, a mí me parece que está muerta.

Abrí los ojos y vi un brillante cielo azul.

Un pájaro atravesó mi campo de visión a toda velocidad, canturreando estentóreamente. Sin pensar, alcé la mano para protegerme la vista del sol, a ver si podía verlo mejor.

Demasiado tarde, me preparé para el dolor..., pero este no llegó.

—¿Crees que nos entiende?

Entrecerré los ojos, giré la cabeza y unas hojas de hierba me acariciaron la mejilla. Estaba tumbada en un enorme campo a los pies de una colina ondulante. Sobre la colina, se alzaba un roble solitario, tan magnífico que me quedé sin aliento al verlo. Aquellas ramas gruesas se mecían bajo la suave brisa. Sus hojas, plateadas, resplandecían de luz cuando el sol caía sobre ellas.

Me obligué a erguirme hasta quedar sentada y, de inmediato, observé a las dos jóvenes que tenía a la derecha. Parecían tener unos dieciocho años. Eran idénticas en todos los aspectos. Llevaban vestidos holgados de color gris e iban descalzas. Su cabello negro les caía, ondulado, hasta la cintura. Dos pares de ojos color azul oscuro, atravesados por filamentos de plata, me contemplaron con agudo interés mientras me ponía en pie.

La chica de la derecha agarró la mano de su hermana y las dos se acercaron.

—Dinos cómo es —dijo con voz clara y agradable.

—Per... —Carraspeé—. Perdón, ¿cómo es qué?

—El sexo —dijo la otra chica con un ademán de la barbilla—. Con un hombre. Con el campeón de nuestro padre.

—El sexo con... ¿Fisher?

Al unísono, las dos chicas estallaron en risitas.

—Eh...

—Quisimos probarlo nosotras mismas, pero Padre nos lo impidió —dijo la gemela de la derecha—. Considera que ninguna criatura proveniente de otro reino es digna de que la toquemos. Llevamos un eón esperando que nos regale alguna compañera de juegos, pero, hasta ahora, nadie de tu gente se ha atrevido a visitar a nuestro Corcorán.

¿Corcorán? Por todos los infiernos. Los Corcoranes eran...

—¿A cuál de nosotras adoras con más fervor? —preguntó la gemela de la derecha—. ¿A Bal? —Se señaló a sí misma—. ¿O a

Mithin? —Señaló a su contrapartida—. Siempre estamos compitiendo a ver quién es más popular.

En sus ojos había ahora una tormenta de relámpagos. En cuanto me di cuenta, sentí un hormigueo de electricidad estática en el aire. Se me erizó todo el vello del cuerpo.

¿De verdad estaba ocurriendo aquello? ¿Eran diosas? Tragué saliva para reprimir los nervios e hice una reverencia respetuosa, mirándome los pies.

—¿Cómo podría nadie amar a Bal más que a Mithin, o tener a Mithin en más estima que a Bal? Quienes conocen vuestro nombre os adoran a partes iguales, mis señoras.

—¡Mis señoras! —exclamaron al unísono las dos diosas del sol. Se sonrieron la una a la otra con aire feliz, aún agarrándose de las manos—. Qué bien habla esta chica.

La que me había dicho sus nombres alargó la mano hacia mí.

—Vamos, hemos de darnos prisa. Padre te espera y no tiene mucha paciencia estos días. Si nos retrasamos más, se enfadará.

No tuve ni que mover la mano, en un instante, me colgaba al costado y, al siguiente, ya estaba en la suya, notando su frío contacto. Di un paso y el campo que nos rodeaba se estiró hasta convertirse en un borrón verdoso. Cuando apoyé el pie, ya no estábamos frente a la colina, sino en lo alto, bajo las ramas de aquel impresionante roble.

Mi mente intentó adaptarse al cambio de ubicación. Mis pensamientos estaban espesos.

Rodeaba las raíces del roble gigante un amplio estanque de plata de más de dos metros de anchura. Muchísimo mercurio. Me sobresalté al ver las gotas de resplandeciente metal que se derramaban del ancho tronco del roble y caían sobre el estanque.

A tres metros de distancia, había un hombre sentado en una roca, de espaldas a nosotras. Su túnica era del mismo color gris que la de las diosas del sol. Llevaba el pelo castaño y largo recogido en trenzas de guerra. Con una risita, Bal y Mithin me hicieron un gesto para que nos acercáramos a él.

La ansiedad se apretó como una bola en el centro de mi caja torácica. Si aquellas dos chiquillas risueñas eran de verdad diosas, me imaginaba quién era su padre. Le estaba viendo la nuca.

Everlayne casi no había podido ni pronunciar su nombre sin estremecerse. Me había advertido con toda claridad que nadie debería permitir que ese dios lo mirase. Ni siquiera una estatua del dios. Y allí estaba, encarnado y corpóreo, sentado en una roca, esperando para charlar conmigo.

Joder.

—Acércate, alquimista —ordenó.

Esa era la voz que me había preguntado si quería atravesar la puerta o quedarme en Yvelia con Fisher. Tenía la sensación de que esa voz llevaba bastante tiempo hablándome. Di un paso al frente, aguanté la respiración y rodeé la roca. Me enfrenté al dios, eché la mandíbula hacia delante y lo miré a aquellos ojos fríos y azules que tenía. Había esperado algún tipo de rostro terrible, una cara asquerosa y retorcida con locura en la mirada, pero no. De haber sido humano, habría pensado que era un hombre de mediana edad. Tenía unas leves arrugas y un aire de amabilidad y sabiduría que me sorprendió.

Alzó la vista hacia mí, con las manos apoyadas en las rodillas, y dijo:

—¿Sabes quién soy?

Incliné un poco la cabeza y volví a mirarme las botas.

—Zareth. Dios del caos.

Él gruñó.

—Y tú eres Saeris. Hermana de Hayden. Hija de nadie. —Señaló con el mentón a las runas de mis manos—. Y amor verdadero de mi campeón.

Observé mis marcas, aún algo sorprendida de verlas allí, en mi piel.

—Sí —dije—. Lo soy.

Zareth se levantó de la roca y a mí me temblaron las piernas. No era más alto que Fisher, ni tampoco más ancho ni de apariencia más divina. Y, sin embargo, el poder absoluto que emanó de él al recorrerme con la mirada me dio ganas de hincarme de rodillas y arrojarme a sus pies. Podía borrarme de la existencia con un parpadeo. Lo supe con toda certeza. Si así lo deseaba, me desvanecería y jamás habría llegado siquiera a nacer.

—Hemos de darnos prisa o morirás antes de haberme resultado útil. Dadas las circunstancias, seré lo más conciso que pueda. He pasado mucho tiempo contemplando los hilos del universo, a la espera de alguien como tú —dijo—. Una alquimista, por fin, que pueda restaurar el equilibrio y abrir camino para lo que se acerca.

Se dio la vuelta y se acercó al borde del estanque de mercurio que rodeaba el roble. Yo lo seguí, atraída por su ser magnético.

Zareth se detuvo justo al borde del estanque y me miró.

—En este lugar, nos encontramos en el confín del universo. Las raíces que ves, adentrándose en la tierra, en el mercurio, son las anclas del destino. —Echó la cabeza hacia atrás y alzó la mirada por entre las ramas del árbol—. Las hojas de plata de la copa señalan todos los reinos de nuestro dominio. Mi familia es la guardiana de todo lo que aquí ves. Regamos las raíces del destino. Cuidamos las ramas y podamos las hojas para prevenir que se pudran. ¿Ves esa rama de ahí? ¿La que está ennegrecida?

Miré hacia donde señalaba y me fijé en una rama concreta del árbol. La corteza era más oscura que el resto y estaba marchita. Pocas hojas de plata crecían de ella.

—Sí, la veo.

Zareth asintió. Alzó la mano y movió los dedos en el aire. Vi que las hojas de la rama se desprendían y caían flotando, dando vueltas, hasta aterrizar en la superficie del mercurio.

—La podredumbre se extiende por mis dominios, Saeris —dijo—. Los reinos que se infectan han de ser destruidos sumariamente para proteger al resto del árbol y prevenir que se propague la podredumbre. ¿Lo comprendes?

Esas hojas habían sido reinos. Reinos enteros. Y Zareth se había limitado a... mover la mano... y... los había arrasado. Los contemplé, mientras se hundían hasta desaparecer bajo la superficie del mercurio. ¿Era posible? ¿De verdad había hecho algo así?

—¿Cuánta gente...?

No conseguí acabar de formular la pregunta, pero el dios que estaba a mi lado sabía lo que le estaba preguntando.

—Miles de millones —respondió sin el más leve resquicio de emoción.

Así pues, acababa de contemplar un genocidio a una escala que no alcanzaba a comprender. Y Zareth se limitó a sonreír.

—No eres la única alquimista del universo, claro —dijo—. Hay millones como tú por ahí. Incluso en tu reino, hasta en la ciudad que solía ser tu hogar, hay cientos de usuarios de la magia elemental que pueden manipular el mercurio. Sin embargo, hace mucho, consulté con los hados y quedé bastante intrigado cuando estos te mostraron a ti, Saeris Fane. Y no solo a ti. A Kingfisher también. Vi un eje en el flujo de los acontecimientos. Un punto llameante en el tapiz de todo lo que llegaría a ser. Me concentré y vi la fuerza del vínculo que os conectaba a los dos. Admito que intenté influenciar a los hados.

—¿A qué os referís con influenciar a los hados? —susurré.

Zareth contempló la suave y ondulante ladera que terminaba en el campo donde se encontraban sus hijas, riendo estridentemente, agarradas de las manos, girando la una con la otra entre la hierba alta.

—Se suponía que ibas a nacer fae, en el mismo reino que Kingfisher. Yo os separé. Cientos de años antes de que nacieras, alteré los acontecimientos que conducían a tu nacimiento. Moví las piezas en el tablero y te coloqué lejos, en un reino que jamás debería haber entrado en contacto con el suyo. Pero entonces vi que las ramas del universo crecían en contra de su naturaleza y se alineaban de un modo que propiciaba vuestro encuentro igualmente. Entonces comprendí que tú y Kingfisher siempre os encontraríais, sin importar cuántas ramas de este árbol fueran manipuladas. No había nada que yo pudiera hacer para impedirlo.

Fisher había dicho que a veces su madre se equivocaba, pero que los pequeños detalles tenían grandes consecuencias. Cuando la madre de Kingfisher había profetizado la vida de su hijo, me había visto con orejas puntiagudas y colmillos, como él. Resultaba que no se había equivocado. Yo debía haber nacido fae, lo que pasó fue que el dios del caos interfirió en el proceso.

—¿Por qué? —pregunté—. ¿Por qué queríais mantenernos separados? ¿Qué os importa a vos si nos amamos y queremos pasar nuestra vida juntos?

Zareth me escrutó un instante. Inspiró hondo, pasó a mi lado y rodeó el árbol hasta llegar a un punto del borde del foso en el que la hierba estaba aplastada contra la tierra... y las ramas del árbol se retorcían hasta formar apenas muñones desnudos y renegridos. Desde aquel punto elevado —no me había fijado antes—, ahora quedaba claro que aquel enorme trozo de árbol se moría.

—En la naturaleza, todo tiene siempre un contrapunto, niña. La luz tiene la oscuridad. La vida tiene la muerte. La alegría tiene la tristeza. Y el bien tiene el mal. Esta ley se aplica independientemente del reino en el que existas —dijo con un amplio gesto del brazo que abarcó las muchas, muchas hojas del árbol—. Hilos como el tuyo y el de Kingfisher, que se atraen hasta formar un eje, crean un pozo de poder. La energía que los dos creáis juntos atrae un contrapeso igual y opuesto. Todo futuro posible en el que los dos estéis juntos tendrá como resultado que este árbol muera. Ninguno de nosotros es capaz de ver la alternativa.

—O sea... ¿Decís que Kingfisher y yo somos responsables de la muerte del universo entero?

Zareth negó con la cabeza.

—Personalmente, no. Pero el momento en que os conocéis, así como el momento en que aceptáis vuestro amor verdadero, es una chispa. La llama en la oscuridad que atrae a la polilla. Me correspondió a mí intentar que esa chispa no surgiera, pero, como ya has oído, los mismos hados se negaron a recorrer esa senda.

Sentí los latidos del corazón por todo el cuerpo.

—¿Sabe Fisher algo de todo esto?

Zareth resopló.

—No. Orquesté los acontecimientos para que lo trajeran aquí siendo joven. Su madre acababa de morir y él no se encontraba en una disposición, digamos, muy educada. —Zareth frunció el ceño, como si el mismo recuerdo lo perturbara ahora—. Se enemistó con mi familia. Se le permitió vivir porque yo lo ordené, solo por eso. Pasé mucho tiempo estudiando los numerosos resultados y caminos de este universo una vez que os conocierais Kingfisher y tú. Aunque nunca encontré un equilibrio que implicara el triunfo del bien, sí que había caminos que conducían a cierta... incertidumbre.

—¿Incertidumbre?

—Caminos que discurren de manera que tanto el destino como el modo de alcanzarlo permanecen ocultos incluso a mi vista. Y en todos esos futuros velados, en los que existe una posibilidad de salir con vida, siempre hay un factor común. —No quería oírlo. No podía. Era demasiada presión. Zareth lo sabía, estoy segura, pero, aun así, prosiguió—. Kingfisher y tú lucháis codo con codo y compartís un vínculo divino. —Señaló a las runas que me cubrían las muñecas—. Estas runas te señalan como mi protegida. Te guardarán a ti y a Kingfisher de las atenciones poco deseables de mis hermanos y hermanas.

—¿Me guardarán de ellos?

—Preferirían matar a Fisher y afrontar lo que pase a continuación. Preferirían soportar la tormenta que se avecina y volver a plantar el árbol una vez que todo haya quedado arrasado. Yo no quiero que eso suceda. Les rompería el corazón a mis hijas. —Dejó morir la voz y contempló a las chicas que bailaban en el campo, imitando el cimbreo de las hojas bajo el viento. Sus risas llegaron flotando hasta nosotros como una dulce música—. Por ellas estoy dispuesto a correr el riesgo. Si de verdad aceptas a Fisher como tu amor verdadero, has de consentir que el hilo de tu vida quede separado del tapiz del universo. Una vez que aceptes, ninguno de nosotros podrá alterar tu futuro. No te veremos en absoluto, y mis hermanos y hermanas no podrán interferir en las líneas temporales que te afecten. Estarás sola.

¿Sola?, pensé. *¿De qué hablaba?*

—Esta carga no debería recaer sobre los hombros de una sola persona. Y mucho menos sobre los míos. ¡Soy una ladrona! ¡Soy... una mujer humana, nada más! No se me puede dar la responsabilidad...

—Pero no serás responsable de nada. Lo único que tendrás que hacer será vivir tu vida.

—Pero...

—Te lo explicaré de otra manera, niña —me interrumpió Zareth—. ¿Quieres que muera tu amor verdadero?

—¡No, claro que no!

—Pues este es el modo de salvarlo.

—Pero...

¿Qué podía decir? Si accedía, ni Zareth ni los demás dioses podrían ver el futuro ni alterar los acontecimientos que iban a suceder. Pero ¿se les debería permitir alterarlos? Gracias a su intromisión, yo había nacido en Zilvaren en lugar de en Yvelia. ¿Cuántas veces habían influenciado las mareas del destino, cuánta gente había sufrido como consecuencia? ¿Qué les daba derecho a hacer algo así?

Zareth me dedicó una mirada de ojos entornados.

—«Pues que se jodan los hados. No van a decidir una mierda por mí, así te lo digo. Soy yo quien decide lo que va a pasar en mi futuro». ¿No dijiste eso mismo hace unos días?

Sí que lo había dicho. Y lo decía de verdad.

—Sí, pero...

—Si de verdad quieres ser la dueña de tu propia vida, este es el modo de conseguirlo.

Me dio la impresión de que Zareth estaba desesperado; era un dios dispuesto a decir cualquier cosa para obligarme a cumplir su voluntad. Pero no había forma de negarlo: era un dios. Podía obligarme igualmente a obedecer sus deseos. Y, sin embargo, me estaba proponiendo una elección.

Pregunté con cuidado:

—¿Es muy doloroso eso de cortar el hilo?

—No es más doloroso que la transición que ya está teniendo lugar en tu cuerpo mientras hablamos, Saeris Fane.

¿Por qué demonios sonaba aquello tan poco tranquilizador?

—¿Y cómo se hace en concreto?

—Te transformaría en algo que nunca se ha visto —respondió de forma críptica—. El universo no puede centrarse en aquello que no reconoce.

—Pero ¿cómo se hace?

—No soy solo el dios del caos, alquimista. También soy el dios del cambio. Si así lo deseo, se cumplirá.

—Pero...

—Se acaba el tiempo, Saeris. Has de tomar una decisión.

—Está bien, de acuerdo. Sí, lo haré —balbuceé antes de poder echarme atrás. Si la disyuntiva era convertirme en algo nuevo o morir junto con el universo, la verdad es que la decisión resultaba sencilla.

Los vínculos divinos de mis muñecas empezaron a brillar de improviso y me quemaron la piel como cuerdas al rojo vivo.

—Te deseo la mejor de las suertes, Saeris. Dale recuerdos a Kingfisher.

Dicho lo cual, Zareth me arrojó de un empujón al mercurio.

45

ELEGIR SABIAMENTE

Me encontraba flotando en un mar de oscuridad. Sorprendentemente, no me preocupaba, dado mi último encuentro con una gran masa de agua. Sin embargo, por lo visto, no era necesario saber nadar en el más allá.

En las alturas, un dosel de estrellas resplandecía vivaz en el firmamento, la destellante promesa de otros reinos. Yo estaba perfectamente feliz y tranquila allí, flotando en medio de la nada, intentando contar aquellas estrellas. Siempre perdía la cuenta, pero no me molestaba tener que empezar de nuevo. Allí, no tenía la menor preocupación. Floté durante una eternidad, sentí cómo se levantaban y caían civilizaciones enteras. En la oscuridad, observé el universo y el universo me devolvió la mirada.

Nací y volví a morir cientos de veces.

Y entonces vi algo que no debería haber estado ahí. Un pajarillo.

Revoloteó a mi alrededor en el vacío. Sus hermosas alas destellaban con un fulgor verde azulado. Canturreaba una melodía tan dulce que recordé lo que era tener corazón, aunque solo fuera para sentir su dolor. Y me dolía. Vaya si me dolía.

Recordé más.

Jade, el color de la hierba recién crecida.

Menta invernal y la promesa de la nieve en el frío aire montañoso. Una sonrisa torcida. Cabellos negros, densos y ondulados.

Recordé partes de él y, de repente, recordé cómo era ahogarse.

Lo necesitaba como el aire.

Intenté alcanzarlo como quien intenta alcanzar la superficie de un lago quieto, plano.

Kingfisher.

Mi Kingfisher, mi alción. Mi amor verdadero...

—¡Fisher!

Me incorporé hasta quedar sentada, con la piel empapada de sudor. Me daba vueltas la cabeza de mala manera. *Oh, dioses...* Iba... iba a vomitar. Salté de... la cama. Había estado en una cama. De inmediato, me tropecé con un cubo que habían colocado estratégicamente junto a la mesita de noche. Sentada en el suelo, despatarrada, agarré el cubo y eché dentro hasta la última papilla. Una vez vacío el estómago, me dejé caer contra el lado de la cama, jadeando, mientras contemplaba el entorno.

La estancia en la que me encontraba tenía los techos altos. De las ventanas colgaban cortinas de tono verde oscuro. Unos pesados muebles de roble decoraban el espacio: un armario junto a la puerta, una cómoda, otro armario pequeño junto a la ventana y una estantería llena de libros. La alfombra en la que me había sentado era de un suave tono gris paloma. Mullida. Hundir los dedos en ella me provocó una sensación encantadora...

Oh.

Agarré el cubo y volví a vomitar. Tras dejarlo, los músculos de mi estómago palpitaron con una sensación muy incómoda.

—Se llama «la gran purga» —dijo una voz masculina. Taladaius acababa de abrir la puerta mientras vomitaba y ahora estaba apoyado en la jamba de la puerta, con los brazos cruzados. Me contemplaba con una sonrisa divertida en la cara.

Vampiro. La mano derecha de Malcolm.

Miré en derredor en busca de un arma y, entonces, me di cuenta de que solo llevaba unos pantalones de seda negra escandalosamente cortos y una camisola fina, hecha de la misma tela, que no dejaba apenas nada a la imaginación. Ahogué un grito y abandoné la búsqueda de un arma para empezar a buscar algo con lo que taparme.

Taladaius soltó una risita, cruzó la estancia y cogió una bata que colgaba de un elegante biombo junto a la ventana. Apartó la mirada exageradamente, se acercó a la cama y me la tendió.

—Tu cuerpo ha sufrido grandes cambios últimamente —dijo—. Se entiende que pronto volverás a poder comer comida normal, pero quizá tardes uno o dos días. Cuando yo hice la transición, me pasé seis meses vomitando todo lo que intentaba comer. Era como tragar una bola de pelos.

Le quité la bata de un tirón y me la eché por los hombros. Tensé las fosas nasales; no soportaba aquella extraña y ardiente sensación que se había adueñado de mi nariz.

—¿A qué te refieres con transición? —le pregunté de repente.

Taladaius ladeó la cabeza y me dedicó una mirada compasiva.

—Sabes exactamente a qué me refiero con esa palabra. ¿A que sí?

Vampiro. Vampiro. Vampiro.

Le devolví una mirada hostil. Me negaba a aceptarlo.

—No me parezco en nada a ti —dije.

Taladaius asintió y restregó la puntera de su hermoso zapato de cuero contra el borde de la alfombra. Con las manos en los bolsillos, dijo:

—Ah, ya sé que no, Saeris.

—¿A qué viene ese tono? —pregunté.

—Mira. —El vampiro de cabellos plateados inmaculados y ojos extrañamente suaves señaló con el mentón hacia el espejo que había en la pared—. Ven a verlo por ti misma.

Me acerqué con cautela al espejo. Me abracé a mí misma y me preparé para lo desconocido. No tenía la menor idea de si reconocería a la persona que me observara desde el cristal. Pero la reconocí. Aparte de las leves ojeras, volvía a ser yo misma. Saeris. El mismo pelo oscuro. Los mismos ojos azules. El mismo...

Vacilé. Giré la cabeza.

Mis orejas.

Tenía las orejas puntiagudas. Asomaban por entre mis cabellos revueltos, como si siempre hubieran sido así. Abrí la boca para soltar una maldición y, entonces, vi el estado en que se encontraban mis dientes. Se me desbocó el corazón. *Colmillos.* Tenía los colmillos muy alargados. Parecían afilados.

—¿Soy... fae? —le pregunté al reflejo de Taladaius.

Él esbozó una sonrisa educada pero negó con la cabeza.

—Que sepamos, eres medio vampira, medio fae. Es algo que nadie ha visto jamás. Ahora mismo, no estoy muy seguro de qué rasgos has adoptado de los fae y cuáles tienes de los vampiros. Sin embargo, todos nuestros sanadores están seguros de que has dejado de ser humana.

Ya no era humana. No era del todo una vampira. No era del todo fae.

Mi garganta hizo lo posible por cerrarse del todo. Me aparté del espejo y cerré los ojos con fuerza. Ahora no podía pensar en aquello. Necesitaba a mi compañero, a mi amor verdadero.

—¿Dónde está Fisher?

Taladaius se encogió de hombros y le dedicó una mirada algo evasiva a los enlucidos ornamentales del techo.

—Ah, no sé. Supongo que andará por aquí.

—¿Está herido? ¿Está...?

—Relájate, Saeris. Está bien. Vendrá pronto.

Yo no pensaba confiar en la palabra de un vampiro. Bajé la vista y comprobé que los tatuajes seguían en mi cuerpo. Anunciaban al mundo entero que yo era el amor verdadero de Fisher.

Extendí mi consciencia y lo busqué con la mente. Instantes después, encontré una profunda sensación de concentración. No era mía, sino de Fisher. Estaba allí. Cerca. Y estaba concentradísimo en algo. No sentí alarma ni dolor en él, lo cual me permitió respirar algo mejor. Parecía que Taladaius decía la verdad.

—¿Dónde estamos? —pregunté al tiempo que rodeaba la cama para asegurarme de poner bastante distancia entre ambos. ¿Dónde estaba Solace? Quería mi puta espada.

—Fisher me ha pedido que deje que sea él quien te cuente dónde estamos —respondió Taladaius.

—¿Qué? Pero... ¿por qué?

Lo miré con ojos entornados, intentando dilucidar sus intenciones. Taladaius parecía relajado y divertido a partes iguales, lo cual no me indicaba en absoluto por qué quería mantener en secreto nuestra ubicación. Una sensación de enojo me aleteó en el pecho. Atravesé el dormitorio, al tiempo que me ajustaba la bata al cuerpo, y descorrí de golpe las cortinas.

Una explosión de dolor en mis ojos. Apenas había luz afuera; los últimos rayos de sol se desvanecían tras el horizonte, pero me sentí como si me hubieran golpeado la cabeza con una almádena.

—¡Aaaaah!

Poniendo cuidado de mantenerse en las sombras, Taladaius apartó con suavidad mi mano de la cortina y volvió a cerrarla.

—Pronto serás capaz de tolerar eso mejor que la mayoría de nosotros. Solo tardarás algo de tiempo en acostumbrarte. ¿Cómo van tus recuerdos? ¿Te acuerdas de algo de lo sucedido en Gillethrye, Saeris?

El nombre de aquel lugar me provocó un escalofrío por la espalda.

—Sí... Estábamos luchando contra ellos. Contra Malcolm, Belikon y Madra. Había una moneda. La lancé al aire...

—¿Y luego?

—Luego... —Lo contemplé y un extraño pánico me encogió el vientre—. Me hirió. Lo... lo maté. Llegasteis Fisher y tú. Y entonces...

—Entonces te mordí —dijo Taladaius, asintiendo. Apartó la mirada al instante, como si de pronto se sintiera incómodo—. Bloqueé tus recuerdos de lo sucedido a continuación. Las transiciones son duras. Y, bueno, todo amo tiene el poder de reprimir esos recuerdos si...

—Anúlalo —exigí—. Anula el bloqueo.

Taladaius pareció a punto de negarse, pero lo que dijo fue:

—Si estás segura, claro que puedo hacerlo, pero podría resultar traumático...

—Que lo anules —rugí.

—Como desees.

No le hizo falta ni tocarme. Fue mucho más sencillo. En un instante, yo no tenía el menor recuerdo del momento en que sus dientes se habían hundido en mi cuello. No tenía el menor recuerdo del horror que siguió a ese momento. Al minuto siguiente, todo regresó a mí.

La mordedura de Taladaius.

Fisher, llevándome en brazos, abriendo la puertasombra. Cuando salí volando por el aire hacia el estanque de mercurio. La conversación breve pero tensa con Zareth.

Y luego, cuando Fisher me sacó del mercurio. El momento en que Fisher y Carrion empezaron a discutir como si estuvieran a punto de matarse el uno al otro.

Lorreth, sentado a mi lado, tocando una especie de laúd y cantándome en voz baja, mientras yo me revolvía y gemía.

Tres días tumbada en aquella cama, en aquella estancia, suplicándole a Fisher que me matara porque ya no podía soportar el dolor ni un segundo más.

Y luego... un momento en que mordí... a alguien.

Mis ojos volaron hacia el cuello de Taladaius. Le había mordido.

Él esbozó una sonrisita al ver que ya lo había comprendido. Ladeó el cuello y me enseñó su piel suave, inmaculada.

—No me hiciste daño —dijo—. Apenas me arañaste la piel.

—¿Por qué lo hice? —Me llevé la mano a la boca, con miedo de abrir los labios y aceptar la verdad que ya sabía, pero que me asustaba demasiado reconocer.

—De verdad, sería mejor que Fisher estuviera presente antes de tener esta conversación —dijo Taladaius. Hizo ademán de dirigirse a la puerta.

—¡No! Espera... —No sabía qué decir—. Parte de mí siente que debería darte las gracias por salvarme la vida.

—¿Y el resto de ti?

—El resto de mí quiere matarte por lo que has hecho —susurré.

El vampiro asintió y se miró las botas.

—Yo me sentí igual durante mucho tiempo. Pasé muchos siglos odiando aquello en lo que me había convertido. Quería destruir a Malcolm. No quería más que morirme y desaparecer de este mundo. Lo deseaba con gran intensidad.

—¿Y qué te hizo cambiar de idea?

Taladaius me mostró una sonrisita muy triste.

—No cambié de idea, es que no me quedó elección. Malcolm no me lo permitía. Intenté matarme en cierta ocasión y me prohibió volver a intentarlo. Su palabra era la ley.

—Pero ahora que ha muerto...

—Soy libre. —Taladaius se balanceó y apoyó el peso en los talones—. Aún estoy decidiendo qué implica eso para mí. Pero lo cierto es que la situación se ha vuelto bastante interesante últimamente. —Me recorrió de arriba abajo con la mirada. Frunció levemente el ceño, como si estuviera pensando lo que iba decir a continuación. Tras un instante, dijo—: Hay dos tipos de eternidad, alquimista. Una es el cielo. La otra es el infierno. No importa lo que yo haga; tú asegúrate de elegir sabiamente tu tipo de inmortalidad.

Parpadeé, intentado obligar a mi mente a asimilar aquella versión de Carrion Swift.

Seguía teniendo el mismo pelo marrón cobrizo, cuidadosamente desordenado. Los mismos ojos azules y la misma sonrisa rebelde.

Pero también tenía orejas picudas. Y colmillos puntiagudos. Y era muy alto.

Le di un puñetazo en el pecho.

—¡Ay! ¿Por qué has hecho eso?

Apunté con un dedo a su cara.

—Porque eres gilipollas. ¡Te conozco desde los quince años!

Él negó con la cabeza y alzó las manos al aire.

—¿Y qué? Yo te conozco desde los mil ochenta y seis. ¿Dan un premio o algo?

—¡No me dijiste que eras el puto heredero de un trono de los fae!

—No, no es algo que se le vaya diciendo por ahí a la gente, Fane. Y, de todos modos, mi abuela me obligó a prometer que no lo contaría.

—Ya. Pero no era tu abuela, ¿verdad?

Carrion hizo una mueca.

—No, en verdad, no. Era más bien una pupila. Una compañera de juegos, cuando era pequeña. Y, después, una amiga. Y luego yo fui su pupilo. No sé, todo se complica a medida que la gente envejece.

Negué con la cabeza. Aún intentaba con todo mi ser comprender lo que estaba sucediendo.

—O sea, que el padre de Fisher te llevó a Zilvaren cuando eras pequeño para salvarte de Belikon. Hechizó tus orejas y tus colmillos para que no se vieran. Te llevó allí con un hatillo de libros para que pudieras aprender sobre tu linaje y regresar cuando fuera el momento adecuado. Y... una mujer te salvó, ¿no?

—Se llamaba Orlena —dijo Carrion—. Orlena Parry. Era esclava en el palacio de Madra. Pero esa noche, la noche en que me sacó del mercurio, huyó del palacio, escapó. Fue al Tercero, sabiendo que allí podría perderse en la multitud. Y allí se quedó. Encontró trabajo de costurera y buscó un sitio donde vivir. Me crio como si fuera su propio hijo.

No me lo podía creer. Le lancé una mirada de ojos entrecerrados. Contemplé aquella versión fae de Carrion, su forma verdadera, y casi se me escapó una carcajada.

—Y quedaste atrapado allí cuando Madra cerró los portales. Y te pasaste los siguientes mil y pico años... ¿viviendo en Zilvaren, es así?

—Un buen resumen, sí —dijo Carrion—. Tenía los libros que me trajo Finran, que hablaban de los fae y de mi pueblo. Orlena se casó cuando yo tenía nueve años y adoptó el apellido Swift. Poco después, tuvo una hija, Petra. Petra creció y también tuvo una hija. Los libros iban pasando de madres a hijas, y yo también. Ellas se encargaron como pudieron de mantenerme lejos de los problemas, al tiempo que vigilaban por si el mercurio volvía a despertar. Consideraban una crueldad que tuviera que quedarme atrapado en la Ciudad de Plata. Creían que debía volver a mi casa a gobernar a mi pueblo. Las mujeres del linaje de los Swift siempre han sido unas marimandonas, y siempre les ha preocupado mucho mi vida amorosa.

—O sea, que sabías perfectamente qué iba a pasar cuando el mercurio despertara de nuevo.

Él se rio.

—Nop. No tenía la menor idea. Pero lo sentí, aquel día en que te llevaron a palacio. Algo cambió en el aire. Un tipo de energía que, de alguna manera, me resultaba familiar. La reconocí la segunda vez que sucedió y, de algún modo, supe que tenía que ver contigo. Fui al Espejismo a ver si habías escapado y allí me encontró Fisher. Es verdad que le dije que yo era Hayden, pero fue para protegerlo, Saeris. Espero que me creas.

—No pasa nada, lo sé.

Le creía de veras.

Dioses. Qué entrelazado estaba todo. El padre de Fisher había ocultado al auténtico heredero del trono de Yvelia. Mil años después, su hijo lo había traído de vuelta. Aquello significaba algo. No estaba segura de qué, pero sí de que pronto lo íbamos a descubrir.

Y, durante todo aquel tiempo, había habido un fae real en el Tercero. Un fae real que trapicheaba con mercancías, se metía en peleas y, así en general, era un incordio. Yo estaba a punto de preguntarle a Carrion cómo había mantenido la cordura mientras sus seres queridos nacían, crecían, vivían sus vidas y morían de viejos. Sin embargo, ya sabía la respuesta a esa pregunta y prefería que no me soltara algún comentario obsceno sobre el whisky y las mujeres.

A propósito de eso, le clavé aún más la mirada.

—Te acostaste conmigo.

Él esbozó una sonrisa desvergonzada.

—De nada.

—¡Carrion!

—¿Qué? ¡Llevas follando con Fisher desde sabrán los dioses cuándo!

—Sí, pero sabía lo que era cuando decidí acostarme con él. Y es mi amor verdadero.

Carrion resopló. Se cruzó de brazos, puso los ojos en blanco y suspiró.

—Está bien, perdón por no compartir contigo que era un inmigrante mágico que se hacía pasar por humano antes de acostarnos. ¿Te sientes mejor así?

—No.

—¡Venga ya, Fane! —Me dio un golpecito con el codo—. Soy fae. Y tú también, más o menos. Todo lo demás es agua pasada. Solo estás molesta conmigo porque te preocupas por mí. Vamos, pregúntame cómo sobreviví al todopoderoso veneno de Malcolm. Sé que te mueres de ganas por saberlo.

—En realidad, Lorreth ya me lo ha contado. Jódete.

Lorreth fue la segunda persona que había venido a verme después de que Taladaius se marchara de mi habitación. Se echó a reír al ver mis orejas de fae, pero no al ver mis colmillos afilados. Lo primero que me contó fue que Everlayne estaba viva y que Ren la estaba vigilando, aunque había caído en un profundo sueño del que no había manera de despertarla. Sin embargo, Te Léna e Iseabail estaban seguras de que pronto despertaría. Lorreth se quedó conmigo más de una hora y me explicó buena parte de lo que sucedió después de que yo regresara al laberinto. Casi me morí de la culpabilidad al enterarme de que los tres habían estado a punto de morir a manos de Belikon mientras ganaban tiempo para que yo encontrara la moneda. Me disculpé por haber tardado tanto y él me dijo que estaba loca, tras lo que añadió que, cuando el viento que empezó a soplar se llevó consigo toda la magia de muerte del Triunvirato y sus espadas volvieron a canalizar magia, le pareció un milagro. Madra había huido al instante por el mercurio. Belikon había resultado ser un rival temible, pero, en cuanto el aliento de los ángeles brotó de Avisiéth, él también huyó como un cobarde.

—Ah, ¿sí? —Carrion enarcó una ceja con aire dubitativo—. ¿Y qué te ha contado Lorreth de los Chapiteles Rotos? A ver si lo adivino: te ha dicho que mi sangre estaba demasiado rancia para que la afectara el veneno del vampiro.

—No, lo que me ha dicho es que la sangre de tu padre se usó para crear la maldición que convirtió a Malcolm en un vampiro y que un vampiro no puede beber sangre de los miembros del linaje que lo creó, del mismo modo que no puede someterlos a trance. Dijo que beber de ti debería haberlo matado instantáneamente, pero, dado que había vivido tanto tiempo, era demasiado poderoso.

—Hmm —gruñó Carrion—. Lo cierto es que es una explicación bastante acertada.

—También dijo que por eso Malcolm y Belikon mataron a tus padres. Que eran lo único que constituía una verdadera amenaza para él.

Una vez más, Carrion gruñó. Ya no sonreía.

—Apenas los recuerdo.

—Yo sí.

Se me encogió el corazón en el pecho. Llevaba lo que me parecía toda una era esperando a que llegara. Fisher se encontraba justo frente a la puerta, en el dormitorio. Miró a Carrion con expresión pétrea en el rostro. Una expresión que se suavizó al verme.

«Hey, tú», susurró en mi mente.

«Hey», respondí yo.

Resultaba increíblemente reconfortante comprobar que aquel canal seguía intacto entre los dos. Aún podía hablar conmigo en mi mente y yo aún podía hablar con él. Casi todo había cambiado drásticamente en los últimos días, pero el vínculo entre ambos parecía ser el mismo que antes.

Fisher curvó las comisuras de la boca con la más leve indicación de una sonrisa. Mantuvo la expresión, entró del todo en el cuarto y me plantó un suave beso en la frente.

—¿Me vas a hablar de mis padres o vais a empezar a desnudaros? Porque podría marcharme. No hace falta, pero, si queréis, me marcho —dijo Carrion.

—Por favor, Carrion, vete —dijo Fisher en tono seco—. Ya iré luego a contarte todo lo que recuerdo de ellos. De momento, quiero estar a solas con mi amor verdadero.

Lo decía con orgullo. «Mi amor verdadero».

Carrion se marchó con un gruñido entre dientes. De pronto, la habitación se volvió mucho más pequeña. Estábamos a solas.

—¿Te da pena no poder llamarme ya «pequeña Osha»? —pregunté.

Dioses. Qué sensación tan confusa. Resultaba emocionante que, gracias a Zareth, una parte de mí fuera fae. Menos emocionante resultaba ser medio vampira, por cortesía de Taladaius. El nerviosismo se iba apoderando de mí poco a poco, pero Fisher bajó la cabeza, con un aire de chiquillo que me estrujó las entrañas por dentro.

Me miró bajo aquellas cejas oscuras y esbozó una mueca sonriente.

—Seas humana, fae o vampira, me da igual cuánto vivas, Saeris. Para mí eres lo más sagrado. —Sin embargo, la sonrisa se desvaneció—. ¿He hecho lo correcto?

En el laberinto, yo no había podido responder por mí misma. Fisher había tenido que tomar por mí la decisión final. Y vaya decisión tan monumental. Después de negarme a curarme con su alma, no era de extrañar que me mirase en aquel momento como si le preocupara que jamás volviera a dirigirle la palabra.

Aquello... era tremendo.

Había dejado de ser yo misma.

Estaba bajo la custodia de un dios, pero no de un dios cualquiera. Y Fisher también estaba bajo su protección. Aún tenía mucho que contarle. No tenía la menor idea de cómo encajaría todo lo que había sucedido durante los breves minutos que había pasado hablando con el dios del caos, pero me daba la impresión de que Fisher tendría muchas preguntas al respecto. Un millón de preguntas.

De momento, el mundo se había iluminado. Parecía más centrado. Yo captaba hilos de poder en los ojos de Fisher. Y sentía un dolor abrasador en el fondo de la garganta, un dolor que cada vez me costaba más ignorar.

Un momento...

Había magia en los ojos de Fisher, pero... también había menos mercurio.

Solté una exclamación ahogada y me aparté de él. Fisher carraspeó, con aspecto algo avergonzado.

—Me preguntaba si te darías cuenta —dijo.

—¡¿Cómo que te preguntabas si me daría cuenta?! ¿Qué...? ¿Cómo...? ¿Qué ha pasado?

—Te Léna encontró un modo de disminuir los efectos del mercurio. Lleva meses tratándome para intentar mantenerlo bajo control, pero las sesiones se han ido volviendo cada vez menos efectivas. Luego, Iseabail dijo que podía ayudarnos. Las dos hacen buen equipo. Te Léna acalló el mercurio e Iseabail me lo ha estado sacando poco a poco. Aún me quedan alrededor de un millón de sesiones. Tardará mucho, pero debería funcionar.

—¡Es... es increíble! Pero eso significa...

Estaba demasiada nerviosa para decirlo siquiera: Fisher no iba a perder la cordura.

Aún teníamos que ocuparnos de Belikon. Y de Madra. Yo aún pensaba encontrar a mi hermano y a Elroy. Había miles de asuntos más que abordar, pero...

«Paso a paso», tronó Fisher en mi cabeza, solo para mí. «Iremos día a día. Primero hoy, luego mañana. Y luego, pasado mañana. Pasado mañana será particularmente interesante, por cierto».

«¿Por qué? ¿Qué ocurre pasado mañana?».

Fisher me cogió de la mano; parecía ligeramente preocupado.

—Bueno, en primer lugar, esto.

Me llevó hasta la cortina y la apartó despacio. La luz del sol que tanto daño me había hecho en los ojos y en la piel se había desvanecido ya. Estaba oscuro. Era como asomarse a un agujero negro. Pero entonces vi las luces titilantes de muchos, muchos campamentos en la lejanía, así como un ondulante río plateado que atravesaba el paisaje negro.

El Zurcido.

Estábamos al otro lado del Zurcido. Nos encontrábamos dentro de Ammontraíeth.

—En las cortes fae, la corona pasa de cada regente a su heredero. Pero si el regente resulta asesinado, la corona se la queda quien acabó con su vida. La corte vampírica no ha tenido más que un rey. Malcolm jamás nombró a un heredero. Planeaba vivir para siempre. Jamás llegó a concebir la posibilidad de que alguien pudiera matarlo...

Yo ya estaba negando con la cabeza. Me aparté de la ventana.

—Por supuestísimo que no. Fisher, ni siquiera soy vampira del todo. ¡Soy medio fae! ¡No puede ser!

—Eso díselo a ellos. Según la corte vampírica, tú eres la sucesora del reino. En dos días, te convertirás en la nueva reina de Sanasroth.

CONTINUARÁ...